Adriana Koulias **Der Tempel des Gral**

Adriana Koulias

Der Tempel des Gral

Aus dem Englischen von Nora Matocza

PFORTE

Die Originalausgabe erschien unter dem Titel ‹Temple of the Grail›
bei Picador, Verlag Pan Macmillan Australia, Sydney, 2004.

Copyright © Adriana Koulias, 2004.

1. Auflage 2007

Alle Rechte, besonders der Übersetzung sowie des auszugsweisen Nachdrucks und der elektronischen oder fotomechanischen Wiedergabe, vorbehalten.

Copyright © 2007 Pforte Verlag, Dornach

Buchgestaltung: bb communication, Aesch
Satz: Verlag
Druck: Druckhaus Nomos, Sinzheim
Bindung: Spinner Ottersweier
Printed in Germany
ISBN 978-3-85636-173-0

www.pforteverlag.com

Für Jim, Jason und Amelia
in Dankbarkeit

a. Kirchenschiff
b. Chorschranken
c. Nördliches Querschiff
d. Südliches Querschiff
e. Kreuzgang
f. Scriptorium
g. Dormitorium im 1. Stock,
   Wärmeraum und Kapitelsaal im Erdgeschoss
h. Abtritt/Baderaum
i. Refektorium
j. Küche
k. Speisekammer
l. Brauhaus
m. Gäste
n. Räume des Abtes
o. Herberge für Pilger
p. Unterkünfte für weltliche Besucher
q. Torhaus
r. Labor
s. Krankenstation
t. Herbarium
u. Kapelle der Krankenstation
v. Garten
w. Schweine- und Hühnerställe
x. Bienenstöcke
y. Pferdeställe
z. Schmiede

DIE ABTEI

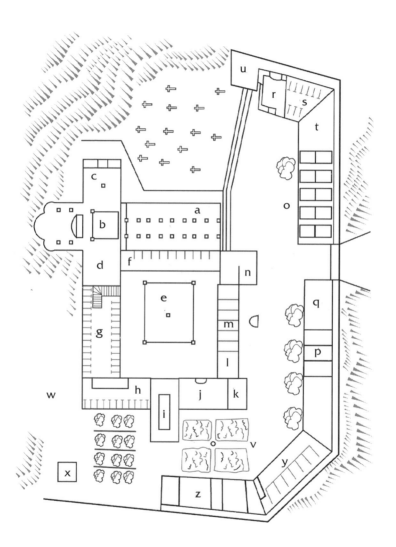

DIE KANONISCHEN STUNDEN

Matutin:	Mitternacht
Laudes:	3 Uhr
Prima:	6 Uhr
Tertia:	9 Uhr
Sexta:	12 Uhr mittags
Nona:	15 Uhr
Vesper:	vor dem Abendessen
Komplet:	Nachtgebet, um 21 Uhr

PROLOG

Jean de Joinville klappte die Handschrift zu. Draußen prasselte der Regen auf die Anlagen des Schlosses nieder, als wollte der Himmel einstürzen, und im Winde flackerten die Fackeln und drohten ihn jeden Moment im Dunkeln sitzen zu lassen. Ein Diener betrat das Gemach und wollte ihm ein Tablett mit Gewürztee und Honigkuchen hinstellen. Joinville schüttelte den Kopf und winkte ihn hinaus, während er in seinen Kleidern nach dem Kreuz suchte.

Er hatte Angst. Er hatte schon lange nicht mehr Angst gehabt.

Es kostete ihn einige Zeit, zum Boden hinunter zu gelangen. Der Stein war kalt und seine Knie alt und knochig. Er kniete nieder, um für seine Seele zu beten und wegen der Handschrift um Gottes Beistand zu bitten. Denn was war damit zu tun? Wie sollte er sie vor dem Papst verbergen, und vor König Philipp, dessen Gastfreundschaft er hier genoss?

Zur Stunde der Matutin ließ er einen vertrauten Diener kommen und gab ihm den Auftrag, nach Spanien zu reisen, sagte ihm aber lediglich, wohin er den in Leinen eingeschlagenen Gegenstand zu bringen habe, und weiter kein Wort dazu.

Dann begab er sich zu seinem Strohsack und ließ, von Müdigkeit übermannt, seinen Beichtvater kommen.

DIE HANDSCHRIFT

Ewiger, immerwährender, unendlicher Gott, dessen Barmherzigkeit keine Grenzen kennt und kein Ende, der du gütig und vollkommen bist in Ewigkeit, der du alles umfasst, du, aus dem alles entspringt und ohne den da nichts ist, der du grenzenlos gut bist und unermesslich groß, zeitlos und ewig, allgegenwärtig und raumlos, gib diesem armen Sünder in deiner unendlichen Gnade die Geisteskraft, einen klaren und genauen Bericht zu verfassen über die geweihte und allerheiligste Wahrheit, die zu bewahren du mich auserwähltest.

Nun, im Exil und an der Schwelle des Todes, sehnt sich dieser dein Knecht nach der verheißenen ewigen und glückseligen Ruhe; sehnt sich danach, aufzugehen in der Stille des Nichts, in der der Geist den Urgrund des Universums findet; wo es weder Zeit noch Raum noch sonst etwas gibt, nur die stille, nie endende Verbundenheit mit dem allumfassenden göttlichen Licht, in dessen Schatten die Seele voll Demut steht. Doch einstweilen sitze ich hier noch in aller Stille und stimme mich ein auf meinen endgültigen Aufstieg in das vollkommene Nichts. Der Rücken und die Hände tun mir weh, und wenn ich mich anschicke, auf das Pergament mit den noch anhaftenden Haaren zu schreiben, so zittere ich, als wäre ich nass bis auf die Knochen, denn mir ist zur Zeit immer kalt. Vielleicht hatte Bruder Setubar recht, damals im Kloster vor so vielen Jahren, vielleicht zeigt sich die Angst in Blässe, in Frösteln? Sobald ich mich an die Ereignisse von damals zu erinnern suche, spüre ich, wie die Dämonen der Täuschung meinen Leib schwächen und mich in stumpfes Schweigen zwingen wollen ... und doch, der Gehorsam verlangt, dass ich diese Geschichte erzähle ... auch dann noch, wenn die Berge niedersinken und zusammenfallen in einer Welt, die alt geworden ist und starrsinnig, wie du, lieber Leser, vielleicht schon bemerkt hast; auch dann noch, wenn niemand mehr die Demut kennt und der Mensch sein Antlitz vor der Wahrheit verbirgt, denn ist sie erst einmal offenbar, können ihre eindeutigen Zeichen nicht mehr geleugnet werden.

Erst wenige Tage sind vergangen, seit ich Nachricht erhielt vom Tode meines alten Meisters, und seitdem bin ich von grenzenloser Trauer erfüllt. So viele Dinge sind zwischen uns unausgesprochen geblieben, denn unser Abschied war wirr und hastig. Vielleicht hätte ich ihm ja sagen sollen, dass ich ihn im Geiste inniglich liebte, dass ich ihn zutiefst bewunderte? Doch die Worte strömen aus des Sünders Munde so, wie der Herbstwind lind über das Weizenfeld streicht, denn was kümmert es den Weizen, wenn der Wind von Trauer erfüllt ist?

Jetzt, da sein Körper zu Staub wird, erblicken seine Augen nun die Morgenröte, oder sehen sie bleichen Schnee fallen? Hat es einen Sinn, davon zu berichten, wie überaus deutlich ich ihn immer noch vor mir sehe? Soll ich dir, geschätzter Leser, erzählen, dass ich seinen Gesichtsausdruck als offen und frei in Erinnerung habe, mit einer vorspringenden Adlernase, die vielleicht ein wenig römisch wirkte? Und dass über seinen Augen – die die Farbe des Nordmeeres hatten – die dichtesten Brauen schwebten, die, wenn er sich konzentrierte, zum Spiegel seiner Gedanken wurden? Es mag dich ja gar nicht interessieren, dass ich ihn liebte, und zwar nicht etwa, weil ich ihn für den klügsten oder vielleicht den tapfersten Mann auf Erden hielt – obwohl mir heute klar ist, dass er dem tatsächlich näher kam als alle anderen Menschen, denen ich seither begegnet bin –, sondern, weil er wirklich Sinn für Humor hatte und ihn ein Hauch von Abenteuer umgab; er war ein freiheitlicher Mensch, ganz im Gegensatz zu mir. Aus diesem Grund hielt ich oft, das muss ich gestehen, seine Fehler für Vorzüge und ebenso seine Vorzüge für Fehler. Nun, da ich älter und weiser bin, ist mir klar, dass ein guter Mensch beides in sich trägt.

Alles, was mir von ihm blieb, ist ein Brief, verschlossen mit seinem Siegel, ein Testament, das diesen Bericht bis zu seinem Besitzer begleiten wird, wenn auch ich diese sterbliche Hülle verlassen haben werde.

Hier, auf der letzten Station meines Lebens, geht mein Blick hinaus auf das endlose blaue Meer vor Famagusta, und ich weiß, dass ich bald wieder eins sein werde mit dem Mond und der Sonne und den Sternen ... und dort wird er sein und im hellsten Lichte erglänzen, mein über alles geliebter Freund und Mentor, und er wird den Strahl seiner Güte aussenden auf den Pfad, den ich gehen muss, um zur Göttlichkeit zu gelangen, genau so, wie er vor vielen Jahren das Licht seiner Weisheit leuchten ließ auf den Geist eines sehr jungen Mannes.

Und wenn also in jedem Moment ein Quentchen Ewigkeit liegt, wie uns Marc Aurel sagt, so wollen wir uns nun beeilen ... aber langsam.

Im Jahre des Herrn 1254, vier Jahre, nachdem der exkommunizierte Kaiser Friederich II. starb und mit ihm die 116 Jahre während Herrschaft der Hohenstaufen endete, war ich ein Jüngling von gerade erst 16 Lenzen – obwohl ich damals gesagt hätte, ich sei bereits ein Mann. Dies war auch das Jahr, in dem der beste Freund meines Meisters, Jean de Joinville, aus einem Gefängnis bei den Ungläubigen entlassen wurde, an der Seite von König Ludwig IX., und ebenso das Jahr, in dem sich mein Leben grundlegend veränderte durch die Geschehnisse, die im Laufe dieser Erzählung offenkundig werden sollen.

Im Alter von sechs Jahren hatte man mich in die Obhut eines Tempelherrn von hohem Ansehen gegeben (den ich nur André nennen möchte), nachdem mein Vater in der Schlacht von La Forbie allzu früh gefallen war. In der Zeit, über die ich hier berichte, war mein Meister knapp vierzig Jahre alt, bei bester Gesundheit und von lebhafter Gesichtsfarbe, ein Frühaufsteher, obwohl er sehr wenig schlief, und ein Liebhaber von allem, was mit der Natur zusammenhing.

Er war ein «Poulain», was heißen soll, er stammte aus den Gebieten jenseits des Meeres, und hatte daher gemischtes Blut in den Adern. Er sprach nur selten über seine Familie, aber wie jugendliche Ohren nun einmal sind, erfuhr ich dennoch eine Menge, indem ich immer wieder mal etwas aufschnappte. So wurde mir bekannt, dass sein Vater im dritten Kreuzzug an der Seite von Richard Löwenherz gekämpft habe und dass seine Mutter die Tochter eines Christen aus Alexandria sei. Das erklärte den dunklen Ton seiner Haut, sein oft ungewöhnliches Verhalten und seinen besonders lebhaften Geist. Ein Geist, der zumindest mir immer ein wenig gottlos vorkam. Jedenfalls machte ihn dieser Unglaube im Blut zu einem hervorragenden Arzt; man sagt ja allgemein, dass die Alexandriner auf dem Gebiet der Medizin außerordentlich begabt seien. Von ihm lernte ich nicht nur, welche Kräuter man zur Wundheilung verwendet und wie man ein gebrochenes Glied richtet, sondern auch, was vielleicht noch wichtiger ist, dem Wissen einen hohen Rang einzuräumen und immer daran zu denken, dass nur derjenige ein wahrhaft ehrenwerter Mann ist, der seinerseits auch andere ehrt. Außerdem lehrte er mich, das Schwert zu führen, das Pferd zu satteln und die beste Art, in die Schlacht zu reiten, denn er beherrschte alle ritterlichen Disziplinen meisterhaft, obwohl ich nicht annehme, dass er wünschte, ich würde je von diesen Dingen Gebrauch machen müssen.

So kam es, dass ich, im Gefolge meines Herrn und unter der Fahne mit dem achtspitzigen roten Kreuz, die Wunder der islamischen Welt kennenlernte, wenn ich auch gleichzeitig Zeuge der unendlichen Grausamkeit und Brutalität des Krieges wurde.

Mein Meister ermunterte mich zum Lesen, denn er war ein hervorragender Gelehrter und hatte einige Zeit in Paris und an der hochangesehenen Schule von Salerno verbracht, bevor er seine Gelübde ablegte. Er war der Überzeugung, dass ich neben dem Kriegshandwerk auch andere Dinge erlernen sollte, und so wurde ich unter seiner Anleitung ziemlich gut in

Griechisch und war daher in der Lage, mich in die Gedanken der griechischen Philosophen zu vertiefen, mit Hilfe von Folianten, die er auf seinen Reisen fand. Sie offenbarten mir eine für mich bis dahin unbekannte Geisteswelt. Aber ich verfalle in Hochmut, wie auch mein Meister mir oft sagte, denn ich verweile zu lange bei unbedeutenden Einzelheiten, während ich doch vielmehr erzählen sollte, wie ich, der ich ja noch nicht im Kampfesalter war, meines Meisters Knappe wurde und als solcher, wie zu jener Zeit üblich, nicht nur verantwortlich für seine Pferde und Waffen, sondern auch sein Chronist und Vertrauter, und einen Treueid ablegte, den ich bis heute feierlich halte.

Wie das Schicksal so spielt, blieben wir nur einige wenige Jahre jenseits des Meeres, weil mein Meister André in der Schlacht von Mansura, unter dem Befehl von Guillaume de Sonnac, dem Großmeister der Templer, schwer verwundet wurde. Sein Körper erholte sich nie mehr so ganz davon, und das Kämpfen schien ihm Schmerzen zu bereiten. Mir schien, als sei er zwischen seinen Pflichtgefühlen hin- und hergerissen. Vielleicht war er auch nicht so voller Gottvertrauen, wie er hätte sein sollen? Jedenfalls verließen wir nach einer langen Genesungszeit das Heilige Land und zogen in ein Ordenshaus der Templer in Frankreich, in der unheilvollen Gegend des Languedoc, wo mein Meister eine Stellung als Präzeptor einnehmen sollte. Hier muss ich noch einmal kurz unterbrechen, um dir, lieber Leser, von den Besonderheiten dieser Gegend zu berichten und von den heftigen politischen Fehden, in die wir gerieten und die sich wie Seuchen ausbreiteten.

Das Languedoc ist eine Provinz in Südfrankreich; von Aragon trennt sie eine zerklüftete und nahezu unüberwindliche Bergkette, die Pyrenäen. In jenen finsteren Tagen war sie eine sehr wohlhabende Gegend, und zusammengehalten wurde sie von einer Reihe aufeinander folgender Grafen, die sich mit dem König von Aragon verbündet hatten. Typisch für diese Provinz waren heftige Schwankungen, sowohl was das Wetter, als auch, was das Gemüt ihrer Bewohner betraf, und sie genoss eine enge Beziehung zum Osten, mit dem Templerorden sozusagen als Nabelschnur. Im Allgemeinen schreibt man dieser Tatsache seit jeher zu, dass gerade in dieser Gegend die nicht rechtgläubigen Lehren eindringen konnten, doch wie dem auch sei, für unsere Zwecke mag die Feststellung genügen, dass dort mit der Zeit eine ganze Anzahl von Irrlehren heimisch wurden, deren schlimmste die Katharer und die Waldenser waren.

Viele Jahre lang blühten diese Sekten, da sie sich auf die aufgeschlossene Haltung der stark verweltlichten Geistlichkeit, des Adels und des Grafen von Toulouse verlassen konnten. Allerdings nur bis zu jenem schrecklichen Tage, als Tausende von Rittern aus dem Norden, angeführt von Simonde Montfort, unterstützt von Papst und König, wie die Heuschrecken in das Languedoc einfielen, zu einem Verfolgungskrieg, der mehr als 40 Jahre dauern sollte. Städte und Dörfer wurden dem Erdboden gleichgemacht, ihre Bevölkerung ausgelöscht, Frauen, Kinder und Alte ohne Unterschied niedergemetzelt. Allein in Béziers hatte man zwanzigtausend hingeschlachtet, die in den Kirchen Zuflucht suchten, als sie betend am Altar knieten. Mein Meister verurteilte den Kreuzzug gegen die Katharer, denn dieser sei nichts anderes als ein politischer Schachzug, mit dem Ziel, die Gegend für den französischen König zu annektieren. Jung wie ich war, erfasste ich gar nicht das ganze Ausmaß dieses schrecklichen Verbrechens, vielleicht auch deshalb nicht, weil ich von ganzem Herzen an die Rechtschaffenheit der Mutter Kirche und ihrer Absichten glaubte, mit dem religiösen Eifer dessen, der ein klar geordnetes Bild von der Welt hat, obwohl er erst seit kurzem in ihr lebt.

Die Ketzer verteidigten sich und brachten Argumente vor; Jesus habe keinen Ort gehabt, wohin er sein Haupt betten konnte, während der Papst einen Palast besitze, Jesus sei mittel- und besitzlos gewesen, die christlichen Prälaten dagegen seien reich und mächtig und lebten von Mastkälbern, während andere verhungerten. Tatsächlich befand sich die

Kirche schon länger in einem erschreckenden Zustand der Korruption, und es war leicht nachvollziehbar, warum sie kein hohes Ansehen genoss. Man erzählte von Kirchen, in denen seit vielen Jahren nicht mehr die Messe gehalten worden sei, weil die Priester zu sehr damit beschäftigt waren, ihre großen Besitztümer zu verwalten. Man munkelte sogar, dass der Erzbischof von Narbonne seine Diözese noch nie besucht habe! Diese weltlich gesinnten Priester und fetten Bischöfe wurden als die wiedergeborenen Pharisäer angesehen, die heilige Kirche als die babylonische Hure, der Klerus als die Synagoge des Teufels, der Papst als der Antichrist. Ohne religiöse Führung und mit hungrigem Magen nahmen die Menschen ihre Angelegenheiten selbst in die Hand, predigten, ohne dazu befugt zu sein, teilten die Sakramente aus, ohne sich vorher zum Priester weihen zu lassen. Die Flutwelle der Reformen ließ sich nicht mehr aufhalten; das Languedoc war wie ein Baum mit giftigen Früchten. Sogar unser gesegneter Heiliger Bernhard war, als er ein halbes Jahrhundert zuvor die Gegend bereist hatte, über die Korruption des Klerus mehr erschrocken als über die Ketzer selbst. Später schaffte es ein junger Mann namens Dominikus Guzman, einige zu bekehren, aber auf einen Bekehrten kamen zehn oder zwanzig, die auf der Strecke blieben. Graf Raymond de Toulouse, der die Ketzerei zunächst stillschweigend geduldet hatte, stellte sich dem Kreuzzug entgegen, schwenkte dann allerdings angesichts des überwältigenden Drucks von päpstlicher Seite um und ließ durch seine eigene Ritterschaft jene abschlachten, die er vorher unterstützt hatte. Viele Adelsfamilien, früher seine Wohltäter und zum Teil gläubige Katharer, sahen sich gezwungen, in verschiedenen Ordenshäusern der Templer Zuflucht zu suchen oder aber einem Ende auf dem Scheiterhaufen entgegenzusehen. Letztendlich jedoch war der Graf selbst der Betrogene, denn alle seine Ländereien und Titel gingen auf Alphonse über, den Bruder Ludwigs IX., und wurden somit Besitz des französischen Königs. Dieser Kreuzzug zerstörte nicht nur die Verbindung zwischen den einzelnen häretischen

Vereinigungen und trieb die, die ihrem Glauben treu blieben, in den Untergrund, sondern bedeutete auch den Ruin einer einst wohlhabenden Gegend mit blühendem Handel.

So also war die Lage damals, als wir im Languedoc ankamen, fast zehn Jahre, nachdem Montségur, die wichtigste Festung der Katharer, eingenommen worden war. Zu einer Zeit, da sich die verwüstete Provinz gerade erst wieder aufzurichten suchte. Man kann demnach, verehrter Leser, meinen Meister nicht allzu scharf dafür verurteilen, dass er alles andere als begeistert war von der Aussicht auf seine bevorstehende Ernennung. Aber wenn ich mich jetzt so zurückerinnere – mit dem klareren Blick dessen, der sich von der Ungeduld der Jugend gelöst hat – erkenne ich, dass diese doch ein Glücksfall war, denn nicht nur hätten es ihm seine Verwundungen unmöglich gemacht, seinem Orden mit dem notwendigen körperlichen Einsatz zu dienen, sondern es bestünde jetzt auch kein Anlass für mich, diese bemerkenswerte Geschichte zu erzählen, wären wir damals nicht ins Languedoc geschickt worden.

Mein Meister war offenbar wirklich sehr unzufrieden mit seiner Berufung. Ich vermute, er sehnte sich nach seinem sonnigen Heimatland und auch nach seiner Tätigkeit als Arzt, die er so liebte, und deshalb war er (wie mir schien) wie von einem Dämon der Unrast besessen und voller Verlangen nach neuen Erfahrungen, aus denen er zumindest einen gewissen Trost würde schöpfen können. Manchmal verstand ich ihn nicht, jedenfalls bemühte ich mich nicht darum. Ich folgte ihm gehorsam, obwohl er offenbar von vielen Gedanken gepeinigt wurde, die nach einer Lösung verlangten.

Ein Jahr nach unserer Ankunft in Frankreich rief man ihn nach Paris zu einer Audienz beim König, der erst vor wenigen Monaten aus dem Heiligen Land zurückgekehrt war. Zum Erstaunen meines Meisters waren bei diesem Treffen auch Renaud de Vichiers, der Großmeister des Templerordens, und der Präzeptor von Paris sowie sein Schatzmeister zugegen. Welche schwerwiegenden und ernsten

Ordensangelegenheiten hatten wohl den Großmeister von seinen Aufgaben in Outremer, den Kreuzfahrerstaaten, losgerissen? Es mussten tatsächlich schwerwiegende Gründe sein, denn er hatte den Ordenskommandanten Gui de Basainville als Stellvertreter zurückgelassen, um unsere Festungen gegen einen Angriff der Mamelucken zu verteidigen.

Nach den Empfangsformalitäten setzte man uns davon in Kenntnis, dass unser Kloster die Eigentumstitel für ein Stück Land in den Bergen südlich von Carcassonne besitze, dessen unbegrenzte Nutzung offenbar den Zisterziensern im Jahre 1186 von Gérard de Ridefort zugesichert worden war. Der Großmeister berichtete uns, dass auf diesem Land inzwischen ein Kloster errichtet worden sei, das Zisterzienser beherberge. Der Abt von Cîteaux hatte seine Besorgnis darüber geäußert, dass ihm dieses Kloster nicht bekannt gemacht worden sei und dass es nun schon viele Jahre *incognito* existiere, ohne die geistliche Führung eines Mutterhauses – und ohne dass sein Abt jemals bei einem Treffen des Generalkapitels zugegen gewesen sei! Wie wichtig diese Belange auch sein mochten, so rechtfertigten sie doch nicht die Anwesenheit des Großmeisters und des Präzeptors bei dieser Unterredung. Nein, es gab tatsächlich schwerwiegendere Angelegenheiten zu besprechen, wie wir gleich erfahren werden.

Auf Anweisung des Papstes sollte eine Inspektion aller Klöster im gesamten Languedoc vorgenommen werden. In erster Linie hatte man es auf ebendieses Kloster St. Lazarus abgesehen, weil dort Heilungen erzielt worden waren, die man auf kein natürliches Heilmittel zurückführen konnte. Das Bedeutsame an dieser Untersuchung war, wie der König uns mitteilte, dass sie von einem gewissen Rainiero Sacconi aus Piacenza geführt werden sollte; einem, wie ich später erfuhr, italienischen Inquisitor von einigem Ansehen. Jetzt wurde klarer, warum sowohl der Orden der Zisterzienser als auch der unsrige höchst beunruhigt waren, dass man in dem Kloster und seiner Führung etwas finden werde, was der dominikanische Inquisitor zu seinen Gunsten nutzen könnte, nämlich, um seine Karriere zu fördern. Der König wiederum hatte die Befürchtung, dass die Untersuchung dem Pontifex einen Vorwand liefern werde, Gelder direkt von jedem der Häresie für schuldig befundenen Kloster einzutreiben, anstelle der päpstliche Steuern, die Ludwig ihm versprochen, aber nie gezahlt hatte. Er berichtete uns, dass bereits zwei fromme Orden des Papstes Zorn zu dulden hätten, was den Dominikanern von Italien zugute komme und dem italienischen Bischof von Toulouse – einem Benediktiner mit sehr engen Familienbanden nach Rom –, der sich den gesamten Besitz des Klosters mit dem *Ratum facio* des Papstes angeeignet habe.

Wir erfuhren, dass bald eine Gesandtschaft von Paris aus aufbrechen solle und dass es unsere Aufgabe sei, sie zu begleiten. Mein Meister sollte die Untersuchung in seiner Eigenschaft als Mediziner beaufsichtigen und einen gerechten Ausgang gewährleisten. Zu diesem Zweck händigte man uns einen Brief mit dem Siegel des Königs aus und stellte uns einige Bogenschützen zur Verfügung, sodass wir nötigenfalls mit Gefangenen zurückkehren konnten.

Die Art der uns zugewiesenen Aufgabe, oder besser gesagt Pflicht, wurde uns allerdings wieder unklarer, als der König meinen Herrn beiseite nahm und verlangte, wir sollten bei unserer Rückkehr aus dem Kloster zuerst und vor allen anderen ihm persönlich Bericht erstatten, sogar noch vor dem Großmeister. Natürlich war mein Meister damit nicht einverstanden, denn das hätte gegen die Ordensregeln verstoßen. Klug wie er war, gab er sich aber den Anschein, er werde tun, wie ihm geheißen. Später, als wir das Schloss verließen, wurden wir vom Großmeister abgefangen, der höchst besorgt zu sein schien. Er sagte, es sei außerordentlich wichtig, dass wir nach Abschluss der Untersuchungen nicht nach Paris zurückkehrten, sondern zunächst seine Anweisungen abwarteten …

Was soll man dazu sagen?

Und so muss ich gestehen, dass mir sogar noch heute die Schamröte ins Gesicht steigt, wenn ich daran denke, wie mich damals der Teufel der Neugierde packte. Und wie ich hier so sitze, im mir auferlegten Exil, ist diese Scham mit noch einem Gefühl vermischt, mit Sehnsucht. Sehnsucht nach Jugend, nach Aufregung und nach dem Geruch der Berge und, ja, sogar einem Sehnen nach jenen Gefühlen der Unruhe und der Vorahnung.

Fahren wir also fort, geduldiger Leser, und schweifen nicht länger ab, muss ich doch meine nicht erwähnenswerten Begabungen engelsgleichen Wesen zur Verfügung stellen, deren himmlisches Licht die Äonen erleuchtet und die dunklen Annalen der Geschichte erhellt. Die Geschichte ist eine Verführerin und ihr Trug Nahrung für die Blinden und Trost für die Söldner.

Die Erzählung beginnt …

1.
CAPITULUM

*«Der Spötter sucht Weisheit, doch vergeblich,
dem Verständigen fällt Erkenntnis leicht.»*

Die Sprüche Salomos XIV, 6

Die Reise von Paris ins Languedoc verlief ohne nennenswerte Ereignisse. Die von den Römern breit angelegten Straßen waren damals gut instand gehalten, denn sie wurden von den Kaufleuten auf ihrem Weg in die provenzalischen Häfen genutzt und von den Pilgern, die nach Santiago de Compostela in Spanien wollten.

Unsere Reisegruppe nahm nicht den direkten Weg, manchmal schweiften wir nach Osten ab, und ein- oder zweimal konnten wir einen flüchtigen Blick auf das Meer erhaschen. Wir erreichten das Languedoc drei Wochen nach unserer Abreise aus Paris, und es war nicht gerade ein heiterer Anblick, der sich uns da bot. Vor uns lag ein verwüstetes und entstelltes Land; wir hielten ständig die Augen offen und misstrauten sogar unserem eigenen Schatten, denn selbst nach so vielen Jahren war das Land noch immer von Schwert und Stiefel der Kreuzritter aus dem Norden gezeichnet.

Diejenigen von uns, die diese Gegend noch nicht kannten, machten bald Bemerkungen über die schwarzen Überreste der niedergebrannten Gehöfte, die niedergebrochenen Zäune, eingestürzten Brücken und verlassenen Weinberge. Sie zeigten auf Unkräuter und Disteln, die die Kirchen überwucherten und auf allem wuchsen, was einmal einen Wert gehabt hatte. Die wenigen Menschen, die wir erblickten – armselige Kreaturen, mager und zernarbt, wild wie Tiere aus dem Walde – stoben jedes Mal sofort auseinander, wenn wir uns näherten, weil unsere Bogenschützen das Banner der Inquisition trugen.

Für einen kurzen Moment sah ich in ihren Augen den alten Albtraum, die verbitterte Hoffnungslosigkeit und gefährliche Verzweiflung. Sie waren wirklich jenseits aller Hoffnung und allen göttlichen Trostes, und ich betete für ihre Seelen.

Wir reisten in ernstem, bedrücktem Schweigen, bis wir höher gelegene Landstriche erreichten, wo es nicht mehr so viele Zeugnisse der Verwüstung gab, und als wir uns durch ein Gebiet voll tiefer Schluchten und enger Täler kämpften, schien sich das ganze Gefolge etwas zu entspannen, und mein Meister ritt eine Weile vor mir her. Sein Reittier war ein prachtvoller Araber namens Gilgamesch – benannt nach dem großen babylonischen König. Ich ritt auf einem Maultier, das Brutus hieß, denn Namen sollen ja, wie schon Plato sagt, das Wesen der Dinge so genau wie möglich beschreiben – wenn sie denn wirkliche Namen sein wollen.

Vorneweg reisten die Prälaten der päpstlichen Kommission in einer Kutsche. Ich weiß allerdings nicht, wer von uns bequemer reiste, denn das unpraktische Gefährt holperte über die steinige Straße und warf seine Insassen hin und her. Als wir daran vorüberritten, wagte ich einen Blick in das Innere der Kutsche. Umgeben von Kissen aus Samt und Seide saß da zunächst der Inquisitor, der sich die ganze Zeit in seiner schwarzen Kapuze verbarg und sein Unbehagen in Schweigen erduldete. Ihm gegenüber der Franziskaner, dem der Kopf hin- und herwackelte und dessen dünne Lippen geräuschvolle Schnarcher von sich gaben. Bernard Fontaine, der Zisterzienser, saß daneben. Wie er da so thronte, aufrecht wie die Türme des Libanon, das lange Gesicht in Leichenbittermiene, den Blick starr und ohne Lidschlag geradeaus gerichtet, schien er vollauf zufrieden mit seinem Elend. Nur der Bischof von Toulouse, der es ob seiner Körpergröße in der Kutsche besonders unbequem hatte, versuchte seine Qual zu mildern, indem er auf einem Maultier mit uns ritt. Ich muss gestehen, dass ich ihn nicht besonders mochte, denn er war ein launenhafter Mann und redete immer so langweilig daher, auch hing seine Verfassung gänzlich davon ab, wie viel Wein er bereits genossen hatte. Deswegen kann ich nicht behaupten, ich sei beunruhigt gewesen (Gott möge mir vergeben), dass Brutus jedes Mal, wenn er sich näherte, auf das Hinterteil seines Maultiers losging und es einmal sogar in wilder Jagd verfolgte, was dazu führte, dass der Bischof aus dem Sattel fiel. Ich brauche wohl nicht zu sagen, welch einen Aufruhr das hervorrief, noch, welch grässliches Wortgewitter auf alles und jeden niederprasselte, wobei das einzig Tröstliche war, dass der Bischof daraufhin (leider, leider!) wieder in die Kutsche stieg, und zwar diesmal endgültig.

Die Stunden zogen sich hin. Ich sehnte mich sehr nach der Gesellschaft meines Freundes, des ehrenwerten Eisik, dem der Bischof durch eine glückliche Fügung des Schicksals gestattet hatte, uns zu begleiten, und der nun, weil er Jude war, der Gesellschaft in einigem Abstand folgte.

Wenn man ihn so reiten sah, ein wenig vornübergebeugt, wie es seine Art war, wobei sein langer grauer Bart und das schüttere Haar im Winde flatterten, hätte man ihn auf ein stattliches Alter geschätzt, aber bei näherem Hinsehen erkannte man an dem gebräunten, markanten Gesicht, dass er viel jünger war, obwohl es in der Tat ein von ertragenen Leiden und Jahren der Verfolgung gezeichnetes Gesicht war. Ich winkte ihm zu, doch er bemerkte mich nicht, da sich zwischen uns eine Menge Diener, Notare, Chronisten und Bogenschützen befanden, die ganze Begleitmannschaft eben. Sie zogen hinter uns her und unterhielten sich dabei in ihrer einfachen Sprache, sie lachten und gestikulierten und achteten geflissentlich darauf, dem Juden nicht zu nahe zu kommen, da waren sie sich in ihrem Abscheu alle einig.

Der Tag, von dem ich hier berichte, war frisch und klar angebrochen nach einer bitterkalten Nacht, die wir in einem kleinen Kloster am Fuße der Berge verbracht hatten. Am Vorabend, nach einem spärlichen Mahl, hatte der Prior uns erzählt, es sei schwierig, zum Kloster St. Lazarus zu gelangen. Der Pfad, der dorthin führe, nuschelte er undeutlich, winde sich in engen Biegungen durch dichten Wald und sei im tiefen Winter wegen der starken Schneefälle und der deswegen häufig niedergehenden Lawinen unpassierbar. Ebenso mache im Sommer ausgiebiger Regen den Aufstieg gefährlich, Schlammlawinen und andere Schrecknisse seien an der Tagesordnung.

«Wer weiß», flüsterte der schon angetrunkene Prior, «welche Ketzereien dort im Verborgenen wuchern? Man wagt sich gar nicht auszumalen, was für Greuel hinter jenen schändlichen Mauern lauern.» Er lächelte mich boshaft und unheilvoll an, «Ketzerei!»

In dieser Nacht konnte ich kaum schlafen.

Früh am nächsten Morgen hatte der Inquisitor einen Appell an die Bewohner des Städtchens gerichtet und all jene, die etwas über das Kloster und seine Praktiken wüssten, gebeten, sich an dem Tag, der für die Untersuchung festgesetzt war, zu melden. Und so begannen wir denn, nachdem alle Vorbereitungen getroffen waren, unseren langen und steilen Aufstieg zur Abtei.

Wir folgten einem einsamen Weg und konnten beobachten, wie die Eschen, Kastanien und Buchen nach und nach von Eichen abgelöst wurden. Bald kündigte der intensive Geruch der Kiefern an, dass wir uns dem Ziel näherten. Verschneite Gipfel verloren sich über uns in den Wolken, und kurz bevor die Sonne ihren höchsten Punkt erreicht hatte, zog ringsum Nebel auf und verdeckte das atemberaubende Blau des Himmels. Die hier und da auftretenden Schneeflecken wuchsen zu einer dicken Schneedecke zusammen, und bald darauf erreichten wir eine Gabelung, die den Weg in vier kleinere Pfade unterteilte, die in verschiedene Richtungen führten.

Der Kavalkade kam zum Stehen, und mein Meister sowie ein paar andere saßen ab, um sich besser umsehen zu können. Über und unter uns verschleierte milchiger Dunst die Sicht. Von den vier Pfaden schien einer der beiden mittleren der geradeste zu sein, aber so weit wir sehen konnten, war er von Gestrüpp überwuchert und dick mit Schnee bedeckt. Rechts wand sich ein anderer Weg gefährlich den Hang hinab und verschwand unter uns. Der linke Pfad war sehr steil und felsig. Der vierte war nicht mehr als ein Trampelpfad und führte direkt den Hang hinauf.

Sofort herrschte schreckliche Uneinigkeit unter den zahlreichen Wegkundigen (denn es gibt ja immer so viele). Der Kommandant der Bogenschützen, ein kluger und meist vernünftiger Mann, riet dazu, den unteren Pfad zu nehmen. Der Bischof jedoch war aus der Kutsche gestiegen und bestand drauf, da er als Italiener ja von Natur aus bergkundiger als die anderen sei, dass wir unter keinen Umständen einen anderen als den oberen Pfad einschlagen sollten. Andere fielen in die Diskussion mit ein, und bald versuchte jeder jeden zu übertönen, bis sich ein heftiger Zwist entspann und alle ihre Meinung hitzköpfig und unhöflich zum Besten gaben.

Das Gebirge ist ein unberechenbares Geschöpf; ohne Vorwarnung ließ es plötzlich einen Wind aufkommen, der den Nebel vertrieb und in den Gewändern der Kirchenmänner spielte. Nervös und argwöhnisch blickten die Bogenschützen nach oben, denn man hatte sie gelehrt, auf die geringfügigsten Dinge zu achten und zu reagieren, aber die Männer der Kirche und der Kommandant der Wache stritten weiter und wurden lauter und lauter, als wollten sie das Rauschen der Wipfel übertönen. Da fegte auf einmal ein Windstoß über unsere kleine Truppe hinweg, riss dem Bischof den Pileolus vom Kopf und ließ ihn wie ein kleines Rad den mittleren Pfad entlang rollen. Der hochgewachsene Mann umklammerte bestürzt sein entblößtes Haupt mit der Tonsur und fing an zu rennen, dem kleinen roten Ding hinterher, stolperte auf dem holprigen Grund und war immer wieder kurz davor, die Kappe zu erhaschen, bevor ein neuer Windstoß sie weiterrollen ließ.

Aus dem Augenwinkel sah ich, wie mein Meister seinen Araber bestieg. «Es scheint, dass der Bischof die Sache nun selbst in die Hand genommen hat», bemerkte er und trieb sein Tier an, ihm zu folgen. Natürlich blieb der ganzen Gesellschaft in der allgemeinen Verwirrung nichts anderes übrig, als das Gleiche zu tun. Wenige Augenblicke später weitete sich der enge Pfad zu einem sicheren und ebenen Weg, der gut gepflegt wirkte, trotz der Schneedecke, die, wie sich herausstellte, nur dünn war.

«Eine außerordentlich kluge Wahl», beglückwünschte mein Meister den Bischof in seiner Kutsche.

Das runde Gesicht des Bischofs lugte aus dem Wagenfenster und verzog sich zu einem ungewissen, bleichen Grinsen. *«Deus vult, deus vult»*, nickte er, «Gott will es so, mein Sohn, Gott will es.»

André begleitet mich jetzt in der Nachhut, damit der Kommandant der Wache seinen Posten wieder einnehmen konnte, und wir ritten schweigend und verkrochen uns wegen der Kälte tiefer in unsere Mäntel. Ich verzichtete darauf, irgendwelche Fragen zu stellen. Er war derjenige, der zu sprechen begann, und zwar ohne mich anzusehen.

«Nun ... hast du etwas daraus gelernt, Christian?», fragte er.

Ich überlegte kurz. «Dass Gott im Geheimen wirkt, Meister?»

Lange herrschte Stille. Die Bäume um uns bewegten sich wie Lebewesen, und von den Zweigen rieselte Schnee auf uns nieder.

«Also, das ist alles, was du gelernt hast?», fragte er dann. «Zehn Jahre an meiner Seite, und das ist alles, was du gelernt hast?»

«Wieso?», gab ich entrüstet zurück. «Was denn sonst noch?»

Er hielt still, und sein gehorsames Pferd tat das ebenfalls. Er sah mich leicht ungläubig an. «Habe ich dir nicht unzählige Male gesagt, Christian, dass ein guter Arzt und ein guter Philosoph viel gemeinsam haben?»

«Aber was hat das mit ...?»

«Dass sie beide nach einem Maß an geistiger Vollkommenheit streben», unterbrach er mich, «auf das sie jederzeit zurückgreifen können, das habe ich dir immer beizubringen versucht, aber ich sehe schon, daran müssen wir noch gründlich arbeiten. Möchtest du, dass ich dich aufkläre?»

Ich seufzte, denn mir war klar, dass ich nichts anderes sagen konnte: «Ich bin bereit, Meister.»

«Gut ...» Er schnalzte ein wenig mit den Zügeln, und das Pferd gehorchte. «Also, erstens, was du schon gelernt haben solltest, ist der Unterschied zwischen Wissen und Meinung. Wissen und Meinung ...»

«Ihr wollt andeuten, dass sie nicht immer ein und dasselbe sind?»

«Sehr gut beobachtet», entgegnete er lächelnd – obwohl ich glaube, er meinte das Gegenteil. «Das Wissen ist bekanntlich ewig und unwandelbar, habe ich recht?»

«Und Unkenntnis bedeutet, nichts zu wissen», fügte ich hinzu.

«Exakt.»

«Schön und gut», warf ich ein, «aber wo soll man dann die Meinung ansiedeln?»

«Die Meinung, Christian, bewegt sich zwischen beidem. Zwischen dem, was ganz und gar *ist*, und dem, was überhaupt nicht ist, und deshalb kann man sich nie auf sie verlassen.»

«Aber was hat das denn mit dem Wind und dem Pfad zu tun, Meister?», fragte ich verzweifelt und sah auf zu den seltsamen Wolken über dem Dach aus Zweigen.

Er warf sich ein paar Nüsse in den Mund, kaute, spähte nach oben und schüttelte den Kopf. «An der Kreuzung, haben wir da irgendwelches Wissen zu hören bekommen? Nein, nur Meinungen und Vermutungen. Stimmt's?»

«Ja, aber ich verstehe noch immer nicht, was das mit –»

«Keiner unserer werten Kollegen, Christian, wusste auch nur das Geringste über diese Wege, da keiner je durch diese Gegend gereist ist. Und doch hatten sie alle so viele kluge Meinungen, gestützt auf dies und das und das und jenes ... alle irrig.»

«Also, was für ein Glück, dass der Wind so klug ist, Meister», erwiderte ich, denn ich wusste, dass die vier

Elemente himmlische Mitteilungen sind, Zeichen, durch die Gott seine Weisheit den Menschen kundtut.

Er sah mich scharf an: «Und was für ein Pech für mich, dass du so dumm bist!» Ich war froh, dass der Wind dies schluckte, bevor die anderen es hören konnten. «Du würdest sogar die Geduld des heiligen Franziskus auf die Probe stellen, mein Junge! Der Wind hatte sehr wenig damit zu tun!»

«Wirklich? Auch nicht als Werkzeug Gottes?»

«Ich war es.»

«Möglicherweise seid Ihr sein Werkzeug», antwortete ich.

«Red keinen solchen Unsinn, den kannst du getrost senilen Theologen überlassen. Also, du kannst einen wirklich zur Verzweiflung treiben! Nein. Heute Morgen vor dem Aufbruch, als ich meinen üblichen Spaziergang machte, traf ich einen Kaufmann, einen Reisenden, der ja darauf angewiesen ist, die Straßen hier gut zu kennen. Nach einer kurzen, höflichen und lehrreichen Unterhaltung wusste ich einiges über die Strecke, die wir zu bewältigen haben. Er empfahl mir, und wie wir gesehen haben sehr zu recht, auf eine Kreuzung zu achten, an der es nur einen richtigen Weg gebe, nämlich den zweiten von rechts. Zufällig hatte er sich einmal auf dieser Strecke verirrt und dann bei den Mönchen eben jenes Klosters Zuflucht gefunden; er lobte sie in den höchsten Tönen. Du siehst, es steckt da überhaupt kein Geheimnis dahinter. Ein guter Ritter weiß immer genau Bescheid, merk dir das, vielleicht hängt eines Tages dein Leben davon ab. Woher man seine Informationen bekommt, ist unwichtig. Wichtig hingegen ist, Christian, dass man seine Beobachtungsgabe benutzt und die fünf Sinne, die einem Gott geschenkt hat. Dann muss man sich nie auf Meinungen verlassen oder an Wunder glauben oder solche Sachen.»

«Verstehe ... aber dann sagt mir doch, woher Ihr gewusst habt, dass der Wind den Pileolus in die richtige Richtung treiben würde?», fragte ich, um ihn ein wenig aufs Glatteis zu führen.

«Christian ...», seufzte er ungeduldig, lächelte aber dabei, denn ich glaube, es bereitete ihm immer Genugtuung, sein Wissen zum Besten zu geben, «natürlich wusste ich nicht, in welche Richtung der Wind die Kappe blasen würde! Wäre es nicht der Wind gewesen, hätte ich eben einen anderen Vorwand gefunden, das ist alles. Das heißt ja nicht, dass wir Gott nicht danken können für alle Hilfe, die er uns gewährt.»

Ich habe wohl ein höchst erstauntes Gesicht gemacht, denn er lachte so laut auf, dass sich die anderen nach uns umdrehten, ich aber sah ihn argwöhnisch an. «Warum habt Ihr denn nicht einfach gesagt, dass Ihr den Weg wisst?»

«Ach ...» Ein breites Lächeln zeigte seine weißen Zähne und legte sein braunes Gesicht bis zu den Augen hinauf in Fältchen. «Das ist ja die Lektion, genau das ist die Lektion! Klugheit, mein lieber Junge, Klugheit! Sich seiner eigenen Fähigkeiten zu sicher zu sein», hier senkte er die Stimme, und ich verstand ihn fast nicht mehr, «ist gefährlich, vor allem gegenüber Leuten, die zu starrsinniger Eitelkeit neigen. Die Klugheit verlangt, dass wir die, die wir nicht belehren können, eben ... führen müssen. Mit anderen Worten, es ist von größter Bedeutung für einen Mann, gelassen zu bleiben und nicht aufzufallen.»

Ich empfand plötzlich große Bewunderung. «Ich verstehe», sagte ich stolz. «Ihr hattet das Wissen, während die anderen nur eine Meinung hatten, aber sie können Euch nicht nachsagen, dass Ihr sie bloßgestellt hättet.»

«*Mashallah!* – was Gott alles schafft! Nun hast du's begriffen! Viel wissen, aber wenig enthüllen – das ist ein guter Grundsatz. Denk künftig daran, auch davon könnte einmal dein Leben abhängen, denn es ist fast immer so, dass diejenigen, die besonders starr an ihrer Meinung festhalten, besonders wenig über die Hintergründe der Meinung wissen, an der sie festhalten.»

Nach diesen Worten ritten wir schweigend weiter und mühten uns lange Zeit durch das immer schlechter werdende Wetter, und als wir uns endlich unserem Ziel näherten, war es bereits vorgeschrittener Nachmittag und fast schon dunkel.

Als Erstes erblickten wir hoch über uns starke Festungsmauern, die an der weit vorspringenden Ostseite des Klosters entlangliefen. In der Dämmerung wirkten sie imposant und unheimlich. Hinter diesen Umwallungen wurde eine dunkle Festung sichtbar, umrahmt von einem steilen Berg, der seine gewaltigen schneebedeckten Gipfel hinter einer Wolkendecke verbarg und – vielleicht von den Teufeln aus der Erde empor gestemmt – in abweisender Gestalt mit unzugänglichen, zerklüfteten Wänden drohend über der umgebenden Landschaft aufragte. Er flößte einem eine feierliche, ehrfürchtige Hochachtung ein, und ich kam zu dem Schluss (denn ich erinnerte mich an die unausgesprochenen Symbole, durch die Gott zu uns redet), dass der Berg eine Warnung sei, ein Zeichen, dass wir umkehren sollten.

Die Luft war böig, Windstöße strichen um die Mauern der Abtei und sausten mit Pfeifen und Wimmern über uns hinweg. Ich kam mir sehr klein vor, wenn ich so zu den Kiefern hinauf blickte, deren Äste sich hoch über uns zusammenwölbten und – fast wie bei einer Kathedrale – eine bewegte Kuppel bildeten; ich war froh, als wir uns endlich dem Torhaus näherten.

Ich bemerkte, dass jemand rechts von dem großen Tor ein kleines Feuer entfacht und einen roh zusammengebauten Unterstand aus toten Ästen errichtet hatte, der sich gegen die steinerne Mauer lehnte. Einen Augenblick später sah ich die Gestalt eines Mannes, der nicht weit von diesem Lager entfernt Feuerholz sammelte. Ich fragte meinen Meister, warum man diesen Pilger oder Bettler nicht in der Abtei aufgenommen habe, und dachte dabei auch, wie tapfer er sei, so allein unter dem bedrückenden Schatten der Festungsmauern und mitten im Toben der Elemente.

«Ich weiß es nicht, Christian», antwortete er, und der Wind trug seine Worte davon. «Er sieht nicht aus wie ein Pilger, vielleicht ist er ein angehender Novize und muss, wie es der Brauch ist, ein paar Tage vor den Mauern verbringen, bevor er willkommen geheißen wird. Der Apostel spricht ja, man müsse die Geister prüfen, ob sie Gottes sind.»

Mich schauderte; das war in der Tat eine schwere Prüfung.

Als wir am Tor des Klosters ankamen, war gerade der Gottesdienst zur Nona aus der Kapelle zu hören. Der Kommandant der Bogenschützen stieg ab, klopfte laut an die Flügel des großen Tores, und kurz darauf erschienen die Augen eines älteren Mannes hinter einer kleinen Öffnung. Der Mönch blinzelte uns kurzsichtig an und rief: «Willkommen im Namen Gottes, des Herrn.»

Darauf öffneten sich die Türflügel und gaben den Blick frei auf das Gelände, das gleichwohl nicht recht deutlich zu sehen war ob des Staubes, den der Wind umhertrieb und der unsere Tiere unruhig und nervös machte. Und da waren sie nicht die Einzigen, denn als wir über die Steinplatten der Schwelle schritten, stieß ein Rabe, der oben auf dem Torbogen hockte, drei Schreie aus, und ich fuhr zusammen und schickte ein stilles Gebet zum Himmel, während ich die Angst zu verbergen suchte, die man mir gewiss ansah.

Der Abt stand im Torbau, und das asketische graue Habit seines Ordens umflatterte ihn. Er war ein hünenhafter Mann und machte zu meiner Erleichterung (denn inzwischen erwartete ich nur noch das Schlimmste) ein freundliches Gesicht. Rasch gab er uns allen den Segen, wie es der Brauch war, sprach ein kurzes Gebet, um die Ränke des Teufels zu durchkreuzen, und bat uns dann, ihm zu folgen. «Sturm!», rief er und zeigte hinauf zum Himmel, der sich schwarz färbte.

Wir gingen eilenden Schrittes auf den zentralen Hof zu, der zur Kirche der Abtei führte. Das Gelände war hier wie ein Halbmond geformt, da es der Bergflanke folgte. Links von der Kirche stand nach Südosten hin das Klostergebäude, ein eindrucksvolles rechteckiges Bauwerk, über dem mehrere breite Festungsmauern aus roh behauenem Stein aufragten. Darin lagen die Gemächer des Abtes, der Kreuzgang und verschiedene weitere Anlagen, außerdem im ersten Stock das Dormitorium. Etwas weiter entfernt sah ich die Stallungen in einem Bogen der äußeren Begrenzungsmauer des Klostergeländes folgen, und dahinter, an die Südseite geschmiegt und gegen die Stürme von Norden abgeschirmt, lag ein Stück Land, bei dem es sich, wie ich später erfuhr, um den Garten handelte. Nördlich der Kirche erblickte ich den Friedhof, der bis zu der Stelle reichte, wo der Fels auf die nordöstliche Umfassungsmauer traf; wie es sich gehörte, lag er die meiste Zeit des Jahres im Schatten und außerdem, sehr weise, neben einem Gebäude, das nur die Krankenstation sein konnte.

Der Abt führte uns durch eine Türöffnung in das Hauptgebäude, und wir fanden uns im Kreuzgang wieder, wo er, da der Wind uns nichts mehr anhaben konnte, die ganze Gesellschaft noch einmal willkommen hieß, indem er die Worte zitierte:

«Über deine Huld, o Gott, denken wir nach in deinem heiligen Tempel.»

Er schlug das Kreuz, lächelte und umarmte uns, und alle küssten einander zwar verhalten, aber doch wohlwollend, dann nahm er von Rainiero Sacconi den Brief des Pontifex mit dem päpstlichen Siegel darauf entgegen.

Er gab seinem Adlatus ein Zeichen, Schüssel und Krug zu bringen, dann wusch und trocknete er sehr sorgfältig die Hände des Inquisitors. «Euer Ruhm, Monsignore, hat selbst unsere bescheidene Abtei erreicht, und es ist uns eine Ehre, Euch zu Gast zu haben.»

Worauf der Inquisitor unter seiner Kapuze hervor antwortete: «Wir kommen in Frieden, auf der Suche nach der Wahrheit, denn sie ist groß und siegreich – *Magna est veritas, et praevalet.*»

Der Abt wandte sich meinem Meister zu und träufelte Wasser auf seine Hände. Mit einem warmen Lächeln, als habe er einen alten Freund vor sich, sagte er fast flüsternd: «Möge das Wohl der Bruderschaft in Euren Händen ruhen,

Präzeptor», und dann lauter, «ich bin immer erfreut, wenn ich einen Mann aus dem Templerorden sehe, besonders einen, dem der Ruf vorauseilt, außerordentlich geschickt in den Künsten der Medizin zu sein. Unser Klosterarzt ist bestimmt entzückt. Ohne Zweifel werden sich in den nächsten Tagen zahlreiche hochgelehrte Dispute ergeben. Auch ist es mir ein Bedürfnis, zu fragen, ob sich der König wohl befindet? Wie ich höre, war seine Gesundheit durch die Ungläubigen gefährdet?»

«Im Gegenteil», antwortete mein Meister vergnügt, «er scheint in heiterer Stimmung und erfreut sich offenbar bester Gesundheit, Euer Gnaden.»

«Oh! Wie mich das freut!», rief der Abt mit aufrichtiger Wärme aus. «Er ist ein guter Mann und ein hervorragender Ritter ... Selbst wir in unserer Abgeschiedenheit hören von wichtigen Dingen ... Ihr seid willkommen, so lange bei uns zu bleiben, wie Ihr nur wollt.»

Zum Schluss wusch der Abt auch noch Eisik die Hände, was mich sehr beeindruckte, den Inquisitor und den Bischof aber bewog, sich zu bekreuzigen und ungläubige Blicke zu wechseln, den Zisterzienser, empört dreinzuschauen, und den Franziskaner, ein Vaterunser zu beten.

Nach diesem Ritual vertraute der Bischof uns dem Hospitaliter an, der uns zu unserem Quartier bringen sollte.

Dieser erzählte uns, dass unsere Zellen im Gästetrakt für die Pilger lägen, der mit der Krankenstation durch einen weiteren Bau verbunden sei; alle jenen Gebäude gingen auf den zentralen Hof hinaus und seien an die östliche Umfassungsmauer angebaut. Den Inquisitor und seine Kollegen habe man im Haupthaus des Klosters untergebracht, unweit von den Gemächern des Abtes und glücklicherweise in einiger Entfernung zu uns.

Das Fenster meiner Zelle ging auf den Hof hinaus. Die Zelle meines Meisters hingegen lag nach Osten und gewährte einen wundervollen Blick über die Berge und die Täler dazwischen. Zu meiner Überraschung schien er mit dieser

Verteilung nicht zufrieden zu sein und bat mich, die Zelle mit ihm zu tauschen. Ich stimmte bereitwillig zu, doch der Hospitaliter wirkte ein wenig bekümmert.

«Ich hatte aber doch Anweisung», er schüttelte den Kopf. «Das ist höchst ungewöhnlich –»

«Mein lieber Mitbruder», antwortete mein Meister leicht ärgerlich, «es ist mir egal, ob die Zelle kleiner ist oder was auch immer, ich möchte nur mein Fenster zum Hof hin und nicht zur Welt da draußen, die mich bloß ablenken würde.»

Der Hospitaliter nickte zustimmend. «So ist es, so ist es ... wenn man nur alles, was da draußen vorgeht, ignorieren könnte, oh!», seufzte er. «Was wäre die Welt dann für ein segensreicher Ort, Herr Präzeptor», und eilig fügte er hinzu, «aber der Wein?»

«Der Wein?» Mein Meister hob eine Braue.

«Ja ... der Honigwein, unsere Spezialität. Jedem Zimmer steht eine Flasche zu, das heißt, mit Ausnahme der Novizen natürlich, obwohl wir derer nur zwei haben, und das ist auch gut so», er warf mir von der Seite einen Blick zu, «denn junge Menschen haben ihre Bedürfnisse nicht unter Kontrolle; sie trinken Wein, als wäre es Wasser, sie essen zu viel, und sie sind voller Stolz.»

«Ach so», lächelte mein Meister amüsiert. «Ich werde keinen Alkohol zu mir nehmen, mein lieber Mitbruder, Ihr könnt ihn also mitnehmen.»

Er starrte meinen Meister an, als habe er nicht verstanden. «Keinen Alkohol?», sagte er mit offen stehendem Mund. «Überhaupt keinen, Herr Präzeptor?»

«Keinen Tropfen in den nächsten Tagen.» Er tätschelte sich den Bauch, der in letzter Zeit an Umfang zugenommen hatte.

Der Mann zögerte noch einen Augenblick und verließ uns dann mit gerunzelter Stirn, kehrte aber gleich wieder erregt zurück, weil er vergessen hatte, uns mitzuteilen, dass es nach dem Gottesdienst im Refektorium ein Mahl zu Ehren des päpstlichen Abgesandten geben werde. Nachdem er das gesagt hatte, eilte er hinaus in den kalten Abend, wobei er mit sich selbst sprach, wie das alte Männer oft tun.

Meine Kammer war karg eingerichtet, aber gemütlich. Meine Lagerstatt bildete ein aus Brettern roh zusammengezimmerter Rahmen, gefüllt mit sauberem, duftendem Stroh. Um mich warm zu halten, hatte ich ein Schaffell, und das einzige Licht kam von einer Laterne, die mit eisernen Krampen an der Wand befestigt war, ein Luxus, der nur Gästen zuteil wurde. Die Mönche der Abtei hatten grundsätzlich kein Licht in ihren Zellen.

Mitten in dem kleinen Zimmer stand ein großer Bottich, gefüllt mit warmem Wasser. Auch das ein seltenes Vergnügen, und ich muss gestehen, dass mich schon der Gedanke daran sofort glücklich machte. Ich sprach ein kleines Gebet und dankte Gott, dass die Abtei zumindest darin nicht der Regel der Benediktiner folgte, die regelmäßiges Baden verbot, denn daran hatte ich mich im Osten sehr gewöhnt.

Von Müdigkeit überwältigt, ließ ich mich schwer auf meinen Strohsack fallen. Durch mein Zellenfenster sah ich nur kaltes ungemütliches Grau. Ich stand auf und entdeckte, dass ich auf den Wald hinunterschauen konnte, der jetzt schon fast gänzlich im Schatten lag, und direkt unter meinem Fenster Rauch aus dem Feuer bei eben jenem Lager aufstieg, das wir am Fuß der Abtei bemerkt hatten. Mich fröstelte, wenn ich an den armen Pilger dachte, während ich mich auf mein Bad vorbereitete. Ich sprach ein kurzes Gebet, dass diese Nacht für ihn nicht allzu kalt werden möge, streifte meine von der Reise schmutzigen Kleider ab und tauchte meinen geschundenen Körper in die wohltuende Wärme ein. Und nachdem ich zu dem Schluss gekommen war, dass ich außerordentlich müde sein müsse, machte ich mich daran, diese Annahme zu beweisen, indem ich in einen tiefen, zufriedenen Schlaf fiel.

2.
CAPITULUM
VOR DER VESPER

Ich erwachte von einem lauten Klopfen. Noch immer lag ich, ganz benommen, in der Badewanne und war, wie ich merkte, fast erfroren. Ich zog das Ordenshabit an, das mir die Mönche der Abtei freundlicherweise bereitgelegt hatten, riss hastig die Tür auf und sah meinen Meister vor mir stehen, der ungeduldig mit dem Fuß wippte und die Stirn in Falten gelegt hatte.

«Los jetzt, Junge», sagte er ungeduldig. «Was hast du denn bloß gemacht? Du siehst ja aus wie ein gerupftes Huhn. Hast wohl geschlafen?» Er sah mich forschend an, und ich nickte, unsicher, wie er reagieren würde.

«Na, schön für dich.» Er lächelte und gab mir einen Klaps auf den Rücken. «In den nächsten Nächten werden wir wenig zum Schlafen kommen, denn wir müssen darauf gefasst sein, zu den ungewöhnlichsten Zeiten unsere Untersuchungen durchzuführen, und gleichzeitig, so gut es geht, den Regeln des Klosters folgen. Komm jetzt, wir müssen erste Erkundigungen einziehen, bevor es dunkel wird.»

«Aber wo gehen wir denn hin, Meister?», fragte ich, als ich ihm nach draußen folgte, wobei sich mir das ungewohnt lange Gewand wegen des Windes bei jedem Schritt um die Beine wickelte. «Muss ich das anbehalten …?»

«Hast du ein Sieb als Kopf, Junge?», sagte er laut, wie so oft. «Was habe ich eben gesagt?»

«Dass wir den Regeln des Klosters folgen müssen», antwortete ich. Und verlor natürlich kein Wort darüber, dass er ja weiterhin das Habit seines eigenen Ordens trug. Stattdessen folgte ich ihm einfach und versuchte, mit seinen kurzen, aber außerordentlich energischen Schritten mitzukommen, während wir am Friedhof vorübergingen.

«Augenblick mal.» Er blieb stehen und ließ den Blick über die Gräber schweifen. Nachdem er sich eine unausgesprochene Frage beantwortet hatte, schritt er weiter wie vorher, und ich eilte ihm nach, als wir auch schon die Hauptgebäude des Klosters erreichten. Er sagte etwas, und ich begriff erst gar nicht, dass er mit mir sprach, denn er schaute weg, als würde er sich an einen Unsichtbaren wenden.

«Der Abtritt ...»

«Meister?»

«Um deine Frage von vorhin zu beantworten, Christian: zu allererst muss ich meine Aufmerksamkeit auf die Bedürfnisse der menschlichen Natur richten, und deshalb werden wir uns als Erstes den Abtritt ansehen, die Latrinen ...» Er sah an dem Gebäude hinauf. «Die Mönchszellen sind im ersten Stock untergebracht, und dem Brauch der Zisterzienser nach wohl auch die Klosetts. Doch es würde mich nicht überraschen, wenn wir auch im Erdgeschoss Aborte fänden, und zwar irgendwo direkt beim Klostergebäude, in der Nähe des Refektoriums, denn alte Mönche haben oft eine schwache Blase ... so, wo ist denn jetzt der Eingang? Ach, hier ...»

Wir traten aus derselben überwölbten Pforte, durch die wir vorhin zusammen mit dem Abt in den Kreuzgang gekommen waren, der links von der Kirche lag, hinter einem kleinen Vorsprung am Gebäude. Im nur schwach erhellten östlichen Wandelgang entzündete gerade ein Mönch mit einer Wachskerze die großen Fackeln, die hier und dort ein wenig Trost gegen die Düsternis spendeten.

«Benedicamus Domino», intonierte der Bruder, als wir vorübergingen.

Mein Meister antwortete: *«Deo gratias.»*

Der Kreuzgang, der gewöhnlich vor Leben summte, lag verlassen da. Abgesehen von dem Bruder – der, wie wir später erfuhren, der Musikmeister war – schienen wir allein zu sein. Wir schritten um den in der Mitte liegenden Innenhof oder Klosterhof, über dessen niedrigen Wänden sich Bögen wölbten. In den letzten Tagen hatte es nur wenig geschneit, und so sah man hier und da ein paar Flecken nackte Erde rings um den Brunnen, der, wie es die Regel ist, in der Mitte des Hofes stand.

Wir gingen eilig am Scriptorium und den zahlreichen Lesenischen vorbei, die im nördlichen Flügel des Kreuzganges lagen, und in der Ecke, wo der westliche auf den südlichen Wandelgang traf, fanden wir den Abtritt, genau dort, wo mein Meister ihn vermutet hatte. Hier betraten wir einen langen Mittelgang mit lauter Einzelkabinen auf der einen Seite, die Ungestörtheit gewährten. Auf der anderen Seite lagen die Baderäume. Wenn man dazwischen hindurch ging, kam man zu einem großen Feuer, dessen Wärme meinen kalten Gliedern wohltat. Und während er seine Notdurft verrichtete, erklärte mir mein Meister, dass Sauberkeit für die Zisterzienser von großer Bedeutung sei. Sie errichteten ihre Gebäude stets an einer Quelle mit reichlich Wasser, sagte er, das sie dann, fast wie die Römer, dorthin führten, wo sie es brauchten. Üblicherweise wurde der Wasserlauf so umgeleitet, dass er unter dem Küchengebäude oder der Küche durchströmte, und weiter unten floss er dann auch unter dem Abtritt durch und trug so das Abwasser aus dem Kloster hinaus ins große Unbekannte. Ich hielt das für eine außerordentlich kluge Idee, bis mein Meister hinzufügte: «Aber wenn der Wind sich dreht, wäre man lieber nicht Koch, mein Junge!»

Wie mein Meister auch noch feststellte, benutzten die Mönche in diesem Kloster offensichtlich einen unterirdischen Bach mit Schmelzwasser aus den Bergen, die über der Abtei aufragten. Und als wir den Kreuzgang wieder betraten, schloss er flüsternd: «Jetzt wissen wir, dass ein ganzes Netz von Gängen und Kanälen unter der Abtei verläuft, denn wenn der Abtritt hier liegt, im Südwesten, und die Küche …», er zeigte in die Richtung, aus der köstliche Düfte kamen, «dort im Südosten und also tiefer … so ist anzunehmen, dass es mehr

als einen Kanal mit mehr als einem Ausgang aus dem Kloster gibt. Sonst hätten wir einen Bach, der bergauf fließt.»
«Und welche Bedeutung messt Ihr dem bei?», fragte ich.
«Wo Rauch ist, ist auch Feuer. Oder, was wichtiger ist, wo Kanäle sind, müssen auch unterirdische Gänge sein ... das ist klar. Komm ... als nächstes müssen wir uns die Kirche genau ansehen.»

Während ich noch die Bedeutung seiner Bemerkung zu begreifen suchte, hatte ich den Kreuzgang verlassen und betrat die Kirche durch eine Pforte im südlichen Querschiff. Sofort stach mir der süße Duft von Weihrauch in die Nase, und, möge Gott mir vergeben, ich musste niesen.

Drinnen war ein junger Messdiener damit beschäftigt, die heiligen Gefäße und übrigen Kirchengeräte für den kommenden Gottesdienst vorzubereiten. Er wandte den Kopf, um festzustellen, woher das Geräusch kam, durch das er gestört wurde, und als er uns sah, nahm er seine Arbeit wieder auf, allerdings nicht ohne uns einen verächtlichen Blick zuzuwerfen. Schließlich gehörten wir zu einer Legation, die hierher beordert war, um seine Gemeinschaft zu verurteilen. An seiner Stelle hätte ich ohne Zweifel dieselben Gefühle gehegt.

Wir gingen am Hochaltar vorüber, wobei wir uns andächtig bekreuzigten, und blieben einen Augenblick vor der Fensterrose stehen, da gerade ein wunderbarer Strahl des Nachmittagslichts die Dunkelheit durchschnitt. Er beleuchtete unendlich viele winzige Partikel, die, von der schmeichelnden Berührung des Tagessterns geweckt, uns in einem Freuden- und Glückstanz umwirbelten. Denn wir wissen ja, dass das Licht nicht nur die Finsternis, sondern auch den Tod vertreibt, und so ging es mir auch gleich ein wenig besser als die ganze Woche zuvor, und ich folgte diesem Licht, das jetzt schon wieder schwand, uns aber, wie es schien, zum *Pulpitum* führte – dem Lettner, der den heiligen Bereich um den Altar vor den Augen der Laiengemeinde abschirmt. Dahinter nahmen während der Messe die Mönche ungesehen ihre Plätze ein, im Chorgestühl, das, auf einem steinernen Unterbau stehend, aus Holz geschnitzt und mit reichverzierten Rückenlehnen und Baldachinen ausgestattet war. Darin gab es Sitze mit Scharnieren, die so konstruiert waren, dass sie es einem müden Mönch ermöglichten, einem langen Gottesdienst dankenswerter (wenn auch inoffizieller) Weise im Sitzen zu folgen. Südöstlich davon stand ein Lesepult aus Messing in Form eines Adlers. Hier gab es auch einen Sitz für den Musikmeister und daneben einen reicher geschmückten für den Priester – oder den Abt – der die Messe zelebrierte. Westlich des Kirchengestühls lag das Presbyterium mit dem Hochaltar und dem Allerheiligsten. Da bemerkten wir plötzlich, dass uns vom Boden vor dem Altarraum aus ein Mönch ansprach, aber seine Worte klangen undeutlich, denn er lag mit dem Gesicht nach unten da wie tot, die Arme ausgebreitet, sodass sein Körper ein Kreuz bildete. Wir hatten ihn nicht gesehen, als wir vor dem Altar standen, denn sein Ordensgewand war grau wie der Kirchenboden, und wir hatten uns von dem beglückenden Bild des Tagessterns völlig ergreifen lassen, deshalb erschrak ich.

«Ist da jemand?», hörten wir ihn undeutlich fragen. «Wenn du der Teufel bist, so hebe dich hinweg. Wenn du aber ein gefälliger Mensch bist, dann hilf diesem armen alten Mönch auf von diesem verfluchten Boden!»

Mein Meister ging zu dem Mann und half ihm mühelos auf die Füße. Er wirkte hochbetagt, hatte ein trockenes, faltiges Gesicht, dessen blasse Augen mich sehr erschreckt hätten, wenn sie nicht gleichzeitig eine gewisse sanfte Wärme ausgeströmt hätten.

«Oh! Meine Knochen tun mir weh!» Er sah uns argwöhnisch an und schnupperte in unsere Richtung. «Ich bin Bruder Ezechiel ... wer, in Gottes Namen, seid Ihr?»

«Ich bin der Präzeptor der Templer, ehrwürdiger Ezechiel, und rechts von Euch steht mein junger Knappe Christian.»

Er tastete nach mir und begann, als er mein Gesicht gefunden hatte, es sofort mit kalten Fingern zu erforschen. Ich versuchte, mich seiner Berührung nicht zu entziehen, erschrak aber zu Tode, als er plötzlich keuchte, sich mit einer Hand ans Herz griff und mit der anderen in sein Skapulier, aus dem er etwas herauszog, das er sich in den zahnlosen Mund schob. Es musste wohl eine beruhigende Wirkung haben, denn er wischte sich den klebrigen Speichel von den Lippen und sprach ein wenig ruhiger weiter.

«Ein Präzeptor der Templer ... sagt Ihr?», blinzelte er und spähte zu mir herüber. «Euer Knabe gleicht bemerkenswert dem ... Sind wir in ...? Nein ... während ...? Oh!» schrie er gereizt auf. «Wo ist Setubar?» Und dann sehr langsam, in wohlüberlegtem Ton: «Ich nehme an, Ihr seid wegen des Antichrist gekommen, der in diesen elenden Mauern lauert?»

Mein Meister lächelte: «Nein, ehrwürdiger Ezechiel, wir sind gekommen, um bei der Untersuchung zu beraten.»

«Oh! Untersuchung?» Er rückte noch etwas näher und klammerte sich am Gewand meines Meisters fest, wobei sein Atem, sobald er ihm aus dem Mund kam, wie Federwölkchen in der kalten Luft stand. «Wo ist Setubar? Ist er in der Nähe?»

Mein Meister sah ihn scharf an. «Wer ist Setubar?»

«Ist er in der Nähe?», fragte der Mann drängend und rang die Hände.

«Wir sind hier allein, mein Bruder», antwortete mein Meister.

«Dann kann ich es Euch ja sagen. Das heißt, wenn Ihr wirklich Templer seid ...» Er tastete nach dem Kreuz, das am Ordensgewand meines Meisters hing, und führte es ganz nahe an seine Augen. Sofort lächelte er zufrieden, und die Augen füllten sich ihm mit Tränen. «Wie lange ist das schon her ... wir haben wenig Zeit, hört also auf meine Worte ... in diesen heiligen Mauern gibt es Männer, die ...», er hielt inne und presste die Augenlider fest zusammen, als würde es ihm Schmerzen verursachen, diese Worte auszusprechen. «Das sind Männer, die sich dem Irrtum vermählt haben, die vom Teufel verführt worden sind! Ja, unmöglich, sagt Ihr? Aber es ist die Wahrheit, die Tage des Antichrist sind endlich nahe,

Bruder Präzeptor ... *Wir haben unseren ersten Märtyrer gehabt.*»

«Ich habe das frische Grab gesehen», bemerkte mein Meister.

Der alte Mann zuckte zusammen und legte sich beide Hände über die Augen. «Der Teufel wird uns alle töten!»

In diesem Augenblick tauchte aus dem Schatten des südlichen Chorumgangs die Gestalt eines Mönchs mit übergezogener Kapuze auf, dessen gekrümmter Körper sich auf eigenartige Weise auf uns zu bewegte. Nach wenigen Augenblicken hatte er uns erreicht, und während er die Hand des alten Mannes in die seine nahm, sprach er mit stark deutschem Akzent: «Bruder Ezechiel, du hast jetzt lange genug zum Lobe des Herrn hier gelegen.»

«Setubar!», keuchte Ezechiel. «Ich habe dem Herrn Präzeptor erzählt vom ... vom ... Antichrist ...»

«Aha ...», nickte der Mann, «aber mein Freund, es gibt ihn doch schon seit Tausenden von Jahren, und uns bleiben nur noch ein paar Minuten, um uns für den Gottesdienst fertig zu machen, also komm», sagte er. Dann legte er die Hand des Alten auf seinen Arm, drehte sich zu uns herum, sodass wir nur ein faltiges Kinn und ein zahnloses Lächeln erkennen konnten, und fügte hinzu: «Wenn wir ihn lassen würden, teure Gäste, würde er den ganzen Tag hier auf dem Boden hingestreckt liegen ... so sehr hat sich unser lieber Bruder unserem Herrn verschrieben.»

«Ach!» Der alte Mann war plötzlich verärgert. «Der Boden war kälter als die Krypten unter dem Augustustempel. Der Herr ist heute nicht mit uns. Wie du weißt, durchstreift der Antichrist die Abtei.»

«Der Antichrist ist überall, lieber Bruder, gerade deshalb ist er ja ein so schrecklicher Widersacher ... komm jetzt», redete ihm Setubar väterlich zu.

«Nein ... nein ... du musst dem Herrn Präzeptor von ihm berichten ... sag es ihm!» Da hustete er plötzlich, als wäre ihm etwas in der Kehle stecken geblieben. «Er ist

Templer, Setubar ... sie sind da!» In seiner Stimme lag blanke Verzweiflung, was der deutsche Bruder zu verbergen trachtete, indem er Ezechiel den Arm um die Schultern legte und ihn hastig von uns weg führte. «Komm, du bist müde, ich bringe dich in deine Zelle.»

«Der Junge ...», sagte der Mönch zu dem anderen, «sieht er nicht aus wie ...?»

«Er sieht aus wie ein Engel. Die Jugend ist engelsgleich, mein Bruder, und zwar genau deshalb, weil sie jung ist ...» Nach dieser Bemerkung führte er den anderen von uns weg und aus der Kirche.

Diese seltsame Begegnung hatte mich ein wenig verunsichert, und von jetzt an spähte ich immer wieder ringsum in die Schatten. Mein Meister, der meine Besorgnis spürte, lenkte mich mit anderen Betrachtungen ab, zeigte mir die Kirche und erläuterte mir die Bauweise der Zisterzienser, aber das beruhigte mich nur wenig.

«Dieser Mann ... glaubt Ihr, dass er die Wahrheit spricht?»

«Vielleicht war etwas dran an dem, was er sagte», meinte André.

«Was? Dass der Antichrist durch die Abtei streift? Dass es hier Männer gibt, die sich vom Teufel haben verführen lassen?», fragte ich ungläubig.

«Nein, natürlich nicht!», fauchte er. «Ich glaube, dass er Angst hat, aber andererseits ist ja bekannt, dass die Alten ständig in Angst leben. Doch er hat einen Märtyrer erwähnt, und ich habe tatsächlich das frische Grab gesehen. Hier ist etwas geschehen, und ich merke, dass ich langsam neugierig werde. Komm, schauen wir uns um, sehen wir mal, was wir herausfinden können.»

So verließen wir den Altarraum durch eine Türe im Pulpitum und standen auf der anderen Seite des Lettners in dem Bereich, der für die Laien bestimmt war.

Wenn der Chor Kopf und Herz einer Kirche ist, dann war das, was vor uns lag, ihr Körper und ihre Glieder. Mein Meister erklärte mir, dass bei dieser Kirche, die ohne Zweifel vor der Zeit der großen Meister unter den Steinmetzen und Handwerkern errichtet worden war, die Mönche selbst den Bau ausgeführt hatten – wie bei so vielen anderen Kirchen überall in Europa auch. Das war eine große Leistung, obwohl es sich hier tatsächlich um eine seltsame Kirche handelte, wegen ihrer eigenartigen Ausrichtung. Der Altarraum war nämlich nach Westen gelegen und nicht nach Osten wie bei praktisch allen anderen Kirchen. Ich stellte meinem Meister zu diesem Punkt verschiedene Fragen, und er sagte zusammenfassend, dass es vermutlich nicht anders zu machen gewesen sei, wenn man die Lage und den Berg in Betracht zog. Von einer einzigen anderen Kirche in der Gegend wisse er, die ähnlich gebaut sei, nämlich die Klosterkirche in Arles-sur-Tech, von der man sagt, dass die Sarkophage ihrer Schutzheiligen Abdon und Sennen sich auf mysteriöse Weise immer wieder mit Weihwasser füllten. Schon eine winzige Menge dieses Wassers, erzählte er mir, genüge, wie seit langem bekannt, um auch noch die schlimmste Krankheit zu heilen. Ich dachte – und sagte es auch –, dass mich, auch wenn ich mir die schrecklichste aller Krankheiten zugezogen hätte, nichts dazu bewegen könnte, Wasser aus einem Sarkophag zu trinken. Er wies mich darauf hin, dass ich ja auch bereit sei, das Blut Christi zu trinken, um meine Seele zu retten, warum also nicht auch das Wasser von Abdon, um meinen Körper zu retten?

Das war eine gute Frage.

So standen wir also da und blickten das Langhaus oder Mittelschiff hinunter, dessen seitliche Pfeilerarkaden Gurtbögen trugen, die die Gewölbejoche hielten. Sie waren auf den Lettner hin ausgerichtet, und da ich davor stand, hatte ich den Eindruck, dass die vielen gleichgerichteten Bögen dicht hintereinander auf mich zu rasten. Wie Meereswellen schienen sie der irdischen Gesetze der Schwerkraft zu spotten und mit ungebremster Macht empor zu schwellen, ehe sie sich an den stillen und ruhigen Gestaden eines grazilen Kruzifixes brachen.

Mir kam eine liebe Erinnerung an unseren Besuch in Reims in den Sinn, wo mir mein Meister die großartigen, in Stein gehauenen Reliefs an den Säulenkapitellen gezeigt hatte; ich war wie verzaubert gewesen und gestehe, dass ich um ein Haar die Schöpfung mehr verehrt hätte als den Schöpfer, sodass ich mir schnell wieder ins Gedächtnis rufen musste, was der Heilige Bernhard uns gerade über diese Sünde sagt. Denn ich hätte den ganzen Tag damit zubringen können, alle diese Einzelheiten zu betrachten, statt über Gottes Gesetze zu meditieren! Der Heilige Bernhard dachte, wie viele andere ja auch, dass die Wandgemälde und Statuen, die von den Benediktinern so oft in ihren Kirchen angebracht werden, die wahre Versenkung und die Übung in gläubigem Ernst beeinträchtigten. Und dennoch befiel meine Augen in diesem edlen Bau der Zisterzienser eine heftige Sehnsucht nach den Statuen, deren Anmut und Haltung so individuell gestaltet waren, und nach den großartigen Wandmalereien, in denen die Künstler mit ihren Pigmenten und Tinkturen in unvergleichlicher Vollkommenheit Gott und den Heiligen Fleisch und Blut verliehen hatten. Wo waren die goldenen Kerzenleuchter? Nirgends sah ich auch nur einen verzierten Dreifuß aus Silber, der liebevoll mit Edelsteinen in leuchtenden Farben geschmückt gewesen wäre!

«Ein Zisterzienserkloster», sagte mein Meister, der meine Gedanken las, «muss sich strikt an das Ideal der Armut halten, an das Ideal des Universellen, das das Individuelle meidet. Wenn du aufpasst, Christian, wird dir dieser Gedanke sogar in der Ordenstracht sichtbar, denn diesen Mönchen gelingt es, sich praktisch nicht mehr von den Dingen, die sie umgeben, zu unterscheiden, und zwar, indem sie die Farbe Grau benutzen, durch die sie mit dem Stein der Wände, dem Staub des Bodens eins werden und sogar noch in dem grauen Nebel verschwinden können, der von einem grauen Himmel niedersinkt und sich in einer milchigen Decke über das graue Gelände legt.»

Ich dachte kurz über diese kluge Bemerkung meines Meisters nach und erkannte, dass es sich hier tatsächlich um eine Welt handelte, die das Besondere zugunsten des gleichförmig Allgemeinen mied. Dies schien mir eine friedvolle und ruhige, wenn auch ein wenig langweilige Welt zu sein. Als wir jedoch durch das Mittelschiff gingen, bemerkten wir sofort, dass die Fenster in ihrer Beschaffenheit die einzige Abweichung von dieser strengen Regel darstellten.

Die langen Fenster erhellten die fünf Joche der Seitenschiffe mit strahlender Helligkeit und warfen ein Farbspiel glänzender Reflexlichter – was vielleicht wegen des grauen Hintergrunds, auf den sie fielen, um so eindrucksvoller wirkte. Alle zehn Fenster mit ihrem kunstvollen Maßwerk zeigten in wunderbar einheitlich gestalteten leuchtenden Bildern die vier Versuchungen Christi, die Himmelfahrt, die zwölf Apostel, aber meine Aufmerksamkeit wurde vor allem von der Madonna mit dem Kind und vier Engeln gefangengenommen. Hoch oben im zweiten Joch thronte die Jungfrau, ihre blauen Gewänder schlicht über den verführerischen Körper drapiert, und wiegte das Jesuskind an ihrer prallen Brust. Ich blieb nachdenklich stehen, denn die Jungfrau, lieber Leser, war schwarz! Ich glaubte, meine Augen und das gedämpfte Licht seien verantwortlich für diese seltsame Sinnestäuschung. Ich drehte mich um, aber mein Meister war schon in der Nähe des östlichen Portals.

Ich ging zu ihm und wartete. Er mochte es nicht, unterbrochen zu werden, wenn er in Gedanken war; so etwas konnte ein Gewitter entfesseln, wie es schon viele unabsichtlich, aber dafür desto deutlicher erlebt hatten, deshalb wartete ich. Kurz darauf wandte er sich mir zu.

«Um die Baukunst wirklich wertzuschätzen, muss man sie, so habe ich mir sagen lassen, mit anderen Augen sehen. Zuerst muss man lernen, den Konturen in ihrem Emporsteigen zu folgen.» Er fuhr die Linie eines Gewölbebogens nach und folgte den Rundungen, die danach strebten, sich in heiliger Gemeinschaft mit einer Säule zu verbinden. «Wenn man das macht, wird man hoch empor in die himmlischen Gewölbe gehoben!»

Ich schwieg und wartete ungeduldig.

«Kunst zu würdigen», fuhr er fort, «ist genau so wichtig, wie sie zu erschaffen. Die Baukunst erhebt uns über alle zeitlichen Dinge ... Sie bietet auch einen guten Schutz gegen die Elemente.» Dann sah er mich offen an. «Du möchtest etwas fragen? Nur zu ... nur zu ...»

Ich fragte ihn, ob er die Heilige Jungfrau bemerkt habe, und zeigte sie ihm. Er blieb lange davor stehen und sah sie unverwandt und schweigend an, bevor er geistesabwesend sagte:

«Ja?»

«Findet Ihr das nicht seltsam, Meister?», fragte ich, denn ich war mir sicher, dass es sehr ungewöhnlich sei.

«Es ist bemerkenswert, das schon, aber seltsam, nein», sagte er und ging weg.

«Aber was hat es mit der Jungfrau auf sich?»

«Ach, die Jungfrau. Ja ... komm, ich zeig dir etwas.»

Er ging mit mir das kurze Stück bis zum Ostportal, durch das ein Windstoß mit kalten Händen hereinfuhr.

Der Eingang maß etwa drei Meter in der Breite und wurde von zwei großen Fackeln erhellt, deren Flammen flackerten und schwankten und auszugehen drohten. Sie waren an den steinernen Wänden befestigt, zu beiden Seiten einer großen Eichentür, die den ganzen Tag offen stand. Im Einklang mit den Proportionen der beiden Säulen, die den Eingang flankierten, waren direkt an den Säulenschäften zwei unnatürlich hohe Figuren angebracht. Als Erstes wurde mein Blick gebannt von der Figur des Erzengels Michael rechts von der Tür, und überrascht stellte ich fest, dass er wie ein Ritter Harnisch und Waffen trug. Auf der linken Seite sah man wie zu erwarten Gabriel, der mit einem Lächeln ewigen Lobpreises nach oben blickte und sich zum Niederknien anschickte, um ein immerwährendes Gebet zu beginnen. Über dem Türsturz, und unter dem Rundbogen – auf der Fläche, die Tympanon genannt wird – fand sich eine kunstvolle Arbeit, die Christus auf dem Thron darstellte, umgeben von den zwölf Aposteln.

«Wo schaust du denn hin?», unterbrach André meine Gedanken. In meiner Begeisterung für die beeindruckenden Skulpturen des Portals hatte ich gar nicht gemerkt, dass er auf eine Stelle oberhalb der Christusfigur zeigte, wo sich ein großes Kreuz befand, das von einem Kranz von Rosen durchschnitten wurde.

Ich spürte den Atem meines Meisters auf der Wange, als er mir aufgeregt ins Ohr flüsterte: «Das Rosenkreuz! Ich habe es schon auf dem Weg zum Kreuzgang bemerkt.»

Ich runzelte die Stirn. «Rosenkreuz?»

«Ja ...», er verstummte nachdenklich.

«Aber Meister ... was ist mit der schwarzen Jungfrau?»

«Die schwarze Madonna ist gar nicht so selten.» Er schüttelte den Kopf. «Es gibt eine schwarze Muttergottes in Notre-Dame in Dijon, und eine in Chartres, auf den Glasfenstern. Nein, die Verbindung von Rose und Kreuz, Christian, die macht den Bildschmuck der Abtei interessant, sie geht nämlich zurück auf ...»

Fast hätte ich eine Rüge riskiert, weil ich noch mehr Fragen stellen wollte, aber da wurden wir von einer Stimme hinter uns unterbrochen.

Es war der Abt, der versuchte, in der rauen Luft die Kapuze auf dem Kopf festzuhalten, in Begleitung eines weiteren Mönchs. «*Domine dilexi decorem domus tuae, et locum habitationis gloriae tuae* ... Ich liebe, Herr, die Zierde Deines Hauses, die hehre Wohnstatt Deiner Herrlichkeit ... Ihr bewundert unser Portal.»

Mein Meister lächelte schief. «Er fand es in Holz vor und hinterließ es in Marmor.»

«Der arme Abt Odilo von Cluny ...», fuhr der Abt humorvoll fort. «Er baute eine wunderschöne Festung aus blattvergoldeten Reliquienschreinen, die mehr wegen ihrer Schönheit bewundert als wegen ihrer Heiligkeit verehrt wurde ... Hier haben wir nur eine Tür.»

«Eine außerordentlich schöne Tür, Euer Gnaden», sagte mein Meister mit einer Verbeugung.

«Vielleicht ein wenig zu verschwenderisch ... Jedenfalls würde ich Euch gerne unseren Klosterarzt vorstellen, Bruder Asa.»

Der andere Mönch nahm die Kapuze ab und enthüllte ein sehr schmales, sonnverbranntes Gesicht. Der Wind trieb ihm das dünne, glatte Haar über die Tonsur, aber seine braunen Augen zeigten einen Scharfsinn, als würden kleine Feuer in ihnen brennen. Ich mochte ihn auf Anhieb.

«Unser lieber Bruder», fuhr der Abt fast schreiend fort, «war sehr aufgeregt, als er hörte, dass Ihr unser Kloster mit Eurem Besuch beehrt. Und er hat den dringenden Wunsch, viele medizinische Themen mit Euch zu erörtern.»

Bruder Asa nickte, wobei ein breites Lächeln seine Züge erhellte, aber er schien ein wenig auf den Mund gefallen und zögerte erst kurz, bevor er schüchtern sprach:

«Ich wäre außerordentlich dankbar für jeden Austausch von Wissen, Herr Präzeptor. Wir liegen hier weit ab von allen weltlichen Dingen, und ich habe schon lange keine Gelegenheit mehr gehabt, von den Fortschritten in den Heilkünsten zu hören.»

«Ich bin immer entzückt, mich über dieses heiligste aller Themen zu unterhalten.»

«Dank Euch, Herr Präzeptor. Dann vielleicht morgen?», fragte er, ohne sich an jemand Bestimmten zu wenden, zog seine Kapuze hoch und ließ uns mit dem Abt allein.

Der Abt sah seinem Mönch mit väterlicher Liebe im Blick nach. «Er ist ein sehr guter Arzt», sagte er stolz. «Ich glaube, einer der besten, den dieses Kloster je gesehen hat, obwohl nur unser Bruder Setubar ihn alles gelehrt hat, was er weiß. Er war nie auf einer Universität ... alles, was er gelernt hat, stammt aus Büchern.»

«Ja ...», sagte mein Meister beiläufig, was bei ihm auf großes Interesse hindeutete. «Wir haben Bruder Setubar in der Kirche kennen gelernt, zusammen mit Bruder Ezechiel.

Ihr sagt, er habe alles aus Büchern gelernt? Dann muss Euer Kloster ja eine ausgezeichnete medizinische Bibliothek besitzen, gnädiger Herr?»

Der Abt wurde ernst. «Sie ist angemessen, allerdings vielleicht nicht auf demselben Niveau wie andere, die Ihr auf Euren Reisen gesehen habt. Nun gut, lasst mich wissen, Herr Präzeptor, ob es Euch an irgendetwas mangelt. Seid Ihr angemessen untergebracht?»

«In jeder Hinsicht, gnädiger Herr.»

«Gut! Das ist gut. Nun muss ich mich aber verabschieden und mich auf die Heilige Messe vorbereiten. Ihr werdet Euch natürlich im Chorraum zu uns gesellen?»

«Natürlich.»

Als der Abt eben in die Kirche treten wollte, fügte mein Meister noch hinzu: «Würdet Ihr mir erlauben, Euer Gnaden, ein paar Nachforschungen anzustellen?»

Der Abt drehte sich um, und ein vorsichtiges Lächeln erwachte auf seinem markanten Gesicht. «Ich dachte, das sei die Aufgabe des Inquisitors, Herr Präzeptor?»

«Ja, natürlich», gestand mein Meister eilig zu. «Doch zwei Männer, gnädiger Herr, die nicht zusammenarbeiten und von unterschiedlicher Wesensart sind, werden unvermeidlich die Dinge unterschiedlich sehen, wie uns Augustinus sagt. Mit anderen Worten», fuhr mein Meister fort, indem er jedes Wort betonte, «ein Auge sieht vielleicht etwas, was das andere nicht sieht, und andererseits entschließt sich ein Auge vielleicht, ... etwas *nicht* zu sehen, kraft seines vertrauenswürdigen – oder vielmehr nicht vertrauenswürdigen – Dienstes. Und da diese Untersuchung gerade den medizinischen Praktiken Eures Klosters gilt, ist es Euch vielleicht von Nutzen, wenn ein Arzt dabei ist, der die Dinge ... übersieht ...» Seine Stimme versiegte.

Der Abt hob beide Brauen zu einer unausgesprochenen Frage. Auch ich wusste nicht, was mein Meister meinte. Wie um uns nun weiter aufzuklären, was schon die ganze Zeit die

Absicht meines Meisters gewesen war, fuhr er fort: «Es ist der Wunsch des Königs, dass ich den Ablauf dieser Untersuchung auf das Sorgfältigste beobachte, und das heißt, dass ich hören muss, was der Inquisitor hört, und auch sehen muss, was er sieht, oder vielleicht sogar auch das, was er nicht hört und nicht sieht. Zu diesem Zwecke brauche ich Eure Erlaubnis, die Brüder zu befragen.»

Ich spürte die Unsicherheit des Abtes. «Es hat schon so viel Aufregung gegeben ...»

«Ich werde niemals die delikate Natur dieser Dinge aus den Augen verlieren, Euer Gnaden.»

«Und was sagt der Inquisitor dazu?»

«Mein Auftrag kommt direkt vom König, und da wir uns derzeit auf französischem Boden befinden ...»

«Ja, aber der Inquisitor hat seinen Auftrag direkt vom Papst! Und deshalb sollen wir wohl wie ein Fisch zwischen zwei Steinen gefangen werden, zwischen dem Papst und dem König Ludwig, so wie früher zwischen dem König von Aragon und dem Grafen von Toulouse?»

«Und doch kann der Fisch gerade an einer solchen Stelle den Listen des Fischers am besten ausweichen, Euer Gnaden, wie Ihr vielleicht schon gemerkt habt.»

«Ja ...» Er lächelte ein wenig, es gelangte jedoch nicht bis zu seinen Augen, «aber wer ist in diesem Fall der Fischer, Herr Präzeptor?»

«Tja ...», nickte mein Meister, sagte aber sonst nichts mehr.

Es entstand ein längeres Schweigen, und ich nahm an, dass der Abt mit sich zu Rate ging, wie seine anstehende Entscheidung wohl am klügsten zu treffen sei. «Ihr habt meine Erlaubnis, alle Fragen zu stellen, die Ihr für notwendig erachtet, Herr Präzeptor. Ich kann Euch jedoch nicht erlauben, das Kloster zu jeder Stunde, die Euch gut dünkt, zu durchstreifen, vor allem nicht des Nachts. Das sollte niemand tun, das darf tatsächlich niemand.»

«Aber, Ihr mögt mir vergeben, gerade zur Nacht, fern von

den Zerstreuungen des täglichen Lebens, gewinnt man doch einen klaren Eindruck von ... den Dingen, Euer Gnaden.»

Der Abt wurde ungehalten. «Euer Eindruck kann sicher bis zur angemessenen Stunde warten. Ich hätte gern, dass Ihr Euch an unsere einfachen Regeln haltet. So können wir am ehesten verhindern, dass diese ärgerliche Untersuchung das Leben der Gemeinschaft unnötig stark belastet.» Er sah meinen Meister bedeutungsvoll an. «Ich hoffe, dass das Gehorsamsgelübde den Templern genauso heilig ist wie uns?»

Mein Meister verneigte sich. «Ohne Gehorsam, Euer Gnaden, gibt es herzlich wenig.»

«Passend zu diesen Worten verlangt der Gehorsam nun, dass ich Euch verlasse, denn gleich wird die Glocke die Stunde schlagen.»

«Nur noch eines, Euer Heiligkeit!», fügte mein Meister hinzu, jetzt wieder ganz zurückhaltend, aber ich sah, wie hell seine stahlblauen Augen strahlten. «Darf ich fragen, wer das älteste Mitglied Eurer Gemeinschaft ist?»

Der andere zögerte, vielleicht fragte er sich, worauf mein Meister nun wieder hinaus wolle. «Nun, der Bruder, den Ihr in der Kirche kennengelernt habt, Bruder Ezechiel von Parma. Aber ich werde nicht zulassen, dass er beunruhigt wird, versteht Ihr? Er ist sehr gebrechlich und bedarf fortwährender Fürsorge. Er ist im Geiste ... sagen wir, nicht immer ganz bei sich. Schließlich ist er schon sehr alt.»

«Ich verstehe», antwortete mein Meister, wobei er leicht die Stirn runzelte.

«Jedenfalls dürft Ihr ihn nicht mit unnötigen Fragen belasten.»

«Natürlich, Euer Gnaden, werden wir ihn nur stören, wenn allerwichtigste Gründe vorliegen.»

Der Abt zögerte, weil er der Ehrlichkeit meines Meisters vielleicht nicht so ganz traute, dann schlug er das Kreuzzeichen über uns und verschwand in der grauen Leere der Kirche.

«Sehr gut», flüsterte mir mein Meister in bester Laune zu, «jetzt wissen wir schon dreierlei.»

«Ach wirklich?», fragte ich höchst erstaunt.

«Natürlich, hast du denn nicht zugehört? Wir wissen erstens, dass damals beim Bau dieses Klosters seine Bauherren unterirdische Gänge benutzten, um das Fließwasser umzuleiten. Wir wissen auch, dass der Abt auf keinen Fall will, dass wir das Kloster bei Nacht inspizieren, und drittens, dass es ihm unangenehm ist, wenn wir dem alten Bruder Fragen stellen. Einem Mann, der vielleicht die Geschichte des Klosters ganz genau kennt! Ich finde, das ist genug für einen Nachmittag.»

«Aber Meister, wir wissen doch noch überhaupt nichts!»

«Geduld, Geduld! Das Wissen besteht nicht in dem, was man weiß, sondern eher darin, dass man weiß, was man nicht weiß, wie schon Plato uns sagt.»

«Was tun wir als Nächstes?»

«Wir werden dem Abt ungehorsam sein und das Kloster bei Nacht inspizieren.»

«Ungehorsam? Aber Meister –»

«Psst, Christian, in diesem Fall wird Gott uns vergeben.»

Ich zögerte, denn gerade konnte ich beobachten, wie sich die Dämmerung über das Gelände senkte. «Und was ist mit dem Antichrist?»

«Der einzige Teufel, Christian, steckt in Dummheit und Wahn, wie ich dir schon gesagt habe, such den Satan nicht hinter jedem Schatten, sondern lerne lieber, seine Gestalt in den Augen der Menschen zu erkennen. Jetzt aber zur Vesper!»

Später dann, nach der Heiligen Messe, als ich auf meinem Strohsack lag, kamen mir lebhafte Erinnerungen an Mansura wieder in den Sinn. Ich hatte gar keine Lust, auf jene Tage zurückzublicken. Vielmehr versuchte ich (wenn es nur möglich gewesen wäre!), das wahnwitzige Blutbad der Schlacht zu vergessen, die angstvollen Schreie und die gequälten Gesichter, das Klappern und Donnern der Hufe, die den Kies aufstieben ließen, den Lärm der gepanzerten Leiber, die im Sturmschritt angriffen und herandrängten. Doch noch immer klingt mir das Stöhnen so deutlich in den Ohren, dass ich sogar den Schmerz der klaffenden, eiternden Wunden zu spüren glaube. Ich sehe zu, gerade so, als würde ich wieder mit großen Augen dabeistehen, wie die Standarten erhoben und die Banner entrollt werden. Ich höre das Schnauben der Pferde, denen die Sporen gegeben werden, und die Schreie der jungen Anführer. Ich beobachte das Gemetzel und halte alles auf meinem Pergament fest, für künftige Geschichtsschreiber. Ich sehe abgetrennte Körperteile herumliegen, und ich sehe Menschen in Verzweiflung sinken oder leise weinen. Überall Lebensblut, süß und metallisch, und erstickender Rauch, der, wenn er sich setzt, dem Blick von Brandgeschossen verkohltes Fleisch enthüllt. Ich bin Zeuge, wie mein Meister sich aufopfert, wie er Fleisch zusammennäht, Eingeweide in Bäuche zurück stopft, Wunden ausbrennt oder die Faust benutzt, in dem vergeblichen Versuch, einen Blutstrom zu stillen … Stunden um Stunden, zu viele blutige Tage lang, watete er, die Ärmel bis zu den Ellenbogen hochgekrempelt, den weißen Mantel rot befleckt, zwischen den Leichen herum.

Jetzt, da ich ein alter Mann bin, steht mir immer noch vor Augen, wie ein ganzer Schwall von Heimsuchungen über uns Überlebende hereinbrach, in Wellen von Fieber und Ruhr, sodass Schleim aus der Nase sickerte und qualvolle Schmerzen die Eingeweide zusammenkrampften. Ich sehe meinen Meister noch so deutlich vor mir, wie er sich einfach die Unterhosen unten abschnitt und seine Arbeit fortsetzte, in einem Lager, das nicht mehr von dem stechenden Geruch nach Blut erfüllt war, sondern von dem nach Exkrementen und Verderben.

André hatte auf Rückzug gedrängt, der König hatte dem zugestimmt, aber für viele war es zu spät. Der Comte d'Artois, auf dessen Befehl wir, obwohl zu wenige, auf Mansura vorgerückt waren, dieser Mann, der alle verlachte, die zur Vorsicht mahnten, der den Befehl des Königs missachtete und in die Schlacht gezogen war, er hatte in seiner Dummheit und eitlen Angeberei einige Hundert in die Hände von Tausenden getrieben und damit in den Tod.

Das Einzige, was ich von dem Abend, an dem wir fortgingen, noch in Erinnerung habe, sind die Schreie, die ihn erfüllten. Und ein Durcheinander von Brandgeschossen, die in einer Feuersbrunst rings um uns wie Sternschnuppen niedergingen. Mein Meister wurde von zwei Pfeilen der Sarazenen getroffen, von einem im Knie und einem in der Brust, als er Männern in unser kleines Boot half, das von Schrecken, Krankheit und Tod überquoll. Damietta schien eine ganze Lebensreise weit entfernt zu liegen.

Warum kehrten diese Erinnerungen gerade zu diesem Zeitpunkt zurück, um mich zu quälen? Heute, da jene Tage weit hinter mir liegen und ich sie deshalb so viel klarer sehe, kann ich nur sagen, dass ich im tiefsten Herzen eine ganz ähnliche Gefahr in dem Kloster witterte. Eine Gefahr, deren Ähnlichkeit, gerade weil sie auch ganz unähnlich war, mir vielleicht allzu vage schien, denn da ich auf spirituellem Gebiet noch ganz des Lesens unkundig war, konnte ich nur die Buchstaben erkennen, nicht aber die Worte (und sie sind mir bis heute unbekannt geblieben), deren Wesen die Wahrheit erst nach und nach enthüllt. Sodass ich nur die Zeichen sah, oder vielmehr die Zeichen von – (leider!) unleserlichen, aber dennoch unmissverständlichen – Zeichen; unsere Lehre sagt, dass ein Templer nicht nach eigenem Ermessen vorzugehen hat, und dass es die Pflicht eines jeden gläubigen Ritters ist, diese Regel zu achten, mein Meister jedoch hatte, genau wie der Comte d'Artois, seinen eigenen Willen, und obwohl er seinem Glauben durchaus treu war, glaube ich doch, dass ein Teil von ihm (vielleicht eben der ungläubige) so frei sein wollte wie jene Adler, die man hoch oben über allen Dingen schweben sieht, und ich hatte Angst um ihn. Ich hatte Angst, dass uns seine Missachtung der Gehorsamsregeln, die allerdings, wie ich wusste, nur von seiner Liebe zu Logik und Freiheit kam – jenem anderen, dessen Wesen von Hochmut und Unwissenheit umgetrieben wurde, so ähnlich und darin doch so unähnlich –, vielleicht allesamt in die Grube fahren lassen würde.

Ganz ergriffen von diesen Gefühlen, sprach ich schließlich ein Gebet und ließ es am Busen jener höheren Wesen ruhen, von denen es heißt, in ihnen verkörpere sich die Weisheit. Ich kam zu dem Schluss, dass alles Lernen und Vernünfteln für nichts gut sei, da man doch von höheren Gesetzen bestimmt wird, von Gesetzen, die einen Mönch an seinen Vorgesetzten binden, diesen an sein Gewissen und schließlich an Gott ...

Die Glocke schlug die Stunde, als wir das Klostergelände überquerten und zum großen Abendessen ins Refektorium gingen. Gestärkt durch den Trost, den das Gebet gewährt, stellte ich fest, dass ich mich darauf freute, zu Tisch zu gehen, obwohl ich tief im Herzen noch immer etwas Bedrohliches spürte.

Mein Meister ging mit mir auf die Gebäude um den Kreuzgang zu, er trug formelle Kleidung: das übliche wattierte Habit unter dem Mantel des Ordens, der in geradem Fall bis zum Boden reichte. Er war entweder aus der Wolle des Bergschafs oder aus rauem, weiß gebleichtem Leinen und trug das wohlbekannte rote Kreuz des Ordens. Weder mit Schafspelz noch mit Wolle gefüttert, trug er wenig dazu bei, seinen Träger gegen die Kälte zu schützen. Mein Meister aber, der den leiblichen Annehmlichkeiten, die andere für unabdingbar hielten, wenig Bedeutung beimaß, beklagte sich nie, nicht einmal an einem Abend wie diesem, denn obwohl der vorhergesagte Sturm nicht gekommen war und der Wind sich gelegt hatte, drang die kalte Luft doch bis auf die Knochen. Als ich meinen Meister fragte, ob ihm nicht kalt sei, erinnerte er mich daran, dass Kutten aus grober Wolle, wie die, welche die Mönche mir gegeben hatten, zwar wärmer seien, aber gleichzeitig Flöhe und Läuse beherbergten. Ein lebenslanges Jucken, sagte er zu mir, sei oft dafür verantwortlich, wenn ein hoffnungsvoller Novize sich vom Ideal des mönchischen Lebens wieder abkehre. Sofort kratzte ich mich, in der Überzeugung, dass mein Körper bereits irgendwelchem unsichtbaren, aber zweifellos abscheulichen Ungeziefer zur Nahrung diene.

So gingen wir weiter, wobei wir kaum mehr als ein paar Schritte weit sehen konnten, da Abendnebel aufkam. Wir hatten den zentralen Hof etwa zur Hälfte durchmessen, als mir mein Meister ein Pergament reichte. Ich hielt es dicht vors Gesicht, und da wir uns gerade der beleuchteten Tür zum Kreuzgang näherten, konnte ich mit Mühe eine Botschaft entziffern, die auf Griechisch geschrieben war und, wie mir schien, so lautete:

«Diejenigen, die das Licht des Wissens befragen, sterben in blindem Unwissen.»

«Aber das ergibt doch keinen Sinn», bemerkte ich.

«Ich vermute, er wollte eigentlich Folgendes sagen ...», belehrte mich mein Meister: «Diejenigen, die das Licht des Wissens suchen, sterben in blindem Unwissen. Ein leichtsinniger Übersetzer wie du kann sehr leicht die Worte ‹suchen› und ‹befragen› verwechseln. Die griechische Volkssprache, Christian, ist wie das Lateinische voller Fallen für die Arglosen.» Er berichtete mir außerdem, dass ihm jemand das Pergament in die Zelle gelegt habe, während wir dabei waren, die Abtei zu untersuchen.

Ich wollte gerade zu verschiedenen Fragen ansetzen, als ich bemerkte, dass wir schon fast bei Eisik waren, der direkt hinter dem Osttor stand. Er sah aus wie einer, der nicht entscheiden kann, wohin er als Nächstes gehen soll, machte einen Schritt vorwärts, schüttelte dann den Kopf und machte wieder zwei Schritte zurück. Und dabei murmelte er ganz leise langatmige Dialogsätze auf Hebräisch vor sich hin, was in der Kälte wabernde Wölkchen um ihn herum entstehen ließ.

«Im Namen der Väter!», rief er aus, drehte sich um und sah uns mit seinen großen Augen so durchdringend an, als sehe er den Teufel selbst vor sich. «Habt ihr mich erschreckt! Leg einmal die Hand auf mein Herz, um der Liebe Abrahams willen! Es klopft wie bei einem Hasen!». Dann: «Ihr kommt zu spät, zu spät, sage ich euch! Und was wird das jetzt für ein Elend ...! Aller Augen werden auf mich gerichtet sein. Ich glaube, ich gehe lieber wieder zu den Ställen zurück und esse dort in Frieden!» Er drehte sich um und wollte gehen, aber mein Meister hielt ihn zurück.

«Unsinn, mein Alter! Das wird eine köstliche Mahlzeit, du bist mein Gast und daher willkommen. Komm mit uns und sag uns, was du denkst. Na los, was hältst du von dieser Abtei? Sind hier etwa überall die Geister toter Mönche?», sagte mein Meister und lachte ein wenig, denn er dachte leichtfertig über solche Dinge, ich aber schauderte, als wir jetzt den dunklen und feierlichen Kreuzgang betraten.

«Beim Gott Israels, bist du frech!» Eisik runzelte die Stirn und zeigte mit dem Finger auf meinen Meister. «Wir dürfen über geheimnisvolle und heilige Dinge nicht lachen! Wir müssen Ehrfurcht haben!»

«Ich bitte um Entschuldigung, Eisik», sagte mein Meister, «aber du hast mir meine Frage noch nicht beantwortet. Sag mir doch, wie ist dein Eindruck von diesem Kloster?»

«Dass du mich so etwas fragst, geht über meinen Verstand!» Er zuckte die Schultern. «Habe ich dich nicht sorgfältig darin unterrichtet, die Zeichen zu erkennen? Sie werden Augen haben, um zu sehen, aber nicht sehen, und Ohren, um zu hören, aber nicht hören ... Anscheinend hast du vergessen, was ich dich gelehrt habe, nämlich, dass alles ein äußerer und sichtbarer Hinweis auf ein inneres und spirituelles Sein ist.» Er seufzte. «Na gut, es sieht so aus, als müsse sich ein alter Mann *ad infinitum* wiederholen, wenn er die Menschen nicht ihrem Unwissen überlassen will ... Es gibt Zeichen, Zeichen! Die auf Zeichen verweisen, die wiederum auf andere Zeichen hindeuten, manchmal fassbare, manchmal unerkennbare, aber für einen Eingeweihten immer sehr klare, vorausgesetzt, man ist bereit, hinzuhören. Für jemand, der fähig ist, die Bedeutung bedeutungsvoller Dinge zu entziffern, ist die Stimme des Geistes kristallklar.» Hier hielt er inne, bedeutete uns mit den Händen, stehen zu bleiben, und legte den Kopf schief. «Ahh! Da siehst du! Alles spricht!», bekräftigte er mit einem Kopfnicken.

«Ach komm, du bist derjenige, der sprechen soll, aber nicht in Rätseln. Erkläre uns dein mystisches Wissen.»

«Pah! Das Wissen liegt nicht in der Person, die spricht, sondern vielmehr in der, die zuhört ... oder bezog sich das auf die Beredsamkeit? Ich kann mich im Augenblick nicht erinnern ... Das wäre jedenfalls das erste Mal, dass ein Christ zugibt, auf jüdisches Wissen angewiesen zu sein! Wie gesagt, die Zeichen sind hier alle vorhanden. Im Gegensatz zur Kirche ist die Abtei nach Osten ausgerichtet und durch einen Wald zu erreichen, wie der geheimnisvolle Tempel in Ephesus, wo die Statue der Göttin Artemis auch nach Osten blickte. Dahinter die Berge, davor das Tal; die Weisen sagen uns, dass die Männer aus Indien diese Ausrichtung für ziemlich günstig halten.» Jetzt lächelte er. «Und auch strategisch ist sie sehr klug angelegt, mein Freund. So einen Ort anzugreifen wäre schwierig.»

«Du willst also sagen, dass sie dich an die Festungen der Katharer erinnert?»

Der alte Mann nickte. «Ich ahne einen gnostischen Tempel, wo die vier Äther zusammengeführt und vereinigt werden und die Vergangenheit mit Gegenwart und Zukunft verbinden. Zudem darf man auch nicht die Stellung des Planeten Merkur bei unserer Ankunft außer Acht lassen, ebenso wenig wie das Portal und den Raben, der als Verkünder dreimal sprach und damit auf die drei *Templa* oder heiligen Plätze hinwies, die Gott geweiht sind, und deshalb versteht es sich beinahe von selbst, es versteht sich beinahe von selbst, mein Freund, dass hier Templer sind. Du weißt es so gut wie ich. Ich spüre ihre Anwesenheit ... hast du nicht gehört, wie der Abt dich mit dem *Gruß* gegrüßt hat ...? Aha!» Er klatschte glücklich in die Hände.

«Ich verstehe dich», gab mein Meister zu, «und ich muss sagen, es ist bemerkenswert, dass ein Jude von dem Gruß weiß, wenn man bedenkt, dass ihn nur die benützen, die in den Orden aufgenommen sind. Vielleicht möchtest du uns aufklären?»

Eisik senkte vorsichtig den Blick. «Ich weiß vieles, André, und doch weiß ich nichts! Und wie es sich trifft, will ich auch nichts wissen, denn es ist ein Segen, wenn man in der göttlichen Betäubung des Unwissens lebt ...», dabei bedachte er mich mit seinem seltenen Lächeln, «aber nichts zu wissen ist auch etwas.»

«Nicht nach Plato», antwortete André. «Sprich, was sagt dir denn dein mystisches Wissen über den Inquisitor?»

«Sei dankbar, dass du noch am Leben bist, Templer, obwohl du über zu vieles leichtsinnig sprichst. Er hat krauses Haar, und das bedeutet, dass er cholerisch ist. Außerdem scheint er bald eine Glatze zu kriegen ...»

«Aber er hat doch eine Tonsur», hob mein Meister hervor.

«Trotzdem, sein Haar lichtet sich, und man sagt, dass solche Männer verschlagen, habsüchtig und scheinheilig sind und Religiosität heucheln. Aber die Augen ... die bleichen Augen zeigen, dass er vom Wahnsinn berührt ist ...»

«Ich verstehe, und obwohl du mich einen Ungläubigen nennst, mein Freund: in diesem Falle glaube ich dir.»

In dem Moment erreichten wir den schwach erleuchteten südlichen Wandelgang, der zu den großen Eingangstüren führte, und ich wurde vom Teufel der Neugier gepackt und konnte es nicht lassen, weitere Fragen zu der Nachricht zu stellen.

«Nachricht?» Eisiks Geisteskräfte waren sofort hellwach. «Was für eine Nachricht?»

Mein Meister erzählte ihm von dem Pergament mit der seltsamen griechischen Inschrift, und Eisik schüttelte den Kopf, bevor er ausrief:

«Siehst du! Gnostisch, wie ich dir gesagt habe! Und, was noch schlimmer ist, eine Warnung ... eine seltsame Sache, denn man weiß nicht, warnt sie vor einer nur möglichen Tragödie oder vor einer wahrscheinlichen!»

«Vielleicht vor beidem, wie Aristoteles uns lehrt», antwortete mein Meister.

Eisik schnaubte und murmelte leise: «Du hältst zu viel von diesem Griechen, vielleicht liegt das an deinem alexandrinischen Blut. Dein Volk hat immer zu viel von den Griechen gehalten, und du siehst ja, wohin euch das gebracht hat!»

«Maimonides, den du als großen Philosophen verehrst, hat viele Lehrsätze des Aristoteles verwandt ...»

Eisik schüttelte den Kopf und drohte mit dem Zeigefinger. «Und gerade die Philosophie, André, führte zu seinem Sturz ...»

«Wie kann ein so gelehrter Mensch nur so stur sein! Selbst Maimonides wusste, dass die Logik den Verstand erleuchtet und den Geist kräftigt, Eisik!»

«Nein, du bringst alles durcheinander», er schüttelte den Kopf, «die Philosophie verwirrt den Verstand und tötet den Geist der Imagination ... und außerdem wird sie dir nicht dabei helfen, diese Drohung gegen dein Leben zu enträtseln, die du gerade erhalten hast!» Sein Gesicht wurde weich. «Oh, mein Sohn, mein Sohn, wann wirst du endlich den Irrtum in deinem Denken erkennen? Wann wirst du dein Leben dem Geist widmen? Füttere deine *Anima* nicht mit den Irrtümern der Vernunft, denn wenn du das tust, dann wird deine Seele austrocknen wie die von so vielen in diesen Tagen der Verderbtheit. Das ist die bittere Lektion, die ich gelernt habe, obwohl ich für diesen einen Irrtum büßen muss bis zu dem Tage, an dem Gott mich ruft, auf dass ich für meine Sünden Rechenschaft ablege ... ach!» Er schwenkte die Hand, schloss die Augen und zuckte die Schultern. «Ein Irrtum, der zu schrecklich ist, um daran zu denken!»

Mein Meister sah ernst aus, und vielleicht mehr um seiner eigenen Seelenruhe als um der seines Freundes willen sprach er: «Was in der Vergangenheit geschah, muss man vergessen.»

«Du irrst dich, André», seufzte Eisik. «Es darf niemals vergessen werden, wir müssen uns immer erinnern, dass wir gefehlt haben! Wir haben es unserem Eifer erlaubt, uns in die Werkzeuge einer Hinrichtung zu verwandeln ... das Lamm wurde zum Wolf, und die Furchtsamen wurden zu denen, die Furcht einflößen! Möge uns der Gott unserer Väter vergeben, dass wir zugelassen haben, dass sich das leuchtende Antlitz der Liebe und des Mitgefühls von uns abwandte ...»

«Das ist schon lange her.»

«Nicht gar so lange!» Seine Augen weiteten sich, und sein Gesicht nahm einen fiebrigen Ausdruck an. «Weil du mich liebst, wie ich jedenfalls hoffe, magst du vielleicht sagen, dass ich nur das Andenken an Maimonides verteidigt habe, aus dessen Munde ich so vieles lernte ... aber um dieser Verteidigung willen ist ein Mann gestorben ... hörst du? Ein Mann ist gestorben! Oh! Es ist entsetzlich ...! Entsetzlich, in Gedanken zu jenen schrecklichen Tagen zurückzuschweifen. Du solltest auf die Mystiker hören, die sagen, dass Wissen und Glauben nie zusammengebracht werden sollten, dass die Lust an den Dingen des Wissens sich deutlich unterscheidet von dem seligen Opfer, das Unschuld heißt. Maimonides, der große spanische Jude, sagt, dass das Glück in der unsterblichen Existenz des menschlichen Intellekts liegt, der Gott betrachtet.»

«Aber Eisik, der Rabbi verurteilte Maimonides, er verurteilte die Mystiker, und ... die Kabbala.»

«Das ist wahr ... das ist wahr ... er war blind für das Licht, das aus der heiligen Quelle strömt, durch die unsere Väter immer gesprochen haben. In seinem Unwissen verachtete er das Wissen, denn er wurde in Versuchung geführt vom Teufel des Neides ... aber auch gelehrte Männer erliegen der Versuchung ... denn mehr noch als die Unwissenden kennen sie die Wege der Sünde ... Vielleicht hatte der Rabbi doch recht?»

«Aber ich bin überzeugt, du hast nicht gewollt, dass der Rabbi stirbt, und mehr brauche ich nicht zu wissen ...»

«Aber du irrst dich!», schrie Eisik geängstigt auf. «Ich gestehe, dass ich mir für einen Augenblick genau das gewünscht habe! Einen entsetzlichen Moment lang verhüllte ein Schatten, ein Schmutzfleck mir die göttlichen Regeln des Heiligen Gesetzes! Er verbrannte Bücher! Er vernichtete Wissen, und dafür sollte er bestraft werden! Aber während ich so dastand und seinen Tod herbeiwünschte, knurrend wie ein tollwütiges Tier, erkannte ich, dass das Lernen den Menschen nicht bessert, es macht ihn nur besser darin, schlau zu sein. Es führt den Menschen nicht auf den Pfad der Nächstenliebe, sondern auf den der Eigenliebe. Es führt nie zu Toleranz. Es führt nur zu Arroganz!»

«Aber du bist doch ein gelehrter und einsichtiger Mann, dessen Wissen schon für viele ein Segen war.»

«Ach was!», stieß der Jude hervor. «Es ist ein Fluch!» Und dann zu mir gewandt: «In der Jugend glaubt man – und das solltest du dir hinter die Ohren schreiben, mein Junge, damit du nicht wirst wie dein Meister – man glaubt, dass man lernt, um die Welt und ihre Gesetze besser zu verstehen. Eigentlich ein heiliger Vorwand, wenn es nicht gleichzeitig ein lächerlicher wäre, denn wenn man eine Zeitlang in unendliche Fernen gestarrt hat, sieht man nicht mehr, was man direkt vor seinen Füßen hat, man verliert sich im Universum der Ideen, denn man achtet nicht darauf, die Verbindungen zwischen den Wesenheiten zu sehen, die diese Ideen vereinen.»

«Aber mein lieber und kluger Freund», unterbrach mein Meister hier ungeduldig, «gewiss doch wäre die Welt ohne das Wissen der Menschen viel blasser und weniger anziehend, aber wir sprechen ja auch nicht nur vom Wissen der Meister unter den Mathematikern, der Lehrer und Führer, sondern auch vom Wissen der Bauern, Hirten und Schmiede!»

«Schön und gut, aber ich fürchte, dass dich dein Streben nach Philosophie, wie du es nennst, in den Ruin führt, und ich gezwungen bin zuzusehen, das ist mein Los … Weißt du nicht, dass es kaum etwas Besseres gibt als die einfache Seele, die nach nicht mehr strebt, als was ihr durch Gottes Gnade verliehen ist? Ich bitte dich, erlaube deinem Stolz nicht, dich in die Hölle zu bringen, denn ich befürchte, deine Nachricht hier spiegelt genau das wider, worüber wir gesprochen haben.» Mit sanfterer Stimme sagte er: «Wirf deine Vernunft von dir, mein Sohn, und sonne dich in dem Licht der einen ewigen Weisheit, die kein Mensch je ergründen kann!»

«Wie kann ich über Himmlisches nachdenken, das ich niemals erkennen kann, mein guter und getreuer Freund, wenn es hier auf Erden so vieles gibt, das meine Unwissenheit belehren kann!», sagte mein Meister und tätschelte sich den Bauch.

Eisik lächelte traurig, denn wie ich wusste, liebte er meinen Meister. «Ich würde doppelt so viele Gebete für dich sprechen, wenn ich nicht so müde wäre nach unserer langen Reise, die mich zu sehr erschöpft hat, als dass ich noch sprechen könnte ... wirklich und auf jeden Fall zu sehr erschöpft ... da, wir sind an unserem Ziel angelangt, obwohl mich meine Beine lieber woanders hin tragen würden, am liebsten in die entgegengesetzte Richtung.»

Ohne dass ich es gemerkt hatte, waren wir jetzt tatsächlich vor den großen Türflügeln des Refektoriums angekommen. Also wuschen wir uns die Hände, wie es der Brauch war, in dem frischen, kalten Wasser des kleinen Brunnens, und mein Meister erklärte: «Irgendetwas an dieser Nachricht beunruhigt mich ...»

«Natürlich beunruhigt es dich», antwortete sein Freund, «das ist eine Warnung ... diejenigen, die zu viel wissen wollen, sterben mit sehr wenig Wissen ... oder vielleicht heißt es, diejenigen, die sehr wenig wissen, sterben mit dem Wunsch, viel zu wissen? Jedenfalls sagen mir meine Sinne, und die irren sich nie, niemals, dass heute Abend jemand zu Tode kommen wird! Es steht geschrieben ... *dessen* bin ich mir sicher.»

André muss gesehen haben, dass sich meine Augen vor Angst weiteten, denn er sagte sehr vergnügt: «Dann lass uns doch das Leben genießen, solange wir noch können, Eisik, denn nichts regt den Appetit besser an als ein Rüchlein Geheimnis!»

Möge Gott mir vergeben, ich glaube, da hatte er recht!

3.
CAPITULUM

Rainiero Sacconi von Piacenza, wie er korrekt anzusprechen war, betrat das Refektorium als ein Mann mit dem unbedingten Willen zur Macht. Die Magerkeit seiner ungewöhnlich hohen Gestalt wurde von breiten Schultern ausgeglichen, durch deren Proportionen das schwarzweiße Habit seines Ordens gut zur Geltung kam. Er schritt kraftvoll und lebhaft aus, wie ich es bei ihm während der ganzen Reise beobachtet hatte, und zeigte kaum Anzeichen von Ermüdung. Tatsächlich wirkte er an diesem Abend besonders lebhaft, da er – wie wir aus verschiedenen Unterhaltungen bei Tisch entnahmen – passende Räume für Gefangene gefunden hatte und auch einen Raum, wo Verdächtige verhört werden konnten. In dieser Hinsicht ähnelte er ein wenig meinem Meister, dessen Energie die meine bei weitem zu übertreffen schien.

Was ich über den Inquisitor wusste, hatte ich aus schrecklichen Berichten erfahren, für deren Richtigkeit ich mich aber nicht verbürgen kann. Dennoch, er galt als Fanatiker, als ehrgeizig und ruchlos, seinen Aufstieg zum Großinquisitor unbeirrt im Blick. In entsetzlichen Geschichten war von seinem grausamen Charakter die Rede, der sich am Geruch von brennendem Menschenfleisch ergötzte, und man kann es deshalb einem sensiblen Jüngling kaum ankreiden, dass er ein wenig den Atem anhielt, als der Mann den großen Tisch erreichte und sich anschickte, zum ersten Mal seine Kapuze abzunehmen. Was soll ich sagen, lieber Leser? Dass ich erwartet hatte, das Antlitz des Teufels zu sehen? Also pockennarbig und knittrig, vielleicht gar von galligem Gelb? Nein, zu meiner Überraschung gewahrte ich, dass er trotz allem nicht wie ein scheußlicher Dämon aussah. Er war ein Mann, dessen Gesicht für sein Alter durchaus eine gewisse Schönheit besaß, aber als er den Blick hob, um in die Runde zu schauen und ihn lange und wohlberechnet durch den ganzen Raum schweifen ließ, sah ich in seinen blassen Augen kalte Grausamkeit, ein Zeichen seines starken, erprobten Willens. Einen Augenblick ruhten sie auch auf mir und erzählten mir von Teufeln, die bezwungen, und Männern, die vor Gericht gebracht worden waren. Sie sagten: «Na los, jeder Widerstand gegen meinen Willen ist für mich eine Herausforderung, die ich sofort annehme.» Man sah ihnen an, wie gleichgültig ihm die Meinung anderer war, gleichzeitig auch, dass die Schuld – die, wie er wusste, zu jedem Menschen gehört –, wenn auch mit brüderlichem Verständnis, gefunden, verurteilt und bestraft werden würde ... all dies in einem einzigen kurzen Blick.

Der Abt führte den Inquisitor zu einem Platz an seiner Seite am großen Tisch, der über die anderen erhöht auf einem Podium am Ende des rechteckigen Saales stand. Der Tisch war mit einem Tuch aus grauem Leinen gedeckt und mit rohem, aber praktischem Gerät zu unserem Gebrauch bestückt; hölzerne Schalen ersetzten das Silber, und eiserne Kerzenhalter, nicht goldene, verbreiteten ein weiches, angenehmes Licht.

Der Abt begab sich, seinem Rang entsprechend, zu dem Platz in der Mitte, rechts von ihm kamen der Inquisitor, mein Meister und dann ich. Links von ihm der Bischof, der Ordensbruder von Narbonne und der achtbare Zisterzienserbruder, während die Amtsinhaber und älteren Brüder unsere Reihe zu beiden Seiten fortsetzten. Neben mir gab Bruder Ezechiel von Padua seltsame Geräusche von sich; vielleicht weil er sich schon auf das Kauen vorbereitete. Er stand neben Setubar, und neben diesem ein Bruder namens Daniel. Die übrigen nahmen die Plätze an den Tischen unter uns ein, die im rechten Winkel zum Podium standen.

Rainiero entdeckte Eisik sofort, denn der trug einen schlichten rostbraunen Mantel über einem Untergewand in Laubgrün, was zu all dem stumpfen Grau einen auffälligen Farbkontrast bildete. Er hatte – dank der Großzügigkeit des Abtes – einen Platz bei den Mönchen niedrigeren Ranges an den unteren Tischen, was beim Inquisitor ein Stirnrunzeln der heftigsten Verachtung auslöste. Er fixierte den Juden scharf, murmelte ein paar Widerworte gegen den Teufel und bekreuzigte sich in zeremoniellem Hass. Unten standen die Mönche schweigend da, die Kapuzen übergezogen, und warteten darauf, dass das *«Edent pauperes»* angestimmt werde, und nachdem der Segen erteilt worden war, zogen alle ihre Kapuzen vom Kopf, und wir setzten uns dankbar.

Sobald wir saßen, beugte sich der Inquisitor zum Abt vor und deutete auf einen leeren Platz auf dem Podest. Ich hörte den Abt sagen, dass der Klosterarzt gewöhnlich etwas später zum Mahl erscheine, da dessen Krankenstation ziemlich weit entfernt liege.

«Nachsicht», sagte der Inquisitor, «führt zu Ungehorsam; strenge Disziplin und striktes Einhalten der Regeln sind der Eckpfeiler des Ordens, wie Ihr wisst, teurer Abt, Gehorsam ist besser als ein Opfer», fuhr er fort.

Wer würde da wohl widersprechen?

Danach hörten wir schweigend der wöchentlichen Lesung zu, die andächtig fortgesetzt wurde, auch als uns der Speisemeister und seine Helfer eine unübertreffliche Vielzahl verschiedener Gerichte auftischten, an deren Vorzüglichkeit ich seitdem immer wieder denken muss. Jedes Gericht – und es waren wirklich viele – entführte mich in ein anderes fernes Land: Italien, Spanien, Portugal, vielleicht sogar in unbekannte Länder, über die ehemalige Reisende berichten. Und die Gäste, vor allem die mit gutem Appetit, priesen den Koch und beglückwünschten den Abt zu einem Festessen, das die bescheidenen Mahlzeiten, die man damals in Klöstern vorgesetzt bekam, weit übertraf – noch dazu so kurz vor der Fastenzeit, wo man fast gar nichts aß.

Wir hatten gebratenen Fasan, gefüllt mit rotem Pfeffer, Täubchenterrinen, Gänseeier in einer Sauce aus Ziegenkäse und verschiedenen köstlichen Kräutern. Es gab schwarze Oliven, mit Anchovis gefüllt, und grüne Oliven in einer Knoblauchmarinade, und auf jedem Tisch standen kleine Krüge mit goldenem Honig, der so leicht und süß war, dass sogar der Inquisitor nicht anders konnte, als alles, was er aß, zuerst damit zu tränken. Jeder nahm an dem Essen in dankbarer Stille teil, außer dem Klosterbruder von Narbonne, der sich wie ein echter Franziskaner benahm – denn die sind von niedriger Geburt und daher oft schlecht erzogen – und laute Rülpser ausstieß.

Anschließend gab es duftendes Brot, das mit Zimt und Mandeln gebacken war, und dann Knödel in Honig – wie man sie aus Florenz kennt. Schließlich wurde der Wein gebracht, eine kleine Karaffe für jeden, und der Abt erklärte uns – denn wie man weiß, sind Klöster immer stolz auf das, was sie können –, dass es sich dabei um eine Mischung aus Balsamblättern und dem klostereigenen Honig handle. Als er sah, dass mein Meister ihn ablehnte, erklärte er, der Wein besitze auch wunderbar heilende und beruhigende Kräfte, denn die Bienen seien bekanntlich tugendhafte Insekten.

Der Inquisitor machte eine missbilligende Geste. «Der Wein ist ein Betrüger, er verführt selbst den Weisen zur Abtrünnigkeit.»

«Da habt Ihr vollkommen recht!», bestätigte der Franziskaner gähnend.

Der Zisterzienser stimmte bei, indem er seinen starren Blick auf uns richtete. «Wein gehört sich nicht für Mönche.»

Einzig der Bischof sagte nichts, sondern füllte sich das Glas und schüttete es in einem Zug hinunter. «Ahh ...», sagte er dann mit seiner gutturalen Stimme. «Unser Herr fand daran Freude, und ich, sein einfacher Diener, kann auch nicht anders.»

Mein Meister lächelte und dankte dem Abt freundlich, wobei er zugab, dass der Wein tatsächlich eine schöne Farbe besitze und ohne Zweifel köstlich sein müsse, lehnte für sich jedoch ab.

Als Bruder Ezechiel das hörte, rückte er näher an mich heran, und wegen seiner schwachen Augen streckte er die Hand aus und tastete nach der Karaffe. «Gib ihn mir! Bei Maria und allen Heiligen, *ich* werde ihn schon trinken!», rief er laut, und der bedienende Mönch gab ihn ihm in die Hand.

Der Abt machte eine Bewegung, um Ezechiel Einhalt zu gebieten, doch da betrat Asa, der Klosterarzt, mit gerötetem Gesicht das Refektorium. Unter den zudringlichen Blicken vieler Augen setzte er sich hastig auf seinen Platz am Ende des Tisches und bat den Abt in unhörbarem Flüstern um Entschuldigung.

Der Inquisitor murmelte: «Ich werde meine Zunge in Zaum halten!», aber niemand außer mir hörte es; alle waren viel zu beschäftigt mit ihrem Essen, da soeben ein weiterer Gang aufgetragen wurde, nämlich Käse.

Wenn man gut isst, erscheint einem nicht nur die Welt angenehmer, sondern man ist auch selbst fröhlicher und heiterer und vielleicht sogar ein wenig frech. Mein Meister führte das auf eine Sinnestäuschung der Verdauung zurück. Er sagte, die inneren Organe liehen sich vom Herzen und vom Kopf die Energie aus, die sie bräuchten, um dieses Wunderwerk zu vollbringen, und hatte daher die Gewohnheit, sich selbst so viel Essen wie möglich und seinem Geist dadurch Ruhe zu gönnen. Was auch immer aber der Grund sein mochte, man merkte die angenehme Wirkung auf alle, die am Tisch saßen. Selbst des Inquisitors Stimme war ein wenig milder geworden, und bald schon vergaß er seine gegen sich selbst gerichtete Ermahnung in Bezug auf das Schweigen.

«Wie ich sehe, lebt Ihr im Gegensatz zum siebenundfünfzigsten Absatz Eurer Regel, Präzeptor, nämlich, *Ut fratres non participent cum excommunicatis*. Ich will damit sagen, Ihr steht in Verbindung mit einem Exkommunizierten.»

Mein Meister schwieg überraschenderweise. Die Stille schien indessen zu lange zu währen, und der Inquisitor, der sich die Gelegenheit nicht entgehen lassen wollte, starrte zu Eisik hinunter und sprach weiter, mit einer Stimme, die durch den ganzen Saal trug. «Der dort ist Jude und deshalb des Teufels. Wohin wird es mit Eurem Orden noch kommen, Präzeptor, wenn er Ungläubige in seinen Reihen duldet und die Verbindung mit Juden verzeiht?»

Mein Meister wurde rot im Gesicht, und ich sah, wie er im Schoß die Faust ballte.

«Der Orden wird bald nach Hund stinken.»

«Dann wird er aber nach sehr gebildetem Hund stinken», bemerkte André, «denn dieser Hund spricht nicht nur Latein, Rainiero, sondern noch sechs weitere Sprachen, so gut wie seine Muttersprache.»

Innerlich schalt ich André, denn es sah aus, als würde er Eisiks Fähigkeiten rühmen, um dadurch ihre Freundschaft zu rechtfertigen, und mir schwante, dass Eisik vielleicht recht hatte mit dem Gedanken, er sei die Beute schuldhafter Gefühle.

«Ist er ein Anhänger von Maimonides?» Der Dominikaner hob die Brauen und kniff die Augen zusammen.

«Ich nehme es an.»

Da lächelte er. «Dann ist er also nicht nur ein jüdischer Hund, ein Ungläubiger, sondern obendrein auch noch ein Häretiker!»

«In wessen Augen ein Häretiker? Mancher würde sagen, es war nicht Sache Eures Ordens, die Bücher des Maimonides zu verbrennen. Schließlich war er nicht getauft und deshalb nicht an christliche Gesetze gebunden.»

«Das mag sein...», fertigte ihn der Inquisitor ab. «Dennoch, alle Bücher, vor allem die der Juden, enthalten Häresien und verherrlichen die Vernunft, was das Prinzip des Glaubens grundsätzlich untergräbt! Sogar der Ungläubige», sagte er mit einem Grinsen, das ihm die Mundwinkel kräuselte, als wollte er zu meinem Meister sagen: «Ich würde mich sehr freuen, dich ungläubiges Aas auf einem Scheiterhaufen brennen zu sehen» –, «sogar der Ungläubige», fuhr er fort, «der der Teufel selbst ist, wie Ihr ohne Zweifel wisst, Präzeptor, kann sich nicht für dieses Vieh erwärmen. Geistige Überheblichkeit, das ist die Wurzel allen Übels!», sagte er und zeigte mit dem Finger auf Eisik. «Maimonides bestritt die Auferstehung des Fleisches und sagte, wir könnten weder die Ewigkeit noch die Erschaffung der Welt beweisen! Außerdem fand er, dass ‹ein gelehrter Bastard einem ignoranten Priester vorzuziehen› sei ... dass also der, der das Gesetz studiert, Gott näher sei als der, der es befolgt!»

«Das, Rainiero, sagte er zu einer Zeit, als die jüdischen Priester dekadent und faul geworden waren und die Gesetze, die sie anderen aufzwangen, selbst nicht befolgten. Das könnt *Ihr* doch sicher verstehen? Andererseits spricht auch viel für einen Priester, der nur das tut, was ihm befohlen wird.»

«Genau!», schrie der Inquisitor, weil er dachte, mein Meister sei endlich zur Vernunft gekommen. «Unwissenheit ist ein gesegneter Zustand, Präzeptor, man gehorcht dem, was einem gesagt wird. Schließlich ist Gehorsam der Eckpfeiler unserer Ordensregel, Gehorsam! Das Lernen hingegen ist der Weg zur Abtrünnigkeit, der Weg zu Eigensinn und Selbstsucht.»

Man hörte willfähriges Geflüster bei den verschiedenen Delegierten. Der Bischof und die anderen lehnten sich in brüderlicher Nachsicht zurück und tätschelten sich verständnisinnig die prallen Bäuche.

«Und doch», fuhr mein Meister fort und biss in ein Stück Käse, als wäre es der Hals des Inquisitors, «sollte man denn gezwungen werden, die Religion anzunehmen, ohne seine Vernunft zu gebrauchen?»

Der Bischof von Toulouse runzelte die Stirn und beugte sich mit riesigen, feuchten Lippen über den Tisch vor. «Aber was vernünftig ist, entscheidet die Kirche», er hob gebieterisch die Hand, «und nicht das Individuum, Herr Präzeptor, das ist allgemein bekannt und unbestritten!»

Alle nickten und lächelten, die Gesichter vom Feuer des

Weines erhitzt, von dem sie inzwischen alle getrunken hatten, ungeachtet ihrer vorhergehenden Äußerungen.

«Dann, Exzellenz», sagte mein Meister, das dunkle arabische Gesicht erfüllt von der Spannung unterdrückter Kampfeslust, und seine Augen strahlten in metallisch leuchtendem Grün, «hat die Kirche wohl, wie ich fürchte, eine schwere Last zu tragen.»

«Eine schwere Last ... jawohl ...», antwortete der Klosterbruder von Narbonne in schlaftrunkener Geistesabwesenheit, doch dann runzelte er die Stirn, als sei er plötzlich verwirrt, und fragte: «Was für eine denn genau, Herr Präzeptor?»

«Nun, die Last eines großen Widerspruchs, Bruder, des Widerspruchs nämlich, dass die römische Kirche sich so fundamental auf jene gelehrten Männer stützen muss, die sie verachtet, auf deren Weisheit aber das gesamte System ihres theologischen Wissens ruht, das der Grundstock ihrer eigenen Philosophie ist.» Zufrieden biss er in einen Knödel und wartete auf Antwort.

«Warum sollte das die Kirche berühren, Herr Präzeptor?», fragte der Bischof und zuckte seine fetten Schultern; ihm fehlte es ein wenig, wenn ich so sagen darf, an dem, was die Griechen *nous* nennen.

«Vielleicht sollte es die Kirche überhaupt nicht berühren. Schließlich wird die Welt von Widersprüchen regiert, und die Natur ist selbst das größte Paradoxon ... und doch», mein Meister hielt inne, und ich sah, wie die Kirchenmänner auf ihren Stühlen ein wenig vorrutschten, «verdient es Beachtung. Denn es mag sein, dass eine Zeit kommt, wo die Vertreter der Lehrmeinung und die Theologen nicht mehr mit dem Papst übereinstimmen. Erst dann wird man sich diesen schrecklichen Zustand wirklich vorstellen können, meine Brüder ... Werden wir einen Pontifex haben, dessen Schwäche von der Klugheit von Weltlichen gelenkt wird und nicht von der Weisheit Gottes? Oder werden wir einen Papst haben, der die Klugheit seiner Theologen nicht erkennt, weil er töricht ist?» Dann zitierte mein Meister Plato auf Griechisch und sagte: «Was gerecht oder richtig ist, bedeutet nichts anderes, als was im Interesse der stärkeren Partei liegt.»

Es entstand ein verwirrtes Schweigen, und zu meinem Vergnügen sah ich allgemeines Stirnrunzeln. Der leitende Bibliothekar der Abtei, Bruder Macabus, ein Mönch mittleren Alters mit sehr lockigem Haar, tiefen Tränensäcken unter den Augen und einer seltsam kleinen Nase, antwortete meinem Meister, auch auf Griechisch: «Wird das, was heilig ist, von den Göttern deshalb geliebt, weil es heilig ist, oder ist es heilig, weil es von den Göttern geliebt wird?»

Mein Meister lächelte. «In der Tat. Ist das nicht eine zeitlose Frage, mein Bruder?»

Die Gesandtschaft des Papstes war verstummt. Das einzige Geräusch, das man vernahm, kam von Männern, die in offensichtlicher Verwirrung auf ihren Stühlen herumrutschten.

Zu meiner Rechten erhob sich eine Stimme. «Die Griechen verehrten den Leib mehr als die Seele.» Das war Bruder Setubar, der alte, gebeugte Mönch, und er sprach leise und wohlüberlegt. «Sie waren Narren! Das Lernen dient nur dem Körper, die Seele ernährt sich von spirituellen Dingen. Als Arzt wusste ich das, und deshalb lernte ich nur, was notwendig war, und keinen Deut mehr. Nur der Stolz verführt einen Mann dazu, mehr wissen zu wollen, als er wissen sollte, und nur der Stolz lässt ihn glauben, dass er mehr weiß, als er wissen sollte! Wir werden geboren, und von diesem Augenblick an sind wir *Depravati* ... verworfen, ein Leib, der nach und nach stirbt, das ist alles, was wir wissen müssen, alles andere ist Mist.» So schloss er und murmelte noch etwas in dem ihm eigenen deutschen Dialekt.

«Und doch sagt Petrus», gab mein Meister zurück, «dass man durch die dürre Wüste des Zweifels hindurch muss, um an ihrem Ende die grünen Wiesen von Glauben und Verständnis zu finden. Einem Glauben, der vom Wissen erhellt wird. Petrus verleugnete Christus, und ihm wurde vergeben.»

«Petrus wurde vergeben, aber Judas büßt in der Hölle für seine Sünden!» schrie der alte Mann. «Der Mensch soll Gott zu erkennen suchen! Er soll nicht weltliches Wissen suchen!»

In diesem Augenblick wurde mir plötzlich klar, dass mein Meister den Verlauf der gesamten Unterhaltung gelenkt hatte, um nach dem geheimnisvollen Verfasser der Nachricht zu forschen, und ich tadelte mich im Stillen, dass ich ihn niedriger Absichten verdächtigt hatte.

«Gott ist Wissen, verehrungswürdiger Bruder, *per definitionem*, und er hat tatsächlich die Welt erschaffen, wie wir aus der Genesis wissen», sagte André abschließend, inzwischen fast schon ein wenig erregt.

«Ja, Präzeptor», fiel Rainiero ein, «aber das Wissen um Gott und das Wissen der Welt sind nicht dasselbe! Man muss die Welt und ihre Frevelhaftigkeit meiden und nur für die Offenbarung leben, in Betrachtung der Heiligen Schrift.»

Mein Meister lächelte ein fürchterliches Lächeln, das fast schon ein tückischer Seitenblick war. «Dann habt Ihr, bei Gott! viel mit meinem jüdischen Freund gemein, denn er glaubt dasselbe.»

Wir waren wieder am Anfang angekommen.

Der Inquisitor hielt voll Bosheit den Atem an, bis seine Lippen fast blau waren. «Die Juden schüren die Abweichung, sie sind dafür verantwortlich, die Ketzereien der Christen angestiftet zu haben – die in der Tat mannigfaltig sind – und zwar mit dem Teufel der Kabbala. Und als ob das nicht schon eine höchst verabscheuungswürdige Sünde wäre, sie lassen ihre Verfälschungen in die Hände von neugierigen Christen gelangen, die ihre dämonischen Zaubersprüche eifrig in sich aufnehmen!»

«Zaubersprüche?», fragte mein Meister und hob düster die Brauen.

«Jeder kennt sie, Präzeptor ... die mystische Bedeutung bestimmter mystischer Handlungen; Zahlen, die diabolische Chiffren sind; Buchstaben, die mehr bedeuten als Wörter, und Wörter, die erst Bedeutung bekommen, wenn man sie rückwärts liest. Punkte und Striche, Ziffern, Akrostichen und die unheilige symbolische Interpretation biblischer Texte! Geisterbeschwörung, Astrologie, Alchimie!»

Als er fertig war, verstummte alles, die anderen Mitglieder der Legation blickten auf ihre Hände oder ihre Teller und rutschten verlegen auf ihren Stühlen herum.

«Eure Bildung ist bemerkenswert, Rainiero!», bemerkte mein Meister. «Ihr müsst viele Augenblicke damit verbracht haben, diese Dinge zu studieren!»

«Ihr als Kriegsmann wisst ja», antwortete er, «dass man einen unbekannten Feind nicht schlagen kann. Man muss vielmehr jede Bewegung, jeden Gedanken des Feindes studieren ... auch wenn das eine ständige Verletzung der eigenen Milde und Seelenruhe bedeutet.» Hier hob er das Gesicht und rollte die Augen gen Himmel. «Oft werde ich heimgesucht! Heimgesucht von jenen Dingen, die mir aufgrund der Macht, die mir verliehen ist, in die Hände gefallen sind! Die entsetzlichsten Werke! Die verabscheuungswürdigsten Entartungen! Und doch habe ich mich dazu gezwungen, mit den Irrungen des Teufels vertraut zu werden, damit seine Falschheit nicht als Wahrheit missverstanden werde. Ich kann nur sagen: Gesegnet der Mann, der unwissend ist, gesegnet derjenige, dessen Seele vor der Schwäche seines Geistes geschützt ist!»

Mein Meister dachte einen Augenblick nach. «Aber, Euer Gnaden, wie Ihr sehr wohl wisst, wirkt der Teufel ja nicht nur in primären Ursachen, das heißt, in den Gedanken eines Schreibenden, sondern auch in sekundären Ursachen, nämlich in der Neigung des Lesenden.»

Der Bischof stopfte sich Essen in den Mund und ließ die Sauce zu den Mundwinkeln heraus rinnen. «Das ist auch wieder wahr», bestätigte er und stach in einen gebratenen Vogel.

Der Inquisitor schnaubte. «Ihr Tempelherren seid seltsame Wesen. An Mönchen Eurer Art finde ich kein Gefallen, ich prophezeie Euch, dass Ihr dazu verdammt seid, wegen Eurer Sympathien für die Ketzer auf dem Scheiterhaufen zu sterben, und es wäre eine sehr ehrenwerte Aufgabe, Euch diesem Ende zuzuführen!»

Es folgte ein bestürztes Schweigen ob dieser offenen Drohung. Mein Meister lächelte so ruhig, dass ich ein schreckliches Gefühl der Vorahnung hatte, denn ich fürchtete, dass er jeden Moment die Beherrschung verlieren könnte.

«Wir leben *alle* in einem Zustand der Hinfälligkeit, Herr Inquisitor, und die einzige unveränderliche Wahrheit ist, dass die Wahrheit launisch ist und die Dauerhaftigkeit unsicher. Eines allerdings ist im Lauf der Äonen konstant geblieben, und ich glaube, dass es auch bis in die fernste Zukunft so bleiben wird, nämlich, dass das Böse, von dem ich spreche, das Unwissen ist. Ich glaube, dass es die schlimmste Sünde ist, denn es führt zu allen anderen Sünden ... Unwissen nagelte unseren Erlöser an jenem schicksalhaften Freitag ans Kreuz, und Unwissen würde ihn heute auf dem Scheiterhaufen verbrennen, wenn Er die Macht der Kirche bedrohen würde, so wie Er die Macht des Kaisers bedroht hatte.»

Oh weh, meine Befürchtungen hatten sich bewahrheitet. Alle machten große Augen und ließen den Mund offen stehen vor ungläubigem Staunen, und ich wusste sofort, dass mein Meister einen entsetzlichen Fehler gemacht hatte.

In diesem Moment mahnte uns der Abt, zu schweigen und der Lesung der Ordensregeln zu lauschen, die, wie er sagte, auf ausdrücklichen Wunsch des Inquisitors gewählt worden sei. Sie bestand in einer Mahnung an alle spirituellen Väter, was ihre Lehre und den Gehorsam ihrer Schüler betraf. Wir hörten, dass jeder Makel, der in der Herde zu beobachten sei, dem Hirten als Schuld angerechnet werde, an welcher Stelle die Stimme des Vorlesers ein wenig brach und er vom Buch aufblickte und zum Tisch des Abtes hinübersah. Der Abt gab dem Vorleser ein Zeichen, fortzufahren, obwohl sich seine Brauen beunruhigt runzelten.

Dann, nach den üblichen Formalitäten, entfernten wir uns schweigend durch die großen Türen, die zum Kreuzgang führten, und gingen von dort in stillem Zug auf die Kirche zu. Mehr als einmal sah ich das böse Auge des Inquisitors und seiner Männer in unsere Richtung blicken, und ich bat Gott um Schutz, obwohl ich zu dem Zeitpunkt noch nicht wusste, wie nötig wir diesen noch brauchen würden.

4.

CAPITULUM

COMPLETORIUM (KOMPLET)

Und so begann also der für diesen Tag letzte Gottesdienst in der üblichen Weise. Zuerst gab der Abt dem Kantor ein Zeichen, das *«Tu autem, domine, miserere nobis»* anzustimmen, mit unserer Antwort *«Deo gratias»*, gefolgt von der Replik des Abtes, *«Adjutorium nostrum in nomine Domini»*, worauf wir im Chor erwiderten, *«Qui fecit coelum et terram»*.

Dies ist die Tageszeit, da sich ein guter Mönch darauf vorbereitet, seine Seele in Gottes Hände zu legen. Denn der Schlaf ist eine Vorbereitung auf den Tod, wo die äußere Welt erlischt und die Welt des Geistes vom Licht der Seele erhellt wird. In diesem Tod, so hören wir, liegt das Versprechen des Lebens, und wie ich so im Schatten des Chorgestühls saß, getröstet durch die Wärme der vielen Leiber, wurde ich daran erinnert, dass unser Leben nicht endlos ist, dass genau so, wie die runde Scheibe des Tagessterns an den Busen des dunklen Horizonts sinkt, auch unser Körper zum Staub zurückkehrt. Und doch, gerade aus dieser Dunkelheit, in der die Dinge vollkommen hoffnungslos erscheinen, kehrt die Sonne wieder, um zu triumphieren. Genau so, sagt man uns, muss der Mensch über den Tod triumphieren, um zu einem neuen Horizont vorzustoßen, der in der Wiege der Göttlichkeit auf ihn wartet. In diesem Augenblick wollte ich gerne glauben, dass die Welt gut sei, dass die Führer und geheiligten Richter, die zusammen die Heilige Inquisition bildeten (sicher eine Spiegelung von Gottes unendlicher Gerechtigkeit und Gnade?), rechtschaffen und rein seien. Warum nur wurde ich dann von Gefühlen übermannt, die denen so ähnlich waren, die ich damals an den Ufern des Nils erlebt hatte? Ich schaute ringsum in die Gesichter der Gemeinschaft und versuchte, meine Ängste zu zerstreuen, indem ich mich an meine Gelübde erinnerte. Hatte ich mich nicht nach einem Kloster gesehnt? Wo man zurückgezogen von den Wechselfällen einer eitlen und verdorbenen Welt in Sicherheit lebt und nichts als tiefsten Frieden verspürt? Nun aber erkannte ich allmählich, dass Gefahren nicht nur auf einem Schlachtfeld lauerten, und mich schauderte. Ich konzentrierte mich auf die Eröffnungs-Versikel und Responsorien, *«Converte nos ... Et averte ...»* und *«Deus in adjutorium»*, die jetzt begannen, und beschloss, nicht mehr an solche Dinge zu denken. Vermutlich war ich nur müde? Morgen würde ein neuer Tag anbrechen, und meine Ängste würden sich genau so auflösen wie die Dunkelheit, die mir jetzt die Seele schwer machte. War nicht mein Meister, der neben mir saß, eine Bastion der Stärke, eine Feste der Weisheit? Und außerdem: wer hätte schon die Autorität des Königs anfechten können? Also hatte der Inquisitor vielleicht recht, wenn er sagte, ein unwissender Mann sei ein glücklicher Mann, denn unwissend wie ich war, fühlte ich mich jetzt ein wenig besser, da ich in den vielstimmigen Chor von Männern mit einfiel, in dem die einzelnen Töne und Klänge zu einer Einheit verschmolzen. Da ich hineinglitt in jenes großartige Wesen, das als Ganzes nur so vollkommen ist wie seine einzelnen Glieder in ihrer Gesamtheit; das große Ganze des göttlichen Archetyps, dessen einziger Zweck die Verherrlichung Gottes ist.

Als meine Lippen jene ersten Worte anstimmten: *«Erhöre mich, wenn ich rufe, Gott meiner Gerechtigkeit, der du mich tröstest in Angst»*, überkam mich eine süße Seelenruhe. In der Demut, schloss ich, liegt Beständigkeit, und im Gehorsam liegt Frieden. Vielleicht würde mein Meister geistige Gelassenheit finden, wenn er gehorsamer wäre?

Nach den vorgeschriebenen vier Psalmen stieg der Abt wie üblich auf die Kanzel. Er begann eine kurze, beredte

Ansprache, in der er noch einmal die Gesandtschaft des Papstes im Kloster willkommen hieß, die Unschuld der Abtei erklärte und außerdem seinen unbeirrbaren Glauben an Gottes Schutz während der anstehenden Untersuchung betonte. Und weil das Completorium die Zeit zum Nachdenken war, die Zeit, das Gewissen zu erforschen, vergab er, als geistlicher Vater, öffentlich all jenen, die für dieses schreckliche Unheil, das über die Abtei gekommen war, verantwortlich seien, und rief die Brüder des Ordens auf, sich einen Augenblick Zeit zu nehmen und ihre Herzen zu erforschen, ob nicht irgendein Groll darin Wurzeln geschlagen habe. Dann kündigte er an, dass aus diesem Grund die Lesung nicht aus Jeremias, Kapitel 14 sein werde, wie eigentlich vorgeschrieben, sondern aus dem Buch der Offenbarung, was, wie er anmerkte, dazu dienen sollte, uns an unsere Aufgabe im Kampf gegen das Böse zu erinnern, an die Schlacht, die in der Seele geschlagen werde gegen Stolz und Neid und Hoffart. Er verkündete, dass Bruder Sacar von Montélimar, der Musikmeister, die Lesung übernehmen werde, und stieg von der Kanzel.

Ich unterdrückte ein Gähnen, als der Mönch nun auf die Kanzel stieg und die Lesung begann. Trotz seines Themas – entsetzenerregende Beschreibungen von Hölle und Tod – und trotz seiner beseelten Ausdrucksweise – der Ausdrucksweise von einem, der in melodischen Gebetsformeln geübt ist – wurden mir, Gott möge mir vergeben, die Lider schwer. Mir war, als würden die Worte den Lippen des Bruders entfahren wie kleine Geister, genau die gleichen stiegen jetzt auch aus den Lichtern des dreifüßigen Leuchters empor, und es kam mir so vor, als würde ich sie in großer Zahl über uns schweben sehen, wo sie herumpurzelten und Possen trieben mit den Echos der Wörter, die von den hohen Gewölben der Kirche widerhallten. Ich sah nicht nur Wörter, sondern auch Gedanken, die sich mit diesen Wörtern vermischten! Sie tanzten die Bögen der Kirche entlang, rutschten die Pfeiler herunter wie kleine Kinder und landeten auf den vielen kapuzenumhüllten Köpfen im Chor. Flammen stiegen von allen

Brüdern auf, jede anders in Farbe und Ton. Ich sah Stolz aus geheimen Kammern des Herzens aufwallen und (jedenfalls kam es mir so vor) die Form von Tieren annehmen. Vor meinen Augen verknäulten sich ein Löwe und ein Drache, eine Schlange wand sich zischend um den Körper eines Adlers, hier war ein Lamm, dort eine Kuh!

Über dem Inquisitor sah ich einen hässlichen kleinen Teufel mit zwei Köpfen, der sich an seine Schultern klammerte, wobei jeder der beiden Köpfe in eines seiner großen Ohren flüsterte. Über dem Zisterzienser aus unserer Gesandtschaft saß eine Giftschlange, über dem Klosterbruder von Narbonne ein Affe ... über dem Bischof ein Schwein! Wäre ich wach gewesen (Gott sei Dank war ich es nicht), hätte ich gelacht. Doch in einer Art vollkommener Klarheit erkannte ich Schwäche, Begierde und Hass, so wie ein Maler die Farben auf seiner Palette ausgelegt sieht. Ungläubig überlegte ich, ob es überhaupt möglich sei, dass ein junger Novize solche Visionen habe, aber ich erinnerte mich gehört zu haben, dass für vieles die Teufel verantwortlich seien. Ein Mönch hatte geschrieben, bei ihm bewirkten sie, dass er in der Kirche husten und niesen musste, und eine ganze Schar von Teufeln biete alle ihre Kräfte auf, um ihm die Augen schwer zu machen und die Augenlider niederzudrücken, während wieder andere vor seiner Nase schnarchten, sodass der Bruder neben ihm dachte, er sei derjenige, der schnarche, und nicht die Teufel. Es heißt sogar, Teufel ließen die Mönche falsch singen, denn man berichtet davon, gesehen zu haben, dass ein Teufel einem Mönch wie ein glühendes Eisen aus dem Mund fährt, wenn er versehentlich eine zu hohe Note anstimmt. Und so fragte ich mich in unbeteiligter Ruhe, ob dieser Mönch, der da vor mir sprach, diese Geistererscheinungen – mit Hilfe irgendwelcher teuflischen Magie – wohl selbst geschaffen habe, um die Befragung zu vereiteln? Vielleicht war es ja gut, dass der Inquisitor hier war? Vielleicht war in dieser Abtei eine schreckliche Macht am Werk? Ich war müde, meine Augen suchten den Trost jenes Moments des

Friedens in Dunkelheit, und schon bald verwandelte sich die Welt um mich herum zu lauter Wellenkreisen in einem Teich, die sich kräuselten, mich umfingen und sich ausbreiteten, bis ich nichts mehr unterscheiden und erkennen konnte. Ich merkte, dass die Flammen zu einem angenehmen Glühen verblassten, aber da erwachte ich, weil plötzlich alle nach Luft rangen. Ich sah mich schläfrig um und entdeckte, dass Bruder Ezechiel am Ende der Chorgestühlreihe aufgestanden war. Er entblößte den weißen Schädel mit seiner durchscheinenden Hand und richtete den Blick auf eine Stelle fern über unseren Köpfen, vielleicht auf eine imaginären Landschaft, wo er die Ewigkeit der Verdammnis sah ... andererseits sah er vielleicht auch nur dieselben Visionen, die ich gerade gehabt hatte!

«Passt auf, ihr Sünder! Der Antichrist ist nahe!» Es herrschte plötzlich schreckliche Stille. «Und es war Johannes», fuhr er fort, «der Jünger, den Jesus liebte, der sah, wie das Tier heraufstieg aus der Erde, das hatte zwei Hörner wie ein Lamm und redete wie ein Drache. Die ganze Macht des ersten Tieres übt es vor dessen Augen aus. Alle zwingt es, ein Zeichen auf ihrer rechten Hand oder auf ihrer Stirne anzunehmen, und niemand kann kaufen oder verkaufen, der nicht das Zeichen oder den Namen des Tieres trägt oder die Zahl seines Namens ... Gesegnet, wer die Zahl des Tieres berechnen kann, denn es ist eines Menschen Zahl!»

Da brach große Unruhe aus. Der Abt stand auf, der Inquisitor ebenfalls.

«Er ist da», zischte Ezechiel. «Er kommt, um euch eure *Anima* wegzureißen und euch in die Grube fahren zu lassen! Ihr, die ihr heruntergezogen worden seid in die Sünde, weil euer Körper stofflich ist, und er ist stofflich, weil er sündig ist! Ihr, die ihr zur Nahrung des Teufels geworden seid!»

Hier hielt er inne, um Atem zu schöpfen, und der Abt ergriff diese Gelegenheit und rief aus: «Bruder Ezechiel! Im Namen Gottes!» Er versuchte, an Mönchen vorbeizukommen, die sich im Chorgestühl klagend zu Boden geworfen hatten, doch der alte Mann sprach trotz der Ermahnung weiter.

«Es steht geschrieben ... und so wird es sein! Hört auf das Wort, meine Völker – *Audi populus meus!* Denn die sieben Sendschreiben sind abgeschickt! Die sieben Gemeinden sind gewarnt! Er wird kommen, das ist sicher, aber noch verbirgt er sich, *furtivus!* Aber während er wartet, nährt er sich von Schlauheit! Füllt sich den Bauch mit dem Tier des Wissens, wartet auf das *Secundum millenium*, wo er versuchen wird, die erhabene Heiligkeit zu besiegen! Dann wird es nicht genügen, dass ihr eure bedauernden Gesichter zum Himmel hebt und sagt: Rette mich, denn du bist gnädig! *Convertere Domine, et eripe animam meam ... salvum me fac propter misericordiam tuam!* Denn der Skorpion wird die Schlechten dann schon gefunden haben, *omnes qui operamini iniquitatem!* Und ihr alle werdet in jene dunkle ewige Flamme der Hölle geworfen werden, denn die Welt wird in Gesetzlosigkeit gefallen sein, und die Menschen werden hierhin und dorthin geblasen werden von dem stinkenden Atem, dessen Zauberkraft wird sein Blasphemie, dessen Name wird sein Verrat, dessen Erbe ist Dunkelheit! Ich bin alt, doch ich sehe euch! Ihr folgt dem Tier! Ihr seid das gemästete Kalb!» Er zeigte in Richtung der päpstlichen Männer. «Ihr führt seine Geschäfte aus, ihr glaubt an die Schändlichkeit seiner Worte. Und die Krone wird sich verbinden mit dem Gegenpapst, und wie zwei Schlangen kopulieren sie, umschlingen sich in böser Vereinigung! Betrug, Heuchelei, Gewalt! Ihr sucht ihn, aber ihr werdet ihn nicht finden, den *Cuniculus* ... Nein, ihr werdet ihn nicht finden! Ihr werdet ihm seinen heiligen kleinen Edelstein nicht entreißen können.» Hier lächelte Ezechiel abscheulich, denn er hatte keine Zähne. «Ahh, denn die Witwe ist weise!»

Da griff er sich plötzlich an die Kehle, in einer angstvollen Gebärde. Wir alle saßen da wie gelähmt, so entsetzt waren wir über das, was wir gehört hatten. Der Abt machte noch einmal einen schwachen Versuch, zu ihm vorzudringen, aber jetzt brach ein großer Tumult los, eine Art Hysterie hatte alle erfasst, viele waren auf die Knie gefallen, weinten und rauften sich die Haare.

«Ihr füttert den Geist des Dämons! Den Geist der Zahlen! Und die Zahl ist 666 die Zahl des ... SORATH!»

Die Mönche jammerten und hielten sich die Ohren zu, als wären sie von zahllosen Höllenqualen befallen. Einige sanken in Ohnmacht, andere bekreuzigten sich verstört, schüttelten den Kopf und warfen sich hin und her. «*Salva me!*», schrien und klagten sie, die Augen zu den Deckengewölben der Kirche empor gerichtet.

Der alte Mönch erhob inmitten von Schrecken und Verwirrung noch einmal die jetzt schrecklich schrille Stimme. «Sorath!» In seinem Gesicht spiegelte sich eine Vision, die nur er sah. «Ich fliege! Erbarme dich meiner, Herr, *Miserere mei, Deus, ...rere mei,* denn meine Seele vertraut auf dich ... ICH FLIEGE!»

Diese letzten Worte klangen hohl. Er würgte und hustete beängstigend, rang nach Luft, und die Augen traten ihm vor, während er eine Hand ausstreckte wie ein Ertrinkender. Kurz danach schien alles Leben ihn zu verlassen, und er brach zusammen, wobei seine Glieder noch immer unkontrolliert zuckten, während er auf den Boden des Chorgestühls niederstürzte. Jemand rief: «Es kommt Flüssigkeit aus seinem Mund!»

Mehr sah ich nicht, denn mein Meister befahl mir, hinauszugehen und im Kreuzgang auf ihn zu warten, aber später sollte ich doch noch mitbekommen, dass der alte Mönch im Sterben das Holzkreuz um seinen Hals so fest umkrampft hatte, dass der Klosterarzt seine Finger nicht davon lösen konnte, als er ihn für das Begräbnis waschen wollte.

Wie befohlen wartete ich auf meinen Meister, und jetzt schickte der Abt die Brüder in ihre Zellen, und ich blieb allein im Dunkeln. Glücklicherweise trat kurz danach André mit beunruhigtem Stirnrunzeln aus der Kirche heraus, und ich eilte auf ihn zu, als gleichzeitig der Inquisitor uns abfing, gefolgt von den übrigen Mitgliedern der Legation.

«Präzeptor», sagte er ernst, wobei er den Blick mit einer leichten Verärgerung auf meinem Meister ruhen ließ, «es ist leider schlimmer, als wir uns hätten vorstellen können. Der Böse hat uns heimgesucht, und wir können seine teuflischen Zeichen nicht übersehen. Heute Abend hat er uns seine Höllenfratze enthüllt, sodass wir in dieser Untersuchung nun wohl einen raschen und ordentlichen Beschluss werden fassen können.»

«Wie zuvorkommend von ihm», sagte mein Meister mit gerunzelter Stirn. Es entstand ein Schweigen.

«Rein zufällig», antwortete der Inquisitor.

«Aber ich finde, dass das Zufällige fast immer nur deshalb zufällig ist, weil es der Bequemlichkeit dient, Rainiero.»

Der Bischof von Toulouse trat zitternd näher und flüsterte uns zu: «Gott hat uns die Höllenfratze des Teufels enthüllt, Herr Präzeptor, seine Botschaft können wir doch gewiss nicht ignorieren?»

Mein Meister antwortete ihm nicht. Aus den Tiefen seines Habits zog er einen Apfel hervor, biss hinein und begann zu kauen.

Alle sahen ihm ungläubig staunend zu, doch war der Klosterbruder von Narbonne der Einzige, der etwas sagte, mit einer Stimme, die zugleich verängstigt und gelangweilt klang: «Herr Präzeptor, wie sollten wir anders denken? Ihr wart selbst dort, Ihr habt gesehen, wie der Teufel von diesem unglückseligen Mann Besitz ergriff!» Er sah sich zu den anderen um. «Wir alle haben es gesehen!»

Er fand allgemeine Zustimmung.

«Wir müssen aufpassen, liebe Brüder», antwortete André nach längerem Kauen, «dass wir unsere Beschuldigungen nicht auf die wirren und verdrehten Worte eines sterbenden Mönchs gründen.»

«Ja, Worte», der Bischof unterdrückte ein Rülpsen, «ketzerische und schändliche Worte, gesprochen von einem Katharer … in einer Kirche, die entgegen den himmlischen Gesetzen gebaut ist!»

«Jedenfalls», brachte der Inquisitor die Sache zum Abschluss, «suchen im Augenblick unsere Wachen in seiner Zelle nach Beweisen für sein Abweichen, und wenn wir herausfinden sollten, dass dieses Kloster Abtrünnige schützt und beherbergt – wie wir bald wissen werden –, dann ist es vielleicht auch anderer, viel schrecklicherer Verbrechen schuldig. ‹Lass die Gottlosen in ihre eigenen Netze fallen, alle zusammen› … auf dass sie nicht entkommen mögen!»

Mein Meister hob das Kinn ein wenig, und ich sah Widerstand in seinen Augen aufflammen. «Das Buch der Sprüche Salomos sagt, dass wir uns nicht des morgigen Tages rühmen sollen; denn wir wissen nicht, was der heutige uns bringen wird.»

Der Inquisitor fixierte meinen Meister, wie ein wildes Tier es tut, bevor es seine Beute verschlingt. «Muss ich Euch an Eure Stellung hier erinnern? Glaubt ja nicht, dass Eure Autorität höher ist als …»

«Rainiero», mein Meister kam seiner Bemerkung mit einer Handbewegung zuvor, «ich rate ja nur zu ein wenig Geduld. Schließlich haben wir solch irres Gerede auch vorher schon gehört. Es gibt noch immer viele, die auf die Vorhersagen dieses bedauernswerten Abtes von Fiore warten. Tatsächlich beschäftigt man sich viel zu sehr mit der Apokalypse … und trotzdem ist das doch kein Verbrechen.»

«Das sagt Ihr, Präzeptor», sprach der Inquisitor geduldig, als müsse er einem Kind etwas ganz Einfaches erklären, «weil Ihr noch nie das unermüdliche Werk des Teufels beobachtet habt, wie es sich in all seiner Gerissenheit vor unseren Augen entfaltet … Er sprach vom Gegenpapst, und er richtete diese Worte an die Gesandtschaft …»

«Aber der Mann war doch fast blind, Rainiero», antwortete mein Meister, «er hätte sein Gesicht sonst wohin wenden können!»

«Umso teuflischer!», keuchte der Zisterzienser, wobei seine immer starrenden Augen größer als sonst waren. Die anderen bekreuzigten sich in schrecklicher Vorahnung. «Ein

Blinder sieht durch die Augen des Teufels», fuhr er fort, «der dann dieses sein Werkzeug verzehrt und dessen unsterbliche Seele packt!»

Ringsum vernahm man untröstliche Seufzer, und mit einem Hauch von Befriedigung hob der Inquisitor die Stimme: «Dieses Kloster ist verflucht! Das steht für mich fest!»

«Dann sollte es ja ein Leichtes sein, dies zu beweisen», sagte mein Meister in einem Ton, der besagte, dass für ihn die Unterhaltung beendet sei. «Und da dies Eure Aufgabe ist, wünsche ich Euch nun eine gute Nacht. Komm, Christian, ein letztes Gebet vor dem Schlafengehen.» Er zog mich von der Gesandtschaft weg, und darüber war ich froh, denn ich fühlte mich etwas überwältigt.

«Ich hätte gar nicht gedacht, dass die Templer viel Zeit zum Beten haben», rief der Inquisitor uns nach. «Nur zum Töten und Plündern ... Man fragt sich nur, wie es um die Klugheit eines Königs bestellt ist, der so stark an abtrünnige Krieger glaubt.»

«Wir sind alle Krieger, Rainiero», antwortete mein Meister und drehte sich noch einmal um. «Manche von uns allerdings kämpfen gegen die wahren Feinde des Glaubens, während andere ... eingebildete bekämpfen.»

In diesem Moment geschah etwas Seltsames zwischen den beiden Männern. Ich sah, wie sich ihre gegenseitige Abneigung in eine schreckliche Rivalität verwandelte, die wie ein Tier zwischen ihnen den Kopf hob. «Ich rate Euch dringend, *en garde* zu bleiben! Was immer Ihr auch glauben mögt, Präzeptor. Denn es steht außer Zweifel, dass an diesem Ort die Günstlinge des Satans hausen.» Er verstummte und lenkte seine Aufmerksamkeit nun auf mich. «Hörst du nicht das Stöhnen der Sukkubus, mein Schöner?» Einen entsetzlichen Augenblick lang dachte ich, ich könne es wirklich hören. «Sie durchstreifen das Kloster und suchen sich ihr nächstes Opfer ...» Er streckte die Hand aus, um mir die Wange zu streicheln. «Vielleicht ist man nicht einmal im Hause Gottes sicher.»

Ich spürte, wie mich eine Welle von Übelkeit überlief, als er kurz innehielt, bevor er meine Wange berührte. Mit einem leisen Verlangen im Blick seiner kalten Augen zog er seine Hand zurück, aber ganz langsam, sodass ich meinen Atem wohl eine ganze Zeit lang angehalten habe. «Schmal ist in der Tat der Weg, der zum Leben führt», schloss er.

«Vielen Dank für Eure Anteilnahme, Euer Gnaden», warf mein Meister ein. «Ihr braucht Euch keine Sorgen zu machen, wir werden auf der Hut sein.»

Die Zähne des Inquisitors glitzerten wie Diamanten zwischen den dünnen Lippen, er zog sich die Kapuze ins Gesicht und drehte sich schweigend zu den anderen um, und sie verließen uns und verschmolzen mit der Dunkelheit des Kreuzgangs.

Wir gingen zu der Tür im südlichen Wandelgang, und ich sah wohl sehr mitgenommen aus, denn mein Meister sagte beruhigend: «Verweile mit deinen Gedanken nur nicht zu lange bei den Verirrungen anderer Männer. So unmöglich es auch zu sein scheint, man weiß, dass es welche gibt, deren Gefühle auf unnatürliche Lüste aus sind. Von allen Sünden ist das eine der abscheulichsten, aber es hat keinen Sinn, deswegen zu weinen. Komm mit und denk nicht mehr daran.» Ich sah im Dunkeln seine kraftvolle Silhouette und dankte Gott für seine Klugheit.

Wir gingen zum Chorgestühl im Schatten des großen dreifüßigen Leuchters am Altar. Ich blieb einen Augenblick davor stehen und sagte ein kurzes Gebet, um den Teufel in Schach zu halten.

«Siehst du, Rainiero hat es geschafft, an diesem Abend ganze Arbeit zu leisten», sagte mein Meister verärgert.

«Was meint Ihr damit?», fragte ich, nachdem ich mich bekreuzigt hatte.

«Es gehört zur Aufgabe eines Inquisitors, den Herzen der Menschen Angst einzuflößen, und ich muss sagen, Rainiero macht das gut. Er hat es geschafft, dass du und die anderen sich vor ihrem eigenen Schatten fürchten und an unsäglich Böses glauben, genau wie es seine Absicht war.»

«Ich habe keine Angst, Meister ...»

«Christian», seufzte er, «du solltest einem tollen Hund niemals zeigen, dass du Angst hast, denn sobald er das spürt, wird er gnadenlos angreifen ... hüte dich vor dem Hund – *Cave canem – Domini canes.*»

Ich runzelte über sein Wortspiel die Stirn. «Was sollte man dann also tun?»

«Du musst seinem Blick standhalten, keine Sekunde lang ausweichen, und rennen wie ein Ungläubiger!» Da lachte er, aber darüber war ich nicht überrascht, denn diese Eigenart hatte ich schon öfter bei Menschen aus dem Orient erlebt: dass sie über die merkwürdigsten Dinge lachen. Deshalb wechselte ich das Thema, damit sein gottloser Vergleich des Inquisitors mit einem Hund nicht noch zu einer schrecklichen Vergeltungsmaßnahme des Himmels führte.

«Und was ist mit dem alten Mönch?»

«Er ist tot, das wirst ja sogar du begriffen haben, aber woran er gestorben ist, werden wir erst erfahren, wenn wir Zeit gehabt haben, das Beweisstück zu untersuchen, das heißt, die Leiche. Gerade jetzt erwartet mich nämlich der Klosterarzt, unser eifriger Bruder Asa, sodass wir eine gemeinsame Obduktion vornehmen können. Bis dahin werden wir uns leider jedes Urteil verkneifen müssen, wenn wir nicht hinterher dumm dastehen wollen ...» Er blickte mir forschend ins Gesicht. «Ach du großer Gott, Junge, man würde denken, du hast noch nie einen Menschen sterben sehen! Er war doch schon alt, und wie viele hast du nicht in der Blüte der Jugend sterben sehen, von einer Lanze oder einer Klinge durchbohrt? Über ein gewisses Alter hinaus am Leben zu bleiben kann man als ein Geschenk Gottes betrachten, für viele ist es aber eher ein Fluch seines höllischen Widersachers. Obwohl ich einräumen muss, dass es vorzuziehen wäre, im Schlaf zu sterben, ruhig und ohne Aufregung ...»

«Eigentlich denke ich nur die ganze Zeit über den Namen nach, den der alte Mönch immer wieder rief ... den Namen ...»

«Sorath?»

«Ein seltsamer Name. Ich habe ihn noch nie gehört, aber er schien so furchtbare Angst hervorzurufen.»

«Natürlich hast du ihn schon gehört! Der Mann selbst hat uns das ja gesagt; es ist der Sonnendämon.»

«Dann ist er so etwas wie ein Teufel?»

«Der Name kommt aus der griechischen Volkssprache, es ist also ein heidnischer Teufel, aber, wie man sagt, schlimmer als Satan oder Luzifer.»

«Aber ich dachte immer, es gibt nur den einen Bösen?»

«Das Böse hat viele Gesichter, mein Junge, wie ein Körper mit vielen Gliedern, in denen die eine teuflische Intelligenz wirkt.» Mein Meister lächelte, und ich bekam Angst um seine unsterbliche Seele. «Schau mich nicht so an ... ich lächle nur, weil wir hier wieder ein Teilchen zu unserem Puzzle gefunden haben, wie den Griff zu einem Schwert, es passt genau, das ist alles!»

«Wieder ein Teilchen?»

«Sorath ist ein gnostischer Teufel, das ist ja bekannt.»

Und so überraschte es mich nicht, dass ich ihn nicht gekannt hatte, denn sehr oft hielt er fälschlich etwas für allgemein bekannt, was es schlechterdings nicht war.

«Und wieso kennt Ihr ihn, Meister?», wagte ich zu fragen, vielleicht ein wenig zu frech.

«Ich mache es mir zur Aufgabe, vieles zu kennen!», schoss er zurück. «Hör jetzt auf, mich dummes Zeug zu fragen, denn du unterbrichst immer wieder meinen Gedankengang ...» Er umfasste mit der einen Hand seinen Bart und stützte den Arm mit der anderen. Trotz seiner schlechten Laune wirkte er recht zufrieden. Mir aber, lieber Leser, war entsetzlich zumute, denn ich konnte den Gesichtsausdruck des alten Mannes in seinen letzten Augenblicken nicht vergessen; einen Ausdruck von solcher Qual, dass es fast wie übergroße Freude aussah.

«Außerdem», unterbrach er meine Gedanken, «hast du denn nicht gehört, was er gesagt hat?»

«Was er gesagt hat?»

«Beim Schwerte des Saladin, Junge, wo hast du bloß deinen Verstand?», rief er, und seine Stimme hallte in dem heiligen Raum, «hast du nicht die Worte gehört, ‹Ihr werdet ihn nicht finden›?»

«Aber wen, Meister?»

«Na, wie soll ich das wissen?» Er schien kurz vor der Erschöpfung. «Es ist nicht so wichtig, dass wir wissen, wen, denn das wird sich zeigen, wenn wir erst herausgefunden haben, wann und wo, und dieses Wo könnte sehr wohl der Cuniculus sein …» Und als er mein verständnisloses Gesicht sah, sprach er: «Na komm schon, Junge … der unterirdische Gang …»

«Was für ein Gang?»

«Wenn du geschlafen hättest, hättest du wenigstens eine einleuchtende Entschuldigung – wenn auch eine armselige – für diesen Mangel an Beobachtung. Aber nachdem du ja wach warst, muss ich daraus schließen, dass du deine fünf Sinne nicht mehr beisammen hattest.»

«Es tut mir leid, Meister, aber das kam alles so plötzlich, und selbst wenn ich gehört hätte, was er gesagt hat, hätte ich es doch nicht verstanden. Was für ein unterirdischer Gang?»

«Genau. Das müssen wir herausfinden. Es ist wieder so, wie ich dachte. Es gibt Gänge unter dieser Abtei …», brummte er, «Gänge …»

Ich nickte und schämte mich, dass ich nicht selber darauf gekommen war.

André fügte hinzu: «Er sagte auch etwas über eine Witwe, die weise sei …»

«Aber was hat eine Witwe in einem Männerkloster verloren?»

«Sie weist auf eine Sekte hin, die der Manichäer.»

«Der was?»

«Eine Sekte, die auf Mani zurückgeht, der in den frühen Jahrhunderten als ‹Sohn der Witwe› bekannt war. Die Katharer, mein Junge, glauben an die manichäischen Ideale – mit anderen Worten, Ketzerei. In einem hatte der Inquisitor recht, unser toter Bruder sprach wie ein Ketzer.»

«Dann wissen wir jetzt also, Meister, dass Ketzer hier sind und dass es auch unterirdische Gänge gibt, in denen sich vielleicht welche versteckt halten?»

«Jetzt hast du deinen Mangel an Verstand wieder wettgemacht! Ja, so ist es ... genau das wissen wir bis jetzt.»

Ich nickte ein wenig geschmeichelt, obwohl ich, um ehrlich zu sein, immer noch ziemlich verwirrt war.

Wir bewegten uns durch das Chorgestühl bis zu dem Platz, den vorhin der tote Bruder eingenommen hatte. Hier war am Boden, auf der Stelle, wo der arme Mann hingestürzt war, noch eine kleine Pfütze bräunlicher Flüssigkeit verblieben.

«Und was ist mit der Nachricht?», fragte ich, wandte mich ab und versuchte, mir nicht vorzustellen, wie es sein musste, solch einen qualvollen Tod zu sterben, «glaubt Ihr, dass sie etwas mit dem Tod des Bruders zu tun hat?»

Mein Meister ignorierte mich offenbar und begann seine Inspektion damit, dass er etwas Kleines aufhob, das ich nicht richtig sehen konnte. «Rosinen.» Er roch daran. «Alte Leute essen immer Rosinen, es hilft ihnen zur Speichelbildung ... Also um deine Frage zu beantworten: am Anfang ist alles möglich. Folgen wir den einzelnen Gliedern unserer Kette von Ereignissen, dann werden wir eher in der Lage sein, einiges mehr mit Sicherheit sagen zu können. Wenn der arme Mönch ermordet wurde, dann müssen wir uns fragen, warum? In der Nachricht stand, dass der, der das Licht des Wissens sucht, in Unwissenheit stirbt. Was könnte das bedeuten? Lass uns mal überlegen. Könnte es bedeuten, dass unser Bruder Ezechiel einer war, der das Wissen suchte? Oder starb er nur im Unwissen? Vielleicht suchte er das Licht des Wissens, weil er fast blind war, oder er besaß ein Wissen, das ein anderer im Dunkeln belassen wollte? Allein der Abt wusste, dass wir vorhatten, ihm Fragen zu stellen.»

«Dann ist also der Abt ein Verdächtiger?»

«Im Augenblick ist es so, als sähen wir in ziemlicher Entfernung einen Freund, und wir rennen voller Eifer auf ihn zu und rufen seinen Namen ...»

«Nur um zu erkennen, dass es gar nicht unser Freund ist ...»

«Du erinnerst dich also an Plato, sehr gut. Wir haben uns also getäuscht, weil wir nur nach den allgemeinen Dingen geschaut haben, die aus einer gewissen Entfernung nur wenig aussagen: seine Größe, sein Gewicht, seine Haarfarbe und so weiter. Und nicht nach dem Besonderen, das, wenn man näher hinsieht, seine Nase, seine Augen, den besonderen Schwung seines Mundes ausmacht. Verstehst du, aus der Entfernung hätte er irgendwer sein können. Und genau so müssen wir denken, bis wir näher herankommen. Dann sehen wir klar, das heißt also, eins nach dem anderen. Manchmal allerdings kann man gerade aus der Ferne besser sehen, und in anderen Fällen ist es vorzuziehen, wenn der Gegenstand unserer Aufmerksamkeit zu uns kommt. Denk daran, wenn man den äußeren Zeichen folgt, ist das, als wäre man der Gefangene in einer Höhle, der die Schatten, die das Feuer wirft, für die Wirklichkeit hält, und nicht das, was vor und über der Höhle ist. So müssen wir als Gefangene das Wesen der Dinge uns seine Geheimnisse erzählen lassen. Das heißt, wir müssen aufmerksam zuhören und unser Urteil auf später verschieben. Jedenfalls sehen wir im Augenblick nichts als einen Mann, der gar kein Mann ist, sondern ein Eunuch, wie er einen Stein wirft, der gar kein Stein ist, sondern ein Bimsstein, und zwar auf einen Vogel, der gar kein Vogel ist, sondern eine Fledermaus, auf einem Zweig, der gar kein Zweig ist, sondern ein Schilfrohr!»

«Ihr meint, dass nichts das ist, was es zu sein scheint?»

«Genau.» Er beugte sich vor und hob etwas vom Boden unter dem Sitz auf. Er sah es sich an. «Noch eine Rosine ...»

«Glaubt Ihr dann vielleicht, dass es der Inquisitor war?»

«Hm?» Mein Meister sah aus seiner knienden Haltung auf. «Der Inquisitor? Dass der Inquisitor was war? Was redest du denn da?», schrie er.

«Glaubt Ihr, dass er die Nachricht geschrieben hat?»

«Warum sollte er?» Er sah sich noch immer unter den Sitzen um. Ich schaute weg, denn mir schien das keine sehr würdige Haltung für einen Meister.

«Weil er nicht will, dass wir uns damit befassen», antwortete ich, «vielleicht warnt er uns, dass wir uns nicht in die Untersuchung einmischen sollen.»

«Wer diese Nachricht auch geschrieben hat, ist gescheit, denn er beherrscht Griechisch, und der Inquisitor kann überhaupt kein Griechisch, er hat heute Abend bei Tisch nicht erkannt, dass ich es in einer volkstümlichen Form benutzt habe. Nein, ich könnte fünfhundert sarazenische Dukaten darauf wetten, dass jemand ein kleines Spiel mit uns spielt.»

«Der Bibliothekar also? Bruder Macabus?»

«Das ist möglich», nickte er, «denn er beherrscht diese Sprache gut, andererseits dürfen wir die Möglichkeit nicht außer Acht lassen, dass es noch andere gibt, die Griechisch können. Ich vermute, der Verfasser unserer kleinen Nachricht wäre nicht so unvorsichtig, seine Identität derart offensichtlich kundzutun. Dann ist da noch Setubar … aber er kann die Hände nicht gebrauchen, hast du die gesehen? Sie sind so verkrüppelt, dass er nicht einmal einen Löffel halten kann, geschweige denn eine Feder …»

«Warum dann auf Griechisch?»

«Das ist eine gute Frage. Vielleicht wollte der Urheber, dass nur die es verstehen, die Griechisch können?»

«Vielleicht hat er es aber auch nur gemacht, Meister», fügte ich hinzu, «damit der Verdacht auf den Bibliothekar fällt?»

«Vielleicht … obwohl Mönche in Bezug auf Intrigen selten so schlau sind. Hilf mir jetzt auf.» Ich hielt ihm die Hand hin, und er ergriff sie. Ich wusste, dass ihm die Knie unendliche Schmerzen bereiteten. «Gott verdamme den Comte d'Artois in die tiefsten Tiefen der Hölle dafür, dass er mir die Beine ruiniert hat!», sagte er atemlos, und dann, nach einer kurzen Verschnaufpause, «Jetzt suchen wir also unterirdische Gänge, es muss da unten irgendwo geradezu Katakomben geben.»

«Heute Nacht?», fragte ich und hoffte, ganz ruhig zu klingen.

«Es muss eine Krypta geben. Ein grässlicher, kalter Ort ... nein, heute Abend nicht mehr. Meine Knie sind ganz steifgefroren, und außerdem erwartet uns Asa auf der Krankenstation.»

Und nach diesen Worten verließen wir die Kirche, traten hinaus in den kalten Kreuzgang und tasteten uns zu der Toröffnung. Wir mussten aber feststellen, dass wir hier nicht hinaus konnten, weil sie verschlossen war, deshalb versuchten wir es an der Küchentür. Sie war offen. Mein Meister wagte sich in die Speisekammer, aus der er mit zwei Möhren wieder auftauchte, von denen er eine (sehr gnädig) mir gab. Während er hörbar in die seine biss, probierte er die Tür, die in den Garten ging, aber auch sie war verschlossen, sodass wir uns gezwungen sahen, die Kirche noch einmal zu betreten und durch das Nordportal des Querschiffs hinauszugehen, das gewöhnlich die ganze Nacht offen blieb.

«Merkwürdig, dass in der Küche die eine Tür abgesperrt ist, die andere aber nicht», sagte mein Meister, vielmehr dachte er laut, während er kaute.

Die Nacht war kalt und der Himmel mit flimmernden Sternen übersät. Ich bemerkte, wie hoch droben im Dormitorium der Nachtmönch seine Runde machte, und ich dachte, wie einsam sein Leben sein musste, wenn er so die endlosen Stunden der Nacht hinbrachte, indem er Psalmen aufsagte. Gleich darauf traten wir in die erfreuliche Wärme der Krankenstation und sahen, dass Bruder Asa bereits seine schauerlichen Untersuchungen begonnen hatte und gerade den Toten wusch. Ein Stück entfernt von ihm, neben einem großen Feuer von glühenden Holzscheiten, saß der alte Setubar. Alles hier im Raum schien nach seinem verehrungswürdigen Willen zu gehen, einschließlich sein Schüler. Aber auf dem Gesicht des alten Mannes, das zuvor meist mürrisch und teilnahmslos ausgesehen hatte, strahlte ein wohlwollendes Lächeln, als er mir einen Platz neben sich anbot, und ich fragte mich, woher seine plötzliche gute Laune wohl komme.

«Was habt Ihr gefunden, Asa?», fragte mein Meister ohne Umschweife, die Möhre in der Hand.

Der Mann schaute kurzsichtig von seiner Arbeit auf, und sein schmales Gesicht verzog sich sehr verärgert. «Nichts. Ich finde gar nichts.»

«Na, dann muss der arme Mann vor Aufregung gestorben sein», folgerte mein Meister, «und doch kann ich verstehen, dass Ihr beunruhigt ausseht.»

«Könnt Ihr? Ich meine ... sehe ich so aus?», fragte der Klosterarzt, genau so verwirrt wie ich.

«Ja, natürlich, und ich kann nicht sagen, dass ich Euch die Schuld daran gebe.»

«Nein? Aber ...» Asa sah sich hilfesuchend nach seinem Meister Setubar um. «Ich verstehe wohl nicht recht, Herr Präzeptor? Ihr habt den Leichnam doch noch nicht einmal gesehen?»

«Ich muss ihn auch nicht sehen, Bruder, um zu wissen, dass Ihr ein Problem habt.»

«Habe ich eins?»

«Natürlich. Ihr habt ein Problem, und zwar ein höchst verhängnisvolles und verwirrendes, denn Ihr wisst, dass die Symptome, die dieser Leichnam im Todeskampf zeigte, zufälligerweise genau dieselben sind wie bei Tod durch Vergiften.»

Der Mann war schreckensstumm, und mein Meister genoss die nächsten Worte. «Ein Problem ... und doch müssen wir in diesem Punkte vorsichtig sein, lieber Kollege.»

«Vorsichtig?»

«Ja, Asa», fiel der alte Mann ein, in der feierlichen Art der Deutschen. «Der Herr Präzeptor der Templer, der ja auch ein geachteter Arzt ist, wie du weißt, beweist Klugheit. Wir können nicht sicher sein, und deshalb müssen wir sehr umsichtig vorgehen, denn wir wollen ja nicht unsere Gemeinschaft beunruhigen oder die Untersuchung durch dumme Vermutungen stören.»

Asa sah dem alten Mann einen Moment lang fest in die Augen. «Meister, vielleicht ...»

«Unsinn!», rief der alte Mann mit Nachdruck, «Der Mönch war alt, es war für ihn an der Zeit zu sterben, vielleicht hat sein Herz einfach aufgehört zu schlagen?»

Mein Meister merkte, dass er zwischen den beiden Männern etwas aufgerührt hatte, und das gefiel ihm, denn er nahm noch einen Bissen und kaute lächelnd seine Möhre. «Bruder Setubar, Ihr wart vor Bruder Asa der Klosterarzt?», fragte er dann, indem er abrupt das Thema wechselte.

Der alte Mann beäugte André mit starkem, unverhohlenem Argwohn. «Ich hatte diese angesehene Position viele Jahre inne, obwohl ich sie nicht besonders liebte. Jetzt freue ich mich am Können meines Schülers, obwohl er immer noch ein wenig Anleitung braucht.»

«So wart Ihr es, der diese ausgezeichnete Sammlung von Heilmitteln angelegt hat?», fragte er und untersuchte die Regale, die voller Phiolen, Tontöpfe und Krüge aus dickem Glas standen, in denen verschiedenfarbige Pulver durch Aufschriften in seltsamen Sprachen gekennzeichnet waren. Er blieb mehr als einmal stehen, um genauer hinzusehen, nahm hier und da ein Gefäß heraus, öffnete den Deckel und roch am Inhalt.

«Eine kleine, wenn auch umfassende Sammlung, die Ihr vielleicht interessant findet», sagte der Mann ein wenig stolz und ließ sofort in seiner Wachsamkeit nach. «Einige wurden mir von Pilgern geschenkt, die von allen Enden der bekannten Welt gereist kamen, als Gegengabe für Kost und Logis.»

«Und was ist hinter dieser Tür?» Mein Meister zeigte mit der Möhre auf eine Türöffnung weiter hinten in der Wand neben dem Feuer.

Ohne von seiner Arbeit aufzuschauen, sagte der Klosterarzt: «Die Kapelle, Herr Präzeptor.»

Ich wusste, dass es in Klöstern allgemein üblich war, in der Nähe der Krankenstation eine kleine Kapelle zu haben, für diejenigen, die durch ihre Krankheit davon abgehalten wurden, der Messe in der gemeinsamen Kirche beizuwohnen. Dennoch sah ich Neugier in den Augen meines Meisters.

«Ja natürlich ... und jetzt zu etwas ganz anderem, bewahrt Ihr Gift hier oder im Herbarium auf, Asa?»

«Jede *Potentia* kann, wenn man sie falsch anwendet, ein Gift sein, Herr Präzeptor», betonte Asa.

«Nein, ich meine richtiges Gift, etwas sehr Starkes, wovon man nur eine winzige Menge braucht, um zu töten.»

«Wir haben tatsächlich verschiedene Substanzen, Pulver, die aus Pflanzen gewonnen werden, die wir in unserem Herbarium trocknen, *Atropa belladonna, Colchicum autumnale, Digitalis purpurea, Datura stramonium*. Diese Stoffe sind in winzigsten Mengen sehr gut für verschiedene Behandlungen, gleichzeitig sind sie aber auch tödlich. Ihr glaubt doch nicht, dass ...»

«Ich erforsche alle Möglichkeiten, Bruder, und dann muss ich auch zugeben, dass mich alles Merkwürdige interessiert ...»

«Wir sind nicht da, um Eure Neugier auf unwichtige Dinge zu befriedigen, Herr Präzeptor», knurrte der alte Mann.

«Nein, da habt Ihr ganz recht, ich werde versuchen, nur auf wichtige neugierig zu sein ... und da das wichtig zu sein scheint, werde ich Euch jetzt fragen, wo Ihr diese pflanzlichen Gifte aufbewahrt. Nicht in Reichweite von jedem, der zufällig hereinkommt, hoffe ich?»

«Nein, natürlich nicht!», antwortete Setubar. «Niemand außer dem Klosterarzt und mir hat Zugang zu solchen Dingen im Herbarium. Wir haben als Einzige die Schlüssel.»

«Eine kluge Entscheidung.» Es entstand eine gedankenvolle Stille. «Um auf etwas ganz anderes zu kommen, versorgt Ihr das Kloster noch mit weiteren Stoffen außer den medizinischen?»

«Wir machen unsere Tinte selber», sagte Asa, «aus dem Holz eines Dornbuschs. Ich sammle dieses Holz, denn ich bin sehr oft im Wald. Aber die Herstellung der Legierung für die Blattvergoldung, das Mischen von Farben und die Zubereitung von Leim, diese Dinge überlasse ich anderen, die in diesen Fertigkeiten geübt sind.»

«Ja, ich verstehe.» Jetzt trat mein Meister näher an die Leiche auf dem großen Tisch heran, deren aschfahle Gestalt beklemmend aussah, vor allem da sich eine seltsame Röte gebildet hatte, und zwar an den Körperstellen unterhalb des Unterleibs sowie an den Unterarmen und -schenkeln. Später sollte mir mein Meister erklären, dass das Blut, wenn das Herz zu schlagen aufhört, nicht mehr im Körper zirkuliert, sondern sich in den Bereichen ansammelt, wo der Körper nach dem Tod zufällig aufliegt, und daran kann man manchmal den Zeitraum zwischen dem Eintritt des Todes und seiner Entdeckung ablesen.

«Gibt es keine Prellungen?», fragte er.

«Nein, Herr Präzeptor.»

Mein Meister gab mir seinen Möhrenstrunk zu halten und begann mit seiner Untersuchung des Toten, und zwar an den Füßen, wobei er bemerkte, dass sie mit roter Erde bedeckt waren.

«Das ist ja seltsam ... Lehm?»

Der Klosterarzt sah sich die Füße des Toten genau an. «So ist es.»

«Aber die Abtei liegt auf trockenem, felsigen Boden», sagte mein Meister nachdenklich.

«In der Tat, aber wenn man in die Tiefe gräbt, wozu ich im Garten öfter Gelegenheit habe, kommt feuchte rote Erde zum Vorschein.»

«Ich verstehe.»

Er fuhr in seiner Untersuchung fort, den Körper entlang aufwärts, über die Beine zum Rumpf, zu den Armen und schließlich zu den Fingern und Händen.

«Seine Hände sind klebrig.»

«Bruder Ezechiel liebte Süßes», gab der alte Mann zur Antwort.

«Oh ja, die Rosinen.» Dann untersuchte mein Meister das Gesicht des Toten, seine Ohren, seine Augen und den Mund. Ich schaute weg, als er diesen öffnete und daran roch. «Litt der ehrwürdige Bruder an irgendeiner Krankheit oder Schwäche, die für seinen Tod verantwortlich sein könnte? Ich sehe, dass seine Beine nicht gut durchblutet waren, denn hier sehen wir Hinweise auf frühere Geschwüre, habe ich recht?»

«Ja, sobald er sich irgendwo stieß, platzte ihm die Haut auf, und innerhalb weniger Stunden entwickelte sich eine fürchterliche Wunde», antwortete Asa.

«Und er wurde allmählich blind, nicht wahr?», sagte mein Meister und schaute auf.

«Ja, seit vielen Jahren.»

«Dann haben wir vielleicht die Leiche eines Mannes vor uns, der an einer Krankheit litt, die im Orient bekannt ist, deren Bezeichnung mir aber nicht einfällt …» Dann zitierte er einen medizinischen Text. «So wie der *Corpus* eines Menschen nicht *Aqua* atmet», sagte er, «und ein Fisch nicht Luft, so töten viele unschuldige Substanzen die, deren Organismus sie nicht ertragen kann. Das ist zu diesem Zeitpunkt natürlich nur eine Mutmaßung», sagte mein Meister, «aber es lässt sich viel Wissen gewinnen, wenn man die Kunst der Diagnose anwendet.»

«Ja, diese Kunst der Griechen», sagte Asa und wurde sehr nachdenklich. «Wisst Ihr noch, seine ständige Schläfrigkeit, Bruder Setubar? Sein Durst, und dass er sich so häufig erleichtern musste?» Zur Antwort grunzte Setubar nur ein wenig.

«Natürlich … bin ich dumm!», der Klosterarzt schlug sich mit der Hand ins Gesicht.

«Nein, das ist oft nicht einfach zu diagnostizieren», beruhigte ihn mein Meister, «und doch hätte sein Atem Euren Glauben an diese Hypothese vielleicht verstärkt, denn er war vermutlich sehr süßlich. Roch sein Urin wie üblich?»

«Süßlich?»

«Nein, beißend.»

«Beißend?»

«Beißend ...» Mein Meister wusch sich in einer Schüssel mit warmem Wasser die Hände und nahm seinen Möhrenstrunk wieder von mir entgegen. «Jemand, dessen Körper von diesem Zustand befallen ist, kann die *Materia* süßer *Potentia* nicht auflösen, sie bleibt im Kranken wie ein *Fermentum* und zieht den ganzen *Corpus* in Mitleidenschaft. Die Meister aus den fernen östlichen Ländern haben über dieses Leiden sehr viel geschrieben. Seht Ihr, weil sich der *Corpus* die süßen Stoffe im Verbrennungsprozess nicht zunutze machen kann, sucht er ersatzweise nach anderen kalzinierten Stoffen. Und die Reste dieser unschönen Lösungen werden in der *Urina* ausgeschieden und hinterlassen einen sauren Geruch. Ich bin selber schon mehrmals darauf gestoßen. Ältere Männer mit größerem Körperumfang und ebenso fettleibige Frauen neigen besonders zu solchen Aberrationen der Eingeweide. Allerdings habe ich auch schon gehört, dass manche damit geboren werden, doch die sterben dann früh.» Er aß nachdenklich zu Ende.

«Aber wird das nur durch den Genuss von Süßem ausgelöst, Meister?», fragte ich.

«Nein, jede Nahrung hat einen gewissen Anteil an süßen *Potentiae*, Christian, Brot zum Beispiel und Wein. Der ehrwürdige Bruder hatte heute Abend seinen Teil Wein getrunken.» Er zog ein Tuch über den Toten.

«Und doch können wir nicht ausschließen, dass er einfach starb, weil er alt war», sagte Setubar verärgert.

«Ihr habt recht. Das bleibt unglücklicherweise eine Hypothese», gab mein Meister zu.

«Ja ...», nickte Asa zustimmend, «was es auch war, wir werden es vermutlich nie herausfinden.»

«Und doch kommt eigentlich nur eine Todesursache in Frage», sagte André.

«Ihr meint Vergiftung?», fragte Asa.

«Unsinn, du Dummkopf!» Der alte Mann winkte ungeduldig ab.

«Ich glaube», mein Meister ignorierte ihn, «dass unser Bruder, wenn er an dieser Krankheit gestorben wäre, friedlich gestorben wäre, wie viele andere auch, vielleicht nach ein, zwei Anfällen, aber er hätte nicht diese heftigen Krämpfe erlitten, ebenso wenig die anderen Symptome, die wir diesen Abend miterlebt haben. Und deshalb fürchte ich, dass wir trotzdem ein Problem haben, ein sehr hartnäckiges sogar.»

«Ja ... sein Zustand kann zufällig so gewesen sein.» Asa runzelte die Stirn, während er sich die Hände wusch.

«Und auch der Zufall ist unbeständig», zitierte der alte Mann Aristoteles.

«Aber wenn er vergiftet worden ist, Meister», sagte ich und fing mir dadurch einen scharfen Blick Setubars ein, «dann ist es unwahrscheinlich, dass das zufällig geschah, oder? Die Krankheit hätte, wie Ihr ja gesagt habt, zufällig sein können, aber das Gift nicht.»

«Christian», antwortete mir mein Meister geduldiger als üblich, «es könnte auch sein, dass das Gift zufällig war, oder unwesentlich, aber wir müssen aufpassen, dass wir nicht davon ausgehen, es gebe keine Absicht dahinter, nur weil wir nicht wissen, ob es einen Täter gibt, der sich das Ganze ausgedacht hat.»

Der alte Mann stand auf. «Hört mit all diesem absurden Zeug auf, und lasst den Leichnam unseres lieben alten Freundes in Frieden ruhen!», schrie er und hob den Stock, auf den er sich zu stützen pflegte. «Er ist jetzt glücklich. Er ruht am Busen unseres Herrn, in den Armen der Mutter, deren Milch ihn in alle Ewigkeit nähren wird. Er betete jeden Tag, dass es sein letzter sein möge, und seine Gebete sind nun erhört worden. Ihr seid jung», er sah uns boshaft an. «Ihr wisst nichts von den Leiden der Alten, deren Knochen brüchig werden und deren Zähne ausfallen, die die ganze Nacht pinkeln müssen und nicht den ganzen Tag wach bleiben können! Die Alten riechen den Tod in ihrer Nase, so wie die Jungen Blumen riechen, die jugendliche Gestalt verfällt so schnell, dass man zuschauen kann, und der Geist ebenso! Der Geist, einst eine freudige Manifestation von Bildung und Wissen, wird zu einem Spielplatz von Einbildungen und Täuschungen. Die Alten vergessen, was sie wissen sollten, statt zu wissen, was sie vergessen sollten, und deshalb sehen sie die Dinge, die Gott ihnen offenbart, nur *per speculum et in aenigmate*, das heißt, wie mittels eines Spiegels, undeutlich, und das nennen sie dann Weisheit. Nein ...» er schüttelte den Kopf. «Die Ärzte wollen jede Krankheit heilen und ihren Patienten ein langes Leben verschaffen. Ich weiß das. Ich war einst auch voll solcher Illusionen, aber heute weiß ich, dass das nur die Fallstricke einer Eitelkeit sind, die ihre wahren Absichten in das Mäntelchen künstlicher Nächstenliebe hüllt. Der Körper ist schlecht, und deshalb muss er ertragen werden, bis man ihn verlassen kann. Ihn los zu sein ist ein Segen. Beschäftigt Ihr Euch mit den Lebenden. Unser toter Bruder war alt, und darum starb er, das ist alles!»

«In zwei Punkten stimme ich nicht mit Euch überein, ehrwürdiger Setubar», antwortete mein Meister zum Erstaunen des alten Mannes. «Erstens glaube ich nicht, dass der Körper sündig ist, denn er ist nur ein Werkzeug, mit dem wir den Willen dessen bezeugen, der in ihm und außerhalb von ihm herrscht. Im Brief an die Korinther lesen wir, ‹Wisst ihr nicht, dass eure Leiber Glieder Christi sind?› Und weiter, ‹Wisst ihr nicht, dass ihr Gottes Tempel seid und der Geist Gottes in Euch wohnt?› und schließlich ‹Verherrlicht also Gott in eurem Leib, und in eurem Geiste›. Und zweitens ist es unsere heilige Pflicht als Ärzte, diesen Tempel zu bewahren, dieses Ausdrucksmittel der höheren Wahrheiten, und ihn gesund zu erhalten.»

«Aber da irrt Ihr Euch!», schrie Setubar mit schriller Stimme. «Der Körper ist schlecht, schlecht! Und leicht von der Sünde zu verführen, von Begierden getrieben, deren Führer die teuflischen Legionen der Hölle sind! Matthäus sagt, es wäre gut für den Menschen gewesen, wenn er nicht in den Leib hinein geboren wäre, denn nur in seiner Seele ist er wirklich Gott ähnlich. Nur im Tode findet der Mensch die Erfüllung seiner wahren Natur, Herr Präzeptor. Solange er lebt, und besonders, wenn er alt und nutzlos geworden ist, ist er nicht mehr als ein Tier, das von Hunger, Kälte und Schmerz getrieben wird, und lässt wie ein kleines Kind das Essen aus dem Mund tropfen, das ihm andere, die jung sind, zu reichen geruhen!»

«Ich betrachte das lieber als eine Rückkehr in den Zustand der Unschuld, denn Matthäus sagt auch, dass wir wie die Kinder werden müssen, wenn wir ins Himmelreich eingehen wollen.»

Der alte Mann gab ein Knurren von sich, das bittere Gesicht wie versteinert. Nur seine traurigen Augen verrieten die Tiefe seiner Gefühle, und diese Augen richtete er jetzt mit einem drohenden Blick auf meinen Meister. «Weil ich alt bin und ebenfalls meinem seligen Ende nahe, kann ich mit Recht sagen: ‹Oh, was bin ich für ein jämmerlicher Mensch!›»

Ein düsteres Schweigen senkte sich über uns. Der Klosterarzt wagte es schließlich zu brechen, obwohl ich in seiner Stimme ein Zittern bemerkte.

«Habt Dank für Eure Hilfe, Herr Präzeptor.»

«Es war eine sehr erhellende Diskussion», antwortete mein Meister, und zu dem alten Mann gewandt fuhr er fort: «Ich hoffe, ich habe Euch nicht verletzt, ehrwürdiger Bruder, denn das war nicht meine Absicht. Ich bin nur auf der Suche nach der Wahrheit, wie wir es ja alle sein müssen.»

Setubar zeigte mit dem verkrüppelten Finger auf meinen Meister. «Hütet Euch vor der Wahrheit, Herr Präzeptor, denn sie trägt viele Gesichter, wie Ihr vielleicht schon wisst, aber Ihr seid ihr heute Abend nicht beigekommen. Hier gibt es keine Schlussfolgerung zu ziehen, sondern nur Annahmen und Vermutungen, die uns allesamt in den Abgrund der Inquisition stürzen können!»

«Vielleicht habt Ihr recht», sagte mein Meister demütig. «Wenn Ihr uns entschuldigt, ziehen wir uns jetzt zurück. Es war ein sehr langer Tag.»

So verließen wir die Krankenstation und eilten zu unserer Behausung. Das Wetter wurde jetzt wieder unangenehm, ein kalter Wind fegte durch die Schluchten. Mein Meister zog sich in seine Zelle zurück und ich mich in meine, so müde, dass ich nicht einmal mehr die Lampe anzündete, sondern in voller Kleidung auf meinen Strohsack niedersank, wie es bei uns ohnehin der Brauch war, aber ich merkte, dass ich nicht einschlafen konnte, und warf mich noch bis zu später Stunde hin und her. Der Tod des alten Mönches und Setubars Worte gingen mir ständig in meinem wirren Kopf herum, und erst nachdem ich ein wenig Wein getrunken hatte, fand ich endlich Frieden, und so weckte mich schließlich der Klang der nächtlichen Glocke, die die Matutin ankündigte, und die leisen Chorgesänge, die über das Gelände wehten, aus einem unruhigen Schlaf. Ich dankte Gott wieder einmal für die Klugheit einer Regel, die es erlaubt, den Eingangspsalm ziemlich langsam zu beten! Denn so schaffte ich es, bei den Worten «Kommt und höret, alle, die ihr Gott fürchtet, und ich will verkünden, was er für meine Seele getan hat» den Platz neben meinem Meister im Chorgestühl einzunehmen, bevor die großen Tore geschlossen wurden und das Gloria erklang.

So wäre dieser bemerkenswerte Tag in der seligen Kontemplation jener dunklen Stunden in der Mitte der Nacht zu Ende gegangen, wenn ich nicht erst noch etwas erzählen müsste, das zwischen der Stunde meines unruhigen Schlafs und der Stunde der Heiligen Messe geschah. Es war die Erste von vielen solchen Erfahrungen, die bis heute so lebendig ist wie damals in jener kalten Nacht in meiner Zelle im Kloster St. Lazarus.

IGNIS

DIE ERSTE PRÜFUNG

*«... und eure Söhne und Töchter sollen weissagen,
eure Ältesten sollen Träume haben,
und eure Jünglinge sollen Gesichte sehen.»*

Joel III, 1

5.

CAPITULUM

Ich erwachte schweißgebadet, und ein seltsames Gefühl, nicht direkt Angst, aber doch ganz nahe daran, strömte mir durch alle Glieder. Es war kalt, aber aus meinem Zellenfenster sah ich, dass es nicht geschneit hatte, weiter oben war der Nachthimmel klar, und drüben gegen Osten versprach eine Sternenschrift, die unauslöschlich von Gottes Hand geschrieben war, Antwort auf alle meine Fragen ... nur leider verstand ich in meiner Torheit deren geheimnisvolle Sprache nicht. Nach dem Stand des Mondes schloss ich, dass es kurz vor Mitternacht sein müsse. Bald würde die Glocke zur Matutin rufen. Unterhalb des Klosters brannte ein Licht, und ich fragte mich, ob der Pilger wohl wach sei und so wie ich den Mond anschaue. Er war mir im Traum erschienen, dieser Pilger. Ich sollte hinuntergehen, sagte ich mir, und ihn kennenlernen.

Ich legte mich auf den Strohsack zurück, zog das Schaffell ganz bis zum Gesicht herauf und sagte mir, dass ich schlafen müsse. Ich stellte mir die bittere Kälte draußen vor. Ich würde ja bald aufstehen und an der Messe teilnehmen müssen. Was für einen Chronisten würde ich denn abgeben, wenn man mich morgen während des Verfahrens einschlafen sähe? Und dennoch verspürte ich den Drang aufzustehen und rollte mich verärgert aus dem Bett – denn es ist nie schön, wenn man einen Streit mit sich selbst verliert –, öffnete meine Zellentür und wagte mich hinaus in die Kälte.

Draußen tröstete mich der Mond ein wenig, der das Gelände erhellte. Ich ging mit raschen Schritten am Friedhof vorbei und zog mir zum Schutz vor dem Wind die Kapuze über den Kopf, wodurch ich auch das unheimliche Licht nicht sehen musste, das die weißen Kreuze so gespenstisch schimmern ließ. Es war beruhigend, die Lampe des Nachtmönchs hoch oben im Dormitorium auf einer weiteren Runde zu sehen, aber ich beeilte mich, damit mich niemand entdeckte. Als ich an der Ostseite der Kirche vorbeiging, erfasste mich plötzlich eine unbekannte Kraft, und auf einmal fand ich mich, ohne dass ich es mir erklären konnte, genau vor dem großen Tor, dessen Türe sich soeben vor mir öffnete. Draußen roch es nach Kiefern, und der Boden fühlte sich unter meinen nackten Füßen eisig an, aber ich merkte, dass mich das nicht weiter störte. Wie seltsam das alles schien! Ich folgte der Straße durch die Festungsmauern hindurch und in den Wald hinaus und bewegte mich dann geschickt wie eine Ziege einen schmalen Pfad hinunter, der durch dichtes Gestrüpp führte. Dann stand ich vor dem Eingang zu dem kleinen Unterstand, den bei unserer Ankunft gesehen hatte. Drinnen entdeckte ich einen Mann, der kurz vor dreißig sein musste und von kräftigem Körperbau war, und dann noch einen zweiten, der etwas jünger, aber mager und groß war und neben ihm saß. Sie schienen in tiefe Kontemplation versunken und bemerkten meine Anwesenheit erst, als ich sprach.

«Eine gute Nacht», wagte ich zu sagen.

Der jüngere Mann sah aus seiner Traumwelt auf mit Augen wie die einer Hirschkuh, wenn sie vom Wolf angegriffen wird. «Wer kommt hierher?»

«Ich komme in Frieden», beruhigte ich, «von der Abtei da oben.» Ich zeigte nach oben in Richtung des Klosters, das in Mondlicht gebadet da lag.

Der Ältere der beiden sah auf und beobachtete mich mit Augen, die von Weisheit erfüllt waren. «Ihr mögt Euch kurz zu uns setzen, und ein wenig teilhaben an der Wärme, bevor die Glocken läuten.»

Ich kam mir übergroß und ungeschlacht vor – und dabei war ich von eher schmächtiger Gestalt – als ich ihre bescheidene Unterkunft betrat. In der Mitte bedeckten Schaffelle den Boden, rings um ein sehr kleines Feuer herum, das entsprechend wenig Wärme verbreitete. Es roch nach Tieren und Rauch und Weihrauch.

«Dürfen wir den Namen dessen erfahren, der unser *Pater noster* und unser *Credo* stört?», fragte der Mann jetzt.

«Ich heiße Christian de Saint Armand und bin ein Knappe der Templer. Ich besuche dieses Kloster zusammen mit meinem Meister im Namen des Königs», antwortete ich und fand, dass das angeberisch klang.

«Ich verstehe,» nickte er. «Wir mögen armselige Sünder sein, aber wir halten die kanonischen Stunden ein, wie es auch ein Knappe der Templer tun sollte!»

«Ja, jeden Augenblick werden wir die Glocke hören», hörte ich mich sagen. «Ich wäre auch schon wieder zurück zum Tor gegangen, aber ...»

«Lasst Euch durch uns nicht von Eurer Pflicht abhalten, aber Ihr habt noch einen Augenblick Zeit. Setzt Euch», sagte er und machte mir Platz. Er hatte ein breites, lebhaftes Gesicht mit dicken Augenbrauen und Büscheln von braunem Haar rings um seine Tonsur. Seine Augen waren honigbraun wie bei einem jungen Kalb, und als sie auf mich fielen, erfüllten sie mich sofort mit Ruhe. Der jüngere Mönch war blasser und sein Gesicht wie aus Stein gemeißelt, obwohl er lebhaft sprach und sehr oft blinzelte. Er schien ebenso erregbar, wie der andere ruhig war.

Nach einem Augenblick der Verlegenheit, in dem die beiden mich schweigend beobachteten und nickten, fasste ich mir ein Herz und fragte: «Wäre es Euch recht, wenn ich den Abt bäte, dass er Euch als Pilger aufnimmt? Sicher leidet Ihr unter der Kälte.»

Der jüngere Mönch lächelte mit flatternden Augenlidern. «Keine Kälte fühlt der, dessen Herz vom Feuer des Geistes entzündet ist, aber wir danken Euch für Eure Güte.»

«Seid Ihr auf Pilgerfahrt nach Santiago de Compostela? Jerusalem ist, wie Ihr sicher wisst, schon vor langer Zeit gefallen.»

Der Ältere lächelte und nickte, als hätte ich etwas Erheiterndes gesagt. «Das Jerusalem, das wir suchen, ist nicht stofflich, sondern geistig. Ich bin mit meinem frommen Gefährten Reginald gekommen, um Frieden zu finden!»

«Oh, Frieden.»

«Es gibt keinen Frieden in Paris, nur Streitgespräche», fuhr er fort und sah ein wenig ermattet aus.

«Paris?» Meine Neugier war geweckt.

Reginald warf ein: «Thomas wurde gebeten, Vorlesungen über die Sprüche Salomos zu halten.»

«Diese zwei Jahre in Paris waren schwierig», fuhr Thomas fort, wobei er sich vorbeugte und mir direkt in die Augen sah. «Es gab Kampf und Zwietracht an den Universitäten. Die Studenten und Professoren erkennen die Macht des Kanzlers nicht mehr an, und es gibt auch verstärkt Widerstand gegen uns ... Unser guter Abt von Saint Jacques, der Weiseste unter den Männern, hat uns auf eine Reise geschickt, weit weg von diesen Unruhen ...»

«Ihr seid Mönche?»

Er gab keine Antwort.

«Aber Ihr seid sehr weit weg von Paris!», rief ich aus. «Gibt es hier in der Gegend denn ein Dominikanerkloster? Und was ist mit Euren Ordensgewändern?»

Wieder antwortete er mir nicht direkt. «Ja, wir sind weit weg von Paris, wir sind viele Tage zu Fuß gegangen, wie es auch unser geliebter und geheiligter Ordensgründer getan hat, da wir von einer geistigen Stimme gerufen wurden. Wir brauchten die Richtung nicht zu wissen, wir brauchten keine Landkarten, wir sind einfach nur unserem Herzen gefolgt, und der Geist hat unsere sündigen Seelen genau hierher geführt. Ist das nicht wunderbar? Und seit unserer Ankunft träume ich einen Traum, der auch dann nicht aufhört, wenn der Tagesstern am Himmel aufsteigt!» Er sah voller Ehrfurcht zu mir herüber. «Selbst jetzt bin ich in diesem Traum, so wie Ihr hier in dieser Hütte seid. Und ich sehe ... ihn ... in diesem Traum führt er mich zu den Wassern ... Manchmal ist er ein Adler, manchmal ein Mann. Er sagt, er werde mich zum Tempel führen, und dort werde ich das Wissen erwerben, das es mir erlauben wird, mein Lebenswerk fortzuführen, nämlich, Aristoteles und das Christentum zu versöhnen.» Er bemerkte das Interesse in meinen Augen. «Ihr habt von den griechischen Philosophen gehört?»

«Ich dachte, jedermann wüsste von ihnen?», antwortete ich wahrheitsgemäß.

Der Mann lächelte. «Das wird kommen ... das wird kommen. Jetzt muss ich meine *Summa* schreiben, und doch ist es nicht immer möglich zu sagen, was man sagen muss, versteht Ihr ... Es gibt so viel zu tun, und so viele Kräfte, die Gottes Absichten entgegen wirken! Und doch vermag ich hier eins zu sein mit dem ewigen Licht, das die Welt regiert, und ich kann von einer Zeit träumen, da der Geist der Menschen nicht mehr von Angst überschattet ist, einer Zeit, da der Geist frei sein wird ...» Und nachdem er das gesagt hatte, wurde Thomas ganz teilnahmslos, als habe er all seine Kräfte verloren.

Reginald rückte näher und flüsterte mir zu: «So ist er schon die ganze Zeit, seit wir vor ein paar Tagen hier angekommen sind ... er ist gepackt von einer ekstatischen Vision!» Er strahlte in großer Bewunderung. «Auf seinem Gesicht sieht man abwechselnd Trauer und Freude (es gibt Momente, da scheint er in tiefer Verzweiflung zu sein, und zu anderer Zeit wieder wird er fröhlich wie ein kleines Kind). Er hat diese letzten Tage zugebracht, ohne zu essen oder zu trinken, und ich muss gestehen, ich bin schon fast verzweifelt, dass er an einer schrecklichen Geisteskrankheit leiden könnte, denn seine Urteilskraft ist gebrochen; er weiß den Tag und die Stunde nicht, manchmal erkennt er nicht einmal das Gesicht seines Freundes. Und doch gibt es wieder Augenblicke von Klarheit, in denen er mir versichert, dass er sich ganz gesund fühle und bald aus den Welten, in denen er jetzt lebt, zurückkommen werde. Hier findet er Frieden für sein Werk», bekräftigte er.

Ich staunte. Dieser Mann, Thomas, dessen Gesicht jetzt von heiligem Feuer erfüllt war, hatte die Reise hierher unternommen, um Frieden zu finden? Ich fragte mich, was er denken würde, wenn er von den Geschehnissen wüsste, die hinter dem großen Tor stattfanden.

«Der Bruder braucht Ruhe, Ihr müsst gehen.» Reginald stand auf.

Völlig verwirrt verließ ich die Hütte, und fast unmittelbar danach hörte ich die Glocke zur Matutin rufen.

«Christian de Saint Armand», rief mir eine laute Stimme nach, «das Leben führt uns viele verschiedene Pfade, und doch werden wir uns einmal wiedersehen! Nicht im Fleische, sondern in der Sonne, der Heimat des Menschen, *homo hominem generat et sol! In der Sonne ...*»

Ich erwachte wie gesagt beim Klang der Glocken, noch immer auf meinem Strohsack. Ich hatte geträumt, dass ich geträumt hatte.

6.

CAPITULUM
NACH LAUDES

Die Sonne war erst vor einer halben Stunde aufgegangen, und während wir in stiller Versenkung durch den Kreuzgang schritten, sahen wir nur ein kleines Stück Himmel, das zwischen den Gewölbebögen ihren Glanz widerspiegelte.
Diese seltenen Augenblicke der Stille und Schönheit musste man würdigen, denn wie ich allmählich begriff, war das Wetter in dieser Höhenlage niemals beständig oder vorhersehbar, sondern wechselte immerfort. Selbst jetzt sah man Wolken über das Indigoblau hinjagen, getrieben von einem ungestümen Wind hoch droben, der Sturm ankündigte.
Mein Meister sog nachdenklich die Luft ein. Wir hatten über so vieles nachzudenken. Außer dem seltsamen Traum, den zu erwähnen ich noch nicht Gelegenheit gefunden hatte, waren auch andere Dinge zu erwägen. Je genauer wir den beunruhigenden Gang der Ereignisse seit unserer Ankunft betrachteten, desto verwirrender wurden sie. Nicht nur, weil wir Zeugen des plötzlichen Todes eines armen Mönchs geworden waren, sondern auch, weil zum Beispiel das Rosenkreuz und die schwarze Madonna in der Kirche darauf hindeuteten, dass es sich hier tatsächlich um kein gewöhnliches Kloster handelte.
Wir schritten dahin und beobachteten die Mönche, die ihren verschiedenen Aufgaben in beschaulicher Ruhe nachgingen. Wie war es nur möglich, dass sie von den Ereignissen so unberührt schienen? Diese Missachtung aller über die Menschen hereinbrechenden Schicksalsschläge verleiht dem

Erdenleben auf Dauer eine erhebende Stetigkeit, wie es ja auch die Jahreszeiten tun, und bringt Ordnung ins Chaos. Ich fragte mich, was sie wohl über uns dachten. Was sollten sie schon anderes über uns denken, gab ich mir selbst zur Antwort, als dass wir Boten ihres Unglücks seien? Ich zitterte ein wenig vor Kälte. Bald würden sie ins Dormitorium hinaufgehen und die Schuhe für den Tag anziehen, und dann würden sie sich in den Waschräumen waschen. Und wir ebenso, weil wir uns an ihre Gebräuche hielten, aber im Augenblick gingen wir noch schweigend weiter, gemäß der Regel, bis schließlich die Glocke erklang und wir allein waren.

Ich hatte gerade beschlossen, meinem Meister von meinem nächtlichen Aufenthalt zu erzählen, obwohl ich wusste, dass er solchen Dingen wenig Bedeutung beimaß, da wurde ich unterbrochen durch den guten Abt, Bendipur, dem man an den geschürzten Lippen und zusammengezogenen Brauen seinen Unwillen ansah.

«Ich habe gerade mit dem Klosterarzt gesprochen», sagte er, als er bei uns war. «Er berichtete mir, Eurer Meinung nach sei unser Bruder unter … unnatürlichen Umständen gestorben, und ich muss Euch sagen, das ist schlechterdings unmöglich.»

Mein Meister nickte. «Ich verstehe Euch. Aber die Tatsachen bleiben, wie sie sind, ehrwürdiger Abt.»

Der Abt sah entmutigt aus, und seine sonst roten Backen wurden blass. «Aber Asa sagt doch, dass die Untersuchung ergebnislos abgeschlossen wurde und keinen Beweis für ein Verbrechen erbrachte?»

«Und da hat er recht, sie war ergebnislos.»

«Aber warum wollt Ihr dann …?»

«Es gibt nur eine bestimmte Anzahl von Ursachen für den Tod eines Menschen, Euer Gnaden. Gestern Abend konnte ich aufgrund bestimmter unleugbarer Zeichen eine Vermutung aussprechen. Erstens wurde der Tod des alten Bruders nicht durch irgendwelche äußere Gewaltanwendung verursacht, das ist klar. Zweitens: Obwohl er offenbar seit einiger Zeit ein

Leiden hatte, weist sein Verhalten in der Kirche – wie er um Atem rang, hustete, sich krümmte und so weiter – auf andere Ursachen hin. Da ich die Symptome solcher Fälle früher schon mehrfach erlebt habe, ist es meine feste Überzeugung, dass er vergiftet und also ermordet worden ist.»

Der andere sah etwas erstaunt aus. «Aber der Klosterarzt konnte mir nicht sagen, welche Substanz den Tod bewirkt haben könnte, falls der Schluss, den Ihr aus den Ereignissen zieht, tatsächlich richtig sein sollte.»

«Das kommt daher, dass es unzählige Gifte oder sogar Giftmischungen gibt, die nicht die geringsten Spuren hinterlassen.»

«Bruder Setubar ist anderer Ansicht. Seltsam, dass Ihr Euch in einer so einfachen Sache nicht einig zu sein scheint.»

«Einfaches ist oft überraschend vielschichtig, Euer Gnaden, aber meine persönliche Meinung weicht nur in diesem einen Punkt von der seinen ab. Darüber hinaus, wenn ich mir erlauben darf, das zu sagen, gibt es andere Angelegenheiten von … heiklerer Art, die wir jetzt zur Sprache bringen müssen.»

Der Abt erstarrte, und über seinen Augen trat eine kleine Ader etwas hervor. «Andere Angelegenheiten?»

«Ich möchte nicht einmal den Schatten eines Verdachts auf die arme Seele des Verstorbenen werfen, Euer Gnaden, aber die Umstände verlangen, dass ich mir das Unvorstellbare vorstelle, deshalb muss ich die Frage aussprechen, so schmerzhaft es auch ist, sie in Worte zu kleiden, nämlich, hattet Ihr jemals Grund, seinen Glauben in Zweifel zu ziehen?»

Der Abt sah meinen Meister lange an, dann antwortete er auf seine Frage mit einer Gegenfrage: «Wie kommt Ihr auf so einen Gedanken?»

Mein Meister lächelte ein wenig: «Es ist nie einfach mit einem Verdacht.»

«Was für einen Verdacht *habt* Ihr denn, Herr Präzeptor?», fragte er.

«Das ist eine delikate Angelegenheit.»

Der Abt schüttelte den Kopf. «Bruder Ezechiel war ein Mann von frommem Glauben, ein aufopfernder, heiliger Mann ...» Er sah mich mit schmalen Augen an. «Könnte ich mit Euch allein sprechen?»

«Lieber, ehrwürdiger Abt, mein Chronist ist durch Eid an mich gebunden, er ist für mich wie ein Sohn, er würde nicht das Geringste ohne meine Erlaubnis ausplaudern.»

Der Abt stieß einen Ton widerstrebender Zustimmung aus, aber ich sah deutlich, dass er von meiner Besonnenheit nicht überzeugt war.

«Dann will ich offen zu Euch sein», fuhr er leise fort. «Seit einiger Zeit schon ist offensichtlich, dass irgendein drohendes Unheil im Hause Gottes lauert. Und obwohl es mir noch nicht gelang, sein Wesen zu erkennen, bin ich mir doch seiner Existenz bewusst.»

«Dann wäre es vielleicht am klügsten, Euer Gnaden, den Inquisitor darüber zu informieren», antwortete mein Meister.

«Ihr wisst, was das bedeuten könnte, Herr Präzeptor. Ihr seid ein kluger Mann, der versteht, in was für einer heiklen Situation wir uns befinden, und ich suche Eure Hilfe und Eure Besonnenheit, und zwar nicht nur, weil es Eure Pflicht ist, sie mir zur Verfügung zu stellen, sondern auch, weil es in Eurem Wesen liegt, dass Ihr nicht anders könnt.»

Die Züge meines Meisters verhärteten sich, doch seine Stimme blieb warm und verbindlich. «Meine Pflicht ist es, unparteiisch und vorurteilsfrei zu bleiben und darauf zu achten, dass die Untersuchung in gerechter Weise durchgeführt wird. Das ist alles.»

«Und doch, habt Ihr Euch nicht schon gefragt, warum der König gerade einen Tempelherren auf eine solche Mission schickt? Also wirklich, Ihr, ein Mann von solcher Urteilskraft?»

«Als Ritter habe ich eine Neigung zur Selbständigkeit.»

«Und wem könnte man dann besser die Schuld zuschieben, wenn etwas schief geht? Nun, wir wissen doch beide, dass Euer Orden zur Zeit an Ansehen verliert. Wir sind nicht die Einzigen, die in Gefahr schweben, Herr Präzeptor, und deshalb flehe ich Euch an, geht mit Eurem Verdacht nicht zum Inquisitor, jedenfalls nicht, ehe Ihr nicht festgestellt habt, dass er berechtigt ist.»

«Wenn das Euer Wunsch ist, werde ich versuchen, ihm zu folgen.»

Durch die kleine Türöffnung, die auf den äußeren Hof ging, führte uns der Abt aus dem Kreuzgang. Der Himmel sah jetzt grau und stürmisch aus, und die Sonne war nur vage irgendwo im Osten zu erkennen.

«Es wäre zum Wohle aller Beteiligten, wenn solchen Dingen Einhalt geboten werden könnte, bevor ...», er schüttelte den Kopf, «bevor ... ich wage es nicht zu sagen.»

«Aber Ihr habt in Erwägung gezogen, dass ich im Laufe meiner Untersuchungen etwas entdecken könnte, das zumindest zweifelhaft ist?»

«Dieser Gedanke ist mir gekommen, und ich gebe zu, dass ich unter anderen Umständen eine solche Einmischung nicht wünschen würde. Aber da jetzt der Inquisitor in unserer Mitte weilt, sind wir vor schwierige Entscheidungen gestellt. Schließlich sind wir doch Brüder ...»

«Seit Adams Sündenfall sind wir alle Brüder, Euer Gnaden, aber ich muss betonen, dass nichts den Lauf der Gerechtigkeit beeinflussen kann.»

«Nein, das sollte tatsächlich nicht geschehen», stimmte der Abt zu, «aber man kann eine Angelegenheit mit oder ohne Fingerspitzengefühl behandeln, Herr Präzeptor.»

Wir folgten dem Abt in ungemütlichem Schweigen und dachten über seine letzten Worte nach. Er führte uns an die höchste Stelle des Geländes in der Nähe des Friedhofs. Von diesem Punkt aus blickte man über die Befestigungsmauern auf die nach Osten hin sich verlaufenden Bergketten, die nur undeutlich zu sehen waren. Wir blieben stehen und sahen in die Ferne, und für einen Augenblick teilten sich die Wolken über uns, und zwischen ihnen fiel ein Lichtstrahl in einer Art mystischer Segnung auf die Abtei herab. Zum ersten Mal seit unserer Ankunft sah ich die zerklüfteten Gebirgskämme, die sich hoch und höher auftürmten, in majestätischen Bergspitzen und Schluchten. Wo sie nach Norden wogten, berührten sie das weite Himmelszelt nur leicht an den Stellen, wo die Wolken, die von dieser überirdischen Ruhe plötzlich zum Halten gebracht wurden, vom Himmel herabgriffen, um die Sterblichkeit zu streicheln.

«Aus dieser großen Höhe», sagte der Abt, «sieht man die Schöpfung als ein Ganzes mit all seinen allgemeinen Gesetzen, das weit über kleinliche Einzelheiten erhaben ist, um Zeugnis für das Grenzenlose abzulegen. Manchmal ist es am besten, die Dinge von weitem zu sehen, eher das Ganze anzuschauen als die Teile, das Universale eher als das Singuläre. Wir müssen über uns und über das, was wir nicht verstehen, hinausschauen, Herr Präzeptor, um die Dinge klar zu sehen.»

«Manchmal ist es so», antwortete mein Meister.

Da verschwand die Sonne hinter den Wolken, die einen Schatten über uns warfen wie einen leichten Schleier, und schon waren wir wieder dabei, über gefährliche Dinge zu brüten.

«Ihr und ich, Herr Präzeptor, wir haben viel gemein, wir sind geeint durch das göttliche Licht des Heiligen Bernhard. Deshalb komme ich jetzt zu Euch. Nicht weil ich in den Lauf von Gottes himmlischer Gerechtigkeit eingreifen wollte (seine Macht wird fortdauern trotz unserer menschlichen Ränke) sondern weil so viel in der Schwebe ist ... Ihr dürft mich nicht missverstehen. Wie Ihr glaube auch ich, dass es das vielleicht ruhmreichste Opfer ist, im Namen Gottes zu sterben, und wenn damit Leiden verbunden ist, umso mehr! Aber nicht den Tod fürchte ich, Herr Präzeptor ... denn wie der Prediger uns sagt, sollen wir die Toten, die tot sind, mehr preisen als die Lebenden, die noch leben. Wovor ich Angst habe, kann ich Euch nicht sagen. Diese Worte wagt mein Mund nicht auszusprechen. Ich bitte Euch, sucht, was gesucht werden muss, bevor noch größere Katastrophen über uns hereinbrechen.»

«Vielleicht gibt es noch etwas anderes, das Euch dazu bewogen hat, mich bei dieser verzweifelten Angelegenheit um Hilfe zu bitten?» Mein Meister schwieg einen Augenblick. «Vielleicht ist das nicht der erste Todesfall unter ganz ähnlichen Umständen?»

Ganz plötzlich ging dem Abt die Haltung verloren, die einem Mann seiner Stellung geziemt. «Wer hat Euch das gesagt?»

«Nun, Ihr habt es mir selbst gesagt», sagte mein Meister sehr ruhig, verglichen mit der Not und Qual des anderen Mannes.

‹Treibt nicht Euer Spiel mit mir, Bruder!»

«Ich möchte nicht unverschämt sein, Euer Gnaden, aber gestern wart Ihr äußerst zurückhaltend, als ich wissen wollte, ob ich die Mönche befragen und das Kloster untersuchen dürfe, und heute drängt Ihr sehr darauf, dass ich genau das tue. Das eine Mal habt Ihr Euch wie ein Mann benommen, der etwas zu verbergen wünscht, und das andere Mal wie einer, der weiß, es gibt keine Hoffnung, dass es nicht entdeckt wird. Meine Folgerungen sind nur logisch.»

Es entstand ein gequältes Schweigen.

«Aber wie könnt Ihr das wissen?»

«Das ist ganz einfach. Seht Ihr, ich habe schon gestern von meinem Zellenfenster aus das frische Grab auf dem Friedhof bemerkt. Später sah ich, dass auf dem kleinen Kreuz darüber der Name Samuel steht. Als ich es Bruder Ezechiel gegenüber erwähnte, bekam er große Angst und sagte die Worte ‹Der Teufel wird uns alle töten›. Eure Reaktion, verehrter Abt, diente nur dazu, meine Hypothese zu untermauern.» Mein Meister räusperte sich. «Unter diesen Umständen nehme ich an, dass Ihr mir Zugang zu den unterirdischen Gängen gewähren werdet?»

«Den unterirdischen Gängen?» Der Abt wirkte wie ein Schiff, das von einer Woge nach der anderen überrollt wird.

«Den Gängen unter dem Kloster, Euer Gnaden ...»

«Die Katakomben unter der Kirche dürfen nicht betreten werden. Die Gänge, die zu ihnen führen, sind sehr alt und gefährlich, und ich habe verboten, sie zu benutzen.»

«Ich verstehe.»

«Nein, ich glaube nicht, dass Ihr versteht. Als Abt dieses Klosters verbiete ich Euch ein für allemal, dieses Thema noch einmal anzuschneiden.» Da er jetzt wirklich sehr mitgenommen aussah, versuchte er wieder Haltung zu gewinnen, indem er sich das Habit über dem runden Bauch glättete. «Auf jeden Fall», fuhr er in gemäßigtem Ton fort, «sind die Gänge in Vergessenheit geraten, und das ist auch besser so. Lasst die Gebeine der Toten ungestört ruhen, sie können Euch doch nicht bei Eurer Suche behilflich sein.»

«Darf ich wenigstens versuchen zu ...»

«Bruder ... *Bruder*, bitte!», flehte er. «Dort werdet Ihr nur Ratten finden, aber auf keinen Fall Mörder, das versichere ich Euch. Lasst uns vor allem nicht dieses arme Kind erschrecken mit unserem Gerede über alte Gebeine und unterirdische Gänge. Viele Klöster haben unter ihrer Abtei Katakomben und Beinhäuser. Diese Gänge sind alt, und ich habe Angst um Eure Sicherheit.»

«Dennoch, Euer Gnaden», beharrte mein Meister, «kenne ich kein Kloster, durch dessen heilige Hallen ein Mörder streift und unaussprechliche Greueltaten gegen die Gemeinschaft der Mönche begeht.»

Plötzlich wandte der Abt sich mir zu, ohne meinem Meister zu antworten. «Magst du Edelsteine, mein junger und hübscher Chronist?»

Ich gestand, dass es so sei.

«Dann nimm, du musst das hier als Geschenk nehmen», er reichte mir einen überaus seltsamen Stein, der noch warm von seiner Hand war, offensichtlich ein Talisman. «Hast du so einen schon je gesehen? Das ist ein Tigerauge, ein sehr seltenes Exemplar aus den Alpen. Das Schwert des Heiligen Michael.»

«Das Schwert des Heiligen Michael?», fragte ich, während ich den Stein auf meiner Handfläche hielt und seine Glätte bewunderte.

«Ja, mein lieber Junge.» Der Abt lächelte aus seiner großen Höhe auf mich herab. «Die gelbe Farbe kommt davon, dass der Stein Eisen enthält. Das eiserne Schwert des Heiligen Michael, das eines Tages den Teufel besiegen und ihn in die Eingeweide der Erde verbannen wird!»

Ich war plötzlich so erschüttert, dass ich den Edelstein zu Boden fallen ließ. Warum das so war, kann ich nicht sagen. Mein Meister warf mir einen bestürzten Blick zu, hob ihn mit seiner großen, kräftigen Hand wieder auf und gab ihn mir zurück.

«Ja, beim Himmel!», lachte der Abt. «Er hat dich erschreckt. Halte ihn gut fest, denn er hat eine verborgene Kraft in sich, die verhüllt bleibt bis zu dem Tage, an dem sie offenbart werden kann. Aber wir dürfen nicht vergessen, dass die Natur es so haben will. Ihre Geheimnisse lassen sich nur unter großen Mühen entziffern. Gott hat es so bestimmt, dass man, um das Himmlische sehen zu können, himmlische Augen haben muss. Und deshalb gehört es zu den Grundsätzen unseres Lebens, dass wir nur dann sprechen, wenn es notwendig ist, und über die Dinge, die noch nicht enthüllt werden sollen, in besonnenem Schweigen verharren, so wie die Natur ja auch. Wie ein Stein am Wegesrand.» Er lächelte mich liebevoll an. «Du wirst unsere Unterhaltung doch nicht den Mitgliedern der Gesandtschaft mitteilen, nicht wahr?»

Ich schüttelte den Kopf.

«Ich versichere Euch, dass mein Knappe zuverlässig ist.»

«Na ja, aber junge Menschen sind doch erfüllt von großer Begeisterung für edle Taten, Herr Präzeptor, und das heißt, dass sie manchmal nicht richtig unterscheiden können. Verstellung ist eine Tugend, die man erst durch die Schule der Erfahrung lernt; wie sollte ein junger Mann sie erlernt haben, der ja nur zu eifrig jedem vertrauen möchte, weil er selbst noch nie von anderen enttäuscht wurde? Aber ich will damit nicht sagen, dass wir falsch sein sollen, nein. Nur, dass wir einen ehrenhaften Schleier über Dinge ziehen müssen, die für die Ohren der ... Götter bestimmt sind und nicht für die Ohren derer, die ihr innerstes Wesen nur entstellen würden. Als Templer wisst Ihr meine Haltung bestimmt zu schätzen. Euer Orden wahrt seine Geheimnisse eifersüchtig. Außerdem, nachdem Ihr die Schlacht von Mansura überlebt habt, als deren Folge Euer Orden in einen gewissen Verdacht geriet, müsst Ihr ja selbst wissen, wie leicht eine Sache entstellt werden kann. Solche Dinge können zu nichts anderem führen als zu einer Tragödie.»

«Und als Templer», sagte mein Meister, «gebe ich Euch mein Wort, dass ich darauf achten werde, dass es eine gerechte Untersuchung wird, Euer Gnaden.»

«Ach, Herr Präzeptor, der Zweck einer kirchlichen Gerichtsverhandlung ist es doch nicht, der objektiven Wahrheit zu ihrem Recht zu verhelfen, wir wissen beide, dass sie einzig dazu dient, ein Geständnis zu erhalten und die Strafe zu verhängen.»

Waren seine Worte wahr? Ich hatte das Gefühl, dass mein Meister dieser Meinung war. «Hochwürdigster Herr Abt, Ihr bittet mich um Hilfe, aber wenn ich Euch helfen soll, muss ich zum gesamten Kloster Zugang haben.»

«Unmöglich! Ich habe Euch alles gesagt, was ich sagen kann. Ich glaube, Ihr seid ein fähiger Mann, und was Ihr wisst, sollte ausreichen. Stellt mir jetzt keine Fragen mehr. Meine Lippen sind verschlossen durch ein Siegel, das keine irdische Macht brechen kann. Ihr müsst bedenken, dass man ohne den Tod sich nicht des Lebens erfreuen und ohne das eine vollkommene Werk den endgültigen Erfolg nicht erreichen kann. Das ist unser Lebenszweck, lieber Bruder, alles andere ist bedeutungslos.» Ganz kurz blitzte Verachtung in seinen Augen auf, und er drehte sich um und ging auf die Kirche zu, eine graue Gestalt in dem weiten grauen Gelände.

Nach dieser Unterhaltung folgten wir dem Abt, aber nur bis zum Friedhof. Hier wurde mein Meister von einem Dämon der Erregung erfasst. Er marschierte auf seinen kurzen Beinen zwischen den Gräbern umher, machte kleine Gesten mit den Händen und nickte hie und da. Ich hatte ihn schon manchmal so gesehen und wusste, dass ein Aufruhr in ihm tobte und er einem Chaos gegensätzlicher Winde standzuhalten hatte, deshalb wartete ich ab, bis diese Stimmung vorbei war, und beobachtete ihn von den Stufen aus, die zu den Gräbern führten. Es war sehr kalt, und ich zog mir die Kapuze tief ins Gesicht, legte die Arme eng um mich und zitterte in meiner winddurchlässigen Ordenstracht. Ich zog das Kinn in den Kragen meines Skapuliers zurück und hauchte warme Luft in meine Kleider hinein, aber die wurde fast sofort zu Eis. Ich schob die Hände tief in die weiten Ärmel und hielt die Arme umklammert, aber der Wind hatte zugenommen und fand seinen Weg durch jede unbewachte Öffnung bis auf meine Knochen. Ich erwog, eine zufällige Bemerkung über den Zustand des Wetters zu machen, nahm aber doch davon Abstand. Tatsächlich hatte ich nämlich mehr Angst vor dem eisigen Blick meines Meisters als vor den Eiszapfen, die sich mir an der Nase sammelten. Stattdessen sah ich nach oben, in das milchige Grau des Himmels, in dem nur hier und dort ein Fleck von sehr blassem Blau durchschimmerte. Es roch nach Schnee, ich konnte ihn fast schmecken. Bald würden meine Füße purpurrot werden, sie waren jetzt schon ganz taub. Oh Jammer, dachte ich, während ich wartete. Warum konnte mein Meister nicht genau so gut in einer warmen Küche nachdenken, mit einem Glas heißer Milch in der Hand? Weiter vorn, in Richtung der Ställe, entdeckte ich den Inquisitor, dem der Bischof wie ein Schatten folgte. Sie gingen im Kloster umher und stellten den Mönchen Fragen. Jetzt warfen sie einen Blick in unsere Richtung, und ich wünschte, sie hätten nicht gesehen, wie mein Meister zwischen den Gräbern herumlief wie ein Verrückter, denn ich glaube, sie grinsten und schüttelten beide im Weitergehen den Kopf. Gleich darauf blieb André stehen und war kurze Zeit ganz still, dann trat er entschlossen auf mich zu.

«Es ist entschieden», sagte er endlich.

«Meister?»

«Ich habe eine Entscheidung getroffen, Gott steh mir bei, keine leichte, aber trotz allem eine Entscheidung.»

«Darf ich fragen, worauf sie sich bezieht?»

«Nein, darfst du nicht. Jetzt möchte ich gern, dass du in die Küche gehst und mir etwas zum Essen suchst, bring mir einen Apfel oder so etwas. Inzwischen suche ich die Zelle des toten Bruders. Ich möchte sie vor Beginn der Anhörung untersuchen.»

«Glaubt Ihr, dass Ihr etwas von Bedeutung findet? Sicher haben doch die Leute des Inquisitors schon eine Suche durchgeführt?»

«Deshalb hoffe ich, dass ich etwas ohne Bedeutung finde», sagte er, «denn es stört mich, wenn ich dir immer wieder sagen muss, dass das Unbedeutende – das, was vielleicht den Augen der Männer des Inquisitors entgangen sein mag – sich möglicherweise für dich und mich als sehr bedeutungsvoll erweisen wird.»

«Ich verstehe», sagte ich.

«Gut. Wir sehen uns gleich. Iss nicht zu viel ... und verspäte dich nicht!»

Mit diesen Worten überließ er mich meinen Betrachtungen über seinen schlechten Charakter und darüber, ob meine Mutter klug gehandelt habe, als sie mich einem Verrückten in Obhut gab. Und doch, so tröstete ich mich, war mir jetzt eine kurze Freiheit vergönnt, deshalb wandte ich mich in Richtung Küche und beschloss, den Eingang vom Garten her zu benutzen. Als ich um die Ecke des Klostergebäudes bog, überfielen mich sofort Düfte, die in mir quälenden Hunger wachriefen, und ich vergaß auf der Stelle alle bisherigen Unannehmlichkeiten und dachte, wie gut und liebevoll mein Meister doch sei.

Der Koch, Rodrigo Dominguez de Toledo, war ein Riese mit großen Händen und so gewaltigen Füßen, dass sie über seine schlecht sitzenden Sandalen herausschauten. Er war

Spanier, hatte ein fröhliches Gesicht und war von freundlicher Gemütsart. So kam es, dass er mich, kaum trat ich über die Schwelle, mit seiner tiefen, klingenden Stimme begrüßte und an einen riesigen Tisch in der Mitte des Raumes führte, wo er mich geschäftig zum Sitzen aufforderte und versprach, mir eine feine Mahlzeit zu bereiten.

«Nur das Beste zum Mahl für unsre Gäste!», sagte er und klopfte mir dabei sehr heftig auf den Rücken.

Während ich wartete, sah ich zu, wie zahlreiche Helfer unter seinem wachsamen Auge das Essen zubereiteten. Ich fand, sie sähen ganz und gar wie Infanteristen aus, die einen Angriff der Kavallerie auf einen mächtigen Feind lancieren wollen, bei dieser Flut von nervöser Energie, diesen schnellen Wortwechseln mit bleichem Gesicht und diesen plötzlichen lautlosen Nervenkollern.

Die Küche war rechteckig, und ihre beiden Geschosse wurden ringsum von an der Decke zusammenlaufenden Rippen gestützt. An der nördlichen Wand befand sich das stark lodernde Feuer, über dem ein steinerner Kamin aufragte, und von da kamen auch die feinen Düfte, die durch die danebenliegende Türe bis in den Kreuzgang hinaus drangen. Eine große Halbtür an der westlichen Wand öffnete sich zum Refektorium, dessen seltsame Lage – im rechten Winkel zum Kreuzgang – für ein Zisterzienserkloster typisch war. Zur Speisekammer und zur Butterkammer gingen Halbtüren auf der Ostseite, und zum Brauhaus, das nach Nordosten hin lag, führte eine verriegelte Tür in der östlichen Ecke. Hier auf der Ostseite gab es sehr hoch gelegene Fenster, die viel Morgenlicht einfingen, sodass auch an sonnenlosen Tagen der ganze Raum hell war und man keine Fackeln brauchte. Die Fenster waren fest eingebaut, und die einzige Belüftung kam von der Türe, durch die ich eingetreten war und die in der südlichen Wand lag. Mit der Zeit erfuhr ich, dass sie tagsüber immer offen stand und so zumindest einen gewissen Luftstrom in die Küche einließ, in unberechenbaren Stößen, sodass einem einmal kalt und im nächsten Moment sehr heiß war.

Ich sah dem Koch fasziniert zu. Die Luft war rauchgeschwängert, und Rodrigo feuerte seine Befehle ab wie ein Kommandant, und so folgte ihm denn auch ständig eine Atmosphäre emsiger Tätigkeit, so als ob sie ebenso sehr von ihm selbst hervorgebracht würde und nicht nur von der Notwendigkeit. «Mehr Salz! Weniger Wasser! Topf umrühren!», schrie er in einer Mischung aus Latein und der spanischen Volkssprache. Glücklicherweise war ich mit Spanisch vertraut, denn als kleiner Junge hatte ich es von meinem Vater gelernt, war er doch der Ansicht, dass nur ein Spanier ein wahrer Edelmann sei, und wenn man schon etwas anderes sprechen wolle als Latein – die von Gott gesegnete Sprache – dann sei Spanisch eine angemessene Wahl.

Während der Koch seinen Aufgaben nachging, sagte er zu mir, er fühle sich sehr geehrt, mich an seinem Tisch zu bewirten. Mit großzügiger Miene bemerkte er: «*Es muy bueno!* Gut, gut, *sabes que tengo debilidad por las ordenes militares...* Ich mag die militärische Orden sehr gern, sehr voll Mut! *Tienes apetito?* Habt Ihr Hunger? Frisches Brot?» Er ging in die Speisekammer und kam mit einem großen goldgelben Laib in der Hand zurück, den er vor mich hinlegte, dazu stellte er eine Tasse warmen Wein, den ich fast sofort austrank, und ein großzügig bemessenes Stück Käse.

Der Mann schmatzte: «*Bendita Santa Divina!*» sagte er, wobei er auf das Brot schaute. Ich wagte ihn nicht zu fragen, warum, ich aß einfach nur davon, und schnell bemerkte ich, dass es tatsächlich göttlich war.

«Die *miel* oh was für eine Honig! Ist *muy deliciosa...!*» seufzte er. «Unsere Bienen mögen sehr gern die Berge, und das macht die Honig leicht... süß! Ist wie gute Frau, ja?», lachte er, zwinkerte hässlich und griff mit seinem langen Arm hinauf in ein Regal neben dem Feuer, von wo er einen größeren irdenen Topf zum Tisch brachte. Ein aufgestörtes Nagetier sauste aus seinem Versteck hinter dem Honigtopf hervor und nach unten und entfloh durch den Raum. Das brachte den Koch sofort zur Raserei.

«*Maldita mierda* – Verdammter Mist!», rief er sehr verärgert aus und jagte hinterher. Aber das Pelztierchen war flink, unmittelbar bevor er es erreichte, entkam es durch eine winzige Lücke im Stein. Der Koch wurde zornig und feuerte eine ganze Salve von Beleidigungen und Flüchen auf seinen erschreckten Gehilfen ab, der in der Ecke stand und sich unter dem Anprall dieses Gefühlsausbruchs duckte. In nicht nachlassendem Zorn warf der Koch das Messer ungefähr in Richtung auf das Schlupfloch der Ratte und spie unbekümmert einen ganzen Schwall Speichel auf den Steinfußboden.

«Verflucht die Brust, die hat dich gesäugt!», brüllte er, dass die Fenster klirrten. Ich glaube, da erinnerte er sich an mich, denn er schenkte mir ein lahmes Lächeln. «*Por favor* ... ich bitte Euch um Entschuldigung ... ich bin dumm wie Eselmist! Aber schließlich, die schmecken so gut ...» Er nahm sein Messer und wischte es sorgfältig an seinem Hemd ab, bevor er es mir in die Hände gab. «*Estúpido!*», sagte er und zeigte auf einen der Köche. «*Idiota!*», fauchte er einen anderen an.

Ich schaute auf die Suppe, die zielstrebig und entschlossen auf dem Feuer blubberte, und dachte über die Ratte nach. Da er meine Betroffenheit bemerkte, lachte er. «War nicht wegen unsere Essen – *qué cosa buena, eh?* Gut, sehr gut. War wegen Katze, siehst du?» Er zeigte auf eine Stelle über dem Feuer, wo in einem kleinen Alkoven ein honigfarbenes Katzentier völlig unberührt von all dem Tun und dem Feuer schlief. «Don Fernando.»

«Warum fängt er sie nicht selber?»

«Oh, doch nicht Don Fernando!», sagte er ungläubig. «Hat Angst vor sie, *él tiene un humor muy delicado,* er ist fein, und faul auch. Also Ihr kommen mit die Inquisitor, he?»

Ich nickte.

«Ach, Templer! Habe ich nicht gesehen seit viele Jahre.»

Ich errötete und spülte das Brot mit einem großen Schluck Wein hinunter. «Ich bin noch kein Ritter. Wenn ich achtzehn bin, werde ich dem Orden richtig beitreten, aber jetzt bin ich noch Knappe und Chronist.»

«Aha ... du lernst zu sein *un médico* – *un* Doktor, wie dein Meister, he?»

Ich sagte, ich hoffe es.

«Sehr gut! *Un médico Templario! Muy bien!* Gut, *bueno.*» Er klatschte in die Hände. «Ist gut, zu sein jung, nein? Welt gehört Euch, ja? *El mundo es suyo, sí?* War ich einmal stark so wie du», sagte er mit einem Grinsen, und dann schickte er sich an, mir seine Lebensgeschichte zu erzählen, wie jemand, der nicht oft Gelegenheit hat, sich einer Unterhaltung zu widmen.

«Ich viel gereist! Oh! Was ich habe gesehen mit diese Augen! Aber», er senkte vorsichtig die Stimme, «ist nicht gut für eine Koch, solche Dinge zu reden ... nicht gut wegen die Inquisition, die schnüffelt herum, he? Nein ... *Creo en el poder del* Papsttum, *sí*», betonte er, «ich glaube an der Papst, die heilige Mutter, *la madre* die Kirche, *el Papa*, die Mund von Gott!» Er bekreuzigte sich und küsste das Kreuz, das über seinem fleckigen Habit baumelte.

Auf einmal kam der Speisemeister hereingeeilt. «Rodrigo, das rot!», schrie er, dann in gedämpftem Ton: «Die Brüder sitzen schon.» Als er mich sah, nickte er bekümmert: «Ich werde die Gehilfen hereinschicken.»

Der Koch machte keine Bewegung. Er schien sogar noch lässiger zu werden. Er stieß ein leises «Pfff!» aus, winkte ab und begann, mir verschiedene Rezepte und Zubereitungsarten zu erklären. Dazwischen fragte einer der Hilfsköche, welcher Wein bei Tisch serviert werden solle.

«Nicht das aus Speisekammer, du Idiot, *ignorante!*», rief er, und der Mann duckte sich, «habe ich dir doch gesagt, diese darf nicht werden angerührt, Befehl von alte Brüder.»

Der Mönch starrte mich an, seltsam verängstigt. «Aber, Rodrigo, der Wein des Jungen?»

Rodrigo runzelte die Stirn und nahm mir kopfschüttelnd das leere Glas ab: «*Idiota!* Nur für die Alten!», dann zu mir gewandt: «Hat Kräfte für Gesundheit, *poderes curativos*, nicht für die Junge, he?» Da lachte er, aber ich hatte eine leise Nervosität in seiner Stimme herausgehört.

Gleich darauf, nachdem dieses kleine Missverständnis zu seiner Zufriedenheit aufgeklärt und der Hilfskoch gebührend angefahren und in die Kirche geschickt worden war, um für seine Nachlässigkeit Buße zu tun, sprach der Koch wieder weiter und erzählte mir, dass man auf Sizilien viele Speisen aus Afrika und den umliegenden Gebieten bekomme. Er nahm meine Aufmerksamkeit gefangen mit Geschichten über Früchte, die so süß seien, dass kein Honig süßer sein könnte, und über bittere Kräuter, die den Mund verbrennen und die Sinne reinigen. Er erzählte mir, dass in Ländern jenseits der Landkarte die Eingeborenen ganz besondere Nahrungsmittel von unübertrefflichem Aroma und Geschmack anbauten. Seltsame Kräuter, sagte er, und noch seltsamere Weine machten einen benommen und ließen einen schon nach einem Glas den klaren Verstand verlieren, aber noch verlockender seien die seltsamen Mischungen, die man über einem kleinen Feuer anbrannte und rauchte oder sogar als Brei aß und die den Menschen dazu brachten, mit den Teufeln zu reden. Ich schnappte nach Luft, wie er vorausgesagt hatte, und er lachte herzlich.

«Kein Wunder ...», sagte er zu mir mit belegter Stimme und lehnte seinen Bauch über den Tisch, «*ist* doch deine Orden, das bringt solche Dinge mit Schiffe. Ach, aber du weißt, du bist gewesen in die Heilige Land, nicht?»

Ich berichtete ihm, dass das Leben der Templer auf Feldzügen dürftig und kärglich sei.

«*Dios mío!*», schrie er bewegt. «Deine Meister *mata moros*, er töten Ungläubige?»

Ich nickte. Er hob seine riesigen Hände zum Himmel, dann packte er mich auf meinem Stuhl, zog mich an sich – wobei er mir fast die Knochen brach – und küsste mich auf beide Backen, «erlöse uns von die Übel, *libera nos a malo. Amen!* Gehorsamster Diener.»

Ich errötete, während mir sein übler Atem noch an der Haut haftete. «Aber Ihr habt über etwas anderes gesprochen ...»

«Iss, iss!», unterbrach er mich, «gehorsamster Diener, gehorsamster Diener!»

Also aß ich, da ich ihn nicht verletzen wollte. Binnen kurzem allerdings war ich satt und wurde ein wenig müde, so lehnte ich mich auf meinem Stuhl zurück und tätschelte mir den Bauch, wie ich es vergangenen Abend beim Bischof und den anderen gesehen hatte. «Ihr müsst für Eure Fähigkeiten schon immer sehr geschätzt worden sein. Habt Ihr für einen König oder einen Herzog gearbeitet, oder vielleicht für einen reichen Kaufmann?»

Er brach in schallendes Gelächter aus, das laut widerhallte, da er Laienbruder war und sich deshalb nicht so streng an die Regel über das Lachen halten musste. «Herzöge? Könige? *Niño!* Junge, ich sage zu Euch, es war der große Herrscher von Reich!» Da zögerte er, und sein Gesicht wurde aschfahl.

«Friedrich?» Ich fuhr so plötzlich auf, dass ich fast vom Stuhl gefallen wäre.

«Oh! Mein Zunge ist sündig!», sagte er. «Was ich habe gesagt ... ich habe nicht gemeint ... Friedrich ... ich ...»

«Ihr habt in der Küche des exkommunizierten Kaisers gearbeitet! Sprecht, ich bin sehr gespannt.»

Er sah mich scharf an. «Sind dein Lippen klug, oder sind lose wie die von Hure?»

«Sie sind klug, sehr klug», sagte ich eifrig.

Der Mann verließ seinen Platz gegenüber und setzte sich neben mich an den Tisch. Er roch nach Zwiebeln und Knoblauch. «*Federico*, er war *un buen hombre!* Ein gut Mann, aber hast du gehört die Geschichten, nicht? Ein Mann mit starkes Körper und kluges Kopf, ein Jäger ... ein Liebhaber von die Frauen ...», sagte er leise und wehmütig. «Der Hof von Kaiser! *Qué maravilla!* War ich Künstler in sein Küche! Meine Essen waren die Wonnen von den Ungläubigen, die Verzückung von den Zauberern, die Freude von den Astrologen, die Genuss von den Mathematiker! *Poetas*, Troubadoure, Konkubinen! Was für Frauen!» Er schloss die Augen, denn er sah wohl irgendwo in seiner verdorbenen Phantasie ihre wunderbaren Gestalten. «Köstlich wie die Pfirsich, üppig, mit Fleisch wie Granatäpfel, herrlich Rundungen, braun wie Beeren und süß wie ... ja, was sie wohl tun mit kleine Templer wie du bist, he?» Er lachte wieder, da er sah, dass mein Gesicht purpurrot anlief.

«Warum habt Ihr dann den Hof des Kaisers verlassen?», wechselte ich das Thema, um solchem Reden ein Ende zu setzen, wie ich jedenfalls hoffte.

«Ist mein Glück dass ist gut die Nase, ja?» Er klopfte sich auf die große, geäderte Nase, «sie riecht, wenn ein Eintopf ist fertig gekocht, ja, ja. Sizilien, da gab Schwierigkeiten, Pest, und ich ging. *Federico estaba muerto,* tot, und seine Sohn Konrad ... Feigling! Dann die andere Sohn, Manfred ...», er senkte die Stimme, «ein uneheliche! *Un bastardo* aus die Schoß von eine Hure! Ein Welpe von eine Wölfin!» Er spuckte aus und lächelte. «*Con perdón* ... Und jetzt ... *Dios mío*, die Inquisitor ist gekommen, und werden wir alle verbrannt ...» Er bekreuzigte sich. «*Domini canes* – Hund des Herren, nicht ein Mann, ein Teufel!»

«Monsieur! Ihr sprecht von einem Vertreter der Heiligen Inquisition!», sagte ich entrüstet.

«Ah, *sí*, aber Ihr denken nicht, dass nur Ketzer sind – wie sagt man – angestiftet von die Teufel, he? He?», drängte er. «Nein! *El* Inquisitor *también* – genauso! Er sucht nicht Monster ... er macht sie! Große, hässliche! Mit meine Auge ich habe sie gesehen. *Tiene miedo? Sí?* Habt Ihr Angst? Ihr musst haben Angst, zittern und betteln wie ein Tier, *como un animal,* dann wird die Heilige Mutter Euch lassen sterben, bevor Flammen fressen Euere Fleisch!» Er fing an, wie ein Wolf zu heulen, und ich spürte, wie mein Magen sich zu einem Knoten zusammenkrampfte, und die Speisen, die ich so eifrig gegessen hatte, wurden mir im Bauch sauer.

«Mit meine eigene Augen ich habe es gesehen!», bekräftigte er.

«Und woher weiß ein Koch so viel?», fragte ich.

«Von ein Küche aus ich sehe alles, Leben und Tod. Man muss sein *discreto*, aber soll die Wahrheit sein ausgesprochen», flüsterte er, «kenne ich diese Mann, *este hombre* Rainiero Sacconi ... *un* Verräter an seine Volk.» Er spuckte aus und wischte sich den Mund an seinem Ärmel ab.

«Ein Verräter?»

«Gut bekannt ist sein Geschichte. Ihr auch musst wissen, aber ich werde Euch erzählen!» Er rückte näher, und ich roch seinen sauren Atem. «Er war *un* Katharer, ein Ketzer in *Italia* weit oben in Katharische Kirche. Er lehrte *la doctrina*. Viele *inocentes* folgen ihm und glauben, dass alle Gesetze sind Lügen und lachen über *las reglas*, die Regeln für Fasten und für Feste ... und nehmen das *consolamentum*.» Der Koch beugte sich nach vorn, beide Hände auf dem Tisch. «Wie der Teufel im Garten er hat sie verführt.»

«Wie konnte so ein Mann Inquisitor werden?»

«Wie?»

In diesem Moment traten zwei Hilfsköche in die Küche, die Augen niedergeschlagen, die Kapuzen über den Gesichtern. Einer nahm ein schweres Tablett hoch, auf dem verschiedene Brot- und Käsesorten arrangiert lagen. Der andere bekam einen riesigen Topf in die Hände, in dem eine Gemüsesuppe seit den frühen Morgenstunden gekocht hatte. Den stellte der junge Mönch mit einiger Mühe auf einen hölzernen Servierwagen. Der Koch reichte ihm eine Schöpfkelle und scheuchte ihn hinaus. «Hinaus mit dir! Hinaus mit euch alle!», brüllte er, und wie sie so davoneilten, erinnerten sie mich an die Ratte.

Er wischte sich die Hände an seinem Hemd ab, raffte die Falten seines Gewandes zusammen und schneuzte sich laut hinein. «Ach, ... *sí* ... *sí*, dieser *herético* ... *sí*, eines Tages er war *illuminado*, sah ein seine Irrtümer und ist *convertido!*

Ein Wunder – *un milagro – hágase el milagro y hágalo el diablo!*»

Ich sah ihn verständnislos an.

«Sagen sie nicht, ‹wenn die Arbeit ist gut, was macht es dann aus, wer sie tut›, he? Rainiero trat ein in die Kirche in Mailand und hat geschworen, dass er wird halten die Glauben der Väter, hat versprochen, zu gehorchen *el papa* im Orden der Hunde! *Olé!* Das ist die Ende.»

«Was denken denn die von ihm, die ihm vorher gefolgt sind?», rief ich aus.

«Sie hassen ihn! Ist natürlich!», sagte er und zuckte die Schultern. «Er hat missbraucht seine alte *amigos* sehr schlimm, sehr brutal, seit er ist an Stelle von dem alten Mann Pietro, Prior von Como ... den Märtyrer, der ist getötet worden unter die Hände von dem Mörder Giacomo della Chiusa. Diese Mann hat auch versucht, zu töten Rainiero in Pavia, aber er war *estúpido*, weil er hat nicht geschafft ... Rainiero ist ein schlaue Mann, *listo y despierto!* Und jetzt er ist der Hund von Papst, ein Inquisitor mit eine Ketzer hier oben.» Er tippte sich mit dem Zeigefinger an die verschwitzte Stirn. «Innozenz war auch schlau, besser, wenn die Schlauen sind auf deiner Seite und nicht sind deine Feinde, noch mehr, weil auf italienische Boden gibt es Konflikt, *terrible,* die Kirche kämpft gegen den Kaiser und der Kaiser gegen die Kirche. Jetzt er ist hier, und ich rieche brennendes Menschenfleisch in meine Nase ... es ist die Geruch nach Schwein! Puh! Aber ich werde nicht mehr sprechen. Die mit lose Zunge sterben in diese Abtei, die wo zu viel wissen sterben auch. Ich möchte sein *ignorante*, mein Junge, damit ich kann noch leben ein lange und sündige Leben!»

Ich bat den Koch um einen Apfel und ging.

Ich wanderte über das Gelände und hatte dabei ein ganz eigenartiges Empfinden, eine Art Benommenheit. Meinen Meister fand ich nicht im Dormitorium, sondern im Scriptorium, wo er in einem großen Buch blätterte, bei einem überaus herzlichen Meinungsaustausch mit dem Bibliothekar,

Bruder Macabus, und einem Kopisten, dessen augenblickliche Arbeit (wie ich bald sehen sollte) voll der kostbarsten Illuminationen war. Ich trat durch den Einlass ins Scriptorium und bewegte mich so leise wie möglich auf sie zu, trotzdem sahen einige Mönche mit kaum verhehltem Misstrauen von ihrer Arbeit auf. Fast sofort aber, als würde mein Anblick ihnen Unbehagen verursachen, legten sie den Kopf schief und arbeiteten in heimlicher Abwehr weiter. Doch ich nutzte diese seltene Gelegenheit, um sie heimlich zu beobachten, wie sie an einem alten Palimpsest kratzten oder die Ränder eines neuen sorgfältig anzeichneten. Heute weiß ich, dass wir auf diese Weise viele kostbare Handschriften verloren haben, denn bei der Arbeit eines Mönchs geht es weniger darum, die Weisheit sich zu eigen zu machen und weiterzugeben, als vielmehr, die Kunst des geeigneten Kopierens weiterzugeben. Wie man sagt, wird ein arbeitsamer Mönch nur von einem Teufel geplagt, ein fauler dagegen von vielen. Auf diese Anschauung stützen sich seit Jahrhunderten Kopisten wie Illuminatoren, wenn sie Tag für Tag ohne Eile ans Werk gehen, als läge eine ganze Ewigkeit vor ihnen, und die Arbeiten der strenggläubigsten und verehrtesten christlichen Väter abschaben, um daraus Palimpseste von relativ geringer Bedeutung herzustellen.

Einmal mehr Gehorsam.

Und doch muss ich gestehen, dass ich sie in diesem Moment ein wenig beneidete, wenn auch vielleicht nur deshalb, weil ihr Leben wahrhaft befriedigend erschien. Ein Leben der Unwandelbarkeit, Hingabe und Treue. Wo eine Arbeit zum Zwecke der Beständigkeit und Dauerhaftigkeit ausgeführt wird und nicht – wie es bei so vielen Bemühungen der Menschen der Fall ist –, um die Sünde des Stolzes zu befriedigen. Hier herrschten Frieden und Ordnung und die Güte des Wortes, das Gott ist. Und mir fiel wieder ein, was der Inquisitor gesagt hatte, als wir in der Abtei angekommen waren, *magna est veritas, et praevalet,* das heißt, groß ist die Wahrheit, und sie obsiegt.

Kurz danach zog mich mein Meister an seine Seite, ich gab ihm den Apfel, und in seinen Augen konnte ich lesen, dass ihm ein Knödel lieber gewesen wäre. Trotzdem biss er eifrig in den Apfel, und wenn er den Mund zwischendurch leer hatte, unterrichtete er mich darüber, dass er trotz der unglücklichen Umstände (damit meinte er, dass er in Bruder Ezechiels Zelle nichts gefunden habe) die Zeit nützlich verbracht habe, indem er Pflanzen- und Tierbücher betrachtete, die ihm der Bibliothekar Bruder Macabus zur Verfügung gestellt hatte. Dann stellte er mich dem anderen Mönch vor, Bruder Leonard, der gerade dabei gewesen war, ihn darüber aufzuklären, was für Tinten und Pergamente er für seine Arbeit benutzte.

«Die Häute von jungen Lämmern ...», Leonard lächelte, wobei er vorstehende Schneidezähne entblößte, «sind für bedeutende Arbeiten die erste Wahl, weil sie so dauerhaft sind. Man kann sie auch oft wiederverwenden, denn sie sind sehr dick. Außerdem benützen wir feines Pergament, wenn wir das Glück haben, welches in die Hand zu bekommen, und in Ausnahmefällen sogar Papyrus, aber wie Ihr ja wisst, Herr Präzeptor, wird der aus den Ländern der Ungläubigen gebracht und ist natürlich außerordentlich selten.»

«Aber wo sind Eure Schätze, Bruder Macabus, ich sehe gar keine Bücherschränke?», fragte mein Meister, biss wieder kräftig in seinen Apfel und sah höchst verwundert drein, obwohl ich oft Gelegenheit gehabt hatte zu beobachten, dass er die Antworten auf solche Fragen schon vorher wusste.

Der Mann zögerte nicht mit der Antwort. «Sie sind in der Bibliothek gut verwahrt, geschützt gegen Hitze und Feuchtigkeit, die bei alten Handschriften so viel Schaden anrichten können.»

«Es muss eine sehr umfassende Bibliothek sein, Bruder Bibliothekar.»

«Ja, sie ist umfassend», sagte Macabus, «obwohl nach üblichen Maßstäben doch sehr klein. Trotzdem ist sie unser

Lebenswerk. Die bemerkenswertesten Stücke haben wir auf dem Gebiet der Heilkünste und der Musik.»

«Ahh, dann ... würde ich die sehr gerne sehen.»

«Und dabei wird Euer Orden doch so oft wegen seiner angeblich fehlenden Bildung verleumdet!» Er hob das Kinn in einer Andeutung von Überlegenheit. «Es erhebt mich, wenn ich denke, dass Gelehrsamkeit zur Vervollkommnung des Soldatenlebens beitragen kann, doch habe ich gehört, dass Ihr in Paris studiert habt, bevor Ihr dem Orden beigetreten seid, und auch in Salerno?»

«Ja.»

«Was für ein Glücksfall!»

«Ich glaube nicht an Glücksfälle, mein Bruder, sondern nur an Zielstrebigkeit. Würdet Ihr mir erlauben, die Bibliothek zu besuchen?»

«Unmöglich! Dazu braucht Ihr die Erlaubnis des Abtes, Herr Präzeptor», antwortete der Bibliothekar mit einer Spur von Bitterkeit in der Stimme, «und dieses Privileg ist bis jetzt noch nicht vielen zuteil geworden.»

«Aha, ich verstehe ... aber wo liegt die Bibliothek denn, ich habe gar kein Gebäude gesehen ...?»

Der Mönch sah ein wenig verlegen aus, und Leonard mischte sich ein, indem er das Thema wechselte. «Seid Ihr schon einmal in der Bibliothek von Bobbio gewesen, Herr Präzeptor? In ihrem Verzeichnis sollen weit über sechshundert Werke aufgelistet sein. Dann gibt es auch noch Sankt Gallen. Habt Ihr schon gehört, dass in den Klöstern am Rhein jetzt Holzschnitte benutzt werden?» Er richtete sich stolz auf und sagte: «Ich habe ein paar Arbeiten von höchster Qualität gesehen, aber hier bleiben wir lieber beim traditionellen Gebrauch von Griffel, Rohrfeder und Gänsekiel, mit Tinten und Farbpigmenten, deren Leuchtkraft von nichts übertroffen wird.»

Mein Meister stand einen Augenblick nachdenklich da. «Ja ... dann übersetzt Ihr hier also viele griechische Texte?»

«Woher wisst Ihr das?», fragte Macabus etwas erstaunt.

«Als Ihr sagtet, dass Eure bemerkenswertesten Werke ins Gebiet der Heilkunst gehören, nahm ich an, Ihr meintet die Werke von Hippokrates und Galen.»

«Ihr habt recht», sagte der Mann selbstgefällig. «Wir hatten schon immer und haben meiner Ansicht nach immer noch die besten Übersetzer von ganz Europa.»

«Wirklich?», nickte mein Meister sehr erfreut.

«Oh ja, ganz ohne Zweifel.»

«Und wer wäre Euer bemerkenswertester?»

«Anselmo», antwortete Leonard und bedauerte es sofort, denn das Gesicht seines Vorgesetzten verfinsterte sich augenblicklich.

«Ja», sagte Macabus mit zusammengebissenen Zähnen, «ein vielversprechender junger Mann. Er ist noch nicht lange bei uns, aber sein Vater ist viel gereist, und das Kind beherrscht viele Sprachen. Ein Knabe mit vielen Talenten.»

«Gibt es noch andere, die Griechisch können, außer diesem Jungen und Euch selbst?»

«Oh ja, in einer Bibliothek muss es immer mehrere geben, aber keiner kann es so gut wie wir zwei», antwortete Macabus.

«Kann ich den Arbeitstisch des Übersetzers einmal sehen?»

Der Mann zögerte einen Augenblick, überspielte dann aber seinen ursprünglichen Unwillen mit einem Lächeln und führte uns zu einem makellos geordneten Tisch bei einer guten Lichtquelle.

«Er arbeitet zurzeit an verschiedenen Projekten.»

«Erkühnt sich Bruder Anselmo etwa, die Übersetzung des Aristoteles von Gerardo di Cremona zu übertreffen?», fragte mein Meister und hob eine Handschrift vom Tisch auf, den halb aufgegessenen Apfel noch immer in der Hand. «Er muss außerordentlich gut sein!»

Ich sah, wie der Bibliothekar nach Luft rang, als er die feuchte Frucht so nahe an der Handschrift sah. «Das ist er ohne Zweifel, aber seine bisher beste Arbeit ist das Gesamtwerk von Galen.»

«Das Gesamtwerk? *Mashallah!*» rief er aus, ganz überwältigt, wie mir schien.

Ich sah, wie Leonard und sein Vorgesetzter einen bedeutsamen Blick wechselten.

«War das Arabisch?», fragte Macabus André naserümpfend.

«Ja richtig, versteht Ihr es?»

«Ein wenig. Ihr sprecht es wie ein Eingeborener.»

«Na ja, das kommt daher, dass ich ein Eingeborener bin.»

Ungläubiges Schweigen senkte sich über uns.

Mein Meister lächelte, er freute sich, diese Verlegenheit hervorgerufen zu haben. «Etwas ganz anderes – womit werden eigentlich die Schreibwerkzeuge gesäubert, Bruder Bibliothekar?»

Die Augen von Macabus verengten sich. «Wir benützen verschiedene Substanzen, deren Wirksamkeit wohlbekannt ist.»

«Dürfte ich fragen, wo Ihr solche Substanzen aufbewahrt?» Mein Meister hielt das Gehäuse des Apfels von sich weg, und ich griff danach, aber anstatt es mir zu geben, reichte er es Bruder Leonhard, der das Ding mit Widerwillen betrachtete und es einem im Rang unter ihm stehenden Bruder in seiner Nähe weiterreichte. Der wiederum rührte es nur mit spitzen Fingern an und gab es einem weiteren, der wahrscheinlich noch niedriger gestellt war als er, und dieser Mann verließ uns nun in Richtung Kreuzgang, wobei er es vor sich hertrug.

«Zusammen mit Gold, Silber, Blei und Quecksilber, das für Amalgame verwendet wird, sind sie in einem Magazin versperrt.» Bruder Macabus nestelte in der Tasche seines Habits und brachte ein großes Schlüsselbund hervor. Er suchte einen Schlüssel heraus und führte uns zu einer Stelle abseits der Lesenischen und Bibliothekstische, in der Nähe einer vorzüglichen Karte der nördlichen Meere. Hier war hinter einem großen Wandteppich eine schwere Eisenplatte in die steinerne

Wand eingelassen, nicht mehr als drei Handbreit hoch und zwei breit. Er öffnete das Schloss mit dem Schlüssel, wobei er um sich schaute. Drinnen sah man nach dem Öffnen Phiolen, Ampullen und einen großen Glasflakon, der ein Pulver enthielt.

André spähte hinein. «Auf diesem Pulver scheint keine Bezeichnung zu stehen.»

«Ich denke, das wird ein Salz sein, das irgendwie auf seltsame Weise mit Quecksilber verwandt ist. Wir haben keine Verwendung dafür und wissen ohnehin nicht viel darüber, deshalb halten wir es hier unter Verschluss. Es ist schon sehr lange in diesem Behältnis, tatsächlich war es schon da, bevor ich herkam. Ich weiß den Namen schlichtweg nicht.»

«Ich danke Euch, Bruder. Noch etwas. Überlasst Ihr jemals Eure Schlüssel einem anderen?»

Der Mann dachte einen Augenblick nach. «Es ist meine Pflicht, jeden Abend das Scriptorium und den Zugang zum Kreuzgang abzusperren, aber ich habe auch die Schlüssel zu Küche und Keller. Doch gibt es in der Küche nach dem Abendessen immer noch einiges zu erledigen, und deshalb sperrt der Koch diese Räume zu und bringt mir die Schlüssel, wenn er fertig ist, normalerweise vor Komplet.»

«Und sonst niemand?»

«Warum fragt Ihr?»

«Ich bin ein neugieriger Mensch, Bruder.»

«Werden wir nicht ermahnt, Herr Präzeptor, in unnötigen Dingen nicht neugierig zu sein?»

«Ja, aber wie Syrus schon sagte: Die Notwendigkeit diktiert das Gesetz, ohne für sich selbst eines anzuerkennen. Jedoch würde ich die Apokryphen lieber nicht noch einmal zitieren, Bruder, jedenfalls nicht in Hörweite des Inquisitors. Also, was meine Frage betrifft ...»

Der Bibliothekar war sichtlich erschüttert – vielleicht, weil er plötzlich begriff, dass an jeder Ecke Gefahr auf ihn lauerte – und antwortete sofort: «Manchmal muss der Hospitaliter den Wein in den Gemächern des Abtes nachfüllen, und dann erlaube ich ihm, sie zu benützen.»

«Haben der Koch oder der Hospitaliter eine Ahnung davon, dass an diesem Bund auch der Schlüssel ist, der dieses Gelass öffnet?»

«Nein, ich glaube nicht, aber warum ist das von Bedeutung?»

«Ihr habt recht, es ist durchaus nicht von Bedeutung, und ich habe Eure Zeit vergeudet. Ich möchte mich ergebenst entschuldigen. Wisst Ihr, Ihr hattet schon recht; der Teufel der Neugier ist durchtrieben, denn er bringt uns dazu, uns in Nebensächlichkeiten zu vertiefen. Ich danke Euch für Eure Geduld», sagte mein Meister und verbeugte sich höflich; und nachdem der Bruder das Gelass verschlossen hatte, verabschiedeten wir uns von ihm.

«Dieser Mann ist entweder sehr sorglos oder aber sehr gerissen», nuschelte mein Meister, als wir auf das Kapitelhaus zugingen.

Ich war zu sehr mit meinen eigenen Gedanken beschäftigt – da ich glaubte, ich wüsste jetzt, wer der Mörder sei –, um ihm zu antworten. «Dieser Junge ist der Verfasser unserer Nachricht!», sagte ich entschieden und unmissverständlich. «Er kann Griechisch!»

«Nein, das glaube ich nicht, Christian.»

«Aber, Meister ...»

«Wenn der Knabe der beste Übersetzer aus dem Griechischen ist, den diese Abtei hat, warum hätte er den offensichtlichen Fehler machen sollen, den wir in der Nachricht gefunden haben? Und selbst wenn er der Urheber wäre: Du gehst gleich davon aus, dass ihn das unmittelbar mit dem Verbrechen in Verbindung bringt. Das muss nicht notwendig so sein. Auf jeden Fall ist er rechtshändig.»

«Aber wieso wisst Ihr das, Meister?»

«Das ist ganz einfach ... ein linkshändiger Kopist wird eher Schmierer auf der linken Seite des Blattes hinterlassen als ein rechtshändiger, weil seine Hand bei der Arbeit über die frisch geschriebenen Worte gleitet. Die Hand eines rechtshändigen Kopisten gleitet vor den Worten her. Außerdem haben linkshändige Kopisten einen ganz bestimmten Winkel in ihren Buchstaben.»

«Immer?»

«Nein, nicht immer, aber meistens.»

«Der Knabe ist also Rechtshänder. Und wie steht es mit dem Urheber unserer Nachricht?»

«Sie ist von einem Linkshänder geschrieben.»

«Oh», sagte ich, plötzlich aufgeregt. «Und da es nicht so viele Linkshänder gibt, sollte es ein Leichtes sein, unseren Nachrichtenschreiber zu finden.»

«Das stimmt», gab er zu, «es gibt tatsächlich nicht viele Linkshänder auf der Welt. Vielleicht, weil manche glauben, es sei eine Gabe der Hölle. Du erinnerst dich bestimmt, dass es in der christlichen Überlieferung heißt, Luzifer habe zur Linken Gottes gesessen.»

«Und ist es tatsächlich eine Gabe der Hölle?»

Mein Meister warf mir einen verärgerten Blick zu. «Das ist natürlich größter Blödsinn!»

«Was ist mit den Giften?», fragte ich drängend. «Das Blei und das Quecksilber, und das Putzmittel, das für die Werkzeuge benutzt wird? Glaubt Ihr, dass eins davon den alten Bruder getötet hat?»

«Vielleicht, und deshalb werde ich einige Bücher zum Thema Gift zu Rate ziehen müssen, aber einstweilen ist das nur eine Möglichkeit. Trotz dem, was Macabus sagt, glaube ich nicht, nämlich dass das Gelass mit diesen Stoffen ein großes Geheimnis ist. Schließlich ist das hier ja ein kleines Kloster ... nein ...», er verstummte. «Aber das Pulver ... das Salz könnte ein Präparat sein, das als ‹Schlange des Pharao› bekannt ist.»

«Ist das ein Gift?»

«Ein sehr starkes.»

«Dann ist Bruder Macabus unser Hauptverdächtiger», sagte ich, in meinem Urteil so schwankend wie der Wind.

«Denn er spricht nicht nur Griechisch, sondern hat auch unbegrenzt Zugang zu dem Behältnis.»

«Wir dürfen aber nicht vergessen», fügte André vorsichtig hinzu, «wie viele sonst noch Griechisch sprechen und auch schon die Schlüssel in der Hand gehabt haben.»

Genau in diesem Augenblick läutete die Glocke, um den Beginn der Untersuchung anzuzeigen, und während uns diese Betrachtungen schwer auf der Seele lasteten, betraten wir den Kapitelsaal, wobei ich mich noch benommener fühlte als zuvor.

7.

CAPITULUM
ETWAS NACH TERTIA

«Geliebte Brüder des Klosters St. Lazarus», hallten die Worte des Inquisitors Rainiero Sacconi durch den Kapitelsaal. «Meine Gefährten und ich sind auf Verlangen des Papstes hierher gereist, eine sehr weite Strecke, wie ihr wisst, um Anschuldigungen der Häresie zu erhärten, die sich gegen diese Mönchsgemeinschaft richten.

Liebe Brüder, es ist die Pflicht der Heiligen Inquisition, auch noch das kleinste oder gar unbedeutende Körnchen des Bösen zu finden. Um den Teufel mit Stumpf und Stiel auszureißen, wo immer er auch in Erscheinung tritt, und um andererseits die zu segnen und zu bestärken, die nach Gottes Gesetzen leben. Fürchtet Euch also nicht, meine Kinder, denn der Zorn Gottes wird gemäßigt durch die machtvolle und brüderliche Liebe zu seinem Volk. Er sucht nicht die Unschuldigen zu bestrafen, sondern die Schuldigen zu besiegen. So wie der Hirte seine Herde zu nähren und alles Böse von ihr fernzuhalten trachtet, so sind auch wir nur zu eurem Besten hier.» Er nickte dem Bischof und den anderen Prälaten seiner Gesandtschaft zu, die seitlich von ihm saßen. «Ist es nicht besser, reuig zu sterben, als sündig zu leben?» Er hielt inne. «Wie ihr wisst, muss sich diese Legation nicht an die Regeln der gewöhnlichen Gesetze halten und steht über jeder allgemeinen Gerichtsbarkeit. Und obwohl es sonst üblich ist, diejenigen, die eines Verbrechens gegen Gott für schuldig befunden wurden, dem weltlichen Arm des Gesetzes zu übergeben, soll hiermit kundgetan werden, dass mir, da dieses

Kloster so fernab liegt, vom Papst eine Sondervollmacht erteilt worden ist, durch die ich alle Strafen selbst vollziehen lassen kann, um die Seelen Unschuldiger zu retten, falls diese Untersuchung zur Inquisition führen sollte.»

«Der Schuft», flüsterte mir mein Meister zu.

«Es soll ferner kundgetan werden, dass all jene, die widerrufen, weil sie Angst vor dem Tod haben, für den Rest ihres Lebens ins Gefängnis geworfen werden, wo sie Buße tun mögen, bis ihre Stunde schlägt. Alles gemeinsame Eigentum wird konfisziert werden. Jene, die die Irrlehren der Häresie verteidigen, sollen wie Anhänger der Häresie behandelt werden und deshalb die dafür vorgesehene Strafe erleiden!»

Ein leises Murmeln ging durch die Versammlung.

«Und wenn wir schon ganz gewöhnliche Menschen bestrafen, weil ihr Unwissen keine Entschuldigung für ihre Sünden gegen die Heiligen Gesetze der Kirche ist, um wie viel größer sollte dann in der Tat die Strafe für einen Mönch sein, der – obwohl er ja das ewige Licht der himmlischen Gesetze kennt – sich dennoch dafür entscheidet, die Regeln seiner Kirche zu verletzen. Und so eröffne ich denn ordnungsgemäß diese Untersuchung, auf dass alle in Frage stehenden Angelegenheiten gründlich erforscht werden, und möchte deshalb all jene, die über eine der für diese Befragung wichtigen Angelegenheiten etwas wissen, dazu auffordern, ohne Furcht vorzutreten, denn wir sind die Ohren und die Augen Gottes und werden in brüderlicher Liebe und ohne Vorurteil zuhören. Diejenigen unter Euch, die sich entschließen, vorzutreten und ihre sündige Ketzerei zu gestehen, werden mit Nachsicht behandelt werden. Diejenigen aber, die das nicht tun, werden nach dem Buchstaben des päpstlichen Kanons bestraft werden.» Er legte eine Pause ein, und in seinen Augen lag berechnete Feindseligkeit. Er wollte alle wissen lassen: Ich habe euch in der Hand, also benehmt euch am besten entsprechend. Dann lächelte er: «Der Ordensbruder Bertrand de Narbonne ist freundlicherweise aus dem Kloster von Prouille hierher gereist, um bei den Untersuchungen mitzuwirken. Er ist, wie Ihr vielleicht wisst, ein hochgeachteter Theologe.»

Der Ordensbruder unterdrückte ein Gähnen und nickte, ohne aufzustehen.

«Er wird als Richter fungieren, zusammen mit Père Bernard Fontaine, unserem Emissär aus Cîteaux, dessen Weisheit gerühmt wird.»

Bernard sah auf die Versammlung, ohne eine Wimper zu bewegen, das eckige Kinn in einer Geste der Verachtung ein wenig nach oben gekippt.

«Und da es bei einer Gerichtsverhandlung immer zwei Inquisitoren geben muss, ist hier schließlich noch der Bischof von Toulouse, der mir bei dieser schweren und doch notwendigen Pflicht beistehen wird.»

Der Bischof stand auf. Anzusehen wie ein leuchtender Ball in seiner pelzgefütterten purpurnen Robe, fingerte er mit seinen kurzen fetten Fingern an einem juwelenbesetzten Brustkreuz und blieb kurz so stehen, während er die andere Hand in einer pomphaften geistlichen Gebärde ausstreckte, dann setzte er sich mit einem schweren Plumps wieder auf seinen Platz.

«Da heute der Tag des Herrn ist, werden wir seinem Gesetz folgen und den Beginn der Verhandlungen auf morgen verlegen. Mögen wir aber an diesem heiligen Tag unsere Herzen durchforschen und gründlich nachdenken, und möge der Herr euer Gewissen in das immerwährende Licht der Wahrhaftigkeit lenken.»

Der Abt erhob sich von seinem reich verzierten Stuhl, der auf einer gesonderten Estrade rechts von der Gruppe stand. Er nahm die Kapuze ab und sprach mit der Strenge und Würde, die sich für einen Abt geziemte, dessen Pflicht jetzt darin lag, seiner Gemeinde beizustehen.

«Bruder Rainiero Sacconi, werte Mitglieder der Gesandtschaft, lieber Konvent. Es schmerzt einen Vater in tiefster Seele, wenn er erfährt, dass ein Schatten den grauen Schleier des Übels auf das Verhalten seiner Kinder geworfen hat. Das Auge eines Vaters sieht nur das Gute, niemals das Böse. Nur Rechtschaffenheit, niemals Frevelhaftigkeit. Und doch muss ich gerade als Vater versuchen, diesen Schatten mit dem Licht der Wahrheit zu durchdringen, um alle bösen Worte zu entkräften, die gegen meine Kinder ausgesprochen wurden, und sie durch Worte des Lobes und der Liebe zu ersetzen. Das ist, wie ich weiß, Gottes Wille, wie es auch der Wille der Kirche ist, in Seinem Namen Gerechtigkeit üben zu lassen. Daher ist es mein glühender Wunsch, dass unsere Gemeinschaft diese Untersuchung in jeder Hinsicht zu dem notwendigen Zwecke unterstützt. Der Herr Präzeptor von Douzens», sagte er zur Überraschung meines Meisters, «dessen Fähigkeiten in der Heilkunst wohlbekannt sind, wird ein angemessen objektives Licht auf unsere Heilmethoden werfen, und deshalb sollten wir ihn mit dem größten Zuvorkommen behandeln.»

Ich sah in den Augen des Inquisitors feindseligen Hass aufglühen.

«Wir bleiben Eure ergebensten Diener», der Abt verbeugte sich vor den Legaten, «möge Gott der Heiligen Inquisition die Weisheit verleihen zu sehen, dass diese Dinge wahr sind. Im Namen unseres Herrn Jesus Christus, Amen.»

Der Abt sprach darauf noch den Segen, und die Delegation schritt in einem düsteren und feierlichen Zeremoniell hinaus.

In diesem Augenblick fühlte ich mich plötzlich wieder sehr benommen ...

Sobald wir draußen im hellen Licht des Vormittags waren, ging es mir, gewärmt von der Sonne und von der Gegenwart meines Meisters, gleich ein wenig besser.

Wir spazierten auf dem Gelände auf und ab, mein Meister in Gedanken versunken und ich ganz dem Jammer meiner Scham hingegeben.

«Es tut mir leid, Meister, aber seit einer Weile fühle ich mich so benommen», sagte ich lahm.

«Ach, das war nur die Hitze im Kapitelsaal ... und dieser teuflische Mensch!», fauchte er. «Saladin hatte schon recht, als er sagte, er habe noch nie gesehen, dass aus einem schlechten Sarazenen ein guter Christ geworden wäre. Dieser Wolf im Schafspelz hat vielleicht sogar den König überlistet ... und in diesem Fall auch uns, aber es ist unsere Pflicht, das zu durchschauen.»

«Aber wie? Es sieht so aus, als hätte er uns die Sache aus der Hand genommen. Wenn er die Genehmigung hat, die Strafe hier zu bestimmen, dann können wir kaum etwas tun.» Ich schüttelte den Kopf, um das seltsame Gefühl zu vertreiben.

«Zuerst müssen wir entscheiden, was wichtiger ist. Die Befehle des Großmeisters an uns, oder die des Königs.»

Daran hatte ich noch gar nicht gedacht. «Sind sie nicht gleich wichtig?»

«Ja und nein.»

«Wie meint Ihr das, ja und nein, Meister?»

«Was meinst du damit, wie ich das meine? Außer für begriffsstutzige Knappen ist es doch für jeden vollkommen klar: So wie eine Krankheit eine bestimmte Behandlung vorschreibt, so schreiben auch die Umstände unsere Handlungen vor. Sich davon leiten zu lassen ist das einzig Kluge.»

«Und was ist denn unser nächster Schritt?», fragte ich ein wenig gekränkt. «Wisst Ihr das schon?»

«Nein, aber ich bin sicher, dass mir etwas einfallen wird.» Ich glaube, jetzt tat ihm sein Verhalten doch etwas leid, denn seine Stimme wurde sanfter, und er sagte: «Keine Sorge. Ich habe ja nicht gesagt, dass wir nicht versuchen werden, das zu tun, worum wir gebeten worden sind. Ich sage nur, dass wir vielleicht nicht in der Lage sein werden, es zu tun, und das ruft nach einer Frage, die sofort gestellt werden muss: Warum sind wir dazu erwählt worden, die Gesandtschaft zu begleiten? Der Abt hat da einen wichtigen Punkt angesprochen. Schauen wir doch mal, was wir aus dem erschließen können, was wir bereits wissen. Hier haben wir also ein Kloster, dessen Land den Templern gehört, dessen Mönche aber Zisterzienser sind. Das ist schon das Erste, was sehr seltsam ist. Zweitens war das Kloster viele Jahre lang gar nicht bekannt. Niemand hat je auch nur einen flüchtigen Gedanken darauf verschwendet, bis plötzlich ein heller Stern am Himmel der Inquisition hierher geschickt wird, und das zu einem Zeitpunkt, da schwere Stürme Italien erschüttern. Dieses Schwert passt nicht in seine Scheide. Warum wurde nicht ein französischer Inquisitor geschickt? Warum nicht Bernard de Caux? Mir kommt es so vor, als wären viel zu viele Parteien an einer so kleinen Beute interessiert, und das bringt mich auf den Verdacht, dass die am Ende vielleicht gar nicht so klein ist. Und drittens werden wir gebeten, die Gesandtschaft zu begleiten, obwohl sie Meilen außerhalb unserer Gerichtsbarkeit liegt.»

«Aber wir haben alle Rechtsvollmachten, Meister.»

«Ja, das hat man uns versichert, aber wahrscheinlich sind wir eher deswegen geschickt worden, weil auf uns notfalls verzichtet werden kann. Das Languedoc, mein Sohn, ist eine seltsame Gegend mit sehr unterschiedlichen Allianzen. Alphonse von Poitiers, der Bruder des Königs, der jetzt im Süden das Szepter in der Hand hält, ist ein gieriger Mensch, zutiefst politisch und (ganz anders als unser armer unschlüssiger Comte Raymond vor ihm) ein unerbittlicher Feind der Ketzerei. Man könnte sagen, sein Eifer stehe in direktem Verhältnis zu den, sagen wir, einträglichen Konfiszierungen, von der seine Provinz aus den Verfolgungen durch die Inquisition profitiert.»

«Ihr meint, dass es ihm nur um das Geld und die Ländereien geht, die er möglicherweise durch die Konfiszierungen der Inquisitoren bekommt?»

«Das ist meine Ansicht.»

«Deshalb ist ihm die Gesandtschaft des Papstes im Languedoc willkommen, aber sein Bruder, der König, misstraut ihr?»

«Alphonse hofft vielleicht, dass er etwas bekommt, aber der König weiß, dass er seine Steuern nicht bezahlt hat, und er weiß, dass der Papst das Eigentum eines verurteilten Ketzers konfiszieren und selber behalten kann. Hast du denn nicht gehört, dass der Inquisitor das auch erwähnt hat? Du musst etwas für deine Ohren tun, Junge.»

«Aber die Mönche sind doch arm, Meister, sie haben keinen Besitz.»

«Als Einzelne nicht, mein guter Christian, aber gemeinsam schon; als Gemeinschaft können sie sehr reich sein. Viele Klöster sind reicher als ganze Königreiche.»

«Und was ist mit dem Großmeister? Warum interessiert der sich für das Kloster?»

«Vielleicht sind die Zisterzienser, unser eigener Orden, die Römer, der König und sein Bruder alle hinter derselben Sache her.»

«Welcher Sache?»

«Das müssen wir herausfinden.»

«Und wenn wir es herausfinden, an wen wenden wir uns dann, Meister? An den König oder an den Großmeister?»

«Vielleicht an keinen, vielleicht an beide», antwortete er, «und wenn etwas schief geht, dürfen wir nicht erwarten, dass ein ganzes Heer von Rittern uns zu Hilfe kommt.»

«Meint Ihr damit, dass der Orden uns im Stich lassen wird?», schrie ich ungläubig.

André legte den Finger an die Lippen. Ich hatte gar nicht gemerkt, dass ich laut geworden war. «Beruhige dich. Ich sage ja nur, dass es hier in der Abtei etwas geben muss, das von hohem Wert, aber gleichzeitig auch sehr verdächtig ist. Die Frage ist, was tun Zisterzienser auf dem Land von Templern? Des Weiteren, warum findet sich ein Rosenkreuz an der Tür und außerdem eine schwarze Jungfrau auf einem Fenster in der Kirche, die eine Rose und ein Kreuz in der Hand hält? In einer Kirche zudem, deren Ausrichtung nach Westen so auffallend ungewöhnlich ist? Diese Dinge sind äußere Zeichen, die uns vielleicht helfen, unser Rätsel zu lösen, aber um über mehr Dinge Klarheit zu erlangen, müssen wir irgendwie Einsicht in das große Buch im Kapitelsaal bekommen, in dem die Todesdaten, die Neuzugänge und so weiter aufgelistet sind. Das hilft uns vielleicht herauszufinden, woher diese

Mönche gekommen sind, und eventuell auch, warum sie hier sind.»

«Warum fragt Ihr nicht einfach den Abt, Meister?»

«Er wird es uns nicht sagen, seine Lippen sind versiegelt, wie er uns ja selbst gesagt hat. Vielleicht hat er einen Eid abgelegt, den er nicht brechen kann? Oder er hat etwas in der Beichte erfahren. Nein, ich fürchte, wir müssen es selbst herausfinden.»

«Aber was verpflichtet Euch eigentlich dazu, in den Angelegenheiten der Abtei herumzuschnüffeln, Meister? Sind wir denn nicht einfach dazu hier, um darauf zu achten, dass von der Inquisition kein Unrecht begangen wird?»

«Der Abt ist so weit gegangen, wie er konnte, als er mich bat, das Übel, das in der Abtei umgeht, zu suchen, und zwar mit Worten, die ganz ähnlich klangen wie die von Ezechiel in der Stunde seines Todes, wenn du dich erinnerst, und doch verpflichtet uns nichts dazu, auch nur das Geringste zu tun, was wir nicht freiwillig tun, einfach aus dem Wunsch heraus zu *wissen*, habe ich recht?»

«Was ist also unser nächster Schritt?»

«Ich würde sagen, zu diesem Zeitpunkt und nach allem, was geschehen ist, sollte es unser vordringlichstes Anliegen sein, zu verhindern, dass der Inquisitor unsere Knochen als Feuerholz verwendet – aber es wird dich sicher freuen zu hören, dass wir trotz all dieser Fragen sehr wohl etwas wissen, und zwar, dass es unter dem Kloster einen Gang gibt, über den niemand reden und den der Abt offenbar unbedingt abschirmen will. Es gab zwei Tote, nicht nur einen, und zwar unter ähnlich verdächtigen Umständen. Ich weiß noch nicht, was das eine mit dem anderen zu tun hat – vielleicht gar nichts, vielleicht sehr viel. Aber wir dürfen Folgendes nicht vergessen: Wenn wir etwas herausfinden, so ist es nur eine Frage der Zeit, bis der Inquisitor auch davon erfährt, das heißt, natürlich nur, wenn er nicht ohnehin schon die ganze Zeit Bescheid weiß ... und dann wäre das Kloster verloren.»

Nachdem er all dies gesagt hatte, verfiel er in ein nachdenkliches Schweigen, und so verstrichen ein paar Augenblicke, bevor ich ihm von meiner Unterhaltung mit dem Koch erzählen konnte. Er hörte schweigend zu und rieb sich dann vor Vergnügen die Hände. «Gut», er schien sich zu freuen, «er könnte uns eine große Hilfe sein.»

«Wirklich? Ich begreife nicht, was für eine Hilfe ein Koch sein kann, Meister, schließlich, was könnte so ein ungebildeter Mensch schon wissen?»

«Na, du bist vielleicht ein Schwachkopf!» Er sah überrascht aus. «Ein Spatz in der Hand ist besser als eine Taube auf dem Dach! Wir dürfen Bildung nicht mit Intelligenz verwechseln, denn hier ist wieder einer, der sagt, dass die mit den geschwätzigen Zungen in diesem Kloster sterben, und so sollten wir lieber anfangen zuzuhören.»

«Und was werden wir hören?»

«Etwas, das uns die Richtung zeigt, wo wir nachforschen müssen. Ich werde ihn später befragen …», sagte er wie zu sich selbst, «aber einstweilen müssen wir uns umsehen, und müssen, wie Petrus sagt, bei klarem Verstand und wachsam sein.»

«Wonach müssen wir suchen, Meister?» Ich zitterte.

«Nach allem und nichts!»

«Aber wie soll man das anstellen, nach nichts zu suchen?»

«Christian, muss ich dir wirklich erklären, was doch so offen sichtbar wie meine Hautfarbe ist? Nichts ist einfach etwas ohne alles, oder besser, ein fehlendes Etwas, das genau so bedeutsam sein kann wie sein Gegenteil.»

«Oh», sagte ich, vollkommen perplex.

«Manchmal müssen wir, wie ich dir schon oft gesagt habe, nicht nur nach maßgeblichen Dingen Ausschau halten, die unsere Hypothese untermauern, sondern auch nach Dingen, die vielleicht, zumindest an der Oberfläche, unwichtig erscheinen, die so alltäglich sind, dass sie Verdacht erregen. Nur ein guter Arzt verfolgt auch die weniger offensichtlichen Symptome ... eine bestimmte Handbewegung, ein leises Zittern der Lippen. All dies lässt sich auch auf unsere Nachforschungen anwenden, denn oft sind es gerade die kleinen, schwer zu entdeckenden Dinge, die auf tiefere Wahrheiten hinweisen.»

Die Sonne musste jetzt schon höher stehen, aber man sah sie nicht und spürte sie auch nicht. Wir gingen an der Kirche vorbei, und bei Tageslicht bemerkte ich, dass sie weit höher aufragte, als ich bisher gedacht hatte, bis in schwindelerregende Höhen, als habe ihr Baumeister in seinem Entwurf versucht, ein Gegenstück zu den ehrfurchtgebietenden Gipfeln um sie herum zu schaffen.

Um uns her ging die Arbeit weiter wie üblich, denn auch am Sonntag musste ein Mönch seine Pflichten erfüllen. Die Tiere mussten gefüttert werden, Brot musste gebacken und Bier gebraut werden. Diejenigen, deren Aufgaben weniger im Handwerklichen lagen, vertieften sich in erhellende Gespräche. Einige lasen die Schrift, während andere sich auf die Messe vorbereiteten. Wieder andere saßen in Versenkung und meditierten über das Leben der Heiligen.

Wir schlugen den Weg zu den Ställen ein, in denen unsere Tiere untergebracht waren. Hier, wo zwischen den Ställen und der Küche der Garten lag, zeigte sich das Leben in all seinen verschiedensten Ausformungen, in all seinen unterschiedlichen Bewegungen, Klängen und Gerüchen: Ein junger Mönch brachte säuerlich riechende Essensreste aus der Küche und streute sie den wartenden Hühnern hin. Ein anderer verschwand durch das große Tor, um Brennholz zu sammeln. Wir hörten den Bruder Hufschmied, der ein Hufeisen auf dem Amboss gerade bog. Ich empfand in tiefster Seele Freude. Es gibt nichts Wunderbareres! Nichts Heiligeres als die Hingabe an eine Arbeit, die die Gemeinschaft aufrechterhält. Nichts Gesegneteres als das Bemühen um Gottes Wort durch das Ritual des täglichen Lebens. Selbst unter so schwierigen Umständen gingen die Männer ihren Aufgaben nach, als wäre es ein Tag wie jeder andere und nicht der

Tag, an dem der Inquisitor seine Absichten klargemacht hatte.

Als wir den Garten erreichten, dachte ich nach über die Idee des Paradoxons, über Unbeständigkeit und Ungleichheit, über unendliche Welten von Unterschieden und Ähnlichkeiten, die zugleich unterschiedlich und doch die dieselben waren, und verwirrt, wie ich war, konnte ich nicht umhin, meinen Meister zum Thema Ketzerei zu befragen.

«Meister, ich bin ganz durcheinander.»

«Das wundert mich nicht», sagte er und blieb stehen, um den Himmel über uns zu beobachten. «Das Leben ist vielschichtig und verwirrend, und doch, wenn es einfach wäre, wären wir alle Götter, denn unser Leben ist für Ihn wohl eine einfache Sache. Was verwirrt dich denn?»

«Unsere Feinde verwirren mich, Meister.»

«Aha, ich verstehe. Du bist also verwirrt, weil hier in Frankreich unser Gegner nicht der ist, der er zu sein scheint», sagte er und zwinkerte mir zu. «Aber unser Gegner ist selten der, den wir dafür halten.»

«Aber ein Inquisitor, der früher Häretiker war, verbrennt jetzt die, die den Lehren folgen, die er selbst einmal geglaubt hat? Das klingt ...»

«Widersprüchlich?»

«Ja. Widersprüchlich.»

«Und genau da muss man sich auf die eigene gesunde Urteilskraft verlassen.»

«Wenn das so ist, dann habe ich bestimmt keine», sagte ich, «denn ich weiß nicht, vor wem ich Angst haben soll!»

«Mein guter Christian», sagte er geduldig, «du solltest dich vor all denen fürchten, die du nicht leiden kannst. Das ist immer eine gute Regel. Denn es ist sehr wahrscheinlich, dass die dich auch nicht leiden können.»

«Aber was ist, wenn man das Problem hat, dass man sich sogar vor denen fürchten muss, die man gern haben *sollte* ... Warum müssen da nur so viele Widersprüche sein?»

«Widersprüche gibt es eben; so ist die Welt nun mal! Hör zu. Im Lauf deines Lebens wirst du vieles hören, und wahrscheinlich werden sich Gelegenheiten ergeben, wo du in Versuchung gerätst, deinem törichten Herzen die Herrschaft über deinen Kopf einzuräumen, so wie du es jetzt ja auch machst, und ich sage dir, das darfst du niemals tun. Entscheide niemals auch nur die unwichtigste Sache, ohne vorher eine ganz und gar vernünftige Überlegung anzustellen.»

«Macht Ihr das so, Meister? Habt Ihr nie ein leidenschaftliches Gefühl für irgendetwas?», fragte ich.

«Sagen wir lieber, ich entscheide mich dafür, nicht leidenschaftlich zu sein. Denn ein Mann, der ein langes Leben haben möchte, der bei Seinesgleichen Achtung und bei seinen Feinden Neid erregen möchte, darf niemals zulassen, dass Sympathien oder Antipathien seinen Verstand beherrschen. Mein Rat an dich ist: Halte dich frei von den Nichtigkeiten und Unwichtigkeiten einer gefühlsmäßigen Veranlagung, und du wirst ein glücklicher Mensch sein. Vernünftiges Denken ist der Schlüssel.»

Das sagt ein Mann, dachte ich, der so oft schlechte Laune hat. «Es tut mir leid, Meister», sagte ich laut, «aber die Ketzerei ist nicht gerade das passende Feld, um vernünftig zu denken.»

«Alles im Leben, mein kleiner Frechdachs, ist ein passendes Feld, um vernünftig zu denken. Das Leben ist nicht einfach, das Leben ist verwirrend und verschlungen, genau wie die Frage der Ketzerei.» Er verstummte, tief in Gedanken, und ich wusste, dass er über sehr vieles nachdachte. «Im Orient hast du den Feind erkannt, weil die Unterschiede zwischen euch offensichtlicher waren, stimmt's?»

«Natürlich. So ist es, genau.»

«Der Ungläubige verleugnet Christus, er glaubt an Mohammed. Er hat eine andere Hautfarbe, und seine Sitten und Gebräuche sind von den deinen unendlich verschieden, und obwohl ihr als menschliche Wesen denselben Naturgesetzen unterliegt – so wie alle anderen Lebewesen auch – ist das *das Einzige,* was ihr gemeinsam habt. Hier in Frankreich jedoch ist der Feind viel hinterlistiger, viel verschlagener.»

«Weil der Feind hier so tut, als würde er dasselbe glauben wie ich?»

«Ja, auch seine Sitten und Gebräuche sind wie die deinen, und er hat dieselbe Gesichtsfarbe, überhaupt dieselbe Haut- und Haarfarbe wie du. Er kann dein Nachbar sein, dein Freund, sogar ... dein Priester. Er ist nicht der, der er zu sein scheint.»

«Von wem sprecht Ihr, Meister? Vom Inquisitor oder von der Kirche oder von den Ketzern?», fragte ich.

«Von allen dreien! Denn sogar der treue Hirte, dessen Aufgabe es ist, die Schafe vor den hungrigen Wölfen zu schützen, hat vielleicht Lust auf einen guten Lammeintopf! Aber wir müssen am Anfang beginnen; falls es so etwas denn gibt, denn Gott hatte sechs Tage, um die Welt zu erschaffen, und wie sollen wir armen Sünder sie in den paar Augenblicken vor der Messe klären?»

Wir traten in den Stall und in die wunderbare Welt der Gerüche, die so erdhaft und gut sind, für meine Nasenschleimhaut allerdings mörderisch. Ich nieste zweimal hintereinander.

«Nun denn, Ketzerei», er suchte Gilgamesch und fand ihn in dem Verschlag neben Brutus. Aus einer kleinen Tasche in seinem Ordensgewand holte er wie immer einen Leckerbissen hervor und gab ihn ihm, wobei er das Tier liebevoll tätschelte. «Du hast ohne Zweifel von den Dualisten gehört?», fuhr er fort, als müsse ich wissen, wovon er sprach, «zum Beispiel von den Katharern, denn sie waren in dieser Gegend berühmt (wie du ja kürzlich erfahren hast), und das ist genau die Art von Ketzern, die wir hier in dieser Abtei in der einen oder anderen Form vermuten, aber es gibt noch ganz andere Arten ... und wir wollen schließlich nicht den ganzen Tag hier verbringen! Weißt du, man muss auch noch auf die schauen, die sogar von der eigentlichen häretischen Lehre Abstand genommen haben und sich andere Namen geben, oder gar keine Namen!»

«Aber das würde ja bedeuten, dass es Ketzer gibt, die sich der Ketzerei gegenüber ketzerisch verhalten?»

«So ungefähr.»

«Aber wie soll man einen Ketzer vom anderen unterscheiden, wenn sie sich so ähnlich sind, dass sogar die Ketzer selbst irre werden?»

«Nur aus der Ferne mögen sie so wirken, denn die menschliche Natur ist sowohl komplex in ihren Unterscheidungen als auch ähnlich in ihrer Einfachheit. Aus der Ferne sieht eine bestimmte Pflanze fast genau wie eine andere aus, und doch kann die eine giftig sein, während die andere harmlos ist. Siehst du hier Gilgamesch? Ist er im Grunde nicht ein ähnliches Geschöpf wie Brutus?»

«Nein, Meister, Gilgamesch hat ein feuriges Gemüt und ist ein schnelles, prachtvolles Tier, während Brutus langsam, widerspenstig und außerordentlich laut ist», antwortete ich.

«Ja, aber du beschreibst da nur die Einzelheiten und keine allgemeinen Eigenschaften. Wenn du sie aus großer Entfernung sehen würdest, hättest du Mühe zu sagen, dass sie unterschiedlich sind.»

«Das müsste aber schon eine sehr große Entfernung sein,» erwiderte ich.

«Betrachten wir das einmal aus einer anderen Perspektive. Sie haben beide vier Beine, einen Hals, einen Schwanz. Sie fressen beide Hafer und Gras, sie atmen Luft und trinken Wasser, oder?»

«Ja, Meister, aber Gilgamesch ist ein schönes Tier, groß und schlank. Eure Augen müssen zur Zeit nicht besonders gut sein, wenn Ihr die beiden Geschöpfe miteinander vergleichen könnt.»

«Aber mein Junge!», rief er, wie ich glaube gereizt. «Darum geht es doch nicht! Beide Geschöpfe sind ähnlich im Wesen, und doch verschieden im Temperament und in bestimmten

Eigenschaften, die sie sogar von anderen Tieren ihrer eigenen Rasse unterscheiden.»

«Und so wollt Ihr sagen, dass bestimmte Häresien besser sind als andere, so wie bei Gilgamesch und Brutus?»

«Nein, das habe ich nicht gemeint!» Er seufzte tief. «Ich meine, dass die eine Häresie, von weitem betrachtet, der anderen vielleicht ähnlich ist, und zwar aufgrund dessen, dass auch sie ein System der Abweichung darstellt, aus der Nähe betrachtet aber nicht, und zwar aufgrund von eher zufälligen Erscheinungen.»

«Aber es sind beides Häresien. Sie sind, wie Gilgamesch und Brutus, von demselben Wesen.»

«Ja. Alle Häretiker sind von dem einen wahren Weg abgefallen, aber einige sind weiter abgefallen als andere. Jetzt verstehst du endlich!»

«Ich glaube schon, und jetzt verstehe ich auch, dass alle Häresien böse und verabscheuungswürdig sind.»

«Ach, aber wenn wir Aristoteles glauben, der sagt, dass das Streben eines Menschen immer auf das Gute gerichtet ist, dann müssen wir vermuten, dass es in jedem menschlichen Denken auch ein Element der Tugend gibt.»

«Aber wenn es in den Gedanken der Ketzer auch nur das geringste bisschen Tugend gäbe, dann würde die Kirche sie doch nicht verfolgen?»

Er holte noch einen Happen hervor, steckte ihn dem Pferd ins Maul und verfiel in ein tiefsinniges Schweigen. «Was ist gut und was ist böse? Darin liegt der Schlüssel», antwortete er schließlich.

«Aber das ist doch eindeutig klar und steht außer Frage.»

«Tatsächlich?», fragte mein Meister, wobei er eine Braue sehr hoch zog, und ich erkannte, dass ich einen Fehler gemacht hatte. «Dann würdest du vielleicht so gut sein, dieses uralte Problem mir und all den großen Philosophen zu erklären, die sich inzwischen schon im göttlichem Glanze sonnen und für die genau diese Frage nie zu beantworten war? Nein, ich glaube nicht! Du hast viel zu viel Vertrauen in deinen

Scharfsinn, und das wird eines Tages noch dein Untergang sein!»

Ich nickte reumütig.

«Also, wenn ich fortfahren darf», er räusperte sich. «Plato sagt, dass ein Mensch nicht gut *sein* könne, denn das sei das Vorrecht der Götter, er könne aber auch nicht schlecht *sein*, aus den nämlichen Gründen. Er könne schlecht oder gut *werden*, aber deshalb könne er nicht schlecht oder gut *sein*.»

«Also, wenn der Mensch weder gut noch schlecht sein kann, was bleibt ihm dann noch?»

«Der Mittelweg, der, wie Plato sagt, beidem vorzuziehen ist. Vielleicht ist es das natürliche Streben eines jeden Menschen, den Mittelweg zu suchen, und das ist dann auch der Grund für die Ketzerei.»

«Aber sagt mir, Meister, denn ich werde immer verwirrter, worin unterscheiden sich die Katharer von den Waldensern, und die Waldenser von den Spiritualen, die wiederum den Franziskanern so ähnlich scheinen?»

«Das ist alles eine Frage, wie weit sie vom Mittelweg abgewichen sind. Die Katharer, mein Junge, glauben an das manichäische Ideal des Bösen, das auf dem Glauben beruht, dass alles, was in der materiellen Welt geschaffen ist – einschließlich des Menschen – das Werk des bösen Gottes ist. Sie leugnen das Kreuz, denn sie glauben nicht, dass Christus daran gestorben ist, und sie glauben nicht an die Sakramente, wie sie in der katholischen Kirche gespendet werden. Der heilige Augustinus gesteht, dass er Manichäer war, bevor er zum wahren Weg bekehrt wurde.»

«Und was ist mit den anderen, zum Beispiel den Waldensern?», fragte ich drängend.

«Die Waldenser suchen keine Lehre außerhalb der Kirche, sondern ihre Abweichung besteht darin, dass sie den Reichtum verabscheuen, weil sie glauben, dass er eine Sünde sei, und reiche Bischöfe und Priester als korrupt verurteilen und daher als unwürdig, die Sakramente auszuteilen. Ein frommes Ideal, wenn es mit Mäßigkeit angewendet wird, aber eine schreckliche Waffe in der Hand der Armen und Hungrigen und derer mit extremen Neigungen, deren Gewalttätigkeit dann zu Raub und Mord führt. Diese Sekten werden dann nach einiger Zeit wie alte Bäume, deren Äste mit Früchten überladen sind, aus deren Samen neue Bäume wachsen können ... vielleicht tragen Vögel die Samen sehr weit weg von ihrem ursprünglichen Ort ... und deshalb sind die Bäume, die daraus an den vielen verschiedenen Orten entstehen, alle wieder anders, denn sie werden von diesem und jenem beeinflusst: Klima, Boden usw. Sie werden möglicherweise fast nicht mehr zu erkennen sein. Das macht es für die Kirche außerordentlich schwer, wie du dir vorstellen kannst, denn ihre Führer sehen sich ständig neuen Zweigen der alten Ketzereien gegenüber.»

«Was kann man also machen?»

«Nicht so sehr viel. Hier im Languedoc sehen wir ja: Selbst wenn die Flüsse rot vor Blut sind, ist es unmöglich, die Flut der Abtrünnigen einzudämmen, denn es ist charakteristisch für den menschlichen Geist, dass er einfach nicht totzukriegen ist. Man kann eine Bewegung hier niederschlagen, sieht aber bald darauf dort wieder neue Bewegungen auftauchen, die mit der alten in Verbindung stehen. Wie die Samen, von denen wir gerade gesprochen haben, entwickeln sie sich unabhängig, wenn sie sich vom Mutterbaum entfernt haben, und oft auch wirr, denn sie bestehen aus Mitgliedern, die einmal vielleicht zu den Katharern oder den Waldensern gehört haben, oder an anderem Ort zu den Bogomilen aus dem *Ordo Bulgariae*. Diese Menschen bringen meist gar keine besonders scharfsinnigen Gedanken in Bezug auf die Lehre mit, sondern nur einfache moralische Ideale. Die zufälligen Eigenschaften der einen Sekte werden dann einer anderen zugeschrieben, und sie werden als ein und dieselbe angesehen, obwohl sie ursprünglich in ihren Grundsätzen sehr verschieden waren. Das ist ein Geschöpf, das durch Mischung verschiedener Eigenschaften entsteht.»

«So sagt Ihr also, dass es nicht darauf ankommt, um was für eine Ketzerei es sich handelt, denn am Ende sind sie alle miteinander verflochten, und deshalb müssen sie alle gleich bestraft werden?»

«Nein, so ist es nicht.»

«Sondern ...»

«Nein, denn was ein Mensch gesteht, wenn er mit einem glühenden Eisen überredet wird, mein Junge, das übersteigt vielleicht bei weitem das Ausmaß seiner Sünde. Man kann sich nie sicher sein, dass man bei Anwendung der Folter die Wahrheit hört.»

«Aber warum sollte einer lügen? Wie könnte jemand sich zu schrecklichen Verbrechen bekennen, wenn sie nicht wahr sind?», fragte ich, denn in meinem zarten Alter wusste ich noch nicht, dass das Fleisch schwächer ist als der Geist.

Mein Meister schüttelte verzweifelt den Kopf, und in diesem Augenblick sah er mehr wie ein Sarazene denn wie ein Christ aus. «Erstens sind wir nicht alle dafür geschaffen, als Märtyrer zu enden, mein Junge, sonst wären wir ja alle Heilige! Wenn man gefoltert wird – und wir dürfen nicht vergessen, mit was für einem Eifer ein Inquisitor sein Opfer verfolgt –, wird man oft einfach alles gestehen, nur um zu sterben und der Pein und Erniedrigung ein Ende zu machen. Ein Mensch wird dann oft die bemerkenswertesten Dinge gestehen ... Und dann gibt es auch noch eine ganz seltsame Erscheinung, etwas, das weder die Medizin noch die Wissenschaft erklären kann und das zwischen einem Inquisitor und seinem Gefangenen auftritt. Ein unnatürliches, unheiliges Bündnis, bei dem der Angeklagte sich zu immer größeren Sünden bekennt, um dem Inquisitor zu gefallen. Nach einer Weile glaubt der Angeklagte seine Lügen sogar selber. Das ist etwas Fürchterliches.»

«Und doch», antwortete ich, «wenn ein Mensch gesteht, eine Sünde begangen zu haben, die er in Wahrheit gar nicht begangen hat, verbindet er ja diese Sünde mit einer sogar noch größeren!»

«So etwas sagst du, Christian, denn wenn man jung ist, glaubt man einfach, wie du vorhin schon gesagt hast, an Schwarz und Weiß, Richtig und Falsch, Gut und Böse, aber so wie die Natur sich mit vielerlei Farben schmückt, so gibt es auch verschiedene Abstufungen von Tugend, ebenso wie verschiedene Abstufungen von Verworfenheit.»

«Wie soll ich unterscheiden, in welchem Maß ein Übel größer als ein anderes ist, und ein Gutes weniger gut als ein anderes Gutes, Meister?»

«Man muss bis ins Innerste schauen, um zu sehen, was Ketzerei ist. Im schlimmsten Fall ist sie ein giftiges Gewächs, das die gute Pflanze zu erwürgen versucht, aber wir müssen dieses Gewächs mit Vorsicht ausreißen, denn wie wir wissen, ist manches Gift nicht nur für Pflanzen schädlich, sondern auch für Menschen und Pferde, und ein anderes nur für das Vieh und für Hunde.»

Als er meinem verständnislosen Blick begegnete, entschloss sich André zu einer anderen Erklärung.

«Meiner Meinung nach versucht die einzige wirkliche Ketzerei, das Christentum als lebendige spirituelle Wirklichkeit zu nehmen und in ein totes Tier zu verwandeln, in eins, das nur am Leben zu sein scheint, aber verfault und leblos ist ... theoretisch.»

«Meint Ihr, wie es die Theologen tun?»

«Ja, aber sie haben den Beistand der arabischen Philosophen, die Aristoteles auf eine Art interpretieren, dass man den Geist dabei aus den Augen verliert.»

«Meister», unterbrach ich, denn jetzt sah ich eine Gelegenheit dazu, «ich hatte gestern Abend einen sehr seltsamen Traum, in dem ich –»

«Ach ja? Na, den musst du mir irgendwann mal erzählen ...»

«Aber er betraf genau dieses Thema. Ein Mönch namens Thomas und sein Gefährte wohnten in der Schutzhütte vor dem Kloster. Dieser Thomas sprach über eine Aufgabe, die er zu erfüllen habe, er sagte etwas davon, dass er Aristoteles christianisieren wolle.»

«Also wirklich, dein Geist wirkt Wunder, wenn du schläfst!», rief er aus, und mir war klar, dass es keinen Sinn hatte, die Sache weiter zu verfolgen. «Wir sprachen gerade über die Ketzereien.» Er kratzte sich den ergrauenden Kopf und zupfte an seinem Bart. «Komm mit hinaus.»

Wir wandten uns von Gilgamesch ab, verließen die tröstlichen Gerüche der Ställe und gingen zum Garten, auf dem jetzt eine Schneedecke lag. André erblickte einen Busch, der mit winzigen Blättchen bedeckt war, und zupfte ein oder zwei ab. Er rieb sie zwischen den Handflächen und schnupperte ein wenig an ihnen. Gleich darauf erinnerte er sich an mich und fuhr fort wie zuvor.

«Als Erstes müssen wir uns das Christentum ansehen. Seit dem heiligen Tod in Palästina haben sich die Dinge verändert, Christian. In den ersten Jahrhunderten wussten die Menschen noch etwas über Christus, aber dieses Wissen ist verkommen. Einige begannen daran zu zweifeln, dass ein Gott an einem Kreuz hatte sterben können, das heißt, Christus hätte nicht geboren werden können, noch hätte Er sterben können, da er nicht in einem sterblichen Körper hätte leben können, der seinem innersten Wesen nach, wie sie natürlich denken mussten, sündig ist. Du und ich, wir wissen jedoch, dass Christus tatsächlich am Kreuz gestorben ist, dass sein Kreuz aber Leben bedeutet, nicht Tod, wie uns die Kirche glauben machen will. Im Lauf der Zeit jedoch, Christian, wurden die Menschen stumpfer im Geist und klarer im Verstand, und das bedeutet, dass sie alles verständlich und greifbar machen müssen. Deswegen reagiert die Kirche mit allen möglichen Dogmen und Dummheiten, um Dinge zu erklären, die nicht zu erklären sind. Sie erzählt uns, dass Jesus von einer Jungfrau geboren wurde, wo es doch allgemein bekannt ist, dass das Urbild der Maria die göttlichen Sophia war, aus dem Sternbild der Jungfrau am Himmel! Die Kirche kennt auch die Bedeutung hinter den Sakramenten nicht mehr, ebenso wenig den Grund, warum Brot und Wein verzehrt werden. Sie hat vergessen, warum die Monstranz mit der Sonne und einer Mondsichel geschmückt ist. Die Katharer haben dafür ein Gespür, verstehst du? Sie sind mit einer alten gnostischen Weisheit in Berührung gekommen, die etwas begreift, was die Kirche vergessen hat. Sie wissen, dass Christus aus der Sonne kommt, und dass wir Brot und Wein zu uns nehmen, um genau daran zu erinnern, denn Brot und Wein sind Erzeugnisse der Sonnekräfte. Die Monstranz verbildlicht die Kräfte der Sonne, oder *Sol*, Christian, wie sie den Sieg davontragen über die alten Kräfte des Vaters, oder die Mondweisheit der Juden.»

«Aber Meister –»

«Hör zu, das sind heute leere Rituale geworden, und die Kirche sucht sich zu schützen gegen die letzten Reste von Weisheit, die es auf der Welt noch gibt.»

«Aus Machtgründen?»

«Ja, Christian. Es gilt, ein riesiges Reich zu schützen, und der Papst ist dessen neuer Cäsar geworden. Er ist der neue *Pontifex maximus,* du merkst, er behält auch den Namen bei, den der Cäsar seinerseits vom Obersten Priester im alten Rom übernommen hatte! Es sollte mich nicht wundern, wenn er sich in Zukunft zu einem unfehlbaren Gott machen würde. Ist er nicht schon fast ein Gott? Und wenn die Kirche auf irgendwelchen obskuren Wegen in die Welt setzt, dass ein *schwarzes Kreuz* das Symbol für Christus sei, dann müssen wir das akzeptieren, nicht wahr? Oder unseren Leib für den Scheiterhaufen bereit machen.»

«Aber wir glauben doch an das Kreuz, Meister?»

«Ja, Christian, aber unser Kreuz ist, wie ich dir ja gerade gesagt habe, ein *rotes Kreuz*, es ist ein lebendiges Kreuz, Christian! Es sagt uns, dass Christus in unserem Blute *lebt*.»

«Und so wollt Ihr mir also sagen, dass die Ketzer mehr von Christus wissen als die Kirche, und dass die Kirche sie deshalb verachtet?»

«Die Katharer wissen vieles, auch wenn ihr Wissen verzerrt ist, wie wir ja schon gesagt haben, und das sollte man im Gedächtnis behalten. Verzerrungen gibt es überall, das ist unvermeidlich.»

«Dann irrt sich jeder, und die Welt wird zugrunde gehen.» Ich fühlte mich völlig niedergeschlagen, das Herz bedrückt, und in meinem Kopf wimmelten die Gedanken herum wie Ameisen in einem Ameisenhaufen.

«Irgendwann wird der Mensch vergessen, dass es Christus jemals gab, und wird sich nur noch an Jesus erinnern.»

«Das kann ich nicht glauben, Meister.»

«Na, na, es gibt noch Hoffnung, Christian. Indem die Menschen klarer im Kopf werden, fangen sie an, alles in Frage zu stellen. Sie suchen die Gründe für alles zu erkennen, die fundamentalen Prinzipien. Vielleicht sind ihre Fragen nicht immer richtig, aber das Wichtigste ist, dass sie überhaupt fragen! Die Kirche kämpft, weil sie keine Antworten hat. Sie hat das alte Wissen vergessen und deutet alles falsch. Und dann kommt sie noch mehr in Schwierigkeiten, weil sie Lügen verkündet, um Absurditäten zu verschleiern. Weißt du, deswegen kommt es am Ende dazu, dass sie Menschen verachtet, die nach der Wahrheit streben, dass sie diese zu vernichten sucht.»

«Aber Gott ist doch die Verkörperung der Wahrheit. Habt Ihr mir das nicht immer gesagt?»

«Ja, aber die Kirche glaubt, dass nur *sie* sagen kann, was wahr ist und was nicht. Sie versucht, den Geist der Menschen zu beherrschen. Sie hat Gott vollkommen vergessen! Hast du nicht gestern Abend unser Gespräch bei Tisch gehört? Sie begnügt sich nicht mit den häretischen Orden, sondern verfolgt auch die Gebildeten an den Universitäten, denn die Kirche glaubt, wie wir gehört haben, dass Wissen Abtrünnigkeit und Zweifel ausbrütet. Die Kirche verurteilt das Streben nach Wissen, denn wenn man die Wahrheit sieht, führt das dazu, dass man erkennt, was unwahr ist, und genau deshalb ist es Laien verboten, eine Bibel zu besitzen.»

«Aber Meister, wo finden denn Laien eine Bibel, wenn die meisten doch kaum lesen können?»

«Von denjenigen, die lesen können, ist bekannt, dass sie eigene Übersetzungen anfertigen und verbreiten. Das Konzil von Narbonne musste ein Gesetz erlassen, um diese Praktiken der Waldenser zu verbieten. Du siehst also, die Kirche versucht zu verhindern, dass die Menschen Fragen stellen.»

«Ich glaube, das ist auch klug, denn wie kann ein ungebildeter Mann etwas von der Lehre wissen? Wenn das stimmt, was Ihr sagt, und das alte Wissen verloren ist, dann kann daraus nur Irrtum entstehen.»

«Der Mensch muss das Wissen wiedererlangen, vielleicht auf andere Weise als zuvor.»

«Aber wenn Ihr die Unwissenden unterrichtet, dann werden sie sein wie jene gebildeten Männer, die auch als Ketzer verurteilt werden!»

«Das stimmt, aber ich halte es für weitaus besser, als Gebildeter zu leiden denn als Ungebildeter … oder ist es schlimmer? Ich weiß es nicht.»

«Aber ich bin jetzt ein wenig klüger, und doch finde ich, dass ich sehr wenig weiß.»

André lächelte warmherzig. «Klugheit wird erst im Laufe eines ganzen Lebens erlangt, Christian. Selbst von unseren größten Glaubensvätern weiß man, dass sie das genau so sahen, da sie wussten, dass der Mensch selbst unvollkommen ist! Sie hatten begriffen, dass der Mensch den Gegensatz von Gut und Böse in sich trägt und deshalb für alles bestimmt ist, was göttlich und edel ist, aber eben auch bestimmt für Dogmen und Meinungen, die irrig sein können. Denk an unser Gespräch am ersten Tag, wo ich dich gewarnt habe, dass du in den nächsten Tagen viele verschiedene Meinungen zu hören bekämest. Vertraue nur auf das, was du wahrhaftig im Herzen weißt. Augustinus selbst hat gesagt, dass er die Evangelien nicht geglaubt hätte, wenn er von der Autorität der Kirche nicht dazu gezwungen worden wäre.»

«Aber Meister!»

«Schau nicht so überrascht! Erst vor vierhundert Jahren ermöglichte der Papst selbst, dass eine Form von Ketzerei in die Lehre eindringen konnte.»

«Wie denn?»

«Er leugnete den Geist, und deshalb gestattete er einer bestimmten Form der arabischen Denkungsart, in den Kern des Glaubens einzudringen.»

«Aber der Mensch hat doch eine Seele, ist das nicht der Geist?»

«Nein, Christian. Der Geist ist etwas Höheres. In dieser Offenbarung beschloss der Papst, den Geist im Menschen zu leugnen. Er hat das aber nicht klar durchdacht, denn wenn man den Geist im Menschen leugnet, dann leugnet man auch die Möglichkeit einer Offenbarung durch den Menschen, denn nur der innere Geist kann seinerseits den äußeren Geist erkennen *et par conséquent,* was durch ihn enthüllt wird. Siehst du, wie lächerlich das ist?»

«Ich bin schon wieder völlig verwirrt, Meister. Warum sollte er ihn denn leugnen?»

«Er hatte nur die Fähigkeit verloren, ihn zu sehen, Christian.»

«Wer hat dann recht, und wer hat unrecht?»

«Recht und Unrecht, Gut und Böse sind selten das, was sie zu sein scheinen.»

«Ich verstehe ... durch die Täuschung des Teufels also erscheinen gute Männer als böse und böse als gut, damit sogar die Frömmsten genarrt werden?»

«Ja. Glaube nur an das, was in deinem Herzen ist, und doch muss es aus einer leidenschaftslosen Besonnenheit kommen, denn viel öfter werden Fehler gemacht, wenn die Menschen von fieberhaftem Eifer getrieben sind ... auf beiden Seiten.»

«Wie im Fall von Eisik?»

«Unglücklicherweise ja, denn wie uns Alkuin schon sagt, liegt die Rechtschaffenheit der Masse stets sehr nahe am Wahnsinn. Das heißt, es gibt oft eine Art von rasender Begeisterung, die der Mensch in der Anonymität der Menge genießt. Aus diesem Grunde entstand auch zunächst die Inquisition, nämlich, um eine logische und praktische Handhabe zu schaffen, sich mit diesen Dingen auseinanderzusetzen! Ohne Gesetze verlieren wir die Möglichkeit, Wilde in einer Gemeinschaft von Zivilisierten eingebunden zu halten. Doch selbst wenn ich das sage, so gibt es immer auch jene, deren Eifer durch die Aussicht auf alleinige Macht entfacht wird. Selbst Inquisitoren sind gegen so etwas nicht gefeit.»

«Und doch fällt mir da ein skythischer Prinz ein, der gesagt hat, ‹Geschriebene Gesetze sind wie Spinnweben; sie fangen die Armen und Schwachen, werden aber von den Reichen und Mächtigen einfach zerrissen.›»

«Sehr gut, Christian. Religiöse Inbrunst benötigt eine fein ausgewogene Balance. Das stimmt sowohl für die Ketzer als auch für die strengsten Rechtgläubigen, die einfach das, was sie schätzen, gut nennen, und das, was sie nicht schätzen, böse.»

«Was nun also, Meister? Werden wir erleben, dass Gerechtigkeit geschieht?»

«Ehrlich gesagt, ich weiß es nicht. Als Männer der Wissenschaft aber dürfen wir nicht danach schauen, ob etwas gut oder schlecht, richtig oder falsch ist, wir müssen eher nach den Tatsachen suchen, den Grund finden und die Krankheit behandeln. Und das gilt auch, wenn wir den richtigen Weg finden wollen, um unser Rätsel zu lösen.»

«So wie Ihr gestern auf der Reise hierher den richtigen Weg gewusst habt?», brachte ich vor.

«Ja!», schrie er begeistert, «was nur beweist, dass ich gewöhnlich recht habe.»

«Aber nicht immer», wagte ich zu sagen.

«Na, du unverschämter Junge», schleuderte er mir so plötzlich entgegen, dass ich fast ins Taumeln gekommen wäre, «vielleicht sollte ich alles deinem Unwissen und deiner Ungeschicklichkeit überlassen ... aber wo wären wir dann?»

Ich sah zu Boden, denn ich erkannte, dass ich tatsächlich unverschämt gewesen war.

«Schon gut, Junge», sagte er da, als er meinen Kummer sah, «es kann sich durchaus noch herausstellen, dass ich des Lobes gar nicht so wert bin. Auch das bleibt abzuwarten.»

Ich blieb stehen, getadelt wie ich war, und erbebte, als mir etwas Kaltes ins Gesicht fiel. Ich sah nach oben, und die Sonne war verschwunden, und das Grau hatte uns eingeholt. Es schneite jetzt wieder leicht, und ich folgte meinem Meister in die Kirche, in einem Gefühl quälenden Zweifels, und sah zu, wie immer mehr Schneeflocken vor mir auf den Boden fielen.

8.
CAPITULUM
MESSE

Ein junger Mann wird von Gegensätzen beherrscht. Entweder liebt er übermäßig, oder er hasst leidenschaftlich, den einen Augenblick segelt sein Geist zuversichtlich in einer freudigen Brise der Hoffnung dahin, im nächsten stürzt er in die Tiefen von Zweifel und Verzweiflung. Bekanntlich wird er von erhabenen Vorstellungen geleitet, denn die Wechselfälle des Lebens haben ihn noch nicht gedemütigt und in seine Grenzen gewiesen. Heute, als alter Mann, da ich eher von der Erinnerung als von der Hoffnung lebe (kann sich das kurze Stück Leben, das mir noch bleibt, jemals mit der langen Vergangenheit messen, die nun vorbei ist, aber doch als geliebte Erinnerung bestehen bleibt?), muss ich beinahe lächeln, denn ich habe fast ein bisschen Mitleid mit diesem armen jungen Mann, da ich zum damaligen Zeitpunkt geradezu krankhaft fixiert war auf all die Widersprüchlichkeiten und Unstimmigkeiten, die mich zu überwältigen drohten.

Je mehr mein jugendliches Selbst die Vernunft zu Rate zog, desto größer wurden meine Zweifel, so wie ein Gegenstand einen umso dunkleren Schatten wirft, je mehr er vom Licht angestrahlt wird. Mein Meister, der in der Blüte seiner Jahre stand und, wie uns Aristoteles ja empfiehlt, sich nicht so sehr von dem leiten ließ, was nur edel ist, sondern auch von dem, was nützlich ist, hatte während unseres Gesprächs viele Dinge in Frage gestellt, die ich vordem ungefragt akzeptiert hatte – Dinge, die (obwohl ich mir dessen nicht bewusst war) meine Existenz festigten – und ich glaube, in jenem Augenblick verstand ich, woraus Ketzerei entsteht, und begriff die Metapher mit dem Samen. Schon ein nur geringfügiges Wissen, argwöhnte ich jetzt, war Nahrung für diesen abscheulichen Keim, der dann nur noch eine passende Umgebung braucht, in der er wachsen und gedeihen kann, bis er ein ganzer Baum von Misstrauen und Verdacht geworden ist. Mir schien, der Inquisitor habe vielleicht doch recht. Wozu dient das Lernen, wenn es einen nur von der Gnade der Liebe Gottes entfernt?

Und so, in dieser Verfassung, stellte jedes einzelne Wort der Sonntagsmesse, jedes Ritual, jede Gebetsformel an mich eine Frage: Ist dies das Werk Gottes oder nur der Wunsch des Menschen in seiner Eitelkeit, ihn nachzuahmen? Als der Abt zum Altar hinaufstieg, wir aus Psalm 42 «*Judica me, Deus*» sangen und er den Altar, den geweihten Ort mit den Heiligenreliquien, küsste, fragte ich mich, aus welcher unerschöpflichen Quelle so viele Reliquien eigentlich herkamen? In der Tat, wie viele Bruchstücke des einen heiligen Kreuzes konnte es denn geben? André hatte mir einmal erzählt – wahrscheinlich, um mich zu schockieren –, dass fünf Kirchen in Frankreich behaupteten, sie besäßen die einzige echte Reliquie von Jesu Beschneidung, und dass die Kirchen von Konstantinopel für sich in Anspruch nahmen, ein paar Haare aus dem Barte unseres Herrn zu besitzen. Als ich ihn nach dem Herzen und dem Leib der Märtyrerin St. Euphemia fragte, die von unserem Orden in Atlit aufbewahrt werden, erklärte er mir, dass man von ihnen sage, sie besäßen wundertätige Eigenschaften, und dass sie viele Pilger anzögen. Indem er eine Braue hob, fügte er noch hinzu, dass es auch ein außerordentlich gutes Geschäft sei. Wie konnte man da seinen Glauben davor bewahren, dass er zu Staub zerfiel?

Gleich darauf hörte ich mich mit den anderen zusammen das *Credo in unum Deum* anstimmen, und ich fragte mich, wie ich das singen konnte? «*Credo in unum Deum*», das heißt, «ich glaube an den einen Gott». Aber glaubte ich wirklich?

Nach einer Weile kam das dreifache *Sanctus*, dann verwandelte der Abt die Hostien und den Kelch mit Wein in Christi

Fleisch und Blut und bat uns, die Herzen zu Gott zu erheben: «*Sursum corda*», und ich hörte mich antworten, «*Habemus ad Dominum*», dann folgte das *Pater noster,* mit besonderer Betonung des «Erlöse uns von dem Bösen», und dann das *Agnus Dei,* und mir kam es so vor, als wären diese Worte allein für mich, denn schon wieder hatte ich neue Gründe zur Qual. Denn was wäre, wenn mein Meister nun recht hatte? Wenn es gar keine Magie gab, die es einem Mann erlaubte, Brot und Wein in das Fleisch und Blut Christi zu verwandeln? Schlimmer noch, wenn der, dessen Pflicht es war, diese gewaltige und ehrfurchtgebietende Aufgabe zu vollbringen, von Sünde befleckt, verdorben und respektlos war? Schlug dann das Ritual fehl, oder wurde das Fleisch und Blut mit dem Makel seiner Sünde befleckt, sodass alle, die davon aßen und tranken, ebenfalls befleckt waren? Vielleicht hatten die Waldenser ja recht, dass sie es ablehnten, die Kommunion von jemand zu empfangen, den sie als unrein ansahen? Oh, welche Angst! Nur mit Mühe und Not konnte ich mich davor zurückhalten, «Nein!» zu schreien. Dann betete ich, fast überwältigt von Schuldgefühlen, zum Herrn, das gierige, unerbittliche Tier zur Ruhe zu bringen, dass meinen Glauben auffraß, und zwar durch ein Zeichen seiner Allgegenwart, seiner ewigen und unendlichen Güte. Gott hatte, davon war ich überzeugt, meine Qual bestimmt bemerkt, und in seinem Wohlwollen konnte er meinen Glauben wieder erstarken lassen, indem er die Elemente dazu anhielt, nach seinem Willen zu verfahren. Bald schon würde, da war ich mir sicher, ein Blitz die Abtei erschüttern und die Kirche bis in die tiefsten Tiefen aufreißen, in einem Bogen von blendendem Licht, das direkt auf dem Altar auftreffen und mit seiner Leuchtkraft die Leere erhellen würde, die jetzt mein ungläubiges Herz war. Dann würde ich wissen, dass Gott allgegenwärtig ist im Himmel wie auf Erden und an jedem Ort, und dass er den zaghaften Schrei eines jungen, verwirrten Novizen hört.

Ich wartete, doch Gott verharrte in Schweigen.

In diesem Augenblick meiner tiefsten Verzweiflung beugte

sich mein Meister ein wenig zu mir herüber und flüsterte: «Eine Orgel.»

«Orgel?» Ich wurde für einen Moment aus meinem Elend aufgerüttelt.

«Das Instrument, mein Junge, das Instrument», sagte er und wies mit dem Kopf auf ein wuchtiges Gebilde von Pfeifen rechts hinter uns. Ich hatte es gar nicht bemerkt, aber ein junger Mönch hatte gespielt und den Gottesdienst begleitet.

«Sie ist wirklich sehr groß», flüsterte ich zurück.

«Groß!», antwortete er belustigt, denn das gab ihm Gelegenheit, mich weiter zu belehren. «Ich habe von so einem Instrument in Winchester gehört, das von solch gewaltiger Größe ist, dass es nicht weniger als vierhundert Pfeifen besitzt! Tatsächlich sind dort die Tasten so breit, dass die Organisten gezwungen sind, sie mit den Fäusten anzuschlagen, die sie mit gefütterten Handschuhen schützen!»

Ich lächelte trotz meiner Ängste, denn es ist typisch für junge Menschen, dass sie zwar heftig leiden, aber nur für sehr kurze Zeit, ganz anders als die alten, die ihre Leidenschaften zwar lange Zeit, aber nicht so intensiv spüren. Und so kam es, dass mein Meister, der mein Elend hervorgerufen hatte, jetzt auch derjenige war, der es, wenn auch unwissentlich, wieder linderte.

Nach dem *Benedicamus Domino* antworteten wir *«Deo gratias»*, und die Brüder gingen schweigend hintereinander hinaus. Wir blieben sitzen, und sobald wir allein waren, lenkte meine Meister meine Aufmerksamkeit auf den Musikmeister.

Der Bruder stand am Altar und ging zusammen mit einem jungen Messgehilfen eine musikalische Einzelheit der Liturgie durch, wobei beide ganz in ihre Arbeit vertieft waren.

«Ja,» antwortete ich, wobei mir die Gespenster wieder einfielen, die ich bei seinem Vortrag am vergangenen Abend vor Ezechiels Tod gesehen hatte, und deshalb musterte ich ihn misstrauisch.

«Mashallah ... er ist ein Genie», sagte André, und ich fragte mich, ob er das wohl als Kompliment meinte, denn

so, wie seine Charakterzüge nach außen oft widersprüchlich erschienen, so sagte er auch manchmal etwas und meinte damit genau das Gegenteil.

«Er ist ein musikalisches Genie. Komm ...» Er stand auf und zog mich am Arm, und als wir auf den Altar zugingen, fing der junge Messgehilfe gerade zu singen an.

Was für eine Stimme! Es klang, als wären sämtliche Himmelschöre in einen einzigen Menschen eingegangen. Ich blieb wie verzaubert stehen. Auch mein Meister hielt inne, um zuzuhören, während der Junge mit einer Stimme sang, deren vollkommener Wohllaut das Ohr fast vergiftete.

Der Musikmeister stand mit dem Rücken zu uns, die Arme ausgestreckt, und wiegte sich sanft in den Wellen, im Dahinfließen der Strömung, die das heiligste aller irdischen Instrumente hervorbrachte.

Der junge Mann sang das erste Responsorium des Adventssonntags.

«*Siehe von fern, sieh da, so sehe ich die kommende Kraft Gottes, und eine Wolke, die die ganze Erde bedeckt. Gehet hin zu ihm und fragt: ‹Sage uns, bist du der, der da kommen soll, über das Volk Israel zu herrschen.›*»

Worauf der Ältere antwortete: «*All ihr Männer auf Erden und Söhne von Männern, reiche und arme ...*»

Ohne sich umzudrehen, als hätte er auf uns gewartet und unser Herannahen geahnt, sagte der Musikmeister dann: «*Dulcis cantilena divini cultus, quae corda fidelium mitigat ac laetificat.*» Damit drehte er sich herum, um uns zu begrüßen, und sah meinen Meister mit seinen energischen blauen Augen an, die von Tränen erfüllt waren. Er war lang und schmächtig und hatte feine Gesichtszüge, obwohl die Nase etwas zu weit vorsprang, um als klassisch gelten zu können. Jede Bewegung an ihm schien seltsam fließend, wie in Harmonie mit einer inneren Musik.

«*Jubilate Deo, omnis terra servite Domino in laetitia*», erwiderte mein Meister, indem er beredt aus dem großen Buch zitierte.

«Amen», schloss der Bruder.

Es gab eine Gesprächspause, in der wir weiter der süßen Stimme lauschten, und dann fügte mein Meister hinzu: «Der Klang des Gesangs macht einen tatsächlich froh ... wie Ihr gesagt habt, selbst in so schwierigen Zeiten.»

«Gerade in so schwierigen Zeiten, Herr Präzeptor», sagte er mit einem schüchternen Lächeln. «Es ist wahrhaftig ein Segen und ein Wunder, dass der Mensch, wenn er vom Geist durchdrungen ist, ihn so demütig ausdrücken kann.» Er unterbrach den Sänger, wies ihn mit fester und doch freundlicher Autorität auf die Modulation einer Note hin, winkte dem Jungen dann, fortzufahren, und wandte seine Aufmerksamkeit wieder uns zu.

«Ihr seid der Musikmeister?», fragte mein Meister.

«Ja. Ich bin Bruder Sacar, und das», er warf seinem singenden Schüler einen wirklich liebevollen Blick zu, «ist mein bester Schüler, allerdings auch mein einziger. Ich bin beschämt worden von der Gnade unseres Abtes, der mich mit der Musik für unseren Konvent betraut hat. Ich muss allerdings hinzufügen, dass mein Vorgänger ein außerordentlich gebildeter und wirklich inspirierter Musikmeister war. Falls ich irgendetwas weiß, dann ist es von seinen verehrten Lippen gekommen», seine Stimme zitterte ein wenig.

«Ich frage nur, weil ich Euch meine Bewunderung für Euer Werk ausdrücken möchte», sagte André, «Eure Musik erscheint mir schöner als alles, was ich je gehört habe.»

«Ach ... Ihr sprecht von unseren harmonischen Melodien ... ja ...», er lächelte, «unsere Stimmen begleiten nicht in traditioneller Weise die Tenorstimme, wie Ihr das vielleicht bei anderen Chören gehört habt. Unsere Stimmen suchen andere Harmonien, mit Noten, die nicht dem *Cantus firmus* folgen.» Angeregt trat er an meinen Meister heran. «Manchmal hören wir komplexe Gewebe von einzigartiger Melodik, deren unterschiedliche und doch zusammenstimmende Weisen sich in Wellen der Harmonie überkreuzen und vermischen! Oh ja ... das ist wirklich wunderschön.»

«Ihr benutzt Notenschrift, wie ich sehe.» Mein Meister nahm Bezug auf eine Handschrift, die der Bruder lose in der Hand hielt.

«Allerdings! Allerdings!» Er zeigte uns seltsame Zeichen. «Die Entdeckung der Notenschrift durch unseren Bruder aus Köln war wahrhaftig ein Wunder! Und seit der hochgelehrte Guido – der heiliggesprochen werden sollte – das System der Notenlinien hinzugefügt hat, kann man die Musik mit den Augen erleben! Ja, das ist ein Triumph! Mein Vorgänger war es, der unserem Kloster solche Wunder eröffnete.»

«Sehr interessant. Wie hieß er noch?»

Das blasse Gesicht des Mannes wurde noch blasser. «Bruder Samuel von Antiochien.»

Mein Meister runzelte die Stirn, und seine Augen wurden ein wenig schmaler: «Samuel von Antiochien?»

«Ja, ein heiliger Mann aus einem heiligen Land ...» Er verstummte, vielleicht, weil er sich in Liebe an das Gesicht seines Meisters erinnerte, und seine Augen wurden abermals feucht, während ich mich fragte, ob das der Mönch Samuel sei, dessen Grab mein Meister gestern gesehen hatte.

«Ich sehe, dass Ihr auch eine Orgel habt.»

«Oh ja ... sie gleicht so sehr der menschliche Stimme, findet Ihr nicht auch?» Er legte in einer Geste des Lobpreises beide Hände aneinander.

«Ein großartiges Instrument. Wird es mit Luft oder mit Wasser betrieben?»

«Ihr habt eine zu hohe Meinung von unserer kleinen Gemeinde, Herr Präzeptor, wir haben nicht das Glück, ein luftbetriebenes Instrument zu besitzen. Dieses hier ist sehr alt und funktioniert mit Hilfe von Wasser, dessen Fließkraft die Pumpe betätigt. Wir haben den Vorteil, eine unterirdische Quelle benützen zu können, deren Wasser unter dem Kloster hindurchfließt, und sind in der Lage, ihre Kraft für diesen himmlischen Zweck umlenken.»

«Also ist das Kloster um einen schon bestehenden Kanal herum gebaut worden?»

«Ja und nein. Wir mussten seine Richtung ein wenig ändern. Unsere geliebten Vorväter bauten ein wunderbar angeordnetes System von Kanälen, die hier unter uns verlaufen.»

«Das ist klug ausgedacht. Und wodurch wird das Wasser umgelenkt, Bruder?»

Der Mönch schwieg einen Augenblick, als ob er nicht wüsste, was er sagen sollte. «Mir wurde gesagt, dass das ein Wunder an Konstruktionskunst sei.»

«Sicherlich müssen diese Tunnel von Zeit zu Zeit aufgesucht werden, um sie instand zu halten?»

«Ich weiß nur, dass der Abt das aus Sicherheitsgründen verboten hat. Uns wurde gesagt, sie seien ... baufällig geworden. Ein Bruder hat einst vor vielen Jahren während einer Inspektion fast das Leben verloren.»

«Sind sie denn in letzter Zeit aufgesucht worden?»

«Vor vielen Jahren, obwohl dieser Bruder inzwischen gestorben ist und unser hochwürdigster Vater Abt uns Schweigen über dieses Thema auferlegt hat. Ich habe ein ungutes Gefühl, wenn ich darüber rede, Herr Präzeptor.»

«Das tut mir leid, Bruder Sacar, es ist nur, weil Abt Bendipur mich in der Angelegenheit von Bruder Ezechiels Tod um Hilfe gebeten hat –»

«Glaubt Ihr denn, dass die Gänge für Eure Untersuchungen von Bedeutung sind?», unterbrach er ein wenig ängstlich.

«Ich muss zugeben, dass ich das nicht weiß. Ich bin von Natur aus ein neugieriger Mensch», antwortete mein Meister gleichmütig. «Ungewöhnliche Dinge faszinieren mich. Auf jeden Fall ist Eure Musik ganz außergewöhnlich.»

Sacar war sichtlich erleichtert, die unangenehme Befragung beendet zu sehen und zu seinem geliebten Thema zurückzukehren. «Ich danke Euch, Herr Präzeptor, und doch ist es der Geist, der singt!»

«Dem stimme ich zu ...», bestätigte mein Meister, «die Stimme ist der Träger der Seele.»

Sacar strahlte, wobei sein Gesicht vor Freude geradezu

sprühte. «Ich glaube, lieber Bruder, dass alles in der Natur sein Gegenstück im Übernatürlichen hat, stimmt Ihr dem nicht zu? Selbst hier in unserer bescheidenen Kirche ... Das Kirchenportal, das ja hier in unserer Kirche nach Osten und nicht nach Westen schaut, ist nichts anderes als Christus, durch den wir in den Himmel kommen, die Pfeiler sind die Bischöfe und Väter, die die Kirche aufrechterhalten, die Sakristei ist der Schoß Mariä, in dem Jesus Fleisch geworden ist. Ihr seht, alles Gegenständliche hat sein spirituelles Gegenstück.»

«Eine Widerspiegelung von Ordnung und Zahl des Universums.»

«Musik», fuhr Sacar ganz in Gedanken fort, «Musik und Gebet, die Vereinigung von zwei sich ergänzenden Gaben. *Omnem horam occupabis, hymnis, psalmis, et amabis* ... die Musik, die der großartigste Ausdruck von Gottes Mannigfaltigkeit durch den Menschen ist, und das Gebet ... *tenere silentium. Super hoc orationem diliges, et lectionem, nutricem claustralium* ... der Ausdruck der Vereinigung des Menschen mit den Heiligen, die in unserem Namen unsere Klagen Christus zu Füßen legen und durch ihn direkt vor Gott bringen. Kann es etwas Heiligeres geben?»

«Ganz gewiss nicht.»

Mein Meister kam mir viel zu liebenswürdig vor, und ich erkannte plötzlich, dass er nur den richtigen Augenblick abwartete, um unangenehme Dinge anzugehen.

«Die Gerber rufen den heiligen Bartholomäus an, wie wir wissen. Der heilige Vitus, der in einen Kessel mit siedendem Öl getaucht wurde, ist der Schutzpatron der Kupferschmiede. Von unserem heiligen Sebastian weiß jeder, dass er in Zeiten der Pest ein machtvoller Helfer ist. Die heilige Apollonia heilt Zahnschmerzen, der heilige Blasius Halsschmerzen, der heilige Cornelius beschützt dem Bauern die Ochsen, der heilige Gallus die Hühner, der heilige Antonius die Schweine!»

Mein Meister lächelte. «Ja, obwohl ich mich fragen muss, lieber Bruder, ob diese Heiligen durch ihr Martyrium wirklich bewirken wollten, dass Hühner mehr Eier legen, oder, na ja, die Fettleibigkeit der Schweine des höheren Gewinnes wegen gesteigert wird.»

Ich wusste, dass mein Meister den Ritus der Heiligenverehrung missbilligte, die meist nur die Verehrung heidnischer Götter ersetzte und oft wichtiger zu werden drohte als die Anbetung Gottes.

Der Musikmeister schien Andrés Aussage aber nicht verstanden zu haben und sah sich um, wobei er geistesabwesend seinen Schüler zu sich winkte. Der Junge kam herunter und ging auf seinen Lehrer zu. Er war nicht älter als ich, aber kleiner, mit dichtem schwarzem Haar, das sich in seine Tonsur hineinkräuselte. Er lächelte nicht, sondern fixierte mich mit einem ungewöhnlich durchdringenden Blick; vielleicht aus Neugier, vielleicht aus Abneigung.

«Das ist Anselmo von Aosta, die Stimme unseres Klosters.»

Der Junge verbeugte sich bescheiden und bekreuzigte sich demütig mit der Linken.

«Er ist auch als Übersetzer nicht ohne Talent. Tatsächlich könnte es geschehen, dass ich ihn an die Bibliothek verliere. Gehorsam …»

«Anselmo», mein Meister neigte respektvoll das Haupt, «du bist nach einem der vorzüglichsten Väter der Kirche benannt, mögest du ihm Ehre machen. So bist du also nicht nur ein begnadeter Sänger, sondern auch Übersetzer?»

«Ich komponiere auch gerade eine neue Messe zu Ehren der Heiligen Jungfrau», sagte er mit seiner fröhlichen Stimme.

«Unglaublich!», rief André offensichtlich beeindruckt aus, und, Gott möge mir vergeben, ich verspürte einen Stich von Eifersucht.

«Ich habe heute Morgen einiges von deinen Arbeiten gesehen. Deine Übersetzung des Aristoteles ist sehr erhellend! Wo hast du Griechisch gelernt?», fragte mein Meister listig.

«Meine Mutter ist Griechin, und ich habe die klassische heidnische Literatur studiert, seit ich alt genug zum Lesen war.»

«Aha.»

«Wir hatten das Glück, zwei jugendliche Genies gehabt zu haben», fügte Bruder Sacar hinzu.

«Zwei? Das ist allerdings ein Glück, in einem so kleinen Kloster. Wer ist der andere?»

«Der andere ... ist leider etwas krank.»

«Ach, der Novize! Ja natürlich.»

Der Mönch sah ihn ausdruckslos an. «Novize?»

«Der Junge, der gestern Abend nicht zum Essen kam.»

«Oh ... ja, ja», er zögerte einen Augenblick.

«Ist er auch so ein guter Sänger?»

«Na ja ...», die Stimme des Bruders verlor sich, «er war ein ganz besonderes Kind, schwach, aber hochbegabt.»

«Ihr sagt, war ...?», fragte mein Meister. «Ist er tot?»

«Oh nein!», erklärte Bruder Sacar ängstlich, «ich meine, er war als Kind ganz besonders. Er ist ja jetzt ein junger Mann, nicht viel älter als Euer Chronist, obwohl seine Fähigkeiten immer noch außergewöhnlich sind, auch für einen jungen Mann. Das habe ich gemeint.»

«Ja, ich verstehe», sagte mein Meister und fügte dann eilig hinzu, «vielleicht könnte ich ihn mir in meiner Funktion als Arzt einmal anschauen?»

«Oh, das ist in der Tat ein ausgesprochen großzügiges Angebot», er wirkte beunruhigt, «das Bruder Asa von Roussillon sicher begrüßen wird.»

«Der Klosterarzt?»

«Genau.»

«Natürlich, Asa. Na gut, dann werde ich ihn suchen gehen», schloss mein Meister und rieb sich die Hände. «Wo können wir ihn zu dieser Tageszeit denn finden?»

«Auf der Krankenstation oder im Herbarium. Manchmal geht er auch hinaus in die Wälder um unsere Abtei, um Pflanzen zu suchen. Zu anderen Zeiten kann man ihn in seinem Garten arbeiten sehen. Hier in diesem Kloster sind wir niemals müßig, Herr Präzeptor.»

«Danke, Bruder. Ich habe unsere Unterhaltung sehr genossen und möchte am Ende noch einmal betonen, dass ich Eure Musik sehr bemerkenswert finde.» Und dann in ernstem Ton: «Möge Gott es für richtig halten, diese Untersuchung rasch und tunlichst zu Euren Gunsten enden zu lassen.»

Der Mönch nickte. «Danke, Herr Präzeptor. Gottes Wege sind unergründlich. Dennoch muss ich Euch sagen, dass Eure Worte meinem beklommenen Geist wohl tun.» Er wandte sich in Richtung des südlichen Chorumgangs, aber etwas hielt ihn zurück, denn er drehte sich um, als habe er etwas vergessen. «Herr Präzeptor», sprach er, «der Tod unseres geliebten Bruders Ezechiel hat unsere Gemeinschaft erschüttert, aber es sind noch andere Dinge geschehen … ohne Zweifel hat der Abt Euch davon erzählt.» Hier schickte er den Knaben fort und sah ihm nach, bis er gegangen war, bevor er weitersprach, in verzweifelterem Ton als zuvor. «Vielleicht begehe ich eine Sünde gegen die Regel, aber ich habe Angst. Ich habe Angst um die Zukunft unserer Gemeinde.»

Mein Meister war höchst interessiert. «Worum geht es, Bruder?»

«Bevor Ihr angekommen seid, Herr Präzeptor, wurde ein anderer Mönch … genauer gesagt», er senkte den Blick, «mein Vorgänger, Bruder Samuel, in der Kirche gefunden. Er war …», er schluckte schwer, als lägen ihm diese Worte bitter in der Kehle, und seine Augen füllten sich mit Tränen, doch mein Meister, dessen Interesse inzwischen wohl um das Zehnfache gestiegen war, scherte sich nicht groß um Feingefühl.

«Er wurde was, Bruder? Ermordet vielleicht?»

Der andere erbleichte, und seine Augen weiteten sich, als habe er einen Teufel gesehen. «Das wisst Ihr?»

«Sprecht!»

«Er lag in der Kirche. Er wurde tot aufgefunden.»

«Wer hat ihn gefunden?»

«Bruder Daniel von Albi, die beiden waren unzertrennlich.»

«Auch ein alter Mönch?»

«Ja, er fand meinen Meister zu Füßen der Jungfrau liegen, in der Nähe des Eingangs zu ... Geht, sprecht mit Bruder Daniel, ihn könnt Ihr alles über das Kloster fragen, er kennt es *sehr genau*.» Er blickte einen Augenblick zu Boden. «Ich muss jetzt gehen, Gott segne und behüte Euch.»

Mit diesen Worten verließ uns der Musikmeister, wobei viele Fragen unbeantwortet blieben.

Ich fragte meinen Meister, woher er wusste, dass der junge Novize dem Abendessen ferngeblieben war.

«Wenn du dich erinnerst, hat uns der Hospitaliter gestern gesagt, dass es im Kloster nur zwei Novizen gebe, und da ich beim Abendessen nur einen gesehen habe, nahm ich an, diesen anderen habe Bruder Sacar gemeint. Ich habe einfach eine Hypothese aufgestellt, wobei ich von der englischen und nicht von der griechischen Auslegung dieses Begriffs ausgegangen bin.»

«Der englischen Auslegung?»

«Die Engländer verstehen unter einer Hypothese etwas, das wahr sein könnte, aber erst noch überprüft werden muss, während die Griechen sagen, sie sei etwas, das man zum Zwecke der Beweisführung annimmt.»

«Ah, ich erinnere mich. Der Hospitaliter stand den Novizen sehr misstrauisch gegenüber und sagte, sie äßen und tränken zu viel.»

«Ja, es ist der Fluch der Alten, bequemerweise zu vergessen, dass sie auch einmal jung gewesen sind.»

«Und der Fluch der Jungen, Meister, dass sie sich nicht immer das merken, was sie sollten», sagte ich ein wenig niedergeschlagen.

«Sehr gut, Christian! Wir machen noch einen richtigen Philosophen aus dir, auch wenn es dich den Kopf kostet.»

9.

CAPITULUM

VOR NONA

Wir suchten in der ganzen Abtei, aber erst am späteren Nachmittag fanden wir Bruder Daniel in der Kapelle des nördlichen Querschiffs. Schmächtig und grau gekleidet wie er war, konnte man ihn kaum von dem Stein rings um ihn unterscheiden. Er lag in tiefer Versenkung zu Füßen der Heiligen Jungfrau Unserer Schmerzen und drehte sich beim Klang unserer Schritte, als wir näher kamen, nicht um. Erst nachdem wir eine sehr lange Zeit neben ihm gekniet hatten, hob er den Kopf und warf uns einen bestürzten Blick zu, als würde er gerade an der Küste eines fernen, unbekannten Landes ankommen.

«Sie ist die Reinheit und heitere Ruhe selbst», sagte er schließlich.

«Der Born aller Tugend, Bruder», antwortete mein Meister.

«Ihr habt gute Augen! Wer in Liebe und Anbetung zur Jungfrau aufschaut, wird nichts anderes mehr wollen! Ich freue mich über Eure Anwesenheit, Herr Präzeptor, es ist schon so lange her ... Wie ist die Lage im Heiligen Land? Haben wir Jerusalem verloren? Ach, ich bin ein altersschwacher Narr! Jetzt kann ich mich wieder erinnern ... ja, vielleicht sogar besser als an das, was ich heute morgen gegessen habe.» Er lächelte herzlich, nahm die Hand meines Meisters und stand mühsam auf. «Die Jugend ist schön ...», er berührte mich mit seinen warmen, zittrigen Fingern ganz zart am Kopf, «aber alt wird diese Welt in Hässlichkeit! Der arme Bruder, er war ein Mann, der die Dinge wirklich sah. Es gibt so viele, die sehen und doch blind sind. Bin ich jetzt der Letzte, möchte ich wissen?»

«Wie meint Ihr das, der Letzte, Bruder?», fragte mein Meister.

«Die anderen sind ... aber das ist eine andere Geschichte. Welches Jahr haben wir? Nein, antwortet nicht, es interessiert mich nicht.» Er begann zu beten: «*Dominus illuminatio mea, et salus mea, quem timebo?* – Der Herr ist der Quell meines Lichtes und meines Heils, wen sollte ich fürchten? – aber was wollte ich sagen? Oh, mein schwaches, schwaches Gedächtnis ...» Er schüttelte den Kopf.

«Ihr wolltet uns gerade sagen, ehrwürdiger Daniel, in welcher Hinsicht Ihr der Letzte seid.»

«Wollte ich das? *Sollte* ich es Euch sagen? Ich bin alt, und daher misstraue ich allem und jedem. Vielleicht bin ich deshalb alt?» Er lachte ein wenig. «Ich bin der Letzte von den Ersten, und dennoch, nein, da habe ich nicht recht, Bruder Setubar war auch einer von uns, wenn auch viel jünger ... Gott sei gepriesen für Setubar, die Milch der menschlichen Güte rinnt durch seine Adern ... Wisst Ihr, dass er früher ein vorzüglicher Arzt war? Er heilte mich von der Trägheit! Jedenfalls ist das alles, was Ihr wissen müsst ... pssst!» Er sah sich um. «Ich spüre seine Gegenwart. Irgendwo hier in dieser Abtei wartet *er*!»

«Wer? Bruder Setubar?»

Er sah entsetzt aus. «Nein, der Antichrist natürlich! Er ist überall ... er ist hartnäckig, und deshalb ist er geduldig.»

Mein Meister nickte gewichtig. «Wo genau habt Ihr ihn denn gesehen?»

«Wisst Ihr das nicht?» Er blickte aufmerksam forschend in das Gesicht meines Meisters. «Nun, in der menschlichen Seele, in der Seele, meine Söhne, und in unserer Mitte, in dieser Abtei, aber in Verkleidung.»

Mein Meister schwieg eine Weile und fasste dann seine Antwort in die Worte: «Nimmt er menschliche Gestalt an, verehrungswürdiger Daniel?»

«Natürlich, was sonst? Er hat sich einen Mönch ausgesucht, vielleicht auch zwei ... besudelt mit unaussprechlichen Verbrechen ...», und dann mit beruhigender Stimme: «Oh, jetzt habe ich dich erschreckt, mein Kind. Ich weiß, ich weiß, aber ängstige dich nicht ohne Grund, die Angst ist nur dann etwas Gutes, wenn sie uns lehrt, aufmerksam und unruhig zu sein. Die Ruhe ist sein Diener, wie du weißt, die Liebe zur Bequemlichkeit sein williger Vasall.»

«Wer ist *er*, verehrungswürdiger Meister?», fragte ich, denn ich sah es seinen freundlich blickenden Augen an, dass er mir dies erlaubt hatte.

«*Er* ist alt, älter als die Zeiten, und noch klüger ... er ist unglaublich beharrlich, er folgt einem Plan und ist leicht zu erkennen. Unser geliebter Bruder, der jetzt zu Gott versammelt ist, hatte das *Arcanum*! Er wusste um das Geheimnis des Bösen, der wiederkommen wird im zweiten *Millenium*.» Der alte Mann legte sich die milchweiße Hand an die Stirn, als würde ihn dieser Gedanke anstrengen. «Wir müssen uns bereitmachen, denn der Kampf steht nahe bevor! Aber ich bin erschöpft, vollkommen erschöpft.»

Mein Meister sagte demütig: «Ihr meint das erste *Millenium*, Bruder, das noch kommen soll?»

Der alte Mann sah ihn an, als habe er seine Worte nicht verstanden. «Nein, nicht das erste, sondern das zweite!»

«Verehrter Meister», sagte André sanft und warf mir einen Blick zu, der sein Mitleid mit dem alten Mann verriet, «vor ein paar Tagen habt Ihr einen Bruder hier in der Kapelle tot aufgefunden.»

Das Gesicht des alten Mannes verzerrte sich vor Schmerz. «Nein! Muss ich darüber reden? Wer hat Euch das gesagt?»

«Bruder Sacar.»

«Sacar hat gute Ohren, aber eine lose Zunge! Ja, er ist erwürgt worden, sein Gesicht war ganz blau – der Teufel hat ihm die Seele ausgesaugt. Oh ...», er wand sich, «kasteit das Fleisch, macht es frei von Sünde und öffnet Eure Seelen der Liebe Christi, oder er wird auch Euch zu finden wissen.»

«Wo befand sich Bruder Samuel, als Ihr ihn gefunden habt?»

«Hier, zu Füßen der Jungfrau. Bitte, ich wünsche nicht mehr darüber zu sprechen, ich bin müde, so müde.»

Mein Meister fuhr mit Zartgefühl fort: «Bevor Bruder Ezechiel starb, sprach er von einem Heiligen, den, wie er sagte, der Antichrist und seine Jünger erwarteten, und von einem geheiligten Edelstein?»

«Ja, ja», antwortete er, «sie sind schlau ... aber sie werden ihn nicht finden. Oh mein Gott! Habe ich nicht versucht, aus der Welt hinter diese geheiligten Mauern zu fliehen? Habe ich nicht Freiheit von der Herrschaft der weltlichen Dinge gesucht? Und doch», er hob die Augen zum Himmel, «noch in der Buße, noch im Exil spürt sie mich immer wieder auf.»

Mein Meister versuchte es auf andere Weise: «Ihr seid schon viele Jahre hier im Kloster?»

«Jahre?» Er sah erstaunt aus. «Ich kann mich an keine Jahre erinnern ...»

«Wo kamen die Klostergründer eigentlich her, Bruder?»

«Klostergründer?»

«Die das Kloster gebaut haben?»

Er schüttelte den Kopf. «Über diese Dinge dürfen wir nicht sprechen.»

«Ich möchte nur ihr Werk loben, denn das hier ist in der Tat ein großartiges Kloster. Waren das alles Zisterzienser?»

«Zisterzienser?» Er sah etwas verwirrt aus.

«Die Brüder, die das Kloster gebaut haben?»

«Zisterzienser. Ja, weiße Mönche. Oh! Das waren tapfere Männer, aber jetzt gibt es auf dieser Welt keine tapferen Männer mehr, nur noch Feiglinge. In längst vergangenen Zeiten waren die Menschen voller Weisheit, jetzt sind sie voller Egoismus, früher waren sie Gefäße der Gnade, jetzt sind sie nur noch leere Behälter.» Er seufzte tief. «Die Kirche gleitet mit jedem neuen Tag tiefer in die Grube, sie verdreht die Lehren der geheiligten Väter, sodass sie nur noch blasse Schatten einer helleren Vision sind.» Er sah mich mit tränenumflortem Blick an. «Die Sonne geht auf über dem Genie des Menschen, doch gleichzeitig geht sie unter über dem lebendigen Geist, und mein Herz sehnt sich danach, von hier fort zu sein. Ich bleibe nur noch wegen ihm. Wenn er dieses sterbliche Gefängnis verlässt, werde ich um den Augenblick meines Todes beten, mag er schnell und schmerzlos sein oder qualvoll und märtyrerhaft, nur der Tod wird mir die endgültige Absolution bringen.»

«Ihr sagt, hochverehrter Bruder, dass Ihr wegen ihm bleibt. Meint Ihr damit Bruder Setubar?»

«Du lieber Himmel, nein!» Er lachte in sich hinein, als sei André verrückt geworden.

«Also dann jemand anderen hier in der Abtei?»

«Selbstverständlich! Habt Ihr nicht zugehört? Deswegen sind sie doch da. Natürlich.»

«Ihr meint die Leute des Papstes.»

«Das sind gebildete Menschen, aber sie glauben an alle möglichen irrigen Dinge, alle erklären ständig alles ... keiner *besitzt Wissen*. Alle suchen Pfade, die sie in den Abgrund führen. Die Armen wollen reich sein, die Reichen wollen ein einfaches Leben, die Kirche verurteilt sie allesamt, denn sie legt Geld und Macht auf den Altar Gottes! Verwandelt in eine Hure, die sich für einen Sack voll Gold Bauch an Bauch mit dem Teufel legt.» An dieser Stelle errötete ich heftig, aber der alte Bruder schien sich ganz in seiner Vision zu verlieren und nahm keine Notiz von mir. «Sie wissen, dass er hier ist, die Synagoge des Satans hat die kleine Rose gefunden!» Ich schnappte nach Luft, und er wandte sich um, da er mein Keuchen fälschlich für Angst vor seinen Worten hielt, aber was mich so verblüfft hatte, war seine Anspielung auf die Rose. «Schau doch nicht so bestürzt, mein Lieber ... die Sünde ist nicht das Privileg der Schwachen und Unwissenden. Eines Tages wirst du zu der Erkenntnis kommen, dass die Grenze, die die Bosheit von der Heiligkeit trennt, oft verschwommener ist als die zwischen Bildung und Dummheit ... die Inquisitoren, meine Söhne, riechen nach Luzifers Kot! Ahh, doch dann sieht man die Heilige Jungfrau! Obwohl ich sie mit meinen schwachen Augen nur ganz undeutlich sehe, bleibt sie das Ziel von allem Schönen und Edlen, und ich bin dann doch wieder fast bereit, zu glauben, dass es das Gute auf der Welt gibt. Die gottesfürchtige kleine Mutter, deren Tochter die Kirche ist, und doch macht sich die Tochter in ihrer Verwegenheit über die Mutter lustig und bietet ihr an, sie mit der töchterlichen Milch zu nähren ... aber hat das der Patriarch gesagt, oder war es der Papst?» Er redete jetzt etwas unklarer, da er müde wurde, und sprach dann mit schwacher Stimme weiter: «Auf jeden Fall seid Ihr gläubig, da Ihr zu ihr um Beistand betet.»

«Wir beten um Frieden, verehrungswürdiger Meister.»

«Ach, Frieden!», nickte er und fügte dann ein wenig erstaunt hinzu: «Aber Ihr seid doch ein Krieger?»

«Ich bete um inneren Frieden, aus dem, wie zu hoffen steht, der äußere erwächst.»

«Ja, ja, das steht zu hoffen! Wenn der Frieden Euer Wunsch ist, so kann niemand Eure Sache mit so viel Einfluss vertreten wie unsere Liebe Frau.»

«Verehrter Meister, Ihr seid ein weiser und kluger Mann.»

«Ich soll klug sein! Das Leben hat mich vieles gelehrt, aber wir Alten begehren das am meisten, was wir am dringendsten brauchen, und was ich jetzt am dringendsten brauche, sind ein paar Rosinen. In meinem Mund ist der Geschmack des Todes. Vielleicht sterbe ich ja, vielleicht bin ich schon tot? Wenn nur Jupiter die Zeit zurückdrehen könnte. Und doch, bald ...» Auf einmal war er bei völlig klarem Verstand, und ich wunderte mich, dass sein ehrwürdiger Geist sich offenbar immer zum passenden Zeitpunkt trübte. «Ihr wollt also etwas über die Geheimgänge wissen?», sagte er. «Ich weiß schon, dass Ihr deswegen zu mir kommt.» Er sah sich um. «Er hat zu mir gesagt, ich solle nicht darüber reden ... aber die Welt wird ohnehin bald alles wissen, oder nicht?»

«Wer hat Euch gesagt, dass Ihr nicht darüber reden sollt?»

Er senkte den Blick, wie ein kleines Kind, das beim Stehlen von Süßigkeiten erwischt wurde. «Das kann ich nicht sagen ...» Und dann, während er sich noch einmal misstrauisch umsah: «Was wollt Ihr wissen?»

«Die Katakomben, erreicht man die durch die unterirdischen Gänge?»

«Das ist allgemein bekannt, Herr Präzeptor. Das Geheimnis liegt nicht darin, *wo* man sie erreicht, sondern eher *wie*. Wie dem auch sei», seine Augen wurden schmal, «was wollt Ihr denn mit den Katakomben?»

«Der Abt», sagte mein Meister geduldig, «hat mich darum gebeten, Nachforschungen über den letzten schrecklichen Mord anzustellen.»

Der alte Mann sah meinen Meister ängstlich an. «Ihr wisst also, dass der Böse durch einen Mönch wirkt, der das *Interdictum* missachtet hat – das Verbot?»

«Meint Ihr damit, dass jemand in die Geheimgänge eingedrungen ist?»

Der Mann nickte mit geschlossenen Augen.

«Woher wisst Ihr das, Bruder Daniel?»

«Ich weiß es, weil es die Pflicht eines jeden Mönchs ist, seine Gefährten zu schützen, sie von der Sünde fernzuhalten. Wäre darauf besser geachtet worden, hätte vielleicht vieles verhindert werden können. Auf alle Fälle sind die Krypten unsicher ... ein Labyrinth aus Gängen und Wasserkanälen. Keiner, der da hineingeht, würde jemals zurückkommen. Nur der Teufel kann den Weg nach draußen finden, deshalb muss dieser Mönch der Teufel selbst sein!»

«Aber wie kommt man hinein, Bruder?»

«Es gibt viele Eingänge ...» grinste er und antwortete mit den Worten Vergils: «*Facilis descensus Averni* – das heißt, leicht ist der Weg hinab in die Unterwelt ... aber seine Schritte zurückzuwenden und den Weg hinaus, in die freie Luft, zu finden, das ist die Aufgabe, dies gilt es zu erreichen. Es gibt nur einen einzigen Ausgang.»

«Vielleicht hätte ich nach dem Ausgang fragen sollen.»

«Aber das Verbot des Abtes ...!»

«Das verstehe ich, aber das Kloster ist bedroht, verehrungswürdiger Daniel, durch viele Feinde bedroht. Der Inquisitor wird ein Urteil fällen, vielleicht ein ungünstiges – vielleicht werden weitere Mönche sterben ...»

Der Mann verfiel in Schweigen. Tatsächlich dachte ich schon, dass er eingeschlafen sei, denn er ließ den Kopf auf die Brust hängen und gab schnarchende Geräusche von sich. Dann aber sprach er, wobei er den Blick hob, um meinen Meister feierlich anzusehen. «Ich werde es Euch sagen, einzig deshalb, weil ich Angst habe um jene Brüder, die unschuldig sind, aber ich werde es Euch sagen, ohne es Euch zu sagen», seufzte er, «damit ich nicht gegen die Ordensregel sündige. Das System müsst Ihr selbst herausfinden. Ich bin alt, mein Geist ist müde ... die Zeichen ... die Tageszeit ... es ist zu schwierig ...» Er zeigte auf eine Stelle rechts von der Heiligen Jungfrau, in der Nähe des Ausgangs zum Friedhof. «Da, *Procul este, profani!* Aber Ihr dürft nicht hineingehen! Geister bewachen die Gänge. Sie folgen den sieben Sendschreiben in Zahl und Ordnung, aber wenn einer versucht, den sieben Kirchen zuwiderzulaufen ... so wird er umkommen!» Er zog seine Kapuze hoch und sagte: «Sucht nach Eitelkeit in dem, der diese schändlichen Verbrechen begeht, diese eine Sünde zieht alle anderen nach sich. Ihr mögt für Bruder Samuel beten, mein geliebter Freund, für Ezechiel auch, und ebenso für mich, wenn Ihr mögt ... aber Ihr müsst wachsam sein.»

«Danke, Bruder, wir werden dieses Wissen klug einsetzen.» Mein Meister wollte schon gehen, aber in diesem Augenblick trat Setubar in die Kapelle Unserer Lieben Frau. Mir kam es vor, als würde er jeder Bewegung von uns folgen und alle unsere Unterhaltungen belauschen. Jedenfalls rief er so ein Gefühl in mir wach, als er jetzt einen feurigen, durchdringenden Blick auf uns warf.

«Da bist du ja, mein Lieber, ich suche dich schon die ganze Zeit.» Er nahm seine Kapuze ab. Während er Daniel mit einem strengen Blick musterte, reichte er dem alten Mann etwas.

Daniel strahlte wie ein kleines Kind. «Ah, du hast daran gedacht.»

«Wie immer», sagte er wohlwollend. Dann wandte er sich an meinen Meister und fragte liebenswürdig, ob wir das Kloster interessant fänden. «Ich habe gesehen, dass Ihr herumgelaufen seid, viele Fragen gestellt habt, alles beobachtet habt, wie jeder gute Arzt das tut.»

Na also! Ich hatte tatsächlich recht gehabt. Er war uns die ganze Zeit gefolgt.

«Ich finde Euer Kloster ganz außergewöhnlich, Bruder Setubar. Allein heute habe ich so viel Neues erfahren.»

«Ach tatsächlich?» Der alte Mann hob die Brauen und zog die Lider ein klein wenig zusammen.

«Ja ... und eine Sache gibt mir zu denken.»

Der Mann beugte sich besorgt zu meinem Meister vor. «Vielleicht kann ich Euch behilflich sein?»

«Es geht um Folgendes, verehrungswürdiger Bruder: Die meisten Klöster zeigen sich ja maßlos fixiert auf ihre eigenen glänzenden Leistungen der Vergangenheit, was, wie Ihr mir vielleicht bestätigen werdet, manchmal schon fast an die Sünde des Stolzes grenzt. Hier jedoch kann mir keiner viel über das sagen, was mehr als ein oder zwei Generationen zurückliegt, und noch viel weniger darüber, wer das Kloster gegründet hat, und wann das geschah.»

«Wie Ihr ja mit Euren eigenen Worten bestätigt, Herr Präzeptor, sind wir Zisterzienser nicht so prahlerisch wie etwa die Cluniazenser, die Ihr vielleicht in den großen Städten kennen gelernt habt. Wir wandeln in den heiligen Hallen, die unsere Vorväter erbaut haben, und singen Gottes Lob in dem Gestühl, das ihre geheiligten Hände geschaffen haben, und wir beten täglich in unserer innig verehrten Kirche, dass wir uns unsere Demut und Mäßigkeit bewahren. Was könnte es sonst noch zu wissen geben?»

«Die Ursprünge Eures Klosters würden mich eben nur sehr interessieren.»

Der alte Mann nickte gedankenschwer. «So wie das immer geschieht, machten sich dreizehn Brüder – als Abbild Christi und seiner zwölf Apostel – auf den Weg, um eine einsame Stelle zu finden, eine Stelle, an der sie den Geist Gottes deutlicher spüren konnten; eine Stelle weit weg von den Versuchungen einer verkommenen Welt. Den Rest seht Ihr vor Euch. So einfach ist das.»

«Ja, Ihr liegt wirklich so abgeschieden, dass in der Tat keiner Eurer Äbte je einem Treffen des Generalkapitels beiwohnte. Manch einem kommt das vielleicht seltsam vor.»

Ein böser Ausdruck huschte über das Gesicht des alten Mannes. «Für einen Abt ist es sehr schwierig, seine Mönche allein zu lassen, es gibt zu vieles zu erwägen, und dann ist da auch das Wetter, und die Jahreszeit, denn wie Ihr wisst, sind wir oft nicht in der Lage, die Straße zu benützen, die aus dem Wald hinaus führt. Und da ist auch die große Entfernung, wie Ihr ja selbst gesehen habt. Auf alle Fälle haben aber die Dinge, die auf solchen Versammlungen besprochen werden, sehr wenig mit unserer kleinen Gemeinde zu tun, Herr Präzeptor. Sie sind nur für die gut, deren Beweggründe von politischen Erwägungen bestimmt sind und die in dem Schatten leben, den ein König und ein Papst wirft. Wir hingegen leben in dem Schatten, den der große Berg wirft, der uns ernährt und unseren Durst stillt.»

«Ja, das ist auch etwas, was ich heute gelernt habe, verehrter Bruder.» Mein Meister räusperte sich und wechselte gleichzeitig das Thema. «So seid Ihr schon Euer ganzes Leben lang hier?»

«Was hat denn das nun wieder damit zu tun?»

«Ich hatte gehofft – denn ich bin auch ein großer Freund der Architektur –, dass Ihr mir vielleicht sagen könnt, wie lange es her ist, dass die neuen Anbauten an der Kirche ausgeführt wurden.»

Der alte Mann runzelte die Stirn: «Anbauten?»

«Ja, daran werdet Ihr Euch doch sicher erinnern. Denn ich habe heute mit Bruder Macabus gerade über dieses Thema gesprochen, nur habe ich vergessen, ihn zu fragen …»

«Ach ja, ja. Ich fürchte, ich werde allmählich etwas wirr im Kopf. Die Anbauten … das ist schon so lange her. Verzeiht mir», er schüttelte den Kopf.

«Das hat keine Bedeutung, war auch wieder nur Neugier. Vielleicht kann mir der Abt helfen. Auf jeden Fall dürfen wir Euch jetzt nicht mehr aufhalten, Bruder Daniel braucht Ruhe», sagte mein Meister sehr schnell.

«Unsinn!», sagte Bruder Daniel erregt.

«Nein, Daniel», bestätigte Setubar. «Der Herr Präzeptor, der ja auch Arzt ist, sieht das an der Blässe deiner Wangen. Komm, ich lese dir aus dem Evangelium vor.»

«An der Blässe meiner Wangen!», sagte der Mann ungehalten. «Bin ich vielleicht ein junges Mädchen, dass ich eine blühende Gesichtsfarbe haben müsste?» Dann: «Gibt es noch Rosinen?»

«Heute nicht mehr, wie ich dir ja schon gesagt habe.» Setubar nahm Daniel bei den Armen und führte ihn zum Chorumgang, aber bevor sie das südliche Querschiff betreten konnten, rief Daniel, ohne sich umzudrehen, uns zu:

«Möge der Hymnus Euch mit dem neunfachen Nachhall des Wassers taufen. Nehmt euch in acht, der Antichrist ist nahe!»

Wir blieben noch eine Weile in der Kapelle Unserer Lieben Frau und schlenderten dann, tief in Gedanken über Bruder Daniels Enthüllungen, durch das Portal des nördlichen Querschiffs hinaus auf den Friedhof und in den kalten Wintertag.

«So hat sich Bruder Setubar also nicht an die Umbauten erinnert. Ist das von Bedeutung?», fragte ich.

«Es wäre von größerer Bedeutung gewesen, wenn er sich an sie erinnert hätte.»

«Wie meint Ihr das?»

«Wie meinst du das, wie ich das meine, Junge? Es gab gar

keine Umbauten ... ich habe das einfach nur erfunden, deshalb wusste ich sofort, als er sich plötzlich für sein schlechtes Gedächtnis entschuldigte, dass er nicht aufrichtig war.»

«Aber Ihr habt doch gesagt, dass Bruder Macabus ...»

«Ich weiß, was ich gesagt habe.»

«Aber dann habt Ihr ja selber gelogen!», sagte ich entgeistert.

«Mein lieber Junge, Lügen sind ein Greuel vor dem Herrn!», rief er feurig aus, nur um dann ohne den leisesten Hauch eines Schuldgefühl hinzuzufügen: «Aber auch eine willkommene Hilfe in schwierigen Momenten!»

«Was habt Ihr also durch die Lüge herausgefunden?»

«Christian, du musst lernen, mit dem Kopf, den Gott dir gegeben hat, zu denken. Setubar, ein Mann, der aus dem alten Buch wortwörtlich zitieren kann, ein Mann, der so scharfe Augen besitzt, hat keinen wirren Kopf. Darüber hinaus ist bekannt, dass alte Menschen für lang zurückliegende Ereignisse ein sehr gutes Gedächtnis haben, auch wenn sie sich nicht mehr an das erinnern, was sie heute gefrühstückt haben, wie Daniel zugegeben hat. Setubar hätte sich an etwas so Bedeutendes wie Umbauten an der Kirche erinnern müssen. Nein, ich weiß bisher noch nicht, warum er gelogen hat, aber ich habe so meinen Verdacht.»

In diesem Augenblick begann es zu schneien, nicht so leicht wie am Morgen, sondern schwer, in dicken Flocken, was besser zum Winter als zum Frühling passte. Ich folgte meinem Meister geduldig, während er zwischen den Gräbern herumging, deren Position meist durch weiße Kreuze markiert war. Mein Meister, der dem Tod immer gelassen begegnet war, pfiff vor sich hin, während er jedes Grab inspizierte, und es gab in der Tat einige. Ich zog mir die Kapuze über den Kopf, um mich vor dem Schnee zu schützen, der aber trotzdem einen Weg in den Kragen meines Ordensgewandes und meinen Rücken hinunter fand. Plötzlich hörte ich meinen Meister mit solcher Überschwänglichkeit «Aha!» sagen, dass ich auf dem vereisten Boden ausrutschte und beinahe kopfüber auf das Grab von Sibelius Eustachius gestürzt wäre.

«Heureka!», rief er aus.

«Meister?», fragte ich ein wenig verärgert.

«Heureka», sagte er, erstaunt, dass ich das Wort nicht erkannte. Dann ungeduldig: «Archimedes ... Heureka! Mit anderen Worten, *mon ami*, ich hab's!»

Ich schüttelte den Schnee von meinem Habit und sagte nicht allzu höflich: «Was soll das heißen, Ihr habt's?»

«Sieh dir das an!» Er zeigte auf einen mäßig hohen Grabstein. Er lag besonders nahe an dem Berg, der das Kloster umfing, und ziemlich weit weg von den anderen Gräbern. Ich ging zu ihm hin, und mein Meister packte mich vor Aufregung am Arm und sagte: «Was siehst du da? Mach schon, denn ich friere, und wir sehen bald nichts mehr.»

Ich sah mir den Stein genau an. Er war rechteckig und trug nur den Umriss eines Schwertes eingraviert.

Ich berichtete meinem Meister, was ich sah, aber er warf mir einen verärgerten Blick zu und sagte: «Lieber Christian, sehen kann ich auch! Nein, ich habe nicht gemeint, dass du ihn mir beschreiben sollst, ich wollte wissen, ob du ihn erkennst.»

Mir war, als sei ich plötzlich blind geworden, denn je mehr ich hinschaute, desto weniger sah ich.

«Mein lieber Junge!», rief er aus. «Wie ist es nur möglich, dass du das nicht weißt? Das ist das Grab eines Templers!»

«Das Grab eines Templers?», sagte ich verblüfft. Wie hätte ich das erkennen sollen? Im Osten wurden die Menschen hastig begraben; kaum, dass auch nur ein Holzkreuz ihre Ruhestätte anzeigte.

André kniete sich etwas mühsam hin und entfernte einen Teil der dünnen Schneedecke, die das Grab bedeckte. «Das ist ein altes Grab. Es muss ein bedeutender Mönch gewesen sein, denn sonst sind hier nur sehr wenig andere Steine zu finden ... sehr interessant.» Er stand auf und sah sich um. «Vielleicht ergibt das am Ende doch einen Sinn.»

«Aber das würde ja bedeuten ...»

«Stell lieber keine Vermutungen an, Christian, es kann auch das Grab eines wohlhabenden Ritters sein, der auf dem Weg ins Heilige Land – während er gerade die Gastfreundschaft des Klosters genoss – an irgendetwas gestorben ist.»

«Aber ...»

«Wir müssen warten, bevor wir diese Dinge in unsere Hypothese einbauen, wir müssen erst noch einen Blick in das große Buch im Kapitelsaal werfen. Komm, sonst ziehen wir noch Aufmerksamkeit auf den Grabstein.»

So verließen wir also den Friedhof, und als wir den Hof überquerten, die Klosterkirche umrundeten und dann auf die Klostergebäude zugingen, trafen wir den Bischof, der gerade auf uns zu wandelte. Mein erster Impuls war, umzukehren und den anderen Weg zu nehmen, und an dem kurzen Zögern meines Meisters erkannte ich, dass er denselben Gedanken hatte, aber wir konnten ein Zusammentreffen nicht mehr vermeiden.

Er kam mit unsicheren Schritten auf uns zu, denn das Gehen war für den Bischof keine einfache Sache. Nicht nur seine beachtliche Körperfülle beeinträchtigte sein Fortkommen – ich wagte mir gar nicht auszumalen, was für Speckschichten unter seiner kirchlichen Kleidung verborgen sein mussten – sondern auch eine gewisse Antriebsschwäche und Unsicherheit im Gang, die, wie ich den Verdacht hatte, auf eine ziemliche Menge von Klosterwein zurückzuführen waren.

Auf unserer Reise zum Kloster hatte mein Meister die recht unfreundliche Bemerkung gemacht, der Bischof sei wie ein Mann mit schlecht sitzender Kleidung. Ich sah die üppigen Mengen von Hermelin und Samt, die er trug, und sein absurd großes Brustkreuz, das das schwache Licht einfing und in leuchtenden Farben zurückwarf, und erkannte, dass mein Meister recht hatte. Denn all sein Staat half nicht, den gequälten Ausdruck zu mildern, der sich schon seit langem auf seinem fleckigen Gesicht festgesetzt, tiefe Furchen und

Falten hineingegraben und es mit Misstrauen und Verachtung umwölkt hatte. Ich wusste durch meinen Meister, dass seine Berufung nach Frankreich ihn am Hof des Königs zu einem Ausgestoßenen gemacht hatte, da man ihn als Eindringling des Papstes betrachtete, der geschickt worden war, um in Frankreich zu spionieren. Er wiederum betrachtete jeden mit Hohn, vielleicht, weil er erkannte, dass er eine bessere Position verdient hätte als ein bedeutungsloses Bistum fernab von Rom und noch ferner ab von jeder Möglichkeit, seine Karriere voranzutreiben. Wie auch immer, er schien mir ein Mann, der zu tiefstem Hass fähig war, ein Mann, der alle Menschen beneidete, als würde er sich immer in einem Sturm bewegen; seine bloße Anwesenheit ließ bereits auf schlechtes Wetter schließen.

Der Bischof erreichte uns keuchend und schnaufend und schwieg erst einmal, um zu Atem zu kommen, wobei er sich liebevoll den Bauch tätschelte wie eine schwangere Frau.

«Lieber Herr Präzeptor», sagte er schließlich, mit verdächtiger Großmut in der Stimme, «ich suche Euch schon die ganze Zeit überall!», und dann leiser, «Ich muss mit Euch über außerordentlich delikate Angelegenheiten reden.»

«Euer gehorsamster Diener», verbeugte sich mein Meister voller Demut, doch in seiner Stimme bemerkte ich Ärger.

«Ja ... ja ...», er sah sich mit bedeutendem Stirnrunzeln um. «Gestern Abend wurden wir Zeuge eines verabscheuungswürdigen Verbrechens. Der Herr Inquisitor hatte recht. Der Teufel streift durch diese Gänge, und hier ist niemand sicher, der im Namen Gottes die Wahrheit sucht.»

«Derjenige, dessen Augen das Böse suchen, wird es überall finden, Exzellenz, sogar in Gott selbst», sagte mein Meister ruhig.

«Aber nicht doch, Herr Präzeptor, zu sorglos dürfen wir nicht sein! Hier ist etwas Böses am Werk, das mehr Macht besitzt, als Ihr wissen könnt. Rainiero hat uns ermahnt, immer *en garde* zu sein. Der Nächste, der sterben muss, könnte einer von uns sein, deshalb bin ich auch gekommen, um Euch die

Anweisung zu geben, dass wir immer zu zweit unterwegs sein und so viel wie möglich in unseren Zellen bleiben sollen, bis dieses Verfahren abgeschlossen ist.»

«Und hat Euch der Herr Inquisitor auch die Anweisung gegeben, einen Kranz von Engelwurz zu tragen, der, wie unser Bruder Linaeus sagt, als Schutzschild gegen das Böse dienen soll?»

«Nein.» Der Mann riss die Augen weit auf, denn er wusste ganz offensichtlich nicht, dass mein Meister da ein Mittel des Aristophanes nannte. «Empfehlt Ihr das, Herr Präzeptor?»

«Nur bei Vollmond, Exzellenz.»

«Oh», sagte der Mann ernst, nickte und fügte hinzu, während er zum wolkenverhangenen Himmel aufsah: «Sehr klug. Man weiß ja nie ... Wir haben von Männern gehört, die Dämonen heraufbeschwören, um Macht über Inquisitoren auszuüben. Mit Beschwörungsformeln, die, wenn sie mehrmals hintereinander aufgesagt werden, einen Feind aus dem Wege räumen können! Gebt acht auf diesen Juden, Herr Präzeptor. Schließlich ist es allgemein bekannt, dass die Juden für alles Teuflische verantwortlich sind. Vieles lässt sich auf ihre Pläne zurückführen. Haben wir nicht alle von den schrecklichen Taten gehört, die sie in Sachsen begangen haben, wo sie regelmäßig die Hostie stehlen, um sie für ihre eigenen üblen Zwecke zu benützen, weshalb sie in Todesqualen schreit – da sie gefoltert wird und die Leiden Christi noch einmal erleben muss – und dadurch alle möglichen Wunder zustande bringen!»

Ich rang nach Luft, und mein Meister warf dem Bischof einen vorwurfsvollen Blick zu. «Euer Gnaden, lasst uns doch meinen jungen Chronisten nicht mit solchem Zeug erschrecken, das in keiner Weise bezeugt oder bewiesen ist. Wir alle wissen, dass jede echte Nachforschung, die zu diesen Anschuldigungen durchgeführt wurde, die jüdische Gemeinde stets von aller Schuld freisprach. Ein Gebildeter sollte doch über solchem Aberglauben stehen, der den schwachen Geist der Armen und der Gescheiterten beherrschen mag.»

«Tatsächlich aber», der Bischof straffte sich, und seine Stimme wurde so eisig wie der Wind, «bleibt die Tatsache bestehen, Herr Präzeptor, dass sogar die konvertierten Juden im innersten Herzen die Reinheit des Christentums ablehnen. Deshalb rauben sie ja die Hostie, und deshalb auch entführen sie christliche Knaben und ermorden sie in teuflischen Ritualen ...»

Ich sah, dass André jetzt langsam sehr zornig wurde. Der Bischof, der nicht völlig bar jeder Einfühlsamkeit war, sah das auch und wechselte diplomatisch das Thema. «Aber natürlich habe ich Euch aus einem anderen Grund gesucht, in einer Sache von allergrößter Bedeutung, wie ich ja schon sagte.» Diesen letzten Satz begleitete er mit einer schwungvollen Handbewegung, und sein Amethystring glitzerte vor meinen Augen und machte mich ganz schwindelig. Dieser Bann wurde erst wieder gebrochen von der Düsterkeit der Klostergebäude, die wir jetzt durch den überwölbten Eingang betraten. In weiter Ferne hörte ich einen Vogel schreien, vielleicht einen Adler. Ansonsten war der Tag seltsam still, die Luft kalt und feucht. Ich sehnte mich nach einem Becher warmen Biers, das mich wieder aufgemuntert hätte.

«Wie kann ich Euch helfen, Exzellenz?», fragte mein Meister, als der Bischof keinen Anfang zu finden schien.

«Ich möchte mit Euch über unser Vorgehen sprechen.» Der Benediktiner schwieg einen Augenblick, offenbar unsicher, wie er das Thema zur Sprache bringen sollte, dann legte er die Handflächen aneinander, als wollte er beten, und begann langsam und mit gewählten Worten: «Ich bin tief beunruhigt, Bruder Templer, dass Ihr Euch vielleicht der Schwierigkeiten gar nicht bewusst seid, denen sich die Kirche in diesen so schweren Zeiten gegenüber sieht. Tatsächlich ist das gesamte Abendland, von dem Frankreich ja nur einen kleinen Teil ausmacht, schon lange eine Brutstätte von Intrigen, und ich fürchte, Ihr versteht vielleicht nicht ganz unsere Pflicht dem Papst gegenüber, in Bezug auf ... in Bezug auf diese Abtei.»

«Hochwürdigste Exzellenz, ich bin mir meiner Pflicht stets bewusst.»

«Ja, ohne Zweifel», er räusperte sich, «aber während Ihr fort wart – und heldenhaft für das Wohl aller guten Christen gekämpft habt –, hat sich vieles verändert.»

«Vielleicht solltet Ihr mich davon in Kenntnis setzen, Euer Gnaden.»

«Das will ich. Zunächst war die Kirche, wie Ihr vielleicht wisst, mit den unheiligen Werken der *Gilden* hier in Frankreich beschäftigt, die dem Charakter nach nicht sehr anders als die *Ghibellinen* in meinem eigenen Land sind und die, wie jeder weiß, durch das Blut Christi einzig ihre Schatztruhen füllen wollen. Sie unterstützen die Kaiserlichen. Mit der Hilfe von Ludwig und seinem Bruder wirken sie heimlich dabei mit, die Macht des Papsttums zu schwächen, indem sie die Privilegien der Kirche vermindern und sich weigern, Steuern zu zahlen! Wir müssen den Fuchs und den Wolf sorgfältig beobachten, sonst verlieren wir unseren Weinberg!» Er bewegte seine Körperfülle auf die großen Bögen zu, die zum Mittelhof hin lagen, und sah meinen Meister mit einem gequälten Ausdruck an, der auf seinem Gesicht absurd wirkte. «Ich habe die Befürchtung, dass der König die unterstützt, die verantwortlich sind für den Tod eines Papstes – Gott sei seiner Seele gnädig – und für die Zerstückelung Italiens.»

«Ich glaube, Ihr seid da etwas verwirrt, wir sprechen nicht von den *Ghibellinen*, sondern nur von Kaufmannszünften, Handwerkerzünften.»

«Ahh ... aber der König unterstützt sie, wie Konrad und Manfred die *Ghibellinen* unterstützen, denn er will die Macht ... Ludwig wird von Tag zu Tag stärker.»

«Aber es war doch der Papst, Exzellenz, der ihm das Languedoc übereignet hat, und er kannte ihn schließlich sehr gut. Als Gegenleistung wurde der Kirche das Ende der Häresie versprochen. Aber unser hoher Herr, der Papst, hat noch aus einem anderen Grund klug gehandelt, denn er verbündete sich mit einem mächtigen Thron, einem Kämpfer, für den Fall, dass seine Macht noch einmal bedroht werden sollte. Schließlich hofft er, dass Ludwigs Bruder, Charles von Anjou, bereitsteht, um Friedrichs Sohn, Manfred, zu umgarnen, bevor der seines Vaters Schwert gegen die Kirche erhebt! Der Papst scheint sich zu verbünden, mit wem es ihn gut dünkt, lieber Herr Bischof. Lässt er nicht im Augenblick den *Ghibellinen* Ottaviano Norditalien regieren, weil die Familie dieses Mannes überaus mächtig in Bologna ist, das geographisch an einem strategisch sehr wichtigen Punkt liegt?»

Der Bischof stieß ein Knurren aus, vielleicht, weil er die *Ghibellinen* hasste, vielleicht auch, weil er fand, dass eigentlich er diese Stellung hätte bekommen müssen. Trotzdem verteidigte er seinen Papst.

«Die Pläne des Papstes betreffen Gott, wie sollte ich mich unterstehen, seine Weisheit in Frage zu stellen? Doch Ihr müsst zugeben, dass seine oberste Autorität makellos bleiben muss. Wie können wir unsere Pflichten erfüllen, wenn der König und die Konsuln ständig unsere Macht untergraben? Kein Wunder, dass wir verwickelte und gewundene Wege gehen, um unsere Rechtssprechung auszuüben …» Er verstummte vielsagend.

«Aber wird Eure Macht nicht auch durch die Inquisitoren bedroht, Exzellenz? Von den Dominikanern, die so tun, als wüssten sie mehr als die klugen Benediktiner?» Mein Meister kannte den Zwist zwischen den Orden über diesen Punkt, und ich glaube, er nutzte das aus, um Zwietracht zu säen.

Der andere zog seine aufgedunsenen Lider zusammen. «Ja, es gibt Männer, die, ohne es zu wissen, als Werkzeuge des Feindes fungieren, aber wir müssen unsere Pflicht gegenüber den Gläubigen im Auge behalten. Das ist das Wichtigste. Denn wie man weiß, führt Unsicherheit immer zu Ketzerei. Schaut Euch doch das Languedoc an! Ihr dürft eines nicht vergessen: so viele hier, sogar die, denen die Kirche vertraut hatte, waren ‹fragwürdig›. Der Kampf ist schwierig, aber wir müssen alle zusammen den heiligen Krieg führen, auch wenn wir uns über die Mittel nicht immer einig sein sollten!»

«Krieg ist nie heilig, Euer Gnaden», sagte mein Meister traurig, «es ist einfach nur Krieg.»

«Aber Ihr als Kriegsmann! Wollt Ihr etwa sagen, dass die Kriege, in denen Ihr gekämpft habt, nicht für einen heiligen Zweck waren?»

«Ich bin Templer, also ein Ritter, aber auch Arzt. Was ich gesehen habe, hat meiner Seele nicht gefallen.»

Der Bischof bestätigte die Worte meines Meisters und beschloss, diese ganze Angelegenheit einstweilen zu übergehen. «Auf jeden Fall werden wir vielleicht bald alles wieder zur Normalität zurückkehren sehen, und vielleicht vergessen wir auch den Gestank dieses falschen Kaisers!»

«Eines falschen Kaisers, der von einem Papst gekrönt worden ist.»

«Aber hatte er denn eine andere Wahl? Sagt mir das! Philipp von Schwaben war tot, Otto von Braunschweig im Grunde nichts als ein Söldner. Friedrich war seine einzige Möglichkeit. Außerdem gab es Abmachungen, Versprechen ... Er hat wie der Teufel gelogen, bis er gekrönt wurde, und sobald er Kaiser geworden war, begann er seinen Feldzug, um die kaiserliche Amtsgewalt völlig durchzusetzen! Bringt nicht Wahrheit und Lügen durcheinander, Herr Präzeptor, er wurde auf dem Konzil von Lyon wegen seines Verrats exkommuniziert, und Ihr, ein Tempelritter, solltet auch keinen Grund sehen, für diesen Fuchs und seinesgleichen Partei zu ergreifen! Hat er nicht das Eigentum der Templer in Italien konfisziert? Hat er nicht Euren Orden beschämt, indem er mit den Sarazenen ein Bündnis schloss und es zustande brachte, das Heilige Land auf eigene Faust zu sichern, während Euer Orden und auch andere auf verhängnisvolle Weise erfolglos waren? Wir haben Eure Unfähigkeit in Eurer schrecklichen Niederlage von Mansura ja gesehen.»

Mein Meister erbleichte. «Friedrich hat vielleicht das Heilige Land gesichert», sagte er heftig, «aber ein solcher Handel gelang nur auf Kosten der Interessen des Papstes, und auch der Interessen anderer europäischer Staaten. Trotzdem,

Frieden ist Frieden, und ich glaube, man muss den Erfolg seiner diplomatischen Bemühungen mit diesem Maßstab messen.»

«Viele haben sich durch die geschickte Vorgehensweise dieser Schlange täuschen lassen. Viele glauben immer noch, dass der falsche Kaiser den Weg der Wahrheit gegangen ist, aber es ist doch für jeden offensichtlich, dass er ein Teufel war, der zwar so tat, als sei er ein Stützpfeiler Gottes, aber nur, um seine Winkelzüge zu verschleiern. Es ist allgemein bekannt, dass er sich nur deshalb zu seinem Kreuzzug einschiffte, weil er sich in den Augen der Leute um ihn erhöhen wollte. Sobald er aber jenseits des Meeres war, wurde sein Eifer, sich zu opfern, gedämpft von seiner Begierde, nein, seiner Besessenheit, seinen eigenen Interessen zu folgen und nicht denen des Heiligen Stuhls! Er wurde angesteckt, denn wenn man Bauch an Bauch mit Schweinen liegt, riecht man nach Schwein, denn die Sünde bringt Sünde hervor ... auch das ist allgemein bekannt.» Er wedelte vor meinem Meister heftig mit dem erhobenen Zeigefinger, als habe er etwas sehr Wichtiges vergessen, das er jetzt kundzutun sich anschickte, und sprach: «Zahlreiche Gerüchte behaupten, dass Eure Männer in Akkon unter den Einfluss der Kabbala und des Islam, dieser Brutstätten der Ketzerei, geraten sind. Es gibt viele, die glauben, Euer Orden gehe schon viel zu lange auf einem nicht allzu geraden Pfad.» Er kam verschwörerisch näher. «Sogar Euer geliebter Ludwig ließ Euren Großmeister den Saum seines Gewandes küssen, als Buße für seine Überheblichkeit. Und dann gibt es auch noch Gerüchte, die Euren Orden in Verbindung bringen mit Geisterbeschwörung, Hexerei und allen möglichen anderen Schändlichkeiten, die ich gar nicht zu wiederholen wage, denn das würde mein friedfertiges Gemüt beeinträchtigen. Diese Gerüchte sind vielleicht nur das Ergebnis einer boshaften Verschwörung», fügte er hinzu. «Dennoch, wir leben in schwierigen Zeiten, Herr Präzeptor, und die Erinnerungen an Ketzereien und blutige Massaker sind noch frisch. Erinnern wir uns nicht noch an Avignonet?

Was für ein Blutvergießen! Der neue Papst weiß, dass Ihr die Ketzer dieser Gegend verteidigt habt, dass Ihr adeligen Katharern und ihren Familien Unterschlupf gewährt habt, dass Ihr Mördern geholfen und ihre Lehren angenommen habt ...»

«Wenn Ihr von den Frauen und Kindern sprecht», sagte mein Meister mit höflicher Feindseligkeit, «die durch blutrünstige Tiere gefährdet waren, wenn Ihr die Alten und die Kranken meint, dann sind diese Gerüchte wahr. Wir haben immer die Meinung verfochten, dass der einzig wahre Kreuzzug der gegen die Ungläubigen ist. Müssen wir das schreckliche Verbrechen noch einmal heraufbeschwören, bei dem Frauen und Kinder in den Kirchen niedergemetzelt wurden?»

Der Bischof lächelte boshaft. «Der Antichrist unterscheidet nicht, weder bei Alter noch bei Geschlecht. Das ist wohlbekannt. Und das sollten auch die nicht tun, deren Aufgabe – in der göttlichen Ordnung der Dinge – es ist, solche Widerlichkeiten auszurotten. Tötet sie alle! Gott wird die Seinen erkennen!»

«Gott möge dem Bischof von Cîteaux vergeben, ich glaube, er wusste nicht, was er sagte, als er diese Worte sprach», bemerkte mein Meister bitter.

Der Bischof sah ihn neugierig an, so als übersteige diese Antwort sein Verständnis. «Der Bischof von Cîteaux war ein Praktiker, so wie ich auch. Sogar jetzt noch haftet ein übler Geruch an dem Ort. Wir müssen alle Schösslinge zertreten, bevor sie wieder zu wuchern beginnen, und dazu können wir gar nichts Besseres tun, als mit diesen Klöstern zu beginnen, deren Einfluss und Reichtum den aller weltlichen Organisationen übertrifft und deren Äbte sich autonom und uneingeschränkt fühlen. Diese falschen Kleriker schlagen sich, wie wir wissen, auf die Seite von Kaisern und Königen gegen Rom. Sie nennen weltliche Herrscher ihre Meister, zitieren unsere geliebten Heiligen Ambrosius und Augustinus und benützen deren göttliche Worte, um ihre eigenen selbstsüchtigen Absichten auf Unabhängigkeit voranzutreiben! Gott sei gepriesen, dass der Papst eine Überprüfung aller mönchischen Praktiken in dieser Gegend angeordnet hat! Es wird Zeit, dass wir alle die mit Stumpf und Stiel ausreißen, die sich von den Anordnungen des Apostolischen Stuhls entfernen.» Dann fuhr er brüderlich fort: «Passt auf, dass Euer Orden nicht der nächste ist!»

«Wir sind durch den Papst sanktioniert, Exzellenz.»

«Ich gestehe, dass Ihr nützlich wart», antwortete er, als wir durch den südlichen Wandelgang und am Scriptorium vorbei gingen, das jetzt leer und still da lag. «Aber macht nicht den Fehler zu glauben, dass wir wegschauen, wenn Eure *Bruderschaft* die Lehren Christi übertritt. Bedenkt Folgendes ...» Er kam näher. «Es gibt viele, die von Anfang an böse Vorahnungen wegen der Doppelmoral Eures Ordens hatten. Ich zum Beispiel, und viele andere, die ähnlich denken, beobachten Euch und Eure Sippschaft mit höchster Aufmerksamkeit. Der heilige Bernhard war vielleicht Euer ergebenster Anwalt, aber ich bin sicher, dass er vorwurfsvoll herunterschaut aus der gesegneten Nicht-Existenz der Göttlichkeit. Seine heldenhaften Ritter benehmen sich wie die Juden!»

«Ich möchte doch hoffen, dass im Himmel weniger Unterschied zwischen Rasse und Glauben gemacht wird, als wir hier unter uns sündigen Sterblichen finden. Jedoch, wenn der heilige Bernhard auf unsere Bruderschaft herunterschaut, dann mit Liebe und Wohlwollen, denn nicht der Templerorden sollte genau geprüft werden, Exzellenz, sondern all die kleinen Pfarreien, die in den Händen zweifelhafter Priester sind, und vielleicht auch die größeren Diözesen, die von gierigen Bischöfen geleitet werden.»

Das Gesicht des anderen passte jetzt farblich genau zu seinem Amethystring.

«Sogar zu seinen Lebzeiten», fuhr mein Meister fort, «sah der heilige Bernhard die Habsucht in der Hierarchie der Kirche wie Unkraut blühen.»

«Meister Templer! Wie könnt Ihr es wagen, so etwas zu sagen!»

«Ich sage nur, dass auch ein treuer Hund vom Hirten genau beobachtet werden muss.»

Es entstand ein ungemütliches Schweigen. Dann sprach der Bischof, mit unterdrücktem Ärger. «Die Synode von Toulouse drückt sich ganz klar aus! Und es ist meine Pflicht, ihre Worte hochzuhalten! Alle Bürger haben die Verantwortung, Ketzer aufzuspüren und die Wollust und ihre Jünger, Väter oder Beschützer mit Stumpf und Stiel auszurotten. Niemand wird ausgenommen, wie Ihr sagt. Nicht einmal die Militia Christi!» Er fixierte meinen Meister mit einem Blick stummer Feindseligkeit, und in diesem Moment begriff ich, dass wir offen bedroht wurden.

«Und nicht einmal der Papst selbst, hofft man.»

Wieder entstand eine schreckliche Pause. Fassungslosigkeit und Widerwillen stritten im Gesicht des Bischofs um die Vorherrschaft. «Die Zeit wird kommen, Herr Präzeptor, wo Euer Orden seinen Nutzen überlebt haben wird. Was soll aus kämpfenden Mönchen werden, die ihre *Raison d'être* verloren haben? Werdet Ihr fortfahren, Tauschhandel und Geschäfte zu betreiben und Eure Hände mit Geld und Blut zu beflecken, wo Ihr doch Güte und Sanftmut im Dienste Gottes suchen solltet! Euer Orden ist auch nicht besser als diese respektlosen Klöster hier! Nicht besser als die Kaiserlichen, denn Ihr seid Euch selbst zum Gesetz geworden. Ihr sucht nichts anderes als Euer eigenes Reich, das autonom, unabhängig und niemandem zum Bündnis verpflichtet sein soll, am wenigsten dem Papst. Tatsächlich nehmt Ihr Euch eine Macht heraus, die nicht einmal der Kaiser zu beanspruchen wagt! Selbst Königen flößt Ihr Ehrfurcht ein! Seid vorsichtig, Ihr habt Euch unentbehrlich gemacht, das mag schon sein, aber Ihr werdet auch gehasst, denn es ist kein Geheimnis, dass Ihr die Bankiers für jeden Thron in Europa seid ... und Könige mit leeren Schatztruhen haben ein sehr kurzes Gedächtnis!» In dem Versuch, sich zu beruhigen, trocknete er sich die Stirn mit einem Taschentuch und fuhr fort: «Denkt daran, Wucher ist in den Augen Gottes und der Kirche eine Sünde.»

«Ja, der Wucher hat viele Namen. Wenn sich ein Bischof etwas vom Stadtrat leiht, nennt er das ein *Donum*.»

«Ich dulde nicht, dass Ihr solche Dinge sagt! So eine Unverschämtheit! Schenkungen sind für die Kirche lebensnotwendig! Wie sollten wir uns sonst unseren Platz in der Welt behaupten?»

«Doch unser Herr, Euer Bischöfliche Gnaden, starb nackt am Kreuz.»

Des Bischofs rotgeäderte Augen weiteten sich verärgert. «Die Juden und die Kaufleute benützen das Leid der anderen als Futter für ihre Geldbeutel. Die Kirche hält auf der anderen Seite brüderlichen Dienst für ihre Kinder bereit! Denn Nächstenliebe und nicht Armut ist der Grundstock für ein vollkommenes Leben. Nein», fuhr er atemlos fort, «wir tun nicht so, als wären wir arm, noch führen wir aber ein sybaritisches Leben! Und obwohl der Reichtum den Stolz nährt, Herr Präzeptor, so liegt doch auch Stolz in der Armut! Vor mir steht ein Heuchler und predigt den Wert der Armut, während es doch kein Geheimnis ist, dass Euer Ordenshaus in Paris unvorstellbare Schätze besitzt!»

«Was wir angesammelt haben für unsere Dienste, die den Ländern zugute kommen, in denen wir leben, wird zur Finanzierung unsres Militärs benutzt, damit wir dem Papst bestens dienen können, und somit natürlich auch Gott. Und wenn Ihr von Nächstenliebe sprecht: Kein anderer Orden hat so strikte Pflichten in puncto Nächstenliebe wie der Orden der Tempelritter, Exzellenz.»

Der Bischof lachte. «Ihr gebt einen ausgezeichneten Diplomaten ab, Herr Präzeptor, und ich verstehe, dass der König so große Stücke auf Euch hält. Ihr habt eine glatte Zunge, die offensichtlich durch Eure Bildung noch geistreicher im Ausdruck wird. Ich habe gehört, Alexandria, wo Ihr geboren seid, Herr Präzeptor, sei das Zentrum der häretischen Bildung. Mir wurde gesagt, es sei eine Brutstätte für gnostisches Wissen, Kabbala, Sufismus und alle Arten von Sünde.»

«Es ist tatsächlich ein großartiger Ort, um zu studieren, wie Ihr gesagt habt. Tatsächlich waren die Christen in Alexandria die Ersten, die die Lehren der frühen Väter ausgelegt haben, der Gründer des gesamten mönchischen Lebens.»

«Das sagt Ihr, weil Ihr zur Hälfte ein Heide seid, Herr Präzeptor, und ich frage mich allmählich, welche Hälfte bei Euch die Oberhand gewinnt.»

«Die Hälfte, die zählt, Exzellenz.»

Der andere Mann sah ihn ausdruckslos an. «Ja, und doch – war es die christliche oder die heidnische Hälfte, die dazu gezwungen wurde, die Universität von Paris zu verlassen? Vielleicht habt Ihr angenommen, Ihr könntet Eure Vergangenheit vor uns verborgen halten? Eure seltsamen Methoden galten nicht als ... soll ich es mit Feingefühl ausdrücken? Eure Methoden galten nicht als fromm. Heute könntet Ihr für solche Fehler auf dem Scheiterhaufen brennen. Auf jeden Fall», hier schwieg er kurz und genoss dann jedes Wort, «scheint Ihr nach so vielen Jahren Eure Irrwege noch immer nicht eingesehen zu haben. Erinnert Ihr Euch an den Grundsatz? *Chil paist, chil prie, et chil deffent.*»

«Dieser Mann arbeitet, dieser betet, und jener verteidigt ...»

«Genau ... hört zu, dies ist nicht Euer Krieg, kehrt zurück in Euer Ordenshaus, überlasst es dem Inquisitor, die nicht mehr zur Kirche gehörigen Feinde des Glaubens zu vertilgen!»

«Das kann ich nicht tun, Exzellenz.»

Der Mann setzte sich auf eine steinerne Bank zum Mittelhof hin und seufzte, plötzlich müde. «Was ist nur mit der Welt geschehen? In ganz Europa kämpfen Christen mit Christen, die Ketzerei schießt empor, um die ruhigen Wasser der Weisheit zu vergiften ... In Wahrheit interessiert mich die Politik gar nicht, was geht es mich an, ob die eine Klasse gegen die andere kämpft, das ist Sache des Königs. Nur wenn es die Moral meiner Gemeinde beeinträchtigt, nur dann gelangt es unter meine Befehlsgewalt. In einem solchen Fall, merkt Euch das, würde ich alle Macht nutzen, die mir gegeben ist, um dafür zu sorgen, dass die Gesetze der Kirche aufrecht erhalten werden, koste es, was es wolle! Ich werde es weder den Patriziern, noch etwa diesen aufsässigen Klöstern, und auch nicht den privilegierten Klassen erlauben, in meiner Gemeinde den Verfall des Glaubens herbeizuführen.»

«Aber was bedeutet der Glaube für einen Menschen, der keinen Unterschied zwischen richtig und falsch macht, sondern nur zwischen Leben und Sterben?»

Der Bischof schüttelte eigensinnig den Kopf. «Ich tue nicht so, als wüsste ich die Lösung für alles, Herr Präzeptor. Ich bin ein einfacher Mann, ganz anders als Ihr ... doch selbst Ihr dürft nicht dem Mitleid erliegen. Ihr müsst durch die Verschleierung von Armut und Gehorsam hindurchschauen auf das, was verborgen und dunkel dahinter liegt. Nämlich Gier und Reichtum!»

Die Glocke schlug, und mein Meister half dem Bischof auf die Füße.

«Sagt mir, wie geht es Eurem Freund Jean de Joinville nach seiner Rückkehr aus dem Heiligen Land? Ich glaube, er ist ein richtiger Held geworden, wo er doch an der Seite des Königs gekämpft hat.»

«Ich glaube, es geht ihm gut, er erholt sich nach den mehr als vier Jahren, die er in den Händen der Heiden verbringen musste», antwortete mein Meister.

«Hmm ... die Schlacht von Mansura, eine schreckliche Geschichte. So viele gefangen, so viele tot ... aber Ihr und Euer Chronist, Ihr seid entkommen?»

«Ja.»

«So ein Zufall. Mancher würde sagen, ein etwas zu glücklicher Zufall für einen, der zur Hälfte ein Heide ist», sagte er und sah meinen Meister scharf an. Als er keinerlei Zeichen von Ärger in Andrés Gesicht sah, fuhr er ein wenig enttäuscht fort: «Im Orient führt ein Tempelritter gewiss ein sehr gefährliches Leben. Aber auch in Frankreich birgt das Leben eines Ritters Gefahren in sich. Ich hoffe, Ihr könnt einen Rat annehmen von einem alten Mann, der in seinem Leben schon viel gesehen hat: In dieser Sache hier gibt es zwei Dinge, die sicher sind, zum einen, dass der Mund des Inquisitors mit der Zunge des Papstes spricht, und zum anderen, dass seine Rechtssprechung absolut ist. Tut Eure Pflicht, achtet darauf, dass Gerechtigkeit geübt wird! In diesen Tagen gibt es seltsame Koalitionen, Herr Präzeptor, und wir müssen als Männer Gottes trotz unserer unterschiedlichen Meinungen zusammenhalten. *Oportet inquisitores veritatis non esse inimicos!* Das heißt, zwischen denen, die nach der Wahrheit suchen, sollte keine Feindschaft bestehen.»

Der Bischof verließ uns mit wirbelnden Gewändern, aber bald darauf sollte er seinen Abschiedsworten einen schlechten Dienst erweisen ...

Später, beim Abendessen, als draußen das Wetter immer stürmischer wurde, brach im Refektorium eine Diskussion los, die sich über das Schweigegebot hinwegsetzte und zu einem Streit zwischen den Mitgliedern der Legation führte, der, weil allen dabei so beklommen zumute war, eine wirre und unglückliche Richtung nahm. Ich würde lügen, lieber Leser, wenn ich verheimlichen wollte, dass ich trauriger Zeuge eines wahren Wirbelsturms von Schimpftiraden wurde, die zu solchen ernsthaften und verantwortungsvollen Menschen, deren Verhalten doch die Eigenschaften von stillen Wassern spiegeln sollten, ganz und gar nicht passten. Mein Meister lehnte sich seltsam belustigt zurück, dabei hatte er doch durch eine gedankenlose Bemerkung die ganze Aufregung selbst hervorgerufen, die ich Dir jetzt berichten werde, um Dir vor Augen zu führen, welch große Feindseligkeit in jenen dunklen Tagen zwischen den Männern Gottes herrschte. Das Ganze schien mir die Eitelkeit und den Stolz der Menschen deutlich zu machen, was in dem Augenblick fast komisch wirkte, wenn es nicht gleichzeitig so schrecklich gewesen wäre. Dass sogar edle und heilige Männer fähig sind, sich selbst bei der leisesten Provokation auf die Ebene von Bauern herabzuwürdigen!

Es begann damit, dass mein Meister feststellte, das wundervolle Kreuz, das der Bischof um den Hals trug, hänge ein wenig in die Suppe. Der Bischof reagierte darauf, indem er es abnahm und mit der angefeuchteten Serviette reinigte. André bemerkte dann, es sei ein Meisterstück des Kunsthandwerks, das sich durch kunstvolle goldene Filigranarbeit auszeichnete und mit zahlreichen kostbaren Edelsteinen geschmückt war, die einen wunderbaren Rubin von der Größe einer kleinen Walnuss umschlossen.

Der Bischof lächelte, wobei er das Kreuz behutsam in den Händen hielt, und während er es an seine feuchten Lippen führte, sagte er: «Wie könnte man seine Verehrung besser ausdrücken, Herr Präzeptor, als indem man die Gaben der Natur benützt. Der Rubin weist, wie wir wissen, auf das Angesicht der Erzengel hin, das Gold wiederum ist der zarte Abglanz von Christus, dessen strahlender Schein vom Schimmer des Goldes nur angedeutet wird. Seht Ihr die Amethyste? Seht Ihr die Diamanten? Es ist schon wahr …», sagte er und versank in Träumerei. «Sie spiegeln die Wunder des Universums wider! Tatsächlich liegen alle Himmelsmächte in dem Wunder des Steins, in dessen Tiefe sich viele Wissensebenen verbergen. Ich spüre wahrhaftig jedes Mal, wenn ich es, bezwungen von seinen Geheimnissen, an die Lippen führe, eine heilige Teilhabe.» Er schien mir ein wenig so zu sprechen wie der Abt, als er mir von dem Tigerauge erzählte, und doch auch wieder anders.

An diesem Punkt rollte der Ordensbruder von Narbonne verärgert die Augen und murmelte ziemlich laut: «Wie soll man das aushalten, das Kreuz unseres Herrn auf so vulgäre Art beschrieben zu hören! Als Nächstes werdet Ihr noch sagen, dass seine Krippe mit Goldfäden gepolstert war und nicht mit Stroh!»

Da drehte der Bischof seine Körperfülle zum Ordensbruder

hin. «Ich erwarte nicht, dass ein Bettelbruder diese Dinge begreift, denn dazu braucht es ein wenig Bildung und eine verfeinerte Erziehung. Trotz allem aber war euer Gründer nicht gar so einfältig, denn er hat sehr wohl gewusst, wie er sich den Papst gefügig machen konnte.»

«Euer Bischöfliche Gnaden!», fiel hier der Zisterzienser ein, um die Gefahr eines Streites abzuwenden. «Ihr wollt doch nicht etwa sagen …? Franziskus war ein Heiliger! Darin sind sich alle einig.»

«Ohne Zweifel bezeugen seine Nonnen seine Männlichkeit!»

«Ihr seid eine respektlose Schlange!», schrie der Ordensbruder außer sich, hob sich ein wenig aus seinem Stuhl und schlug mit beiden Fäusten auf den Tisch. «Wie könnt Ihr nur so etwas über einen hochverehrten Heiligen aus Eurem eigenen Land sagen? Und seine Nonnen! Diese heiligen Frauen sind so jungfräulich wie die Mutter Gottes!»

Der Bischof lächelte: «Sie sind alle Jungfrauen, du Dummkopf, bis sie Nonnen werden.»

«Brüder, ich bitte Euch!» Der Abt mischte sich ein, aber es war zu spät, jetzt fiel jeder mit ausuferndem Hass über jeden her.

Unterhalb des Podests hörten alle zu essen auf und brachten den Mund nicht mehr zu ob des Spektakels vor ihren Augen, denn jetzt schüttelte der Ordensbruder mit tiefrotem Gesicht drohend die Faust vor den Augen des Bischofs.

«Du Fass voller Gier! Du schmutziges Schwein! Du simonistischer Dieb! Euer ganzer Reichtum kommt doch nur daher, dass ihr Strafen auferlegt, die ihr dann für ein kleines Trinkgeld übersehst!»

«Halt den Mund! Innozenz hätte aufmerksamer auf den Kardinal Albano hören sollen», stieß der Bischof auf dem Gipfel des Zorns aus, «als der ihm anriet, die Bettelmönche den niedrigsten Priestern zu unterstellen!»

«Ja, und am selben Tag hat er sich den Hals gebrochen!», schrie der Franziskaner.

«Darin liegt ja eure Schuld!», rief der Bischof. «Ihr Mörder ... ihr stehlt den Armen das Essen vom Mund weg, denn ihr seid nicht nur so dumm wie die Esel, sondern genauso faul! Trotz eures ganzen Geredes von Armut und Einfachheit stinkt auch ihr nach Geld, genau wie eure reichen Zisterzienserbrüder, deren Vorliebe für die Schafe allgemein bekannt ist und sie reich gemacht hat!»

«Und euer Orden, Otto», der Zisterzienser sprang auf, mit feuerrotem Gesicht und vor Wut bebend, «erinnert an ein fettes Schwein, dass sich in seinen eigenen Exkrementen suhlt und das Maul allem aufsperrt, was ihm zugeworfen wird!»

«Ach tatsächlich? Du Schutzherr der Verderbtheit!», rief der Bischof von Toulouse. «Du Verteidiger des franziskanischen Drecks! Hast du vergessen, dass William Saint Armour sagt, sie seien Bettler, Schmeichler, Lügner, und Verleumder, Diebe, Leute, die das Recht umgehen! Wie käme ich dazu, mich von einem stinkenden alten Geißbock beleidigen zu lassen, der von der Größe der Benediktiner keine Ahnung hat! Wenn du lesen könntest, wüsstest du, dass unser himmlischer Orden gegründet wurde, als der Großvater eures Gründers noch nicht einmal ein Same im Leib seiner Mutter war. Wir waren vor euch da, und wir werden euch übertreffen an Weisheit, Jahren und Anzahl.»

«Vielleicht, aber nur, weil ihr eure eigenen Bastarde als Laienbrüder aufnehmt, um euren schrumpfenden Orden zu mästen!», schrie der Franziskaner triumphierend. «Wie viele Neffen hast du denn, Bischof? Du bist natürlich selber auch ein Neffe ...»

«Du teuflisches Lästermaul!» Der Bischof machte einen Satz nach vorn und versuchte den Ordensbruder am Skapulier zu packen.

«Brüder! Brüder!», schrie der Abt, schob sich zwischen die zwei Männer und wich dabei einem gegen den Bischof gerichteten Schlag aus, der seinerseits knurrend einen Hieb mitten auf das schwache Kinn des Ordensbruders zu platzieren versuchte.

«Der Teufel soll dich holen!», kreischte der Franziskaner hinter dem Abt hervor, wobei sein heftig bewegtes Gesicht ganz im Gegensatz zu seinem sonstigen Naturell stand. «Kein Wunder, dass es in Italien so viel Unruhe gibt! Ich fange an, mit den umbrischen Ghibellinen zu sympathisieren!»

Das traf den Bischof härter als ein Schlag. «Verräter!», brüllte er schwer atmend und fuchtelte mit den dicken Fäusten. «Ich verstehe, dass sogar ein Ketzer wie Friedrich euresgleichen in Sizilien nicht dulden wollte, denn ihr verströmt einen Geruch wie ein Weib!»

«Lieber möchte ich einen Geruch wie ein Weib verströmen als der Sohn einer Hure sein!»

«Und ich möchte lieber ein guter Sohn sein, selbst der einer Hure, als jeden elenden Tag in eure verlauste Ordenstracht zu schlüpfen!»

«Hüte deine Zunge, du Heiligenschänder!», fiel der Zisterzienser ein und fuchtelte mit dem Messer vor dem Bischof herum. «Ihr Benediktiner seid doch nur eine Horde Götzendiener und baut eure großen Kirchen vollgestopft mit Gold und Silber, damit ihr auf allen Oberflächen euer gieriges Spiegelbild betrachten könnt!»

«Und die nackten Wände eures Ordens sind nur ein Abbild von den Arschbacken des Heiligen Bernhard: blass und ausnehmend langweilig!»

Mein Meister warf dem Inquisitor einen Siegerblick zu, und wieder bemerkte ich, dass der Teufel der Rivalität zwischen den beiden Männern schon beinah körperliche Form annahm. Ich begann mich zu fragen, ob nicht der Bischof recht habe – ob nicht der Heide im Blut meines Meisters stärker war als der Christ, da er ebenso viel Vergnügen in Zwist und Verwirrung zu finden schien wie der Inquisitor in Angst und Schmerz. In dem Augenblick sah es so aus, als hätten die beiden viel gemeinsam.

«Verehrte Brüder!», rief der Inquisitor laut und hob die Arme im Versuch, die Schläge und Schreie zu beenden. «Friede! Friede!» Er sah die Verantwortlichen mit gerunzelter

Stirn an und sprach erst weiter, als er sicher sein konnte, dass sie sich allesamt beruhigt hatten. «Ich bitte darum, dass wir uns setzen und uns sammeln, bevor es zu spät ist. Darf ich Euch an die heikle Mission hier erinnern und an die große Gefahr, der wir gegenüberstehen? Sicherlich ist dies das Werk des Teufels, der uns zu entzweien versucht, damit wir zu keinem Urteil finden, denn wenn ich ihn je gesehen habe, dann heute Abend, wie er aus dem Mund frommer Männer die abscheulichsten und verächtlichsten Worte herausknurrte! Lasst Reue unsere Herzen erfüllen, lasst uns um Leitung und auch um Vergebung beten. Der Feind ist unter uns, und wir füttern ihn mit unserer Zwietracht und unserem gegenseitigen Hass.»

Er setzte sich, und es herrschte wieder Schweigen, aber offen gestanden war es ein unglückliches Schweigen, denn sobald ein Wort einmal ausgesprochen ist, hat es die Fähigkeit, Dinge zu verändern, Dinge zu erschaffen, selbst Dinge zu zerstören.

Jetzt hörte man nur noch, wie der Wind draußen gegen die Steine anbrandete und die Kerzen flackern ließ, die an den Wänden des Refektoriums unheilvolle Schatten warfen. Während ich auf all die jetzt feierlich ernsten und erschrockenen Gesichter rings um mich schaute, fragte ich mich, ob hier auch nur ein Einziger ohne Sünde sei.

AQUA

DIE ZWEITE PRÜFUNG

«Da hatte er einen Traum…»
Genesis XXVIII, 12

10.

CAPITULUM

Ich befand mich mitten in einem Sturm, allein mit den Elementen, die mit unglaublicher Gewalt tobten. Der Donner ließ die Welt erbeben, und im Strahl eines Blitzes erblickte ich dies:

Siehe, ein Tor ward geöffnet im Himmel, und sichtbar wurde ein Thron, umgeben von vier Wesen. Ich sah vierundzwanzig Sitze, auf denen saßen vierundzwanzig Älteste in weißen Gewändern.

«Bringet Herrlichkeit und Ehre und Dank dar dem, der auf dem Thron sitzt und von Ewigkeit zu Ewigkeit lebt!», schrie eine Stimme. «Wehe dem, der dem Pestatem folgt, der dem Bauch der Unterwelt aufsteigt.»

Plötzlich hörte ich von tief unten ein Grollen aufsteigen, und aus der halbdunklen Nacht heraus stieß ein Spalt in der Erde Lava aus, deren schwefeliges Licht das Firmament beleuchtete und Wellen von Schmutz, Rauch, Abschaum und Kot enthüllte. In Ausbrüchen von Flüssigkeit stürzten Lebewesen aller Arten auf die Menschheit herab, in Unmengen, die sich aber zerstreuten wie ein Haufen kleiner Ameisen, als die Nachkommen der Dämonen sie aufspürten. Vipern, Minotauren, Salamander, Schlangen, Hydren, Eidechsen und Geier, Greife, Krokodile und Skorpione wurden zu einer einzigen kochenden, sich windenden Masse – einer dicken, öligen Materie, die, als der erste Strahl einer schwarzen Sonne sie traf, herabfiel auf eine Versammlung in Zwietracht, eine Vereinigung in Schändlichkeit, eine Schar von Missetätern. Sie rissen Augen aus Höhlen, zerrten Seelen aus Mündern, zogen mit scharfen, gezackten Zähnen Fleisch von nackten Leibern.

In diesem Moment sah ich einen riesigen, von Sternen funkelnden Adler, auf dessen leuchtender Spur andere Wesen folgten, angelockt wie trunkene Motten. Der Vogel, dessen Glanz von den Himmelskörpern stammte, die das Firmament bekleideten, stieß durch den dunklen Bereich der Berge hernieder, erfüllt von einer solchen Wildheit und Entschiedenheit, dass ich die Luft in einem plötzlichen Stoß aus meiner Lunge entweichen fühlte. Er schoss sofort auf die widerwärtige Kreatur mit den sieben Köpfen zu, deren Gestalt gerade eben aus dem Spalt auftauchte. Der Kampf hatte begonnen.

Das Tier wand sich in Raserei und drehte sich um sich selbst, und jeder der sieben lästerlichen Münder stieß ganze chromatische Tonleitern aus, kreischte und wimmerte. Geschickt wich es dem Adler aus, aber der große Vogel zielte sorgfältig auf sein Innerstes, und mit einem einzigen schnellen Hieb seiner langen, scharfen Klaue riss er dem Wesen das Herz heraus, worauf dessen Todesschrei bis in die höchsten Höhen des Himmels aufstieg. Die abgetrennten Glieder wurden dann in die vier Ecken der Erde geworfen, und auf ihnen erschienen vier Tempel. Aus dem Herzen des Tieres drang rotes Blut hervor, voller Lebenskraft – als würde sich in ihm eine Vielzahl von Reptilien winden, sodass es überquoll in der Kraft der verwandelten Schöpfung – und bildete einen Fluss. Und ich sah, wie sich dieser Fluss teilte, dann wurden aus den zwei Flüssen vier, und jeder Arm fand seinen Weg zu einem der vier Tabernakel. An den Ufern, wo hell glänzende Sandstrände sich an Halbinseln, Schluchten und Tälern hinzogen, erschienen blutrote Rosen, deren emporgerichtete Blütenblätter die großartige ursprüngliche Kraft des Universums priesen. Da fielen Sterne aus der großen galaktischen Wüste nieder und brannten Löcher in den Mantel der Nacht, dann wurden sie eins mit jedem der vier Tempel. Und eine Stimme sagte:

«Gepriesen sei Manes, denn er hat die Kraft des Guten und des Bösen gesehen. Gepriesen sei Zarathustra, denn er hat die Sonne in ihrer Göttlichkeit gesehen. Gepriesen sei Buddha, denn er hat das Sternenlicht erlebt. Gepriesen sei Skythianos, denn er erhebet den Tempel zum höchsten Gipfel.»

Der Adler verwandelte sich in das Gesicht eines Mannes, und indem er eine Klinge schwang, durchbohrte er mit einer einzigen schnellen Bewegung den abgetrennten Bauch, aus dem sieben Bücher hervorbrachen, die rot gebunden waren. Die legte er mir zu Füßen, und mit donnergleicher Stimme sprach er folgende Worte:

Nimm diese sieben Bücher, denn sie sind die Gaben kosmischer Intelligenzen.

Seit jeher sind diese Bücher mein,
Nun muss ich sie aufgeben zum Wohle der Menschheit.
Sei du ihr Hüter, damit einmal einer,
Der rein denkt, fühlt und wünscht,
Den langen, steten Pfad zur Intelligenz gehen kann,
Lass ihn von diesen Büchern essen und gerettet werden.

Plötzlich spürte ich, wie ich in einen Abgrund fiel. Ohne Selbst, erfüllt von einem Gefühl selbstloser Vereinigung, tauchte ich ein in die Verschmelzung mit dem Universum; ich wurde weit und wuchs in alles hinein, was um mich war, bis ich in mir unbegreifliche Sternbilder, himmlische Gottheiten, ganze Welten wohnen sah. Ich war ein Kosmos, und rings um mich wurde die verborgene Natur zu äußerer Form; Organe waren wie makrokosmische Trabanten, die sorgfältig ihren Lauf durch den Mikrokosmos meiner planetarischen Existenz planten. Mit ehrfürchtiger Hochachtung sah ich eine Leber eine Milz umsegeln, deren Kreislauf um ein Herz seinerseits astrologische Philosophien flüsterte, tiefe Harmonien. Es war ein rhythmisches Oszillieren und Schwanken, eine Schule des Universums, in der kosmische Geheimnisse mit den gleitenden Kreisbahnen ferner Sonnen tuschelten.

«Das, was hier rings um dich ausgebreitet ist, das bist du!», sagte ich zu den Umlaufbahnen am äußersten Rand meiner Existenz.

«Ich bin ein Gott, und du bist mein Volk», sagte ich zu dem inneren Kosmos, den ich jetzt umschloss.

Was innerlich war, war auch äußerlich, innen und außen, Form wurde formlos, und das Formlose wurde körperhaft. Bald würde Christian de Saint Armand aufhören zu existieren, seine Sonne würde vom Licht eines Mondes ausgelöscht werden, dessen Glanz weitaus größer als sein eigener war. Die zwölf wurden zu sieben, und die sieben Sterne erschienen.

11.

CAPITULUM

An dieser Stelle wachte ich auf, und doch wusste ich, dass ich noch schlief, denn vor mir stand die Gestalt Platos. Du, lieber Leser, findest das vielleicht seltsam, aber noch viel seltsamer war die Tatsache, dass ich es überhaupt nicht seltsam fand, sondern das Natürlichste von der Welt.

«Hierin liegt die Schwierigkeit», sagte Plato, «die ich vielleicht nie zu meiner Befriedigung werde lösen können.»

«Was ist es, Plato?», fragte ich.

«Ich frage mich, was dieser Traum zu bedeuten hat», sagte er, während er in meiner Zelle auf und ab ging, wobei die langen griechischen Gewänder in den stillen frühen Morgenstunden raschelten und er mit seiner schlanken Hand das Kinn auf eine merkwürdige Weise umfasste, die mich ein wenig an meinen Meister erinnerte. «Sollen wir also sagen, dass du eine Vision geträumt hast?»

«Eine Vision», überlegte ich, «eine Vision wovon?»

«Von dem Kampf zwischen Gut und Böse?»

«Tatsächlich, das könnte es sein», nickte ich zustimmend.

«Eine Vision auch von einer bestimmten Art von Wissen … dessen Hüter du sein wirst …»

«Das leuchtet ein, Plato», sagte ich, «aber was für ein Wissen ist das? Und warum bin ich auserwählt worden?»

«Meine Kunst liegt darin, deine Gedanken zu prüfen – wie mein Lehrer Sokrates gesagt hätte – und nicht meine zu verkünden. Du darfst mich nicht als den Schöpfer von Ideen sehen, denn ich bin wie eine Hebamme, die in ihrer unfruchtbaren Weisheit niemals gebären kann. Du bist derjenige, der gebären muss, du musst dich anstrengen, und ich passe auf, dass die Entbindung gelingt ... also ... was für ein Wissen könnte das sein? Wenn es jedermann zugänglich wäre, müsste es dir nicht offenbart werden, habe ich recht?»

«Das glaube ich auch», stimmte ich zu.

«Also ist es etwas Geheimes ... und deshalb nicht leicht zu erfahren oder zu gewinnen?»

«Wenn man so folgert», sagte ich, «dann ist das ganz richtig.»

«Es ist nichts Praktisches, denn sonst müsste es nicht Intelligenz heißen, sondern Klugheit.»

«Aber Klugheit ist doch dasselbe wie Intelligenz. Nicht?»

«Mein Freund, du vergisst, dass ich dumm bin, du bist derjenige, der sich anstrengt.»

«Aber ich leide!»

«Und deshalb will ich dich trösten. Nennen wir einen Mann klug, der vernünftig ist?»

«Natürlich.»

«Und woraus entspringt der Quell der Vernunft?»

«Aus der praktischen Erfahrung.»

«Ausgezeichnet! Und wie ist es mit der Intelligenz?»

«Aus dem Verstand?»

«Ja! Der Verstand befähigt dich und mich dazu, die Grundprinzipien zu erfassen – wie mein Schüler Aristoteles gesagt hat. Und als Ausfluss der Götter ist er also göttlich. Die Vernunft andererseits ist nur das Ergebnis des praktischen Gebrauchs dieses Verstandes und deshalb menschlich. Also können wir doch sagen, dass das Wissen, das dir gewährt wird, göttlichen Ursprungs ist?»

Ich nickte.

«Dann sind wir ja einer Meinung», sagte er.

«Aber was hat das mit dem Kloster zu tun?», fragte ich.

«Aus unserer Diskussion wird klar, dass diese Intelligenz geheimnisvoll ist, und jetzt wissen wir auch, dass sie göttlich ist. Habe ich recht, wenn ich sage, dass gegensätzliche Naturen und Substanzen einander anziehen?»

«Ich nehme es an.»

«Dann zieht also nichts ein großes Übel so sehr an wie ein großes Gut. Wenn dieses Wissen ein großes Gut ist, wird es ein großes Übel anziehen, und daraus wird der Kampf entstehen. Das Kloster ist nur das Schlachtfeld.»

«Aber wie soll ich diese Bücher finden und damit das Geheimnis entschlüsseln?»

«Wie bei der Geburt geht auch jedem Verstehen ein wenig Schmerz voraus. Dem musst du dich mutig aussetzen, aber das ist nur der Anfang, denn wenn man etwas lernt, führt einen das dazu, auch anderes lernen zu wollen, und Fragen zeugen andere Fragen, und so begreift man neu. Ich, Plato, andererseits, ich bin tot.» Er seufzte. «Ich habe zu vielen Männern bei der Entbindung geholfen, als ich noch lebendig war ...»

«Lebendig ... werd lebendig, Junge!» Ich hörte diese Worte durch mein verdunkeltes Bewusstsein dringen und merkte, dass mein Körper heftig geschüttelt wurde ...

12.

CAPITULUM
EINE WEILE VOR DER MATUTIN

Zuerst sah ich gar nichts, dann bemerkte ich, dass mein Meister über mich gebeugt stand, ein schwarzer Schatten, den ich sofort erkannte.

«Meister?»

«Bei der Liebe Gottes! Wenn ich ein Sarazene gewesen wäre, würdest du jetzt schon misstönend im großen Himmelschor mitsingen.»

Noch halb im Schlaf und ein wenig verletzt von dem Wort «misstönend», verfiel ich in brütendes Schweigen, doch während ich mich aufrappelte, erzählte ich ihm alles, denn ich konnte es nicht länger zurückhalten. «Ich hatte einen Traum, Meister», sagte ich sehr schnell. «Da war erst ein Drache, und dann ein Adler ... Plato sagte, es sei der Kampf zwischen Gut und Böse.» Ich hielt den kleinen Edelstein, den der Abt mir gegeben hatte, heiß in den Händen.

«Und ich sage, es war zu viel Makrele zum Abendessen. Jetzt aber auf mit dir! Heute Nacht suchen wir ein Geheimnis. Komm jetzt, versuch, wie ein Lebender auszusehen!»

«Aber Meister –», wollte ich mit ihm zu streiten anfangen, aber als ich sah, in was für einer Stimmung er war, besann ich mich eines Besseren, denn er rieb sich das Knie.

«Verflucht seien alle ungebildeten Franzosen!», murmelte er. «Und verdammt sei der Comte d'Artois. Bist du fertig? Vergiss die Lampe nicht, mein Junge, wir sind schließlich keine Fledermäuse!»

Ich nickte, nahm die Lampe in die eine Hand und Wachskerzen in die andere und folgte ihm nach draußen.

Es schneite leicht. Ich schmollte, weil ich sehr enttäuscht war. Mein Meister schnupperte in die Luft, hielt dann inne und stand einen Augenblick völlig still. «Morgen wird es Sturm geben», sagte er mit Nachdruck.

Wer hätte ihm widersprochen?

Wir betraten die Kirche und warteten lange im Schatten hinter dem Kreuz versteckt. Ich dachte an Eisik, der zu dieser Zeit gewöhnlich betete, und überlegte mir, wie seltsam es doch sein müsse, wenn man Jude war, an nur einen Gott glaubte und noch auf einen Erlöser wartete, der doch schon gekommen war. Ich hoffte, er betete für unsere Sicherheit, denn ich hatte Angst. Nicht vor dem, was wir vielleicht sehen würden, wir, die hier zusammengekauert wie die Diebe hockten, sondern viel eher vor dem, was wir nicht sehen würden, denn ich hatte den Eindruck, dass der Böse in seiner teuflischen Klugheit unsichtbar und deshalb unerkennbar wirkt. Mein Meister schien völlig gelassen, sogar freudig erregt und bester Laune. Ich muss sagen, dass mich das mehr beunruhigte als alles andere.

Als André es für sicher hielt, gingen wir am Chorgestühl vorbei und nach rechts, auf das nördliche Querschiff zu. Gleich darauf waren wir in der Kapelle Unserer Lieben Frau, am Altar der Jungfrau Unserer Schmerzen. Mein Meister gab mir ein Zeichen, die beiden Lampen aus unseren Zimmern am Ewigen Licht in dem bronzenen Dreifuß zu entzünden. Das tat ich, und als ich zurückkehrte, begannen wir den Bereich hinter den großen roten Vorhängen zu untersuchen, in der Nähe des Ausgangs zum Friedhof, denn hierher hatte Daniel gedeutet und dazu die Worte Vergils gesagt: *«Procul este, profani!»*. Hier gab es ringsum Steinplatten von drei oder vier Fuß im Quadrat, und mein Meister kam zu dem Schluss, dass da irgendwo eine Vorrichtung verborgen sein müsse. In dem schwachen Licht sahen wir nur sehr wenig, aber wir suchten weiterhin nach irgendetwas. Bald jedoch merkte ich, dass ich von einem fürchterlichen Niesreiz gepackt wurde, und als ich versuchte, hinter den staubigen Vorhängen hervorzukommen, verhedderte ich mich und stürzte. Zum Glück hielt ich die Lampe fest, sonst hätte sie bestimmt die Vorhänge in Brand gesteckt. Aber so fiel nun der helle Schein der Lampe auf die unterste Steinplatte, die jetzt, da ich mich dicht über dem Steinfußboden befand, für mich sichtbar wurde. Ich sah etwas, zunächst noch undeutlich. Mein Meister wollte mir gerade wieder auf die Füße helfen, als auch er es sah. Da ließ er sich unter Schmerzen auf die Knie nieder, brachte die Lampe näher und rief vielleicht ein wenig lauter als angebracht: «Oh du Verteidiger des Heiligen Grabes!» Er musste sich das Knie verletzt haben und sagte mit einem erstickten Flüstern: «Psst!», so als hätte *ich* und nicht *er* diese Worte ausgestoßen.

Nachdem er ein Stück Pergament und eine Feder aus der kleinen Tasche in seinem Skapulier hervorgeholt hatte, schrieb er die Inschrift schnell ab, aber dann hörten wir etwas, von dem wir später begriffen, dass es Schritte waren, die auf uns zu kamen. Mein Meister stieß mich geistesgegenwärtig aus den Vorhängen hinaus, sagte: «Schnell, zur Tür hinaus!», und ich wurde plötzlich auf die Füße gezerrt und durch das Portal des nördlichen Querschiffs in die kalte Nacht hinaus gestoßen.

«Meister –», begann ich ängstlich zu flüstern, wurde aber von dem Geruch nach Feuchtigkeit und Tod, der den Friedhof durchdrang, am Weiterreden gehindert.

«Psst! Komm mir nach, und stell keine dummen Fragen!», sagte er, löschte unsere Lampen und stieß mich vorwärts, um das Kirchenschiff herum und an den Kreuzen vorbei, bis zum östlichen Tor, das bis Mitternacht geöffnet blieb.

«Was tun wir denn, Meister?», fragte ich verwirrt.

«Wir spionieren dem Teufel nach», sagte er, und mir kam es so vor, als bemerkte ich ein teuflisches Grinsen auf seinem Gesicht, aber es war zu dunkel, und meine Einbildung ging mit mir durch. Trotzdem hatte ich meinen Meister noch nie so aufgeregt gesehen, und ich fürchtete, dass er sich rasch zu dem von Aristoteles beschriebenen Inbegriff eines unbeherrschten Menschen entwickeln würde, dessen Gier nach dem, was ihm Vergnügen macht, unstillbar ist und der aus allem Befriedigung zieht. Denn was für ein Vergnügen würde ein normaler Mensch darin finden, im Dunkeln über Friedhöfe zu huschen? Mich schauderte, wenn ich nur daran dachte, und ich schalt ihn innerlich wegen seiner schrecklichen Neugier.

Jetzt gingen wir wieder durch das Kirchenschiff, mit den instinktiven Bewegungen eines Fuchses, der auf der Jagd seiner Nase folgt, und schon wenige Augenblicke später befanden wir uns erneut auf der anderen Seite des Lettners und rannten schleunigst in den Schatten, an eine Stelle hinter den Chorschranken. In diesem Augenblick sahen wir die Gestalt eines Mönchs leise an dem großen Dreifuß vorbeigehen, nicht allzu schnell, denn er trug etwas. Er ging in Richtung der Kapelle Unserer Lieben Frau. Ich vermutete, dass er vor dem Altar stehen geblieben war, um zu beten, sonst hätten wir ihn nicht eingeholt. Aber ein Teufel, der betet? Wir folgten ihm und kamen zu dem Bogen, der uns vom Querschiff trennte. Mein Atem ging stoßweise, passend zu meinem rasenden Herzklopfen.

«Um Himmelswillen! Atme leise», flüsterte mein Meister mir schroff ins Ohr, und gleich darauf verschwand die Gestalt hinter den Vorhängen.

«Er geht in die Katakomben hinunter!»

«Wer, Meister?»

«Wie soll ich das wissen?»

Nach einem kurzen Moment kam der Schatten des Mönchs wieder heraus in das schwache Licht, aber wir sahen sein Gesicht nicht, da es von der Kapuze verdeckt war, und er verschwand in der tintenschwarzen Dunkelheit des Chorumgangs.

«Bei der Schlafmütze Gottes!», fluchte mein Meister und eilte zu der Kapelle, wo er die Vorhänge hob. «Beim Griff meines Schwertes! Nichts!» Er wartete einen Augenblick und sagte dann: «Bleib hier, warte auf die Glocken. Ich komme bald zurück.»

Er ging eilends davon, und ich, der ich angstvoll den Teufel höchstpersönlich hinter jeder Ecke vermutete, kauerte mich in die Schatten des Chorumgangs, betete viele Vaterunser und dachte, mein Meister müsse jeden Augenblick zurückkehren. Aber die Matutin kam und ging vorüber. Man hörte Geflüster. «Wo ist der Präzeptor?», fragte man ängstlich und warf immer wieder einen Blick auf seinen leeren Platz. Ich wartete, bis der letzte Bruder hinausging. Was mochte geschehen sein? Ich machte mir schreckliche Sorgen, aber da ich sehr müde war und auch meinem Meister gegenüber nicht ungehorsam sein wollte, kauerte ich mich tief in eine Ecke, hoffte wie ein pflichtbewusstes Kind auf seine Rückkehr und fiel auf diese Weise in einen unerquicklichen Schlaf.

13.

CAPITULUM

VOR LAUDES

Als ich aufwachte, schien es in der Kirche heller geworden sein. Ich rieb mir die Augen und beschloss, André suchen zu gehen. Vielleicht, dachte ich verzweifelt, war er tot, dem Antichrist zum Opfer gefallen! Würde ich vor der Kirche auf seine zusammengekrümmte vergiftete Leiche stoßen? Sofort sah ich ihn vor mir, in Schweiß und Blut gebadet (denn er hätte mit dem Teufel gekämpft wie ein heldenhafter Ritter), das Gesicht verzerrt in dieser mir inzwischen nur zu gut bekannten Art, wie sie Tote bei Vergiftung zeigen. Oh weh! Wieder einmal stellte ich die Klugheit einer Mutter in Frage, die ihr einziges Kind einem so wenig behütenden Hüter in Obhut gab! Und doch, wenn ich ihn denn lebend wiedersehen würde, so sagte ich mir erschauernd, dann würde ich ihm bald wieder verzeihen, nicht nur, weil ich ihn liebte, sondern auch vor Erleichterung, an diesem entsetzlichen Ort des Mordens und des Bösen nicht allein bleiben zu müssen. Mit diesen Gedanken und in tiefer Angst trat ich mit zitternden Knien aus den Chorschranken und durch die Öffnung im *Pulpitum* hindurch auf die andere Seite des Lettners, aber ich war nicht vorbereitet auf das Licht, dessen scharfe Strahlen mir in den Augen wehtaten.

Zuerst dachte ich, das müsse der große brennende Stern des Himmels sein, den Johannes «Wermut» nennt und dessen Gift die Bösen tötet, aber nach einem Augenblick des Geblendetseins merkte ich, dass es der Tagesstern war, der über den östlichen Gebäuden aufging, durch das Ostportal hereinbrach und die Kirche erfüllte. Da erinnerte ich mich einigermaßen erleichtert an die ungewöhnliche Ostung der Kirche und sah, dass das Licht (als würde es von einer unsichtbaren Hand gelenkt) auch auf das Kruzifix über mir fiel ... und oh, was für ein großartiger Anblick bot sich mir da! Von diesem majestätischen Glanz drängt es mich selbst jetzt noch zu berichten, lieber Leser, leider mit Worten, die zur Beschreibung von etwas so Erhabenem ungeeignet und ungenügend sind! Dieser Augenblick war von einer Schönheit, die im Licht der Tag für Tag aufgehenden Sonne wohnt, das manchmal bricht und manchmal seine Strahlen so lenkt, dass sie die tiefste Düsternis verjagen. So wie es die Himmel ersteigt, erinnert es an die Auferstehung, an den Anfang. Es ist das Aufblühen der Unschuld, das die Blumen drängt zu erwachen und den Menschen zu beten. In diese Stimmung war ich so versunken, dass ich gar nicht bemerkte, dass die Brüder in ihr Gestühl zurückkehrten und zu singen begannen: «*Deus qui est sanctorum splendor mirabilis. Iam lucis orto sidere*» – wodurch sie die Schönheit des Lichts ausdrückten, das da Gott ist, und es hallte süß und zauberhaft körperlos im ganzen Kirchenschiff wider.

Da nun meine Versenkung gestört war, kehrte ich zurück in die Kammer zwischen *Pulpitum* und Kreuz, in der Hoffnung, meinen Meister jetzt an seinem üblichen Platz sitzen zu sehen, denn die Sonne war ja aufgegangen und mit ihr kam die Hoffnung. Ich suchte mit dem Blick zwischen den Brüdern in ihrem Gestühl und glitt mit den Augen über ihre kaum zu unterscheidenden Schatten, bis mein Blick auf die eine leere Stelle fiel und mir das Herz schwer wurde. Er war nicht zurückgekommen. Ich wurde von einer plötzlichen Verzweiflung ergriffen, vielleicht auch wegen des Schlafmangels, wegen der Ereignisse dieser letzten Tage und wegen meines immer noch wachsenden Mystizismus. Also rannte ich. Ich rannte aus der Kirche und über den Hof und schlug den Weg zur Zelle meines Meisters ein. Während ich mir eine Unzahl von schrecklichen Dingen ausmalte, stürzte ich durch seine Tür und fand ihn auf seinem Strohsack liegen.

Ich dachte, er sei tot, denn er lag sehr still. Doch dann merkte ich, dass er atmete, und wagte mich mit Hangen und Bangen näher heran. War auch er vergiftet worden, dachte ich verzweifelt. Hatte jemand Verdacht geschöpft, dass wir den Zugang zu den unterirdischen Gängen kannten? War es der Inquisitor gewesen? Der Bibliothekar? Oder der Teufel selbst? Ich betete zitternd ein Vaterunser, bei dem ich vielleicht einige Wörter ausließ, dann legte ich ihm meine bebende Hand auf die Schulter. In diesem Moment sprang er so schnell vom Bett auf, dass ich einen lauten und unbeherrschten Schrei ausstieß, denn ich wäre vor Schreck fast übergeschnappt.

«Beim Fluche Saladins, lasst mich ran an sie!», brüllte er. Dann griff er sich an den Kopf, stöhnte und setzte sich wieder.

«Seid Ihr verletzt, Meister?»

«Wer bist du?», fragte er und starrte mich kurzsichtig an. «Bist du ein Heide? Ich werde dich erschlagen ... wo ist mein Schwert!» Er griff um sich, und dabei kam er, vermutlich wegen seiner Kopfschmerzen, wieder zu Bewusstsein. «Christian? Bist du das? Ich kann kaum sehen ... jemand ... mein Kopf ...» Er hielt mir etwas hin, das zerknittert in seiner rechten Hand gesteckt hatte.

«Was ist das?»

«Ein Pergament, Meister, da steht auf Griechisch: ‹Wo der Herr nicht das Haus bauet, so arbeiten umsonst, die daran bauen›», las ich laut.

«Um Gottes Willen, hilf mir auf, Junge ...» Er setzte sich auf und verzog das Gesicht. Ich sah eine sehr große Wunde an seiner Stirn und einen Kratzer auf der Wange.

«Geht's?», fragte ich, da ich mich selber etwas schwach fühlte.

«Was redest du denn da? Ein Ritter, der die Schlacht von Mansura überlebt hat, in der so viele gute Ritter starben, wird doch wohl einen lausigen Schlag auf den Kopf überleben», grollte er in schlechtester Laune.

«Habt Ihr einen Blick auf den erhaschen können, der Euch das angetan hat, Meister?»

«Nein, bei Saladin! Ich bin hergekommen, um meinen Kompass zu holen, falls wir ihn brauchen sollten, und als ich mich meinem Strohsack näherte, sah ich einen Schatten; etwas traf mich am Kopf. Ich muss hier lange gelegen haben. Welche Zeit haben wir?»

«Es ist Laudes, gerade wird der Gottesdienst gehalten. Ich glaube, er hat Euch mit Eurem Helm niedergeschlagen.» Ich zeigte ihm den Helm neben ihm auf dem Boden, den ich als den seinen erkannte. Am rechten Sehschlitz war eine Delle.

«Verdammt!», schrie er verärgert. «Hat jemand beim Gottesdienst gefehlt?»

Ich schämte mich zu sehr, als dass ich gesagt hätte, dass ich die Augen geschlossen hatte, und in der Zeit, die man braucht, um ein *Ave* zu beten, der Gottesdienst vorbei gewesen sei. Ich schüttelte den Kopf.

«Verdammt! Ich werde den Bruder Hufschmied aufsuchen müssen, aber nicht gleich, zuerst musst du mich zu Eisik bringen ... Beim heiligen Petrus von Spanien! Dieser wilde Mönch hat mir fast den Schädel entzweigeschlagen!»

«Ihr sagt ‹Mönch›? Also habt Ihr ihn doch gesehen?»

«Was außer einem Mönch sollte es denn sonst gewesen sein, Christian? Wir sind hier schließlich in einem Kloster. Außerdem habe ich nur seine Schuhe gesehen.»

«Oh, das ist gut», sagte ich. «Sahen sie ungewöhnlich aus?»

«Nein ... es waren einfach nur Schuhe, so wie alle anderen Schuhe», fauchte er.

Wir gingen langsam zu den Ställen. Es hatte stark geschneit, und der Boden war mit einer dicken, puderig weißen Schneeschicht bedeckt – eine Tatsache, die ich vorhin in meiner Sorge, meinen Meister zu finden, gar nicht bemerkt hatte. Jetzt waren meine Füße taub und der Saum meiner Ordenstracht feucht. Was für ein Elend!

Eisik war in seiner kleinen Zelle über den Tieren, und als wir eintraten, las er gerade den Talmud, ganz versunken in den Inhalt dieser Lehre.

«Oh, Vater Abraham!», rief er aus und ließ sofort seine kostbaren Schriftrollen liegen, um uns entgegenzukommen. «Was ist geschehen?»

«Nur keine Aufregung, Eisik! Ich brauche dich, damit du nachschaust, ob ich mir nicht einen Schädelbruch geholt habe, denn ich kann ja meine Wunden nicht selbst versorgen. Bei Gott, wenn ich nur einen Spiegel hätte!»

Eisik war entsetzt, aber auch zornig. «Oh, beim Barte des Moses, jemand hat dich mit einem scharfen Gegenstand geschlagen.» Er untersuchte den Riss und die Schwellung, die jetzt schon blau und ziemlich groß war. Mein Meister zeigte ihm seinen Helm, und Eisik wurde von einem zweiten fürchterlichen Schrecken ergriffen. «Du hast Glück, dass du noch am Leben bist!»

«Ich glaube nicht, dass das etwas mit Glück zu tun hatte, Eisik. Derjenige, der mich geschlagen hat, hatte nicht die Absicht, mich zu töten, sonst hätte er es leicht tun können. Ich habe ihn nur bei seinem Tun gestört.»

«Tadle nicht die Fähigkeiten eines alten Juden! Bei welchem Tun hast du ihn denn gestört?»

«Er hinterließ gerade wieder eine Nachricht, als ich eintrat, um meinen Kompass zu holen, und er hat mich ziemlich fest geschlagen, um davonzukommen. Das war für ihn das Wesentliche.»

«Oihh!» Eisik schlug sich gegen die Stirn, und seine großen schwarzen Augen wurden vor Angst noch größer. «Nein! Sag mir nicht, was in der Nachricht steht! Ich will es nicht wissen! Ich will gar nichts wissen, absolut gar nichts.» Er ging zu einem Becken mit Wasser neben seinem Bett, wobei er leise von düsteren Vorzeichen murmelte, und tauchte ein sauberes Tuch hinein. Nachdem er das Tuch meinem Meister auf die Beule gelegt hatte, fuhr er erregt fort: «Ich schwöre beim Talmud, André, das wird zu keinem guten Ende führen! Du hättest von Anfang an auf mich hören sollen.»

Mein Meister ignorierte Eisiks Kommentar und sagte: «Wir haben den Eingang zu den Geheimgängen gefunden.»

«Ich will davon nichts hören, sage ich dir doch!», wiederholte er noch einmal und verband die Wunde mit einem kleinen Stück Musselin, aber nach einer längeren Pause fragte er doch – denn ich glaube, er konnte einfach nicht anders: «Nun? Ich nehme an, du denkst, dass ich wissen will, wer dir das verraten hat ... aber ich bin Jude, und wenn ein Jude etwas weiß, dann, dass er klug ist, wenn er nichts weiß.»

«Bruder Daniel hat es uns verraten.»

«Noch so ein alter Bruder?» Er hob seine beiden dicken schwarzen Brauen und wurde nachdenklich. «Ich nehme an, ich werde dich nicht davon abhalten können, mir zu erzählen, was du herausgefunden hast?»

Mein Meister grinste. «Ich dachte, du wolltest gar nichts wissen, Eisik?»

«Und das will ich auch nicht ... sag mir nichts ...» Er schwenkte abwehrend die Hand und schüttelte den Kopf, doch einen Augenblick später: «Wie kommt man also in das verfluchte Ding hinein?»

«Das ist das Geheimnis. Es gibt da eine Inschrift. So etwas wie eine chiffrierte Formel, die, wenn man sie richtig entschlüsselt, eine Steinplatte öffnet – hoffe ich jedenfalls. Alles ist möglich.»

«Ja ... ja ... es ist ganz üblich, dass solche Steinplatten den Weg verbergen, der in eine Krypta oder ein Ossarium unter dem Friedhof führt, wo die Knochen für alle Ewigkeit aufbewahrt werden.»

«Das glaube ich auch», bestätigte mein Meister.

«Aber sag mir nicht, wie die Inschrift lautet. Ich möchte es nicht wissen ... es gibt auf Erden nichts Übleres als so eine Inschrift. Üble Sache ... andererseits, wenn sie chiffriert ist, dann stimmt es, dass vielleicht nur ich dir helfen kann.»

Mein Meister zeigte ihm das Pergament, auf das er die seltsamen Symbole und Worte übertragen hatte, die in die Steinplatte gemeißelt waren. Eisik sah widerstrebend darauf, aber ich glaube, er war sehr fasziniert.

Mors Fiensque
D   C

und darunter so etwas wie ein seltsames Rad.

Eisik wurde ganz aufgeregt. «*Mors fiensque* ... du weißt, in einem solchen Fall sind die Buchstaben mehr als Symbole, sie sind Gefäße, Offenbarungen verborgener Tugenden!»

«Wie meinst du das, Eisik?», fragte ich.

«Mein Sohn, all die Wunder und Heiligkeiten des Gesetzes und der Propheten kommen aus der Kombination von vierundzwanzig Buchstaben, Buchstaben, die für Zahlen stehen, und Zahlen, die für Buchstaben stehen.»

«Wie die Ziffern und Akrostichen, die der Inquisitor gestern beim Abendessen erwähnt hat?» Ich wartete auf anerkennende Worte für meinen Scharfsinn, aber es kamen keine – vielleicht war auch ich schon eine Beute der Sünde des Stolzes?

«Es gibt», sagte Eisik, und seine Augen strahlten wie Lampen, «viele Regeln und Möglichkeiten der Vertauschung, alles heilige Methoden, durch die man den Nachforschungen der Uneingeweihten entgehen kann. Weißt du, mein Junge, dass die Bibel in solchen kodierten Botschaften geschrieben wurde? Das mündliche Gesetz wurde zu einem schriftlichen Gesetz ... aber es handelt sich dabei größtenteils um eine unrichtige Interpretation der heiligen Kabbala. Insgesamt sind drei Methoden bekannt. Bei der ersten wird jeder Buchstabe ... nein, nein ... lass sehen, das ist es nicht.» Er überlegte einen Augenblick, dann schlug er sich an den Kopf. «Es ist die *Summe*, die Summe der Buchstaben ... ja! Die Summe der Buchstaben, die ein Wort bilden, entspricht der Summe der Buchstaben, die verschiedene andere bilden, und so bedeuten bestimmte Wörter bestimmte Dinge. Dann kann man auch Wörter durch die ersten oder letzten Buchstaben verschiedener anderer Wörter bilden, aber das ist zu kompliziert. In Wahrheit sind alle Kodierungen nicht einfach, mein Junge, und es ist eine Tatsache, dass viele nicht zu entziffern sind, vor allem dann, wenn Wörter nach bestimmten Regeln verändert werden, das heißt, man dividiert das Alphabet durch zwei, oder ist es durch vier? Dann stellt man die eine Hälfte in umgekehrter Reihenfolge über die andere, so wird also aus einem A ein T, und T wird zu A ... aber das, mein Junge, gilt nur für das hebräische Alphabet, im lateinischen wäre A gleich N, und N wäre A. Schließlich kenne ich noch einen anderen Code, dessen ganz willkürlich entstehenden Chiffrierungen und Vertauschung dadurch zustande kommen, dass man ein Quadrat aus Zahlen schafft, es dann durch 21 Linien in jeder Richtung unterteilt, sodass man 484 kleinere Quadrate erhält ... oder waren es 448? Ich werde es noch einmal durchdenken müssen ... und die Buchstaben ... die Buchstaben sind Zahlen ... nein ... nein ... sie sind Quadrate ... oder nein, Zahlen und Quadrate ...» Er verstummte, ganz in Gedanken.

«Und man kann, wenn man eine von diesen drei Methoden benutzt, immer die Bedeutung von chiffrierten Texten herausfinden?», fragte ich erstaunt.

«Jahrhundertelang haben die Menschen über diese heilige Kunst nachgedacht», nickte er, «aber um deine Frage zu beantworten: nein. Man hat fast nie Erfolg, denn es gibt einfach zu viele Möglichkeiten.»

«Und», warf mein Meister verärgert ein, «da wir keine Jahrhunderte zur Verfügung haben, werden wir raten müssen, welche Methode verwendet worden ist.»

«Was sagst du da, Nazarener?» Eisik sah von seinen vagen Berechnungen hoch wie einer, der gerade aus tiefem Schlaf gerissen wird. «Ich habe in meinem ganzen Leben noch nie geraten! Nein, nein, das ist unmöglich! Weißt du denn, wie viele Varianten es bei einem einzigen Wort geben kann? Wir müssen nach strikten Prinzipien vorgehen. Nach strikten Prinzipien!»

«Ja, aber Eisik, wir haben nicht die Zeit, alle diesen Systeme auszuprobieren, die, wie du ja gerade selbst gesagt hast, zu kompliziert sind, also, beim Schwerte Saladins, lass uns einfach eins ausprobieren!»

«Das zeigt wieder einmal, warum Adelige es niemals schaffen werden, die Wahrheit kennen zu lernen, die in den alten Schriften enthalten ist ...» Er schloss ein Auge und maß meinen Meister mit dem anderen. «Um solche Dinge kann man sich nicht in Eile kümmern. Aber wenn ich tatsächlich dazu gezwungen werden soll, so werde ich als Erstes die Buchstaben addieren oder den Wert aller Buchstaben zusammen herausfinden, das ist das einfachste dieser Systeme und deshalb vermutlich genau das, welches ein Adeliger benützen würde ...», sagte Eisik und warf meinem Meister einen ätzenden Blick zu. «Also dann, in diesem System ist A gleich eins, B gleich zwei, und so weiter, und so weiter ... und wenn wir diesem Prinzip folgen, stellen wir fest, die Summe der numerischen Werte eures Codes ist ... einhundertvierzig.»

«Ist das eine gute Zahl?», fragte ich aufgeregt, wobei ich mir nicht sofort klarmachte, dass wir ja, indem wir der Lösung des Rätsels näher kamen, auch der Untersuchung der unterirdischen Gänge näher kamen.

«Nein, Kind, sie ist sehr schlecht!» Eisik schüttelte pessimistisch den Kopf. «Jede Zahl, die nichts bedeutet, ist schlecht, obwohl viele Zahlen, die etwas bedeuten, auch nicht gut sind. Dabei ist diese Zahl doch nicht ohne Vorzüge, denn sie kann durch die Sieben geteilt werden, die vielleicht die ehrwürdigste aller Zahlen ist, und durch die Vier, die Zahl des perfekten Vierecks. Und obwohl man sie also durch die Zahl der Evangelien teilen kann und durch die Fünf, die fünf Zonen der Welt, ist sie doch ohne Bedeutung.»

«Ja, ja, Eisik», sagte mein Meister ungeduldig.

«*Mors fiensque* ... Tod und werde. Nein, das ist es nicht ... werden ... werdend! Das ist es, meine Söhne! Tod und Werdend. Und darunter ... D und C ...» Eisik verstummte und schloss wieder ein Auge, als würde dadurch der Blick des anderen schärfer.

«Deus ... Christus», antwortete mein Meister fast reflexmäßig.

«Deus Christus ... der Zahlenwert von D und C entspricht zusammen natürlich der ... Sieben», sagte Eisik und nickte gedankenschwer. «Eine verehrungswürdige Zahl.»

«Aber warum *mors*?», sagte mein Meister. «Warum nicht *moriens*? Sterbend und werdend. Warum ein Substantiv und kein Partizip? Das heißt, wenn ...»

«Möge Gott einen unwürdigen Juden preisen, der zum Glück (denn außer Glück hat ein Jude nichts) auch außerordentlich scharfsinnig ist. Das kommt, weil wir die Summe der Buchstaben brauchen und nicht die Summe ihres Zahlenwerts. Verstehst du, das war ein kleiner Hinweis!»

«Ich verstehe», sagte mein Meister lächelnd, «sodass also zwölf herauskommt.»

«Natürlich! Es sind zwölf! Zwölf und sieben, eine heilige Zahlenverbindung!» Eisik rieb sich die Hände, als würde er sich zu einem großen Festmahl niedersetzen. «Jetzt wird vielleicht auch dieses komische Rad seine Geheimnisse enthüllen ... hier», er zeigte auf das Pergament, «sehen wir zwei ineinander liegende Räder, das größere ist in zwölf Abschnitte geteilt, die nach den zwölf Tierkreiszeichen geordnet sind, das innere, kleinere Rad ist ebenfalls unterteilt, aber in sieben Abschnitte, mit je einem der sieben kleinen Planetensymbolen darin. Sehr seltsam ... sieben und zwölf ...»

«Mach, dass die zwölf zu sieben werden, und die sieben Sterne erscheinen», sagte ich geistesabwesend, in Erinnerung an meinen Traum.

Eisik stockte der Atem. «Was hast du gesagt, mein Sohn?»

Ich berichtete ihm, dass ich diese Worte geträumt habe, und er warf meinem Meister einen Seitenblick zu. «Der Junge hat eine prophetische Vision gehabt, in der er die Worte des

Johannes gehört hat! Was hast du sonst noch geträumt, mein Kind?»

«Komm schon, Eisik, für Träume haben wir jetzt keine Zeit», stieß mein Meister ungeduldig hervor. «Was ist mit dem Rad? Könnte es vielleicht so funktionieren wie eine Sonnenuhr? Und die zwölf Unterteilungen wären Symbole für die Stunden?» Er schwieg einen Augenblick, als stehe er kurz vor etwas sehr Wichtigem. «Ich habe eine Idee ... Aber natürlich! Das ist vielleicht unsere Anleitung, die Geheimtür zu öffnen.» Er zeigte uns das Blatt. «Seht ihr, zuerst haben wir hier zwölf Unterteilungen, die den zwölf Sternzeichen entsprechen, aber auch den Stunden. Zwölf und sieben, das bedeutet die siebente Stunde, die den Fischen in der zwölften Stunde im äußeren Kreis entspricht. Was entspricht der siebten Stunde im inneren Kreis? Welcher Planet ist der siebte in der Reihenfolge der Planeten?»

«Lass uns überlegen,» sagte Eisik. «Bei uns Juden sind die Wochentage nummeriert, der Sabbat ist der siebte.»

«Und die Römer nummerierten die Tage ja ebenfalls», sagte mein Meister, als würde er nur laut denken, «du hast recht, Eisik! Den ersten Tag benannten sie nach der Sonne, *Solis dies,* den die Kirche, wie wir wissen, *Dominicus dies* nennt, den Tag des Herrn, den zweiten Tag nach dem Mond, den dritten nach Mars, den vierten nach Merkur, den fünften nach Jupiter, den sechsten nach der Venus, und den siebten nach Saturn, das ist euer Sabbat.»

«Das ist richtig, mein Sohn», sagte Eisik und kniff die Augen zusammen, «aber um als Chiffrierung zu dienen, standen sie da nicht fast immer in der Reihenfolge, in der sie tatsächlich am Himmel zu finden sind?»

«Ja», sagte mein Meister, «und du weißt ja so gut wie ich, dass in der Reihenfolge am Himmel Saturn ebenfalls der siebte ist. Das bedeutet, dass du vielleicht recht hast und unser kleiner Fuchs hier wirklich die Antwort geträumt hat, nämlich: ‹Mach, dass die zwölf zu sieben werden, und die sieben Sterne erscheinen›. Die Fische verweisen uns auf die zwölfte

Stunde im äußeren Kreis, und Saturn auf die siebte Stunde im inneren Kreis.»

«Wunderbar!», rief ich aus.

«Der Urheber unseres Codes benützt die Tierkreiszeichen, um auf die Engelhierarchien anzuspielen, sagte mein Meister. Das heißt, die Fische bedeuten den Menschen, denn unser Herr Jesus Christus war ein Menschenfischer, der Wassermann bedeutet die Engel, der Steinbock die Erzengel, und so weiter und so weiter, statt der traditionellen Folge, die uns Isidor von Sevilla gegeben hat ...»

«Dann haben wir jetzt also die Antwort, Meister, und müssen nur noch ...» Ich verstummte. «Was *machen* wir denn jetzt mit den Fischen und Saturn?»

«Wir müssen entweder auf die beiden Stellen drücken, wo sie eingraviert sind, oder sie auf eine Linie bringen. Wir werden vieles ausprobieren müssen.»

«Aber das ist nicht euer einziges Problem», bemerkte Eisik verzagt, «das eigentliche Rätsel liegt in den Katakomben selbst. Ich habe dir ja gesagt, ich wollte überhaupt nichts davon wissen, und jetzt weiß ich, was in der Nachricht steht, und kenne die Formel ... Bei Vater Jakob!», rief er aus, entsetzt, dass ihn seine Neugier übertölpelt hatte. «Du hast mich mit deiner Sünde angesteckt ... und diejenigen, die zu viel wissen, die sterben hier in diesem Kloster!»

Ich überließ sie jetzt ihrem Disput, ihrem Nachdenken über diese Erkenntnisse, ihren Überlegungen, Erwägungen, Grübeleien und dem Versuch, verschiedene Formeln aufzustellen, wie man aus den Geheimgängen herausfinden könne, von denen keine wirklich durchführbar klang. Ich wusste, dass mein Meister an diesem Abend dorthin wollte, und jetzt erfasste mich Angst, wo ich doch vorhin noch so aufgeregt gewesen war.

Gedankenverloren wanderte ich zu den Pferdeställen. Ich bürstete Gilgamesch gründlich und gab beruhigende Töne von mir, während ich sein glattes Fell striegelte. Ich vergewisserte mich, dass seine Hufe in gutem Zustand waren, und legte ihm eine Decke über den Rücken. Dann holte ich etwas Hafer aus einem großen Korb und fütterte ihn und Brutus. Während ich wartete, schaute ich durch eine kleine Öffnung in dem Verschlag, die Ausblick auf den großartigen Wald im Südosten gewährte. Über dem Horizont drohte der Himmel mit einem aufziehenden Sturm, der eine bleiche Düsterkeit über die Landschaft warf. Mein Meister hatte recht behalten, heute noch, vielleicht erst in der Nacht, würde es stürmen.

Ich drehte den Kopf nach links, so weit es ging, und stellte fest, dass ich gerade noch das Lager unter dem Kloster erkennen konnte. Ich sah, dass das Feuer noch brannte, denn der Rauch stieg in der stillen Luft hoch auf. Wenn ich dort hinunter ginge, würde ich dann auf Thomas und Reginald stoßen? Hatte ich diese Zusammenkunft wirklich nur geträumt? Hatte ich mein Gespräch mit Plato und den Kampf zwischen dem Adler und dem Drachen auch nur geträumt? Wie konnte ich die Lösung für den Code geträumt haben? In dem Augenblick spürte ich jemanden hinter mir. Ich schaute mich um und sah die kleine Gestalt des Sängers Anselmo als undeutlichen Schattenriss an der Türe. Seine Augen jedoch leuchteten aus seinem dunklen griechischen Gesicht, und ich glaube, wir standen eine ganze Weile da und schauten uns an, da keiner von uns der Erste sein wollte, der sprach, bis dann er endlich lächelte, oder vielmehr grinste.

«Ist das dein Pferd?» Er deutete mit dem Kinn in Richtung Gilgamesch.

«Nein,» antwortete ich, wobei ich mir wünschte, ich könnte ein wenig lügen.

«Das habe ich mir gedacht. Das ist ein zu gutes Pferd, um das Reittier eines Chronisten zu sein.» Er griff in die Tasche und brachte einen Apfel heraus, der quer durchgeschnitten war. Mit der linken Hand reichte er ihn dem Ross. Sofort ließ Gilgamesch den Hafer liegen, den ich ihm gegeben hatte.

Ich versuchte meinen Ärger zu verbergen. «Hast du ein Pferd?»

«Nein», antwortete er, als wäre ihm alles egal, «aber der Abt lässt mich manchmal seines reiten ...» Er zeigte auf einen außerordentlich schönen Hengst, der, wie ich gehört hatte, Sidonius hieß. «Also, wo steht denn jetzt dein Reittier, oder bist du wie ein Sklave zu Fuß gereist?»

«Ich reite ein Maultier.»

«Ein Maultier? Das passt als Reittier für deinesgleichen», lachte er und warf einen zweiten Apfel immer wieder mit der einen Hand hoch, «aber es gibt Möglichkeiten, wie ein Mann seine Umstände verbessern kann, das heißt, es gibt Männer, die in ihrer Klugheit sogar aus jemandem wie dir eine geachtete Person machen können.» Er warf den Apfel hoch und fing ihn auf einem Bein. «Dein Meister wird sich wundern über deine Bildung, deinen Scharfsinn und dein Geschick, und er wird dich für so unersetzlich halten, für so notwendig für ihn, dass er dir sein eigenes Pferd anbieten wird.»

«Wovon sprichst du denn?»

«Es geht ganz einfach, ich glaube mit Tränken und mit Beschwörungen und Zauberformeln. Ich habe gehört, dass diejenigen, die diese Kunst beherrschen, die Planeten beschwören können, und die Tierkreiszeichen, und die Macht der Dämonen.»

Ich wurde blass. «Woher weißt du das?»

«Ach komm, ein Templer muss doch von solchen Dingen wissen?», fuhr er fort. «Tatsächlich habe ich gehört, dass euer Orden eine Bruderschaft von Zauberern ist.»

«Nein! Du irrst dich!», antwortete ich und wurde allmählich wütend.

«Ich irre mich nie ... dein Meister ist ein Ungläubiger, hört man sagen. Frag ihn, ich wette mit dir um einen Ritt auf Sidonius, das er von diesen Dingen weiß. Auf jeden Fall würde ich nicht so ein mieses Vieh reiten, wenn ich die Formel wüsste, die mich in die Lage brächte, dieses anderen Pferdes würdig zu sein ... das ist ein schönes Tier.» Er senkte die Augen ein wenig und sah aus schmalen Lidern zu mir auf. «Unglücklicherweise wird die Schönheit in dieser Abtei wenig geschätzt – die Bildung auch nicht –, aber ich stehe hier und rede, wo ich doch längst auf dem Weg in den Kapitelsaal sein sollte. Ich bin gespannt, was für Sünden der Inquisitor entdecken wird ... na, wir sehen uns dann dort.»

Er warf mir den Apfel zu, und ich machte einen Satz, um ihn zu aufzufangen, wobei ich fast das Gleichgewicht verlor.

«Wenn ich du wäre, würde ich den Inquisitor solche Sachen, wie du sie gerade gesagt hast, nicht hören lassen!», warnte ich ihn verächtlich. «Sonst verbrennt er dich vielleicht auf dem Scheiterhaufen!» Er übertönte mich mit seinem Gelächter, und dann war er fort.

Fast im selben Moment kam André die schmalen Stufen herunter, die zu Eisiks Zelle führten. Ich hätte ihm gern erzählt, was gerade geschehen war, aber was hätte ich sagen sollen? Dass der Novize mit der schönen Stimme eine hässliche Seele besaß? Oder eher, dass er in meiner gelesen hatte und vielleicht mehr wusste, als er sollte? Er würde denken, dass ich übertreibe, oder noch schlimmer, dass ich eifersüchtig sei. Also sagte ich nichts und folgte ihm gehorsam in den trüben Tag hinaus. Ich zog mir die Kapuze über den Kopf, und wir gingen in unruhigem Schweigen auf das Gebäude des Hufschmieds zu, wo mein Meister die Reparatur seines Helmes überwachen wollte.

Er ließ mich draußen, und ich setzte mich auf eine kleine Bank gegenüber dem Garten und wartete auf ihn. Und hier dachte ich über Anselmos Worte mit spürbarem Unbehagen nach.

An diesem Vormittag ging es auf dem Hof zu wie in einem Bienenstock. Mönche liefen in Vorbereitung der kommenden Versammlung aufgeregt hin und her. Ich sah den Inquisitor auf die Türöffnung zum Kreuzgang zugehen, ganz versunken in ein Gespräch mit dem Bischof. Hinter ihnen kamen der Ordensbruder und der Zisterzienser, die mit bösem Gesicht irgendetwas miteinander aushecken. Offensichtlich hatte sich seit den vehementen Vorgängen vom Abend zuvor eine tiefe Spaltung zwischen den beiden Gruppen ergeben, und das konnte, wie sogar ich begriff, nur dazu beitragen, die Dinge komplizierter zu machen. Als ich mich gerade in diese Dinge versenken wollte, erblickte ich den Koch, der wie einer, der nicht gesehen werden will, um die Kirche bog und über den Hof zur Krankenstation hastete. Gleich darauf eilten er und Asa, der Klosterarzt, auf das Herbarium zu, wo Asa das Schloss öffnete und den anderen Mann einließ. Der Klosterarzt sah sich ängstlich um, bis der Koch mit ein paar Kräutern in den Händen wieder herauskam, dann trennten sie sich wieder; der Klosterarzt ging durch die Türöffnung in den Kreuzgang, und der Koch lief zur Küche. Ich schloss daraus, dass der Koch ein paar Kräuter für das Essen gebraucht habe, und tadelte mich wegen meiner misstrauischen Art. Es sah aus, als würde ich allmählich allem und jedem misstrauen, und doch war ich da nicht der Einzige, denn auch auf jedem anderen Gesicht schien Misstrauen zutage zu treten. Tatsächlich wusste kein Auge mehr, ob es gerade Freund oder Feind vor sich hatte.

14.

CAPITULUM
ZWISCHEN TERTIA UND SEXTA

Die Mönche strömten bereits in den großen rechteckigen Saal, als wir ankamen. Die Chronisten, Assistenten, Richter und Bewaffneten der päpstlichen Kommission setzten sich auf Holzbänke zu beiden Seiten des Podiums, auf dem ein großer Eichentisch stand. An ihm saßen die drei höchsten Würdenträger und der Inquisitor. Der Abt hatte auf einem erhöhten Stuhl aus rotem Mahagoni mit außerordentlich kunstvollen Schnitzereien Platz genommen, der im rechten Winkel zu dem Eichentisch auf der rechten Seite des Saales stand. Neben ihm saß sein Mesner, während die übrigen Amtsinhaber sich auf den Bänken entlang der Wände verteilten.

Wir suchten uns einen Platz unter den gewöhnlichen Mönchen, gegenüber dem Abt und seinen Leuten, damit wir sowohl die Angeklagten als auch den Inquisitor gut im Blick hatten. Es war höchste Zeit gewesen, die Untersuchung sollte gerade beginnen.

Ich fasste den Inquisitor genau ins Auge und stellte fest, dass er mit seinem ganzen Wesen Sicherheit ausstrahlte. War er so rein, dass er sich anmaßen konnte, über andere zu richten und sie zu verurteilen? Während er die Papiere auf dem Tisch ordnete, mischte sich ein Ausdruck von Zufriedenheit in den tiefen Ernst auf seinem Gesicht und zeigte, dass er sich der Würde wohl bewusst war, die seine Macht und Stellung ihm verliehen. Auf unserem Weg zu der Untersuchung hatte ich meinen Meister gefragt, woher ein Inquisitor wisse, dass er mit seinem Urteil recht habe. Er hatte mir geantwortet, dass es nicht Sache des Inquisitors sei, recht zu haben, sondern nur, sich der Irrtümer der anderen sicher zu sein. Er erklärte mir, dass ein Inquisitor sehr oft gar nicht vom edlen Sinn der Wahrhaftigkeit geleitet werde, wie sie unsereiner wahrscheinlich für die Quintessenz aller Gerichtsbarkeit hält, sondern vielmehr von dem Nutzen einer Lüge.

Wie ich nun so im Kapitelsaal saß, beschloss ich, nicht mehr nachzudenken und dafür konzentriert zuzuhören, nicht nur aus dem Wunsch, diese Ereignisse getreulich und klar aufzuzeichnen, sondern auch, weil ich gespannt war, ob mein Meister mit seiner Behauptung recht behalten würde.

Plötzlich trat Stille ein. Rainiero Sacconi, hoch aufragend in Schwarz wie ein steinernes Bild der Strenge, schaute aus seiner großen Höhe auf uns alle herab. Nach einem langen Augenblick sprach er zunächst über seine und der Richter Pflicht, die Wahrheit zu finden; über die Kraft des Guten, das immer die Kraft des Bösen überwinden müsse, und erklärte, dass die nun folgenden Vorgänge eine bloße Nachforschung bleiben würden, solange kein Schuldbeweis erbracht werden könne. Er sprach die üblichen Eröffnungsworte, nicht ohne jedoch vorher gesagt zu haben, dass dem Kloster neben den Anklagepunkten der Häresie, die, wie er fürchtete, zahlreich und vielfältig seien, noch andere Verbrechen zur Last gelegt würden. Zurzeit warte ein Bruder auf sein Begräbnis, und der Böse streife durch die Abtei. Niemand, so schrie er, sei sicher, ehe nicht die Verantwortlichen ergriffen würden! Als ersten Zeugen rufe er jetzt Abt Bendipur auf, zu den Anschuldigungen Stellung zu nehmen, die gegen ihn und seinen Mönchsorden, für den er verantwortlich sei, erhoben würden.

Der Abt setzte sich auf. Wie ich sah, wandte er keinen Blick von dem Inquisitor, der mit einer schwungvollen theatralischen Gebärde ein Pergament hervorholte, von dem er die Anklagen ablas:

«Es sei kundgetan, dass die Mönche des Klosters St. Lazarus, vom Orden der Zisterzienser, heute, im Jahre des Herrn 1254, angeklagt sind ...», er hielt sich das Pergament dicht vors Gesicht, «ihre Kranken durch andere Verfahren zu heilen als diejenigen, die durch die Kirche oder die Machtbefugnis der Geistlichkeit gebilligt sind: nämlich durch den Gebrauch der Magie der Kabbala oder durch andere teuflische Mittel, die vielleicht dieser Kommission nicht bekannt sind. Ferner, häretische Neigungen zu hegen und Rituale durchzuführen, die von den Laterankonzilien als Ketzerei eingestuft worden sind. Häretische Katharer beherbergt und ihnen während der Kreuzzüge gegen die Albigenser geholfen zu haben, sich Gottes Gerechtigkeit zu entziehen, und sie, die Ketzer, sowie ihre Sache verteidigt zu haben. Mit deren Häresie die eigene Seele befleckt zu haben. Geisterbeschwörung, Astrologie, Alchimie und andere teuflische Praktiken geduldet zu haben, die zu unterschiedlich und vielfältig sind, um sie alle zu nennen.» Er machte eine Pause und sah den Abt kalt an, mit einem Blick, der viel andeutete und dazu beitrug, die Spannung im Kapitelsaal noch zu erhöhen, wenn das überhaupt möglich war. Der Abt erwiderte den Blick, obwohl er, wie man sagen muss, darauf bedacht war, einen Eindruck von Vertrauen und Demut zu erwecken. Das sind meine Schafe, sagten seine Augen, ich bin der treue Hund, und du bist mein Hirte.

Der Inquisitor beschied den Richtern des Tribunals, dass man jetzt zur Anhörung schreiten werde. Es trat wieder eine bedeutsame Pause ein, während er mit weiteren Dokumenten herumhantierte, und dann begann er den Abt in freundlichem Ton zu befragen.

«Abt Bendipur, bitte klärt diese Versammlung über die Heilmethoden auf, die von den Mönchen dieses Klosters angewendet werden.» Als habe er diese bedeutsame Warnung bisher vergessen, fügte er hinzu: «Wir vertrauen darauf, dass Ihr Euch darüber im Klaren seid, dass diese Ratsversammlung eine Ratsversammlung Gottes auf Erden ist, und dass alles, was Ihr sagt, auch vor den Augen Seiner Richter als Zeugnis stehen wird, deshalb muss ich Euch nicht an die Notwenigkeit erinnern, absolut ehrlich zu sein. Ihr müsst diesem Gericht alles sagen, was es wissen muss, und darüber hinaus auch die Dinge, die Ihr selbst für nicht wichtig erachten mögt.»

«Ich werde nach bestem Wissen vor Euch Zeugnis ablegen», antwortete Abt Bendipur ruhig.

Man sah ein Lächeln auf dem Gesicht des Inquisitors. «Erzählt uns ein wenig über Euren Orden, über den Glauben, den er vertritt, und über Euren eigenen Glauben, und wenn nötig, werde ich Euch ersuchen, das zu beschwören.»

«Ich bin der Abt des Klosters St. Lazarus vom Orden der Zisterzienser. Von Anfang an hat sich unsere Gemeinschaft den Pflichten verschrieben, die unsere Gründer als wertvoll erachtet haben. Kranke zu heilen ist nur eine der vielen Aufgaben, die wir in aller Demut erfüllen, im Dienste unseres Herrn. Wir glauben an Gott, an Christus, unseren Erlöser, an den Heiligen Geist und an die Heilige Kirche, deren Gestalt Sein Spiegelbild auf Erden ist», sagte der Abt mit Nachdruck. «Wir stehen unschuldig vor Euch, in allen Punkten der Anklage, die gegen uns gerichtet ist, und ich bitte die verehrungswürdigen Richter, ihr Herz der Gerechtigkeit und der Unparteilichkeit zu öffnen. Wie können wir angeklagt werden, wenn der Kläger nicht vor Euch erscheint, sodass auch er befragt werden kann?»

«Lieber Abt, Zeugen müssen geheim gehalten werden, wie Ihr ja selbst wisst. Ihr könnt aber andererseits eine Liste Eurer Feinde aufstellen, dann werden wir ja sehen, ob es Überschneidungen gibt.» Der Inquisitor zeigte seine weißen Zähne, und ich musste sie unwillkürlich mit den scharfen Zähnen der widerlichen Kreaturen in meinem Traum vergleichen. «Es sollte genügen, dass der Papst diese Beschuldigungen so ernst nimmt, dass er uns Vollmacht gegeben hat, diese Untersuchungen anzustellen. Ich nehme nicht an, dass Ihr behaupten wollt, in Bezug auf Abtrünnigkeit mehr Klugheit zu besitzen?»

«Es ist meine Pflicht, das zu glauben, wovon der Papst will, dass ich es glaube, Euer Gnaden, wie jeder gute Christ.»

«Ja, aber was, lieber Bruder, macht Eurer Meinung nach einen guten Christen aus?»

Sogar ich bemerkte, dass der Inquisitor dem Abt eine Falle stellen wollte, und auch meinem Meister entging das nicht, denn er flüsterte mir ins Ohr, dass dies das gängige Verhör für Waldenser sei, die, wie er sagte, die richtigen Methoden gelernt hätten, solchen Fragen auszuweichen.

«Dass er von ganzem Herzen an Gott Vater, Seinen Sohn und den Heiligen Geist glaubt, und an die Lehren der Heiligen Kirche», antwortete Bendipur.

«Ich würde gerne wissen, was Ihr unter der Heiligen Kirche versteht?»

Der Abt verstummte, ein wenig verwirrt. Darin sah der Inquisitor seinen Vorteil, denn er ging sofort zum Angriff über.

«Wisst Ihr vielleicht nicht, was mit der Heiligen Kirche gemeint ist?», fragte er, stieg von dem Podium herunter und ging in der Mitte des Saals auf und ab.

«Ich glaube, dass die Heilige Kirche das Organ ist, durch das Gott seine Zwecke hier auf Erden erreicht, und dass die Priesterschaft sich auf den Apostel Petrus zurückführt, der der Nachfolger Christi war.»

«Die Heilige Katholische Kirche, der unser Herr, der Papst vorsteht?»

«Wenn sie die Gesetze Gottes wahrt, ja.»

«Wenn?» Er sah sich ungläubig um. «Weshalb sagt Ihr ‹wenn›? Glaubt Ihr nicht, dass sie das tut?»

«Ich glaube.»

«Bitte, Abt, jetzt bin ich verwirrt. Glaubt Ihr, dass sie das tut, oder dass sie es nicht tut?»

«Ich glaube, dass die Menschen tun, was sie können, um den Willen Gottes auszulegen.»

«Aber der Papst ist der Abglanz Gottes auf Erden, oder nicht?»

«Wie könnte ich das nicht glauben?», fragte er, und wie ich bemerkte, war seine Antwort so formuliert, dass der Inquisitor weder behaupten konnte, er tue es, noch, er tue es nicht.

«Ich frage nicht, mein lieber Abt, ob Ihr es könntet, sondern ob Ihr es tut!», rief der Inquisitor ungeduldig.

«Mein Glaube ist derselbe wie der Eure, derselbe wie der aller Männer der Kirche.»

«Ich hoffe sehr, lieber Abt, dass Ihr meine Fragen deshalb so beantwortet, weil Ihr unschuldig seid, und nicht etwa, weil Ihr schuldig seid!» Er wandte sich den Richtern zu. «Wie unser ruhmreicher Bruder Alain de Lille in seinem Traktat befohlen hat, *De fide catholica contra haereticos.*»

Da gab es viel bestätigendes Kopfnicken unter allen Mitgliedern der Delegation, obwohl sie nicht wagten, einander anzuschauen. Sie blickten nur mit grimmigem Gesicht auf die Versammlung, und ihre herablassende Haltung lastete schwer auf uns.

Mein Meister flüsterte mir zu, der Abt sei offenbar sehr geübt in den Praktiken des Verhörs, aber das konnte ich nicht glauben. Ich mochte den Abt.

«Jedenfalls steht mein Glaube hier nicht zur Debatte», sagte der Inquisitor abschließend, «ich möchte Euch anweisen, meine Fragen einfach und ohne Verstellung zu beantworten.»

«Auf jeden Fall.»

«Das hoffe ich aufrichtig, Abt Bendipur! Jetzt klärt uns bitte über Eure Heilmethoden auf.»

«Wir beten für die Kranken, wir nutzen, was wir von den Heilkräften der Pflanzen und Mineralien wissen. Wir salben mit Öl und besprengen mit Weihwasser.»

«Und wo tut Ihr das?»

«Auf der Krankenstation. Nach der Diagnose und der Behandlung mit Heilmitteln, die der Bruder Klosterarzt verschreibt, wird der Patient gesalbt und gesegnet.»

«Wo ist der Klosterarzt?» Rainiero Sacconi sah sich im Saal um. Asa erhob sich langsam mit gebeugtem Haupt. Als er die Kapuze abnahm, hatte ich den Eindruck, dass sein Gesicht noch schmaler aussah als vorher.

«Abt, Ihr könnt Euch im Augenblick setzen. Nun denn, Bruder Klosterarzt, informiert uns über die Heilbehandlung an Euren Patienten.»

«Welche Information würdet Ihr gerne hören?», fragte er demütig.

«Im Allgemeinen …» Er winkte mit bleicher Hand in einem Anflug von Langeweile.

«Es gibt keine allgemeinen Regeln, Euer Gnaden, für jeden Patienten muss, und so sollte es auch sein, eine spezielle Behandlung festgelegt werden.»

Der Inquisitor lächelte, um seine Großherzigkeit und seine bemerkenswerte Geduld zur Schau zu stellen. «Gebt mir ein Beispiel.»

«Also gut …» Der Mönch runzelte die Stirn. «Wünscht Ihr, dass ich verschiedene Behandlungsformen für eine bestimmte Krankheit nenne, oder eine bestimmte Behandlungsform für verschiedene Krankheiten?»

Es entstand ein verwirrtes Schweigen. «Sagt mir einfach etwas, irgendetwas.»

Er dachte einen Augenblick nach. «Nun, wenn das so ist, werde ich anfangen. Wir benützen heißen Senf und Borretschwickel bei Schwindsucht und Brustleiden.» Er schwieg, und der Inquisitor gab ihm ein Zeichen, dass er fortfahren solle. «Eine Salbe aus Fingerhut für Zustände, die mit der Herzgegend zu tun haben, Knoblauchumschläge für hartnäckige Wunden, Baldrian, um die Nerven zu beruhigen. Wir benützen auch Organe von Tieren. Man wird manchmal pulverisiertes Hirschhorn verschreiben, Schlangengift, Froscheier und Tierkot, wie zum Beispiel Eselsdung – der sehr gut ist, um die Fruchtbarkeit anzuregen. Obwohl ich noch nie Gelegenheit hatte, dieses Mittel anzuwenden.» Er schwieg wieder, und ringsum gab es leises belustigtes Gemurmel. Das gefiel dem Inquisitor nicht, denn er winkte dem Klosterarzt wieder, fortzufahren, diesmal verärgert.

«Und natürlich, *Theriacum* ... das bei weitem häufigste Heilmittel auf vielen Krankenstationen, eine Mixtur, die sich aus über siebenundfünfzig Substanzen zusammensetzt, deren wichtigster Bestandteil das Fleisch von Giftschlangen ist. Natürlich gibt es auch noch andere Methoden, so wie Abführmittel, Bäder, das Ausbrennen von Wunden, Chirurgie, worin die Heiden im Orient Meister waren. Gibt es noch etwas Besonderes, was Ihr gerne wissen möchtet?», fragte er und zog die Lider ein wenig zusammen.

Der Inquisitor hob die Arme in einer Geste übertriebener Ungläubigkeit und sagte: «Von wo entspringt Euer unerschöpfliches Wissen? Habt Ihr in Paris Medizin studiert? Oder gibt es noch andere Mittel, sich solche Information zu verschaffen?»

Man sah ein schüchternes Lächeln. «Ich hatte nicht das Glück, akademische Lehrveranstaltungen zu besuchen, aber da ich als Novize schon eine natürliche Neigung zu diesem Gebiet zeigte, wurde ich ermutigt, unter Bruder Setubar zu studieren, meinem Vorgänger. Auch stehen zu diesem Thema ja viele Lehrbücher zur Verfügung, wie Ihr wisst.»

«Bruder Setubar?»

«Ja, aber er hat sich jetzt zu einem kontemplativen Leben zurückgezogen, obwohl er mir jederzeit noch hilft.»

«Aha. Und hat er sich auch auf diese Lehrbücher gestützt, die Ihr gerade erwähnt habt?»

«Natürlich.»

«Und wie habt Ihr Euch diese Handschriften verschafft?»

«Bruder Macabus versorgt uns mit allem, was wir aus unserer Bibliothek brauchen, wir müssen ihn nur fragen.»

«Aha ... aha, und war Bruder Ezechiel, der Bruder, der brutal ermordet worden ist, früher auch Bibliothekar?»

«Er war Übersetzer, aber wir haben noch gar keinen Beweis dafür, dass er ermordet wurde, Euer Gnaden. Er war einfach alt, so wie unser Bruder Samuel.»

«Bruder Samuel?», der Inquisitor schwieg einen Augenblick. «Wer ist Bruder Samuel?»

Ein nervöses Schweigen trat ein. «Er war der Musikmeister.»

«Und wo ist er?» Der Inquisitor sah sich im Kapitelsaal um. Es entstand eine unruhige Stille. «Na?», drängte er.

«Bruder Samuel starb vor ein paar Tagen», antwortete Asa nach einem kurzen Zögern.

Rainiero Sacconi wandte sich wieder dem Podium zu und sagte: «Und wie starb er?»

Das Gesicht des Klosterarztes wurde aschfahl. «Er wurde in der Kirche gefunden, wie er nach Luft rang, und kurz danach starb er.»

«Was hat Eurer Meinung nach seinen Tod verursacht?»

«Ich weiß es nicht.»

«Könnte Gift zu seinem vorzeitigen Ableben geführt haben?»

«Möglicherweise. Manches Gift hinterlässt keine Spuren. Es wäre schwierig, das festzustellen.»

«Welches Gift hätte die Symptome, die er zeigte, hervorrufen können?»

«Es gibt Gifte, die bewirken, dass die Atmung stillsteht, durch eine Lähmung der Muskeln, die die Lunge bewegen.»

«Aber was sind das für Gifte?»

«Es gibt eine Unmenge von Giften, Euer Gnaden.»

«Und Bruder Ezechiel? Könnte er gestorben sein, weil er auf dieselbe Weise vergiftet wurde?»

«Das wäre möglich, aber ich habe nicht gesagt, dass Bruder Samuel vergiftet wurde.»

«Nein, wir brauchen auch gar nichts weiter zu wissen, als dass das möglich wäre», der Inquisitor wirkte sehr zufrieden, «und doch ist es für diese Untersuchung nicht interessant, wie jeder dieser unglückseligen Brüder starb, denn wir wissen ja, dass der Böse auf mannigfaltige Weise wirkt. Was uns aber durchaus interessiert, ist der Gebrauch von häretischen Texten, um daraus Heilmethoden durch Hexerei und Schwarze Magie zu gewinnen! Vielleicht hat jemand in diesem Kloster den Teufel angerufen und weiß jetzt den Spruch nicht mehr, mit dem er ihn wieder loswerden kann, sodass er jetzt immer noch herumläuft und Mönche tötet.»

Es entstand ein lautes Gemurmel. Ich sah mich um und entdeckte ein Gesicht in der Menge, das mich fixierte. Es war Anselmo. Ich schaute weg und tat so, als habe ich ihn nicht gesehen, fest davon überzeugt, dass in dem Sängerknaben etwas Böses stecke. Wer sonst würde bei so einer Untersuchung lächeln?

«Vielleicht ist Bruder Samuel vom Teufel erwürgt worden», sagte der Inquisitor, «denn als man ihn fand, rang er nach Atem!»

«Ich weiß es nicht. Aber ich habe nicht gesagt, dass er ...» Der Bruder schüttelte den Kopf. «Er war schon alt ... hätte der Teufel nicht Male auf seinem Hals hinterlassen?»

Rainiero hob die Brauen. «Wollt Ihr sagen, dass es Male gab, oder dass es keine Male gab?»

«Nein ... keine Male!»

«Ahh, es könnte aber auch sein, dass nicht der Teufel selber, sondern ein vom Teufel Besessener diese schändlichen Verbrechen begangen hat ... vielleicht haben unsere rechtgläubigen Brüder herausgefunden, was für einen Gebrauch Ihr von Euren Handschriften gemacht habt, und Ihr habt ihrem Leben ein Ende gesetzt, bevor sie diese Dinge dem Abt hinterbringen konnten?»

«Nein, nein!», rief Asa angstvoll aus, da er wohl erst jetzt die Gefahr erkannte, in der er schwebte.

«Was sind das also für Handschriften? Sagt es uns, und wir werden beurteilen, ob sie gut oder böse sind.»

«Medizinische Handschriften, Euer Exzellenz.»

«Nennt sie mir.»

«Es sind so viele ... ja also ... die Werke des *Doctor Admirabilis,* Avicenna und sein medizinischer Kanon, Averroes ... viele ... viele! Dutzende von Werken, die auf diesem Gebiet allergrößte Bedeutung besitzen.» Dann fügte er weitere hinzu, in dem Versuch, den Mann vor ihm von ihrer Bedeutung zu überzeugen. «Der *Corpus Hippocraticum* von Hippokrates ist ein Wissensschatz für jeden angehenden jungen Arzt, dann gibt es da auch noch das klassische Werk des Roger von Salerno und seiner *Practica Chirurgiae*. Ebenso die wunderbaren Arbeiten von Galen aus Pergamon, dann Aulus Cornelius Celsus, der ganze Bände voll schrieb, oder der Arzt Pedanius Dioscorides, der als der erste medizinische Botaniker gilt – ein Mann, den ich mir in aller Bescheidenheit zum Vorbild nehme – sowie Rufus von Ephesus, der berühmt ist für seine Forschungen über das Herz und das Auge ... und es gibt noch viele weitere.»

«Da seht Ihr's! Alles Werke von Heiden, Ungläubigen und Ketzern!», schrie der Inquisitor in einem plötzlichen Ausbruch, um die Versammlung in Schrecken zu versetzen.

«Euer Gnaden», antwortete Asa händeringend, «wenn dem so wäre, warum findet man dann Abschriften davon im Kloster von Monte Cassino, wo der gute Doktor *Constantin* viele griechische Klassiker aus dem Arabischen ins Lateinische übersetzt hat? Wie auch ein anderer, der Albertus Magnus heißt. Und wenn sie so unrein und verabscheuenswürdig sind, warum kann man sie dann so leicht an der medizinischen Schule von Montpellier finden oder an der Universität von Paris?»

«Versucht nicht, Eure Schuld zu bemänteln, indem Ihr Übersetzungen anführt, über die es ernsthafte Zweifel gibt. Eines Tages werden alle diese Werke als Ketzerei gebrandmarkt und verdammt werden, zusammen mit denen, die sie so außerordentlich fruchtbar fanden.»

«Aber das sind großartige Bücher, sie haben vielen zu unermesslichem und erleuchtetem Wissen verholfen. Ich war schon immer der Ansicht, dass man den Glauben eines Menschen von seinem Wissen trennen muss.»

«Das ist nicht möglich, das eine hängt vom anderen ab.»

«Vielleicht, aber ein Mann der Wissenschaft, Euer Gnaden, muss alle anderen Angelegenheiten beiseite schieben und nach den Naturgesetzen arbeiten.»

«Wiederum eine ketzerische Bemerkung! Was soll man auch von einem Mann erwarten, der die Werke von Teufeln und Ungläubigen liest. Diese Naturgesetze, von denen Ihr sprecht, sind nichts anderes als Regeln, um Geisterbeschwörung und Hexerei zu betreiben!» Es entstand Unruhe im Saal, und der Inquisitor, der sich keine Möglichkeit entgehen ließ, ergriff diese Gelegenheit. «Ja, Hexerei! Ruft Ihr nicht alle Anführer der höllischen Legionen auf, Euch bei Euren Wunderheilungen zu helfen?»

«Nein.»

«Sind nicht genau deshalb in diesem Kloster Mönche zu Tode gekommen? Weil es hier Mönche gibt, die abscheuliche Taten begangen haben? Meint Ihr das mit Euren ‹Naturgesetzen›?»

«Die Naturgesetze sind die Augen, durch die wir in der Welt um uns einen göttlichen Willen wirken sehen», sagte Asa, «und dieses Wirken messen und berechnen können. Wissen ist Gott, und Gott ist Wissen. Mit den Worten des von Liebe erfüllten Bruders Vincent de Beauvais: ‹Der Geist, der sich vom Misthaufen seiner Gefühle hebt und, so weit er dazu fähig ist, in das Licht des Nachdenkens emporsteigt, sieht wie aus großer Höhe das Wunderbare des Universums, das in sich unendlich viele Orte schließt, die mit den verschiedenen Ordnungen der Kreatur erfüllt sind›, und Ephesus sagt: ‹Versammelt in Christus alle Dinge in eins, die da sind im Himmel und auf Erden›, und weiter: ‹Der Geist erforscht alle Dinge. Wahrhaftig, die tiefen Dinge in Gott›. In den Sprüchen Salomos wird uns gesagt: ‹Halte fest an der Belehrung; lass nicht ab: Wahre sie, denn sie ist dein Leben.›»

«Ich stelle fest, dass Ihr auch sehr gut unterrichtet seid in der Kunst, Eure Häresie durch Eure eigene teuflische Wiedergabe von heiligen Worten zu rechtfertigen! Noch so ein schamlos frecher Wesenszug von Euch!» Er sprang behände auf das Podium zurück und schlug mit der Faust heftig auf den Eichentisch; dann rief er: «*Ist es nicht wahr* ... dass Ihr diese häretischen Handschriften lest, damit Ihr die *widernatürlichen* Rituale ausführen könnt, die darin beschrieben sind? *Ist es nicht auch wahr*, dass diese Rituale den Gebrauch der Astrologie und der Alchemie und anderer Greuel verlangen, wie das Beschwören von Teufeln und Dämonen und den Verzehr mumifizierter Kadaver?»

Bruder Asa antwortete mit bebender Stimme: «Es *gibt* tatsächlich so etwas, wie Ihr es beschrieben habt ... *Mumia*, aber es ist sehr selten, und ich habe es leider noch nie gesehen, obwohl ich glaube, dass so etwas von zerstörerischen Kräften erfüllt ist. Wir haben nie solche Verfahren angewendet, wie Ihr sie gerade erwähnt habt, Euer Gnaden.»

«Eure Unverschämtheit würde mich wundern, wäre ich nicht auch früher schon Zeuge der füchsisch schlauen Art der Häretiker geworden. Auf diese Weise umgeht Ihr meine Frage, denn Ihr wisst, dass es so viele Teufelspraktiken gibt, dass ich, ein Mann, der wenig über solche Dinge weiß, auf keine dieser Methoden im Speziellen hinweisen kann, und so wird es immer weitergehen, Ihr werdet sie alle leugnen, bis ich zufällig eine nenne, die Ihr benutzt habt ...»

Bruder Asa sagte nichts, und das fachte den Ärger des Inquisitors noch mehr an.

«Schwört Ihr also, dass Ihr aus diesen Handschriften nie etwas gelernt habt, das dem Glauben widerspricht, den wir den wahren nennen und für den wahren halten?»

«Sehr gerne, Euer Gnaden.»

«Dann tut es.»

«Wenn es mir befohlen wird, kann ich nichts anderes tun, als zu schwören.»

«Ich befehle es Euch nicht, aber wenn Ihr es tun wollt, werde ich Euch zuhören», sagte er milde.

«Warum sollte ich schwören, Euer Ehren, wenn es mir nicht befohlen wird?»

«Warum? Um die Verdachtsmomente zu zerstreuen, die gegen Euch und Eure Glaubensbrüder angeführt worden sind, dass Ihr nämlich Ketzer seid und als solche glaubt, dass das Schwören von Eiden immer ungesetzlich und sündhaft ist!»

«Ich bin unschuldig!»

«Dann habt Ihr ja nichts zu verlieren, wenn Ihr schwört», die Lippen des Inquisitors kräuselten sich in einem schrecklichen Lächeln.

«Ich schwöre bei den Heiligen Evangelien, dass ich niemals etwas gelernt oder geglaubt habe, das ebendiesen Evangelien widerspricht.»

«Und ist darin eingeschlossen, was die Heilige Katholische und Apostolische Kirche glaubt und für rechtgläubig hält?»

«Folgt die Katholische Kirche den heiligen Regeln und Gesetzen, wie sie uns von den großen Vätern der Kirche gegeben worden sind, Euer Gnaden?», fragte Asa demütig.

«Natürlich!»

«Insofern sie das tut, schwöre ich.»

«Ihr windet Euch wie eine Schlange. SCHWÖRT!»

«Ich schwöre.»

«Und doch könnt Ihr tausend Eide schwören, ich glaube Euch trotzdem nicht, da ich weiß, dass den Ketzern gesagt wird, sie könnten beliebig oft schwören, und es habe nichts zu bedeuten, insofern als sie nicht an das Schwören von Eiden glauben!»

Und so endete die Befragung.

Wir blieben noch im Kapitelsaal, nachdem die ganze Prozession von Mönchen mit feierlichen Gesichtern hinausgegangen war. Im Schatten verborgen wie die Diebe, hofften wir, einen Blick in das große Buch des Lebens tun zu können.

Auf einem Lesepult gegenüber dem Stuhl des Abtes lag die umfangreiche Handschrift, deren dünne hölzerne Deckel mit Ziegenleder überzogen waren. Auch hier schmückte das mittlere Feld wieder ein Rosenkreuz, das kunstvoll auf vergoldetes Pergament gestickt war.

«Das erinnert mich an einen koptischen Einband, aus Ägypten», sagte mein Meister zu sich.

Innen bestand das Buch aus allerfeinstem Pergament, und die Randleiste einer jeden Seite war mit dem kostbarsten Gold vergoldet. Alle wichtigen Ereignisse standen in diesem Buch in endlosen Reihen von Namen und Daten aufgezeichnet. Ich wusste nicht, was mein Meister genau suchte, aber er wusste es offensichtlich, denn schon nach kurzer Zeit machte er ein paar bemerkenswerte Entdeckungen. Die erste war, dass der Beginn des Buches mit der Jahreszahl 1187 bezeichnet war. Das sei interessant, sagte mein Meister, denn es treffe zusammen mit dem Fall von Jerusalem. Ich verstand den Zusammenhang zwischen beidem nicht, aber er war überzeugt, dass mehr hinter dem Interesse des Großmeisters an diesem Kloster steckte. Konnte es denn wirklich, so argumentierte er, nur daran liegen, dass unsere Komturei die Rechtstitel auf dieses Land innehatte? Nein, er war sicher, dass es da noch andere Gründe gab, und erinnerte mich auch an das Grab des Tempelherren auf dem Friedhof. Nur ein Zufall?

Also blätterten wir weiter in dem alten Buch und suchten nach weiteren seltsamen Verbindungen mit unserem Orden, die zu einer Erklärung dieser Dinge führen konnten. Als wir schließlich am Ende ankamen, klappte mein Meister es zu und sah mich bestürzt an.

«Erst vor kurzem sind vier Namen hinzugefügt worden», sagte er.

«Vor kurzem, Meister?»

«Vor nur zehn Jahren.»

«Dann müssen es Novizen sein, aber wie ist das möglich, wenn es nur zwei Novizen gibt?»

«Es sind vier Eintragungen; Amiel, Hugo, Poitevin, und den anderen konnte ich nicht entziffern, die Schrift ist verschmiert ... weitere Angaben finden sich nicht. Eigentlich sollte man erwarten, dass man sieht, wo sie herkamen, wie alt sie waren und so weiter ...»

«Ein Irrtum der Geistlichkeit?»

«Nein. Das ist nicht wahrscheinlich. Alles andere ist sehr präzise aufgezeichnet. Warum sind Herkunft und Alter ausgerechnet bei vier Mönchen weggelassen worden? Übrigens, die Namen der einzigen beiden Novizen des Klosters sind genannt, Anselmo und ein gewisser Jérôme.»

«Wenn ich es recht bedenke, diesen anderen Laienbruder habe ich noch gar nicht gesehen.»

«Sehr seltsam ... das ist mir ein Rätsel», sagte er, wie mir schien verärgert.

Wir verließen den Kapitelsaal und sahen uns dabei ein wenig ängstlich um, da wir inzwischen mit etwas größerer Sicherheit wussten, dass die Dinge nicht so waren, wie sie zu sein schienen, und ich war froh, als wir draußen in belebtere Bereiche kamen.

Das Wetter war nicht besser geworden. Ein unheildrohendes Grau hatte sich über das Kloster herabgesenkt, das gut zur Stimmung der Gemeinschaft passte. Bald würde die Glocke die knappe Stunde der Sexta einläuten, und rings um uns suchten die Mönche Zuflucht bei dem Trost, den die alltäglichen Beschäftigungen gewähren. Auf das Scriptorium und auf die Ställe zu bewegten sich lange, düstere Gestalten. Überall hoben die Mönche ihre Kapuzen ein wenig, um sich gegenseitig verstohlen anzusehen und vielleicht eine Angst bestätigt und gerechtfertigt zu finden, die zwar überall zu spüren war, aber von keinem ausgesprochen wurde. Mein Meister und ich suchten nach dem Klosterarzt. Wir wussten, das er etwas vorher in Richtung Krankenstation verschwunden war. Als wir mit raschen Schritten am Friedhof vorübergingen, sah ich zwei Mönche Ezechiels Grab ausheben, dessen dunkle Tiefe einen starken Kontrast zu der Reinheit des Schnees bildete. Am nächsten Morgen nach der Totenmesse würde die sterbliche Hülle des alten Mannes in den kalten Boden hinabgesenkt, um den ewigen traumlosen Schlaf zu schlafen, in dem die Stille der Gottheit im Kelch des Friedens wohnt, und ich ließ mir die Worte Hiobs durch den

Kopf gehen: «Der Mensch, vom Weibe geboren, lebt kurze Zeit, und ist voll Unruhe», und steckte zwischen Verzweiflung wegen des Klosters und einer tiefen Angst vor dem Antichrist.

Wir kamen zur Krankenstation, wo ein kräftiges Feuer im Herd brannte, und als wir über die Schwelle traten, sahen wir, dass Bruder Asa hastig etwas Großes in einen Samtbeutel zurückstopfte.

«Herr Präzeptor ... Ihr seid verletzt worden ...», sagte er, runzelte ein wenig die Stirn und hielt den Beutel hinter den Rücken. «Ich sehe, dass Ihr die Wunde schon verbunden habt.»

«Nur ein kleiner Kratzer. Ich sollte ein bisschen vorsichtiger sein, wenn ich aus dem Bett steige», lächelte er und sah den Arzt unverwandt mit einem seiner stillen Blicke an, bis der Mann nervös hierhin und dorthin schaute.

«Ich wollte es Euch sagen, aber ...»

«Was wolltet Ihr mir sagen, Asa», fragte er ihn, «über den Tod von Bruder Samuel? Dass Ihr ihn habt sterben sehen, aber nichts getan habt?»

«Wie meint Ihr das?» Der Klosterarzt sah gequält aus.

«Bei der Untersuchung habt Ihr gesagt, Bruder Samuel sei in der Kirche gefunden worden, wie er nach Luft rang, aber als wir mit Bruder Daniel sprachen, hat der gesagt, als er den Mönch fand, sei er schon tot gewesen. Daraus müssen wir logisch schließen, dass Ihr vor Bruder Daniel auf den armen Mann gestoßen seid. Habe ich recht!»

Der Mann fiel auf die Knie. «Nein! Ich ... das heißt, ich habe nicht ... Ihr müsst mir glauben!», schrie er.

«Dass Ihr den Bruder nicht ermordet habt? Oder dass Ihr der Erste wart, der ihn sah, und ihm nicht das Leben gerettet habt?»

«Ich werde es Euch erzählen ...» Asa schluchzte in seine Hand, aber mein Meister wartete nicht, bis er seine Fassung wieder gewonnen hatte, sondern drängte ihn fortzufahren, indem er ihn grob auf die Füße zog.

«Ich wollte Bruder Ezechiel aufsuchen», verteidigte er sich, «wegen eines Buchs. Da er der Übersetzer war und ein sehr gutes Gedächtnis hatte, schlug Bruder Macabus vor, dass ich ihn aufsuchen solle. Mir wurde gesagt, dass er vor Nona immer zu Füßen der Heiligen Jungfrau zu finden sei, deshalb ging ich dorthin, aber er war nicht allein. Er führte einen hitzigen Streit mit Bruder Samuel. Der Herr möge ihnen vergeben, aber sie erhoben die Stimmen in der Kapelle Unserer schmerzensreichen Lieben Frau. Da ich mich nicht einmischen wollte, wartete ich im Chorumgang ...»

«Ihr wollt sagen, dass Ihr im Schatten gewartet habt, in der Hoffnung, ihren Streit mitzuhören.» Der Mann war still und senkte den Blick, und mein Meister gab ihm ein Zeichen, weiterzusprechen.

«Das meiste von ihrer Unterhaltung habe ich gar nicht verstanden», fuhr er fort, «aber dann hörte ich etwas, was mein Interesse weckte.»

«Ja?»

«Sie diskutierten etwas ... sie nannten es den ‹letzten Schluss›. Bruder Samuel sagte, er müsse hinuntergehen und selber nachsehen, Bruder Ezechiel widersprach dem heftig, weil, wie er sagte, dies nicht die richtige Zeit dafür sei, er wisse nicht, ob überhaupt einer von ihnen rein genug sei ... dass es von den anderen abhänge ... ich weiß nicht, was er damit gemeint hat ...» Er zuckte die Schultern. «Da sagte Bruder Samuel, dass Daniel ihm die Formeln gegeben habe.»

«Worüber sprachen sie da? Sagt es mir!», rief mein Meister mit leuchtenden Augen.

«Ich weiß es nicht, ich schwöre es Euch!»

«Jetzt schwört Ihr!» Es entstand eine Pause. «Was ist das denn, wo sie nicht hingehen sollten? Die Geheimgänge vielleicht?»

«Das weiß ich nicht, aber ich weiß, dass es etwas mit dem Knaben zu tun hat.»

«Dem Knaben?»

«Dem Novizen, sie haben ihn nämlich erwähnt.»

«Welchen Novizen, Anselmo oder Jérôme?»

Er sah überrascht aus, sogar erschrocken. Die Lippen begannen ihm zu zittern, und auf seiner Stirn trat Schweiß hervor. «Nein, die nicht, sondern ein anderer ...»

Wir waren beide verblüfft. «Was für ein anderer ...? Erzählt mir von ihm.»

«Ich kann nicht ... ich weiß nichts ... niemand hat ihn gesehen, jedenfalls nicht, seit er krank geworden ist.»

«Sagt mir, wer das ist.»

«Er kam als Laienbruder in dieses Kloster, da war er nicht älter als sieben Jahre. Aber es hat ihn nie jemand gesehen. Man sagt, er sei drunten bei den Geistern, aber da geht niemand hinunter! Niemand! Es ist verboten.»

«In die Geheimgänge? Ach kommt, es gibt Regeln, die für die Mönche gelten, und andere, die für den Abt und seine Amtsinhaber gelten.»

«Aber es ist gar nicht die Anordnung des Abtes, Herr Präzeptor, die die Mönche davon abhält, sich dorthin zu wagen ...»

«Wessen Anordnung dann, die von Setubar?»

«Nein», der Mann sah sich vorsichtig um, «es ist die Warnung der Geister!»

«Aber, Bruder –»

«Es sind Geister in den Gängen. Es ist *deren* Warnung.»

«Und doch habe ich gehört, dass sich jemand über das Verbot hinweggesetzt hat», sagte mein Meister, «ist der wieder zurückgekommen?»

Der Klosterarzt schüttelte den Kopf und senkte wieder den Blick, wobei ihm Tränen über die Wangen liefen. «Er ist vor ein paar Tagen verschwunden, er heißt Jérôme, und er ist noch nicht gefunden worden. Seht Ihr, Herr Präzeptor? Es ist teuflisch. Hier oben singen wir wie die himmlischen Chöre, und doch steht unter uns der Rachen der Hölle offen.» Der arme Mensch zitterte vor Angst.

Mein Meister sah verwirrt aus. Also gab es drei Novizen!

«Könnte Jérôme sich nicht heimlich davongemacht

haben?», erlaubte sich mein Meister zu fragen, «Das soll gelegentlich in Klöstern vorkommen.»

«Nein, nein, das glaube ich nicht. Auf keinen Fall! Er war mein Lehrling, ein ausgezeichneter Schüler», der Mann begann haltlos zu schluchzen. «Er und Anselmo waren die einzigen Novizen in unserem Kloster außer ... sie waren gute Freunde, steckten immer zusammen ...»

«Aha ... und wie war es mit diesem Jungen? Waren sie auch mit ihm befreundet?»

«Oh nein ... er wurde von allen anderen ferngehalten. Mit besonderer Sorgfalt behandelt ... bitte, Bruder!», schrie der Mann plötzlich, von Gefühlen überwältigt. «Ich habe Angst ... Bruder Setubar wird nicht erfreut sein, dass ich mit Euch gesprochen habe.»

«Es sieht so aus, als hätten alle mehr Angst vor Bruder Setubar als vor dem Teufel?»

Der Mann zog sich die Kapuze über den Kopf, vielleicht, weil er sich für seine Angst schämte, vielleicht, damit wir seinen Gesichtsausdruck nicht sehen und nichts davon ablesen konnten.

«Sagt mir, was nach dem Streit geschah», sprach mein Meister und warf mir einen unergründlichen Blick zu.

«Bruder Ezechiel ging weg; er suchte sich seinen Weg durch die Kirche, denn den kannte er trotz seiner schlechten Augen ganz gut, er kam direkt an mir vorbei und sprach davon, dass Setubar ihr Gespräch belauscht habe, aber er sah mich nicht. Ich wollte ihm gerade folgen, wurde aber durch Bruder Samuels Verhalten gefesselt. Er nahm eine der Kerzen, die unterhalb der Jungfrau stehen, und verschwand hinter den roten Vorhängen, aber nach kürzester Zeit sah ich ihn zurückkommen, und da rang er nach Atem. Er wand sich in Krämpfen und hustete, und im nächsten Moment eilte ich zu ihm hin, aber es gab nichts, was ich hätte tun können!»

«Warum habt Ihr nicht Alarm geschlagen? Warum seid Ihr weggegangen und habt es jemand anderem überlassen, ihn zu finden?»

«Ich hatte Angst», sagte er flehentlich, «aber ich muss Euch noch etwas anderes sagen, das mir zunächst gar nicht aufgefallen ist, bis vorgestern Abend, als Bruder Ezechiel starb. Bevor Bruder Samuel seinen letzten Atemzug tat, sagte er ...»

Leider wurde in diesem Moment die Tür aufgerissen, und ein Schwall frostiger Luft strömte zusammen mit Schnee herein und drang in die Wärme der Krankenstation.

Es war Regino di Napoli, der aufgeregt ins Zimmer stürzte, zu den Klostergebäuden hinüberzeigte und keuchend ausrief:

«Es brennt! Es brennt in der Küche! Der Koch! Der Koch ist tot!»

Ich sah, wie Bruder Asa den Samtbeutel in eine Schublade legte, bevor er den Raum verließ.

Als wir in das Küchegebäude traten, war das Feuer schon von einigen Mönchen mit Eimern gelöscht worden. Der Koch lag ausgestreckt auf dem schmutzigen Boden, und es roch nach verbranntem Öl und Fisch, was ich in meiner Angst fälschlicherweise für den Geruch von verbranntem Menschenfleisch hielt. Asa war vor uns bei dem Mann, da er schnelle Beine hatte, und als wir ankamen, kniete er bereits bei ihm. Er untersuchte den Koch nach Verbrennungen oder anderen Verletzungen und zog aus einem Beutel, den er am Leib trug, eine kleine Phiole. Er nahm den Deckel ab und hielt dem Koch das Gefäß unter die Nase – später sollte ich von meinem Meister erfahren, dass es sich um Fenchelsaft handelte –, auf jeden Fall kam der Mann sofort zu sich. Er öffnete die Augen, und mit einem Gesicht wie ein kleines Kind – ein Anblick, der in stärkstem Gegensatz zu seiner außerordentlichen Körpergröße stand – sagte er mit feuchtem Mund: *«Madre mía! La Virgen! La Virgen!»*

Mein Meister trat näher, und der Koch knetete hysterisch sein Gewand. «Ich habe *la madre santa* gesehen, in den Flammen ... sie war schön! Sie hat gesagt Rodrigo! Ja ... sie hat gesagt meine Name! Sie hat gesagt, Rodrigo, das ist das Zeichen!»

Das verursachte Bewegung in der Menge, die sich inzwischen im Durchgang zum Refektorium angesammelt hatte.

«Das Zeichen!», rief jemand, «Denn siehe, das Feuer hat die Weideländer der Wildnis verschlungen, und verbrannt hat die Flamme alle Bäume des Feldes!»

«Nein, nein!», schrie ein anderer.

Es entstand Verwirrung. Einige meinten verängstigt, dass die Zeit der Wiederkunft Christi angebrochen sei und dass Joachim von Kalabrien recht gehabt habe, obwohl es seiner Berechnung nach erst im Jahre 1260 dazu kommen sollte.

«Bruder Koch, habt Ihr gerade Fisch gekocht?», fragte mein Meister laut und fügte damit der ganzen Angelegenheit die Stimme der Vernunft hinzu.

Der Mann sah ungläubig zu meinem Meister auf. Was konnte es schon bedeuten, dass er Fisch gekocht hatte, sagten seine Augen, er hatte die Heilige Jungfrau gesehen! Mein Meister wiederholte die Frage, und der Koch sagte ja, er habe Fisch gekocht. Da ging André hinüber zu dem riesigen Kamin neben dem großen Küchenherd. Das Feuer hatte wenig Schaden angerichtet, weil den Kamin eine Steinmauer umgab, aber als er nach unten blickte, sah er, so wie ich, einen Klumpen von verkohltem haarigen Fleisch, der kaum noch zu erkennen war. «Was ist das?», fragte André und stieß mit einem Stock dagegen.

Der Koch blickte in dieselbe Richtung wie mein Meister. Zunächst begriff er nichts, dann erkannte er plötzlich, was das war, und stieß einen lauten, schmerzerfüllten Schrei aus. «Fernando!», schrie er, bedeckte das Gesicht mit den Händen und weinte. Mir wurde das Herz schwer. Es war tatsächlich der Kater.

Nachdem er die Umgebung untersucht hatte, sagte mein Meister: «Jetzt ist alles klar.»

Er fragte den Koch, ob der Kater häufig in dem Alkoven über dem Feuer geruht habe. Selbst ich wusste die Antwort auf diese Frage, aber der Koch weinte leise in seine groben Hände und sagte in sanftem Flüstern: «Fernando ... Fernando.»

Andere fielen mit ein, bis viele über den unglückseligen Kater weinten.

In diesem Augenblick entdeckte André noch etwas, ein trockenes, braunes Bündel verbrannter Blätter, vielleicht von Kräutern, das an einer Schnur über dem Feuer hing. Mein Meister verrieb ein paar der verkohlten Überbleibsel in der Hand, hielt sie an die Nase und schnupperte leicht daran. Er nickte und wollte sich wieder daranmachen, den Koch zu befragen, als genau in diesem Moment der Abt die Küche betrat, gefolgt vom Inquisitor und von den anderen Mitgliedern der Delegation.

Nachdem er sich einen Überblick verschafft hatte, trat der Inquisitor an den riesigen Mann am Boden heran, der ihn in seinem gegenwärtigen Kummer gar nicht bemerkte.

Rainiero warf meinem Meister einen verächtlichen Blick zu und schlug den Koch heftig ins Gesicht. Alle hielten den Atem an. Der Kopf des Mannes drehte sich von einer Seite zur anderen, und er blickte mit großen Augen auf, als verstehe er nicht, was geschah.

«*Mi* arm Fernando», sagte er schockiert. «Auch er hat gesehen *la Virgen Santa*!»

Der Inquisitor ignorierte dies und wandte sich an den anderen Koch, um Antwort zu erhalten, aber bevor dieser Mann sprechen konnte, fiel mein Meister mit seiner üblichen Lebhaftigkeit ein:

«Es ist ganz einfach, Rainiero, der Mann hat versehentlich Öl über dem Feuer verschüttet, als er darin Fische fürs Essen frittieren wollte. Das entzündete die Kräuter, die über dem Feuer hingen. Verständlicherweise fuhr er vor den Flammen zurück, aber dabei rutschte er auf dem Boden aus, fiel hin und schlug mit dem Kopf auf. Der unglückliche Kater», er wies auf die verbrannten Überreste, «sprang in seiner Überraschung aus seiner Schlafstätte über dem Feuer heraus – was für Katzen ein ganz natürlicher Platz ist, da man ja weiß, dass sie die Kälte hassen. Eigentlich hätte ihm gar nichts passieren dürfen, da wir ja wissen, dass Katzen immer auf den Pfoten landen. In diesem Fall jedoch war es sein Verderben, denn er verfing sich mit einer Pfote am Kessel und landete im Feuer. So ein Unglück», schloss er, und da er ein Radieschen aus einem Korb heraushängen sah, biss er hinein.

Hinter mir sagte jemand: «Was für eine wunderbare Erklärung.» Ein anderer flüsterte: «Das ist der Scharfsinn der Templer.»

Und wie zu erwarten gefiel das dem Inquisitor ganz und gar nicht, der das zwanglose Benehmen meines Meisters ungläubig beobachtete. «Sehr gut!», schrie er erzürnt. «Ihr scheint die Dinge in der Hand zu haben. Doch da ich der Inquisitor bin, und nicht Ihr, Präzeptor, verlange ich, dass Ihr mich meine Nachforschungen ohne Unterbrechung fortführen lasst!»

«Auf jeden Fall», sagte mein Meister und trat zum Zeichen der Unterordnung beiseite.

Rainiero hob das Kinn und sah den Koch herablassend an. «Nun denn», begann er, merkte aber schnell, dass mein Meister ihm die Schau gestohlen hatte. «Koch, was sagst du?»

«Es war *la Virgen!*», antwortete der Mann strahlend. «Sie kam heraus aus Feuer, um mich mitzunehmen in die Himmel. Ich bin geflogen! *Et ne nos inducas in tentationem, sed libera nos a malo. Amen!* – Erlöse uns von dem Übel. Amen!»

Der Inquisitor machte einen Schritt nach vorn, sodass er ganz nahe vor dem Koch stand. «Du hast also die Heilige Jungfrau gesehen? Die Jungfrau ist dir erschienen? Ich verstehe ... ein schmieriger Koch hat eine himmlische Vision? Sollten wir dich vielleicht als Heiligen verehren? Oder vielleicht als den Teufel, der du bist!»

«*He visto la Virgen.* Ich habe sie gesehen ...», sagte der Koch leise.

«Oder hast du vielleicht eher mit ein paar giftigen Kräutern einen teuflischen Zauber über die Fische gelegt, mit der Absicht, diese Legation und alle die zu verderben, die die Wahrheit über diese Abtei herauszufinden versuchen? Na komm schon, wir wissen doch alle, dass der Leib Satans in verschiedenen Pflanzen steckt! Dass sein böses Auge das Bilsenkraut ist, sein Bart das Löwenmäulchen, seine Klauen die Orchidee, die Winden sind seine Eingeweide, die Alraunen seine Hoden! Den Teufel in Verkleidung der Gottesmutter hast du heraufbeschworen, indem du eine Katze geopfert hast. Da seht ihr es! Ihr seid alle Zeugen! Ihr alle wisst, dass die Katze die Verkörperung des Satans ist, von deren Urin es heißt, dass er die zu Tode bringt, die ihn trinken. Deren Asche, wenn sie von jemand eingenommen wird, dem Teufel die Seele dieses Menschen sichert! Du bist derjenige, den ich im Verdacht habe, der Mörder der beiden Mönche zu sein, die du auf Befehl des Teufels umgebracht hast! Wachen! Ergreift diesen Mann!»

Es gab verwirrte Schreie: «Nein!»

Da mischte sich zum Glück mein Meister ein.

«Rainiero, ich bin sicher, dass dieser Vorfall völlig unabsichtlich geschah. Der Mann hat den Kopf angeschlagen und verlor das Bewusstsein, das ist alles. Dass es Morde waren, steht nicht fest, Rainiero. Ich vermute, dass eine andere Ursache dafür verantwortlich ist ...»

«Ach tatsächlich?» Der andere war jetzt zornig, und sein Gesicht hatte dieselbe Farbe angenommen wie das Radieschen meines Meisters. «Bitte, klärt uns doch alle auf, Präzeptor, vielleicht sollte ich mich Eurer Klugheit beugen, denn in diesen Dingen scheint Ihr bewanderter zu sein als ich.»

Mein Meister ignorierte ihn und fuhr mit dem Gemüse in der Hand fort: «Ich glaube, dass der Koch irgendwie etwas von einem giftigen Kraut abbekommen hat, vielleicht von dem gleichen, das Bruder Ezechiel tötete ...»

«Warum ist er dann noch nicht tot?», argumentierte der andere und wurde fahl.

«Es ist mir das alles auch noch nicht ganz klar, aber vielleicht deshalb, weil er es nicht zu sich genommen, sondern nur eingeatmet hat, als die Kräuter in Flammen aufgingen.»

Der Koch starrte nur von einem zum anderen. «Nein! Nein! *La Virgen!*»

«Und wie kommt es, dass Ihr wisst, welches giftige Kraut benutzt worden ist, Präzeptor? Das heißt, falls Ihr nicht mit Ketzern im Bunde seid!», schrie er. «Der Wolf und der Fuchs sind schlau, aber das Lamm ist klug!»

«Du bist der Wolf!», rief der Koch aus. «Tod den Wölfen!»

Und er heulte wie ein Irrsinniger.

Rainieros Mund verzog sich zu einem bösen Grinsen. «Aha! Jetzt sehen wir die wahre Natur des Tieres! Tod den Wölfen! Der Ruf eines *Ghibellinen!*» Er wandte sich dem Abt zu. «Ihr beherbergt hier nicht nur Männer, die sich mit den höllischen Mächten abgeben, sondern Ihr beschützt auch noch Kaiserliche!»

Der Abt runzelte die Stirn, da es ihm die Stimme verschlagen hatte. Noch einmal wagte mein Meister sich mit seiner Meinung vor: «Der Mann weiß doch gar nicht, was er sagt, er steht noch immer unter der Wirkung dieses Krautes und des Schlags gegen seinen Schädel. Ihr verkennt, dass es hier mehr gibt, als das Auge sieht.»

Der Inquisitor lachte ein schreckliches Lachen. «Morgen werden wir sehen, was er unter Eid aussagt! Wachen, packt dieses Geschmeiß und schafft ihn in den Raum, den uns das Kloster zur Verfügung gestellt hat.»

Die Wachen packten den Koch brutal an beiden Armen. Er schrie plötzlich verzweifelt auf, da er den Ernst seiner Lage begriff. Sie zerrten ihn durch die Tür zum Garten aus der Küche hinaus, und zwar so schnell, wie man Amen sagt, und ich fühlte mich entsetzlich machtlos.

«Klosterarzt, Ihr habt auf der Krankenstation zu bleiben, bis ich erfahre, welche Rolle Ihr in dieser schrecklichen Sache gespielt habt, ein Wachtposten wird Euch vor die Türe gestellt, der Befehl hat, niemanden ohne meine Erlaubnis einzulassen.

Und Ihr ...», er starrte meinen Meister an, «ich erlaube keine weitere Einmischung von Euch in die Dinge der Inquisition, Präzeptor, Eure Aufgabe ist es, ein aufmerksamer Diener des Königs zu sein, und sonst gar nichts. Wenn ich Euch noch einmal beim Herumschnüffeln erwische, habe ich keine andere Wahl, als Euch und Euren Lehrling einsperren zu lassen, bis diese fürchterliche Untersuchung abgeschlossen ist, die rasch und geradewegs auf Inquisition hinausläuft.» Dann wandte er sich dem Hauptmann der Wachen zu und befahl, Bogenschützen an alle bekannten Ausgänge des Klosters zu stellen. Ohne Befehl dürfe niemand herein oder hinaus. Er ordnete auch an, dass alles Essen für die Legationsmitglieder vorgekostet werden müsse, ebenso aller Wein. Danach verschwand er unter dem Klagen und Stöhnen der Mönche.

15.

CAPITULUM

Der Sturm kam, nicht plötzlich, sondern heimlich. Wir saßen in der Zelle meines Meisters, Eisik, mein Meister und ich. Da Eisik den Wirbel gehört hatte, war er unfähig, seine Neugier zu zügeln, und hatte sich heimlich zum Gästetrakt für die Pilger geschlichen, wo wir nun tief in Gedanken saßen, als der Wind vor dem Fenster zu toben begann. Zuerst war er nichts weiter als ein Windstoß, doch allmählich wurde er heftiger und schlug mit solcher Wucht an die steinernen Wände, dass man den Eindruck hatte, er könnte einen Menschen davontragen. Der Himmel, jetzt fast schwarz, zeigte sich mit dichten Schneewolken verhängt, die den Berg verhüllten und schweren Schneefall ankündigten. Bald würde sich in den höheren Lagen der Schnee um die Gipfel gefährlich anhäufen, und die würden sich wie eine Schwangere danach sehnen, diese Überfülle loszuwerden – nicht auf dieses Kloster, wie ich inbrünstig hoffte.

Lawinen seien hier nicht ungewöhnlich, berichtete uns ein Bruder, als er bei uns anklopfte, um anzukündigen, dass sich das Mittagsmahl etwas verschieben werde. Er hatte uns ein Tablett mit Nüssen und Brot gebracht, und während er es abstellte, sagte er uns, dass dieses Phänomen die Folge ungewöhnlich nasser Winter sei und dass erst vor zehn Jahren ein Bruder, als er zu den Ställen ging, unter einem gewaltigen Schneebrett erstickt sei, das sich weiter oben gelöst hatte.

«Er wurde erst am nächsten Morgen gefunden», sagte der Bruder in breitem Dialekt und hielt dabei ein Auge die ganze Zeit geschlossen. «Als man seine Leiche aus dem Schnee ausgegraben hatte, beteten wir, Gott möge ihm gewähren, dass seine Seele mit Leichtigkeit in den Himmel aufschwebe, auch wenn seine Hoden so schwer wie Glas waren.»

Nun sahen wir vom Fenster meines Meisters aus fast nur noch Schnee.

André lag auf seinem Strohsack ausgestreckt und starrte ins Nichts, während sein Mund die Nüsse verarbeitete, die er sich alle paar Augenblicke in den Mund warf. Eisik lief in der Zelle hin und her wie ein eingesperrtes Tier, und ich saß teilnahmslos auf einem Stuhl.

«Meister?», fragte ich.

«Ja?» Er hob das Kinn.

«Was macht Ihr?»

«Ich denke nach, mein Junge.»

«Über die Toten?»

«Ja, über die auch.»

«Worüber denkt Ihr noch nach?»

«Ich denke darüber nach, dass es viel zu viel gibt, worüber man nachdenken muss, aber dennoch glaube ich, dass wir mit unserer Jagd vorankommen.»

«Von welcher Jagd sprecht Ihr, Meister? Ich muss gestehen, dass ich nicht mehr weiß, ob wir auf der Jagd nach Mördern sind oder nach Eingängen zu unterirdischen Gängen oder nach ... letzten Schlüssen, oder nach Mönchen, die verschwinden ...»

«Wir sind auf der Jagd nach dem allen», antwortete er ruhig.

Eisik schüttelte heftig den Kopf. «Und der Jäger wird der Gejagte werden ... denk an meine Worte, André! Oh ihr gesegneten Stämme Israels! In was für eine missliche Lage hast du uns da gebracht!»

«Erstens», sagte André, indem er seinen Freund ignorierte, «was die ... sagen wir mal Morde betrifft, so haben wir zwei tote Mönche, deren Tod jeweils ähnliche Symptome vorausgingen, jedenfalls hatte zumindest einer im Augenblick des Sterbens seltsamerweise das Gefühl zu fliegen.»

«Aber das Gefühl zu fliegen, Meister? Hat davon nicht auch der Koch gesprochen?»

«Ja, er ist, wenn auch nur ganz leicht, mit dem Gift in Berührung gekommen. Ich habe irgendwo etwas gelesen über eine bestimmte Mischung ... wenn ich in meinen armen wirren Kopf nur ein bisschen Ordnung bringen könnte!» Er seufzte. «Auf jeden Fall müssen wir Mut fassen, wir müssen nachdenken ... Was wissen wir? Erstens wissen wir aus unserem Gespräch mit Asa, dass Samuel in die Geheimgänge hinab zu steigen versuchte, um etwas zu sehen, obwohl er von Setubar gewarnt worden war, es nicht zu tun. Dann erfahren wir, dass ein junger Novize, ein Freund unseres griechischen Genies, verschwunden ist, nachdem er das Verbot übertreten und sich dorthin gewagt hat, wohin keiner darf.»

«Zu viel ist offen! Es ist einfach zu viel!», schrie Eisik in triumphierendem Pessimismus.

«Genau, und deshalb müssen wir versuchen, alles miteinander zu verknüpfen, aber nicht zu schnell. Wir dürfen uns von all dem jetzt nicht kleinkriegen lassen, denn es gibt sehr vieles zu beachten, und wenn wir zu hastig agieren, könnten wir tatsächlich die falschen Fäden miteinander verknüpfen!»

«Aber es werden immer mehr Tote, Meister!», sagte ich ungeduldig.

«Beeile dich nicht, lerne Bedachtsamkeit! Bedenke, ein Araberpferd legt ein paar Strecken in vollem Galopp zurück und bricht dann zusammen, während das Kamel mit seinem bedachtsamen Schritt Tag und Nacht weiterläuft und ans Ende seiner Reise gelangt. Also lasst uns jetzt ein wenig nachdenken, ja? Was für Ähnlichkeiten gab es zwischen den beiden toten Mönchen?»

«Sie waren beide so alt, dass sie viele Geheimnisse über die Vergangenheit des Klosters wissen konnten?», sagte ich auf gut Glück.

«Genau, so alt, dass sie, wie wir gesehen haben, etwas über die Geheimgänge und was darin verborgen ist, wussten.»

«Vielleicht möchte der Mörder, dass diese Geheimnisse auch Geheimnisse bleiben, Meister? Vielleicht wollte der Mörder nicht, dass sie in die Katakomben hinab stiegen?»

«Das wäre die naheliegendste Erklärung», antwortete er, «aber nur weil etwas einleuchtend ist, wird es noch nicht wahrscheinlich. Auf alle Fälle sollten wir erst einmal das Profil unseres Mörders bestimmen, aus dem, was wir über ihn wissen.»

«Aber wir wissen nichts über ihn, Meister, außer dass er Griechisch kann und Linkshänder ist.»

«Nichts, er kann überhaupt nichts!», donnerte Eisik und fuchtelte mit den Armen. «Und doch mischt er sich ein … Der Inquisitor hasst ihn, und doch stellt er ihm Fallen und verhöhnt ihn, sodass der Dominikaner im Schlaf von Scheiterhaufen träumt, auf denen er unschuldige Juden und Templer verbrennt. Tatsächlich sind die Araber ja für ihre Arroganz bekannt, und du bist der Beweis dafür. Sag nichts, denk nichts. Tu nichts als das, was von dir verlangt wird.»

«Was sagst du? Der eine von euch ist ungeduldig, und der andere verstockt!», sagte mein Meister und richtete sich ein wenig auf. «Mein Gott, wenn ihr nicht die hirnlosesten … Ihr seid doch, ihr seid menschliche Wesen, deshalb könnt ihr denken! Denkt nach! Wenn wir von Feinden umringt sind, müssen wir unseren Umgang mit den Dingen und unsere Strategie ändern, damit der Feind sie nicht erkennt, das ist alles. Einmal sind wir nachgiebig, dann wieder energisch. Einmal handeln wir, dann wieder warten wir ab. Wir müssen heimlich unsere Vorteile sichern.»

«Als da wären?» Eisik hob seine schwarzen Brauen.

«Dass wir eine ganze Menge wissen.»

«Stimmt das denn, Meister?»

«Natürlich, wir können uns den Charakter des Mörders zusammenfügen, wie man ein Haus baut. Jeder Ziegelstein ist ein kleines Stückchen Wissen, das wir von ihm haben, und sogar das Wissen gehört dazu, das wir nicht von ihm haben und nur annehmen können. Zunächst einmal müssen wir ein *Propositum* seiner Motive versuchen, denn die Motive sind eng mit den Besonderheiten verbunden ... Wir tun, was wir tun, Christian, weil wir sind, wer wir sind, ist das nicht so?»

«Es ist so», stimmte ich zu.

«Nun denn, was für Gründe könnte ein Mann Gottes haben, seine Mitbrüder umzubringen? Und beachtet, ich sehe ihn nicht nur als Mann, denn er ist nicht einfach nur ein Mann, er ist Mönch, sein Leben ist darauf ausgerichtet, die Sünde zu überwinden. Entweder er ist kein guter Mönch – was wir zunächst als sehr wahrscheinlich annehmen können – oder er sieht diese Morde nicht als sündig an, er rechtfertigt sie irgendwie als heilige Notwendigkeit. Schauen wir doch einmal, was für eine Art von Mönch so etwas tun würde, ja?»

«Ein Mann, der einen anderen hasst, offensichtlich», trug Eisik zum Gespräch bei, «und wenn man weiß, mit welcher Kraft so ein Adeliger hassen kann ...»

«Auch wenn man das einmal beiseite lässt, Eisik, so ist Hass ein sehr starkes Motiv und normalerweise auch ein leidenschaftliches. In einem solchen Fall wäre das Verbrechen aber gewalttätiger und weniger ... geplant.»

«Gier, Angst, Eifersucht, Eitelkeit, Machtstreben?», versuchte ich einzubringen.

«Sehr gut, sehr gut», nickte er.

«Aber was davon? Was, um der Liebe Israels willen?», schrie Eisik in einem Gefühlsausbruch.

«Vielleicht eine Mischung aus alledem, mein Freund. Lasst uns überlegen, es ist ihm gelungen, sein Verbrechen auszuführen, also ist er schlau, und wer schlau ist ...»

«Beneidet andere, von denen er argwöhnt, dass sie schlauer sind als er, das ist wohlbekannt», ergänzte Eisik, der noch immer das Zimmer durchmaß.

«Wir dürfen nicht vergessen, dass eine Mönchsgemeinschaft wie ein Spiegel der Welt ist, nur viel kleiner», sagte André.

«Meint Ihr, dass Mönche auch nicht besser sind als jene Bauern in den Dörfern, die sich gegenseitig beneiden, die fluchen und ihre gierigen Geschäfte betreiben?», fragte ich entgeistert. «Meister, wie kann das sein?»

«Es gibt nicht viele Menschen, seien sie nun Mönche oder Bauern, die nicht noch heute Buße tun für die Sünde des Stolzes oder der Eitelkeit. Auf jeden Fall müssen wir weiterhin annehmen, dass unser Mörder vielleicht neidisch ist, aber warum ist er auf ältere Mönche neidisch?»

«Vielleicht war der Mörder auf das Wissen eines anderen neidisch, Meister, weil er den Ehrgeiz hat, als klüger zu gelten.»

«Der Junge ist intelligenter, als du ihm zugestehst», sagte Eisik, «denn er sieht, dass der Mörder entweder jung ist und deshalb das Wissen der Alten verachtet, weil es nicht neu ist, oder dass er alt ist und die Jungen beneidet, deren frische neue Ideen er verabschiedet, oder vielleicht beneidet er seine Gleichaltrigen, weil er nicht ganz so viele Geistesgaben besitzt wie sie. Das ist im Falle des Neides ganz üblich, vor allem unter Gebildeten.»

«Aber das bringt uns nicht weiter, Eisik, denn dann könnte er ja jedes Alter haben!», rief ich.

«Genau», antwortete Eisik, «aber nichts zu wissen ist auch schon etwas, denn jetzt können wir davon ausgehen, dass er auch eitel ist. Du wirst mich vielleicht fragen, woher ich das weiß, aber ich will dir sagen, dass nur ein eitler Mensch einen anderen töten wird, um mehr Wissen zu besitzen, als er schon hat! Da sehen wir wieder die Habsucht des Lernens.» Er warf meinem Meister einen bedeutungsvollen Blick zu.

«Aber nur, wenn man davon ausgeht, dass Neid die Wurzel des Ganzen ist», sagte mein Meister heiter, «was natürlich gar nicht so sein muss. Was sonst? Oh ja … Angst! Wenn du etwas Entsetzliches getan hast, oder vielleicht nicht einmal etwas Entsetzliches, aber doch Strafbares, hättest du da nicht schreckliche Angst davor, dass diejenigen, die dein Geheimnis kennen, dich eines Tages verraten?»

«Dann wollt Ihr also sagen, Meister, dass die alten Mönche etwas über den Mörder wussten? Ein schreckliches Geheimnis aus seiner Vergangenheit? Was ist mit dem Koch? Es ist möglich, dass er den anderen von seiner Zeit in Italien erzählt hat.»

«Andererseits», Eisiks Gesicht wurde ernst und nachdenklich, «hat der Mörder, Gott vergebe ihm, vielleicht einem anderen etwas getan, der jetzt in der Lage ist, wiederum ihm etwas zu tun, und deshalb kommt er ihm zuvor ... vielleicht ist sein Motiv tatsächlich Angst?»

«Das glaube ich nicht», antwortete André, «der Mörder muss sehr selbstbewusst sein. Wer sonst als ein außerordentlich selbstbewusster Mann würde sich den Spaß mit diesen Morden erlauben, wenn das Kloster nicht nur von Bewaffneten wimmelt, sondern zudem auch noch die Inquisition beherbergt? Entweder er ist noch nie mit Brutalität in Berührung gekommen, oder seine Erfahrungen geben ihm Mittel an die Hand, damit zurecht zu kommen. Diejenigen, vor denen wir keine Angst haben, sind entweder schwächer als wir, oder wir haben mehr Unterstützung als sie.»

«Dann gibt es ja vielleicht mehr als einen Mörder?», fragte ich, so beschäftigt mit unserem Rätsel, dass ich für einen Augenblick den Ernst der Sache vergaß.

«Tatsächlich dürfen wir das nicht ausschließen. Derjenige, der mich heute Nacht auf den Kopf geschlagen hat, war kräftig, das hat sich in seiner schnellen Reaktion gezeigt, und er ist auch kleiner als ich.»

«Woher wisst Ihr das, Meister? Wegen des Winkels von seinem Schlag?»

«Nein, und das verdanke ich weitgehend dir, mein guter Christian, weil du mich nach seinen Schuhen gefragt hast, was meine Aufmerksamkeit auf seine Füße lenkte, die klein waren. Es ist nur natürlich, dass Leute mit kleinen Füßen normalerweise kleiner sind als Leute mit großen Füßen.»

«Also ist der Dämon klein und kräftig ... oh Sohn Davids! Deshalb hat er keine Angst vor den gebrechlichen alten

Mönchen. Er muss jung sein, oder im besten Mannesalter. Das sind immer die gefährlichsten Menschen.»

«Das können wir mit Sicherheit annehmen, Eisik. Auf jeden Fall sagt uns das nur etwas über die körperlichen Merkmale des Urhebers unserer Nachricht, und der muss nicht der Mörder sein. Wir müssen aufpassen, dass wir nicht zu viel annehmen, ehe nicht ein weiteres Beweisstück uns weiterbringt.»

«Was wissen wir sonst noch, Meister? Glaubt Ihr, dass er von Gier getrieben wird?»

«Ja, von Gier. Unser Mörder will alles, oder vielleicht auch nur eines, aber das muss von großer Bedeutung sein.»

«Ja, meine Söhne, die Begierde, das zu haben, was man nicht haben soll, ist überaus stark.»

«Das heißt, diejenigen, die unser Mörder umbringt, verweigern ihm vielleicht etwas, oder hindern ihn daran, etwas zu bekommen, und das erinnert mich an etwas anderes ... was, wenn der Mörder hinter dem her ist, was uns hierher geführt hat? Habt ihr daran schon einmal gedacht?», sagte André.

«Aber was hat uns denn hierher geführt, wenn nicht des Königs Befehl, Meister?»

«Ja, ich weiß, aber ich spreche von dem, was immer es auch sein mag, das den Grund für seinen Befehl gab, etwas Wertvolles, Mächtiges ...»

Eisik schauderte und seufzte tief auf. «Du willst also sagen, André, dass die alten Brüder nicht nur Unschuldige waren. Du willst sagen, und es wird an allen vier Enden des Himmels zu hören sein, dass sie etwas besaßen ... etwas Schreckliches!»

Ich muss wohl blass geworden sein, denn mein Meister ärgerte sich und murmelte einen Fluch in seiner Muttersprache, den ich nicht wiedergeben will.

«Vielleicht besitzen sie etwas, oder sie wissen, wie man es bekommen kann, und sagen es nicht? Oder vielleicht sind sie auch willens, es anderen zu sagen, und würden dem Mörder dadurch den alleinigen Besitz streitig machen, wenn er es schon kennt», schloss André und warf sich mit einer trotzigen Geste eine weitere Nuss in den Mund.

Ich war still.

«Jetzt zu den Toten ... Wie ist die Regel? Erst Gift, dann die Nachricht. Lass mich die Nachricht ansehen.»

Ich suchte in der Tasche in meinem Habit und zog die Nachricht hervor. Mein Meister riss sie mir aus der Hand und fing an zu lesen: «Wo der Herr nicht das Haus bauet, so arbeiten umsonst, die daran bauen.»

«Was will er uns damit sagen, und warum?» Mein Meister versank einen Augenblick in tiefe Nachdenklichkeit. «Bruder Ezechiel war der alte Übersetzer, und was übersetzen Übersetzer, wenn nicht das Wissen von anderen? Könnten wir ihn dann einen Wissenssucher nennen? Es könnte sein, dass der Mörder uns warnt ...»

«Ihr meint, dass er uns enthüllen will, wer sein nächstes Opfer sein wird?», fragte ich in einer plötzlichen Erleuchtung.

«Genau! Wer auch immer das Haus baut, wird der Nächste sein.»

«Ihr meint, wer das Kloster baut?», verbesserte ich ihn.

«Ein Baumeister, der Erbauer des *Hauses* kann eine Metapher für etwas anderes sein, vielleicht ein *Etwas*, das vollbracht werden muss, oder ein bestimmtes Wissen um das Gebäude, die Gestaltung von etwas.»

«Vielleicht die Maße von Salomons Tempel, so wie er war, bevor er von den Heiden und Götzenanbetern zerstört wurde.»

«Dieses Wissen könnte der letzte Schluss sein, von dem Asa sprach?», bemerkte ich.

«Vielleicht», sagte mein Meister.

«Wir wissen also, dass der Urheber unserer Nachricht der Mörder ist, Meister, denn wie könnte er sonst wissen, wer das nächste Opfer ist?»

«Vielleicht ist er nur in dieses Wissen eingeweiht, hat aber nicht den Mut, es uns ins Gesicht zu sagen?»

«Warum schreibt er dann nicht einfach den Namen des Mörders auf, statt in Rätseln zu sprechen?»

«Ich weiß nicht», sagte André nachdenklich, «vielleicht ist er einfach vorsichtig.»

Eisik zog eine Augenbraue hoch. «Vielleicht führt er auch nur gerne im Dunkeln tappende Templer an der Nase herum.»

Mein Meister starrte Eisik kurz an und legte dann den Kopf wieder auf die verschränkten Hände zurück, denn das hatte ihm die Laune verdorben.

«Aber was ist mit dem Koch, Meister?», fragte ich ihm zuliebe weiter. «Er muss doch etwas wissen.»

«Ich werde mit ihm sprechen müssen, nur ist das jetzt schwierig. Immerhin wissen wir inzwischen eine ganze Menge, und langsam glaube ich, dass meine Vermutungen stimmen. Es gibt zwei Klöster, Christian. Eins existiert nur über der Erde, und eins betreibt seine Geschäfte darunter.»

«Hat das nicht auch der Abt gesagt? Dass das, was oben ist, so ist wie das, was unten ist?»

«Ja. Alles weist auf die Katakomben hin, und ich glaube, dass dort etwas sehr Wichtiges versteckt wird, vielleicht etwas so Wichtiges, dass es Mord verursacht, und ich habe die Absicht herauszufinden, was es ist. So, raus jetzt mit euch, lasst mich nachdenken! Heute Abend, wenn alle im Bett sind, nehmen wir uns die Steinplatte vor. Wir treffen uns nach der Komplet in deiner Zelle, Christian.»

16.

CAPITULUM

*«Der Bräutigam verlasse seine Kammer,
und die Braut ihr Gemach.»*
Joel II, 16

Ich war in einem wunderbaren Garten. Rings um mich wirkte die Natur so frisch wie am ersten Tag der Schöpfung. Überall sah ich das Wirken seiner Hand in den feinsten Tönungen und den strahlendsten Farben. Aus kühlen, klaren Teichen in den reinen Farben von Smaragd und Jade fielen Kaskaden hinab in einen Wasserlauf, dessen Ursprung weit entfernt zu sein schien und der sich zu einem verschwimmenden Horizont hin verlor. Hier spielte das Licht auf allem, tanzte auf den zarten Schwingen eines Windhauchs, ruhte auf den mannigfaltigen Blumen, die wie eine Decke zu meinen Füßen ausgebreitet lagen. Sie wirkten wie Schüler in ihrer einzigartig schönen Anmut und Einfalt, die kleinen Gesichter in ihren gottgefälligen Kleidern zu mir herauf gewandt.

Ich hätte im Paradies des Palladius sein können oder hoch oben auf dem Parnass oder sogar über den Hügeln des Isthmus von Korinth, denn ich hatte eine ekstatische Vision des reinsten Friedens und der größten Eintracht, wie ich sie noch nie erlebt hatte. Aufblickend in die Bläue über mir, seufzte ich vor tiefer Zufriedenheit, begehrte nichts über diesen Augenblick hinaus, wusste, dass Gott in seiner Gnade und unvorstellbaren Weisheit diese Anordnung von höchster Schönheit einzig für mich bereitet hatte. Denn ich war tatsächlich allein ... bis ich sie sah ...

... und sie war noch viel lieblicher, als ich sie mir vorgestellt hatte. Wie entwaffnend schön sie war! Wie göttlich war ihr Gesichtsschnitt, wie strahlend leuchteten ihre Augen und die Perlen ihres Mundes. Sie war wie ein Heilbrunnen an seiner Quelle, wie Zimt und Safran, wie Weihrauch. Sie leuchtete und strahlte alle Farben des Spektrums aus. Wie die Welt in einem einzigen Regentropfen enthalten ist: so war sie innerlich und äußerlich, durchsichtig und kristallin zugleich. Alles, was sie war, lag mir klar vor Augen ... die entschleierte Isis.

Doch da ergriff mich Angst. Vielleicht wegen dem, was ich über den Mittagsteufel gehört hatte; da diese Frau ein weibliches Wesen war – und deshalb teuflisch –, war sie doch das älteste und wirksamste Werkzeug des Satans. Vielleicht hatte ich auch deshalb Angst, weil ich tief in meinem Innern wusste, dass das nicht stimmte, und mir deshalb nur die Unreinheit meiner Gedanken vorwerfen konnte.

Salomo sagt in seinen Sprüchen: «Süß ist gestohlenes Wasser, heimlich entwendetes Brot schmeckt lecker», und es war tatsächlich angenehm, wie angewurzelt dazustehen in dem tiefen Verlangen, dieses überaus köstliche und geheimnisvolle Wesen besser zu verstehen. Ich fühlte, dass ich, wenn ich nur meinen Geist von all den unwichtigen kleinen Dingen in Zusammenhang mit ihr befreien könnte, in gewissem Sinn ihr ureigenstes Wesen auf seltsame Weise nackt vor mir wahrnehmen würde. Ich sah, dass sie gut war. Sie war lieblich. Ich weiß nicht so recht, mein geduldiger Leser, wie ich dir erklären soll, warum oder vielmehr wie ich all dies fühlte, aber es schien mir ebenso natürlich, wie die frische Bergluft einzuatmen und zu empfinden, wie ihre belebende Kraft in die Lunge eindringt und sie reinigt. Eine Art von fließendem Wissen, eine Intuition, die über die Seele streicht, und endlich, oh, welch süße Melancholie ...

Sie ging vorüber, und hinter ihr her zog ein leichter Duft nach Jasmin, wie ihn die Hängenden Gärten von Babylon verströmen. Ihr Mund lockte mich, denn er war röter als die Weine von Kana, geschmückt mit Zähnen, weißer als Milch, jeder wie eine kleine Perle. Sie ging so gerade wie die Türme Libanons, das gen Damaskus blickt, ihre Brüste waren wie Äpfel, denn ihr Duft war süß, und ihre Augen wie die stillen Teiche von Heschbon beim Tor von Bat-Rabbim, denn sie vermittelten Frieden.

«Komm zu mir, meine Geliebte. Was säumst du?», hörte ich mich sagen. «Oh schöne Maid, du steigst auf über dem Horizont wie der Mond über Jerusalem. Du besiegst die Dunkelheit und wärmst die Sinne wie ein strahlendes Feuer!» Ich fühlte plötzlich einen stechenden Schmerz ... Oh, süße, süßeste Liebe! Welche Qualen verschaffst du einem Mann! Ich erkannte, dass sie das Werk eines listigen Handwerkers sein musste, denn ich fühlte mich fiebrig. Wer ist diese Frau, die in ihren Halsbändern kostbare Früchte verbirgt, die strahlen wie die Sonne? Die mit einem Erröten alle Sterne des Himmels beschämen kann? Ich fühlte mich gleichzeitig befreit und geängstigt, hingelockt zu den infernalischen Toren der Hölle.

«Komm zu mir, mein Bräutigam!», sagte sie, denn ihre Stimme war wie Honig, und sie schmeckte mir süß im Munde, war aber bitter in meinem Bauch. Und meine Hände wurden zu goldenen Ringen, besetzt mit Beryll: mein Bauch wie helles Elfenbein, belegt mit Saphir. Meine Beine waren wie Säulen aus Marmor, die auf Sockeln aus reinem Gold ruhten: meine Gestalt wie Libanon, so auserlesen wie die Zedern.

Und da sprach sie, und ihre Stimme war wie die Wasser des Nils.

«Vermähle die Braut mit dem Bräutigam, oh, mein Geliebter! Vermähle das Feuer mit dem Wasser, denn dein Mund ist überaus süß ... lege mich wie ein Siegel auf dein Herz. Wie ein Siegel auf deinen Arm: denn die Liebe ist stark wie der Tod.»

Wir umschlangen einander, und so wie der beste Wein, der süß hinabrinnt und die Lippen derer, die schlafen, reden macht, so wie die Wasser, die in einer wilden Vereinigung zusammenfließen, so wie ein Fluss, der über seine Ufer tritt, so drängten wir zusammen mit einem Ziel. Hastig auf ein Ende hinstrebend, sprangen wir in ein Meer aus geschmolzenem Feuer, wurden von einer Flamme beleckt, von ihrer

Kälte verzehrt. Oh Salomon! Ist das die Geliebte deiner Gesänge, dachte ich und stieg wie ein Verzweifelter auf die Spitzen ihrer Berge, um die Umrisse ihres Landes zu sehen, die Formung und Symmetrie ihres Reiches, denn sie war Jerusalem, Knochen von meinen Knochen, Fleisch von meinem Fleische. Mit größter Behutsamkeit stieg ich hinab in das Tal, liebkoste jeden kleinen Hügel, stillte meinen Durst an ihren Meeresbusen. Da roch ich ihre Erde und streichelte sie zärtlich, knetete sie fieberhaft zwischen den Fingern und küsste die Früchte, die aus dem fruchtbaren Bauch sprossen, wie Beeren, rot und köstlich. Dann pflügte ich ihren Boden und erntete ihr Korn, ich sammelte ihre Rosen und trank ihre Milch, und als der Sturm mein Land zu zerreißen drohte, fand ich Zuflucht in ihren weiten Buchten und wartete auf den Augenblick, den allerhöchsten Augenblick, wo ich sein würde wie Moses vor dem brennenden Dornbusch.

Plötzlich geschah ein großes Glühen, ein plötzliches Zittern, ein kleines Erdbeben unter mir, und sie war meine Schwester, meine Mutter, meine Geliebte, eine Taube ... rein, makellos. Und das geschmolzene Gold floss aus der *Aludel – Prima materia,* der ersten Materie, strömte ungehindert ins Land, und ...

Die zwölf wurden zu sieben, und die sieben Sterne erschienen.

AER

DIE DRITTE PRÜFUNG

*«Leicht steigst du hinab zum Avernus;
Tag und Nacht steht offen das Tor zum finsteren Pluto.
Aber den Schritt zurück zu den himmlischen Lüften
zu wenden,
Das ist die schwierigste Kunst.»*
Vergil, *Aeneis*, Buch 6, Vers 126 bis 129

17.
CAPITULUM

Mit einem Ruck setzte ich mich auf. Der Schweiß rann mir in kleinen Bächen den Rücken hinab, und ich atmete schwer, wobei mein Herz galoppierte wie eine Herde wild gewordener Hengste. Was hatte ich bloß getan, fragte ich mich. Ich stand auf, zog das Habit aus, das von meiner Unkeuschheit durchnässt war, und legte das andere Gewand an, das mir der Bruder Hospitaliter gegeben hatte. Dann fiel ich schweren Herzens auf die Knie, wobei ich vor Kälte, Angst und Demütigung zitterte, und sagte ein Vaterunser nach dem anderen, bis ich hörte, wie mein Meister die Tür meiner Zelle öffnete.

André muss gemerkt haben, dass etwas Unstatthaftes geschehen war, obwohl er nichts sagte. Ich spürte nur, dass er mir gelegentlich einen verstohlenen Blick zuwarf. Vielleicht wandte er ja seine besondere Logik bei mir an?

Wir warteten auf Eisik, aber er kam nicht, und so machten wir uns auf den Weg zur Kirche. Ich verschwand so tief wie möglich in meiner Kapuze, in der Hoffnung, dadurch dem Scharfblick meines Meisters zu entgehen, und merkte kaum, wie kalt es geworden war und dass das Gelände in eine geisterhaft weiße Decke gehüllt dalag. Ich dachte nur an den Traum, der mir wie ein inneres Feuer in meiner Brust, Gott möge mir vergeben, die Seele erwärmte.

Wir betraten die Kirche durch das Nordportal und bewegten uns vorsichtig an der Kapelle Unserer Lieben Frau vorbei zum Altar hin, wo wir unsere beiden Lampen an dem großen Dreifuß entzündeten, dann gingen wir durch den

Chorumgang wieder zurück zum nördlichen Querflügel, wo wir auf Eisik warteten.

«Bei der Schlafmütze Gottes», flüsterte mein Meister schroff, «wo ist nur dieser verflixte Jude?»

Die Zeit verging, und mein Meister gab mir ein Zeichen, dass wir uns zur Kapelle Unserer Lieben Frau schleichen sollten.

Du musst dir das einmal vorstellen, lieber Leser, wie wir zwei da hinter den Vorhängen kauerten, die die Wände schmückten, und eine Mischung aus Aufregung und Verzagtheit empfanden. Mit diesen Gefühlen sagte ich noch ein Vaterunser, als mein Meister sich daranmachte, die Steinplatte zu öffnen. Mir war das Herz schwer, niedergedrückt von tausend Gewichten. Bruder Daniels Ermahnung ‹Nehmt euch in Acht, der Antichrist ist nahe›, lief mir wie eine Psalmodie durch den Kopf, und ich fragte mich, ob ich in meinem Traum vielleicht den Bösen getroffen habe, als Frau verkleidet, denn ich wusste, dass er geschickt und erfinderisch war. Ich erinnerte mich, dass ich öfters leise Gespräche zwischen den jungen Dienern und Stallburschen mitgehört hatte; sie sagten, ein Mann könne von einer Frau vergiftet werden, nicht nur durch ihren Geruch, der wie ein Zaubertrank wirke, sondern auch durch die Farbe ihrer Lippen, die so feucht und weich seien wie neuer Wein, der mit Genuss getrunken werden will. Ein Mann werde, sagten sie, von den geringfügigsten Dingen verführt, vom Heben und Senken eines elfenbeinfarbenen Busens, von Milch und Honig eines Nackens, vom weichen Samt des Fleisches … und durch diese höllische Täuschung dazu gebracht, den heiligsten Schwur gegenüber der Mutter Kirche, gegenüber dem Orden und Gott zu vergessen! War ich nicht selbst Zeuge genau dieser Dinge gewesen, wenn auch nur im Traum? Ich merkte, dass ich schwer atmete, und mein Meister warf mir einen seiner sonderbaren Blicke zu. Wie ich wusste, hatte er immer gesagt, die Natur sei die Tochter Gottes, und die Frau, als Tochter der Natur, könne nichts weniger als göttlich sein. Jetzt, als ich das Bild der Jungfrau Maria in der Kapelle ansah, fragte ich mich, wie man sie verehren konnte, ohne gleichzeitig ebendieses Band der Weiblichkeit hoch zu achten, das die Mutter Gottes mit allen Frauen verbindet. Und doch war es eine Frau gewesen, oder ihr Bild (was in gewissem Sinn noch teuflischer war), das mich zur Sünde verführt hatte. Das ließ sich nicht leugnen, und deshalb fühlte ich mich mit großer Schuld beladen. Ich musste alles meinem Meister beichten, ich öffnete sogar schon den Mund, um jene schrecklichen Worte auszusprechen, aber wie das Schicksal so spielt, drückte er genau in diesem Moment auf die beiden zauberkräftigen Zeichen: erst auf die Fische und dann auf den Saturn, und glücklicherweise wurde mein Geist, wenn auch nur kurz, dem Kummer über meine Sünde entrissen.

«Beim Schwerte des Saladin!», flüsterte mein Meister harsch, «Das ist es nicht!»

«Aber Meister», ich dachte einen Augenblick nach, «Ihr und Eisik habt doch von der Reihenfolge am Himmel gesprochen ...»

«Was hast du gesagt?» André drehte sich zu mir um. «Natürlich! Die Reihenfolge! Sehr gut, Junge!», flüsterte er jubelnd. «Man muss die Folge der Planeten mit Saturn an siebter Stelle niederdrücken, nicht Saturn allein!»

André versuchte das Sonnenzeichen niederzudrücken, aber es bewegte sich nicht. «Warum nicht?», flüsterte er ärgerlich. «Um aller Heiligen Liebe willen, warum hat es sich vorhin bewegt, und jetzt nicht, bei Gott?»

«Mögen die zwölf zu sieben werden, und die sieben Sterne erscheinen», sagte ich, auf die Gefahr hin, zurechtgewiesen zu werden.

«Natürlich, ich muss doch ein Esel sein! Die Zwölf und die Sieben, Christian! Sie müssen zusammen gedrückt werden, sogar *du* hast das gewusst.»

Er drückte die Fische und hielt sie so, während er zuerst die Sonne, dann den Mond, gefolgt von Merkur, Venus, Mars, Jupiter und schließlich Saturn niederdrückte. Man hörte ein metallisches Geräusch, und die Geheimtür begann sich wie auf einem Kissen aus Luft zu bewegen und öffnete sich auf einen kleinen Vorraum hin, der gerade groß genug war, um uns beide aufzunehmen.

Ich wartete darauf, dass er mir zu meinem Scharfsinn gratulierte, aber er blieb nur vor der Tür zu der Kammer stehen und schnupperte misstrauisch in die Luft.

«Wir dürfen eines nicht vergessen», sagte er. «Bruder Samuel starb wegen seiner Unvorsichtigkeit. Ein süßlicher Moschusgeruch ... aber kein Gift, in diesem Fall etwas anderes ...» Er hielt die Nase hierhin und dorthin, schien sich aber sicher zu sein, dass uns kein tödliches Gift erwartete, und trat deshalb ein, obwohl er dennoch wachsam um sich schaute. An der Tür vor uns beleuchteten wir mit unseren Lampen ein Zeichen, das in das Holz eingraviert war und das, wie mein Meister mir sagte, das nekromantische Symbol für Saturn darstellte. Zu meiner Rechten drückte sich mir ein steinernes Weihwasserbecken in den Schenkel. Ohne Zweifel war es mit Weihwasser für die rituelle Besprengung gefüllt. In dieser Ecke sah ich auch eine Anzahl von seltsamen langen Gegenständen und begriff einen Augenblick später, dass es sich um Fackeln handelte, wie sie gewöhnlich in Hammelfett getaucht werden, und ich wollte sie gerade noch weiter betrachten, als ich mit meiner Sandale etwas Kleines, aber Weiches berührte, und als ich hinabschaute, erkannte ich, dass es eine Ratte war. Ich stieß einen unterdrückten Schrei aus, und mein Meister brachte mich zum Schweigen, indem er nicht allzu sanft sagte:

«Bei Gott, Junge, die kannst du nicht mehr verjagen, das grässliche Ding ist tot!»

«Wodurch ist sie umgekommen, Meister?», fragte ich und dachte, dass das ein schreckliches Omen sein müsse.

«Vielleicht durch das Gleiche, das auch den alten Bruder getötet hat», antwortete er nachdenklich.

«Soll ich eine von diesen Fackeln mitnehmen?»

«Nein. Rühre nichts an, wenn ich es dir nicht sage. Hier

ist alles auf Täuschung angelegt, und, wie wir gesehen haben, auch auf Mord. So, um jetzt diese Türe zu öffnen ...»

Er drückte dagegen, und sie ging fast ohne Widerstand auf und enthüllte Stufen, die in eine dunkle Grube hinabführten. In dem Moment spürte ich etwas hinter mir und drehte mich um in der Erwartung, die abscheuliche Gestalt des Teufels zu sehen, stattdessen aber war es Eisik, der eine eigene Lampe bei sich trug.

«Dein Wort ist meinem Fuße eine Leuchte, und ein Licht auf meinem Pfade», sagte er.

«Um aller Heiligen Liebe willen, was war mit dir los?», flüsterte mein Meister und nahm Eisiks Laterne.

«Überall sind Wachen, André», sagte er und zog die Schultern hoch, als erwarte er weiteres Übel. «Ich musste die Schlauheit meiner Vorväter anwenden. Ich sagte zu dem Hilfskoch, ich bräuchte eine Lampe, damit ich den Talmud lesen könne, und ich würde ein Gebet für ihn sprechen, auf dass ihn der Inquisitor verschone, wenn er so freundlich wäre, mir diesen Gefallen zu tun. Aber ich muss dir sagen, André, ich bin nur hier, weil du mich darum gebeten hast, und weil ich dich nicht überleben will! Etwas sagt mir, dass das verrückt ist, und doch», seufzte er, «doch ist es das Schicksal eines alten Juden, dass niemand auf ihn hört, denn wenn man das täte, würde man zweifellos länger leben.»

So kam es, dass wir vorsichtig zu unserer Reise ins Unbekannte aufbrachen, eine lange, scheinbar endlose Folge von Stufen hinunter, wobei wir die geheime Tür zum Vorraum vorsichtshalber leicht offen stehen ließen. Die Stufen waren feucht und von ungleicher Höhe, manche waren gebrochen, manche ganz glatt ausgetreten, und nur mit Müh und Not konnte ich die Balance halten. Nach einer wahren Ewigkeit spürten wir festen Boden unter den Füßen, aber das war nur ein kurzzeitiger Trost, denn bald kamen wir in einen äußerst schmalen Gang, der in spitzem Winkel nach rechts abging. Ich rechnete mir aus, dass er nach Nordosten führen musste, denn die Stufen, die uns hier herunter gebracht hatten, gingen in westliche Richtung, da die Steinplatte auf der westlichen Seite des nördlichen Querschiffs gelegen war. Dieser Gang, der viele Meter unter der Erde lag, roch nach Alter und Verwesung und war so eng, dass ich, wenn ich nur ein klein wenig zur Seite auswich, die feuchten Wände auf beiden Seiten mit den Schultern berühren konnte. Das Licht unserer Lampen spielte auf der Oberfläche des Felsgesteins, und mir kam es so vor, als sähe ich die Gesichter zahlloser Teufel in den Felsspalten und Vorsprüngen, die durch die unterschiedlichen mineralischen Substanzen entstanden waren.

Ich zitterte.

Warum nur musste es Geheimgänge geben? Und warum neugierige Meister?

Schließlich kamen wir durch eine Tür und entdeckten, dass wir uns in einem Vorraum befanden. Seine drei weiteren Türen waren in den sonderbarsten Winkeln angebracht, was irgendwie den Eindruck hervorrief, man habe plötzlich die Richtung gewechselt. Ich wusste, dass das ein schlauer Trick sein musste. Um dieses Phänomen noch zu verstärken, war die Kammer winzig klein, und das bedeutete, dass wir sehr dicht beieinander in der Mitte stehen mussten, sodass unser Atem unisono in die stille, dumpfe Luft stieg. Wir hoben unsere Lampen, um die Wände zu untersuchen, und stellten fest, dass über den Türen – die zweifellos zu weiteren Gängen führten – ähnliche Fackeln angebracht waren wie die, die ich am Boden der ersten Kammer gesehen hatte. Unsere Lampen reichten aus, um eine Anzahl seltsamer Zeichen zu beleuchten, die über den Türen in den Stein gehauen waren. Direkt vor uns hatte die schwere, rechteckige Öffnung das Zeichen des zunehmenden Mondes über sich, dazu das Wort «Pergamon». Rechts von uns beleuchtete mein Meister das nekromantische Zeichen für Mars und das Wort «Thyatira». Links von uns abermals ein zunehmender Mond und wieder das Wort «Pergamon», und hinter uns «Ephesus» und das Zeichen für Saturn.

«Ein Labyrinth von Gängen!» rief mein Meister aus. «Jetzt ergibt das einen Sinn, was Daniel uns gesagt hat. Derjenige, der den sieben Sendschreiben in Zahl und Ordnung folgt, wird das himmlische Königreich erreichen, aber der, der versucht, den sieben Kirchen zuwiderzulaufen, wird auf der Erde wandern bis zum Augenblick seines Todes ... Das bedeutet bestimmt die sieben Sendschreiben aus der Apokalypse an die sieben Gemeinden oder Kirchen ... wir müssen dem genau folgen, oder wir enden als Futter für die Ratten. Also, wohin ging das erste Sendschreiben ...?», fragte mein Meister Eisik.

«Nach Smyrna ... nein, nein, Ephesus ... genau, Ephesus.»

«Natürlich Ephesus ... ‹Ich bin das Alpha und das Omega, der Erste und der Letzte; und was du siehst, schreib es in ein Buch, und sende es an die sieben Kirchen, die in Asien sind; nach Ephesus, und nach Smyrna und Pergamon, und nach Thyatira ...› Verdammt! Was kommt als nächstes?»

«‹Nach Sardes, und nach Philadelphia, und nach Laodizea›», fügte Eisik hinzu.

«Eisik!», rief André plötzlich. «Du kennst die Bibel der Gojim ja besser als jeder Goi!»

«Warum denn nicht, mein Sohn?», sagte er, aber mein Meister beachtete ihn nicht, denn er murmelte leise andere Dinge vor sich hin.

«Und da dies unsere erste Kammer ist, sollte man annehmen, dass unsere nächste Smyrna sein muss.»

«‹Wer überwindet, dem will ich zu essen geben von dem Holz des Lebens, das im Paradies Gottes ist›», zitierte Eisik.

Ich schaute als Erster zu der gewölbten Decke hinauf, an deren höchster Stelle ein Kreis zu erkennen war, der einen kleineren umschloss und um dessen Rand in einem Halbkreis Smyrna geschrieben stand. Ich zeigte es aufgeregt meinem Meister und Eisik, aber das schien sie nur noch mehr zu verwirren.

«Wenn wir hier in Smyrna sind, war das erste die kleine Kammer, bevor wir in die Geheimgänge kamen. In diesem

Fall wäre es einleuchtend, die Türe mit der Kennzeichnung «Pergamon» zu nehmen, denn dorthin geht das nächste Sendschreiben. Aber davon gibt es zwei!»

«Oh gesegnete Väter ...», flüsterte Eisik und rang die Hände, «welche sollen wir nehmen?»

Mein Meister sah in diese und jene Richtung und zupfte sich am Bart. «Gute Frage ... vielleicht sind wir am besten beraten, wenn wir einfach eine ausprobieren. Sollen wir?» Er machte einen Schritt vorwärts.

«Nein!», schrie ich und schämte mich sofort. «Hinter der falschen Tür könnte etwas Abscheuliches auf uns lauern, Meister.» Ich erinnerte ihn an die Geschichte des Minotaurus aus der griechischen Legende, und er schwieg einen Augenblick und nickte leicht. «Vielleicht sind wir dann für ihn ein sehr leckeres Abendessen.»

Eisik kam mir zur Hilfe: «André, der Junge hat recht, wir müssen vorsichtig sein, Geheimgänge sind eine üble Sache, man kann sich hoffnungslos darin verlieren, nicht nur den Körper, sondern auch die Seele.»

«Deswegen habe ich auch ein Stück Kohle und ein Pergament mitgebracht, auf das wir einen Plan zeichnen werden.» Mein Meister reichte mir diese Gegenstände, bei denen sich auch eine seltsame Vorrichtung befand, die in eine gläserne Blase eingelassen war. «Auf diese Weise finden unsere Körper vielleicht den Weg hinaus, und hoffentlich folgen ihnen dann auch unsere Seelen.»

«Was ist das, Meister?», fragte ich und drehte das runde Ding hin und her.

«Das, mein lieber Junge, ist das Instrument, das ich dir gegenüber schon oft erwähnt, dir aber noch nie gezeigt habe, es nennt sich Kompass.»

«Ach ja, das war der Grund, warum Ihr in Eure Zelle zurückgegangen seid ... was macht man damit?» Ich hielt es versuchsweise ans Ohr, aber es war kein Ton daraus zu hören.

Mein Meister lächelte. «Die Nadel richtet sich nach Norden.»

«Tu es weg!», flüsterte Eisik rau. «Es ist böse, ein Astronom richtete viele Jahre lang seine Geisteskräfte darauf, und es wird gesagt, dass sein Denken eine böse Kraft geschaffen habe, obwohl er auch eine gute hätte schaffen können, und diese Kraft ist auf den Polarstern gerichtet, denn von dem geht eine große Leere aus, die diese Kraft in sich einsaugt. Es heißt, dass sie auch die Seele dieses Astronomen in sich aufgesaugt hat! Tu es weg!» Er hob die Hände vors Gesicht, als wolle er seine Seele beschützen.

«Hexerei, Meister?»

«Ich nehme es an», sagte er, und dann, als er sah, dass ich es in meinem Entsetzen fallen lassen wollte, legte er seine Hand auf meine, um sie ruhig zu halten. «Sei kein Esel, Christian! *Mon dieu!* Es ist sehr zerbrechlich, und es mag tatsächlich das Einzige im ganzen Abendland sein. Obwohl es vielleicht eine Art von Hexerei ist, ist es doch eine wunderbare, die die Araber da erfunden haben ... Es wurde mir von einem konvertierten Sarazenen zum Geschenk gemacht ... einem islamischen Wissenschaftler, der dieses Wissen dem Hof von Harun al-Raschid verdankt.»

«Aber sind dadurch unsere Seelen in Gefahr, Meister?»

«Ich werde dir kurz erklären, wie es funktioniert, und dann wirst du sehen, dass es rein wissenschaftlich ist. Ein seltsamer Stein», sagte er, «dessen besondere Eigenschaften nicht bekannt sind, wird über das Metall der Nadel geführt. Die Nadel soll dann ihrerseits dieselben Eigenschaften annehmen wie der Stein. Danach zeigt sie immer in nördliche Richtung, indem sie sich um ihre Achse dreht.»

Nachdenklich drehte ich es immer wieder herum. «Ich verstehe, das erklärt auch die Markierungen, die Ost, Süd und West anzeigen. Egal, in welche Richtung man es dreht, die Nadel zeigt immer nach Norden, und dadurch weiß man, in welche Richtung man sich bewegt.»

«Sehr gut!» Ich glaube, er war stolz auf mich.

«Dann ist es ein Wunderwerk!», rief ich aus, erregt von dieser interessanten Entdeckung.

«Es könnte uns helfen. Es scheint auch so tief unter der Erde noch zu funktionieren. Verlier es jetzt nur nicht!», mahnte er.

Nun hob Eisik die Lampen hoch über unsere Köpfe, und mein Meister drückte die Tür zu unserer Linken auf. Wir waren überrascht, dass sie sich so leicht öffnen ließ und offensichtlich weitere Stufen enthüllte, aber zu meiner großen Erleichterung kein entsetzliches Untier. Mein Meister setzte sich schon in Bewegung, um vor uns die Stufen hinabzusteigen, als ihn etwas abrupt innehalten ließ. Er leuchtete mit seiner Lampe ins Leere.

«*Mein Gott!*», rief er flüsternd aus, «hier sind drei Stufen, und dann ... nichts mehr!»

«Beim Blute aller Stämme Israels!», murmelte Eisik.

«Wohin geht das, Meister?»

«Hinunter, und das wäre auch dir oder mir oder Eisik passiert, wenn wir diese Stufen eilig hinuntergelaufen wären.» Er zog die Türe zu und wandte sich der anderen zu. Sie öffnete sich genau so, aber diesmal führten ein paar Stufen hinab auf festen Boden. Mein Meister ging als Erster hindurch, dann Eisik, der Gebete murmelte, und ich als Letzter. Ich hielt den kleinen Stein, den der Abt mir gegeben hatte, in der einen Hand – denn er wurde für mich schnell zu so etwas wie einem Amulett – und den Kompass und die anderen Gegenstände in der anderen, als ich die gefährlich steilen Stufen hinabstieg. Bevor ich die Tür losließ, stieg mir ein schrecklich scharfer Geruch in die Nase, und ich musste niesen. Das wiederum bewirkte, dass ich den Halt verlor und den Stein losließ, sodass er hinter mir zu Boden fiel, während ich die ganze Länge der Stufen hinunterstürzte. Zum Glück sind die Knochen bei jungen Menschen elastisch und stark, und ich brach mir nichts. Ich zog mir allerdings Kratzer an beiden Händen zu, obwohl ich es irgendwie geschafft hatte, den Kompass in den Händen zu behalten. Eisik half mir auf und untersuchte mich dabei, ob ich irgendwelche Verletzungen davongetragen hätte. Mein Meister, der jetzt wieder oben an der Treppe stand, rief uns mit erleichterter Stimme zu: «Dank sei den Armeen Gottes und all seinen himmlischen Heerscharen! *Mon ami*, dein Niesen hat uns gerettet!»

Ich hob das Pergament und die Kohle auf und stieg unter Schmerzen dort hinauf, wo mein Meister stand, und da erkannte ich die Bedeutung seiner Worte. Der kleine Edelstein war zwischen die Tür und den steinernen Türrahmen geraten, hatte sich da verklemmt und die Tür dadurch erfolgreich daran gehindert zuzufallen. Mein Meister zeigte auf eine Stelle an der Türkante. «Schau her, Christian, das ist der Mechanismus.» Er zeigte mir eine metallene Vorrichtung, die dort an der Tür angebracht war, wo diese auf den Rahmen traf, und zeigte dann auf ein Loch in der Wand, in dem die Vorrichtung einrastete, wenn die Tür geschlossen war. «Siehst du? Durch diese Vorrichtung ist es möglich, die Tür von der anderen Seite her ohne Schwierigkeiten aufzustoßen. Auf unserer Seite dagegen ist kein Griff, und man ist nicht in der Lage, die Tür aufzuziehen, weil sie genauestens in die Wand eingepasst ist. Wenn du durchgegangen wärest und hättest sie hinter dir zufallen lassen, so hätten wir sie nie mehr aufgebracht! Jetzt wird auch klar, was Daniel uns über die Geheimgänge gesagt hat: Es gibt viele Eingänge und nur einen Ausgang.»

«Aber Meister», sagte ich, denn jetzt hatte ich wirklich zutiefst Angst, «diese Gänge können doch unendlich weitergehen, und irgendwann kommen wir bestimmt zu einer Falle, die wir nicht voraussehen können.»

«Unendlich qua unendlich», sagte mein Meister, denn in diesem Augenblick kam es ihm gelegen, Verallgemeinerungen zu verachten. «Das ist unmöglich. Dieses Labyrinth kann nicht unendlich lang sein, denn was unendlich in Menge oder Größe ist, ist seiner Quantität nach unbegreiflich, und was unendlich in seiner Vielfalt ist, ist seiner Qualität nach unbegreiflich, und so weiter und so weiter ... Die Erde selbst ist nicht unendlich, darüber sind sich alle gebildeten Männer einig. Und wenn die Erde endlich ist, kann nicht eins ihrer Teile unendlich sein, sondern muss gemäß diesem Grundsatz ebenfalls endlich sein. Das ist einfach eine Sache der Logik ... so wie es auch eine Tatsache ist, dass ein Ding nicht in allen seinen Teilen begreiflich und gleichzeitig als Ganzes unbegreiflich sein kann.»

Eisik hatte bisher Gebete gemurmelt, aber da er niemals eine Chance ausgelassen hätte, meinem Meister zu widersprechen, antwortete er: «Die Weisen (Männer, von denen bekannt ist, dass sie die Unendlichkeit in Händen halten, und die Seiendes aus Nichtseiendem schaffen) sagen uns, dass wir den Schwanz eines Löwen unter einem Gebüsch sehen und ihn für eine Schlange halten mögen. Wenn man einen kleinen Teil begreift, führt das nicht immer dazu, dass man das Ganze begreift. Um einen Halbkreis begreifen zu können, müssen wir einen Kreis begreifen.»

«Ja, ja, aber erstens», sagte mein Meister verärgert, «wenn man die Unendlichkeit in Händen hält, kennt man ihre Qualität und ihre Quantität, und in diesem Fall ist sie nicht mehr unendlich, sondern endlich. Zweitens, lieber Eisik, sagt Aristoteles, dass alles, was augenscheinlich ist, aus etwas kommen muss, das auch ist, und da ein Ding unmöglich aus etwas kommen kann, was nicht ist (darüber sind sich alle Naturwissenschaftler einig), müssen die Dinge also aus Dingen kommen, die existieren, das heißt, aus Dingen, die bereits vorhanden sind, die aber für unsere Sinne vielleicht nicht wahrnehmbar sind.»

«Da siehst du es, sogar dein geliebter Heide glaubt an unsichtbare Dinge!»

«Ja. Aber wenn wir ein Ding nicht sehen, Eisik, heißt das noch lange nicht, dass es wirklich unsichtbar ist», korrigierte ihn mein Meister. «Wenn wir kleinere Augen hätten, oder anders gesagt größere, könnten wir vielleicht das Element der Ewigkeit sehen, das allem zugrunde liegt.»

«Du meinst also Augen, die fähig sind, den Geist zu sehen», schloss Eisik triumphierend.

«Ja, das meine ich, aber ich habe nicht gesagt, dass man

das Ganze kennt, wenn man einen Teil kennt. Ich meine, dass es ein Zeichen sein kann, das auf eine Idee hinweist, die als ein Bild in den Gedanken auftaucht, das in seinem reinsten Zustand zur vollkommenen Wirklichkeit eines Dings führen kann, egal, ob es etwas Spirituelles oder etwas Materielles ist ... aber das ist wieder etwas anderes, und wir kommen immer mehr ab, wie das leicht vorkommen kann, wenn man die gesegneten Gesetze der Physik diskutiert ... Aber in diesem Fall, wenn ein Ganzes aus einer Materie besteht, die in Teile unterteilt ist, und wir etwas über diese Teile erfahren haben, dann können wir die Materie vermuten, ergo, eine Kammer des Labyrinths hilft uns vielleicht, die übrigen zu entwerfen. Aber lasst uns jetzt weitergehen und dieses Gespräch beenden!», schloss mein Meister die Diskussion abrupt ab. Vielleicht war inzwischen auch er verwirrt?

«Mein Gott, ich hätte große Lust auf einen Apfel», sagte er.

«Wenn also dieser Geheimgang endlich ist», sagte ich, während ich mir seine Logik zu eigen zu machen versuchte, «dann ist es naheliegend, dass wir eines Tages sein Ende erreichen müssen und damit unseren Weg nach draußen finden, ist es nicht so, Meister?»

Er lächelte, und ich fühlte mich gestärkt. «So gewiss wie diese Gänge eine Qualität haben», sagte er, «haben sie auch eine Quantität. So wie sie einen Anfang haben, haben sie auch ein Ende! Ob wir dieses Ende finden oder hier herumwandern, bis wir sterben, das steht auf einem anderen Blatt. Das ist unglücklicherweise die Logik eines Labyrinths, die sich von jeder anderen Art von Logik vollkommen unterscheidet.»

Eisik stöhnte. Mir wurde die Logik schnell immer verdächtiger. Doch ich darf dich, lieber Leser, nicht mit den Gesprächen langweilen, die folgten, als mein Meister mir beim Anlegen eines Plans von dem Geheimgang und der Kammer half. Ich werde lieber weitererzählen, wie wir etwas später, nachdem wir meinen kleinen Edelstein wieder aufgenommen hatten, der, wie wir feststellten, nicht zerbrochen war, einen Stein in der Türe hinterließen, sodass sie nicht zufallen konnte, und nun wieder dort standen, wo ich so unelegant gelandet war.

Wie wir so unseren Weg suchten, der leicht abfiel, und nicht wussten, was vor uns lag, fror ich allmählich entsetzlich und wurde todmüde, und in dieser Stimmung erinnerte ich mich an die Lesung am frühen Abend im Aufwärmraum.

«Der erste Schritt zur Demut ist folgender», hatte Bruder Setubar gesagt, der von Schatten umgeben dasaß, und seine Stimme hatte in dem großen Frieden des Abends wie eine Glocke geklungen, «der Vernichtung zu entgehen, indem man sich stets die Gottesfurcht vor Augen hält – denn denen, die Ihn verschmähen, droht das höllische Feuer – und an das ewige Leben zu glauben, das denen bereitet ist, die Ihn fürchten. Deshalb soll sich der Mensch zu jeder Stunde fernhalten von allen Sünden des Herzens, der Zunge, der Hände, der Augen und der Füße! Er soll seinen eigenen Willen und die Begierden seines Fleisches ablegen; er soll daran denken, dass Gott vom Himmel aus die ganze Zeit auf ihn herunter schaut, und dass alle seine Taten von Gott gesehen und Ihm zu jeder Stunde von seinen Engeln berichtet werden. Der Prophet hat uns gezeigt, dass der Herr immer inmitten unserer Gedanken gegenwärtig ist, wenn er sagt, ‹Gott versucht die Herzen›, und weiter, ‹der Herr kennt die Gedanken der Menschen›, und auch noch, ‹du hast meine Gedanken von weitem erkannt›. So wird ein glaubenseifriger Bruder danach trachten, sich von verderbten Gedanken freizuhalten, indem er sich sagt: ‹Nur dann werde ich in Seinen Augen schuldlos sein, wenn ich mich von meinen Lastern ferngehalten habe.› Wir sollten immer daran denken, dass Gott sich unserer fleischlichen Begierden bewusst ist, wie der Prophet sagt, wenn er zum Herr spricht: ‹All meine Begierde ist vor dir›. Deshalb sollten wir böse Begierden meiden, denn auf dem Weg der Lust liegt der Tod, wie die Heilige Schrift zeigt, wenn sie sagt: ‹Geh nicht nach deinen Lüsten!›»

Diese Worte schnitten mir jetzt tief ins Herz, als wären sie direkt an mich gerichtet gewesen. Aber ich wusste, dass das unlogisch war. Der Gottesdienst hatte vor meinem Traum gelegen, und wie hätte Bruder Setubar mein Missgeschick voraussehen sollen? Das war unmöglich. Und doch erinnerte ich mich daran, dass ich meine Unbedachtheit noch nicht gebeichtet hatte. Mein Meister hatte nicht die Amtsgewalt, mir die Absolution zu erteilen, so wollte es die Regel des heiligen Bernhard. Nur unter außergewöhnlichen Umständen, wie zum Beispiel in Kriegszeiten oder wenn kein Priester zu finden war, konnte ein Templer seine Sünden einem anderen beichten. Ich überlegte, ob mein Meister dies jetzt als Kriegszeit betrachtete, wo die Verschwiegenheit Vorrang hatte? Ich spürte, wie mich ein tiefes und mächtiges Schuldgefühl ergriff, und trotzdem konnte ich das schöne Mädchen in meinem Traum nicht vergessen, das seine sinnlichen Glieder mit den meinen verschlungen hatte, in einer außerordentlich schlimmen Sünde, die doch so außerordentlich süß war. Kann ein Mann Feuer in der Brust fangen und seine Kleider dabei nicht verbrennen? Die Vernunft, so hatte mein Meister mir schon so oft gesagt, ist die natürliche Offenbarung der Wahrheit, deshalb versuchte ich jetzt ihre Kraft anzuwenden, um mich von meinem Kummer zu befreien. Gilt ein Mönch als würdig, wenn er sich nur der körperlichen Liebe enthält, fragte ich mich, während wir den langen, engen Gang hinuntergingen, oder ist die geistige Liebe genau so sündig wie ihre körperliche Zwillingsschwester? Wenn Gott allmächtig ist, wie uns die Apostel berichten, und in jedem Gedanken von uns wohnt, muss Er ja auch in unseren Träumen wohnen! Wenn das so ist, seufzte ich bedrückt, wird Er nicht sehr zufrieden mit mir sein. Und doch, wie kann man für das Grübeln des eigenen Geistes verantwortlich gemacht werden? Sind Träume nicht vom Willen unabhängig? Und daraus folgerte ich sofort, dass ich, wenn meine Träume tatsächlich prophetisch waren, wie sie es bis zu diesem Augenblick gewesen waren, in wachem Zustand dasselbe erleben würde wie in meinem Traum und so meine Sünde zweimal begehen würde! Ich dachte mir, dass das Leben der Träume vielleicht gar nicht prophetisch sei, sondern nur eine Folge des wachen Lebens, und dass ich in diesem Fall nichts anderes tun müsse als zu beichten, aber was für eine Beichte würde das werden! Mich schauderte, denn der Gang tief unter der Erde war ein Spiegelbild meiner eigenen traurigen Seele, und ich fragte mich, welche Zuflucht einem Mönch denn noch bleibe, wenn er trotz der zahlreichen Beschwörungsformeln, die ihm von den weisen Vätern überliefert sind, nicht fähig ist, seine üblen Lüste zu beherrschen? Vielleicht war dem Abaelard – auch wenn er durch dieses abscheuliche Verbrechen, bei dem ihm sein männliches Glied ausgerissen wurde, verstümmelt worden war – gerade dadurch diese Angst um das Fleisch erspart geblieben. Wie wir hören, gibt es sogar Mütter, die ihren Söhnen die Genitalien kurz nach der Geburt entfernen, um ihnen ein Leben zu ersparen, in dem sie die Gefangenen schmerzlicher Begierden wären, die, wie die Mütter wissen, ihre Söhne unweigerlich in die Sünde führen würden. Hätte ich mir so ein Schicksal für mich gewünscht? Wie mein Meister so oft sagte, ist etwas ein Opfer, wenn es nicht schmerzt? Vielleicht war ein Teil von mir auch ein wenig glücklich über den Traum? Gott möge mir vergeben.

Eisik spähte in der Dunkelheit zu mir herüber, denn vielleicht sah er auf meinem Gesicht ein Zeichen, dass in meinem Bauch ein Feuer gewesen war (ganz so wie die infernalischen Höllenfeuer), wie es ein Mann empfindet, wenn er in wachem Zustand von einem lustvollen Fieber entflammt wird. Ich wurde sofort rot und senkte den Blick, wobei ich so tat, als beobachte ich den Kompass. In Wirklichkeit hatte ich das Gefühl, dass ich, wenn ich mein Vergehen nicht sofort beichten konnte, vor lauter Schuld umkommen müsse.

Während ich von solchen Erwägungen hin- und hergerissen wurde, bemerkte ich, dass wir wieder an eine Tür gekommen waren. Wieder befanden wir uns in einem Vorraum, der genau so aussah wie der, den wir gerade verlassen hatten. Wieder gab es drei Türen, in seltsamen Winkeln und mit Zeichen versehen. Dies war die Kammer von Pergamon, gekennzeichnet durch einen zunehmenden Mond.

Ich verzeichnete alles, was ich sah, mit dem Stückchen Kohle auf unserem kleinen Plan.

«Was nun?», fragte ich verdutzt und versuchte, meine Gedanken beisammen zu halten.

«Und wer da überwindet, und hält meine Werke bis ans Ende, dem will ich Macht geben über alle Völker», sagte Eisik und zeigte auf die Tür zu unserer Linken: «Thyatira».

Diese Tür ging in der gleichen Weise auf, aber diesmal war keine teuflische Vorrichtung vorhanden. Sie führte direkt in einen tiefen Gang, der wieder ein leichtes Gefälle hatte. Das Licht unserer Lampen reichte etwa zwei Körperlängen weit nach oben, und nach einer Biegung schräg nach links gingen wir eine Weile weiter, und mein Meister zeigte auf eine Stelle an der Wand der Höhle, hoch über unseren Köpfen.

«Die falsche Tür in der zweiten Kammer! *Mon dieu!*», rief mein Meister aus, und seine Stimme hallte in der feuchten Luft. «Da seht ihr!», zeigte er, und ich konnte es mit Müh und Not erkennen. «Wir sind aufwärts und abwärts gegangen, es gab Stufen und Gefälle, es sieht so aus, als würden diese Geheimgänge, die alle zusammenhängen, sich über- und untereinander schlängeln und winden! Großartige Erfindung!»

Tatsächlich eine großartige Erfindung! Wir gingen weiter, in südöstlicher Richtung, der Gang wurde sehr eng und niedrig, wir befanden uns unter der Kammer der Sonne oder Smyrna. Ich notierte das. Dann bogen wir wieder schräg ab, und der Kompass zeigte Nordost an, als wir wieder zu einer Kammer kamen. Wieder sahen wir uns drei Türen gegenüber. Über der, die direkt vor uns lag, sahen wir das seltsame Zeichen des Merkurs und das Wort «Sardes». Das stand auch über der Tür zu unserer Rechten. Hinter uns wie erwartet Pergamon. Links von uns Ephesus, das hieß also, dass wir eine Art liegender Acht gegangen waren, wenn auch auf verschiedenen Ebenen. Mein Meister umfasste mit der einen Hand seinen Bart und betrachtete den bisherigen Plan des Labyrinths.

«So, Christian», sagte er und schaute sich um, «wenn du dir deinen Plan genau ansiehst, wirst du ein Muster darin erkennen. Die Tür, durch die wir die Kammern betreten, ist immer mit dem Namen der vorhergehenden Kammer bezeichnet. Über uns steht, in welcher Kammer wir gerade sind. Bis hierher gab es jedes Mal zwei Türen, die dasselbe Symbol trugen, um die Unüberlegten zu täuschen, aber das müssen nicht jedes Mal dieselben Türen sein. Auf jeden Fall müssen wir jetzt die Tür nehmen, die mit dem Merkur bezeichnet ist, und wenn ich mich nicht irre, ist das die, die nach Osten geht.»

«Aber woher wisst Ihr das, Meister?»

«Hast du nicht bemerkt, dass vor jeder richtigen Tür der Stein vom Gebrauch abgetreten ist?» Er zeigte es mir, und ich staunte, denn er hatte recht. Der Stein unmittelbar vor der Tür, auf den man trat, bevor man auf der anderen Seite die Stufen hinunterging, war tatsächlich glatt und blank, ein Zeichen, dass der Abt nicht ehrlich zu uns gewesen war. Diese Gänge wurden ganz häufig benutzt.

«Und hier», er zeigte auf die andere Tür, «müssen wir annehmen, dass das wieder ein falscher Ausgang ist. Wir sind seit der letzten Biegung aufwärts gestiegen, und deshalb geht dieser Gang über einen anderen hinweg, so wie der erste. Schauen wir also, ob wir recht haben, ja?» Langsam öffnete er die Tür, schloss sie aber fast sofort wieder, bevor einer von uns etwas sehen konnte.

«Da sind sie!», rief er in harschem Flüsterton aus.

«Sie?», sagte ich und zitterte ein wenig, als wir die Türe sehr vorsichtig öffneten. Drunten in dem Gang, der unter unserer jetzigen Kammer verlief, konnte ich verschiedene von Lampen angestrahlte weiße Gestalten beobachten, die in einer einzigen langen Reihe auf den Gang unter uns zuzuschweben schienen.

«Oh brennender Dornbusch! Die Geister der Toten!», stöhnte Eisik hinter mir. «Ehrwürdige Väter, rettet unsere schlechten, neugierigen Seelen!» Danach schlug er meinen Meister aus Protest heftig auf den Rücken.

«Die Geister, Meister, die zwölf Geister!», flüsterte ich zurück, erschrocken, denn Angst ist ansteckend, genau wie Gelächter.

«Unsinn, das sind Menschen und genau so wenig Geister wie ihr und ich. Habt ihr nicht gesehen, wie ihnen der Atem beim Gehen vor dem Munde stand? Außerdem, wenn das Geister wären, bräuchten sie keine Lampen», folgerte er, und ich erkannte, dass er recht hatte, denn es war allgemein bekannt, dass Geister nicht atmen und dass sie lieber im Dunkeln wandeln, weil sie keine Augen haben.

«Vielleicht gehen sie in unsere Richtung, Meister, auf einem anderen Weg, in diesem Fall sollten wir verschwinden, bevor wir entdeckt werden.» Ich wusste, dass meine Logik fadenscheinig war, aber ich wollte in die relative Sicherheit meiner Zelle fliehen. Mein Meister hingegen mochte davon nichts hören.

«Sei kein Narr, Christian», sagte er ruhig, «sie gehen nach Süden, und deshalb werden wir nach Norden gehen, und bald wird uns eine weitere Kammer ihrem Pfad folgen lassen. Kommt!»

Wir verließen die Kammer durch die Tür, über der «Merkur» stand, und gingen wieder durch einen Gang, und in meinen Ohren war das Geräusch von Wasser, das tropfte, tropfte, ringsum tropfte. Ich dachte, dass dies der unterirdische Kanal sein müsse, der die Orgel antrieb. Ich ging ein wenig hinter den anderen her, fühlte mich sehr alleingelassen mit meinem Elend und bezweifelte, ob ich jemals für wert befunden würde, die Leiter emporzusteigen, deren eine Seite unser Körper und deren andere unsere Seele ist und durch die ein guter Mönch zum Himmel aufsteigt. Ich kam mir nicht vor wie ein gutes, gehorsames Kind, sondern ich muss gestehen, dass ich eher, seit unserer Ankunft hier, Dinge versucht hatte, die zu hoch für mich waren, ja, mein Herz war tatsächlich hochmütig gewesen, ich brachte den Tag nicht in Stille zu! Erst jetzt, mit dem Dahingehen der Jahre, weiß ich, dass es das Unglück eines jeden jungen Mannes ist, so zu leiden. Leider verleiht Gott einem Manne erst dann Weisheit, wenn er zu alt ist, um noch etwas davon zu haben! Denn heute weiß ich, dass jeder Pfad, den man einschlägt, schwierig ist und mit Unsicherheit und Zweifel beladen. Heute wüsste ich viele Möglichkeiten, wie man die Künste des Teufels durchkreuzen kann. Und doch ... vielleicht liegt es nur daran, dass ich alt bin und meine Manneskraft verloren habe, dass mich nichts mehr in Versuchung führen kann, und nicht daran, dass ich klug geworden bin oder nicht mehr so leicht der Sünde erliegen könnte. Auf jeden Fall würde ich meinem Entschluss, die Wahrheit über die damaligen Ereignisse zu berichten, nicht gerecht, wenn ich nicht gestehen würde, dass meine Anschauung sich geändert hatte. Denn jetzt sah ich den *Mundus vulgaris*, die gemeine Welt, anders. Ich sah, dass es in ihr auch Hingabe und Freude gab, die in ihrer Seligkeit und Milde ihren Partner in einer Verbindung finden, die (wenn auch nicht mit Gott) trotz allem heilig ist. Und zudem sagte ich mir, dass es bei dieser Sünde nicht so sehr um den Liebesakt ging, der ja da, wo er am Platz ist, einen guten und heiligen Zweck verfolgt, sondern um den Einzelnen, dessen heilige Gelübde ihm diese Dinge verbieten und der trotzdem an sie denkt. Verlangte es mich jetzt danach, etwas zu wissen, das ich nie gewusst hatte und in diesem Leben niemals wissen würde? Ich sagte mir, dass das nicht der Fall war! Ich murmelte laut genug, dass mein Meister sich mit neugierigem Blick nach mir umdrehte. Wie konnte ich nach diesen Dingen so verlangen, wie das jemand tut, der nicht bereits die höhere Liebe Gottes erfahren hat? Ich sagte mir, mein Erlebnis sei nur ein Blendwerk des Teufels gewesen, der zu allen Zeiten versucht, seine höllischen Taten durch reine Absichten zu verschleiern ... aber was für ein süßes Blendwerk!

In diesem Moment unterbrach mein Meister meinen innerlichen Jammer und zerrte mich zurück in die genau so jammervolle Gegenwart.

«Das Geräusch von Wasser ...», sagte er. «Irgendwo in der Nähe ist die unterirdische Quelle, die das Kloster versorgt. Wir sind nahe, ganz nahe.»

«Das hätte ich ihm gleich sagen können», dachte ich sündhafterweise.

Wir gingen schweigend weiter, bis auf die Knochen durchgefroren. Ich spürte meine Füße nicht mehr, ich wusste nur, dass sie da sein mussten, denn ich ging. Über uns drohten schwarze Schatten, und ich fragte mich, was für einen Sinn es wohl hätte, in diesem beklagenswerten Labyrinth zu sterben, obwohl der Tod einem Leben in Schuld immer noch vorzuziehen wäre. In diesem Moment kamen wir in die Kammer, die mit «Sardes – Merkur» bezeichnet war. Wieder standen wir vor drei Türen. Über der Tür vor uns und über der Tür zu unserer Rechten waren die nekromantischen Zeichen für Jupiter und das Wort Philadelphia angeschrieben. Über der dritten Tür, zu unserer Linken, das Symbol für Mars und das Wort Thyatira. Wir blieben stehen, um noch einmal auf unseren Plan zu schauen.

«Schaut mal her», sagte mein Meister und bezog sich dabei auf die zweite Kammer, die von Pergamon, die wir vorhin hinter uns gelassen hatten. Er zeigte auf die einskizzierte nordöstliche Tür. «Auf dieser Tür in der Pergamon-Kammer steht auch ‹Jupiter› ... vielleicht hängen diese Türen irgendwie zusammen ... siehst du das, Eisik?» Wir drehten uns nach Eisik um und sahen ihn vor der geöffneten Mars-Thyatira-Tür stehen und mit bleichem Gesicht auf etwas dahinter zeigen, das wir nicht sahen.

«Ehrwürdiger Vater Jakob! Ehrwürdiger Vater Abraham!», flüsterte er, und sein Gesicht war wie das eines Mannes, der mit seinen sterblichen Augen den Tod schaut. Als wir zu ihm traten und seiner Blickrichtung folgten, sahen wir, was seine Pein hervorgerufen hatte.

Ich schloss die Augen, machte das Kreuzzeichen und betete, wobei ich heftig bebte.

18.

CAPITULUM

Hinter dieser Tür öffnete sich kein Geheimgang, sondern eine weitere Kammer. Hingesunken an einer Wand in dieser Kammer, die mit «Mars – Thyatira» bezeichnet war, fanden wir die Leiche eines jungen Mönchs mit offenen Augen, in denen noch das Entsetzen stand. Ich blieb mit Eisik auf der Schwelle stehen und hielt den Atem an, wegen des leicht süßlichen, ekelhaften Geruchs, der von drinnen kam. Meinen Meister dagegen ließ das kalt, er hatte die deutlich größere Kammer ohne Zögern betreten und beugte sich nun hinab, um den Körper zu berühren.

«Kalt. Tot seit ... drei Tagen, vielleicht länger. Das muss unser neugieriger junger Jérôme sein, der das Verbot übertrat, nur um dann hier in dieser Kammer in die Falle zu geraten. Wenigstens ist der arme Junge nicht allein gestorben.» Mein Meister leuchtete mit der Lampe im Raum herum, und wir sahen die Knochen anderer Unglücklicher daliegen. Ich wandte mich ab, voller Mitleid und Abscheu.

«Merkwürdig ...», bemerkte mein Meister nach einer kurzen Untersuchung des Toten. «Auch er muss vergiftet worden sein.»

«Warum sagt Ihr das, Meister?», rief ich. «Ist es nicht viel wahrscheinlicher, dass er durch denselben Mechanismus gefangen wurde, den auch wir an der einen Tür bemerkt und außer Kraft gesetzt haben?»

Mein Meister warf mir einen Blick zu, der nicht gerade wohlwollend war. «Wenn du an so einem Ort gefangen wärest, was würdest du dann tun?»

«Natürlich würde ich versuchen hinauszukommen.»

«Natürlich, und jetzt sag mir, wenn dir das nicht nach einiger Zeit gelingen würde, wärest du da nicht total verzweifelt?»

«Mit ziemlicher Sicherheit», antwortete ich.

«Und als letzten hoffnungslosen Versuch würdest du wahrscheinlich versuchen, die Tür mit den Händen aufzukratzen, nicht?»

Dieser Gedanke flößte mir tiefstes Mitgefühl mit dem armen unglückseligen Jungen ein, und ich konnte nur stumm nicken.

«Selbstverständlich würdest du das tun, das ist ganz natürlich und vollkommen naheliegend für jedermann, außer für dumme Knappen, und doch, siehst du dafür irgendwelche Anzeichen? Wo seine Finger doch blutig und seine Nägel abgebrochen sein müssten, sind sie so makellos, wie die Hände jedes guten angehenden Arztes sein sollten. Nein, dieser arme Mönch starb, kurz nachdem er die Kammer betreten hatte, noch bevor er in einen solchen panischen Zustand geraten konnte ... und ich glaube, er hielt etwas in den Händen ... etwas Langes in zylindrischer Form. Schau, seine Hände sind in dieser Haltung um irgendetwas herum erstarrt. Jemand hat es ihm weggenommen, als er schon einige Zeit tot war. Es gibt keine anderen Hinweise, kein Blut, keine Wunden, nur diese grauenhafte Angst im Gesicht.»

Er ging zu einer Lampe, ähnlich den unseren, die auf den Boden hingeworfen lag.

«Kein Docht, kein Öl mehr», folgerte er. Ein etwas beunruhigter Blick, dann nickte er langsam. «Manchmal gibt es eine ganz einfache Erklärung ...» Er richtete seine Lampe in Brusthöhe auf die Wand gegenüber der Tür. Da glitzerte etwas vor unseren Augen, als drängen Sonnenstrahlen durch eine Lücke zwischen den Steinen, aber ich wusste, dass das unmöglich war, dazu waren wir zu tief unter der Erde.

«Oh Jakob! Ein schrecklicher Zauber! Das glitzert wie die Augen Luzifers!»

«Nein, Eisik, es ist nur ein Mineral zwischen dem Felsgestein, das die Flamme der Lampe reflektiert. Jérômes Lampe muss es zum Funkeln gebracht haben, und er ging hinein, vielleicht aus Neugier, vielleicht geblendet. Das ist eine Falle für die Unvorsichtigen.»

«Und was machen wir jetzt mit der Leiche?», sagte Eisik. «Gelobtes Land unserer Väter, wir können ihn doch nicht hier lassen.»

«Wir rühren nichts an», sagte mein Meister entschieden. «Für ihn kann jetzt nichts mehr getan werden, und wenn wir ihn mitnehmen, wohin sollen wir ihn denn bringen? Auf jeden Fall ist es unmöglich, ihn wieder mit hinauf zu nehmen. Nein, wir machen einfach die Tür zu.» Er schlug ein Kreuz über den armen Mönch, sprach ein Vaterunser und tat dann, wie er gesagt hatte.

Nach längerem ernstem Schweigen zeigte mein Meister Eisik die Planskizze. Der alte Jude starrte sie einen Augenblick kurzsichtig an. «Gesegnete Väter!», rief er plötzlich aus, «der Davidsstern! Das Symbol der himmlischen Vereinigung von Mensch und Gott. Das nach oben gerichtete und das nach unten gerichtete Dreieck vereinen sich in der Mitte.» Mein Meister hatte die Richtungen ermittelt, die durch die Türen gegeben waren, und den verbleibenden, uns noch unbekannten Teil der Geheimgänge eingezeichnet, und das Ganze sah tatsächlich wie der Davidsstern aus.

Den Berechnungen meines Meisters folgend, ließen wir die Kammer hinter uns, gingen wieder abwärts, kamen in eine weitere Kammer, diesmal Philadelphia oder Jupiter genannt, die wir gleich wieder durch die nach Osten gelegene Tür verließen, über der ich gerade noch den Namen für das letzte Sendschreiben ausmachen konnte, «Laodizea». Nach einer scharfen Kehre nach rechts gingen wir, wie mein Meister vorhin schon vorausgesagt hatte, Richtung Süden.

«Ohh ...», murmelte Eisik bei sich, «ich bin ein alter Mann, die Füße schmerzen mich, und in der feuchten Luft tun mir die Knochen weh! Soll ich denn den Anblick von toten Mönchen und Geistern mit in die Ewigkeit hinüber nehmen? Warum muss ich dir folgen, André, in deiner Begierde und deinem Überschwang, in deinem Durst nach einem Wissen, das nur wenig zu tun hat mit Rechtschaffenheit, die wir kaum in Worte fassen können, weil wir begierig sind! Möge der Gott unserer Väter mir vergeben. Ich hätte in meinem sicheren Bett bleiben sollen, mit der Thora und mit den Geräuschen der Tiere, die mich in den Schlaf gewiegt hätten.»

«Erstens, Eisik, bist du noch gar nicht so alt, und zweitens bist du hier, weil du genauso ein neugieriger Mensch bist wie ich.»

«Möge Gott mir vergeben.» Eisik senkte den Kopf.

Wir kamen in einen Gang, dessen Boden und Wände mit Knochen und Schädeln bedeckt waren, die in schauerlicher Menge übereinander aufgestapelt waren.

«Das muss das Ossarium sein», sagte mein Meister fasziniert, hob einen Schädel auf und untersuchte ihn, bevor er ihn einfach irgendwo ablegte und weiterging.

Genau in diesem Moment, fast als hätten die grinsenden Zähne der seit langem Toten dies angerichtet, ging Eisiks Lampe aus, da kein Wachs mehr darin war, und wir sahen uns gezwungen, mit nur zwei Lampen weiterzugehen. Ich schaute auf meine hinab. Mein Wachsstock würde nicht mehr lange halten. Ich zitterte.

«Bald kommen die Katakomben», bemerkte mein Meister, mehr zu sich selbst, und sagte dann beruhigend zu mir: «Weißt du, dass die ersten Christen in den Katakomben unter der Erde Gottesdienst hielten, um sich vor den Römern zu verbergen? Die Knochen ihrer Toten haben sie auch dort begraben, und so wurde der Gottesdienst über Gräbern gehalten. Jetzt verstehst du, warum in unseren

Altären die Knochen von Heiligen als Reliquien aufbewahrt sind.»

«Aha», sagte ich, aber ich hätte über jedes andere Thema lieber gesprochen als über die Knochen von Toten.

«Die Christen beten über den Kräften von Tod und Verderben», bemerkte Eisik, «was gut passt, da sie ja stets damit beschäftigt sind.»

Mein Meister sah Eisik finster an. «Knochen können dir nichts tun, Christian.»

«So wie ich glaube, dass Zion wiedererstehen wird, so glaube ich auch», sagte Eisik abweisend und sah sich mit grimmiger Miene um, «dass tief in der Erde Geister liegen, die von Dämonen gequält werden …»

«Eisik!», mahnte mein Meister.

«Höre, bitte sehr, auf diesen alten Juden, dessen Rasse auf jeden Angriff des Bösen vorbereitet ist! Wir haben gelernt, dass es in den unteren Regionen machtvolle Kräfte gibt. Da schwelen in verkalkter und kristallisierter Form die Kräfte früherer Äther, deren Versuche, das Licht zu erreichen, vergeblich waren. Die Weisen berichten uns von Böden, André, aus denen die Leiber der Toten wieder ausgestoßen werden, und man hört ein seltsames Grollen aus dem Innern der Erde kommen, wenn man den Boden aufwühlt, denn indem man das tut, setzt man Elementargeister frei, deren Wesen jahrtausendelang gefangen war. Ihr Wirken ist böse, und das spüre ich in meinen Knochen, so wie ich sicher bin, dass die hier es auch in ihren gespürt haben.» Eisik zeigte dabei auf die angehäuften Gerippe.

Mich schauderte, und ich sprach ein Gebet gegen den bösen Blick, was meinen Meister ärgerte.

«Diese machtvolle Kraft, von der du sprichst, Eisik, ist nur die Anziehungskraft, auch Magnetismus genannt. Die ist … wissenschaftlich gesichert», hob mein Meister hervor.

«Wissenschaftlich oder nicht, sie ist böse. Man ändert etwas nicht, indem man es umbenennt», sagte Eisik abweisend und ging.

«Und doch», rief mein Meister hinter ihm her, denn ich habe den Verdacht, dass er immer das letzte Wort haben wollte (selbst hier, wo der Tod oben und unten drohte, in Form von Leichen und Geistern), «war dieses Wissen schon vielen nützlich, einschließlich der Seeleute, die es sich bereits seit Beginn unseres Jahrhunderts zunutze machen, indem sie den Kompass gebrauchen, um in viele Länder im fernen Osten und Westen zu gelangen. Eine Kraft also, die Eisen anzieht und es einem dadurch ermöglicht, Norden und damit auch die anderen Himmelsrichtungen zu finden, so wie wir es auch getan haben. Doch es kann nicht viel von diesem Stein hier in der Erde um uns sein, sonst würden wir den Kompass nämlich nicht benützen können, weil seine Nadel sich ständig im Kreis drehen würde ...»

«Dann muss es im Norden eine ziemlich große Menge Eisen geben», flüsterte ich, in der Hoffnung, mein Meister werde mir in gleicher Weise antworten, denn ich hatte Angst, dass wir gehört werden könnten.

«Ich weiß es nicht. Die Nadel zeigt nicht genau nach Norden, woraus vielleicht folgt, dass es gar nicht der Norden ist, der die Nadel des Instruments anzieht.»

«Die Leere ist es, die Leere zieht sie an, so wie sie auch unsere Seelen anziehen wird», antwortete Eisik flüsternd.

Ich dachte bereits an anderes. «Wenn man bis zum Polarstern kommt, habe ich gehört, dann fällt man in den Abgrund des Universums.»

«Das ist nicht richtig, Christian», bemerkte mein Meister, und da er sich wieder einmal freute, meinem Unwissen abhelfen zu können, sprach er wieder einmal laut. Trotz all seiner Ermahnungen zur Vorsicht benahm er sich wie ein Mann, der vor nichts Angst hatte und sich um noch viel weniger sorgte, zu einem solchen Ergebnis führte bei ihm die Bildung. «Ein großer islamischer Gelehrter», fuhr er fort, «reiste einst in die nördlichen Länder (obwohl ich nicht weiß, ob er bis in die Nähe des Polarsterns kam), wo, wie er sagte, die Sonne viele Monate des Jahres niemals untergeht, sie überquert nur den Himmel und hält an einem Punkt genau über dem Horizont an. Auch gehen die Wintermonate ganz ohne Sonne dahin. Deshalb war er der Meinung, dass die Erde sozusagen eine Kugel ist, die sich im Winter auf die eine Seite und im Sommer auf die andere neigt. Auch gelang es vielen arabischen Astronomen, einen Erdgrad zu messen, sie hielten es daher für sicher, dass die Erde rund sei. Der heilige Fergil, der gottgläubige irische Mönch, hat genau das auch angenommen, dass also noch eine andere Welt denkbar sei, wo die Menschen sozusagen unter uns leben und es einander gegenüberliegende Pole gibt; wo die Sonne an der Stelle aufgeht, wo sie bei uns untergeht, und die Menschen als Antipoden so herumgehen, dass ihre Füße gegen die unseren gerichtet sind.»

«Dann sagt Ihr also, dass die Erde rund sei? Und dass unter uns Menschen verkehrt herum laufen und Bäume verkehrt herum wachsen und auch Meere auf dem Kopf stehend fließen?» Ich schüttelte den Kopf. «Ich glaube ja immer vieles, was Ihr mir sagt, aber das nun doch nicht! Wie können diese Menschen denn leben, wenn sie auf dem Kopf stehen? Das ist doch nicht möglich.»

Mein Meister sah mich mit einem geduldigen Lächeln an. «Warum nicht? Vielleicht sind wir diejenigen, die verkehrt herum stehen, und die anderen stehen richtig.»

«Wenn das wahr wäre, würde es erklären, warum sich der Himmel über uns kreisförmig bewegt», fügte Eisik hinzu.

«Heraklides Ponticus nahm an, dass es die Drehung der Erde um sich selbst und nicht die Drehung des Himmels sei, welche die tägliche Bewegung des Himmels verursacht, und andere haben seitdem behauptet, dass Merkur und Venus um die Sonne und nicht um die Erde kreisen.»

«Aber, Meister, die Väter haben uns doch gelehrt, dass sich die Planeten um die Erde bewegen, weil Gott diese an eine erhabene Stelle gesetzt hat.»

«Die Astronomen, lieber Christian, gebrauchen, ganz anders als die Theologen, sehr ausgeklügelte Instrumente. Astrolabien, Armillarsphären, Sextanten und Quadranten. Sie haben mathematische Tabellen ersonnen und mit Hilfe seltsamer Ziffern Zeichnungen von den Bewegungen der Planeten angefertigt, die die Ungenauigkeit unseres Kalenders enthüllen. Die Männer der Wissenschaft haben diese Wahrheiten schon immer gewusst. Das Christentum verlässt sich einfach auf die Launen der Kirche und auf die Liebe der Menschen zu Folklore und Aberglauben.»

Dies beendete die ganze Diskussion, und ich war innerlich froh darüber, denn obwohl das tatsächlich wunderbare Dinge waren, riefen sie nur noch mehr beunruhigende Gedanken hervor. Es gab aber auch wirklich so viele beunruhigende Gedanken!

Ein paar Augenblicke später kündigte Eisik an, dass sich über uns, in der Nähe des nun folgenden niedrigen Gangs, die falsche Tür befinde, durch die wir die zwölf Geister gesehen hatten. Wir folgten also ihrem Weg, ganz wie mein Meister gesagt hatte, und drangen noch tiefer in die Erde ein, bis wir in die unserer Meinung nach letzte Kammer traten.

Diesmal stand auf der Tür hinter uns «Aer», rechts von uns lasen wir «Aqua», links «Ignis» und geradeaus «Terra», das heißt, Luft, Wasser, Feuer, Erde. Kein Laodizea!

«Dies ist der letzte Vorraum», bemerkte mein Meister. «Das muss uns zu dem führen, was wir suchen, aber durch welche Tür?»

«Siehe, ich stehe an der Tür und klopfe an», sagte Eisik, «wenn jemand meine Stimme hört und die Tür öffnet, werde ich bei ihm eintreten. Offenbarung, Kapitel 3, Vers 20.»

In diesem Augenblick ging meine Lampe aus, sodass uns nur noch die von André blieb. Das beunruhigte mich ganz außerordentlich, da ich mir vorstellte, was uns zustoßen könnte, wenn wir in diesen Geheimgängen im Dunkeln wären. Mein Meister dagegen dachte gerade nach und schien das mit der Lampe gar nicht zu bemerken.

«Du meinst doch sicher nicht, dass ich an dieser Türe anklopfen soll?», sagte mein Meister und zupfte sich am Bart.

Eisik lächelte. Er zeigte oft gerade in den misslichsten Situationen den größten Humor.

«Überlegen wir mal», sagte André mehr zu sich selbst, «was hat Daniel gestern gesagt? Derjenige, der den sieben Sendschreiben in Zahl und Ordnung folgt, wird das himmlische Königreich betreten, denkt an die Worte der Hymne, denn sie werden euch mit dem Nachhall des Wassers taufen ... Wasser!» Er trat aufgeregt vor und öffnete die Tür zu unserer Rechten, auf der «Aqua» stand. Sie war passend beschriftet, denn jetzt sahen wir, wo das Wasser her kam, das wir schon in einigen Gängen gehört und gespürt hatten.

Es klang wie ein unterirdischer Fluss, aber ich glaube, dieser Eindruck entstand, weil das Echo von den Wänden der engen Höhle widerhallte. Mein Meister hob die Lampe, in der, wie ich sah, das Wachs knapp wurde. Sie beleuchtete einen Kanal mit schnell fließendem Wasser, der auf beiden Seiten in Stein gefasst und also offenbar zur Nutzung des Wassers für verschiedene Zwecke gebaut worden war. Er verschwand im Dunkeln und verwehrte uns den Zugang zu einer Tür auf der anderen Seite, auf der «Laodizea» stand.

«Und er zeigte mir einen Strom des lebendigen Wassers, klar wie Kristall; der ausgeht von dem Thron Gottes und des Lammes», sagte Eisik. «Wie tief wird es wohl sein?», fragte ich.

«Ich weiß nicht», sagte mein Meister verärgert, «und da ich nicht schwimmen kann, werde ich auch nicht versuchen, es herauszufinden. Bruder Sacar hat uns ja gesagt, dass die Erbauer den Wasserlauf in neue Bahnen gelenkt haben, um ihn für die Bedürfnisse des Klosters zu nutzen, sodass er durch Kanäle fließt, in denen er an manchen Stellen umgeleitet werden kann. Vergessen wir nicht, dass die Orgel nur dann funktioniert, wenn das Wasser entsprechend umgeleitet wird», sagte er abwesend, «wenn es weiter oben in diesen Kanal umgeleitet wird, kommt man vielleicht auf die andere Seite hinüber.»

Ich wollte gerade gestehen, dass ich schwimmen könne, als ich glücklicherweise unterbrochen wurde, und zwar von einem schrecklichen Geräusch, dessen donnerndes Dröhnen in dem engen Gang widerhallte. Wir kehrten hastig in den Vorraum zurück, ohne zu wissen, was dieses Geräusch uns bringen würde. Ein weiteres Geräusch, ein alptraumhaftes, fürchterlich gellendes Kreischen veranlasste uns, durch die Tür hinauszueilen, durch die wir erst vor ein paar Augenblicken hereingekommen waren. Mein Meister trug die Lampe voraus. In völligem Entsetzen und voller Angst vor den höllischen Legionen rannte ich ihm nach, wobei ich mit der einen Hand das Pergament an die Brust drückte und mit der anderen den Kompass festhielt. Hinter mir hörte ich Eisik keuchen. Wir bogen scharf nach links ab, ohne zu wissen, was wir vor uns finden würden, und liefen längere Zeit durch den Gang mit den Schädeln, bogen dann noch einmal nach links und rannten weiter, bis wir wieder in der vorhergehenden Kammer waren. Das Wachs in der Lampe meines Meisters war fast zu Ende, und in größter Sorge davor, dass wir bald kein Licht mehr haben würden, hasteten wir, meinem Plan folgend, weiter.

Als wir schließlich wieder in dem Vorraum ankamen, wo wir einen Stein in der Öffnung der Türe gelassen hatten und wo wir hofften, die Fackeln entzünden zu können, die, wie wir wussten, an den Wänden hingen, ging meinem Meister das Wachs aus. So standen wir nun in absoluter Finsternis, ohne eine Möglichkeit, ein Licht anzuzünden, und der Antichrist war uns auf den Fersen.

Wir hörten Schritte, die aus dem Geheimgang hinter uns kamen, aber auch (leider!) aus dem, der zum nördlichen Querschiff führte, das heißt, aus dem vor uns. Wir saßen in der Falle. Mein erster Instinkt war, eine andere Tür zu versuchen, vielleicht gab es dahinter einen Gang, in dem wir uns verstecken konnten? Bilder des Inquisitors, dem seine Bogenschützen folgten, tanzten mir vor den Augen, und ich glaube, diese Aussicht war unendlich beängstigender als alles, was hinter irgendeiner Türe lauern konnte. Wir standen zusammen in der Mitte der Kammer. Aus dem Gedächtnis wusste ich, dass irgendwo rechts von uns die falsche Türe lag, dass wir aber die Tür, die links von uns liegen musste, noch nicht probiert hatten. Ich sagte das meinem Meister, und nach einem Augenblick des Nachdenkens, während der Klang der Schritte näher zu kommen und tatsächlich lauter zu werden schien, tastete er vorsichtig nach links und fand die Tür. Ein eigentümlicher Geruch wie nach verfaulten Eiern kam aus diesem Eingang, aber da wir sahen, dass wir keinen anderen Fluchtweg hatten, tastete mein Meister noch einmal mit der Hand und fand nach kurzem Erproben, dass es hier Stufen gab, die aufwärts führten.

Wir ließen wieder einen Stein da, der den Mechanismus blockierte, und liefen durch einen weiteren Gang. Wir schienen immer weiter nach oben zu kommen, und vielleicht würden wir bald an einer ganz anderen Stelle oben auftauchen, aber in der Dunkelheit kamen wir nur mühsam voran, da wir ja nicht wussten, ob vor uns vielleicht eine Spalte oder ein Schacht kam. Ich strauchelte mehrmals, und einmal verlor ich dabei den Kompass, den ich aber – dem Herrn sei Dank – wiederfand, bevor mein Meister es merkte. Falls der Gang Biegungen machte, war das ohne Licht schwer zu sagen, denn ich konnte den Kompass nicht erkennen, und so liefen wir auf gut Glück den Gang weiter. Er würde uns führen, wohin er wollte.

Wir kamen an eine neue, diesmal sehr kleine Öffnung, die nur etwa eineinhalb Meter hoch war. Mein Meister tastete sie wiederum ab.

«Ein Schädel kennzeichnet die Mitte, und darunter sind die Worte ‹*Procul este, profani*› eingraviert. Haltet euch fern, ihr Uneingeweihten», sagte mein Meister, «und ‹*Aer*›, also Luft. So, um diese Türe zu öffnen, kann ich nur mit Archimedes sagen: ‹Gebt mir einen festen Punkt, auf dem ich stehen kann, und ich werde die Erde bewegen.›»

Er drückte dagegen, aber sie gab nicht nach. «Ach, hol dich der Teufel!», rief er aus, und in einem Zornesausbruch schlug er auf die Türe, oder vielmehr, wie er mir später berichten sollte, auf den Schädel. Plötzlich hörte man ein schnappendes Geräusch, und dann drückte mein Meister die Türe langsam auf, was ein schreckliches Quietschen hervorrief, das laut widerhallte und uns zusammenfahren ließ.

«Meister, man wird uns hören!», sagte ich beunruhigt.

«Unsinn, wir sind viel zu tief unter der Erde, außerdem, entweder wir gehen jetzt durch diese Türe, ob sie nun quietscht oder nicht, oder wir versuchen unser Glück und laufen den anderen Weg zurück. Was ist dir lieber?»

Ich erkannte, dass er recht hatte, und sagte nichts mehr. Gleich darauf schlüpfte mein Meister durch die Öffnung, und wir ihm nach, ohne zu wissen, was wir vorfinden würden.

Wir betraten einen großzügig bemessenen Raum mit fünf Seitenwänden. Eine einzige Lampe, ganz so wie die, die wir mitgebracht hatten, stand auf einer Wandhalterung und erhellte die Dunkelheit, wobei sie lange Schatten in dem fünfeckigen Raum warf. Wir sahen, dass vier der fünf Wände rot gestrichen und mit Regalen bedeckt waren, in denen Hunderte von gebundenen Handschriften oder Büchern lagen. In der Mitte des Raumes bildeten zwei lange hölzerne Tische, einer länger, einer kürzer, ein ägyptisches Kreuz oder *Tau*, und darauf sah man in dem dämmerigen Licht verschiedene merkwürdige Gegenstände liegen. Gläserne Sammelkästen, die von Metallklammern zusammengehalten wurden, mit denen sie über ungewöhnlichen Lichtquellen befestigt waren, standen hier und dort, und neben ihnen unfertige Pergamente und verschiedene andere Schreibutensilien; Federn, Bimssteine und Tinten. Auch gläserne Behälter, die mit Flüssigkeiten und Pulvern gefüllt waren, Phiolen und Ampullen, dazwischen große Bände, die wahllos verstreut lagen. Eine weitere Tür war vor uns nicht zu sehen.

Eisik, der bisher leise Unverständliches gebrabbelt hatte, wurde, falls das überhaupt möglich war, noch verdrießlicher, mein Meister dagegen außerordentlich angeregt. Er fand einiges Wachs auf dem Tisch, zündete seine Lampe an und begann die Bände einen nach dem anderen zu inspizieren. Da lagen zahlreiche Bücher nebeneinander, geordnet nach den Bezeichnungen *Ars Aeris, Ars Aquae, Ars Ignis, Ars Terrae*. Während ich die Regale entlang ging, fragte ich mich, wie viele Hände wohl schon durch diese endlosen Seiten geblättert hatten? Wie viele müde Kopisten sich abgemüht hatten, manchmal ein ganzes Leben lang, damit das Wissen eines einzigen Buches an die nächste Generation weitergegeben werden konnte!

«Ich würde wetten, dass hier schon sehr viele Sünden vergeben worden sind», bemerkte mein Meister, als habe er meine Gedanken gelesen.

«Sünden?»

«Damit die Mönche der Sache nicht überdrüssig wurden, Christian, hat man ihnen gesagt, Gott werde ihnen für jede Zeile, die sie abschrieben, eine Sünde vergeben. Tatsächlich berichtet Ordericus Vitalis, dass ein Mönch dem höllischen Feuer um die knappe Breite eines einzigen Buchstabens entging!» Er verstummte und sah sich um. «Wunderbar!»

Seine Aufregung steckte jetzt auch mich ein wenig an. Und vielleicht weil das Wissen eine Verführerin ist, die dem Menschen fälschlich Behaglichkeit und Sicherheit verspricht, vielleicht auch, weil etwas Sehnsüchtiges, sogar Vertrautes und Freundliches im Geruch von Büchern liegt, fühlten wir uns gleich viel entspannter und vergaßen völlig, dass wir nur Augenblicke zuvor in Gefahr für unser Leben, wenn nicht sogar für unsere Seelen gewesen waren. Eisik hatte schon recht, wenn er uns ermahnte, uns vor den kunstvollen Ränken der Gelehrsamkeit zu hüten, denn nur zu bald sollten wir unsere Sorglosigkeit bereuen. Aber ich greife vor. Stattdessen will ich lieber erzählen, dass mein Meister jetzt ein großes Buch von einem Bord aus der Sektion *Ars Aeris* nahm und begeistert ausrief:

«Hier gibt es verschiedene Werke über griechische Astronomie ... und eines über arabische Mathematik. Sehr schöne Bände ... und», rief er schon wieder laut, «einen astronomischen Text, den Abu'l-Abbas al-Fraghani von Transoxanien verfasst hat, das ist eine Kostbarkeit! Und hier ein anderer, in dem wir die Messungen zu den Bewegungen der Planeten finden, und die Studie zu den Sonnenflecken!»

Als mein Meister zu *Ars Terrae* gegangen war, zog er eine Handschrift hervor. «Ein Buch der Pflanzen, geschrieben von Abu-Hanifa al-Dinawari, einem islamischen Botaniker, dessen Werke auf Dioscorides fußen, Christian, der aber noch viele Pflanzen hinzufügt.» Das Gesicht meines Meisters glühte vor Aufregung, und wie ich ihn so ansah, fragte ich mich, ob meine Sünde auch nur im Geringsten schlimmer sei als seine. Er schien genau so viel Vergnügen beim Entdecken solcher Behältnisse des Geistes zu empfinden, wie es ein anderer beim Entkleiden seiner Frau empfinden mochte! Gleich darauf schämte ich mich zutiefst und bat Gott demütig um Verzeihung für meinen törichten Gedanken, während ich mir vor Augen hielt, dass es da ja wohl einen großen Unterschied gebe.

«Wenn dieser Ungläubige so gelehrt ist, Meister, warum glaubt er dann nicht an die höchste Weisheit?», antwortete ich, denn ich war böse auf mich.

«Er glaubt eben, dass seine eigene Weisheit größer ist, das ist alles.» Er schwieg einen Augenblick, stellte das Buch zurück und nahm ein anderes. «Oh! Zehn Abhandlungen über das Auge, von Hunain ibn Ishaq. Und das *Liber continens*, die lateinische Übersetzung des *Kitab al-Hawi*!»

«Die Araber sind vielleicht unendlich klug in den Heilkünsten», Eisik kam zu uns herüber, gegen seinen Willen angezogen von den medizinischen Büchern, «aber sehr oft, das musst sogar du zugeben, André, folgen sie keiner klaren Methodik.»

«Dem stimme ich nicht zu, sehr oft haben sich ihre Methoden als erfolgreich erwiesen», gab mein Meister zurück. «So wie im Falle von Jibril ibn Bakhtishu, von dem es heißt, dass er seinen arabischen Herrscher von einer langwierigen

Krankheit geheilt habe, indem er ihm verschrieb, Schach zu spielen.»

«Unmöglich!», sagte ich skeptisch.

«Es klingt wie ein Wunder ... aber nach ein paar Tagen entdeckte der Mann, dass seine Genesung direkt proportional zu seinem Bedürfnis zu gewinnen voranschritt, und das war beachtlich. In der Tat erlebte er eine solche Besserung, dass er seinen Arzt mit 800 000 Dirham belohnte! Allerdings musste der auch vielen der arabischen Sklaven das Spiel beibringen und sicherstellen, dass sie immer unauffällig zu verlieren verstanden.»

«Ich verstehe!», sagte ich staunend. «Die Macht des Geistes über den Stoff.»

«Kein jüdischer Arzt würde jemals eine solche Behandlung verschrieben haben», sagte Eisik verschnupft.

Ganz aufgeregt stöberte ich jetzt die anderen Bücher durch. «Hier ist noch eins von demselben Autor», sagte ich und nahm einen enorm großen Band vom Bord, *Warum unwissende Ärzte, Laien und Frauen mehr Erfolg haben als gebildete Mediziner*.

«Ach ja», sagte er und nahm es mir lächelnd aus den Händen, «soll bloß keiner sagen, dass dieser Mann nicht eine überragende Geisteskraft besaß. Komm, Eisik!», er winkte dem alten Juden zu. «So viele Schätze!»

Aber Eisik war ganz in Gedanken und inspizierte die Gegenstände, die auf dem Tisch zu sehen waren.

«Schau dir das an!», jubelte mein Meister und holte ein großes Buch aus dem Regal herunter. Ich ging zu ihm hinüber und erblickte auf einer Seite eine erschreckende Darstellung des aufgeschnittenen menschlichen Körpers, welche die inneren Organe enthüllte, die von Teufeln angegriffen wurden. Ich zuckte zusammen, und mein Meister, der den Grund für meinen Schrecken durchschaute, lachte ein wenig. «Medizin ist nichts für schwache Nerven, mein junger Knappe. Na, was haben wir denn hier», fuhr er fort. «Eine Abhandlung über Arzneimittel, die benutzt werden, um den Schlaf herbeizuführen ... Haschisch ... Alraune ... aha! Giftkräuter ...» ihm stockte der Atem, «in dieser Abhandlung wird Alraune als heimtückisches Gift bezeichnet. Das Opfer, so steht da, liegt drei Tage im Todeskampf, bevor es stirbt. Hier sehen wir das Gegengift, das aus einer Mischung aus allen folgenden Dingen besteht: Honig, Rettich, Butter, Sauerhonig, Gartenraute, Süßwein, Bibergeil, Dill, Borax, die Blätter der Wasserminze, Absinth, Teufelsdreck ... und dann, als wäre das alles noch nicht genug, sollte dem Opfer der Kopf verbunden und Rosenöl in ein Nasenloch geträufelt werden. Außerdem, so heißt es hier weiter, sollte ihm, falls dies alles keine Besserung gebracht hat, ein Tee aus Minze und Mandelblättern heiß über den Kopf gegossen werden, während er im Bade sitzt.»

«Unter diesen Umständen würde ich fast die Wirkung des Giftes vorziehen!», sagte ich, und meine Meister lachte.

«Aber warte mal», fuhr er fort, «hier haben wir eine Anzahl von Tränken, die Giftkräuter beinhalten, außerdem wird eine Substanz erwähnt, die Hexen benutzen. Bei meinem Schwerte! Jetzt fällt es mir wieder ein!»

«Was, Meister?»

«Teufelssalbe! Genau! Zu der Zeit, als ich noch in Paris war, Christian, und die Universität besuchte, wohnte ich dem Prozess gegen eine Frau bei, die zu den Katharern gehörte und des Verkehrs mit dem Teufel angeklagt war. Es war eine schreckliche Sache, die großes Aufsehen erregte! Nach vielen Tagen Verhör vor den Richtern des Tribunals und auch nach vielen Demütigungen und vielen Nächten schrecklicher Folter hatte man die Frau so weit, dass sie gestand, sie fliege unter Zuhilfenahme einer Salbe in die Arme des Teufels. Ich weiß nicht, ob sie diese Salbe wirklich benutzt hat, aber als sie gefragt wurde, woraus sie bestehe, lieferte sie eine genaue Beschreibung ihrer Zusammensetzung. Es war eine Mischung aus Atropa belladonna, Wolfsgift gemischt mit Weizenmehl und (wie sie sagte) dem Fett eines totgeborenen Kindes.»

Ich zuckte zusammen. «Das ist doch wohl nicht wahr, oder?»

«Das könnte Ezechiels letzte Worte erklären, und das Delirium des Kochs ... Atropa belladonna!» Er ging zu einem Regal, das mit *Ars Ignis* bezeichnet war, wobei er weiter vor sich hin murmelte, und machte wieder eine Entdeckung. «Schaut euch das an! Verschiedene Bände, die musikalischen Themen gewidmet sind; Al-Kindi, al-Farabi, Avicenna und andere! Eine Abhandlung des Franco von Köln, *Ars cantus mensurabilis*, der eine Methode entwickelte, mit der man die Dauer von Musiknoten angeben kann.» Er öffnete ein weiteres Buch, und ich hörte ihn ehrfurchtsvoll sagen: «Ah ... Guido di Arezzo ... hier ...», er zeigte auf eine Passage. «Er benennt die ersten sieben Noten einer Tonleiter, indem er die erste Silbe aus jedem Halbvers eines Hymnus' an Johannes den Täufer verwendet, *Ut queant laxis, Resonare fibris, Mira Gestorum, Famuli tuorum, Solve polluti, Labii reatum, Sancte Iohanne* ... *Ut* oder do, *resonare* oder re, *mira* oder mi, *famuli* oder fa, *solve* oder sol, *labii* oder la und *sancte* oder si!», erklärte er.

Er blätterte eine andere Handschrift durch, wie ein halb Verhungerter, der ein wenig von dem isst und ein wenig von dem und nicht fähig ist, alles, was er vor sich hat, zu essen, obwohl er das größte Bedürfnis danach hat. «Notker Balbulus und Odo, der Abt von Cluny, übernahmen die Idee der Griechen, in der ersten Oktave der Tonleiter die Noten nach den ersten sieben Buchstaben des lateinischen Alphabets zu benennen.» Er klappte das Buch wieder zu.

Eisik sprach drüben am Tisch: «Jetzt bin ich es, der etwas Interessantes gefunden hat ...»

«Was?» Mein Meister sah auf und unterbrach seine verschiedenen Gedanken.

«Hier gibt es eine Handschrift», er hielt sich das Pergament dicht vor die Augen. «Das letzte, was darin eingetragen ist, stammt von heute, man hat sogar die Stunde angegeben, nämlich Nona ...» Er las einen Augenblick für sich weiter und fuhr dann laut fort: «So schließlich die Lösung herausgenommen ist aus der *Terrestriaet*, und ist gestärket durch lange

Bearbeitung, wird sie freigesetzt von der *Crudae Materiae* und ist bereit und wiedergeboren in der allerfeinsten Form ...»

Mein Meister ging zu ihm hinüber und ließ das Licht seiner Lampe auf das blasse, düstere Gesicht des Juden fallen. Die beiden Männer schienen zu wissen, was diese Dinge bedeuteten. Ich spürte, dass irgendein faszinierendes Geheimnis entdeckt worden war, und hätte gern viele Fragen gestellt, aber etwas in ihrem Benehmen sagte mir, dass es besser sei, sie jetzt nicht zu unterbrechen.

Mein Master nahm Eisik das Manuskript aus den Händen und las laut: «Die rohe Materie oder *crudae materiae* kommet von den *astris* und der Konstellation der Himmel in ihr irdisches Reich, aus dem dann der universelle Geist gezogen wird, der *spiritus universi secretur* ... erstaunlich!» Mein Meister war jetzt in höchster Erregung. «Schau, komm her ... komm her.» Er wartete, bis ich näher gekommen war, bevor er weiterlas.

«Er liegt verborgen im Grabe
Das Geistige steht nahe
Und der Geist kommt vom Himmel wieder
Sei immer achtsam
Dass der Geist erhoben werde
Und dann von oben wiederkehre
Zu dem was unten ist.
So vereint er die freundlichen Kräfte von Himmel und Erde:
Und mit seinen reichen Gaben
Wird er den Körper wieder zum Leben erwecken.»

«Was ist das, Meister? Ein schrecklicher Zauber?»

«Ich weiß es nicht genau», antwortete er, vielleicht genau so verblüfft wie ich. «Es könnte sein, dass unsere Mönche ... schaut euch das an», sagte er und zeigte auf ein Datum auf einer anderen Seite.

«Aber Meister, das Datum muss falsch sein, das ist erst in zwei Tagen.»

«Ja ...», sagte er und las den Eintrag unter diesem Datum.

«In unseren Himmeln stehen
Zwei schöne Lichter:
Sie zeigen das große Licht an
Des großen Himmels.
Vereine sie beide
So wie die Frau dem Manne zugeführt wird:
Auf dass der Familienstand erreicht werde ...»

Das Blut schien mir in den Adern zu gerinnen. Bei all der Aufregung nach dem Betreten der Bibliothek hatte ich offen gestanden meine Sünde ganz vergessen, und ich muss wohl getaumelt sein, denn mein Meister hielt mich fest und rief: «Christian! Was ist nur heute in dich gefahren? Pass doch auf, Junge!»

«Sonne und Mond
Sind Mann und Frau
Und auch sie
Vermehren sich.

Ex Deo nascimur,
In Christo morimur,
Per Spiritum Sanctum reviviscimus.

In Gott sind wir geboren,
In Christus sterben wir,
Aus dem Heiligen Geist werden wir wiedergeboren,
Er wird am vierten Tage auferstehen.»

«Ich hatte einen Traum, Meister!», schrie ich plötzlich, Tränen stiegen auf und strömten mir übers Gesicht, und ich erzählte den Traum, ohne das Geringste auszulassen.

«Ruhig ... ruhig ...», mein Meister streichelte mir leicht über den Kopf, «deshalb also hast du lauter Vaterunser gebetet, als ich zu dir hinein kam ... Hab keine Angst, das macht nichts, das macht nichts.» Da er sah, das ich noch mehr Trost brauchte, fügte er hinzu: «Christian, ich gehöre nicht zu den Leuten, die glauben, dass diese Dinge schlecht sind, jedenfalls nicht schlechter als ... sagen wir mal ... zu essen, wenn man Hunger hat, oder zu trinken, wenn man Durst hat. Wir sind Mönche, und so halten wir uns von vielen Dingen fern. Doch das ist nie leicht. Ein Mann, der fastet, kann seinen Hunger so wenig leugnen, wie ein Mann, der sich der körperlichen Liebe fern hält, sein Verlangen danach leugnen kann. Und was das betrifft, fällt es mir schwer zu glauben, dass Gott in seiner Weisheit, da er diese Gabe zur ... Fortpflanzung in uns stets erneuert, nicht auch die Mittel bereit hält, ihren Überfluss zu ... zerstreuen ... wie beispielsweise ein Überfluss von Materie aus der Erde herausbricht in einem vulkanischen ... nein, das trifft es vielleicht nicht ... eher wie bei einem Damm, der birst, bevor er überläuft ... Ahh!» Er seufzte. «Christian, manchmal kann man es nicht vermeiden.» Seine Stimme verlor sich, und er schien ein wenig ratlos. Vielleicht hatte er sich jetzt selber in Verlegenheit gebracht. «Es ist eher so, dass diejenigen, die sich der Enthaltsamkeit erfreuen, aus der Qual und der Demütigung und der Hinwendung zu Gott, die sie erzeugt, eine gewisse Lust ziehen. Man muss langsam an seiner Seele arbeiten; das stimmt auch, obwohl du dich bemühen sollst, das nicht mehr zu tun ... ich spreche dich von deinen Sünden los. Und bevor du etwas sagst: das hier sind besondere Umstände», sagte er, legte mir die Hand auf die Stirn und machte das Kreuzzeichen, «aber du musst zum Herrn um Stärkung beten.»

Kaum war er fertig damit, packte mich Eisik aufgeregt an den Schultern. «Wenn du einem alten Juden verzeihen willst, mein Sohn, aber du hast da von der Hochzeit gesprochen ... der Hochzeit!»

«Hochzeit?»

«In der geheimen Tradition meiner Vorväter heißt dieses Mysterium ‹Schechinah›. Das Mysterium von Mensch und Gott, und die Verbindung zwischen den Dingen oben und den Dingen unten, die Vereinigung von Erde und Geist.» Er blickte nach oben in Richtung Himmel, sein Gesicht nahm einen friedvollen Ausdruck an, und in diesem Moment sah ich wieder, dass er, wenn er sich nicht gerade mit Katastrophen beschäftigte, tatsächlich jünger war, als er aussah. «Aber das ist eine himmlische Vereinigung», fuhr er fort, «keine körperliche, mein Sohn.»

«Natürlich!», rief mein Meister mit Nachdruck.

«Das große Werk der Alchemisten», fuhr Eisik fort. «Einmal ist sie die Tochter des König, dann wieder wird sie als die Verlobte beschrieben wie im Hohen Lied von Salomon, als die Braut und auch die Mutter, die Schwester. Sie ist die Geliebte, die zur himmlischen Gemahlin aufsteigt. Das nennt sich das Letzte oder Große Werk!»

«Das ist doch genau das, worüber nach Asas Worten die beiden Brüder in der Kapelle stritten, bevor Samuel starb ... der letzte Schluss ...», fügte mein Meister hinzu, wobei seine Augenbrauen sich heftig bewegten.

«Aber warum musste ausgerechnet *ich* so einen Traum haben?», fragte ich, denn jetzt schien mein Traum wichtiger geworden zu sein als meine Sünde.

«Ich sage dir, du hast einen Vision gehabt», Eisik strahlte vor Stolz. «Eine Vision ... und warum? Wir haben gelernt, dass man, wenn man würdig ist, Ruach als ein Geschenk der Gnade erhält. Das ist die Krone von Nephesch und führt zur Erhellung des Geistes durch das Licht der höheren Regionen. Dies erlaubt es einem, die Gesetze des geheimen Königs zu erkennen.»

«Ich hatte noch andere Träume», sagte ich fast flüsternd.

«Andere?», fragte Eisik.

«Wir haben jetzt keine Zeit für Träume», sagte mein Meister ärgerlich, denn wie ich wusste, ignorierte er lieber die Wendung ins Unlogische, die unser Gespräch genommen hatte.

Er ging die Sachen auf dem Tisch durch und blieb vor einer großen Handschrift auf einem fein gearbeiteten Lesepult stehen. Da es mir jetzt besser ging, weil ich meiner Sünde ledig war, begleitete ich ihn, und als ich sah, wie fasziniert er schaute, trat ich näher hinzu, um besser zu sehen. In dem Buch erblickte ich die seltsamsten Zeichen. Ein Dreieck mit der Spitze nach unten, ein Dreieck mit der Spitze nach oben, Kreise mit Kreuzen, Kreuze mit Kreisen. Auch eine sehr schöne Vignette, die, wie man jetzt schon erwarten konnte, ein Kreuz mit einem Kranz von Rosen in der Mitte darstellte, dazu die Worte *Dat Rosa Mel Apibus* oder: Die Rose gibt den Bienen Honig. Rechts von dem Kreuz eine Biene, deren Flügel an den Spitzen vergoldet waren, und vier Bienenstöcke. Links zwei Spinnweben in einem Holzrahmen.

«Weisheit und Fleiß», sagte Eisik und kam näher heran, «auch das ist eine Hochzeit. Die Vereinigung der ruhigen Wasser der Weisheit mit dem Feuer des Fleißes. Die Vereinigung von Seele und Geist.»

«Wir sehen dieses Kreuz mit den Rosen überall», sagte mein Meister. «Es ist am Ostportal der Kirche, auf einem Fenster und auf dem Deckel am Buch des Lebens im Kapitelsaal», bemerkte er, nahm die dicke Handschrift auf und blätterte ihre empfindlichen Seiten durch, auf denen wunderschöne Illuminationen erschienen. Seltsame Tiere verwandelten sich, oder vielmehr gingen über in Schnörkel, feine Linien und die Serifen riesiger Buchstaben. Auch die Randleisten waren gefüllt mit geheimnisvollen Zauberbildern und Zitaten aus der Bibel.

«*Tabula Hermetis!*», las mein Meister.

Eisik wurde blass, seine Augen schienen größer zu werden, und er brachte den Mund nicht mehr zu.

Mein Meister fuhr fort: «*In profundo Mercurii est Sulphur, quod tandem vincit frigiditatem ...* das ist ein altes ägyptisches

Mysterium – der Tempelschlaf! Auch Lazarus ‹starb› für drei Tage und wurde von unserem Herrn wiedererweckt ... vielleicht ist das der letzte Schluss ... das letzte Werk ... eine Initiation?»

«Nein!», schrie Eisik und legte sich beide Hände über die Ohren. Als mein Meister schwieg, riss ihm Eisik das Buch aus den Händen, und nachdem er es selbst aufgeschlagen hatte, las er mit Tränen in den Augen weiter. «Was haben sie hier drin noch für Wunder stehen?»

Aber für die größte Erregung sorgte dann ich, da ich eine angefangene Übersetzung gefunden hatte und sie vorlas.

«Dies sind die geheimen Worte, die Jesus zu seinen Lebzeiten gesprochen hat, aufgezeichnet von Didymus Judas Thomas. Und er spricht: ‹Wer die Erklärung dieser Worte findet, wird den Tod nicht schauen ...›»

«Lass sehen!» Mein Meister kam zu mir herüber und nahm mir das Pergament aus den Händen.

«Aber es ist nicht zu Ende geschrieben, Meister, mehr steht nicht da, und es ist nicht einmal schön geschrieben ...»

Mein Meister sah es mehrmals an, bevor er enttäuscht ausrief: «Aber wo ist die Quelle? Wo, *mon dieu,* ist das Original?» Er begann überall zwischen den Büchern, Handschriften und Pergamenten zu suchen, fand aber nichts.

«Was ist denn los, Meister?»

«Die verborgenen Evangelien ...», sagte er und ließ den Blick über die Zeilen gleiten.

«Was meint Ihr damit? Was für verborgene Evangelien?»

«Epiphanius», erklärte André, «soll eine Anzahl von Werken aufgeführt haben, nicht die Apokryphen, sondern Werke, die kurz nach der Kreuzigung niedergeschrieben und von der Kirche auf die schwarze Liste gesetzt wurden, und dieses hier war darunter, wie auch das Hebräer-Evangelium, das Ägypter-Evangelium, das Ebionäer-Evangelium, das Nazaräer-Evangelium ... das geheime Markus-Evangelium! Sie waren verschwunden, hinter verschlossenen Türen versteckt von ein paar frommen oder, wenn du willst, unfrommen Hütern des Wissens. Zum ersten Mal sehe ich hier einen Beweis für ihr Vorhandensein.»

Eisik schnaubte. «Du hängst zu sehr an materiellen Dingen, André, wahrscheinlich wäre es dir sehr recht, wenn Gott Seine Existenz auch beweisen würde!»

«Das wäre sehr vorteilhaft», antwortete André. «Sowieso, was weiß denn ein kabbalistischer Jude über gnostische Schriften?»

Eisik schwieg.

«Wurden sie aus der Bibel ausgeschlossen, weil sie mehr Wissen in sich bargen, als die Kirche besaß, wie Ihr vorhin gesagt habt, Meister?», fragte ich.

«Ja.»

«Wer war dann dieser Thomas, Meister?»

Für einen Augenblick hätte ich ihn fast mit dem Thomas in meinem Traum verwechselt.

«Es ist jener Jünger‹Thomas›, von dem der Evangelist Johannes berichtet, einer der Zwölf, auch Didymus genannt. Der Zweifler Thomas. Der Zwilling Thomas», antwortete er.

«Oh, derjenige, der bezweifelte, dass Christus auferstanden ist?»

«Ja, Christian ... die Auferstehung ist der Schlüssel ... sterben und werden ... sterben und wieder *geboren* werden ... auf jeden Fall hätte sein Evangelium ins Koptische übersetzt werden können ... und bevor du mich jetzt fragst: tu es nicht!», knurrte er, denn ich hatte schon zu viele Fragen gestellt, und ihn befiel seine übliche Neugier.

Eisik hatte Mitleid mit mir und erklärte es. «Ägyptisches Koptisch ist die ägyptische Sprache in griechischer Schrift. Als die Griechen unter Alexander dem Großen den Osten besiegt hatten, mein Sohn, brachten sie eine äußerst hochentwickelte Sprache mit, die die Gebildeten des Landes bald übernahmen und schließlich statt der alten ägyptischen Hieroglyphen benutzten. Die ersten Christen schrieben sowohl koptisch als auch griechisch. Und seitdem sind die koptischen Klöster die Bewahrer vieler geheimer Schätze.»

Mein Meister wühlte fieberhaft herum. «Das ist ein Zeichen, dass auch die anderen Texte hier vergraben sein könnten. Denn jetzt sieht es so aus, als würden in dieser Abtei nicht nur Experimente und Initiationen durchgeführt, sondern auch verbotene Texte übersetzt.» Da merkte ich, dass ihn noch eine weitere Ungeduld ergriff. «Es muss einen Katalog geben – einen Index – und darin müssten wir alle Handschriften aufgelistet finden ... aber wo?»

Wir suchten überall, aber in der Eile, da die Zeit uns davonlief, fanden wir nichts. Endlich beschloss mein Meister zurückzugehen, denn bald würde die Glocke die Vigil der Matutin einläuten, falls sie es nicht ohnehin schon getan hatte, und man würde uns vermissen.

Erst da wurde uns unser, oder eher mein Fehler bewusst. Die Geheimtür, durch die wir die Bibliothek betreten hatten, hatte sich hinter uns in der inzwischen nur zu bekannten Weise geschlossen, und von innen würden wir sie nicht mehr öffnen können. In unserem Zustand geistiger Hingabe hatten wir uns sozusagen selbst eingesperrt.

«Verfluchte Geheimtüren! Verdammter Comte d'Artois!» Das Gesicht meines Meisters bewölkte sich, und er ging zu der von unserem Eingang am weitesten entfernten Wand. «Die Mönche dieses Klosters sind außerordentlich schlau gewesen, und wir müssen das auch sein. In welcher Himmelsrichtung liegt diese Wand?» Ich zog den Kompass zu Rate. Sie lag nach Osten.

«Nach Osten, sagst du?» Er sah überrascht aus. «Aber wir sind doch ... verliere ich jetzt schon die Orientierung? Ich hätte schwören können, dass wir die Richtung gewechselt haben, zwar nur leicht, aber trotzdem ... na schön, das heißt, dass die Krankenstation nicht weit weg sein kann, obwohl ich glaube, dass wir noch zu tief unten sind, als dass sie gleich hinter dieser Wand sein könnte. Ohne Zweifel gibt es einen geheimen Ausgang. Jetzt müssen wir im ganzen Raum nach Hinweisen suchen.» Er begann die Steine abzuklopfen, weil er einen hohlen Klang erwartete, aber das war nicht der Fall.

Ich spürte, dass mir das Herz im Halse klopfte. Wir waren gefangen wie der arme Mönch Jérôme! «Und wenn es keinen anderen Ausgang gibt, Meister?»

«Dann sterben wir wenigstens außerordentlich gelehrt», antwortete er.

Eisik überprüfte die Regale und ich den Fußboden, aber wir hatten beide kein Glück. Ich lehnte mich niedergeschlagen an die Wand, an der ein stabiler Eichenrahmen befestigt war. Ich merkte, dass er eine große Landkarte ferner Länder und Meere enthielt, vielleicht die *Fons paradisi*, von der viele Bücher berichten; sie war etwa mannshoch und zwei Körperlängen breit. Sie war mit schrecklichen Seeungeheuern, Sirenen und Schiffen bebildert. Ein Schiff fiel mir besonders auf, das auf einem großen Fisch gelandet war, den die Seeleute in ihrer Unwissenheit wegen seiner gigantischen Ausmaße für eine Insel hielten. Das kam mir bekannt vor, wo hatte ich diese Landkarte schon gesehen, fragte ich mich. Darunter standen die Worte: «Vom Ende der Erde werde ich nach dir rufen, wenn mein Herz überwältigt ist: Führe mich zu dem Stein, der größer ist als ich.»

Diese letzten Worte sprach ich laut, eigentlich ohne über ihre Bedeutung nachzudenken, aber mein Meister hörte mich und kam schnell zu mir herüber.

«Was hast du gesagt?» Seine Augenbrauen waren sehr weit hoch gezogen, als er auf mich zuging. Ich dachte, ich hätte eine schreckliche Sünde begangen, und brachte deshalb kein Wort hervor. Ich zeigte auf die Karte und die Worte darunter. In dem Moment schlug er mich so heftig auf den Rücken, dass ich dadurch beinahe in Richtung eines dieser unbekannten Meere gesegelt wäre.

«Bei Gott! Da ist ja unser Hinweis!», schrie er jubelnd. «Der Stein, der größer ist als ich? Größer als die Landkarte, möchte ich wetten!» Er streckte die Hand mühsam nach oben (denn er war nicht viel größer als ich), und mit vor Anstrengung rotem Gesicht drückte er auf eine Steinplatte, die, wie er bemerkte, einen etwas anderen Farbton hatte als die anderen daneben. Diese bewegte sich nach innen und entriegelte dabei eine Vorrichtung, die ein lautes Schnappen hören ließ, und das ganze Wandsegment einschließlich der Landkarte drehte sich um seine Achse und ging auf.

Durch diese Türöffnung betraten wir einen anderen Gang, der nach Schimmel und verrotteten Pflanzen roch, und dann führte eine Anzahl von Stufen hinauf zu einer weiteren Türe, die mein Meister diesmal mit Leichtigkeit öffnete. Wir kamen aber nicht wie vermutet in der Krankenstation heraus. Wir kamen im Scriptorium heraus! Höchst verwirrt traten wir durch eine Landkarte, die genau der glich, durch die wir soeben die Bibliothek verlassen hatten.

Mein Meister schüttelte den Kopf und nahm mir den Kompass aus den Händen. «Beim Fluche Saladins, Junge! Seit wann hängt die Nadel hier schon im Osten fest?»

Ich senkte den Kopf und sagte das Einzige, was ich sagen konnte: dass ich es nicht wusste, dass ich ihn aber im letzten Gang vor der Bibliothek im Dunkeln hatte fallen lassen.

Die Türe, die aus dem Kreuzgang führte, war abgesperrt, deshalb schlichen wir uns zur Kirche. Als wir aber das südliche Querschiff betreten wollten, bemerkte ich, dass meine Sandalen mit feuchter rötlicher Erde verschmutzt waren, deshalb säuberte ich sie an den Steinfliesen, bevor ich hineinging – damit ich nicht verräterische Fußspuren auf dem Kirchenboden hinterließ! Mein Meister beobachtete das mit nachdenklichem Stirnrunzeln und sagte, dass bemerkenswerter Weise seine und Eisiks Schuhe keine Spuren hinterlassen hätten, weil sie glatte Sohlen hatten. Ich trug Sandalen, die mir der Hospitaliter gegeben hatte, wie sie auch alle anderen Mönche des Klosters trugen. Sie hatten ein Profil und waren deshalb rutschfester, aber sie nahmen auch viel Schmutz zwischen den Rillen auf. Er sagte sonst nichts, runzelte aber weiter die Stirn, als wir uns von Eisik verabschiedeten, der ins Dunkel des nördlichen Querflügels eilte, wobei seine Gewänder flatterten wie Vogelflügel. Die Stunde war nahe, und so warteten wir in der Kirche, bis die Glocken zu schlagen begännen, und das gab meinem Meister noch Gelegenheit, die Orgel zu begutachten.

Das Instrument wurde von nicht weniger als zwanzig Pfeifen überragt, und durch diese hörte man die Melodie, wenn die Orgel gespielt wurde. Auf der höheren Ebene befanden sich in der Mitte zehn Pfeifen, die anderen flankierten sie zu beiden Seiten etwas tiefer. Die gesamte Holzkonstruktion wurde von kleinen Säulen getragen, und die Manuale waren ebenfalls auf zwei verschiedene Ebenen verteilt. Ein schön geschnitzter Stuhl stand davor, und ein paar Notenblätter lagen auf einer kleinen hölzernen Ablage direkt über den Manualen.

«Wenn die Orgel, wie Sacar sagt, mit dem Wasser betrieben wird, das unter dem Kloster fließt, könnte sie eine Verbindung zu den Geheimgängen haben. Eine Art Schalter muss das Wasser zu der Pumpe lenken, die die Orgel antreibt, wie uns der Bruder zu verstehen gab. Die Frage ist nur, wonach wir da suchen sollen?»

Ich sah ihm eine Weile zu, während mich langsam die Müdigkeit übermannte, und um wach zu bleiben, fragte ich ihn, ob er glaube, dass es mit diesem «Großen Werk» eine magische Bewandtnis habe. Vielleicht, sagte ich versuchsweise, sei es eine Reliquie, die bestimmte Kräfte besitze, ein Stein oder ein Becher, wie es in den Ritterromanen beschrieben werde.

«Ritterromane füllen dir den Kopf mit Unsinn und sind für Mönche als Lektüre nicht zu empfehlen. Reliquien gibt es andererseits tatsächlich, das ist ganz natürlich und gehört zum Lauf der Welt», antwortete er.

«Aber es muss doch etwas sehr Bedeutsames sein, etwas Wertvolles, sogar Heiliges, dass es auf eine solche Weise versteckt werden muss, Meister, mit so unangenehmen Rätseln und Fallen, die es schützen sollen?»

«Reliquien werden allgemein sehr verehrt, aber wir dürfen nicht darüber nachgrübeln, was wir finden werden, oder welche Wirkung es hat», sagte er und blickte von seinem

Tun auf, «du denkst zu viel, und zu viel Denken führt oft zu Irrtum.»

«Und so glaubt Ihr also nicht an Magie?»

«Ich glaube an die Magie der Wissenschaften, *mon fils,* und an die Magie der Natur, aber absolut nicht an menschliche Magie. Sehr oft ist die Zaubersprache nur eine symbolische Sprache für etwas ganz anderes.»

«Aber Ihr leugnet doch nicht, dass ein Trank aus Drachenblut Teufel vernichten kann?»

«Erstens habe ich noch nie einen Drachen gesehen, du vielleicht? Zweitens, hast du dich noch nie gewundert, da es doch so viele Tränke gibt, die Teufel töten oder vertreiben, warum ihre Anzahl doch nie geringer zu werden scheint? Denk an das, was ich dir über Wissen und Meinung gesagt habe.»

«Aber –»

«Was du Magie nennst», unterbrach er mich, «ist nichts anderes als ein kluger Akt der Beeinflussung, der Angst und Aberglauben als willige Helfer benutzt. Natürlich lässt sich viel bewirken, wenn man sie benutzt. Nehmen wir mal an, dass du zu mir (dem Zauberer) kommst, weil du irgendetwas unbedingt haben willst. Dann sage ich dir vielleicht, dass du ein bestimmtes Kraut jede Nacht um Mitternacht auf einem Friedhof pflücken musst.» Er schwieg einen Augenblick, um einen forschenden Blick unter die Manuale des riesigen Instruments zu werfen. «So, wo war ich stehen geblieben? Ja, ich sage also, du musst um Mitternacht ein bestimmtes Kraut pflücken und es auf die Stufen einer Kirche legen. Wenn du jetzt meinen Anweisungen ganz genau folgen würdest, so wie ich es dir gesagt habe, um Mitternacht aufstehen, zum Friedhof gehen, das Kraut ausrupfen und so weiter, ist es mehr als wahrscheinlich, dass dein Verlangen nach Erfüllung und dein Glaube an solche Vorschriften das herbeiführen wird, was du dir wünschst. Wenn du auch nur eine einzige Nacht auslässt, dann kann ich, der Zauberer, im Falle des Scheiterns nicht verantwortlich gemacht werden.»

«Dann sagt Ihr also, dass es Zauberei nur im Kopf gibt?»

«Ein Mensch ist so veranlagt, Christian, dass er, wenn sein Verlangen nur stark genug ist, Mittel finden wird, um sein Ziel zu erreichen. Das ist ganz natürlich und nicht im Geringsten magisch. Vielfach wird sogar ausgerechnet die Wissenschaft fälschlich für Magie gehalten, weißt du, selbst gelehrte Männer haben ihren Kopf noch nicht aus dem Misthaufen des Aberglaubens gehoben.»

«Aber ein Arzt ist doch ein Wissenschaftler, wie Ihr mir oft gesagt habt.»

«Und deshalb muss ein Arzt auch bei seinen Heilungen genau so vorsichtig sein, wie er es sein muss, wenn eine Heilung fehlschlägt.»

«Dann sagt Ihr also, dass es besser ist, eine Krankheit nicht zu heilen, wenn das als etwas Teuflisches angesehen werden könnte?»

«Nein, das habe ich nicht gesagt.» Er stand auf und streckte mit Mühe sein verletztes Knie. «Ich meine, dass eine Heilung oft mehr Verdacht erweckt als das Scheitern einer Heilung, und deshalb muss man vorsichtig damit umgehen. Wusstest du, dass es verschiedene Leiden gibt, die man fast sofort heilen kann? Wenn man das aber tut, riskiert man vieles, nicht zuletzt vielleicht sogar die eigene Haut! Also muss man den Patienten so heilen, dass er nur Schritt für Schritt gesund wird. Man spricht also viele Gebete, man brennt eine Wunde aus und lässt den Patienten zur Ader, man hält ihn dazu an, sehr oft zu seinem Priester zur Beichte zu gehen. Auf diese Weise ist er nach ein paar Wochen geheilt und glaubt, das sei die Gnade Gottes und deshalb ganz natürlich.»

«Dann behaltet Ihr also Eure Geheimnisse für Euch, so wie Bruder Setubar vieles vor Bruder Asa zurückzuhalten scheint?»

«Und noch etwas ... Wenn wir die übrige Welt an Wissen übertreffen, müssen wir aufpassen, wem wir eine Teilhabe an diesem Wissen gewähren. Das ist die Kunst der Vorsicht.»

«Aber diese Kunst, die Ihr ‹Vorsicht› nennt, klingt wie Geiz, Meister, wie Gier. Bestimmt sollte die Welt doch teilhaben an den Kenntnissen eines klugen Mannes. Diejenigen, die ihr Wissen in den Büchern kundtaten, die wir gerade bewundert haben, müssen es auch so empfunden haben.»

«Das sind wahrhaftig wunderbare Bücher, sie gereichen ihren Schöpfern zur Ehre, aber wie du ja gesehen hast, sind sie dem Blick der Allgemeinheit entzogen, und das zu Recht, denn es liegt mehr Weisheit in einem vorsichtigen Schweigen als in tausend Büchern.»

«Aber ich dachte, Ihr liebt Bücher? Ich dachte, Ihr glaubt an das Wissen?», fragte ich, verwirrter denn je.

«Das tu ich auch ... das tu ich ... aber es ist wichtig zu wissen, wann und wie Mitteilungen zu machen sind. Dann kann Gutes nicht fälschlich als Böses verstanden und auch nicht von Leuten mit schlechtem Charakter missbraucht werden. Schau dich doch nur in diesem Kloster um, dessen Heilungen bis vor den Papst gebracht worden sind. Muss ich noch mehr dazu sagen?»

«Aber ist das nicht im Kern das, was der Abt gestern hier gesagt hat, dass man einen Schleier über die Dinge ziehen muss, die nicht verstanden werden? ... Doch da wart Ihr anderer Meinung!»

«Ich war anderer Meinung, weil es einen Unterschied gibt zwischen dem Arkanum – dem Geheimnis – der Natur (dessen himmlisches Siegel nicht fahrlässig gebrochen werden darf) und dem Arkanum der Menschen, dessen Zufälle zu Ketzerei führen können und, wie wir gesehen haben, zum Tode von anderen.»

«Dann sagt Ihr also, Meister, dass es überhaupt keine Magie gibt, sondern nur Wissenschaft, aber dass wir anderen nicht gestatten dürfen, das zu wissen», sagte ich enttäuscht.

«Ich fürchte schon ...»

«Es hat nicht viel Sinn, nach etwas zu suchen, das keine magischen oder heiligen Kräfte hat oder?»

«Und doch können wir nicht ausschließen, dass das, was hinter all diesen Verwicklungen steckt, tatsächlich etwas Magisches ist.»

«Aber an so etwas glaubt Ihr doch nicht!» Ich wurde langsam ärgerlich, denn ich hatte das Gefühl, dass er mich zum Narren hielt.

«Das hat doch überhaupt nichts damit zu tun!», antwortete er, erstaunt über meine Dummheit. «Die Tatsache, dass andere es glauben, ist ein wichtiges Hilfsmittel, um unser Rätsel zu lösen. Mich interessiert das Rätsel, so wie es dich auch interessieren sollte, wenn du ein guter Arzt werden willst. Ein guter Arzt muss zuerst und vor allem ein starkes Verlangen haben, Rätsel zu lösen.»

«Von was für Rätseln sprecht Ihr denn? Es gibt ja offenbar so viele.» Ich sah ihn keck an, und das schien ihm zu gefallen. Er ging hinter die Orgel, ein seltsames Lächeln auf den Lippen, und ich hörte seine Stimme jetzt von verschiedenen Stellen dahinter.

«Das größte Rätsel von allen … das Rätsel des Menschen! Das vielgestaltige Geheimnis des universellen menschlichen Wesens an der Schwelle zu den Gesetzen des Universums. Das ist das faszinierendste aller Rätsel! Jedes Rätsel beginnt mit einer Frage. Zum Beispiel könnte man fragen: Gibt es diese Orgel?»

«Natürlich gibt es sie. Ich kann sie sehen und anfassen.»

«Das sagst du, denn um eine Untersuchung auf wissenschaftliche Weise durchzuführen, müssen wir erst eine Hypothese aufstellen, und das tun wir, indem wir die Sache entweder bestätigen, wie du das getan hast, oder verneinen, wie ich das gleich tun werde …», sagte er, wobei er wieder vor die Orgel trat und dabei ein paar Notenblätter von ihrem Platz über den Manualen herunterstieß, sodass sie zu Boden fielen. «Aber unsere Untersuchung wird nichts daran ändern, ob es sie nun gibt oder nicht gibt, sie dient nur als Ausgangspunkt, um unsere Behauptung zu beweisen. Wie schon die Griechen mit ihrem tiefen Wissen sagen, ‹der Anfang ist alles›. Du hast gesehen, wie ich gestern nach unserem Gespräch mit dem Abt auf dem Friedhof hin und her gegangen bin. Da hast du dich über mich genauso geärgert wie jetzt ... hab ich nicht recht?»

Ich senkte den Blick. Wie konnte er nur so gut meine Gedanken lesen?

«An dem Tag, Christian, stellte ich mir die ‹erste Frage› ...»

«Und was war die Antwort?»

«Ich habe nicht gesagt, dass ich eine Antwort auf meine Frage fand, ich beschloss, mir vom Wesen der Dinge deren Wahrheit sagen zu lassen, obwohl ich zunächst eine absolute Wahrheit leugnete.»

«Aber warum solltet Ihr eine absolute Wahrheit leugnen wollen?», fragte ich, denn so ein Gedanke kam mir absurd vor.

«Weil es keine absoluten Wahrheiten gibt, außer der Existenz Gottes, und weil der Mensch manchmal mit Zweifeln beginnen muss, um schließlich Sicherheit zu erlangen.»

«Oh», sagte ich, nicht klüger als zuvor.

«Auf jeden Fall hält, wie schon Hippokrates sagt, in allen solchen Fällen die Beobachtung den Schlüssel zum Erfolg bereit, und deshalb werden wir also beobachten und mit unserem Urteil zurückhalten. Beim Sohne des Apoll, Junge, was ist nur heute in dich gefahren? Du strapazierst meine Geduld! Jetzt habe ich vergessen, was wir machen!» Er hob die Papiere auf und behielt sie in der Hand, während er laut nachdachte. «Irgendeine Vorrichtung, vielleicht eine Taste, leitet den Wasserlauf um, und ich glaube, das war das Geräusch, das wir gehört haben, das laute Geräusch in der letzten Kammer. Jemand hat das Wasser umgelenkt, damit es durch die Gänge fließen kann, und das waren die Schritte, die wir von der Kirche her kommen hörten ... vielleicht war das derselbe Mönch, den wir letzte Nacht hinter den Vorhängen verschwinden sahen?», sagte mein Meister nachdenklich.

«Wo könnte ein Hinweis zu finden sein? Wo kann man eine verschlüsselte Botschaft hinterlegen? Irgendwo, wo man sie wirklich sofort sieht. Wenn ich jetzt gleich das Instrument spielen müsste ...» Er setzte sich auf den Stuhl vor der komplizierten Ansammlung von Pfeifen, Tasten und Knöpfen, «würde ich sie einfach sehen müssen ...»

Das konnte noch ewig dauern, dachte ich verzweifelt und gähnte so heftig, dass ich mir fast den Kiefer ausrenkte.

«Sieh mal hierher, Junge, denn du hast bessere Augen als ich, schau auf diese Stelle, wo die Blätter sonst immer stehen. Was steht da?» Er zeigte auf eine Gravur in der Holzfläche, die in dem schwachen Licht fast nicht zu erkennen war. Sie war lateinisch, *Cantus Pastoralis* – des Hirten Lieder – und darunter eine Reihe römischer Zahlen.

CL:IV

CIII:XIX

CXLII:V

CXLIII:VI

XC:XII

CXLIV:IX

CVII:XXXIII

In diesem Augenblick läutete die Glocke zur Matutin, rhythmisch und friedvoll. Ich schrieb die Zahlen auf der Rückseite meines Plans auf und steckte ihn hastig in die Falten meines Gewandes zurück. Bald ließen sich viele Schritte die Nachttreppe herunter vernehmen, und in langer Prozession betraten die Mönche mit übergezogenen Kapuzen die Kirche.

Wir nahmen unsere Plätze im dunklen Chorgestühl ein, bevor jemand bemerken konnte, dass wir die Orgel untersucht hatten. Bruder Sacar stimmte *Domine labia mea aperies* an, und wir antworteten *et os meum annuntiabit laudem tuam*. Mein Meister stellte fest, dass Bruder Daniel nicht an seinem Platz neben Bruder Setubar im Chorgestühl saß, und flüsterte mir ins Ohr, dass ich mich auf das Schlimmste gefasst machen solle. Später, als der Vorleser verkündete, dass die Lesung die *Lectio sancti evangelii secundum Mattheum XXI* sei, dann mit den Worten *In illo tempore* begann und immer noch kein Bruder Daniel auftauchte, sahen wir den Abt einen Bruder zu sich rufen, und nach ein paar eifrig geflüsterten Anweisungen verschwand der Bruder hastig durch den südlichen Chorumgang.

Nach der vorgeschriebenen Lesung sangen wir nicht das *Te deum*, weil in der Zeit vor Ostern Jubelgesänge unpassend sind. Stattdessen machten wir uns bereit, das vorangegangene Responsorium zu singen, indem wir die Kapuzen überzogen und aufstanden. Da mein Meister und ich sahen, dass alle anderen ihre Kapuzen trugen und uns nicht beobachten konnten, blickten wir zum Organisten hinüber, zu Anselmo, der gleich auf dem Instrument spielen würde. Er setzte sich und legte die Hände auf die Tasten, aber mehr sahen wir nicht, da wir uns in einem ungünstigen Winkel zu ihm befanden.

Ich hörte meinen Meister etwas Fürchterliches murmeln und sang etwas lauter, um seine Unbesonnenheit zu übertönen: «*Domine Deus auxiliator*», wobei ich nicht nur darum betete, dass mein Meister über Bruder Daniel im Irrtum sein möge, sondern Gott auch darum bat, mich von den Banden meiner Zweifel und Ängste zu befreien, aber in diesem Augenblick kam der Mönch wieder in die Kirche, das Gesicht von Schreck entstellt.

Er schlängelte sich zum Abt durch, der ihn mit einer Handbewegung beruhigte, dann aber, als er hörte, was ihm der Mann ins Ohr flüsterte, ebenfalls sehr blass wurde und aus der Kirche eilte.

Das Singen verstummte jäh, und mein Meister zog mich von meinem Platz auf, aber jetzt waren auch schon die anderen auf den Beinen, und wir mussten uns unseren Weg durch eine Gruppe bahnen, die fast schon hysterisch war.

Auf unserem Weg über die Nachtstiege hinauf schob mich André an vielen Mönchen vorbei, bis wir bei Bruder Macabus waren, den er fragte, was geschehen sei.

«Bruder Daniel von Albi», flüsterte er laut, als wir uns der letzten Stufe näherten, «tot!»

Mein Meister schüttelte den Kopf. Ich spürte, wie sich mir der Magen zu einem Knoten zusammenkrampfte.

Wir waren ganz plötzlich in einem abgedunkelten Gang mit lauter Türen, die zu kleinen Mönchszellen führten. An einer offenen Tür folgten wir dem Bibliothekar, dem Inquisitor und dem Abt nach drinnen, während die anderen, auch die restlichen Mitglieder der Legation, draußen blieben. Die Zelle war klein und kahl und hatte ein großes Spitzbogenfenster nach Osten. Wir sahen sehr wenig, bis ein Mönch mit einer Lampe eintrat. Sobald Licht da war, bot sich unserem Auge ein schrecklicher Anblick. Da lag der arme Bruder auf dem Boden, in einer Blutlache, das Gesicht verzerrt. Er hatte einen schweren Schlag auf den Schädel erhalten, aber eine Waffe war nirgends zu sehen. Der Nachtmönch erzählte dem Abt mit zitternder Stimme, dass er seine letzte Runde um die zehnte Stunde gemacht und zu diesem Zeitpunkt dem Bruder Daniel zu den Latrinen und wieder zurück in seine Zelle geholfen habe. Danach habe er nichts Verdächtiges gehört oder gesehen.

Jetzt warfen viele Mönche einen Blick durch die Tür, über die Köpfe anderer hinweg, und bald schon füllte sich der Raum mit Stimmgeräuschen. Ich zwang mich, den Leichnam nur unter medizinischen Gesichtspunkten zu betrachten, vor allem das versteinerte Gesicht mit den weit aufgerissenen Augen (die vielleicht Überraschung ausdrückten). Mein Meister ging zu der Leiche des alten Bruders hin, und ich sah, wie er den Fuß des Mannes aufhob. Er zog die Sandale aus und untersuchte ihre Sohle, sagte aber nichts. Er zog sie ihm nur wieder an, beugte sich über den Leichnam, prüfte den Puls, und da er keinen fand, schloss er dem Mann die schrecklich starrenden Augen und konstatierte, dass er tot sei, was einen ganzen Chor von Seufzern und ersticktem Geflüster hervorrief.

Dann wandte sich mein Meister an den Inquisitor, der seinen Bogenschützen Anweisung gegeben hatte, überall nach der Waffe zu suchen. «Jetzt seht Ihr ja, dass das nicht das Werk des Kochs oder des Klosterarztes sein kann.»

«Das sehe ich ganz und gar nicht, Präzeptor!», antwortete der. «Es ist allgemein bekannt, dass Zauberer auch aus der Ferne töten können, indem sie ihre höllischen Kräfte benutzen.»

«Das ist eindeutig ein Fall von Gewaltanwendung, Rainiero, sonst würdet Ihr ja auch nicht die Zeit Eurer Leute damit vergeuden, dass Ihr sie nach einer Waffe suchen lasst», sagte mein Meister gereizt. «Irgendwo hat der Mörder sein unwiderlegbares Zeichen hinterlassen, und ich denke, es wird ein physisches sein.»

«Physisch oder metaphysisch, das macht keinen so großen Unterschied. Die Mittel der Zauberer sind zahlreich und mannigfaltig. Nein, dieser Mord hebt nur hervor, wie dringlich es ist, die Schuld festzustellen und die Bestrafung so schnell wie möglich durchzuführen.»

«Dieser Mord ist anders als die anderen ... Bruder Daniel wurde mit einem Gegenstand getötet, einem scharfen Gegenstand, das sehen wir hier ...», er zeigte auf eine Substanz auf dem Boden, die zu meinem Entsetzen aussah wie Gehirnmasse, «... der ihm in den Schädel eingedrungen ist. Die anderen sind meiner Meinung nach vergiftet worden ...»

In diesem Moment trat Bruder Setubar zu der Gruppe. Mit seinem krummen Körper bewegte er sich ungeschickt bis zur Leiche seines Freundes, und dann stieß er ein Stöhnen aus, das aus tiefster Seele zu kommen schien. Er schlug das Kreuzzeichen und drehte sich um, wobei er uns alle mit einem wilden und bösen Blick bedachte.

«Der Satan hat schon wieder zugeschlagen!», schrie er, fast als hätte er selbst einen Schlag gegen die Brust erhalten.

Er suchte Halt am Arm des Abtes und sprach atemlos weiter: «Gott hat sein Gesicht von uns allen abgewandt. Bruder Daniel, der Erbauer unseres Schicksals, der verehrte Freund und Bruder, stirbt, weil heute Nacht aufs Neue einer, der ein Werkzeug des Teufels ist, in das Heiligtum vorgedrungen ist, in das kein Mensch eindringen darf!» Diese Worte riefen heftige Erregung hervor. Setubar schüttelte den Kopf. «Jetzt wird Gott Seinen Zorn gegen alle richten, und wie Joel warnend sagt, wird sich die Sonne in Finsternis verwandeln und der Mond in Blut. Die Erde wird erschüttert werden, und die Sterne werden auf die Erde fallen, und die Erde wird unter seinem Zorn beben, und wenn die Menschen sich verbergen in den Höhlen und Felsen der Berge, so werden wir schreien zu den Bergen und den Felsen, dass sie über uns fallen und uns vor dem Angesicht dessen verbergen, der auf dem Throne sitzt, und vor dem Zorn des Lammes! Du!», er zeigte mit seinem verkrüppelten Finger auf den Inquisitor. «Heilige dich, berufe eine feierliche Versammlung ein, versammle die Ältesten und alle Bewohner des Landes im Hause Gottes, deines Herrn und schreie zum Herrn: Wehe über diesen Tag! Denn der Tag des Herrn ist nahe, und er wird kommen wie ein Verderben vom Allmächtigen!»

Der alte Mann wurde vom Abt weggeführt, der die versammelten Mönche noch anwies, sich zu zerstreuen, und den Leichnam des armen Mönchs brachte man auf die Krankenstation. Mein Meister hatte die Erlaubnis erhalten, die Zelle zu untersuchen, bevor sie einer gründlichen Reinigung unterzogen wurde, und blieb noch. Er hielt vor der Tür inne, kniete sich dann hin und untersuchte etwas, was er am Boden entdeckt hatte.

«Rote Erde.» Er hob das wie Ton aussehende Material näher zum Gesicht. «Aber warum nicht an den Schuhen des Bruders?» Er überlegte. «Natürlich!», rief er dann. «Nicht an seinen Schuhen, weil heute Nacht nicht er, sondern ein anderer zur gleichen Zeit wie wir in den Geheimgängen gewesen ist. Deshalb wurde der Mord an Daniel auf andere Weise ausgeführt.»

«Dann haben wir unser Geheimnis vielleicht wenigstens teilweise gelüftet», sagte ich, «wir können davon ausgehen, dass die rote Erde etwas mit den Toten zu tun hat.»

«Leg nicht zu viel Vertrauen in Schlussfolgerungen. Es stimmt, dass Bruder Ezechiel rote Erde an den Füßen hatte, und jetzt finden wir welche vor der Zelle Bruder Daniels, aber du hast auch rote Erde an den Schuhen gehabt, und du bist nicht tot, außerdem ist der, der heute Nacht mit roter Erde an den Sandalen hier stand, auch nicht tot. Das veranlasst mich zu behaupten, dass nicht einfach das Betreten der Geheimgänge am Ableben der drei schuld ist, sondern offensichtlich etwas anderes … irgendetwas an diesem verdammten Ort, mit dem weder du noch ich bisher in Berührung gekommen sind, und der Mörder natürlich auch nicht. Dieser Tod bestätigt die Annahme, dass es eine verzweifelte Gewalttat war. Des Weiteren würde ich gerne wissen, woher unser verehrter Bruder Setubar weiß, dass wir heute Nacht in den Gängen waren, denn er hat ja gesagt, es habe schon wieder jemand das Verbot übertreten?»

«Er hat auch erwähnt, dass Daniel der Erbauer ihres Schicksals sei, was ganz ähnlich klingt wie Baumeister, nicht? Wenn das stimmt, dann war unsere Nachricht wieder sehr genau in ihrer Prophezeiung.»

«Ausgezeichnet!» Er klopfte mir gut gelaunt auf die Schulter. «Du lernst dazu. Der Verfasser unserer Nachricht hatte wieder recht, und wir werden sehen, ob er uns noch mehr Geheimnisse verrät, denn erst dann wissen wir, dass er nicht identisch mit unserem armen Bruder ist. Hast du unter den vielen Gesichtern eigentlich Anselmo gesehen?»

Ich schüttelte den Kopf.

Er ging in der Zelle herum und stellte einen kleinen Tisch wieder auf, der umgestürzt war. «Wir sehen, dass ein Kampf stattgefunden haben muss.» Geistesabwesend zupfte er an seinem Bart. «Das bestärkt unsere These …» Er blickte auf den blutverschmierten Boden und auf die Wand hinter dem Strohsack, die mit seltsamen dunkelroten Mustern besprizt war. «Der Mörder muss überall an seiner Kleidung und an seinen Schuhen Blut haben, deshalb sollten wir am Boden Spuren finden ... ja, hier sehen wir den Abdruck eines Tagesschuhs, vielleicht von dem Mönch, der ihn gefunden hat, vielleicht aber auch von dem Mörder. Wir können nicht ausschließen, dass das ein- und dieselbe Person ist, denn rings um den Abdruck ist auch ein wenig von unserer roten Erde ... aber die hätte auch schon vor seinem Fußabdruck da sein können, sodass erst dann beides zusammenkam. Sie kann auch von Daniel selbst von einem früheren Zeitpunkt her stammen ...»

«Also sind wir der Wahrheit noch kein bisschen näher gekommen.»

«Wir kommen ihr immer näher. In den nächsten paar Stunden müssen wir auf jeden dunklen Fleck an den Schuhen oder Kleidern jedes Mönchs achten. Aber Augenblick mal!» Er blieb plötzlich ganz still stehen. «Diese Schritte in den Geheimgängen hörten wir ungefähr eine Stunde vor der Heiligen Messe, also irgendwann zwischen der zehnten und der elften Stunde.»

«Warum sagt Ihr, eine Stunde vorher, Meister?»

«Weil wir genug Zeit hatten, in der Bibliothek herumzustöbern und zurück zur Kirche zu gelangen, bevor die Matutin begann. Der Nachtmönch sagte, ungefähr um diese Zeit habe er Daniel zu den Latrinen geholfen, da lebte er also noch, und selbst wenn der Nachtmönch nicht die Wahrheit sagt, konnte Daniel nicht derjenige sein, den wir im Labyrinth auf uns zukommen hörten, dazu war er zu gebrechlich, die Schritte, die wir hörten, waren von einem jugendlichen Mönch.»

«Weil sie kräftig und gleichmäßig waren.»

«Genau. Wenn dieser Abdruck von Erde von dem Mörder stammt, dann muss der Mord geschehen sein, nachdem der Mörder aus dem Labyrinth zurückgekehrt war, mit roter Erde an den Schuhen.»

«Der Mord muss also in der Zeit begangen worden sein, als wir in der Bibliothek oder auf dem Weg zur Kirche waren, nicht später, sonst hätten wir den Verdächtigen das Labyrinth verlassen sehen, denn er hätte aus der Kapelle Unserer Lieben Frau kommen müssen.»

«Das stimmt, aber vielleicht hat er die Geheimgänge auch erst später durch das Scriptorium verlassen, so wie wir, in diesem Fall geschah der Mord, nachdem wir das Scriptorium verlassen hatten und bevor die Glocken zur Matutin riefen, also während wir uns die Orgel ansahen ... Andererseits könnte es auch noch weitere Ausgänge geben ... und außerdem vielleicht auch noch andere, die in den Geheimgängen ein und aus gehen, und das bedeutet, dass unsere Hypothese erledigt ist! Wir müssen herausfinden, wo Bruder Setubar während der Mordzeit war.»

«Aber kann denn Setubar Griechisch?»

«Das ist das Zweite, was wir herausfinden müssen, wenn wir davon ausgehen, dass der Urheber der Nachricht auch der Mönch ist, der diese Verbrechen begangen hat.»

Wir stiegen die Nachttreppe hinunter, um durch den Ausgang am Kreuzgang hinauszugehen, aber als wir am Scriptorium vorüber kamen, sahen wir Bruder Macabus an seinem Schreibpult sitzen.

Im schwachen Licht seiner Lampe wirkte seine Gestalt bedrohlich. Von Schatten umgeben, schien er tief in Gedanken. Ich folgte meinem Meister, bis wir fast vor ihm standen, da erschrak er und sprang hastig auf. Ich sah, dass er seine Arbeit mit einem Stück Pergament bedeckte, während er uns mit einem traurigen Gesichtsausdruck begrüßte, der mir nicht völlig glaubwürdig schien.

«Was für eine Hingabe», bemerkte mein Meister liebenswürdig.

Ein blasses Lächeln verzog seine schmalen Lippen: «Ich habe schon oft festgestellt, Herr Präzeptor, dass es, wenn ich aufgewühlt bin, für mich das Beste ist, mich der Arbeit zu widmen. Diese Nacht, scheint mir, sind wir alle aufgewühlt ...»

«Ja, und welcher Arbeit widmet Ihr Euch gerade?» Mein Meister hob das Blatt Pergament hoch und wir sahen zwei Seiten mit wahrscheinlich hebräischen Texten und daneben noch ein Blatt, auf dem er bisher nur ein paar Zeilen in Latein geschrieben hatte.

«Ihr übersetzt das Alte Testament direkt aus dem Aramäischen?»

«Ja.» Der Mann sah etwas nervös aus. Jeder schien nervös zu sein.

«Erstaunlich. Ich weiß sehr wenig verglichen mit wahren Gelehrten, so wie Ihr einer seid. Warum nicht aus dem Griechischen?», fragte mein Meister.

«Das Semitische ist natürlich die Sprache, in der das Alte Testament ursprünglich geschrieben war, Herr Präzeptor, ins Griechische wurde es erst viel später übersetzt.»

«Aber Moses, der von Ägyptern aufgezogen wurde, hätte doch die Sprache seiner Erzieher benutzen können, oder nicht?»

«Zu diesem Thema gibt unterschiedliche Denkrichtungen. Es wäre schon möglich, man hätte Übersetzungen vom Ägyptischen ins Hebräische und später auch ins Koptische machen können, aber das Aramäische war die semitische Landessprache und ganz zufällig auch die Sprache Jesu. Das Hebräische war die Sprache der Priester. Ich ziehe vor, davon ausgehen, dass das Aramäische am reinsten ist. Auf jeden Fall ist es reiner als das volkstümliche Griechisch, das alles verdorben hat ... Der heilige Hieronymus, Gott segne ihn, hat die Bibel aus dem Hebräischen ins Lateinische übersetzt, aber da wimmelt es von Fehlern. Außerdem weiß man, dass der griechische Text eine Anzahl von Büchern umfasste, die in den von den Hebräern benutzten Texten nicht vorkommen, der heilige Hieronymus hat sie nicht mit aufgenommen und nannte sie ‹apokryph›.»

«Ihr meint damit ... häretisch.»

«Tatsächlich bedeutet es verborgen», sagte er verschmitzt. «Von manchen sind die Apokryphen bereitwillig angenommen worden, andere wiederum glauben, dass sie von gnostischer Philosophie beeinflusst sind.»

«Und was ist mit den Evangelien? Ich habe gehört, dass eine Anzahl davon nicht ins Neue Testament aufgenommen worden ist. Das Thomas-Evangelium zum Beispiel, und auch andere, wie das geheime Markus-Evangelium?»

Der Bibliothekar wurde aschfahl. «Das Thomas- und das Markus-Evangelium? Ja, ich habe davon gehört.»

«Interessant, nicht wahr? Obwohl man fast nicht glauben kann, dass es so etwas gibt.»

Der Bibliothekar kam näher heran. «Oh doch, die gibt es, Herr Präzeptor!» Der Mann verriet sich selbst. «Wir hören, dass sie nicht als kanonische Schriften anerkannt wurden, erstens fehlen im Thomas-Evangelium die Kreuzigung und andere wichtige Ereignisse, während das geheime Markus-Evangelium ... es ist besser, wenn die Welt nichts davon erfährt, dass es sie gibt, wir müssen diese Entscheidungen denen überlassen, die klüger sind als wir.»

Mein Meister lächelte ein wenig. «Oh, ja, aber denkt nur, wie langweilig es auf der Welt zuginge, wenn man das Wissen immer der Klugheit überlassen würde. Doch ich weiß, dass Ihr recht habt. Trotzdem, man fragt sich doch unwillkürlich, was solche Evangelien uns mitteilen könnten ...»

«Ja, das kann man sich schon fragen», Macabus zog die Augen zu Schlitzen zusammen, «und doch, was kann uns ein weiteres Evangelium schon sagen, was wir nicht bereits wissen, Herr Präzeptor?»

«In der Tat, ich nehme an, das werden wir nie herausfinden.» Dann deutete mein Meister mit einer Handbewegung an, dass wir jetzt gehen würden, und der andere Mann gab ein Geräusch von sich, als würde er sich räuspern, um noch etwas zu sagen.

Lieber Leser, du magst fragen, warum sich Bruder Macabus auf das folgende Gespräch einließ, obwohl es dafür keinen zwingenden Grund gab. Dazu kann ich nur sagen, dass die Sünde des Verstandes vielleicht am besten durch geheimes Einverständnis genährt wird, denn die Weitergabe von Wissen ist wie ein Akt der Verführung, die der eine Mensch benutzt, um einen Vorteil über den anderen zu erlangen oder, wie in diesem Fall, sich ein Ansehen von Wichtigkeit zu geben. Es schien, als sei der umsichtige Bibliothekar bei der erstbesten Gelegenheit bereit, vieles auszuplaudern.

«Es gab Gerüchte», sagte er.

«Ja?»

«Gerüchte, dass wir ... dass wir ebendiese Evangelien hier im Kloster hätten.» Er hielt sich sofort die Hand vor den Mund, als hätte er eine Gotteslästerung ausgesprochen. «Versteckt in unserem Klosterschatz, als Reliquie, die uns ein großzügiger Wohltäter gegeben habe.»

«Ist das wahr?» Mein Meister schaffte es, so ungläubig auszusehen, dass er damit jeden hinters Licht geführt hätte, den Mann, der vor ihm stand, nicht ausgenommen. «Und außerdem, wenn so ein kostbares Stück hier im Kloster vorhanden wäre, dann würde es Euch doch sicher zugänglich sein?»

Der Mann lächelte ein wenig matt: «Das ist eine logische Folgerung, und doch, wir leben in einer Welt, die nicht von Logik bestimmt wird, Herr Präzeptor, sondern von Gehorsam.»

«Ja, aber als Bibliothekar müsst Ihr doch Zugang zu allen Büchern haben, die der Bibliothek gehören, nicht wahr?»

Der Mann warf sich in die Brust. «Nein, tatsächlich war es nur Bruder Ezechiel gestattet, die Bibliothek wirklich zu betreten ... Jetzt müssen wir abwarten, wie der Abt entscheiden wird ...»

«Ah, ich verstehe ...», wieder warf mir mein Meister einen seiner typischen sonderbaren Blicke zu, und allmählich begriff ich, dass er mich damit auffordern wollte, jetzt gut aufzupassen. «Das wird Euch sicher großen Kummer bereitet haben. Ein gebildeter Mann ist von Natur neugierig ...»

«Ihr wisst ja gar nicht, Herr Präzeptor ...», sagte der andere und öffnete sich, wie eine Blume sich den warmen Strahlen der Sonne öffnet, «wie viele lange Nächte ich über dieser Benachteiligung gebrütet habe, wie ich mich kasteit habe, während ich die Gründe für meine Ausgrenzung suchte, und doch ... ‹Ich bin ein Wurm und kein Mensch: *adversus eos qui tribulant me.*›»

Mein Meister sah ihn mit wärmstem Mitgefühl an. «Und doch ist es der Wurm, der die Erde fruchtbar macht, Bruder. Niemand könnte Euch einen Vorwurf machen, wenn Euch die Gefühle so übermannen würden, dass Ihr fast alles tätet, um diese wertvollen Handschriften einmal in den Händen zu halten oder zum allermindesten ... zu sehen.»

Macabus sah meinen Meister listig an und hob abwehrend das Kinn. «Nicht alles, Herr Präzeptor, meine Tugend würde ich nicht dafür preisgeben, noch würde ich dafür morden, falls Ihr das meinen solltet.»

«Oh, nein, nein, natürlich nicht, aber ich frage mich, ob überhaupt jemand diese Evangelien gesehen hat? Oder ob sie nur eine Vermutung von Euch sind?»

«Einen gibt es, obwohl er dessen nicht würdig ist.» Er senkte den Blick, aber nicht so schnell, dass ich nicht den tiefen Groll in seinen Augen gesehen hätte. «In den letzten Monaten hat Bruder Ezechiel, da er so schlecht sah und plötzlich auch sehr schwach war, bei einem sehr bedeutsamen Vorhaben mit dem jungen Übersetzer Anselmo zusammengearbeitet. Er hat an der Übersetzung des Thomas-Evangeliums gearbeitet.»

«Ist das wahr?» Mein Meister lächelte, als könne der Mann das nicht ernst meinen.

«Ja», sagte er, «er hat die Erlaubnis bekommen, den Bruder in die Bibliothek zu begleiten.»

«Nein», rief mein Meister empört aus. «Und Ihr, der Bibliothekar, seid nie dort gewesen? Das ist doch absurd!»

Die Augen des anderen wurden milde. «Das finde ich auch, Herr Präzeptor.»

«Aber woher wisst Ihr, dass es um dieses Vorhaben ging?»

«Anselmo hat es mir gesagt, vielleicht, um mich damit meine Erniedrigung noch stärker fühlen zu lassen. Jedenfalls, als der Bruder bemerkte, dass Anselmo vor Stolz fast platzte, hat er die Arbeit mit ihm wieder eingestellt.»

«Zweifellos wird das den Jungen verärgert haben.»

Der Bibliothekar sah sich um. «Er blieb sehr ruhig, wie immer, aber seine Augen wurden ganz schwarz vor Hass.»

«Aha», sagte mein Meister nachdenklich.

Der Mann merkte vielleicht, dass er unvorsichtig gewesen war, und sagte: «So, wenn Ihr mich jetzt entschuldigen wollt, Herr Präzeptor, bald wird die Glocke läuten, und ich muss mich fertig machen. Ich hoffe, Ihr werdet niemandem gegenüber erwähnen, was ich Euch erzählt habe …» Er verstummte.

«Bei mir sind Eure Aussagen gut aufgehoben, Bruder Bibliothekar. Ich danke Euch für das überaus gelehrte Gespräch.» Mein Meister verneigte sich, und wir wollten schon gehen, als ihm plötzlich einfiel, dass der Einlass im Kreuzgang bestimmt geschlossen war, wie immer um diese Zeit. «Oh, Bruder Macabus, wärt Ihr so freundlich, uns hinauszulassen?»

Der Bruder suchte in seinen Kleidern. «Der Hilfskoch muss die Schlüssel noch haben, ich habe sie ihm gegeben, als der arme Koch … abgeführt wurde. Ihr werdet durch das Portal im nördlichen Querschiff gehen müssen.»

«Aha», sagte mein Meister lächelnd.

Gleich darauf, nachdem wir die Kirche betreten hatten, sagte mein Meister, wie schade es doch sei, dass unsere Nachforschungen an der Orgel jetzt warten müssten, aber es sei viel zu gefährlich, diese Sache weiter zu verfolgen, solange der Inquisitor hier herumstreiche. Stattdessen gingen wir durch das nördliche Querschiff nach draußen und fanden uns im Toben der Elemente wieder, am Rande des Friedhofs.

«Ist Macabus jetzt einer der Verdächtigen, Meister?»

«Es wäre möglich. Er war nur zu gern bereit, Anselmo in Verdacht zu bringen, vielleicht, um seine eigene Haut zu retten, indem er uns auf eine falsche Spur bringt ... Bibliothekar zu sein und nicht in die Bibliothek zu dürfen, vor allem, wenn man hört, dass sie solche Schätze enthält, und zu sehen, dass einem viel Jüngeren und weniger Erfahrenen die Erlaubnis gegeben wird, muss ihn zutiefst beschämt haben. Dieses Gefühl darfst du nie unterschätzen, denn kein Mensch kann mehr Hass entwickeln, Christian, als einer, der den Eindruck hat, ungerecht oder beschämend behandelt worden zu sein. Wir wissen außerdem, dass er Zugang zu den Giften hatte, und dass er Griechisch kann ...»

«Und da er es nicht so gut kann wie Anselmo, könnte das die Fehler in der Nachricht erklären?»

«Ja, da kannst du recht haben, und doch bin ich noch von nichts überzeugt. Hast du bemerkt, dass er Rechtshänder ist?»

«Was ist mit Anselmo? Er hatte auch ein Motiv.»

«Ja ... zu viele Möglichkeiten, zu wenig Zeit ...»

«Meister?»

«Ja, Christian, was ist?»

«Ich bin verwirrt. Griechisch, hebräisch, aramäisch!»

«Zuerst einmal müssen wir zwischen Altem und Neuem Testament unterscheiden.» Er verzog das Gesicht, denn der Wind fiel gerade über uns her. «Das Neue Testament ist uns von Anfang an auf Griechisch gegeben worden. Das Alte Testament wurde dem jüdischen Volk auf Hebräisch überliefert und dann ins Aramäische und Griechische übersetzt. Macabus hat aber recht, wenn er sagt, dass das Griechische vielleicht die Absichten von Moses und anderen hebräischen Verfassern der Alten Testaments entstellt habe, denn eine Übersetzung ist nie einfach. Nehmen wir zum Beispiel das Wort ‹Seele› und übersetzen es ins Griechische, so sind wir bei dem Wort ‹Psyche›, einem sehr guten Wort, wenn man nur das Wort nimmt, aber auch einem, dem die griechischen Philosophen eine Bedeutung gegeben haben, wie sie von den Verfassern des Alten Testaments nicht vorgesehen war. Siehst du, das griechische ‹Psyche› schließt auch das Wirken von Geist und Verstand mit ein, während die hebräische Entsprechung nur die Seele als geistiges Wesen bedeutet.»

«Das ist eine großartige Unterscheidung, Meister, denn das Denken ist eine Funktion des Seins, welche die Seele bildet.»

«Ja, aber eine Unterscheidung ist dann besonders bedeutsam, wenn sie besonders unauffällig ist.»

«Wenn man übersetzt, kann man also den Sinnentstellungen, die in der eigenen Kultur, Philosophie und Anschauung begründet liegen, nicht entgehen?»

«Genau», antwortete er.

«Mir ist jetzt alles viel klarer ... aber Meister, vorhin, als Ihr mit Bruder Macabus gesprochen habt, klang das so, als hättet Ihr nur sehr wenig Ahnung vom Übersetzen.»

«Ja.»

«Aber jetzt sieht es so aus, als wüsstet Ihr eine ganze Menge?»

«Es ist immer das Beste, unwissend zu erscheinen, wenn man die Klugheit eines anderen herausfinden will, Christian.»

«Warum? Ich finde, dass ein ehrlicher Austausch von Wissen uns in unseren Nachforschungen nur voranbringen kann.»

Er verdrehte die Augen zum Himmel, und zu meiner Schande muss ich gestehen, dass er eine Lästerung auf Arabisch ausstieß. «Hab ich dir denn gar nichts beigebracht! Wir sind hier nicht an einer Universität und tauschen vergnüglich verschiedene Ansichten über Gott und die Welt aus. Wir führen eine Untersuchung durch, bei der es unser Ziel ist zu prüfen, was ein Verdächtiger weiß, und zwar dann, wenn er am unvorsichtigsten ist.»

Auch jetzt dachte ich wieder, dass er sich genau wie der Inquisitor anhörte.

«Also war Euer Mitgefühl nur ein Mittel, um ihm die Zunge zu lösen?»

«Es gibt nichts Besseres ... Sobald jemand das Gefühl hat, dass du ihn verstehst, dass du genauso denkst wie er, wird er dir fast alles sagen ... Viele sind durch das Schwert gefallen, aber nicht so viele wie die, die durch ihre Zunge gefallen sind.»

An meiner Zellentür angelangt, riet mir André, mich auszuruhen, denn er sagte, Laudes würde an diesem Tag ein höchst unerfreulicher Gottesdienst werden.

«Schließ die Tür ab», sagte er, «und spitz die Ohren! Der Inquisitor ist ein Narr. Ich weiß ganz genau, dass es hier Mörder auf freiem Fuße gibt, und dass sie so real sind wie wir.»

Nachdem ich schweigend in meine Zelle gegangen war, zog ich die Schuhe aus und legte mich voller Angst nieder, in zusammengekrümmter Stellung. Ich kuschelte mich in meinen Strohsack und betete still:

Qui sedes ad dextram Patris, miserere nobis ... Du sitzest zur rechten Hand Gottes, erbarme Dich unser.

TERRA

DIE VIERTE PRÜFUNG

*«Eine satte Seele zertritt wohl Honigseim,
aber einer hungrigen Seele ist alles Bittre süß.»*
Die Sprüche Salomos XXVII, 7

19.

CAPITULUM

Mir träumte, ich sei umschwirrt von Bienen. Sie drangen in meine Ohren ein, und ich hörte das Wort, wie aus dem Munde der Väter, die die Schrift ausgelegt hatten und von denen es heißt, sie machten Honig aus der geistigen Versenkung in Gottes Wort. Sie drangen mir in den Mund, und ich sprach Worte voller Glanz und Erhabenheit! Tiefe Geheimnisse wisperten sie mir zu durch die unablässige Bewegung ihrer Flügel. Sie teilten mir mit, dass in der Freiheit des Einzelnen die Zukunft der Menschheit liege, dass die Ketzerei zwei Gesichter trage, dass die Gewalt von Übel sei und die Liebe über alle anderen Gefühle des Menschen siege, dass die Armut das Ideal sei, das Opfer aber noch erhabener. Unter mir, auf der Erde, sah ich den Inquisitor, aber seine Augen waren blutrot, wie die Augen eines Teufels, und sein Mund wurde wie der einer Schlange, und er wollte gerade das Kloster ganz und gar verschlingen, als ein Licht aus der Tiefe, aus den Katakomben aufleuchtete, ringsum alles erhellte und bis in die kosmischen Räume strahlte, wo die Engel jubelten! Dieses Licht war wirklich das hellste, das ich je gesehen hatte, und in diesem Licht sah ich eine Gestalt, und ich wusste, das war der kranke Knabe. Der, über den die Mönche nicht sprechen wollten. Der nicht fassbare sterbende Novize. Dann erschallte eine Stimme durch den Himmelsraum, und ich hörte sie sagen:

«Hast du genügend Öl in deiner Lampe? Mach, dass die zwölf zu sieben werden, und die sieben Sterne erscheinen.»

Da erwachte ich und merkte, dass ich mich auf meinem Strohsack aufgesetzt hatte, vor Kälte zitterte und zugleich heftig schwitzte. Schon wieder eine Vision! Würde ich diese Qual denn nie mehr loswerden! Draußen hörte ich den Wind, während ein schwaches Licht in meinem Fenster die Dämmerung ankündigte. Jetzt würde ich bestimmt nicht mehr einschlafen können. Es gab zu viel zu überlegen, deshalb beschloss ich, mich schon für die Prima fertig zu machen, zog meine Sandalen an und wagte mich hinaus in die Dunkelheit.

Der Wind hatte den frisch gefallenen Schnee aufgewirbelt, und dadurch war mir die Sicht behindert, besonders, da ich kein Licht hatte, um meinen Weg zu finden, denn ich hätte den Hospitaliter um Öl und Wachs bitten müssen und war mir sicher, dass er dann misstrauisch geworden wäre. Ein Ächzen und Pfeifen empfing mich, da der Wind in Böen um die Abtei fegte und um den Glockenturm wirbelte und brauste. Er brandete tosend gegen die Mauern, als wolle er die Festigkeit der Steine erproben, die ihn nach allen Richtungen abprallen ließen. Ich hörte auch noch andere Geräusche. Sie klangen fast menschlich, und zu meiner großen Erleichterung wurde mir schnell klar, dass sie von den Ställen her kamen. Die schreckliche Nacht hatte die Tiere beunruhigt. Ich änderte die Richtung und wandte mich dorthin, um nachzusehen, ob sie gut angebunden waren und genug Wasser hatten. Das dauerte eine ganze Weile, denn es kam mir so vor, als würde ich bei jedem Schritt vorwärts wieder zwei Schritte zurück machen. Als ich das Stallgebäude endlich erreichte, war ich durchfroren und außer Atem.

Die Stallungen boten gegenüber dem Toben da draußen doch ein wenig Behaglichkeit, und ich zog nicht gleich die Kapuze herunter, sondern ging hinein, schlug die Arme um mich und stampfte mit den tauben Füßen auf. Ich suchte meinen alten Brutus, der zu betteln begann, sobald er mich sah. Ich gab ihm einen Happen, den ich ihm am Tag zuvor in der Küche besorgt hatte, und sah dann nach Gilgamesch. Der schöne Hengst hob den Kopf, als er mich sah, und als ich näher kam, drängte er heran und stupste mich liebevoll am Arm. Ich muss gestehen, dass ich für ihn einen besonderen Leckerbissen aufgehoben hatte, den ich ihm jetzt voll Freude gab, wobei ich ihm den langen, graziösen Hals klopfte und die Mähne glättete.

Ich beschloss, mir den Kopf jetzt nicht mit überflüssigen Gedanken zu belasten. Wenn überhaupt etwas, so hatten mich diese letzten Tage gelehrt, sparsam mit meinen Gefühlen umzugehen, denn ich war überzeugt, dass ich sie in naher Zukunft noch in hohem Maße brauchen würde. So entschied ich, mich stattdessen an der Ruhe und dem Frieden der vertrauten Gerüche zu erfreuen: von gut geöltem Leder und Tieren, Pferdeäpfeln und Heu. Ich würde die Geheimgänge und die Katharer vergessen, das Mädchen in meinem Traum und die Bienen.

Ich trat in den Verschlag, in dem Gilgamesch stand, und suchte in seiner Satteltasche die Bürste mit dem Elfenbeinkopf, die mein Meister im Orient erworben hatte. Ich striegelte seinen schönen, muskulösen Körper mit langen Strichen und gab beruhigende Töne von mir, die ihn zu besänftigen schienen. Als ich durch die kleine Fensteröffnung in seinem Verschlag über die Klostermauern hinausschaute, sah ich eine schwache Trübung über den östlich gelegenen Bergen. Den Tagesstern würde man heute nicht zu sehen bekommen, es würde dicke graue Wolken am Himmel geben. Und unten auf der Erde heftigen Wind und eine strahlende Weiße. Alles fügte sich ein in das ungestüme Wetter. Aber unterhalb der Abtei stieg kein Rauch aus einem Feuer auf, wie ich erwartet hatte.

Plötzlich hörte ich hinter mir eine Stimme.

«Sei nicht wie Pferd oder Maultier, die keinen Verstand haben; deren Maul in Zaum und Zügel gehalten werden muss, damit sie nicht über dich herfallen.» Ich fuhr zusammen und hielt den Atem an. Gilgamesch zerrte aufgeregt am Zügel, da er meine Angst spürte.

Mein erschrockener Blick fiel auf Setubar, der zuhinterst rechts von den Verschlägen auf einem niedrigen Stuhl saß, den eckigen Körper ganz in sein bauschiges Habit versunken, die Augen von Falten umzogen und boshaft intelligent. Er nickte und hob seine langen Hände mit den spitzen Fingern, um mich zu sich zu winken. «Komm, komm, mein schöner Junge ... Was betrübst du dich, meine Seele, und bist so unruhig in mir?» Er lachte ein bisschen: «Harrst du auf Gott? Oh, die Jugend vertraut nie auf Gott», gab er sich selbst zur Antwort und schwenkte seine bleiche Hand. «Sie vertraut nur auf ihre Jugend! Aber die Jugend vergeht ... Schau mich an! Auch ich war einst heißblütig und kräftig, so wie du.»

Ich stand unbewegt da und wusste nicht, was ich tun sollte.

«Wie ich sehe, hast du dein Pferd sehr gern, schließlich ist es auch schön und stark», fuhr er fort, «aber es ist ein Tier, das zum Vergnügen da ist, und alles Vergnügen wurzelt im Bösen ... Das Maultier ist nicht angenehm anzusehen, und obwohl es störrisch ist, ist es ergeben. Das Maultier ist ein Tier, das zum Dienen da ist.» Er nickte, und ein wenig Speichel floss ihm aus dem Mund.

«Ja, ehrwürdiger Bruder», antwortete ich sehr verängstigt, «aber das ist nicht mein Pferd, es gehört meinem Meister.»

«Ahhhh», zischte der alte Mann, «es gelüstet dich also nach deines Meisters Pferd?»

Ich spürte, dass mir der kalte Schweiß den Rücken hinunterlief, und schauderte. Dieser Mann schien der Teufel selbst zu sein. «Ich gestehe, dass ich es sehr gerne habe, Meister.» Ich bebte.

«Oh, gerne hast du es! Ja, wenn man jung ist, hat man alles Mögliche gerne. Alles ist neu und wunderbar, aber wenn man älter wird, stürzen einen genau die Dinge, die man früher wunderbar fand, in die größten Ängste, denn wie der Prediger sagt: ‹Wer das Wissen vergrößert, vergrößert die Sorge›.» Er beugte sich vor und winkte mich ganz zu sich heran. «Komm, sag mir, warum dein junges Gesicht so blass ist ... ich bin alt und habe fast keine Zähne mehr ... ich beiß' dich schon nicht!»

Lieber Gott, was hatte ich für eine Angst vor diesem Mann! Und doch wusste ich, dass mein Verlangen, die Wahrheit zu finden, schwerer als alle anderen Gesichtspunkte wiegen sollte. Es war meine Pflicht, sagte ich mir, als Soldat Christi, oder doch beinahe schon als ein solcher, so nahe an den alten Mann heranzukommen, dass ich sehen konnte, ob an seinen Schuhen Blut oder Erde haftete. Entschlossen trat ich aus dem Verschlag und durchmaß ängstlich die anscheinend ewig lange Strecke, die zwischen uns lag. Ich sah seine grauen Augen, die unter der Kapuze boshaft glitzerten und mich mit ihrem durchdringenden Blick herbeizogen. Was konnte ich tun, als seinem Wunsch zu folgen? Sollte ich mich neben ihn knien, überlegte ich. Nein! dachte ich in plötzlichem Schrecken. Sobald ich in seiner Reichweite wäre, würde er mich mit seinen kalten Fingern streicheln, wie das ältere Männer immer tun, und wenn ich dann zurückzuckte? Da würde er sofort argwöhnen, dass ich die Wahrheit wüsste! Ich biss mir auf die Lippen. Ich war kein Feigling, und das war jetzt meine Gelegenheit herauszufinden, ob er tatsächlich der schlaue Mörder war. Körperlich war er nicht stark und wäre daher leicht zu überwältigen, und dennoch, fiel mir ein, während ich einen Fuß vor den anderen setzte, hatten seine Opfer ihn nicht überwältigt! Sie waren zwar alt, ach ... aber der junge Jérôme?

Die Stalltür öffnete sich knarzend und ließ kurz einen Windstoß in den relativ warmen Raum ein, dann knallte sie mit solcher Gewalt zu, dass ich vor Schreck geradezu in die Höhe sprang. Das muss tatsächlich komisch ausgesehen haben, denn es rief bei dem alten Mann ein glucksendes Lachen hervor.

«Komm, komm ... du denkst, ich bin ein böser alter Mann, nicht wahr?»

Woher wusste er das? Ich kam zu dem Schluss, dass er ein Zauberer sein müsse, im Bund mit dem Teufel, denn wie hätte er sonst jeden Gedanken von mir erraten können? Erst heute, nach vielem Nachdenken, weiß ich, dass Setubars Kräfte nicht teuflisch waren, sondern eher in der Beobachtung lagen, dieser stillen Gabe jedes guten Arztes. Er besaß eine Stärke, die aus einer viele Jahre währenden genauen Beobachtung von Gesichtern, Händen, Gesten, Wendungen und Tönen entsprang und zu einer treffenden Diagnose des inneren wie des äußeren Zustands eines Menschen führte. Aber sie verlieh ihm auch die Fähigkeit, die Seele zu durchdringen und aus ihr jede menschliche Begierde, jeden Gedanken, jede Leidenschaft zutage zu fördern. In dieser Hinsicht war er tatsächlich großartig.

«Hast du gewusst, dass man früher die Leute verbrannt hat, wenn sie ein so blasses Gesicht hatten wie du?», grinste er abwartend.

Ich sagte nichts.

«Blasse Menschen wurden automatisch verdächtigt, Katharer zu sein, denn die Katharer essen kein Fleisch ... Früher wusste man nicht, dass alte Menschen immer frieren und deshalb blass sind, denn sie versuchen ein Leben zu bewahren, von dem sie ja doch wissen, dass sie es bald verlieren werden, und das pflastert den Weg zur Feigheit, die auf der Haut so eine Art Blässe hervorruft.» Er griff sich abwesend ins Gesicht. «Die Jugend ist heißblütig und tapfer. Du hast doch keine Angst vor mir, oder, mein Junge?» Er versuchte mir ins Gesicht zu sehen, und ich dankte Gott, dass ich die Kapuze nicht abgenommen hatte.

«Natürlich nicht, Meister», sagte ich und trat ein kleines Stück näher.

«Dann weist die Blässe unter dieser Kapuze also auf etwas anderes hin?»

«Ich –»

«Der arabische Philosoph andererseits», unterbrach er mich, «glaubt, dass es für Blässe zweierlei Gründe gibt ... Leidenschaft für jene weiblichen Wesen», ich senkte den Blick, «denn diese Sünde bringt einem niemals Befriedigung, sondern lässt einen eher aufgrund ihrer Verruchtheit – die man vielleicht niemals vollkommen ermessen wird – unbefriedigt und melancholisch werden. Der andere Grund ist mir jetzt entfallen ... ach ja, Unzufriedenheit. Verwirrung.» Er ließ den Mund offen und wartete auf Antwort. Als keine kam, schnob er und zuckte die Schultern. «Du bist verwirrt, weil das Leben so schwierig ist, stimmt's ...? Oder bist du vielleicht verliebt?»

«Ich bin nicht verliebt, ehrwürdiger Bruder.»

«Dann bist du also verwirrt. Ja? Liebe, Verwirrung und Unzufriedenheit sind ein und dasselbe. Man kann unzufrieden sein, weil man über die Liebe verwirrt ist, oder man kann verwirrt sein, weil einen die Liebe unzufrieden macht, und trotzdem können einen Verwirrung und Unzufriedenheit dazu bringen, sich eine Liebe zu suchen, die die Qualen lindert ... junge Menschen geben sich so leicht der Liebe hin.» Er lächelte. «So vertrauensvoll ... aber alte Menschen lieben so, als würden sie eines Tages hassen, und hassen so, als würden sie eines Tages lieben, wie Aristoteles sagt ... aber wir sprechen ja nicht nur über eine vorübergehende Krankheit, mein Hübscher, obwohl auch die schon unpassend ist für jene, die sich entschieden haben, ihr Leben in den Dienst unseres Herrn zu stellen, sondern auch die Liebe zu Gott kann durch unheilige Gefühle befleckt werden.»

«In welcher Hinsicht unheilig?», fragte ich, jetzt schon fast neben ihm, und mit einer ungeduldigen Handbewegung wies er mich an niederzuknien.

«Wenn sie in Unordnung gerät, dann die Unordnung muss man als Werkzeug des Satans meiden, weil sie zu Zwietracht führt, und Zwietracht führt zu Verwirrung, und bald kennt man nicht mehr den Unterschied zwischen guter und schlechter Liebe ... Verstehst du? Deine Gedanken sind in Unordnung, und du weißt nicht mehr, was du glauben sollst, stimmt's?»

«Meister, ich –»

«Glaube und Unglaube ...», unterbrach er mich, «wir müssen lernen, zu vergessen und nicht zu vergessen, uns zu erinnern und uns nicht zu erinnern! Denn wenn wir älter werden, verändern sich genau diese ganzen Glaubensdinge, so wie unser Gesicht oder unsere Hände.»

«Aber unser Glaube an Gott verändert sich doch nicht?»

«Ahh …», keuchte er und legte seine kalte Hand um mein Handgelenk, und ich hätte es gerne weggezogen, denn seine Haut fühlte sich feucht an, «vielleicht ändert sich nicht unser Glaube, sondern die Art, wie wir glauben. Unser Glaube, was gut und was böse ist, der ändert sich, oder vielleicht ist es nicht einmal der Glaube, der sich ändert, sondern unser Vertrauen in diesen Glauben», sagte er. «Und doch ist gerade dies die Weisheit, mein Junge … und nicht das, was viele junge Menschen dafür halten – so etwas wie ein Wissen, das man als Eingebung von oben bekommt, wenn man ein ehrwürdiges Alter erreicht. Nein, Weisheit ist zu wissen, dass das Leben nicht ein Pfad zur Vollkommenheit ist, sondern ein Pfad, um unsere Unvollkommenheit zu erkennen … Du hast einen Traum gehabt? Du bist ein Träumer?»

Ich errötete heftig, da ich Angst hatte, er beziehe sich auf meinen sündigen Traum, und vergrub den Kopf noch tiefer in meiner Kapuze. Als er sah, dass ich mich darin zu verstecken versuchte, zog er sie mir aus dem Gesicht, sodass ich seinem prüfenden Blick ausgesetzt war. Bevor ich reagieren konnte, nahm er meine beiden Handgelenke in seine klebrigen Finger, und mit Entsetzen erkannte ich, dass er mir den Puls fühlte.

«Hast du gewusst, mein Hübscher, dass sich der Herzschlag verändert, wenn man nicht die Wahrheit sagt? Avicenna hätte beinahe auch schon diese Entdeckung gemacht, aber dann war er doch nicht schlau genug. Du hast einen beschleunigten Puls, mein Junge, entweder bist du verliebt, oder du hast Angst vor mir … Sag mir, denn ich weiß, dass du einen Traum gehabt hast: Hast du von Bienen geträumt?»

Ich unterdrückte ein Keuchen, und er beobachtete mich verschlagen.

«Ahhh, ja. Aber verzweifle nicht, ein Bauer aus dem Dorf Vertus wurde auch in einem Traum von Bienen gequält. Sie drangen durch seine intimen Körperöffnungen in ihn ein und stachen ihn schrecklich, als sie durch Mund und Nasenlöcher wieder ausflogen. Er sagte, sie hätten ihn angewiesen, Dinge zu tun, die nur Teufeln möglich seien, also ging der unglückliche Mann in die Dorfkirche und schändete das Kruzifix! Dafür wurde er verbrannt. Und doch bleibt die Biene ein Symbol der Reinheit, eine Botin des Wortes, wie Beda sagt. Aber die Reinheit ihrer Botschaft hängt vom Empfänger dieser Botschaft ab. Kannst du mir folgen, Kind? So wie die Reinheit des Weins abhängt von dem Fass, in dem er gelagert ist ...» Er verstummte, und da er das offenbar irgendwie scherzhaft fand, gackerte er wie ein altes Huhn. «Siehst du, im Falle des armen Unglücklichen wurde die gute Wirkung der Biene durch die Schlechtigkeit des Mannes ins Gegenteil verkehrt, sodass sie eine Botin des Bösen wurde und in seinen Körper durch eine schändliche Öffnung eindrang.» Er seufzte ein wenig müde. «Der eine hat vielleicht einen Traum, in dem die Bienen Gott verkünden, und der andere einen, in dem sie das Tier verkünden!» Er sah mich scharf an. «Der Herr kleidet seine Botschaften seinen Absichten gemäß ... verstehst du?» Er streichelte mir den Kopf, als wäre ich sein Lieblingskater. «Ich war einst jung, und jetzt bin ich alt, du wirst auch alt, und die Alten sollten lieber tot sein! Denn man fängt an, sich weniger um das zu kümmern, was gut ist, als um das, was nützlich ist, und nützlich ist nur, was für einen selber gut ist, es ist selten gut im absoluten Sinn, und genau darin liegt die Gefahr. Möchtest du eine Rosine?», fragte er mit so abruptem Themenwechsel, dass ich überrascht war. Ich lehnte dankend ab, da ich Angst hatte, sie könnte vergiftet sein.

«Na, dann eben nicht», sagte er. «Bleiben mehr für mich. Ich mag Rosinen gern, die anderen mochten sie auch alle ... Sie machen den Mund feucht und überdecken den sauren Geschmack des Todes. Sie sind weich und süß und unschuldig, wie eine heiratsfähige Jungfrau, deren unschuldiger, üppiger kleiner Körper reif geworden ist, gewärmt von der Zärtlichkeit der Hände Gottes ...»

«Kommt Ihr oft hierher?» Ich errötete, aber glücklicherweise merkte er es nicht.

«Hm? Oh, ja, ich komme hierher, um denen zu entgehen», sagte er kalt und zeigte mit seinem Krückstock in Richtung Klostergebäude. «Manchmal braucht ein alter Mann einfach die Gesellschaft von Tieren ... die verlangen nicht so viel von mir.» Er schaute mich an, als sähe er mich plötzlich zum ersten Mal. «Ja, du erinnerst mich an *ihn*. Du bist schön, so wie er, aber du musst daran denken, der Böse mag die Schönen am allerliebsten. Er ködert sie mit Eitelkeit, weil er weiß, dass ein schöner Knabe die lustvollsten Begierden und die unheiligsten Gefühle hervorruft ...» Seine Hände fühlten sich auf meinem Kopf wie Eis an, hatte ich vielleicht Fieber? Ich wünschte mir heftig, von ihm loszukommen, bevor diese Hände mich an der Kehle packen konnten. «Deine Schönheit, Kind, ist deine Sünde, für die du jeden Tag Buße tun musst. Töte das Fleisch ab! Besser ist es, hässlich und vernarbt zu sein, als schön. Viel besser, abstoßend zu sein, denn dann bist du nicht verantwortlich für den Sündenfall deiner Gefährten! Die Schönheit verbirgt nur, was darunter liegt, nämlich Hässlichkeit, Falschheit und das Böse!»

«Aber Meister», sagte ich, verwirrt und trotz meiner Angst verärgert, «man sagt uns, dass der Mensch als Ebenbild Gottes geschaffen wurde, und dieses Ebenbild muss dann doch wahrhaftig und schön und gut sein.»

«Ahh, aber du weißt ja nicht, dass er von dem bösen Gott nach dessen Bilde geschaffen wurde und deshalb abstoßend, angriffslustig und hässlich ist! Mitleid, mein Junge, Mitleid sollst du in den anderen erwecken, sogar Abscheu, dann ist dir dein Platz gewiss, im Himmel wie auf Erden.»

In dem Moment fiel mein Blick auf seine Schuhe. Der linke hatte einen Flecken von der roten Farbe der Erde aus den Geheimgängen!

Ich stand auf, um zu gehen, und er packte mich mit überraschender Kraft am Arm. «Habe ich dich jetzt aus der Fassung gebracht? Auch ich bin ein Sack voll Unrat, ein Sünder, ich verabscheue mich!» Damit ließ er mich los, und ich ging sehr schnell davon, ohne mich auch nur einmal umzusehen.

Ich rannte zum Kloster. Ein schwächliches rosa Glühen, das von dicken Wolken verdeckt wurde, versprach einen neuen freudlosen Tag, und ich betrat das Klostergebäude durch die Küchentür, die jetzt offen war, mit einem Gefühl, als hätte der alte Bruder einen Schleier aus Schmutz über mich geworfen.

Ein oder zwei Hilfsköche waren dabei, das tägliche Mahl zu bereiten. Nachdem ich ihnen einen guten Morgen gewünscht und die mir angebotene warme Milch abgelehnt hatte, trat ich in den südlichen Wandelgang, und hier hörte ich die Messe zu Laudes durch die Stille klingen. Die wundervollen Klänge erschallten wie die jugendfrische Lobpreisung des neuen Tages. In der Tat mochte die Welt schlecht und hässlich sein, dachte ich trotzig, sie mochte mit Sünde befleckt sein, aber ich wusste doch auch, dass der Mensch, wenn er seine Seele hinauf in die Himmelsgewölbe erhebt und mit der Kraft seiner Stimme seraphische Höhen erreicht, zu einem schwebenden Adler wird, zu einem Instrument des Heiligen Geistes. Ich blieb stehen, dachte an Sacars Worte, die er vor zwei Tagen über die Musik gesagt hatte, und horchte auf die Phrasierung der Stimmen, wie sie innehielten, weiter sangen, wieder innehielten, und dabei wurde mir klar, dass dieser Rhythmus, so wie der Herzschlag auch, von dem einen kurzen Augenblick der Ungewissheit lebt, von diesem immer gegenwärtigen Zwischenraum, der still bleibt und das Unbekannte erwartet. In dieser Pause, in diesem Zwischenspiel gibt es weder Furcht noch Angst, denn das ist der Augenblick der Stille, der den Schlüssel zu jeder Erneuerung darstellt. Der Augenblick, in dem das Göttliche über die Stille hinweg zum neuen Wort, zum allernächsten Takt springen kann. Der Mensch wird dann zu dem, was das Herz für den menschlichen Körper ist: zur Stimme des Kosmos, die sich im Reich des Irdischen manifestiert, und zu dem einen Rhythmus, aus dem jeder irdische Rhythmus geschaffen ist. Vielleicht war das und nur das das Geheimnis der Schöpfung? Das Geheimnis der Pause, die wie das Samenkorn klein und unbedeutend wirkt, woraus aber der größte Baum wächst? Jetzt verstand ich Sacars Worte besser, die er vorgestern in der Kirche zu uns gesagt hatte, und diese Gedanken verschafften mir ein wenig Trost und zerstreuten meine bösen Vorahnungen, als ich jetzt die Waschräume betrat. Ich hatte das Bedürfnis, den alten Bruder von meiner Haut und meinem Herzen zu waschen.

Die beiden Seitenwände wurden von kleinen Fackeln erhellt und führten zu einem großen Feuer, das an der hinteren Wand des rechteckigen Raums entzündet war. Auf dem Feuer sah ich Wasser in einem bauchigen Kessel kochen. Im Stillen dankte ich den Mönchen der Abtei und betete für sie um Gesundheit und ein langes Leben, während ich die der prasselnden Wärme am nächsten stehende Wanne füllte. Ich ließ mich ins Wasser gleiten, ich wollte wieder sauber sein und versuchte die unangenehmen und bedrückenden Worte des alten Mönchs zu vergessen. Aber bald schon merkte ich, wie mich ein zweiter und noch schlimmerer Schrecken befiel. Vielleicht war mir Setubar gefolgt? Schlimmer noch, vielleicht beging er die Verbrechen gar nicht selbst, sondern schickte, wie der Inquisitor das so oft geschildert hatte, seine Teufel aus, um diese Arbeit für ihn zu erledigen!

Plötzlich kündigte jeder kleinste Schatten, jedes noch so geringe Geräusch das Kommen des Bösen an. Mir standen die Haare zu Berge.

In solchen Augenblicken ist der Verstand ein Feind, denn das, wovor er die größte Angst hat, kann er einem am besten ins Gedächtnis rufen, und so erinnerte ich mich mit erstaunlicher Deutlichkeit an eine Geschichte, in der eine Hexe auf überaus grausame Weise einen widerspenstigen Liebhaber getötet hatte, obwohl sie meilenweit entfernt in einem anderen Dorf war. Eine andere Geschichte berichtete von einem Mann, der mit einem einzigen Wort Teufel herbeirufen konnte und sie anwies, die Gegend nach Kindern abzusuchen, die sie dann töteten und zu ihm brachten. Ich saß wie versteinert.

Zwar gab es Schönheit und Güte auf der Welt, auch Engel, aber es gab auch Dämonen und Teufel. Und ich malte mir die Hölle aus, so wie sie uns von den Kirchenvätern geschildert wird, wo der Satan mit rotglühenden Ketten an einem brennenden Bratrost festgebunden sein soll, die Hände aber frei hat, sodass er sie ausstrecken und nach den Verdammten greifen kann, die er wie Weintrauben zwischen den Zähnen zerknacken soll. Gleichzeitig tauchen seine Hilfsteufel, wie es heißt, die Körper der Verdammten an eisernen Haken zuerst in Feuer, dann in Eis und hängen sie anschließend an der Zunge auf, oder sie schlitzen ihnen die Eingeweide mit einer Säge auf, oder sie kochen sie, bis ihr Fleisch danach durch ein Tuch gepresst werden kann! Und ich lag nackt hier, und das kochende Wasser nur ein paar Schritt entfernt!

Lange Augenblicke verstrichen, oder vielleicht war es auch nur eine ganz kurze Zeitspanne – denn die Zeit bleibt stehen, wenn man in so großer Angst ist –, und ich war überzeugt, dass mich im nächsten Moment mein Schicksal ereilen müsse. Bruder Setubar musste sich gar nicht von seinem Stuhl in den Ställen erheben, seine Dämonen würden seinen Befehl ausführen, und eine Stunde später würde mich dann jemand, der herein kam, um sich die Hände zu waschen, tot auffinden, ertränkt in meinem eigenen Blute! Oder gekocht oder an einem Bratspieß über dem Feuer aufgehängt! Ich hörte die Stimme meines Meisters sagen: «Aber lässt sich denn gar nicht mehr feststellen, wer das ist?»

In diesem Augenblick hörte ich von der Tür zum Kreuzgang her ein Geräusch, einen durchdringenden Schrei, dessen schriller Ton im Gang und bis ins Waschhaus hinein widerhallte. Ich fuhr hoch, um sofort aus der Wanne und zu meinen Kleidern springen zu können, da trat der Sängerknabe Anselmo herein, der einen großen Sack Feuerholz hinter sich her schleifte. Das Geräusch, das ich gehört hatte, kam nur von einem Ast, der aus einem Loch in dem Sack herausstand und beim Ziehen über den Boden kratzte. Ich stieß einen gewaltigen Seufzer der Erleichterung aus und merkte kaum, dass ich nackt war. Erst sein amüsiertes Gesicht brachte es mir wieder zu Bewusstsein, und ich setzte mich sofort wieder hin.

Anselmo sagte nichts, er zerrte den Sack hinter sich her bis zum Feuer, um dort ein paar größere Holzscheite nachzulegen. Ich stieg aus der Wanne, als er mir gerade den Rücken zukehrte, und zog mich schnell an. Als ich fertig war, drehte er sich mit sardonischem Grinsen zu mir um.

«Du musst ja sehr mutig sein, wenn du an so einem Tag ganz alleine badest. Der Teufel höchstpersönlich ist nämlich gesehen worden, wie er in den Gängen lauert. Bald wird er jeden getötet haben, der Bescheid weiß …»

«Worüber Bescheid weiß?», fragte ich.

«Aber wie kann ich dir das sagen? Möchtest du vielleicht auch sterben?»

«Also weißt du etwas?»

Er überging meine Frage. «Ihr werdet ihn bald finden. Dein Meister ist ein fähiger Mann.»

«Wen finden?»

«Den Mörder natürlich … aber ich habe den Verdacht, dass *er* zuerst *dich* findet, und dann wäre es gut für dich, wenn du ihn als Erster erkennen würdest», lachte er.

«Komm schon, Anselmo, sag mir, was du weißt.»

Er kam mit verschwörerischer Miene näher und sagte in perfektem Griechisch: «Ich weiß, dass noch jemand das Verbot übertreten hat, und derjenige, der das getan hat, ist für Daniels Tod verantwortlich.»

«Vielleicht warst du es ja?», sagte ich aufs Geratewohl.

Um seine Augen zog sich die Haut in Fältchen, und er lachte laut auf. «Ich? Dein Bad hat dir wohl das Gehirn erweicht. Es gibt sehr viel größere Fische in diesem Teich, mein Freund. Größere und wohlschmeckendere … Ich möchte nicht deinen Verstand beleidigen, indem ich dir Namen nenne, ohne Zweifel hast du selbst einen Verdacht … aber ich gebe dir einen Hinweis … die Kapelle bei der Krankenstation.»

«Warum bist du nicht bei Laudes?», fragte ich, als er sich umwandte und gehen wollte.

«Heute ist Badetag, und an diesem Tag ist es meine Pflicht, mich um alles zu kümmern, um die Schaufeln für die Lauge, das Wasser und so weiter. Und was ist mit dir? Solltest du nicht an der Seite deines Meisters sein? Wenn du mich fragst, mit Wasser kann man seine Sünden nicht abwaschen ...» Er ging, und ich ließ meinen Gürtelriemen zu Boden fallen, um einen Blick auf seine Schuhe werfen zu können.

Beide Sandalen sauber. Vielleicht waren sie sogar etwas zu sauber.

Als ich aufgeregt und erschüttert aus den Baderäumen kam, traten die Brüder gerade nacheinander aus der Kirche. Laudes war vorbei, bald würde die Prima kommen. Ich suchte in diesem Meer von Gesichtern, aber André war nirgends zu sehen. Ich ging in seine Zelle. Nichts. Tatsächlich sah ich ihn an diesem Tag erst etwas später wieder, als so viele Fragen schon beantwortet und neue gestellt waren, aber ich muss meine geschwätzige Zunge hüten, damit ich nicht zu viel zu früh aufdecke. Stattdessen berichte ich lieber, dass ich beschloss – da ich nun einmal allein war und außerdem jene Erleichterung empfand, die einem nur das Tageslicht gewährt –, mir etwas Nahrhaftes zu suchen, denn der Geist arbeitet am besten, wenn der Körper gesättigt ist.

Es schneite schon wieder. Der Nordwind, der durch die tiefen Schluchten wehte, war genauso heftig wie der Wind vor der Küste in der Nähe von Bayonne, wo ich als kleines Kind gelebt hatte. In meiner Erinnerung an diese Zeit sah ich immer nur das wild bewegte Meer, grau und frostig kalt, aufgewühlt und gepeitscht von den eisigen Stürmen aus dem Norden. In diesen eisigen Fluten hatte ich schwimmen gelernt. Jetzt, als ich mich mit brennenden Ohren dem Eingang zum Kreuzgang näherte, hätte mich ein Windstoß fast umgeworfen, und ich war sehr erleichtert, als ich den leidlichen Schutz des Kreuzgangs erreicht hatte. Als ich am Skriptorium vorüber kam, beobachtete ich die Mönche im

Schutz meiner Kapuze. Selbst die Illuminatoren arbeiteten nun mit Handschuhen, mussten aber trotzdem ihr Tun immer wieder unterbrechen, die Arme um den Körper schlagen und mit den Füßen aufstampfen, um sich ein wenig zu erwärmen. In der Nähe des Küchengebäudes hingen köstliche Düfte in der Luft, und die lärmende Betriebsamkeit erfüllte mich mit Freude.

Im Küchengebäude waren die Hilfsköche sehr fleißig. In einem Topf rührten sie um, in einen Kessel streuten sie ein paar Kräuter ein, in eine Pfanne gaben sie eine Prise Salz. Da ihr Meister abwesend war, kosteten sie, schlürften und schnupperten, und um ganz sicher zu gehen, gaben sie von allem immer noch ein bisschen mehr hinzu. Als ich über die Schwelle in den riesengroßen, heißen Raum trat, sah ich, dass sich zwei Brüder gerade heftig stritten. Der größere Bruder, von italienischer Abstammung, stritt mit dem kleineren, der, wie ich an seinem Akzent erkannte, aus einer nördlichen Gegend stammen musste, vielleicht aus dem deutschen Land. Sie stritten darüber, wie viel Rosmarin in eine Wurst gehöre. Der groß gewachsene Bruder behauptete, in seinem Land gelte die Regel, dass man gar nicht genug von diesem heiligen Gewürz nehmen könne, denn selbst die Jungfrau Maria habe es als überaus köstlich empfunden, als sie auf dem Weg nach Nazareth darauf saß. Der deutsche Bruder stand steif da und benutzte, wie mir schien, zwischendurch vulgäre Ausdrücke in seiner Muttersprache, während er rief, dass auch der Ysop ein heiliges Kraut sei, das im Tempel Salomons verwendet worden war, aber man würde doch lieber tausend Tode in der tiefsten Hölle sterben, als damit zu kochen. Endlich, als sie schon beinahe handgreiflich wurden, bemerkten sie meine Gegenwart und baten mich herein.

Die Brüder boten mir an, die Wurst zu kosten, und ich fand sie ausgesprochen köstlich, sehr zur Freude des italienischen Mönchs, der, wie ich erfuhr, Alianardo hieß. Er grinste selbstgefällig zu dem anderen Mönch hinüber und brachte mich in die Speisekammer, wo ich, wie er sagte, alles essen könne, was ich nur wünschte. Vielleicht hatte ich ein wenig von der Diplomatie meines Meisters gelernt?

Ich betrat den abgedunkelten Raum durch eine Tür rechts von dem großen Ofen und bemerkte zunächst, dass über mir geräucherte Fische und Würste an Haken von der Decke herabhingen. Als sich meine Augen besser an die Dunkelheit gewöhnt hatten, sah ich des Weiteren, dass auf den Regalen auch Vorräte von eingemachtem Obst, Oliven und Eiern standen und ganze Käselaibe lagen. Große Gefäße mit unbekanntem Inhalt, den ich in meiner relativen Unkenntnis für Olivenöl oder Essig hielt, standen auf dem Steinfußboden. Hier hatte man auch etwas Stroh ausgelegt, ohne Zweifel, um unerwünschte Feuchtigkeit aufzusaugen, andererseits aber gab es auch einen weichen Sitzplatz ab. Ich fand eine geschützte Stelle, zwischen Körben voller Bohnen, Äpfel und Trockenfrüchte, und verzehrte – ganz meiner Schlemmerei hingegeben – den reichhaltig bestückten Teller, den man mir gebracht hatte. Da gab es geschmolzenen Käse, Oliven, Nüsse, Brot, triefende Würste – deren Saft mir über das Kinn lief – und geräucherten Schinken. Zum Schluss trank ich noch ein Glas warmen Wein und ipso facto wurde ich müde – wie es leicht geschieht, wenn man gesättigt ist – und lehnte mich in das angenehme, weiche Stroh zurück, wobei ich einen Getreidesack als Kopfkissen benutzte; und das Unheil des Klosters war tausend Meilen weit entfernt, der Inquisitor mit seinem bösen Grinsen nur noch ein Punkt in einem Universum von Punkten. Ich ließ es geschehen, dass mein voller Bauch und die Wärme des Feuers, die selbst die Speisekammer noch erreichte, mich in Schlaf lullten, in einen tiefen, zufriedenen Schlaf, in dem ich träumte, ich würde in die Arme meiner Geliebten fliegen.

Ich muss wohl ziemlich lange geschlafen haben, denn als ich erwachte, sah ich, dass sich draußen vor der Speisekammer das Licht verändert hatte. Jetzt standen Schatten, wo es vorher hell gewesen war, und die Küche, die durch die Aktivitäten der Mönche so voller Leben gewesen war, bevor ich mich dem Schlaf hingegeben hatte, schien jetzt sehr leer zu sein. In diesem Moment hörte ich eine fremde Stimme, deren Besitzer für mich nicht zu sehen war. Einen Augenblick lang war ich erschrocken, aber dann hörte ich nur noch die Geräusche, die von der großen Feuerstelle kamen und die Stille mit ihrem Knacken und Zischen unterbrachen. Ich setzte mich benommen auf und fragte mich schläfrig, wie ich überhaupt hierher gekommen sei, wie es immer der Fall ist, wenn man tagsüber schläft. Allmählich – und ich muss sagen voller Scham – erinnerte ich mich zunächst an meine Völlerei und dann, zu meinem Schrecken, an meinen Traum! Mir fiel ein, dass ich vielleicht die Totenmesse versäumt hatte, und da ich das nicht auch noch der immer länger werdenden Liste meiner Sünden hinzufügen wollte, machte ich mich hastig fertig, um zu gehen, als ich erneut die Stimme vernahm.

Mein Meister wäre außerordentlich stolz auf mich gewesen, denn ich näherte mich der Tür, blieb aber im Schatten, um nicht gesehen zu werden, und kroch dort hinter ein Fass Bier, um zu lauschen. Als ich meinen Kopf ein wenig hob, sah ich nur Rainiero Sacconi, der ein Gespräch mit einem für mich unsichtbaren Mönch führte, den ich aber an der Stimme als Bruder Setubar erkannte.

«Also sagt mir, Alter», sprach er, «warum habt Ihr mich an diesen ganz besonders niederen Ort geschleppt?»

«Hier sind wir am sichersten. Die Wände des Klosters sind die Ohren des Abtes, der genauso korrupt ist wie alle anderen, aber hier im Küchengebäude können wir frei sprechen.»

Ich sah die Augen des Inquisitors im Feuerschein glühen. «Sagt mir alles!»

«Ich sage Euch nur, was Ihr wissen müsst», sprach der alte Mann langsam und mit einer Autorität, der sich nicht einmal der Inquisitor entziehen konnte. «Zuallererst müsst Ihr schwören, dass Ihr sie aufhaltet, denn sie haben einen widernatürlichen Plan. Seine Durchführung steht sehr nahe bevor, und bald schon wird man sie davon abhalten müssen, das zu benutzen, was sie bisher verborgen hielten –»

«Alter Mann, Ihr habt mich in dieses Kloster bestellt, unter dem Vorwand, dass ihr hier Giacomo della Chiusa Unterschlupf gewährt, dem Mörder von Pietro da Verona, und nun müsst Ihr mir auch sagen, wo er ist!»

«Ich habe Euch nur gesagt, dass sich hier ein Mann aufhalte, der für Euch von großem Interesse sein dürfte, aber ich habe keine Namen genannt. Er war an den Morden beteiligt, das weiß ich ...» Es entstand ein kurzes Schweigen. «Fragt mich nicht ...»

Oh Gott ... an seiner Stimme erkannte ich, dass Setubar diese Dinge unter dem Siegel der Beichte erfahren haben musste, und jetzt plauderte er sie aus! Ich bekreuzigte mich andächtig, während ich die Gegenwart des Teufels ganz in der Nähe spürte.

«Aber das», sagte Setubar mit seiner rauen Stimme, «verblasst in seiner Bedeutung im Vergleich zu dem, was ich Euch jetzt sagen werde.»

«Ich möchte seinen Namen wissen, wenn es nicht Giacomo della Chiusa ist, wer ist es dann? Manfredo, Tomaso? Sprecht mir nicht von ketzerischen Lehren!», sagte der Inquisitor. «Davon gibt es genug in allen Klöstern der Christenheit, um sämtliche Bibliotheken der Hölle zu füllen! Das interessiert mich nicht.»

Der alte Mann stieß ein hartes, heiseres Gelächter aus, das in einen trockenen Husten überging, der seinen ganzen Körper schüttelte. «Ketzerische Lehren? Der größte Tor ist der Papst, dessen Dummheit nur noch von seiner Lasterhaftigkeit übertroffen wird. Wenn das nur alles wäre ...» Er seufzte und versuchte, wieder zu Atem zu kommen. «Keine ketzerische Lehre kann sich mit der Häresie vergleichen, die die Mönche in diesem Kloster ununterbrochen betreiben! Dies ist nämlich die Quelle der größten Häresie, die es gibt, Inquisitor! Erinnert Ihr Euch an die Belagerung von Montségur? Einer von den vier Katharern, die damals entkommen sind ... war ich.»

«Was sagt Ihr da?», fauchte der andere. «Kein einziger Katharer entkam, sie starben alle geläutert auf dem Scheiterhaufen!»

«Ihr wisst gar nichts!» Der alte Mann begann wieder zu lachen, wobei seine Schultern so heftig geschüttelt wurden, dass er sich, um Halt zu finden, gegen die Wand lehnen musste. Nach einem Hustenanfall fuhr er fort: «Und Eure Unwissenheit wird Euch zu Fall bringen! Glaubt Ihr denn, dass alle, die an jenem Tag damals ihr Leben so bereitwillig hingaben, dies getan hätten, ohne vorher das Wissen in Sicherheit zu bringen?»

«Dann wart Ihr also ein *Perfectus?*», fragte der Inquisitor, als sei dieses Wort giftig.

«Ich und drei weitere ... aber die sind jetzt tot ... wir brachten aus dieser hochgelegenen Festung das herunter, was uns gewährt worden war ... etwas, das Euch sehr interessieren dürfte und Euren Namen vielleicht für alle Zeiten in den Geschichtsbüchern verzeichnen wird», lächelte er mit einem Kopfnicken, «aber ich sage lieber nicht zu viel. Das Übrige braucht Ihr nicht zu wissen.»

«Verschwendet nicht meine Zeit, alter Mann!» sprach er. «Sagt mir den Namen, oder ich lasse Euch einsperren wie die anderen.»

Setubar lachte wieder. «Ihr könnt mit diesem sündigen Körper tun, was Ihr wollt. Ich bin bereit, Euch zu sagen, was ich weiß, denn ich sehne mich nach dem Tod, anders als die anderen, die zu lange leben wollen. Ihr müsst in die Geheimgänge eindringen und sie aufhalten, dort werdet Ihr die größte häretische Irrlehre finden, die es gibt. Denkt darüber nach! In der ganzen Welt wird Euer Name erklingen, der Name des Mannes, der das wichtigste Symbol der Häresie in der ganzen bekannten Welt entdeckt hat! Der Papst wird Euch heiligsprechen! In jedem Buch wird der Name Rainiero Sacconi stehen. Ihr werdet erreichen, was keinem anderen Inquisitor je gelang. Ihr werdet der Häresie für alle Zukunft ein Ende setzen ... und wenn Ihr das tut, werde ich Euch auch seinen Namen nennen, sodass Ihr das schreckliche Geschehnis in Barlassina rächen könnt, denn dieser Mann weiß vielleicht, wo sich die anderen Mörder alle verborgen halten.»

In diesem Moment spürte ich etwas seltsam Flaumiges an meinem rechten Knöchel. Ich schaute hinunter und sah eine dicke, behaarte Ratte, vielleicht dieselbe, die der Koch vorgestern früh in der Küche gejagt hatte, wie sie an ein paar verstreuten Körnern neben meinem Fuß knabberte. Ich fuhr ein wenig zusammen und versuchte das Ding zu verscheuchen, ohne Lärm zu machen, aber es waren noch mehr da, lauter pelzige kleine Körper, die überall herumliefen, und in meinem Schrecken muss ich ein Geräusch verursacht haben, denn der Inquisitor verstummte, reckte den Kopf in meine Richtung und zog die Augenlider ein wenig zusammen.

«Ist da jemand?» Er ging langsam auf die Speisekammer zu, und ich krümmte mich hinter dem Bierfass zu einer Kugel zusammen und dankte Gott zum ersten Mal, dass ich klein war. Zu meinem Glück hörten wir genau in diesem Moment ein Grollen, wie von einem großen Löwen, und ich muss sagen, dass ich glaubte, es sei die Stimme Gottes, die Stimme, die, wie in der Offenbarung gesagt wird, dem Rauschen vieler Wasser gleicht und im Klang eines starken Donners herangetragen wird. Später sollte ich erfahren, dass es eine Lawine war, aber für den Augenblick sah es so aus, lieber Leser, als habe Gott beschlossen, mich zu verschonen, denn der Inquisitor und Setubar verließen eilig die Küche, und ich konnte mich unbemerkt davonmachen, allerdings nicht, ohne für meinen Meister noch einen Apfel mitzunehmen.

Ich rannte durch den Kreuzgang und hinaus auf den Hof und stellte dabei fest, dass es später Vormittag war und ich wohl ein bis zwei Stunden geschlafen hatte. In dem schwachen, diffusen Licht sah ich, dass eine mächtige Schneewand von oben heruntergekommen war und nun den Friedhof bedeckte. Ein Teil war auch auf die Kirche gefallen, aber nicht so viel, dass sie Schaden genommen hätte.

Von allen Seiten stürzten die Mönche herbei und eilten zu einer Ansammlung von Menschen, die in dem Nebel und Schnee kaum zu erkennen war. Etwas später bemerkte ich, dass der Abt, der Inquisitor und mein Meister sich zum großen Tor begaben, durch das kurz darauf Reiter auf Pferden hereinkamen. Ein Mann war auf den Hals seines Pferdes niedergesunken, als habe er die Besinnung verloren. Ich sah, dass Blut an seinem Bein herunter lief, in den frischen Schnee tropfte und dort kleine rote Trichter hinterließ. Ein weiterer Reiter, ein älterer Mann, dessen untersetzte Gestalt in einen prachtvollen zinnoberroten, pelzgefütterten Mantel gekleidet war, sprang sofort vom Pferd und schrie auf Okzitanisch: «Mein Sohn, mein Sohn …» Er eilte hinüber zu einem dritten Reiter, der offenbar eine Frau war, und half ihr aufgeregt vom Pferd. Ich konnte ihr Gesicht nicht erkennen, denn es war von der grünen Samtkapuze ihrer Kleidung verhüllt, trotzdem wusste ich, dass sie schön sein musste, denn was sollte sie sonst für einen Grund haben, sich zu bedecken? Keusche Augen können gefahrlos auf Hässlichkeit schauen, wie Bruder Setubar zu verstehen gegeben hatte, aber auf Schönheit …? Mir wurde das Herz schwer.

Sobald er sich davon überzeugt hatte, dass mit der Dame alles in Ordnung war, half der ältere Mann den anderen, den leblosen Körper seines Sohnes aus dem Sattel zu heben.

Ich fragte einen Mönch, der in der Nähe stand, was geschehen sei, und wer diese Leute seien, aber er wusste es nicht, deshalb ging ich das kurze Stück bis zu meinem Meister hinüber, und als er mich sah, packte er mich am Ohr – nicht zu grob, aber höchst peinlich für mich – und flüsterte sehr vernehmlich: «Bei meinem Schwerte, Junge! Wo warst du denn? Ich hatte große Angst um dich!» Woraufhin ich kleinlaut mit den Schultern zuckte und einen Blick aufzusetzen versuchte, der, wie ich hoffte, meine tiefe Zerknirschung zeigte.

«Später!», mahnte er und ließ mich stehen, um sich den Körper des Mannes anzusehen.

Nach einer kurzen, aber gründlichen Untersuchung kam mein Meister zu dem Ergebnis, dass sich der junge Mann das Bein gebrochen hatte. «Ich brauche Hilfe. Ich brauche die Mitarbeit des Klosterarztes.»

«Er ist eingesperrt, und ich werde das nicht erlauben», sagte der Inquisitor heftig.

Mein Meister, der noch immer neben dem jungen Mann kniete, sah ruhig auf. «Ich brauche auch die Dienste meines Kollegen Eisik.»

Der stämmige Adelige mit dem breiten, knochigen Gesicht, dessen Sohn vor ihm im Schnee ausgestreckt lag, runzelte bei diesem Namen die Stirn. «Ich werde keinem Juden erlauben, meinen Sohn anzufassen!»

«Vielleicht möchtet Ihr Euren Sohn lieber tot sehen, Euer Ehren?»

Der Mann machte eine verärgerte Bewegung, sagte aber nichts, sondern ging zu der Frau hinüber, die er väterlich umarmte, wobei sein Gesicht weißer als der Schnee war.

«Der Knochen hier ist zertrümmert.» Mein Meister zeigte auf den linken Schenkel des jungen Mannes, dessen Farbe übelkeitserregend abstach von der klaffenden Wunde, aus der die beiden weißen vorstehenden Knochenenden des Bruches heraustraten. «Wir müssen uns beeilen...», fuhr er fort. «Wickelt ihn in die Decken, und tragt ihn auf die Krankenstation... Ich glaube, es ist noch Leben in ihm. Ihr», er zeigte auf einen Mönch, «sucht Eisik, und dann den Hufschmied, und bringt mir eine Feile, die mit dem feinsten Hieb, die da ist, und zwei starke, gerade Holzstangen, so lang wie das Bein eines Mannes. Wir müssen diese Knochen saubermachen, bevor wir sie zusammensetzen.»

Zwei kräftige Brüder wickelten den jungen Mann in dicke Wolldecken und trugen ihn das weite Stück bis zur Krankenstation. Drinnen legten sie ihn auf den Tisch, wo er ausgekleidet und wieder zugedeckt wurde. André wies andere Mönche an, aus dem Waschhaus kochendes Wasser zu holen und eine Wanne auf der Krankenstation damit zu einem

Drittel aufzufüllen, die anderen zwei Drittel mit kaltem. In diesem Augenblick trat der Klosterarzt ins Zimmer, Bruder Asa, der erschöpft und geschwächt aussah. Schon zwischen den beiden Wachen wirkte er mitgenommen, aber erst als er näher kam, sahen wir an seinen Augen, dass er mit Sicherheit Demütigungen hatte ertragen müssen.

«Ach, mein Kollege!», lächelte mein Meister und führte ihn zum Tisch. «Es hat eine Lawine gegeben, der Junge ist darunter begraben worden und hat sich, wie Ihr seht, das Bein gebrochen.»

Der Vater des Jungen, der das geheimnisvolle Mädchen zu trösten versuchte, sah auf. «Wir waren unterwegs nach Prats de Mollo ... heute morgen hat eine kleine Lawine unser ganzes Gefolge mit sich gerissen ... unsere Kutschen!» Er verstummte und blickte sich um. In seinen Augen standen noch die schrecklichen Bilder. «Ich wusste von dem Kloster ... wir wollten hier Hilfe suchen ... wir waren schon in unmittelbarer Nähe, da ging die zweite Lawine nieder ... diesmal wurde mein Sohn vom Pferd gerissen und unter dem Schnee begraben ...»

Ich fragte mich, ob die Pilger in ihrer Schutzhütte auch verschüttet worden waren? Aber lange verweilte ich nicht bei solchen Gedanken, denn in diesem Moment betrat Eisik die Krankenstation, mit düsterem Blick, ganz grau im Gesicht, die Augen weit aufgerissen vor Angst. Mein Meister lächelte und sagte, dass er gerade alles für die Behandlung eines Patienten vorbereite. In einem einzigen Augenblick verwandelte sich Eisik. Er richtete sich auf und blickte entschlossen. Es schien fast, als lasse ihn das Unglück anderer sein eigenes vergessen. Vielleicht war er deshalb Arzt geworden.

Asa horchte an der Brust des Mannes. «Sein Herz schlägt langsam, aber es schlägt. Doch er wird sterben, wenn er nicht gewärmt wird.»

«*Mon dieu*! Beeilt euch doch mit diesem Bad!», schrie mein Meister ungeduldig. Sehr ernst sagte er zu Asa: «Wir werden sein Bein nähen müssen, bevor wir ihn in die Wanne legen, sonst könnte er verbluten. Habt Ihr so etwas schon einmal gemacht?»

Asa schüttelte den Kopf. «Nicht oft, aber ich weiß, wie es geht.»

«Gut», sagte mein Meister, und mit der Schnelligkeit eines Menschen, der an solche Dinge gewöhnt ist, bereitete er die Wunde vor. In diesem Augenblick trat der Hufschmied ein, in seinen dicken, schwieligen Händen die Feile und die Holzstangen, die mein Meister verlangt hatte. Mein Meister nahm die Feile und auch ein großes, arabisch aussehendes Messer, das ich als seines erkannte, und hielt beides eine Zeitlang über die Flammen des Feuers. Dann ließ er die Gegenstände ein wenig auskühlen, gab die Feile Eisik und wies Asa an, das Bein zu halten. Bevor er anfing, hielt er noch einmal inne. «Möge der Sohn des Apoll uns helfen, diesem Jungen das Bein zu retten.» Das sagte er fast wie ein Gebet, und ich machte mir sofort Sorgen, denn ich sah, wie die Augen des Inquisitors ganz klein wurden und seine Lippen sich zu einer Grimasse verzerrten, die nur allzu beunruhigend war. Gleich danach begann mein Meister Haut und Muskeln mit dem Messer aufzuschneiden, um die beiden Knochenenden freizulegen, dann nahm er die Feile von Eisik entgegen und fing an, die Bruchkanten abzufeilen, sodass sie dort, wo sie aufeinander trafen, ganz glatt waren.

«Schaut euch diesen Oberschenkelknochen an», sagte mein Meister und zeigte darauf. «Schaut, wie wunderbar er gebaut ist, der beste Handwerker könnte so etwas Perfektes nicht schaffen. Er ist mit dem geringstem Aufwand an Material gemacht, sodass er leicht und dennoch sehr stark ist.»

Fast gleichzeitig gingen alle, die vorhin der Gruppe gespannt bis auf die Krankenstation gefolgt waren, hinaus und leerten draußen ihren Mageninhalt in den frischen Schnee.

Der deutsche Koch rief ziemlich laut: «Zu viel Rosmarin! Um der Liebe Christi willen ... zu viel!», worauf er auf das Klostergelände hinausrannte und sich mit beiden Händen den Magen hielt.

Ich fühlte mich jetzt auch etwas unwohl und erinnerte mich mit Abscheu an meine Unbesonnenheit von heute morgen. Irgendwie schaffte ich es aber, diese Gefühle zu beherrschen, indem ich mich auf die unglaubliche Geschicklichkeit der beiden Männer konzentrierte.

Sobald die Knochenenden zur Zufriedenheit meines Meisters zurechtgefeilt waren, gab er dem Klosterarzt ein Zeichen, das Bein zu strecken, und der junge Mann stieß einen schwachen Laut aus, so wie der Atem aus dem Mund eines Sterbenden entweicht. Mein Meister hielt nun seinerseits die beiden Ränder der Wunde zusammen, während Eisik (der in tiefstem Einvernehmen schwieg) mit genauesten Stichen die Wunde zuzunähen begann, und zwar mit etwas, das wie Faden oder feine Schnur aussah und das ihm Asa gegeben hatte.

«Schafsdärme, in der Sonne getrocknet?», fragte mein Meister sichtlich beeindruckt.

Während Eisik die große Nadel tief in den Schenkel des Mannes stach, sodass ich bei jedem Einstich zusammenzuckte, erklärte Asa: «Mit Wachs versteift ... besser als Schnur und angenehmer für die Wunde.»

Danach holte Asa ein Gefäß aus einem Regal auf der einen Seite seines Behandlungstischs, aus dem er mit der Hand eine Paste nahm, die er auf ein sauberes Tuch strich. Er faltete es dann so zusammen, dass eine Lage Stoff zwischen dem Bein und der Paste war, als er es geschickt auf die Wunde legte. Ich wusste, dass dies ein Breiumschlag sein musste, denn meine Mutter hatte diese Heilmethode auch benutzt. Er band ihn mit einer Art Bandage gut fest und sagte: «Eine Mischung aus Knoblauch, Bockshornklee und Calendula-Essenz, zu einer feinen Paste verrührt. Nicht direkt auf die Wunde zu geben, sondern zwischen zwei Lagen Stoff ... Stimmt Ihr dem zu, meine Kollegen?», fragte er liebenswürdig, wobei ein Hauch von Enthusiasmus in seine Augen zurückkehrte.

«Vervollkommnet mit den Blütenblättern der Ringelblume!», bemerkte Eisik, wobei er ganz vergaß, dass aller Augen auf ihm ruhten.

«Eine sehr gutes Mittel», stimmte mein Meister zu, «im Heiligen Land benutzten wir immer genau die gleiche Paste für die Wunden, nicht wahr, Eisik? Sehr gut, um Entzündungen der Haut vorzubeugen.»

Asas braune Augen funkelten. «Ja ... ja ... ich glaube, das kommt davon, dass dabei unsichtbar kleine Teilchen in die Wunde eindringen.»

Wie weit entfernt die wechselvollen Bilder jener Zeit meinem altersschwachen Kopf auch vorkommen mögen, lieber Leser, eines ist geblieben: dieses kleine Zimmer, das vom Feuer des Enthusiasmus und des Fleißes glühte, in dem drei Männer, die sich nach Abstammung und Philosophie stark unterschieden, einen winzigen Augenblick lang in völliger Harmonie und Einigkeit zusammen waren, in einer universellen und göttlichen Gemeinschaft, ohne einen Gedanken an Vergangenheit und Zukunft, ganz und gar der Gegenwart hingegeben.

Da fiel mir das Mädchen auf; sie hatte noch keinen Ton von sich gegeben. Ich hätte erwartet, dass sie laut weinen oder vielleicht wie alle anderen den Raum verlassen würde. Stattdessen stand sie unbeweglich da, die Kapuze tief ins Gesicht gezogen, und hatte nur den Arm ihres Vaters zur Stütze. Das verblüffte mich. Wer mochten diese Leute nur sein?

Gleich darauf hielt Asa das Bein in seiner richtigen Lage fest, während mein Meister mit Eisiks Hilfe die beiden Holzstangen benutzte, um es zu schienen. «Er wird ein steifes Bein behalten, wenn er überlebt ...» Er zeigte mit einer Handbewegung an, dass er fertig sei, und einige Mönche hoben den Patienten, der immer noch in Decken gewickelt war, vorsichtig in die Wanne, die so vorbereitet war, wie mein Meister es angeordnet hatte.

«Ihr müsst auch seinen Kopf eintauchen, aber nicht das Bein», fügte Eisik eilig hinzu.

Sie taten wie befohlen, ließen den Kopf des Mannes unter die Wasseroberfläche sinken, hoben ihn kurz darauf wieder heraus, aber erst ein wenig später sahen wir, dass die Farbe in seine Wangen zurückkehrte, und das war das Zeichen, ihn aus der Wanne zu nehmen, abzutrocknen und in ein leeres Bett im Dormitorium zu bringen.

Der Inquisitor hatte sich im Hintergrund gehalten und mit verkniffenem Gesicht düster und ungerührt zugesehen. Jetzt trat er mit einer Gebärde großer Herablassung vor. «Wenn Ihr drei Euch jetzt auch genügend gegenseitig beglückwünscht habt», sagte er verächtlich, «so kann dies in keiner Weise unsere Nachforschungen aufschieben, wir werden fortfahren wie geplant!»

Mein Meister wandte sich ihm zu, und sie tauschten einen Blick gegenseitiger Abneigung.

Augenblicke verstrichen, die Schatten wanderten, und die beiden Männer hielten dem Blick stand. Mein Meister sprach als Erster: «Ganz wie Ihr wollt, Rainiero.»

«Ja, ganz wie *ich* will», sagte der andere mit zusammengebissenen Zähnen.

Dann gingen die beiden auseinander, und ich stieß einen dankbaren Seufzer aus, dass der Himmel sich nicht geöffnet und sie für ihre Arroganz geschlagen hatte.

Ich sagte mir: «Wie schwach ist doch der Geist des Menschen …»

20.

CAPITULUM

VOR SEXTA

Der Schnee fiel immer noch und bildete eine dicke Decke, und man sah keine Sonne, nur ein Grau, das das Kloster wie ein Feind umlagerte. Ich zitterte ein wenig, als ich Eisik und meinem Meister in die raue Kälte hinaus folgte. Unmittelbar zuvor waren wir aus der Krankenstation getreten, wo wir Asa (unter Bewachung) zur Pflege des jungen Mannes zurückgelassen hatten. Und während wir über das Gelände gingen, erzählte ich ihnen als Erstes von meiner Unterredung mit Setubar in den Ställen, und dass er Erde an den Schuhen gehabt habe, zweitens von meinem Gespräch mit Anselmo und drittens von dem, was ich in der Küche belauscht hatte.

«Ausgezeichnet!», rief André aus.

«Oioih!» Eisik starrte ihn an. «Jetzt findet das arme Kind auch schon Gefallen an deinen Spielen ... du benutzt das alles nur, um deine Eitelkeit zu nähren, André.»

«Er hat es gut gemacht!», gab mein Meister gutgelaunt zurück, «und hat damit wieder ausgeglichen, dass er mir Sorgen bereitet hatte. Es ist also so, wie ich argwöhnte.»

«Was habt Ihr geargwöhnt, Meister?», fragte ich, da es den Anschein hatte, als ob er seine Gedanken nicht weiter darlegen werde.

«Dass Rainiero nicht hierher gekommen ist, um etwas über Ketzerei herauszufinden, sondern dass er vielmehr die Ketzerei als Vorwand benutzt, jemand anderen zu finden, in diesem Fall den Mörder des Märtyrers. Weißt du, jetzt ergibt das alles etwas mehr Sinn ... Nur die Mörder seines geliebten Meisters Pietro konnten ihn trotz der dringenden Angelegenheiten, die ihn, wie wir wissen, in Mailand erwarten, hierher führen.»

«Wer ist Pietro?», fragte ich.

«Der Vorgänger des Inquisitors», antwortete mein Meister, «der von mehreren Mördern umgebracht worden ist. Sie lauerten ihm und seinen Begleitern an einer einsamen Landstraße auf, und man erzählt sich, es habe ein grausames und blutiges Gemetzel gegeben. Zwei Schuldige wurden gefasst, aber die anderen entgingen dem Gericht. Einer von denen, die entkommen sind, war Giacomo della Chiusa. Man hört, dass er vorhatte, auch Rainiero zu ermorden, aber ohne Erfolg.»

«Jetzt verstehe ich, warum er so erpicht darauf ist, diesen Mann zu finden.»

«Es sieht nicht gut aus, wenn die Mörder eines Inquisitors ungestraft herumlaufen ... aber bei seinen Nachforschungen hat er auch etwas aufgespürt, was der König und der Großmeister vor ihm geheim halten wollten, ein Symbol für Ketzerei, das, wenn man es findet, zu ernsthaften Folgen führen könnte.»

«Was könnte das denn sein, Meister? Die geheimen Evangelien? Aber Setubar sagte noch etwas ... die größte Häresie, die es überhaupt gibt, so nannte er es.»

«Ja ... ja.» André zupfte geistesabwesend an seinem Bart, der dieser Tage ein wenig grauer geworden zu sein schien.

Eisik murmelte bitter einiges Unverständliche, und ich war einen Augenblick still, um das alles zu überdenken.

«Also war Setubar der Verräter», sagte ich plötzlich.

«Unser guter alter Bruder hat den Inquisitor hierher kommen lassen, indem er den Mörder von Pietro da Verona als Köder benutzte, da er von der Obsession des Inquisitors wusste ... weil er hoffte, dass der beenden würde, was in den Katakomben geschieht, was auch immer es sein mag. Etwas, wovon wir wissen, dass alle vier Brüder daran beteiligt waren, oder zumindest davon wussten.»

«Aber was hat das mit den Morden zu tun?», fragte ich.

«Lasst uns noch einmal durchgehen, was wir bisher wissen … Also mindestens einer von ihnen, Bruder Samuel, war so neugierig, dass er versuchte, in die Geheimgänge zu kommen … obwohl er ordnungsgemäß davor gewarnt worden war. Wie wir wissen, war Ezechiel der Einzige, der die Erlaubnis hatte, die Bibliothek zu besuchen, aber das muss nicht heißen, dass er jemals das *Sanctum Sanctorum* aufsuchte. Wir dürfen auch nicht vergessen, dass er sehr schlecht sah. Andererseits kannte Daniel den Geheimcode zur Orientierung in den Kammern, entweder, weil er die Geheimgänge häufig besuchte, oder aber, weil ihm dieser Code zur Geheimhaltung gegeben worden war, ohne dass er aber die Gänge jemals betreten hätte. Er hat Samuel den Code verraten.» Er dachte nach. «Vor seinem Zimmer war etwas rote Erde, aber das kann der Fußabdruck eines anderen gewesen sein, den wir da gesehen haben. Ich glaube, irgendjemand, sehr wahrscheinlich Setubar – der den Geheimcode zur Orientierung vielleicht nicht weiß –, mag versucht haben, diese Information aus Daniel herauszubekommen, doch als der sich weigerte, sie ihm zu verraten, hat Setubar ihn ermordet, oder vielleicht hat er sie auch verraten und wurde trotzdem ermordet …»

«Aber meine Söhne, meine Söhne!», warf Eisik düster ein. «All das erklärt nicht, warum einige die Geheimgänge betreten und überleben, während andere sterben.»

«Ja, da hast du schon recht. Ja, was könnte der Grund dafür sein, dass Samuel, als er die erste Kammer betrat, fast sofort oder jedenfalls kurz danach von etwas überwältigt wurde, während das anderen, uns zum Beispiel, nicht passiert?»

«Vielleicht geht es ja folgendermaßen vor sich, Meister: vielleicht kannte jeder der vier Brüder nur ein Geheimnis, Bruder Daniel die Orientierung in den Gängen, Bruder Ezechiel die Bibliothek, Bruder Samuel die Orgel, und Bruder Setubar noch etwas anderes, und vielleicht ist dieses andere eben das Geheimnis, wie man in den Geheimgängen am Leben bleibt», sagte ich, selbst verwundert über meinen Scharfsinn.

«Christian!» Er blieb mit offenem Munde stehen. «Du bist ja ein Genie! Ich entschuldige mich wirklich für jedes Mal, da ich dich einen Dummkopf genannt habe! Ich bin der Dummkopf! Warum bin ich denn nicht selbst darauf gekommen? Vielleicht werde ich langsam zu alt für solche Sachen. Das ist es! Das ist es! Jeder Bruder bewahrte ein Geheimnis, und alle zusammen bildeten das Mysterium des *Cunniculus* – des Geheimgangs ... ja, so erklärt sich alles perfekt.»

«Aber was ist das für ein Gift, das so plötzlich tötet?», fragte Eisik.

«Schlange des Pharao, oder, wie manche es nennen, le Serpent de Pharaon», antwortete André leichthin, «kann mit Kerzenwachs gemischt werden, und wenn es verbrennt, verströmt es einen Rauch, der tötet, allerdings nicht so schnell, obwohl sich seine Wirksamkeit bestimmt sehr steigern lässt, wenn es zusätzlich mit anderen Mitteln vermischt wird, sodass es in sehr kleinen Räumen zum sofortigen Tod führen könnte.»

«Aber, Meister, wir wissen doch, dass Bruder Ezechiel nicht auf diese Weise gestorben ist, denn wir haben mit ihm zu Abend gegessen und sind unmittelbar danach alle in die Kirche gegangen. Er kam die ganze Zeit nicht in die Nähe der Gänge», betonte ich.

«Nein, da hast du natürlich recht», sagte André ein wenig niedergeschlagen, «und doch wissen wir, dass er die Gänge tatsächlich betreten hat, denn er hatte Erde an den Füßen.»

«Vielleicht kommt die ja daher, dass er vorher dort war, meine Söhne ... Ach! Die Katze beißt sich in den Schwanz, denn seinen Tod erklärt das alles nicht.»

«Weil er ...», grübelte mein Meister, «nicht mit der giftigen Substanz in Berührung kam. Aus dem gleichen Grund, aus dem auch wir nicht darauf stießen, als wir uns dort hinein wagten. Aber warum nicht?», fragte er laut, verlor die

Beherrschung und raufte sich verärgert den Bart. «Was tun alle die, die einen Aufenthalt in den Geheimgängen überleben, dass sie am Leben bleiben …? Und warum sterben einige sofort, während andere langsam sterben … Vielleicht gibt es zwei verschiedene Sorten von Gift!»

Ich blickte mich nachdenklich auf dem Gelände um: Wir spazierten unter den wachsamen Augen der Männer des Inquisitors dahin. Bogenschützen und Soldaten hielten an jedem Ein- und Ausgang der Klostergebäude Wache. Von den steinernen Wällen der Abtei schauten sie auf uns herunter und beobachteten Eisik, wie eine Katze einen fetten Vogel beobachtet.

«Oh weh, meine Freunde», sagte Eisik fast flüsternd und sah sich angstvoll nach allen Seiten um, «der Klang der Posaunen hat Juda nicht wiedererweckt, und ich, der ich mehr verachtet werde als die am meisten Verachteten, muss wachsam bleiben, denn mir scheint, diese Männer warten nur darauf, dass mein Leib geröstet wird.»

«Und wir, mein Freund», antwortete André jubelnd, «wir sind stolz, dich bei uns zu haben.»

Und mein Meister hatte recht, denn sogar unsere eigenen Männer hatten sich der Macht des Inquisitors gebeugt, und mir entging nicht das Paradoxe unserer Lage, dass nämlich diese Mauern, die eigentlich gebaut worden waren, um den Teufel von draußen von denen drinnen fernzuhalten, nun von einem Teufel drinnen genutzt wurden, um uns einzusperren.

«Vor allem», sagte mein Meister abschließend, «müssen wir Bruder Setubar finden, bevor ihm der Inquisitor noch mehr Fragen stellen kann, das heißt, wir müssen ihn sofort finden.» Er zog mich zur Tür zum Kreuzgang und befahl einem Bogenschützen brüsk, zur Seite zu treten. Der sah Eisik misstrauisch an, aber damals wurde einem Tempelritter so viel Respekt und Verehrung entgegengebracht, dass der Mann dem Befehl meines Meisters gehorchte.

Vergebens suchten wir im Kreuzgang. Bruder Setubar war nicht zu finden, niemand hatte ihn gesehen. Das ärgerte meinen Meister sehr. Allerdings fanden wir Bruder Sacar, den Musikmeister, der gerade ins Scriptorium ging. Dies bot uns Gelegenheit, ihn zu befragen, und als er sagte, er suche ein bestimmtes Buch, und uns bat, ihm zu folgen, da er uns dann gleich zur Verfügung stehen werde, folgten wir ihm in aller Bescheidenheit.

Wie üblich arbeiteten Mönche in ihren Lesenischen, Bruder Macabus jedoch war nirgends zu sehen. Mein Meister wies mich darauf hin, während wir auf Bruder Sacar warteten, der in einem großen Schrank suchte, dessen Borde mit vielen Psaltern, Gesangbüchern und Messbüchern bestückt waren.

«Man muss sehr aufmerksam sein, Herr Präzeptor», Bruder Sacar holte vom obersten Bord ein Buch herunter, «wenn man den Regeln des liturgischen Jahres folgen will. Manchmal, muss ich gestehen, komme ich selber durcheinander und muss mein *Brevarium* zu Rate ziehen, so wie auch heute», sagte er und blätterte ein riesiges Buch durch, das wohl sehr schwer war, denn mein Meister musste ihm helfen, es zu halten. «Seht Ihr ...», fuhr er fort, und wir bereiteten uns auf einen engagierten Disput vor (denn wie wir inzwischen wussten, liebte er es, sich über jedes Thema lang und breit auszulassen, und es war ein Glück, dass mein Meister das mit so viel Geduld hinnahm, denn wir werden sehen, wie erhellend und nützlich seine Worte für uns noch sein sollten), «es ist eine schwierige Zeit. Man muss sehr genau aufpassen, denn wie Ihr wisst, folgen die Gottesdienste nicht *per totum annum,* das ganze Jahr über, in der gleichen Art und Weise aufeinander, sondern zeigen eine Vielzahl von Abwandlungen, nach dem *Calendar,* der das ganze Jahr über unsere Liturgie bestimmt. Und meine vorzüglichste Pflicht besteht darin, die *passenden* und *allgemein gebräuchlichen* Hymnen und Psalmen auszuwählen, nicht nur nach dem *Temporale* oder Herrenjahr, sondern auch nach dem *Sanctorale*, dem Verzeichnis der Gottesdienste für die Heiligen, derer es, wie wir ja festgestellt haben, eine große Zahl gibt.» Er verstummte nachdenklich. «Um diese Jahreszeit ist es immer ein wenig schwierig, denn da wir uns der Fastenzeit nähern, gilt nicht nur ein striktes Verbot der Engelchöre, sondern zudem noch Veränderungen in den üblichen Responsorien, Antiphonen, Lobgesängen und Versikeln. Wir müssen uns in den nächsten Tagen auch vorbereiten auf die Anrufungen, Weihwasserbesprengungen, Segnungen und Weihen, auf die Grablegung und die *Improperia* ... die Prozessionen, die Waschung der Altäre, das *Mandatum* ...», er hielt inne und seufzte hingerissen. «Ich glaube, bei den Juden kennt man ähnliche Rituale, obwohl sie sich natürlich nicht damit aufhalten, über die Wunden unseres Herrn zu weinen ...» Er verstummte; vielleicht hatte er versuchen wollen, Eisik in unser Gespräch mit einzubeziehen, aber das war jämmerlich fehlgeschlagen, und er fürchtete wahrscheinlich, ihn verletzt zu haben.

«Gleichwohl», sagte Eisik, «war euer Christus Jude, und sein Leben wurde von der jüdischen Tradition bestimmt.»

«Oh ja», Sacar errötete, «da habt Ihr völlig recht, man vergisst das so leicht.»

«Wenn unser Herr noch lebte», fügte mein Meister hinzu, «würde ihm ein solches Programm leider wenig Zeit für eine Bergpredigt oder für Krankenheilungen lassen.»

Sacar lächelte. «Und doch können wir, seine demütigen Diener, seiner Werke nur in unserer *Oratio Dei,* in den *Cantus pastoralis* gedenken.»

«Den Hirtenliedern?»

«Also, in den Psalmen natürlich», berichtigte er gutgelaunt.

«Natürlich!» Darauf räusperte sich mein Meister, um anzuzeigen, dass er jetzt andere Dinge zu erörtern wünschte, und dass der Musikmeister seine Arbeit beenden möge, damit man dazu übergehen könne.

Sacar nickte zum Zeichen des Einverständnisses und sammelte alle notwendigen Informationen, indem er sich eine kleine Liste auf einem groben Stück Pergament notierte. Gleich darauf schloss er das Buch vorsichtig und legte es mit Andrés Hilfe an seinen Platz zurück. Und als wir das Scriptorium verließen und auf die Kirche zugingen, wandte er uns wie versprochen seine Aufmerksamkeit zu.

«Ich suche Bruder Setubar, habt Ihr ihn vielleicht gesehen?», fragte mein Meister.

«Nein, er hat heute beim Vormittagsgottesdienst gefehlt, vielleicht trauert er, so wie wir alle, um unseren lieben verstorbenen Bruder ... Doch im Licht der jüngsten Ereignisse wirkt es ein wenig beängstigend.» Da änderte sich sein Gesichtsausdruck, er sah gequält aus. «Oh Herr Präzeptor! Was geschieht bloß mit uns?»

«Es ist ein Unglück, Bruder ...», sagte mein Meister, und ohne auf eine Antwort zu warten fuhr er fort: «Ich war noch gar nicht in der Lage, Euch mein herzlichstes Beileid zu Eurem schweren Verlust auszusprechen ... Bruder Samuels Tod muss für Euch sehr schmerzvoll gewesen sein.»

Sacar hob die Hand, als wolle er der Entschuldigung meines Meisters Einhalt gebieten. «Ich danke Euch, Herr Präzeptor. Ich stelle ihn mir vor, wie er in den Engelschören des Himmels mitsingt, und das gibt mir inneren Frieden.»

«Ach ja, das ist wohl nach so vielen gemeinsamen Jahren ein schwerer Verlust?»

«Die wenigen Jahre, die wir uns kannten, waren wirklich sehr kostbar», seufzte er und schloss die Augen.

«Dann seid Ihr also erst vor kurzem in dieses Kloster gekommen?»

«Oh nein, ich bin schon hier, seit ich ein junger Mann war, nicht älter als Euer Chronist ... ach, jene Tage waren noch so –»

Mein Meister unterbrach ihn, indem er sich räusperte. «Dann war also Bruder Samuel erst seit kurzem hier?»

«Ja», antwortete er, «er und die anderen kamen aus einem Kloster, dessen Mitglieder immer weniger wurden, sodass es gezwungen war, seine Tore zu schließen.»

«Wenn Ihr sagt, die anderen Brüder, dann meint Ihr damit Setubar, Ezechiel und Bruder Daniel?»

«Ja, genau.»

Es entstand ein Schweigen, und die Augenbrauen meines Meisters bewegten sich heftig. «Also kamen die vier ungefähr im Jahre vierundvierzig hierher?»

«Ja, ich glaube, es war vierundvierzig, ist das denn von Belang für Euch?»

«Ich möchte unbedingt herausfinden, wer die ursprünglichen Gründer dieser Abtei waren.»

«Ach so ... nun ja, uns wurde gesagt, dass neun Brüder aus mehreren fernen Ländern und vier aus Frankreich von einer, wie es heißt, geistigen Stimme hierher gerufen wurden. Der Legende nach kamen sie unabhängig voneinander hier an, und doch haben sie, als sie noch ganze Tagesreisen voneinander entfernt waren, sich gegenseitig beim Namen gerufen, als hätten sie sich schon ihr Leben lang gekannt.»

«Tatsächlich. Und haben sie lange gelebt?»

«Das weiß ich nicht», antwortete er mit einem Stirnrunzeln, «ich glaube, sie starben, kurz nachdem das Kloster fertig gebaut war. Wir haben da ein Grab mit einem Grabstein ... eins unserer ältesten ... Auf jeden Fall gab es zu diesem Zeitpunkt genügend Mitglieder, um ihr Werk fortzusetzen, und so wurde ein Abt bestimmt.»

«Und wie hieß der?»

«Nicholas von Aragon, ein spanischer Mönch, der viele Jahre im Heiligen Land gelebt hatte», er blickte Eisik an, «im Land Eurer Vorväter! Ach ja, und er war auch ein begnadeter Übersetzer. Ich kannte ihn nicht, denn er starb, bevor ich hierher kam.»

«Aha ... also sind hier alle Äbte Übersetzer?»

«Oh ja, das ist Tradition. Der nächste, der auf Abt Nicholas folgte, war Abt Otto von Troyes, und dann natürlich Abt Bendipur, der selbst ein großer Gelehrter ist und viele Sprachen beherrscht, darunter Aramäisch und Griechisch, aber auch, was noch wichtiger ist, ägyptisches Koptisch.»

Der Abt konnte Griechisch! Eine Menge Gedanken schossen mir durch den Kopf.

«Dann hat also auch Bruder Bendipur, bevor er Abt wurde, im Scriptorium gearbeitet?»

«Nein ... nicht im Scriptorium, sondern in der Bibliothek», sagte er fast flüsternd. «Bruder Ezechiel nahm die Stelle Bruder Bendipurs als Hauptübersetzer ein, als der zum Abt ernannt wurde, und die Geheimnisse der Bibliothek wurden an ihn weitergegeben.»

«Dann war also der Abt der Bibliothekar?»

«Nein.»

«Wieso nicht?»

«Der Hauptübersetzer ist nicht immer der Bibliothekar, und der Bibliothekar ist nicht grundsätzlich der Hauptübersetzer ... in den meisten kleineren Klöstern ist es üblich, dass sich der Musikmeister um die Bücher und die Bibliothek kümmert, aber wie Ihr seht, ist das in einem größeren viel zu schwierig. Deshalb haben wir einen Bibliothekar, der sich um die tägliche Arbeit im Scriptorium kümmert, aber die eigentliche Bibliothek ist der Bereich des Hauptübersetzers. Er allein darf sie betreten. Ihr findet das vielleicht seltsam, aber Mönche sollten nicht allzu leicht Zugang zu Büchern bekommen, das lenkt sie nur von ihrer Arbeit und ihrer Kontemplation ab. Auch können Bücher leicht beschädigt werden; sie sind alt und dürfen nicht Licht und Feuchtigkeit ausgesetzt werden, Bücher, die ständig benutzt werden, halten nicht lange. Es liegt an der Säure, die im Schweiß enthalten ist, habe ich mir sagen lassen, die schadet ihnen. Auf jeden Fall war Abt Bendipur der Hauptübersetzer, und als er Abt wurde, Bruder Ezechiel. Aber Ezechiel war sehr alt und sah schlecht, und schon vor einiger Zeit wurde es notwendig, dass man einen Ersatz für ihn fand.»

«Also bereitete Bruder Ezechiel Anselmo auf dieses Amt vor?»

«Wer hat Euch das gesagt, Herr Präzeptor?», fragte er überrascht.

«Bruder Macabus hat erwähnt, Bruder Ezechiel habe Anselmo ein paar Mal in die Bibliothek mitgenommen. Darüber schien er nicht gerade glücklich zu sein.»

«Und das ist ja auch verständlich.» Er blickte sich um und kam näher heran. «Anselmo ist noch sehr jung. Noch nie ist einem so jungen Menschen ein solches Privileg gewährt worden ... und doch, Herr Präzeptor, müssen wir an unser Gelöbnis des Gehorsams denken, und dieser Gehorsam hat prompt zu erfolgen und keine Fragen zu stellen. Wir dürfen nicht unserem eigenen Willen folgen, noch unseren Gelüsten und Vergnügungen nachgeben, sondern müssen den Befehlen und Anordnungen des Abtes und der ältesten Brüder Folge leisten. Wenn die Wahl des Abtes auf Anselmo fiel, dann hätte sich Bruder Macabus freuen sollen, dass es hier im Kloster einen so hervorragenden Übersetzer gab und man ihn nicht anderswo herholen musste. Bruder Macabus ist jedenfalls kein großer Übersetzer, nur ein mittelmäßiger, wie mir gesagt wurde, obwohl ich das durchaus nicht abschätzig meine. Anselmo war besser, aber er erwies sich als zu jung und als ... unverschämt.»

«Also hat Bruder Ezechiel seine Meinung über ihn geändert?»

«Natürlich, das heißt, als Anselmo überall herumprahlte, was er alles in der Bibliothek gesehen habe, was hätte er da anderes tun sollen? Es ging auch das Gerücht, dass Anselmo mit der Arbeit, die ihm Bruder Ezechiel gegeben hatte, nicht zufrieden gewesen sei, sondern dass er mehr wollte, mehr sehen wollte, mehr tun wollte ... aber das ist nur Klosterklatsch.»

«Hat Anselmo Euch gegenüber seinen Ärger über diese Zurückweisung je zum Ausdruck gebracht?»

«Im Gegenteil. Er sagte zu mir, dies sei eine gute Lehre in Demut und Gehorsam.»

«Und was ist mit dem anderen Novizen, dem jungen Jérôme?»

Bruder Sacars Gesicht verfinsterte sich. «Er ist verschwunden … manche sagen, dass er sich mitten in der Nacht davongeschlichen habe, und ich kann nur sagen, umso besser. Er war ein seltsamer Junge.»

«Wie meint Ihr das, seltsam, Bruder?»

«Es war irgendwie etwas Unnatürliches an ihm … so etwas Weibisches … aber in den Heilkünsten war er gut. Ein richtiger Wunderheiler, wie mir der Klosterarzt einmal gesagt hat, obwohl auch er erwähnte, dass der Knabe ein wenig zu … enthusiastisch sei.»

«Aber ich bitte Euch, mein Bruder, wie kann ein Arzt zu enthusiastisch sein?»

Er senkte die Stimme zu einem Flüstern. «Ich kann nur sagen, Bruder Asa hat ihn mehr als einmal ermahnt, weil er zu früh zu viel zu wissen begehrte. Gewisse Dinge darf man nur nach und nach erfahren, Herr Präzeptor, dem eigenen Reifeprozess entsprechend.»

«Hat er gesagt, um was für Dinge es sich dabei handelte?»

«Nicht so genau, denn ich glaube, er wusste vieles selber nicht. Armer Bruder Asa.» Er seufzte. «In den Augen seines Meisters wird er immer ein Schüler bleiben. Ich glaube, Setubar wollte nicht viele seiner Geheimnisse preisgeben, und das führte zu einem Bruch zwischen ihnen. Jedenfalls glaubte er nicht, dass ein Arzt in das Wirken der Natur eingreifen sollte …»

«Und Bruder Asa versuchte das?»

«Oh nein!», rief er erschrocken und schlug sich die Hand vor den Mund, als habe er Angst, der Teufel könne durch einen so indiskreten Zugang leichter in ihn eindringen. «Das glaube ich nicht … ich weiß es nicht.»

«Ich verstehe …»

«Aber was diese ganzen Anspielungen auf Hexerei betrifft, da ist er unschuldig. Dessen bin ich mir sicher.»

Mein Meister muss damit zufrieden gewesen sein, denn er wechselte das Thema. «Dann ist das also nicht nur ein Kloster für vorzügliche Musik, sondern auch für Übersetzer?»

«Das war es von Anfang an», lächelte der Musikmeister, jetzt wieder ganz entspannt.

«Ich danke Euch für Eure erhellenden Darlegungen. Wir dürfen Euch nicht länger in Anspruch nehmen, mein Bruder, ich sehe ja, dass Ihr viel zu tun habt.»

«Ich hoffe, ich war für Euch von Nutzen, obwohl ich, was allen Klatsch betrifft, nur sehr begrenzten Einblick habe ... Ihr glaubt doch nicht, dass der Teufel der Eifersucht für all diese schrecklichen Ereignisse verantwortlich ist, Herr Präzeptor?», fragte er ein wenig ängstlich.

«Das weiß ich nicht, Bruder Sacar, aber ich habe es mir zum Ziel gemacht, das herauszufinden. Eins noch, die Orgel, wie bedient man die, gibt es da vielleicht einen Code?»

«Oh ja», antwortete er widerstrebend, «und ich werde dieses Geheimnis wahren, bis ich auf dem Sterbebett liege, Herr Präzeptor, dann werde ich es meinem Nachfolger ins Ohr flüstern, so wie das bei mir auch war.»

«Aber nachdem Bruder Samuel doch ganz plötzlich starb, wie wir aus allen Berichten wissen, wie kann er es Euch da noch gesagt haben?»

Er hatte sich kurz eine Blöße gegeben. «Ja, das ist seltsam. An dem Abend, bevor er starb, kam er zu mir und sagte es mir, als wüsste er, dass sein Ende nahe sei ...»

«Das wirft eine andere Frage auf, habt Ihr denn einen Bruder, der Euch nachfolgen könnte? Vielleicht Anselmo ... jetzt, da er von den Verpflichtungen in der Bibliothek befreit ist?»

«Vielleicht ...» Bruder Sacar verstummte.

«Also werdet auch Ihr Geheimnisse vor Eurem Gehilfen haben, genau wie Setubar vor Asa und Samuel vor Euch?»

«Oh, das ist bei uns eben Tradition», er zuckte die Schultern. «Was kann ein guter Mönch anderes tun, als der Tradition zu folgen?»

«Ich möchte Euch noch einmal danken», sagte mein Meister mit einer Verbeugung, und der Musikmeister verließ uns und ging auf die Kirche zu.

«Jetzt sind die Dinge ein wenig klarer, *Inschallah!*» sagte André, diese Einschränkung (so es Gott gefällt) allerdings erst hinzufügend, als der Mönch außer Hörweite war, wobei der Heide in ihm in diesem Augenblick wie eine Hydra aus der Tiefe auftauchte.

«Inwiefern, Meister?» Ehrlich gesagt, fiel es mir schwer, das zu glauben. Es gab jetzt nur noch mehr Verdachtsmomente, die uns verwirren konnten, und ich grübelte über die Motive des Abtes nach und sogar über die Sacars!

«Es gibt jetzt kaum mehr Zweifel daran, dass dieses Kloster zwei Aufgaben erfüllt; an der Oberfläche verhält es sich wie jedes ganz normale Kloster, und unter dieser Oberfläche ist es ein Zentrum für die Übersetzung geheimer Texte. Außerdem sind die vier alten Brüder erst seit zehn Jahren hier, und dieses Datum fällt mit dem eines anderen interessanten Ereignisses zusammen.»

«Dem Jahr der Belagerung von Montségur», fügte Eisik hinzu.

«Das beweist, dass Setubar den Inquisitor nicht angelogen hat. Die Burg der Katharer liegt zwar ein Stück entfernt, aber nicht so weit, dass man eine Verbindung zu dem Kloster hier ausschließen könnte. Ich bin davon überzeugt, dass die alten Brüder tatsächlich die Ketzer von Montségur waren, alle vier. Schauen wir einmal, was wir wissen. Erstens ist das Kloster ein Jahr vor dem Fall Jerusalems gegründet worden. Bruder Sacar sagte, neun der Gründer seien Mönche aus fernen Ländern gewesen, er hat aber nicht gesagt, dass es Zisterzienser waren. Vier kamen aus Frankreich. Alle drei Äbte haben entweder im Heiligen Land gelebt oder konnten die wichtigsten orientalischen Sprachen, um übersetzen zu können. Jeder Abt war erst Hauptübersetzer gewesen, bevor er Abt wurde. Wir haben auf dem Friedhof das Grab eines Templers gesehen, des ersten Abtes des Klosters. Sacar hat uns das auf seine Weise berichtet. Es kann aber noch andere, nicht gekennzeichnete Gräber geben, die wir gar nicht entdeckt haben.»

«Wollt Ihr damit sagen, dass die Gründermönche Templer warten?», fragte ich.

«Ich habe es dir ja gesagt, André! Ich habe sie gerochen», Eisik drohte ihm mit dem Finger, «aber du wolltest ja nicht hören.»

«Das erklärt vielleicht ...», sagte mein Meister gedankenverloren, als habe er Eisik gar nicht gehört, «warum der Großmeister bei unserer Audienz beim König mit anwesend war, und auch, warum man gerade uns hierher geschickt hat. Das ist natürlich nur eine Annahme, eine Hypothese, und wir dürfen nicht vergessen, wie gefährlich es ist, eine Hypothese aufzustellen, weil sie uns vielleicht auf nur einen Aspekt beschränkt, während es noch andere gibt, die es genauso verdienen, beachtet zu werden.»

«Warum sollten neun Ritter so weit entfernt vom Heiligen Land ein Zisterzienserkloster gründen? Warum nicht eher eine Komturei?», fragte ich.

«Vielleicht, um irgendwelche geheimen Übersetzungen durchzuführen, mit Einwilligung des heiligen Bernhard, weit weg von aller kirchlichen Gängelung, und das würde auch erklären, warum die Äbte dieses Klosters niemals einer Versammlung des Generalkapitels beigewohnt haben. Vielleicht hat unser Orden damals das Thomas-Evangelium und dazu noch andere Evangelien ...»

Als wir an den Ställen vorübergingen, sagte mein Meister: «Was es auch sei, wir müssen vor allem verhindern, dass es dem Inquisitor in seine Raubvogelkrallen gerät.»

«Aber André!», rief Eisik aus, wobei ihm die Augen fast aus seinem knochigen Kopf sprangen. «Nach dem, was der Junge sagt, hat Setubar ihm vielleicht schon alles erzählt!»

«Ja, aber ich glaube nicht, dass Setubar den Code für die Orientierung in den Geheimgängen kennt ... außer er hat sie aus Daniel herausgequetscht ... wir müssen ihn finden und selbst fragen.» Er sah sich nachdenklich nach allen Seiten um. «Wo könnte der alte Mann bloß sein? Welche Stunde haben wir?»

«Es ist fast Sexta, Meister», antwortete ich.

«Wir müssen auch herausfinden, was der seltsame Zahlencode auf der Orgel bedeutet.» Er sah ein wenig zerstreut aus. «Die innerste Kammer ... vielleicht die heilige Stätte, an der ein kleiner Junge, den die vier Brüder hierher gebracht haben, abgesondert lebt ... heilige Texte ...»

«Wir sollten lieber unseren Kopf anstrengen!», flüsterte Eisik scharf und angstvoll. «Hör auf, zu grübeln, André! Die Lebenden werden langsam rar in diesem Kloster! Schau dich nur um, die Leichen stapeln sich ja schon!»

«Ja, Eisik, auch das macht mir Sorgen.»

«Mir kommt es aber so vor, als würdest du dich vor allem um deine Rätselaufgaben sorgen», sagte er vorwurfsvoll und sprach damit aus, was ich schon die ganze Zeit dachte. Allerdings war auch ich von den mysteriösen Vorfällen verführt worden und hatte vergessen, dass Menschen in Lebensgefahr schwebten.

Als wir bei den Ställen um die Ecke bogen, verließ uns Eisik und stieg zu seiner Kammer über den Tieren hinauf, wobei er den Kopf schüttelte und leise düstere Prophezeiungen murmelte, und wir gingen stillschweigend mit unseren eigenen Befürchtungen weiter. Doch als wir uns dem Werkraum des Hufschmieds näherten, wurden unsere Gedanken von einem schrecklichen Geräusch unterbrochen. Sofort ließ mein Meister mich einen Augenblick am Eingang des Gebäudes stehen, um die Ursache herauszufinden, und während ich auf seine Rückkehr wartete, wobei ich mich unter den Blicken so vieler Augen sehr unwohl fühlte, sah ich den Bischof aus dem Küchenhaus kommen und etwas unter dem Arm davontragen.

Seine Eile und die Falten seines Ordensgewandes verbargen, was es war, ich konnte es nicht erkennen, sah nur, dass es sehr groß sein musste. Der Ordensbruder von Narbonne, der auf dem Weg zum Gottesdienst war, stieß fast mit ihm zusammen, als er um die Ecke der Kirche bog. Es folgte ein ärgerlicher Wortwechsel zwischen den beiden, und der Bischof verschwand durch den Eingang zum Kreuzgang, während der Ordensbruder ihm boshaft nachsah. In diesem Moment trat der Zisterzienser zu ihm, und sie steckten kurz die Köpfe zusammen, wobei sie sich, wie es schien, misstrauisch umsahen, bevor sie in die Kirche gingen.

Auf dem Weg zur Heiligen Messe waren auch die Jungfrau und ihr Vater, die vom Pilgerhaus herüber kamen. Da ich so stand, dass ich zum Teil von einem alten Baum verdeckt wurde, konnte ich sie beobachten, ohne bemerkt zu werden. Ihr Gesicht, das ein leichtsinniger Windstoß enthüllte, indem er ihr die Kapuze vom Kopf wehte, das Gesicht einer jungen Frau von außerordentlich heller Farbe, besaß edle Zügen und einen vornehmen Ausdruck. Ich sah, wie hell ihre Augen strahlten, wie vollkommen ihre Zähne waren. Mit einer nachlässigen Bewegung warf sie elegant ihre schwarzen Flechten zurück, die ihr in Löckchen auf die reizenden Schultern fielen ... Ich war stumm, was sonst! Verhext von ihrer Lieblichkeit spürte ich, wie meine Augen an jener reinsten, weichen Stelle haften blieben, wo ihr schlanker Hals in die Rundung der Schultern überging. Hier hielt eine große goldene Spange die Falten eines langen karminroten Mantels zusammen, der locker über einem Samtkleid derselben Farbe hing und doch die Gestalt darunter nicht verbarg ... Glücklicherweise betrat sie gleich darauf die Kirche und entschwand meinen sündigen Augen. Einen Augenblick lang war sie die Frau aus meinem Traum gewesen, die Göttin Natur, der ein Jasminduft folgte, und ich spürte, dass ich heftig errötete.

Ich hörte nicht, dass mein Meister hinter mich trat, ich spürte nur, wie er mir einen fast zu kräftigen Klaps in den Nacken gab.

«Wie wunderbar wäre die Welt, wenn es das Weib nicht gäbe!», sagte er ruhig.

«Aber Meister, dann gäbe es uns doch gar nicht!», antwortete ich ein wenig ärgerlich und rieb mir den schmerzenden Nacken.

«Ach ... Christian, aber wir brauchten ja nicht geboren zu werden! Wir wären doch alle im Paradies. Jedenfalls, wenn nicht vorhin dieses schreckliche Unglück mit der Lawine gewesen wäre, dann hätte sie sicher nicht die Erlaubnis bekommen, hier zu bleiben. So aber verführt sie die Blicke dummer Knappen, und je eher sie geht, desto besser!»

«Dann sagt Ihr also, Meister», antwortete ich, denn ich fand, dass André zu sehr wie Setubar klang, «dass das Schöne zu meiden sei, aber das entspricht nicht dem, was uns Plato lehrt.»

«Nein, da hast du ganz recht», stimmte er zu, als wir den heißen, öligen Raum betraten, in dem der Schmied arbeitete. «Er sagt, dass man, wenn man sich in die Schönheit eines menschlichen Wesens verliebt (denn was kann man anderes tun, als sich in solch einen teuflischen Trug zu verlieben), alsbald sieht, dass diese Schönheit der aller anderen menschlichen Wesen gleicht, und dass man durch die Liebe zur körperlichen Schönheit dazu kommt, die geistige Liebe kennenzulernen, die man dann bald als die jener anderen weit überlegene begreift, wodurch man schließlich die Schönheit jeder Form von Wissen erkennt, *ergo*, Liebe zu schönen Worten und Gedanken erlangt, die hoffentlich zum Begreifen der einen allerhöchsten Form des Wissens führt, nämlich zu Gott selbst», schloss er.

«Ja, genau das ist es!», sagte ich triumphierend.

«Ach, Christian, aber an etwas hast du dabei nicht gedacht.»

«Meister?»

«Plato war kein Mönch, und er schaute gerne schöne Knaben an.»

«Also», sagte ich schnell, denn ich war übertölpelt worden und wollte solche Sachen über Plato auch gar nicht wissen, «was wir da gehört haben, war das der Schrei eines Tieres, das ein Hufeisen bekam oder gebrandmarkt wurde?»

«Nein ... es war der Koch», antwortete er, und wir stiegen die Stufen hinauf.

Der Koch wurde in einem großen Raum gefangen gehalten, der einen Teil des Gebäudes einnahm, das die Schmiede benutzten. Ich musste sofort niesen, als wir den Raum davor betraten, denn darin war dichter Rauch, der aus den Essen kam, und der Geruch nach verbranntem Tierhaar, Geröl und anderen beißenden Stoffen. Wir gingen direkt auf eine Türe zu, die von zwei Bogenschützen bewacht wurde, deren undurchdringliche Miene wenig über ihre Person aussagte, sie vielmehr wie die Steinskulpturen vor der Kirche aussehen ließ. Mein Meister befahl den beiden Männern im Namen des Königs, beiseite zu treten. Daraufhin verdüsterte eine Wolke der Unsicherheit ihre Stirn, denn das Benehmen meines Meisters war so, dass es ein striktes Befolgen seines Befehls unumgänglich machte, und so gehorchten sie widerstrebend und ließen uns durch.

Drinnen erblickten wir den Koch, der in dem großen Raum, in dem es übel stank, auf dem Boden saß. Die Hände waren ihm hinter dem Rücken in groteskem Winkel zusammengebunden, und von einer Vorrichtung an der Decke hing ein Seil herunter. Vor uns stand zwischen zwei weiteren Bogenschützen der Inquisitor, vor Zorn ganz rot im Gesicht.

«Was habt Ihr zu dieser Störung vorzubringen, Bruder Templer? Wir müssen uns hier um wichtige Dinge kümmern. Wenn Ihr uns bitte verlassen wollt ...»

«Ich habe nicht die Absicht, Euch in Eurem *heiligen* Tun zu unterbrechen, Rainiero, mir ist nur die Nachricht zugekommen, dass Bruder Setubar seit der Zeit vor der Messe vermisst wird. Ich brauche wohl nicht zu erwähnen, was das bedeuten kann ...»

Der Mann runzelte die Stirn, Anzeichen von Unruhe zogen über sein Gesicht, und dann wurden seine Augen schmal. «Habt Ihr das Kloster durchsucht?»

«Ja, aber ohne Erfolg.»

«Dann wird das hier warten müssen.» Er befahl seine beiden Bogenschützen aus dem Raum. «Vielleicht werden wir zu all den Leichen noch eine hinzuzufügen haben!», bemerkte er, damit alle seine Vorhersagen hörten und ihn als klug bezeichnen konnten, falls sie sich bewahrheiteten. Er blieb vor meinem Meister stehen und sah ihn abschätzig an. «Ich muss gehen und dem Hauptmann der Wache den Befehl geben, den alten Mann zu suchen, aber die *Inquisitio* wird heute weitergehen, selbst wenn alle Mönchen des Klosters tot aufgefunden werden.»

Damit verließ er den Raum, und wir waren mit dem Koch allein.

Das Gesicht des armen Mannes war so entstellt, dass ich in ihm nur schwer den Mann von vorher erkennen konnte. Sein linkes Auge sah man gar nicht mehr, und seinen Mund kann ich nicht beschreiben. Es mag genügen, zu sagen, dass sämtliche Zähne, die er etwa gehabt haben mag, nicht mehr da waren, und dass sich seine aufgeplatzten und zerschlagenen Lippen zu einem grässlichen Lächeln verzogen, als er uns erblickte.

Mein Meister band ihm die Hände los und half ihm auf. Später sollte ich erfahren, dass er an den Handgelenken, die ihm, wie wir sahen, auf dem Rücken gefesselt waren, an einem Seil hochgezogen worden war. Dann war er immer wieder ruckartig ein kleines Stück heruntergelassen worden. Das Ziel dieser Art von Folter war, größtmöglichen Schmerz in kürzester Zeit zuzufügen, denn es brauchte nicht viel, um dabei beide Arme zu brechen und ein entsetzliches Auskugeln der Schultern zu verursachen.

«*Por favor señor!*», schrie er, wobei ihm Tränen über die gebrochenen Wangenknochen rannen. «*Madre mía! Dios mío!* Ich habe getan nichts ... nichts! Muss ich fliehen! Niemand ist sicher! Ohh, *miseria, miseria,* ich habe getan nichts, Ihr müsst mir glauben!»

War es möglich, dass das der riesenhafte Mann war, den ich vor zwei Tagen in der Küche kennen gelernt hatte?

«Wenn ich dir glauben soll, musst du mir alles sagen!», sprach mein Meister.

Der Mann sah unschuldig wie ein kleines Kind auf. «Es ist mein Sünde, dass ich habe gearbeitet in die Küche von Papst seine Feind ... das ist wahr, aber ich bin immer gewesen *un* gut *católico* ...! *Mi único* Irrtum, *señor* ...»

«In der Tat, dein einziger Irrtum ist, dass du ein Ketzer warst, im Bündnis mit anderen Ketzern», sagte mein Meister scharf.

«Was ist Ketzerei, *señor*? Ist Ketzerei, zu tun ehrliche Arbeit? Zu denken mit deine *cabeza* – deine Kopf? Nein ... nein!», schrie er trotzig, schüttelte den Kopf und brach dann in Schluchzen aus, wobei sich seine gewaltige Brust im Rhythmus mit seinen breiten und jetzt entstellten Schultern bewegte.

«Vielleicht nicht», schloss mein Meister, «aber da bleibt immer noch die Tatsache bestehen, dass du mich nicht genügend von deiner Unschuld in Bezug auf die schrecklichen Vorkommnisse der letzten Tage überzeugt hast.»

«Por favor ...» Er kam näher, und stechender Zwiebelgeruch drang mir in die Nase. «Ihr müsst vergeben mir ... ich war nicht total *sincero* ... ist sehr schwer für mich, *señor* ...» Er musste husten und spuckte.

«Sag mir die Wahrheit, denn Bruder Setubar hat mir dein Geheimnis erzählt.»

Der Mann sah völlig entgeistert aus. «Er hat erzählt Euch?»

«Er hat mir erzählt, dass du zu denen gehörtest, die Pietro da Verona ermordet haben.»

Es entstand ein schreckliches Schweigen.

«Dann bist du also nicht nur ein Mörder», fuhr mein Meister barsch fort, «sondern auch ein Ketzer und ein Feind der Kirche, ein Mann, der sehr wohl fähig ist, noch einmal zu töten, um zu verhindern, dass sein Geheimnis entdeckt wird.»

Er reckte sich auf, so gut er noch konnte, und antwortete trotzig: «Es stimmt. Ich habe gemordet eine dreckige Inquisitor ... aber niemals wieder ich habe getötet. Buße ich habe getan ... aber die andere, sie sind frei, Giacomo er ist frei ... wir haben gekämpft in eine Krieg, Ihr müsst verstehen? Ihr selbst kämpft in Krieg ...»

«Ich habe niemals das Schwert gegen einen Christen erhoben», sagte mein Meister ruhig, woran ich erkannte, dass er erregt war.

«Und Ihr denkt, Ihr seid besser als ich!», sagte der Koch bitter. «Ich höre, was sie sagen von Euch, Ihr seid *un* Ungläubige, Ihr tötet Eure eigene Leute!»

«Ich bin Christ.»

«Ihr denkt, das macht Euch ein Heilige, weil Ihr tragt das Kreuz? Was für ein Gefühl ist das, wenn Ihr tötet Euer eigen Blut? Ihr seid wie ich, Ihr tötet, wenn Euch passt!» Einen Augenblick hob sich seine Brust, wie bei einem Hahn in dem Moment, bevor er zu krähen beginnt, dann wurde er verzagt und ließ die Schultern hängen, vielleicht, weil er begriff, dass er nichts gewann, wenn er mit dem einzigen Mann stritt, der ihm noch helfen konnte. «Ich habe getan Buße, mir ist vergeben worden, ich bin gekommen zurück an die Busen von Mutter!»

«Du lügst zu leicht, Koch, es hat keinen Sinn, der Wahrheit auszuweichen. Gestehe mir alles, und ich werde sehen, dass du ein gerechtes Urteil bekommst.»

Der Koch wurde hysterisch, er lachte und spuckte und hustete, und einen Augenblick sah ich in seinen Augen eine Andeutung seines früheren Ichs. «Gerecht! Zu spät, Herr Präzeptor, für Gerechtigkeit, ich bin wie *un cerdo* – ein Schwein am Fest von Sankt Johannes. Gibt es keine Hoffnung für mich. Jetzt bin ich der, welche wird gekocht, nein?»

«Sag es mir, damit ich deine Qualen erleichtern kann. Wenn du ehrlich zu mir bist, kann ich dir das Leben retten, denn ich habe einen Brief bei mir, der mit dem Siegel des Königs versiegelt ist. Ich soll mit allen Angeklagten zurückkehren! Hast du die alten Brüder vergiftet?»

«Ich habe getötet niemand!», schrie er.

«Wie bist du dann an den Stoff gekommen?»

«Was?» Das Gesicht des Mannes wurde plötzlich unergründlich.

«Den Stoff, der deine Visionen herbeiführt!»

«Ich habe gesehen *la Virgen! La Virgen!*»
«Sag es mir, denn ich weiß, dass du etwas Verbotenes benutzt hast. Sag es mir, oder wir werden sehen, was der Inquisitor davon hält.»
Der Mann wurde blass. «*Por el amor de dios!* Ich habe getötet niemand ... ich habe nur ... die Honig ...»
«Honig?»
Der Mann sah sich um und senkte die Stimme zu einem lauten Gebrumm. «Was Rodrigo bekommt gesagt, Rodrigo tut, als Buße ...»
«Was hast du gemacht? Ich verliere langsam die Geduld, heraus damit!»
Der große Mann zitterte. «*Sí ... sí ...* bevor Ihr seid gekommen hierher, Herr Präzeptor, ich bekomme gesagt, ich soll nehmen etwas *miel*, etwas Honig, und geben in Topf, und da hinein ich gebe trockene Kräuter, und ich musste es auf die Seite stellen für die alten Mönche. Manchmal ich tauche Rosinen hinein, manchmal es wird in den Wein geschüttet, in den Zimmern von die Alten, um ihn süß zu machen. Ein Tag, *Maria Santísima*, ich habe davon getrunken ... *vos sabéis, yo también soy muy curioso* ... ich bin neugierig wie Ihr, ich will wissen, was es macht so *especial* ...»
«Weiter.»
«Sie kam ... so trocken war mein Mund, und ich spüre die Herz, wie es schlägt, und ich fliege zu ihr ... Ahh! Aber *er* hat herausgefunden, er war sehr böse, *muy nervioso* – sehr nervös. Mache das nie wieder, er sagt zu mir ... aber will ich sehen *la Virgen*, nein? Ich gehe zu Bruder Asa, ich sage ihm, ich brauche ein wenig *hierbas* aus die Herbarium für die Essen. Er lässt mich hinein. Ich weiß noch, wie die Kräuter sehen aus, und nehme ein Bündel zu trocknen über dem Feuer ...»
Ich war plötzlich wie vom Donner gerührt, denn jetzt wurde mir zweierlei klar. Erstens konnte ich mich erinnern, dass ich gesehen hatte, wie der Koch genau das tat, was er eben beschrieben hatte, und zwar, als ich vor der Werkstatt der Schmiede wartete, am Tag zuvor, als meinem Meister die

Kopfwunde zugefügt worden war. Zweitens begann ich zu begreifen, warum ich mich so seltsam gefühlt hatte! Diese Träume! Es war der Wein!

«Wer hat dich gebeten, den Honig zu präparieren, und wer hat dir gesagt, dass du ihn niemals versuchen darfst?»

Der Mann zögerte.

«Wer hat dir das gesagt, Koch?»

«Der alte Mann, er hat mir gesagt es ist für die alte Mönche. Er hat gesagt, wenn ich jemals mache meine Mund auf, er sagt dem Abt mein Geheimnis.»

«Setubar ...», sagte mein Meister nachdenklich, «das Gift ... an den Rosinen ... und auch im Wein ... aber Bruder Samuel starb schnell, nur ein paar Augenblicke, nachdem er die Geheimgänge betreten hatte. Die Rosinen und der Wein vergifteten die Brüder langsam während einer größeren Zeitspanne, damit kein Verdacht aufkommen konnte. Sag mir etwas über die Gänge!»

«Gänge?»

«Antworte mir, denn ich weiß, dass du dafür verantwortlich warst, ihnen Essen zu bringen!»

«Wie? Wer?»

«Ich habe dich mit eigenen Augen gesehen.»

«*Madre mía!*» Der Mann war völlig perplex, und ich auch.

«Sag mir alles.»

«Das Geheimnis! Ich habe müssen schwören ...»

«Sag es mir! Du musst es mir sagen!», sprach mein Meister ein wenig grob.

«Das verborgene Manna!», rief der Mann aus und fiel auf die Knie. «Man hat mir gesagt, man kann nicht wissen diese Geheimnis und leben.»

«Aber du lebst doch», betonte mein Meister.

«Ich habe nicht sprechen gekonnt und der alte Mann hat gewusst ... Er hat gesagt, wenn ich mache meine Mund auf, er wird erzählen dem Abt mein Geheimnis. Fragt mich nicht nach die Geister, die sind keine Geister, weil Geister essen nicht! Ich habe das gemacht als Buße für Sünden, aber wenn ich sage Euch, was ich weiß, Ihr werdet mir helfen?»

«Das kommt darauf an, was du weißt.»

Er dachte einen Augenblick nach und erwog die Dinge. «Es sind zwölf», flüsterte er schließlich, denn ihn hatten viel zu viele Ängste gepackt, als dass es ihm auf eine mehr noch angekommen wäre. «Sie heißen die ‹Stillen›, ich weiß es sind zwölf, denn ich bekomme gesagt, ich soll ihnen bringen zwölf Teller Suppe, und zwölf Anteile Brot ...»

«Sollten es nicht dreizehn sein?», fragte ich, «wenn man den Knaben dazu rechnet?»

«Ihr wisst von die Knabe?» Der Mann zitterte, sichtlich verängstigt. «Ich ... ich ... sein Name ist nicht gekannt, ich habe ihn niemals gesehen, andere haben gesehen, aber nur wenige, nur die Alten, die ihn bringen hierher ... er war *solito*, allein, weg von allen, hat nur gelebt in sein eigene Zimmer, nahe bei Abt, seit er ist gekommen, vor Jahren. Sie sagen, dass die ‹Stillen› ihn ‹unterrichten›, und so er besucht die Gänge, die Katakomben ... das ist gut gekannt, alle wissen es, aber wenige sprechen.»

«Wer sind diese ‹Stillen›?»

«Sie sind Eremiten ... wer weiß schon?» Er zuckte die Schultern, fuhr aber gleich vor Schmerz zusammen. «Niemand sieht sie, ich lasse Essen hinter die Vorhänge, ich bekomme gesagt, ich muss gehen *inmediatamente.*» Er sah mich mit seinem gesunden Auge an und nickte. «Weil zu sehen einen davon bedeutet blind werden. Deshalb war Ezechiel dabei, blind zu werden ... sie sagen, sie sind auch *transparente,* sagen dass die Galle und das Blut in ihre Körper ist zu sehen wie durch Glas, weil sie haben nie gesehen die Sonne, andere sagen sie sind älter als diese Kloster! Dass sie niemals sterben! *María Santa!* Der Tag wo Ihr kommt es ist passiert etwas, das ist sehr seltsam ... der Abt befiehlt absolute *silencio,* verbietet alle, aus ihre Zelle herauszugehen außer für *oficio,* dann der Junge ist verschwunden.»

«Wie weißt du denn, dass er verschwunden ist, wenn du ihn nie gesehen hast?»

«Weil ich mache ihm immer eine besondere Teller, niemals Fleisch, nur ein bisschen Fisch, das Beste aus meine Küche ... *ese día,* jene Tag, der Abt sagt mir: ‹Rodrigo, mache ihm nicht mehr Essen›, sagt, er fastet. Jeder weiß er ist in die Gänge.»

«Fastet ...», sagte mein Meister und zupfte fieberhaft an seinem Bart, «und was sagen alle, was er dort macht?»

«*María Santa!* Er lernt Geheimnis, wo kein Mensch kann leben, der es weiß. Das Geheimnis von verborgene Manna!» Als er das sagte, fiel ihm wieder ein, dass er diese Worte bald selbst bewahrheiten würde, und er schrie: «Bitte, Ihr müsst mir helfen! *Estoy muerto!* Ich bin tot!»

«Ich versuch's ... ich versuch's», sagte mein Meister sanft, «wo werden der vergiftete Honig und der Wein aufbewahrt?»

«In die Speisekammer, ein Tonkrug mit gebogene Henkel auf oberste Regalbrett. Die Honig ist auch da, in ein andere Topf. *María Santa!* Ihr werden mir helfen? Ich sage Euch alles, was ich weiß ...»

«Wir werden es versuchen, aber einstweilen müssen wir gehen ... Komm, Christian.» Er zog mich am Arm, und wir verließen den armen Menschen, der in seine riesigen, ausgerenkten Hände schluchzte.

«Aber Meister ...», sagte ich, während ein Hagelschauer auf uns niederprasselte. «Wie habt Ihr denn gewusst, dass er etwas von dem eingenommen hatte, was die Brüder vergiftete?»

Sobald wir die jetzt verlassen daliegende Küche erreicht hatten, antwortete er mir. «Weißt du noch, als wir in den Geheimgängen waren, habe ich dir doch von einem Hexentrank erzählt, dessen Hauptbestandteil Atropa belladonna ist?»

«Ja, er gibt denen, die ihn trinken, das Gefühl, dass sie in die Arme Satans fliegen ... ich muss Euch sagen –»

«Unterbrich jetzt nicht meine Gedanken, Junge! Also ... gestern in der Küche waren die Kräuter, die über dem Feuer trockneten, der erste Hinweis, und als er dann sagte, dass er in die Arme der Jungfrau Maria geflogen sei ... da war das nur die logische Schlussfolgerung.»

«Aber ob man in die Arme der Jungfrau Maria fliegt oder in die Arme Satans, das ist doch nicht das Gleiche, Meister.»

«Im Grunde schon, denn wenn du dich an unser Gespräch über die zwingenden Kräfte der Zauberer erinnerst, dann wird dir klar, warum der Koch unter dem Einfluss eines solchen Rauschmittels die Heilige Jungfrau sieht, während eine Hexe eher den Satan sieht.»

«Wenn ich das Ganze also richtig verstehe, dann liefert das Rauschmittel lediglich die Voraussetzung für eine Vision, die der Körper, der es benutzt, sich dann selber aussucht.»

«Oder um es anders auszudrücken, die Wirkung des Rauschmittels hängt häufig mit der Veranlagung seines Benutzers zusammen.»

«Und deshalb bin ich einer Jungfrau in die Arme geflogen ... ich habe Bienen fliegen sehen, und einen Adler ... Und in der ersten Nacht flog ich irgendwie zum großen Tor», sagte ich niedergeschlagen, denn das hieß ja, dass meine Träume nicht prophetischer waren als meinetwegen ein Niesen, wobei ich vergaß, wie oft sie uns doch bei unseren Nachforschungen geholfen hatten. Daraufhin berichtete ich ihm von meinen Verdacht bezüglich des Weins, den ich getrunken hatte.

«Das erklärt auch dein seltsames Benehmen. Du scheinst mit einer besonderen Schwäche dafür veranlagt zu sein ... Zum Glück hast du nur ein einziges Mal davon getrunken.» Da er sah, dass ich ziemlich zerknirscht war, fuhr er fort: «Ja, das Fliegen ist das, was man körperlich dabei empfindet, die andere Wirkung hat ihren Ursprung im Geistigen ... der Wein. Bruder Ezechiel hat an dem Abend, bevor er starb, sehr viel davon getrunken.»

«Aber dieser Wein war für Euch bestimmt, Meister.»

«Ja … vielleicht war da auch jemand so nachlässig wie bei dir.»

«Darf ich Euch noch etwas fragen, Meister? Wie habt Ihr gewusst, dass der Koch an dem Mord an Pietro beteiligt war?»

«Ich habe es nicht gewusst.»

«Dann hat er also zugegeben, dass er dabei war, weil er dachte, Ihr wisst es ohnehin? Aber woher habt Ihr denn gewusst, dass er die zwölf Mönche in den Katakomben mit Essen versorgte?»

«Das ist ganz einfach», antwortete er, «sogar du wirst dich erinnern, dass wir letzte Nacht, als wir die Geheimtür in der Kapelle des Querschiffs inspizierten, von einem Mönch gestört wurden, den wir später etwas in den Händen tragen sahen?»

«Ja!», rief ich, über meine eigene Dummheit erstaunt. «Er ging hinter die Vorhänge, tauchte dann sofort wieder auf und verschwand, genau wie der Koch gesagt hat. Aber woher habt Ihr gewusst, dass das Essen war?»

«Denk nach, Junge! Denk nach! Erinnerst du dich nicht an unseren Aufenthalt in den Geheimgängen? Wo wir beobachtet haben, dass die zwölf Geister tatsächlich genau so menschlich waren wie du und ich? Da wusste ich, wie auch du wissen solltest, so wie jeder andere nicht ganz dumme Novize, dass sie irgendwie zu Essen kommen mussten.»

«Aber das hätte doch auch jemand anderes tun können.»

«Die Einzigen, die zwischen Komplet und Matutin Zugang zur Küche haben, sind diejenigen, die Schlüssel besitzen, also Bruder Macabus oder Rodrigo, der Koch.»

«Aber wie ich mich erinnere, sagte Bruder Macabus, dass der Koch ihm die Schlüssel vor Komplet bringen musste, dabei sahen wir ihn doch in der Kapelle des nördlichen Querschiffs ungefähr um die elfte Stunde, vor der Matutin.»

«Genau, und das tut er jede Nacht. Wie oft seit unserer Ankunft hast du den Koch, oder wer auch immer damit betraut ist, Bruder Macabus die Schlüssel geben sehen, bevor die Komplet anfängt? Bestimmt behält er manchmal die Schlüssel. Letzte Nacht zum Beispiel konnte uns Bruder Macabus die Tür zum Kreuzgang nicht öffnen, weil er die Schlüssel nicht hatte. Manchmal sperrt auch der Koch – oder in dem Fall jemand anderer – einfach die Küche nicht zu, um keinen Verdacht zu erregen, wie wir ja am ersten Tag gesehen haben, als wir nicht durch die Tür zum Kreuzgang hinaus konnten. Wie wir an der Küche vorbeikamen, bemerkte ich noch, es sei seltsam, dass nur die äußere Tür des Küchenhauses abgesperrt sei und nicht auch die innere.»

«Trotzdem, Ihr hattet sehr wenig Beweise, Meister, ein paar Hinweise vielleicht, aber nichts Hieb- und Stichfestes, und doch, als Ihr mit dem Koch gesprochen habt, klang es, als wärt Ihr Eurer Sache sehr sicher.»

«Ja», er dachte nach. «In dieser speziellen Situation war – anders als etwa in der mit dem Bruder Bibliothekar – eine direktere Vorgehensweise notwendig.»

«Ich verstehe!», sagte ich, weil es mir plötzlich klar wurde. «Wenn man viel weiß, fragt man vorsichtig und tut so, als wüsste man sehr wenig, damit der Befragte nicht so sehr auf der Hut ist und ihm vielleicht etwas entschlüpft. Andererseits, wenn man sehr wenig weiß, tut man so, als wüsste man eine ganze Menge, und jagt damit dem Gesprächspartner Angst ein, sodass der Dinge zugibt, die er sonst verheimlicht hätte, weil er ja fürchten muss, dass man ohnehin schon alles weiß!»

«Ja ... das ist es, mehr oder weniger.»

Ich freute mich über diese großartige Einsicht in die menschliche Natur. «Bruder Setubar muss also der Mörder sein! Er hat alle die Brüder mit den vergifteten Rosinen und dem Wein getötet.»

«Und doch haben wir da noch die armen Brüder Jérôme und Samuel, deren Tod weiterhin ungeklärt bleibt ... in keinem dieser Punkte bin ich bisher zu einem Ergebnis gekommen. Wir dürfen uns nicht zu vorschnellen Schlüssen verleiten lassen, bevor wir nicht sicher sind, dass wir alle wichtigen

Informationen, die für uns verfügbar sind, zusammengetragen haben ... andererseits ist das, was wir mit eigenen Augen sehen, oft zuverlässiger als das, was wir mit unseren Ohren hören», sagte er, während wir eilig in die Speisekammer traten, denn wir hörten, dass der Gottesdienst fast zu Ende war.

«Meister?», fragte ich, während wir suchten.

«Ja.»

«Findet Ihr es nicht seltsam, dass zwölf Männer unter der Erde leben? Sicher müssen sie doch manchmal heraufkommen, um frische Luft zu schnappen oder um zu beichten? Wie können sie überleben?»

«Das Leben ist zäh, Christian, je mehr ein Mann das Fleisch züchtigt, um sich davon zu lösen, desto mehr Aufmerksamkeit bringt er ihm ja entgegen, und je mehr er das Leben verabschiedet und sich nach dem Tod sehnt, desto länger scheint er zu leben. Diese Eremiten schlafen wohl in unterirdischen Zellen und haben vielleicht sogar eine Kapelle, wo sie beten können. Das ist nicht so ungewöhnlich, wie es einem auf den ersten Blick vorkommt.»

«Ich verstehe. Aber wer bringt ihnen ihr Essen in das nördliche Querschiff, seit der Koch verhindert ist?»

«Das ist eine gute Frage.»

Wir fanden jedoch die vergifteten Lebensmittel nicht, und das machte meinen Meister vor Enttäuschung wütend.

«Beim Fluche Saladins!», schimpfte er leise. «Entweder hat jemand das alles weggenommen, oder ...» Er zögerte einen Augenblick und runzelte die Stirn. «Natürlich!» Er gab mir einen Schlag in den Nacken. «Christian! Dass du daran nicht gedacht hast! Es liegt doch nahe ... er hat sie bereits alle getötet ... das heißt, alle außer sich selbst!»

«Wie hätte ich denn darauf kommen sollen, wo Ihr doch bis jetzt selber nicht darauf gekommen seid?», fragte ich ein wenig verletzt.

«Da hast du recht. Gehen wir zur Krankenstation. Asa, der pflichtbewusste Schüler, muss wissen, wo sein Meister Setubar ist, wenn er sich nicht schon umgebracht hat.»

Draußen suchten die Männer des Inquisitors noch immer nach Bruder Setubar, der Abt hatte ebenfalls Mönche in alle Richtungen ausgeschickt. Sie riefen den Namen des Bruders in das nasse Nichts hinaus, aber es kam keine Antwort.

Wir gingen eilig zur Krankenstation. Mein Meister befahl der Wache, beiseite zu treten, und der Mann tat es fast unwillkürlich, darauf traten wir ein und schlossen hinter uns die Tür.

Wir fanden Asa mit dem Jungen beschäftigt, der sich so schlimm das Bein gebrochen hatte. Er beugte sich gerade über den jungen Mann, sah ihm in die Augen, fühlte ihm den Puls. Als er uns hereinkommen hörte, drehte er sich ein wenig erschrocken um. «Herr Präzeptor.» In seiner Hand lag ein seltsamer Gegenstand aus Glas, auf dem Bett der Samtbeutel, den ich ihn hastig in die Schublade hatte legen sehen, als der Koch gestern das Feuer verursacht hatte. «Ich höre draußen Lärm», sagte er und versuchte auch jetzt sein Instrument zu verstecken, obwohl er wusste, dass das aussichtslos war. Wir hatten es beide gesehen.

«Wie geht es unserem Patienten?» Mein Meister ging zu dem Jungen hinüber und untersuchte seine Pupillen.

Der Klosterarzt schüttelte den Kopf. «Schlecht, er hat Fieber.»

«So helft mir denn, ihn ein wenig aufzurichten, Asa, ich würde ihn gerne abhören.»

Der Mann zögerte und sah uns an wie ein Hase, der von zwei Hunden gestellt worden ist.

«Was ist denn los? Habt Ihr die Hände nicht frei? Was habt Ihr denn da?»

Der andere Mann zog die Augenlider zusammen, und nach langem Zögern zeigte er meinem Meister, was er hielt. «Das ist etwas Wunderbares, Herr Präzeptor. Es misst die Temperatur des *Corpus*.»

Mein Meister sah es ehrfürchtig an. Ein langes zylindrisches Glas, dessen unteres Ende sich leicht wölbte und das in seinem Inneren eine Substanz zu enthalten schien.

«Wie liest man es?», fragte mein Meister höchst fasziniert.

«Nun ...», der andere erglühte vor Eifer, «man steckt dieses Ende», er zeigte auf die gerundete Stelle, «dem Patienten in den *Anus* oder in den Mund. In dem Glas ist Alkohol. Wenn der erhitzt wird, dehnt sich das Gas aus und steigt in dieser Kammer hoch, wodurch es den Grad des Fiebers des Patienten anzeigt.»

«Ich staune! Das ist sehr intelligent. Habt Ihr das erfunden? Aber was noch wichtiger ist, was würdet Ihr sagen, was ist die normale und was eine abnormale Temperatur?»

Der Mann sah schüchtern zu Boden. «Ich bin nicht sicher, ob es ganz genau ist. Ich habe einfach nur auf der Seite ansteigende Zahlen hingeschrieben, und inzwischen, nachdem ich es sowohl bei Gesunden als auch bei Kranken benutzt habe, weiß ich, wo die gesunde Temperatur aufhört und die ungesunde anfängt ... Der Glasbläser und ich haben viele Stunden damit zugebracht, es zu vervollkommnen. Seht Ihr, das Glas darf nicht zu dick sein, sonst funktioniert es nicht richtig. Außerdem gibt es da noch zusätzlich das Problem mit dem Alkohol ...»

«Aber nein, es ist ein Wunder! Ihr gereicht Eurer Profession zur Ehre», sagte mein Meister mit echter Bewunderung und Wärme.

«Ich verstecke es schon die ganze Zeit vor Bruder Setubar ... er würde es für das sündige Werkzeug des Teufels halten. Er würde einen Menschen lieber sterben sehen, als sich auf irdische Erfindungen zu verlassen, um Heilung zu erwirken. In dieser Hinsicht unterscheidet er sich nicht so sehr vom Inquisitor.» In seiner Stimme lag Bitterkeit, aber dass er Setubar erwähnt hatte, brachte uns auf den Zweck unseres Besuchs zurück.

«Bruder Asa, wir suchen Euren Meister», sagte André ernst, «war er hier?»

«Hier? Nein ... Warum, ist ihm etwas passiert?»

«Er ist nirgends zu finden, und wir fürchten um sein Leben.»

Der Klosterarzt sah zu Boden, aber er schien nicht weiter beunruhigt. «Es ist kein Geheimnis ... er mochte mich nicht, das kann Euch jeder sagen, und doch war ich immer ein guter Schüler und werde es auch in Zukunft sein. Allerdings muss ich gestehen: Wenn er tot ist, werde ich nicht um ihn trauern», schloss er bitter.

«Wir glauben, dass er das Gift bei sich trägt, das so viele getötet hat. Ihr habt ihn nicht gesehen?»

«Ihr wollt doch wohl nicht sagen, dass er der Mörder war?»

«War?»

«Ich meine natürlich, *ist* ...», verbesserte sich Asa sofort.

«Ich weiß nicht ...» Mein Meister sah ihn durchdringend an. «Was wolltet Ihr mir gestern über Samuel sagen, als wir unterbrochen wurden, ging es nicht um seine letzten Worte ...?»

«Ach ja, er sagte, er fliege. Das waren seine letzten Worte ... er fliege, genau wie Ezechiel ...»

In diesem Moment läutete die Glocke den Beginn der Befragung ein. Bevor noch irgendetwas gesagt werden konnte, stürmten zwei Bogenschützen herein und führten Asa weg. Mein Meister rief dem größeren der beiden zu, er solle Eisik suchen und auf die Krankenstation bringen. Ich dachte, er werde jetzt den Patienten untersuchen, aber stattdessen ging er aus dem Schlafraum ins Labor, wo der Leichnam Bruder Daniels zugedeckt und starr auf dem Untersuchungstisch lag. Ich war an Tote nicht gewöhnt, und selbst nach so vielen Jahren an der Seite meines Meisters rann mir noch ein Schauer den Rücken hinunter, als ich die mit einem Tuch bedeckte Leiche sah.

«Wenn uns Asa diesen kleinen Wink schon früher gegeben hätte, hätten wir eher unsere Schlüsse ziehen können ... Aber egal ... wir müssen Setubar finden!» Er ging zu der Tür, die zur Kapelle der Krankenstation führte. «Anselmo deutete an, dass es hier einen Hinweis gebe ...» Sie war verriegelt, aber mein Meister schaffte es in einem seiner typischen Kraftausbrüche, sie mit einem eisernen Schürhaken, den er beim Feuer gefunden hatte, aufzustemmen.

Hinter der Tür führten Stufen in eine dunkle rechteckige Kapelle hinab, deren langes, schmales Schiff den Blick auf ein wundervolles Kruzifix aus kostbaren Edelsteinen lenkte. Es gab keine Seitenschiffe und keine Fenster, nur mit Krampen an den Wänden befestigte Fackeln, wie wir sie hier schon öfter gesehen hatten. Gleich danach entdeckte mein Meister hinter dem Altar, dass ein kleiner Vorhang einige schmale Stufen verdeckte, die wieder einmal, da gab es keinen Zweifel, zu einem weiteren Geheimgang hinabführten.

«Aber ich habe an Asas Schuhen keine Erde gesehen, Meister.»

«Nein, aber inzwischen könnte er sie gesäubert haben. Er wusste, dass wir danach schauen würden.»

«Sollen wir hinuntergehen?»

«Wozu, Junge? Was würden wir schon finden, außer weiteren Gängen? Nein, wir sollten lieber sofort zum Kapitelsaal gehen, damit wir keinen Verdacht erregen, aber jetzt, mein lieber Christian, ist vieles klarer. Das könnte erklären, warum Asa am ersten Abend zu spät zum Essen kam, vielleicht war er in den Gängen und hat nach Jérôme gesucht?»

«Dann hätte Asa also die Krankenstation über diesen Ausgang jederzeit verlassen können. Er hätte Setubar und Daniel ermorden können, auch wenn Wachen vor der Tür stehen.»

«Ja, obwohl Setubar vielleicht gar nicht tot ist, Christian. Vielleicht war er derjenige, der den Brüdern in den Geheimgängen in Abwesenheit des Kochs das Essen brachte. Asa hat vielleicht gar nichts damit zu tun, und der gute Anselmo zählt zwei und zwei zusammen und bringt dabei drei heraus ... andererseits hat er vielleicht aber auch sehr viel damit zu tun. Wir dürfen uns nicht zum Narren halten lassen, nur weil er uns sympathisch ist. Vergiss nicht, du darfst Sympathien und Antipathien niemals erlauben, deinen Verstand zu beherrschen.»

Als wir wieder in die Krankenstation zurückkehrten, hörten wir ein unterdrücktes Geräusch. Es war der junge Mann. Wir fanden ihn auf seinem Strohsack sitzen, die schwarzen Locken an den Schädel geklebt, mit ein paar Schweißtropfen rund um die fiebrigen Lippen. Als er uns sah, wurden seine Augen größer, und er sagte mit dem rauen Flüstern eines Kranken: «Er ist hier ... ich habe ihn gesehen.»

Mein Meister trat an seine Seite und legte ihm die Handfläche auf die Stirn. «Ihr habt Fieber, mein Sohn, Ihr braucht Ruhe.»

Der junge Mann schüttelte den Kopf. «Ihr seid in großer Gefahr ... wir sind gesandt, um Euch zu suchen.»

Mein Meister kniete sich neben ihn, um ihn besser zu hören. «Wer hat Euch gesandt?»

«Traut ihnen nicht. Ihnen allen nicht. Keinem von ihnen ... Ich bin ein Trencavel ... Mein Vater und meine Schwester, sind sie hier?» Er sah sich um, als erwarte er, sie zu sehen.

«Sie sind in Sicherheit, mein Sohn.»

«Sie führen Euch zu ... Ihr dürft nicht ... niemand darf davon wissen, versteht Ihr?» Er packte den Arm meines Meisters mit festem Griff und sah ihm forschend ins Gesicht. «Euer Orden ist rechtschaffen, er ist demütig, aber es gibt ein Gesicht, das hinter dem äußeren Gesicht lauert. Hütet Euch ... bevor ich sterbe», fuhr er fort, «muss ich das *Consolamentum* bekommen! Versteht Ihr? Ich muss meinen Vater sehen.» Er fiel erschöpft zurück, wobei Ströme von Schweiß sein Kissen benetzten. «Beeilt Euch!»

Das verfinsterte Gesicht meiner Meisters zeigte mir, dass er über das, was der Junge gerade angedeutet hatte, etwas wusste, aber er sagte nichts. Er stand auf und zog die Decken zurück, und ein ekelerregender Geruch stieg uns in die Nase.

Wir ließen den Jungen in Eisiks Pflege, und als wir in den freudlosen Nachmittag hinaustraten, sagte André: «Sein Bein fault ab ... Wundbrand. Das Fleisch wird bald ‹vom Knochen los sein›, wie man sagt, obwohl wir alle Vorsichtsmaßnahmen getroffen haben. Ich fürchte, jetzt ist seine einzige Hoffnung Kauterisation oder Amputation.»

Der Schnee war nass, und der Hagel hatte ihn in Sülze verwandelt. Mein Meister befahl dem Wachtposten, der draußen stand, den Vater des Jungen zu suchen, denn er konnte jeden Moment sterben.

«Aber Meister», sagte ich, «wir müssen etwas tun!»

«Aber das können wir nicht, mein lieber Junge.» Er sah traurig aus.

«Warum nicht? In Gottes Namen!»

«Weil er ein Katharer ist, ein Trencavel.»

«Ein Trencavel?»

«Das Haus Trencavel war während des Kreuzzuges gegen die Albigenser wegen seiner Ketzerei allgemein bekannt. Er ist bereit zu sterben, er hat um das *Consolamentum* gebeten.»

«Aber woher könnt Ihr –»

«Das *Consolamentum* ist das letzte Ritual, das mit einem Gläubigen vor seinem Tod durch einen *Perfectus* oder Reinen vollzogen wird. Ein Ritual der Reinigung. Tatsächlich bittet er darum zu sterben.»

«Aber er könnte doch vielleicht überleben!»

«Das verstehst du nicht. Für einen Katharer ist der Tod die Erlösung aus den Fesseln des Teufels. Auf alle Fälle, wenn er das *Consolamentum* nicht bekommt, könnte er unrein sterben ... Sein Vater muss ein *Perfectus* sein.»

«Wodurch wird man ein *Perfectus*?»

«Wenn man das *Consolamentum* genommen und ein reines Leben geführt hat, ein sehr strenges und entsagungsvolles Leben. Weißt du, das Leben von einem *Perfectus* ist so hart, Christian, so anstrengend für Körper und Seele, dass nur wenige in der Lage sind, es zu führen. Deswegen wird den meisten das *Consolamentum* erst auf dem Sterbebett gegeben, auf diese Weise können sie leben, wie sie wollen, und wenn die Zeit gekommen ist, können sie von allen Sünden rein zu Gott eingehen ... es geht da letztlich um Bequemlichkeit», bemerkte er.

«Nicht sehr viel anders als bei unserer Letzten Ölung, Meister.»

«Nein, nicht sehr viel anders.»

«Dann sind sie also Ketzer. Und was war das, was er gesagt hat? Ein Gesicht hinter dem äußeren?»

«Psst, Christian, willst du, dass das alle hören? Jetzt geht es vor allem darum, dass wir die eigene Haut retten. Das Ganze könnte am Ende unserem Orden einfach in den Schoß fallen – mit dir und mir als Bauernopfer.»

Mein Meister sah blass aus, seine Augen blickten sorgenvoll, seine Schultern waren von so viel Verantwortung gebeugt. Zum ersten Mal begriff ich, wie sehr er unter seiner Gelehrsamkeit zu leiden hatte. Das Wissen, so viel verstand ich jetzt, brachte einem nicht viel Vergnügen. Es war etwas Quälendes. Denn ein kluger Mann trägt schwer an dem großen Kreuz aus Ehre, Redlichkeit und Prinzipien. Jedes Wort von ihm ist eine Gewissheit, die aber immer von der Möglichkeit des Irrtums heimgesucht wird. Ich fragte mich, wie oft er wohl nachts wach lag und überlegte, ob seine Gedanken, wenn sie zu Taten würden, gute Taten wären? Jetzt hatte ich mehr denn je Ehrfurcht vor ihm, wenn ich zu seiner in Falten gelegten Stirn aufsah, zu den unruhigen Bewegungen seiner dunkelgrünen Augen, seinem Bart, dessen Ende vom Streichen der Hand zu einer Spitze geformt war. Ich wünschte, ich hätte ihn besser gekannt. Und doch fragte ich mich auch, ob er sich eigentlich selbst kannte, wie Plato es von uns fordert, oder ob Eisik recht hatte. Verlor er sich allmählich hoffnungslos im Universum seiner Gedanken? Ich zitterte und schlang die Arme um meinen frierenden, müden Körper, und da ich dabei den Apfel bemerkte, den ich ihm in der Tasche meines Ordensgewandes mitgebracht hatte, gab ich ihn ihm. Er schüttelte den Kopf, er wollte ihn nicht. Mir wurde das Herz schwer. Ich wünschte, ich könnte irgendetwas Edles oder Kluges sagen, um ihm zu helfen. Was hätte ich sagen können? Ich war vielleicht nicht so gebildet wie er, aber ich wusste, dass wir, als wir uns jetzt anschickten, in den Kapitelsaal einzutreten, uns tatsächlich anschickten, den Kopf in den Rachen des Löwen zu legen.

21.

CAPITULUM
NACH NONA

Das Gericht befand sich wie vorher auf dem Podium, aber diesmal waren an jedem Ausgang Bogenschützen postiert, und Bewaffnete hielten sich zu Seiten der Legation. Das war jetzt die *Inquisitio*.

Wir kamen zu spät herein, unter dem durchdringenden Blick Rainieros, der gerade in diesem Moment aufstand und die Kapuze abstreifte, zum Zeichen, dass das Verfahren anfangen könne. Ich glaubte fast, ein selbstzufriedenes Lächeln zu sehen. Schließlich würde er jetzt gleich eine Rolle spielen, die er nicht nur genoss, sondern die auch perfekt zu seinem Naturell passte.

Mit einem Psalm, den er selbst ausgewählt hatte, begann das Verfahren, und man hörte seine Stimme aus allen anderen Stimmen heraus, wie sie in tiefer Konzentration die Worte anstimmte: «Wohl dem Manne, der nicht dem Rat der Frevler folgt, nicht auf dem Weg der Sünder geht, nicht im Kreis der Spötter sitzt ... Darum werden die Frevler im Gericht nicht bestehen, noch die Sünder in der Gemeinde der Gerechten. Denn der Herr kennt den Weg der Gerechten, der Weg der Frevler aber führt in den Abgrund!»

Der feierliche Klang so vieler Männerstimmen, die in volltönenden, langen Noten stiegen und fielen, wäre schön gewesen, wenn er nicht gleichzeitig die überwältigende Traurigkeit und Entschlossenheit dieser Männer ausgedrückt hätte, die sich mit ihrem Schicksal abgefunden hatten.

Als wieder Stille herrschte, warf der Inquisitor einen Blick auf die Versammlung, und nachdem er die verschiedenen einleitenden Formeln gesprochen hatte, befahl er den Bogenschützen, den Koch hereinzubringen.

Der Riese betrat den Raum zwischen zwei Bogenschützen, und obwohl er nur noch halb so groß wirkte wie früher, vibrierte die Luft um ihn. Seine Kleidung war mit Blut und Exkrementen bedeckt, und auf seinem Gesicht lag Unterwürfigkeit. Er blieb vor Rainiero stehen, der in einigen Papieren herumsuchte und sein Habit glättete. Alle erwarteten, dass er beginne. Doch er hüllte sich in Schweigen. Lange, angstvolle Augenblicke gingen dahin. Die Versammlung hielt den Atem an. Noch immer machte er keine einleitende Geste. Da drehte er sich plötzlich ganz unerwartet mit dem Rücken zur Versammlung und streckte die Arme aus, sodass sein Körper ein Kreuz bildete. Einige Zeit blieb er so, wie ins Gebet versunken. Die kalte Luft wurde kälter, die Stille hörbar.

Der Koch sah aus, als würde er gleich zusammenbrechen, als sich der Inquisitor endlich wieder umdrehte und in feierlichem Ton zu verstehen gab, dass das Verhör des Kochs nun beginne.

«Dies waren schwere Tage», er schwieg und blickte über die Ansammlung rasierter Köpfe und emporgewandter Gesichter hin. «Wir waren Zeuge von beunruhigenden Vorkommnissen, die den schmerzlichen Verlust von drei, vielleicht vier Leben an die Mächte der Finsternis zur Folge hatten. Hier, im Hause Gottes, haben wir den Teufel gehört. Seine Stimme erreichte uns durch seine Werkzeuge, durch seine blutigen Taten. Unglücklicherweise sind wir nicht alle stark. Nicht alle sind wir hinreichend gefestigt in Geist und Körper, um mit Dämonen zu kämpfen. Diese Dinge bedrohen unsere Seelenruhe, unser innerstes Wesen, und deshalb mussten wir feststellen, dass unser geliebter Kollege, der Bischof von Toulouse, sich ... nicht wohl fühlt. Obwohl sein Zustand nicht ernst ist, erlaubt er ihm doch nicht, mir bei dieser verhassten Aufgabe als Inquisitor zur Seite zu stehen.»

Ich hatte das Gefühl, ein winziges, fast unsichtbares Lächeln auf den Gesichtern des Franziskaners und des Zisterziensers erwachen zu sehen.

Mein Meister flüsterte mir ins Ohr: «Wie bitte? Er war bei Laudes noch zugegen und sah nicht schlechter aus als sonst.»

«Ich habe ihn aus dem Küchenhaus kommen sehen, als ich vor der Schmiede wartete, er trug etwas in seiner Kleidung versteckt», flüsterte ich zurück.

«Bei der Schlafmütze Gottes!», zischte André und schien das gleich noch weiter ausführen zu wollen, als er vom Inquisitor unterbrochen wurde.

«Und so sind wir denn gezwungen, an seiner Stelle einen anderen ernennen zu müssen», sein Blick fiel auf meinen Meister, «wie es von den gelehrten Vätern der Kirche bestimmt ist, die es in ihrer Weisheit für notwendig erachteten, dass zwei Seelen gemeinsam wider das Böse des Satanus vorgehen, dessen Günstlinge zahlreich sind. Und deshalb werde ich nun den Präzeptor von Douzens aufrufen, unseren geschätzten und heldenhaften Bruder Tempelritter, hier oben auf dem Podium seinen Platz einzunehmen, um diese traurige und grausige Aufgabe zu erfüllen. So erhebt Euch denn, lieber Bruder, Ihr, der Kämpfer um das Heilige Grab, dessen Heldentaten im Krieg allgemein bekannt sind. Am heutigen Tag befiehlt Euch Euer Gott, in einer anderen Schlacht zu kämpfen, die vielleicht weniger ermüdend für den Körper ist, aber unendlich viel beklagenswerter für den Geist.»

Mein Meister flüsterte mir ins Ohr: «Denk an die Orgel und die Katakomben. Falls etwas passiert ...» Er sah mich bedeutungsvoll an. «Entschlüssle den Code!» Ich dachte, dass ich das, selbst wenn ich es ohne ihn fertig brächte, niemals tun würde, aber dann packte mich plötzlich die Angst, als ich in seinem Blick las: «Das könnte deine einzige Rettung sein!»

Mit gelassenem Blick stand er auf und sagte mit fester Stimme und bemerkenswerter Ruhe: «Ich bin von Eurem Aufruf tief geehrt, Euer Gnaden, aber ich bin kein Fachmann für die feineren Einzelheiten der Theologie, so wie es diejenigen sind, die ihr Leben dieser Berufung widmen. Und deshalb fürchte ich, dass ich schwerlich geeignet bin für eine Stellung, die viele Jahre ernsthafter Auseinandersetzung mit den kanonischen Gesetzen und den Bibelauslegungen verlangt. Vielleicht sollte sich diese Versammlung vertagen, bis ein passender Kandidat gefunden ist.»

Der Inquisitor lächelte ein wenig. «Es ist nicht nötig, die Versammlung zu vertagen, ich verlange von Euch, lieber Herr Präzeptor, als einem *Socius* in dieser schrecklichen, wenn auch notwendigen Angelegenheit, nichts anderes, als dass Ihr die Beweise gelassenen Geistes mit anhört. Ihr dürft auch Fragen stellen, falls Ihr das wünscht, ansonsten mögt Ihr mir erlauben, so vorzugehen, wie ich das schon unzählige Male getan habe, und Euch auf meine Erfahrung zu verlassen, so wie man sich auf die Erfahrung eines älteren und klügeren Bruders verlässt. Man muss dazu kein Experte in theologischen Fragen sein, es genügt, wenn man ein Wahrheitssuchender ist, denn am Ende wird Gott die Seinen erkennen.»

Da er keine weitere Ausrede hatte, begab sich mein Meister zu der Versammlung auf das Podium, und ich war von schlimmen Vorahnungen erfüllt.

«Jetzt fangen wir an ... wie heißt du?», fragte er den Koch.

Der Koch hob seinen großen Kopf ein wenig von der Brust und antwortete mit erstickter Stimme: «Rodrigo Dominguez de Toledo, Euer Gnaden.»

«Rodrigo Dominguez de Toledo, erzähl dieser Versammlung mit eigenen Worten deine Geschichte.»

Er schien verwirrt, und eine schreckliche Unbestimmtheit lag in seinen Augen. Der Bogenschütze, der links von ihm stand, stieß ihn in die Rippen und schreckte ihn auf diese Weise auf. «*Sí ... sí ...* als kleiner Junge ... ich war in Obhut bei den Benediktinern im Konvent von Santo Miguel.» Er verstummte unsicher, und der Inquisitor gab ihm ungeduldig ein Zeichen, fortzufahren. «In Gerona ... ich wollte nicht sein ein Mönch, sondern *un cocinero* ... ein Koch.»

«Warum bist du nicht Mönch geworden, wie es deine Familie wünschte?», fragte der Inquisitor sanft.

«Ich ...» er verstummte und sah sich um, «ich war nicht ...» Er schwankte ein wenig, und einer der Bogenschützen hielt ihn grob im Gleichgewicht.

«War es nicht vielleicht deshalb», lächelte der Inquisitor, «weil du schon als junger Mann die Veranlagung hattest, dich auf die Verlockungen des Teufels einzulassen?»

«Nein!», leugnete der Koch schwach, «ich wollte die Welt sehen, ich kam nach Frankreich, nach Toulouse, und habe gearbeitet in einem Kloster.»

«Aber deine Zeit in Toulouse interessiert diese *Inquisitio* gar nicht, sondern deine Zeit in Italien, als du dich gegen den Papst verschworen hast, indem du bei dem exkommunizierten Friedrich, dieser Schlange, in Diensten standest! Erzähl mir deine Geschichte, von dem Tag an, als du nach Italien kamst.»

Langsam kehrte er zurück aus einem Nirgendwo, wohin er sich geflüchtet hatte, und antwortete: «Ich lernte Leute kennen ... Anhänger von ein Katharer.»

«Seht ihr! Ein Ketzer! Wie ich gesagt habe!», rief Rainiero hitzig. «Hier sehen wir einen Mann berührt von dem üblen Feind, den wir mit jedem Atemzug unseres Lebens bekämpfen!», donnerte er. «Diese Geschichte allein sollte genügen, um dich zu verurteilen!»

Da richtete der Koch sich gerade auf, und dadurch wirkte er doppelt so groß wie vorher. Die Bogenschützen sahen sofort wie Zwerge aus, und auf ihren Gesichtern zeigte sich Unbehagen. Sie wussten jedoch nicht, dass für diesen armen Unglücklichen die Größe kein Maßstab für Kraft mehr war.

«Aber diese Mann seid Ihr gewesen, Rainiero Sacconi ...!»

In der Zuhörerschaft gab es laute Unruhe. Der Inquisitor wurde blass, und sein Gesicht verhärtete sich zu einer hässlichen Maske. «Was sagst du da?»

«Ihr seid gewesen mein Führer ... Ihr Katharer!»

Es entstand eine Stille. «Ich kenne dich nicht.»

«Nein! Ihr vergesst mich, weil *mi nombre*, mein Name, war ein andere ...» Er blickte dem Inquisitor, dessen Gesicht etwas ungläubig aussah, direkt in die Augen. «Erinnert Ihr Euch nicht an mich? Erinnert Ihr Euch nicht an Eure Schwur, Eure Bekenntnis?» Er hielt inne und rang nach Luft.

«Halt den Mund, du Teufel!», schrie der Inquisitor. «Seht ihr, wie der Teufel einen Mann an sich bindet! Wie die Verdrehungen des Beelzebub in die Seele eindringen? Nicht nur hat dieser arme Unglückliche, wie er offen zugibt, zahlreiche Ketzereien begangen, indem er sich zum verfluchten Werkzeug eines bösen Kaisers machen ließ, der die Kirche zu zerstören und den Papst durch seinen eigenen Thron zu ersetzen suchte. Sondern er folgte auch jenen anderen abscheulichen Feinden der Kirche, deren Verderbtheit zu vielfältig ist, als dass ein Heiliger sie über die Lippen bringen könnte. Jetzt versucht er den Richter vor Gericht zu stellen! Den Kämpfer für die Wahrheit klagt er an! Doch ich weiß, der Feind führt uns gerne in Versuchung, dass wir unsere eigenen Taten in den Himmel heben und unsere Fähigkeiten preisen, und deshalb werde ich mich dazu nicht zwingen lassen, noch dazu gegenüber einem bekennenden Ketzer, dessen Ausschweifung und Zügellosigkeit ihn, wie er selbst gesteht, in ein Leben der Sünde geführt hat!»

Der Koch fiel auf die Knie.

Da stand mein Meister auf und sagte: «Aber auch Ihr seid von dem schmalen Weg abgekommen, Rainiero, und Euch wurde vergeben! Dieser Mann hat gebeichtet und Buße getan.»

«Schweigt, Bruder!», rief der Inquisitor brüsk. «Ich bin in die Herde zurückgekehrt, während dieser Mann ein Verschwörer und Ketzer wurde! Wir sehen hier vor uns die Inkarnation des Teufels, durch dessen Hand drei gute Männer, vielleicht sogar vier, umgekommen sind!»

«Aber dafür sehe ich keine Beweise!», antwortete André mit Bestimmtheit.

Sacconi überging das und fuhr fort: «Steh auf, du Teufel, du Werkzeug des Satans!»

Der Koch stand ohne Hilfe auf, wenn auch mit großer Mühe.

«Hast du dich mit dem Teufel verschworen, um die drei Brüder zu töten?»

«Nein!», sagte der Koch fast flüsternd.

«Gott sei mein Zeuge, wenn du nicht die Wahrheit sagst, werde ich dieses gesamte Kloster verurteilen, weil alle mit dir in heimlichem Einverständnis standen, um den Lauf der Gerechtigkeit zu verhindern!»

Der Koch war wie vor den Kopf geschlagen. Er sah sich um nach all den angstvollen Gesichtern, und es folgte ein langes Schweigen, in dem man seinen ganzen Körper unter der Last dieser Entscheidung zittern sah, dann hob er mit gewaltig viel Mut, den er aus einer unbekannten Ecke seiner Seele empor geholt hatte, das eckige Kinn und sagte:

«Nein! Ich stehe allein. Ich war es!»

Mein Meister runzelte die Stirn und warf ein: «Wie hast du diese Männer getötet, Koch?»

Der Koch sah meinen Meister unerschütterlich an. «Satan hat mir gesagt, er hat mir geflüstert: ‹Rodrigo, töte die alte Brüder, nimm die schlimmen Kräuter in den Wein, die wirst du finden im *Herbarium*. Und wenn du hast getötet die alten ... töte sie alle!›»

Es gab ein lautes Gemurmel. Allgemein herrschte Verwirrung.

«Töte sie alle, Gott wird die Seinen erkennen! *María Santísima, María Santa! Pecador de mí ...* Sünder, der ich bin ... *Mea culpa, mea culpa, mea maxima culpa!*» Dann schluchzte er in seine deformierten Hände.

«Ruhe! Ruhe!», schrie der Inquisitor ihn und die Versammlung an.

Als es im Saal still wurde und die Ordnung wieder hergestellt war, fuhr er fort: «Da haben wir es! Er gibt es selbst zu! Sag mir, du armseliger Hund, hat der Klosterarzt dir geholfen, diese grausamen Verbrechen zu begehen? Antworte mir im Namen Gottes!»

Der Mann sah in plötzlicher Verwirrung auf, vielleicht hatte er nicht vorausgesehen, dass sein Geständnis andere mit hineinziehen könnte. «Nein ... nein!»

«Das sagst du nur, um diesen Schurken zu decken, denn wie sollte ein ungebildeter Koch wissen, welches Kraut giftig ist und welches nicht?»

«Ich ...», er sah sich um.

«Na also! Hatte ich doch recht! Bogenschützen, bringt den Klosterarzt herbei!»

«Nein! Ich habe Euch gesagt, Satan hat mir gesagt, welche Kraut ich soll nehmen.»

«Du lügst!», grollte der Inquisitor, zeigte mit bleichem Finger auf den Mann und ließ den Blick ringsumher wandern. «Das ist ein Konvent von bösen Geistern hier, die sich in der Verehrung des Belial vereint haben! Sie decken sich gegenseitig, wie in einem Schlangennest. Ich glaube dir nicht! Wo ein Teufel ist, gibt es mit Sicherheit auch noch andere. Bringt den Klosterarzt her!»

Der Klosterarzt nahm seinen Platz neben dem armen Koch ein. Er hielt den Kopf in ruhiger Würde erhoben.

«Was sagt Ihr zu dieser Anklage?»

Asa blinzelte kurzsichtig. «Zu welcher Anklage, Euer Gnaden?»

«Zu der Anklage, dass Ihr mit diesem armseligen Schurken unter einer Decke gesteckt habt, um durch ketzerische oder teuflische Machenschaften drei Brüder Eures eigenen Ordens zu töten?»

«Worauf soll ich zuerst antworten, Euer Gnaden, auf die Anklage der Ketzerei oder auf die Anklage des Mordes?», fragte er sanft.

«Sprich zu mir nicht mit gespaltener Zunge, du geschwätziger Teufel, es ist nicht wichtig, auf welche du zuerst antwortest, sondern, dass du ohne Heuchelei antwortest!»

«Ich habe mit diesem armen Koch nie unter einer Decke gesteckt, weder um zu morden, noch um Häresie zu treiben.»

«Aber ich habe hier eine Aussage …», Rainiero zog ein Pergament hervor, das er mit zeremonieller Geste meinem Meister aushändigte, der es dann den anderen Prälaten weiterreichte, «und zwar von einer Frau, deren Kind Ihr von einer unheilbaren Krankheit geheilt habt! Hier berichtet sie, dass Ihr dem Kind irgendein teuflisches Mittel eingegeben habt, wonach Ihr Eurer Sünde noch eine weitere hinzugefügt habt, indem Ihr über ihm Worte in einer höllischen Sprache gesprochen und dabei das Kreuzzeichen gemacht habt!» Hier gab es eine Bewegung, die wie ein leises Murmeln durch den Saal ging. Rainiero wartete, bis wieder Stille eingekehrt war, und fuhr dann fort: «Sie sagte, dass Ihr ihr auch noch befohlen habt, dem Kind etwas Ungesetzliches und Magisches aus dem Bestand der Arzneimittel zu geben! Und Ihr nennt Euch einen Mann Gottes!» Er bekreuzigte sich.

«Euer Gnaden, worunter litt das Kind?», fragte der Klosterarzt bescheiden.

«Was für eine Rolle spielt das schon, woran es litt?», sagte er finster. «Hier steht, dass das Kind unter höllischen Anfällen litt.»

«Aha! Das tritt oft bei Kinderkrankheiten mit auf, besonders bei Fieber … Ich habe der Mutter bestimmt ein Präparat aus Salbeiblättern gegeben, die ein sehr gutes Mittel gegen viele Leiden sind. Die Krämpfe sind dann natürlich zurückgegangen, als der Zustand des Kindes sich besserte.»

«Rainiero», fiel hier mein Meister ein, «die hier beschriebene Behandlung ist nicht nur allgemein bekannt, sondern sie wird auch von vielen Ärzten angewandt.»

«Ja, wir kennen Eure Begeisterung für solche Dinge. Wir wissen auch, Herr Präzeptor, dass Eure eigene Beschäftigung mit so zweifelhaften Behandlungsmethoden zu Eurem Ausschluss aus der Universität von Paris geführt hat!»

Mein Meister wurde blass.

«Auch Ihr habt einen Mann mit einem Mittel behandelt, das fragwürdigen Ursprungs war.»

«Eine Pflanze, die, wenn man sie zerdrückt, den Herzschlag unterstützt. Nicht mehr, nicht weniger», antwortete mein Meister. «Sie hat ihm das Leben gerettet.»

«Dass ein Ungläubiger so etwas sagt, hätte ich mir schon denken können, aber doch nicht ein Ritter Christi!», sagte der Inquisitor angriffslustig zu meinem Meister, und jeder im Saal wusste, dass er damit auf sein orientalisches Blut anspielte, «denn die Ungläubigen sind nicht nur für ihr medizinisches Wissen bekannt, sondern auch für ihr Wissen um alles Teufelswerk. Ihr sprecht von einer sofortigen Heilung! Ohne die Hilfe von Gebeten, ohne eine Salbung mit geweihtem Öl! Man sieht, wie der Teufel selbst wertvolle Menschen dazu verführt, dass sie ihm zu Willen sind. Selbst ein Mann wie Ihr – ein Mann, der sein Leben der Aufgabe geweiht hat, die Feinde Christi zu bekämpfen –», das sagte er mit einem kalten Lächeln, «ist ein vollendetes Beispiel dafür, wie verlockend die Wege der Dunkelheit sein können! Scheinbar unschuldig, und doch, wie verabscheuenswürdig!»

Jetzt verstand ich die zahlreichen Predigten meines Meisters über die Vorsicht besser, und auch, wie schlau es vom Inquisitor gewesen war, ihn mit auf das Podium zu holen, denn wenn mein Meister sich der Entscheidung des Inquisitors widersetzte, würde er als Beschützer von Häretikern verurteilt, und seine ruhmreiche Vergangenheit würde ihm wenig nützen.

«Ich heile im Namen unseres Herrn, Euer Gnaden!», schrie Asa und zog damit alle Aufmerksamkeit wieder auf sich.

«Ruhe, Ihr Geisterbeschwörer! Ich wünsche keine Vernunftgründe mehr zu hören, ich wünsche nur noch ein Geständnis der Verbrechen zu hören, die in diesem Kloster begangen wurden!»

«Wie kann ich gestehen, Euer Gnaden? Ich habe keine Sünde begangen.»

«Aha ... und was ist mit den seltsamen Worten, die über dem Kind gesprochen wurden? Was ist damit?»

Der Klosterarzt sah zum Abt hin, sagte aber nichts.

«Antwortet mir! Was sind das für Worte, mit denen Ihr Eure teuflischen Heilungen bewirkt? Vielleicht würde ein unschuldiger Bauer, der noch nie gehört hat, wie ein Mann den Anführern der höllischen Legionen befiehlt, solche Worte seltsam finden! Vielleicht hat eine unverdorbene Seele noch nie die Namen der gefallenen Engel gehört, die Namen Armaros, Barakel, Azazel, Batraal, Ananel, Amazarak, Zazel!»

Der ganze Saal hallte wider von den Schreien geängstigter Mönche, die sich bekreuzigten und Gebetsformeln gegen das böse Auge sprachen.

«Sind das die Hauptleute der Hölle, die Ihr ruft, dass sie Euch bei Eurem teuflischen Werk helfen?», fragte Rainiero.

Die Blick des Klosterarztes war fest, als er antwortete: «Nein.»

«Dann klärt uns bitte auf ...», er umschrieb mit einer Bewegung des rechten Arms die ganze Versammlung. «Wir warten.»

«Wir benützen tröstende Worte ... heilige Worte.»

«Heilige Worte, aha ...», er lächelte boshaft. «Heilige Worte, aber für wen gelten sie als heilig, für Gott oder für den Teufel!»

Der Klosterarzt gab keine Antwort.

«Nun gut», fuhr der Inquisitor fort, «wenn Ihr nicht antwortet, müssen wir das als Zeichen Eurer Schuld nehmen.»

«Wie soll ich weitersprechen, Euer Gnaden? Denn wenn ich sage ‹heilig›, dann fragt Ihr für wen? Wenn ich sage ‹gut›, dann sagt Ihr, dieses Gute sei böse, weil ich es sage! Ich bin bisher immer davon ausgegangen, dass heilig eben heilig bedeutet und sonst nichts!»

«Es gibt viele Häresien, deren teuflische Lehren von ihren Anhängern als heilig betrachtet werden! Ich möchte nur wissen, wie diese seltsamen und magischen Worte lauteten», schloss er sanft.

Der Klosterarzt trat unbehaglich von einem Fuß auf den anderen. «Das ist etwas Geweihtes, es kann nicht öffentlich beredet werden. Ich habe einen Eid geschworen, es niemandem zu verraten, bei meinem Leben», sagte er.

«So!» Rainiero lächelte zufrieden. «Ihr seid eher bereit, dem Tod ins Auge zu sehen, als Eure ketzerischen Praktiken zu enthüllen! Ihr vergesst, dass ich einmal einer von Euch war. Ich weiß, dass man das *Consolamentum* erst kurz vor dem Tod gibt, und das habt Ihr ohne Zweifel dem Kind gegeben, weil Ihr glaubtet, es würde sterben ... aber es überlebte! Und leider seid Ihr entdeckt worden. Wir brauchen diese unstatthaften Geheimnisse nicht weiter zu erwähnen, denn es besteht Gefahr, dass wir unsere Seelen mit ihrer Lasterhaftigkeit beflecken, uns genügt es, dass Ihr sie nicht enthüllen wollt. Das ist ein ausreichender Beweis für Eure Schuld!», donnerte er. In diesem Moment schaltete sich mein Meister ein.

«Rainiero, ich bin in diesen Dingen unwissend, und so bitte ich Euch um Nachsicht; ich habe nicht den Eindruck, dass es viel gibt, was den Klosterarzt, oder selbst auch den Koch, mit den Verbrechen in Verbindung bringt, deren sie angeklagt sind. Es gibt kein Gift, keine Waffe, und was Beschuldigungen anlangt, so sind sie oft falsch, wie Ihr ja selbst wisst. Von Häretikern hört man immer wieder, dass sie auftreten und fromme Männer der Häresie bezichtigen, um die Inquisition zu verwirren.»

Der Inquisitor wandte meinem Meister den Kopf zu, ein wohlwollendes, geduldiges Lächeln auf den eckigen Zügen. «Erstens, Bruder Templer», sagte er sehr langsam, «haben wir gehört, dass der Koch eine lange Geschichte der Ketzerei hinter sich hat, wir haben gehört, dass seine Seele zu einer Brutstätte der Sünde wurde, als er sich mit jenen verschwor, die die Kirche und den Papst zugunsten des Kaisers zu stürzen beabsichtigten, indem sie Bischöfe und Priester ermordeten und Kirchen schändeten und die heiligen Gefäße zerstörten! Und als ob das noch nicht genug der Sünde wäre, haben wir ja jetzt auch noch gehört, dass er das Kloster im Blut von drei Männern gebadet hat! Das gibt er ja offen zu!»

Darauf konnte mein Meister weiter nichts vorbringen und setzte sich wieder. Zufrieden mit seinem Sieg, sprach Rainiero weiter: «Außerdem wird aus seinen Andeutungen offenbar, dass der Klosterarzt ihm bei diesem Verbrechen geholfen hat, indem er ihm das Giftkraut verschaffte! Ich glaube, dass es nur zu viele Beweise gibt! Zauberer hüllen sich oft in das Mäntelchen des Arztes», er sah meinen Meister bedeutungsvoll an, «weil sie da über die Mächte des Bösen regieren können, ohne Verdacht zu erregen! Weil sie hoffen, sich mit ihren teuflischen Behandlungen die Seele ihrer Patienten zu sichern!»

«Und doch, Euer Gnaden», antwortete Asa, «hören wir, dass ein Arzt für seine Arbeit geehrt werden sollte ...»

«Nur ein Häretiker kann so gut über die apokryphen Schriften Bescheid wissen!», schrie er heftig und zeigte damit, dass auch er sie sehr gut kannte, «aber sollen wir vielleicht Zauberer und Hurenjäger ehren, und Mörder und Götzendiener? Sollen wir den verehren, der die Lüge liebt und verbreitet? Ich sage nein! Denn ich habe weitere Beweise, dass Ihr im Topf des Mammon geplätschert habt!» Aus den Falten seines Habits förderte er ein kleines Gefäß zutage. «Seht ihr, was man findet, wenn man die Krankenstation eines Ungläubigen durchsucht? Man findet Gefäße, auf denen seltsame arabische, und daher teuflische, Buchstaben stehen.»

«Das hat der Abtei vor vielen Jahren ein Bruder geschenkt, der gerade aus dem Osten zurückkam, wo er auf dieses Heilmittel stieß, das ganz wunderbar gegen Geschwürbildung hilft», erklärte Asa.

«Die Wohltaten dieser höllischen Medizin gehen mich nichts an! Für einen frommen Mann ist es besser zu sterben, als durch die Machenschaften der Söhne des Übels geheilt zu werden. Und das da!» Er hielt das seltsame Instrument empor, das Asa vorhin bei dem jungen Trencavel zum Fiebermessen benutzt hatte. «Das ist ein Werkzeug des Satans.»

Alle sahen erschrocken drein. Viele nickten, vielleicht, weil es leichter war, dem Inquisitor zu glauben und seinem

Gericht zu entgehen, als einem Mann gegenüber loyal zu bleiben, der schon so gut wie verbranntes Fleisch war.

«Es wird jetzt klar, dass wir es nicht mit einem einfachen Arzt zu tun haben, der durch rechtgläubige Gebete wirkt und seine einfachen Hände benützt, um die Kranken zu heilen. NEIN! Antworte mir, du ehrloser Schurke! Hast du das Kraut zur Verfügung gestellt oder nicht, an dem drei gute Männer durch die Hände des Kochs starben?»

Der Mann schwieg. Oh lieber Leser, was war das für ein schreckliches Schweigen! Ein Zeichen von Schuld?

«Vielleicht ...», antwortete Asa. «In einem Kloster gibt es viele Gelegenheiten, bei denen Kräuter und Kräutermischungen verschiedenster Art benutzt werden ... Ich könnte sie ihm unwissentlich gegeben haben.»

«Nichts, was die Gefolgsmänner Satans tun, tun sie unwissentlich, sondern willentlich und freudig! Jetzt antworte mir, hast du ketzerische Behandlungen an Patienten durchgeführt, deren Seele du für teuflische Zwecke benutzen wolltest?», rief er und stieg vom Podium herab.

«Ich heile Kranke, wenn es möglich ist, das ist meine Arbeit.»

«Und du willst uns sagen, dass dein Verhalten von deinem Abt und Meister vergeben, ja sogar gebilligt worden ist?»

Jetzt sah Asa eindeutig unsicher aus, niedergedrückt durch das Gewicht von tausend verschiedenen Gedanken.

«Gib mir Antwort, bei Gott!»

«Ich allein bin für die Krankenstation verantwortlich.»

«Danach habe ich dich nicht gefragt!»

Asa sah zum Abt hinüber, der ihm von seinem erhöhten Sitz aus einen strengen Blick zuwarf.

«Ich bin Arzt!»

«Antworte mir!»

Asa schwieg trotzig. Der Inquisitor zog die Augen zusammen und strich um den Klosterarzt herum wie eine Katze, die gleich auf eine Maus losspringt. «Wenn du mir nicht antwortest, muss ich zu Maßnahmen greifen, die abscheulich sind und noch den hartherzigsten Mann in tiefster Seele aufwühlen. Denn das Gesetz ist klar, die Gerechtigkeit Gottes muss siegen, wie sie das seit Anbeginn der Zeiten tut.» Er hob die Hand. «Zeigt diesem Teufel die Instrumente, mit denen die Wahrheit aus ihm herausgezogen werden wird, und bringt ihn dann an den Ort der Strafe. Lasst ihm Hände und Füße in Eisen legen. Lasst die Schuld in seiner Seele gären, lasst ihn eine Weile über das Böse nachdenken, das er begangen hat. Nach und nach, denn uns treibt keine Eile, werden wir sehen, wie lange seine Lippen verschlossen bleiben!»

«Ich rufe das Bahrrecht an! *Jus feretri, Jus cruentationis!*», schrie Asa, und die ganze Versammlung schreckte auf, der Abt erhob sich, ebenso mein Meister und die anderen beiden Mitglieder der Legation.

Rainiero gab den Bogenschützen ein Zeichen. «Bringt den Toten herein, dann werden wir ja sehen, ob er bei einer Berührung durch den Mörder blutet!», und die Männer gehorchten sofort.

Es herrschte große Verwirrung. Ich wusste nicht, was das «Bahrrecht» war, oder was es bedeutete, «bei einer Berührung durch den Mörder zu bluten», und ich wünschte mir mehr denn je, dass mein Meister an meiner Seite wäre, um mich aufzuklären.

Wenige Augenblicke später trugen drei Männer den bläulichen und leblosen Leichnam von Bruder Daniel herein, dessen Kopf durch das geronnene Blut jetzt ganz schwarz aussah. Die Mönche rings um mich beteten und hielten ihre Kreuze hoch, als die Bogenschützen den Leichnam ziemlich achtlos niederlegten und zur Seite gingen. Der Inquisitor trat vor und begann zu beten:

«Oh Gott, du gerechter Richter, so fest und geduldig, der Du der Ursprung des Friedens und ein wahrhaftiger Richter bist, entscheide Du, was recht ist, oh Herr, und gib Dein gerechtes Urteil kund. Wir bitten Dich demütig: Möge die Frevelhaftigkeit nicht über die Gerechtigkeit obsiegen, möge vielmehr die Falschheit der Wahrheit unterliegen. So lasst denn diesen Mann vortreten und den Leichnam berühren, und wenn er der Mörder ist, oh Herr, dann lass den Leichnam aus der Nase oder aus dem Mund oder aus einer Wunde bluten, auf dass Deine Gnade jegliche teuflischen und menschlichen Irrtümer aufdecken möge, um so die schlauen Erfindungen und falschen Beweise des Feindes zu widerlegen und seine vielfältigen Künste zu besiegen. Möge der Schuldige gerecht verurteilt werden durch Deinen eingeborenen Sohn, unseren Herrn Jesus Christus, der mit Dir herrscht in Ewigkeit. Amen.»

Dann gab der Inquisitor Asa ein Zeichen, zu dem Toten zu kommen. Es herrschte Schweigen. «Berühre mit zwei Fingern den Mund, den Nabel und die Wunden», sagte er.

Asa stand über das tote Bündel auf dem Steinfußboden des Kapitelsaals gebeugt und sagte vielleicht ein stilles Gebet. Ich sah, dass er ein wenig bebte, als er sich vorbeugte und tat, wie ihm befohlen war: Zuerst berührte er den Mund, dann die Nabelgegend und den entstellten Kopf des Mannes.

Es herrschte ein bedeutungsschwangeres Schweigen, dann gab es ein plötzliches Keuchen. Ich konnte nichts sehen, da viele Mönche von ihren Sitzen aufgestanden waren und jetzt alle von einer starken Bewegung erfasst wurden. Ich hörte Stimmen schreien: «Es ist wahr! Es ist wahr!» und auch: «Der Mörder!»

«Siehe da! Der Schrei des Blutes von der Erde gegen den Mörder!», rief der Inquisitor aus.

Ich sah es nicht, erfuhr aber später, dass aus dem Mund des Toten Blut gesickert war.

Die beiden Richter und mein Meister stiegen vom Podium, um sich das genauer anschauen zu können. Ich sah nur ihre Köpfe.

«Aber der Leichnam ist bewegt worden», hörte ich meinen Meister einwenden, «während er doch mehrere Stunden bewegungslos draußen im Freien liegen müsste, wobei Brust und Magen nackt sein müssen, um eine gründliche Blutgerinnung zu gewährleisten!»

Es entstand ein lautes Murmeln. Ich hörte Stimmen darüber streiten, ob das Bluten von Antipathie oder Sympathie verursacht sein könne, von dem, was von der Seele noch im Körper war oder vom wandernden Geist des Toten.

Der Inquisitor befahl Ruhe und sagte: «Die Gründe sind manchmal natürlich und manchmal übernatürlich. In diesem Fall spielt das kaum eine Rolle, das Blut ist da, es ist ein Zeichen, dass der Mann im Namen des Teufels lügt!»

Ungefähr da begann der Koch hysterisch zu lachen (denn die allgemeine Bewegung hatte ihn aus seiner vorhergehenden Starre geweckt). Ungläubigkeit machte sich breit, selbst der Inquisitor war überrascht. Ich drängelte mich nach vorn, um besser zu sehen.

«Ihr seid der Teufel!» Der Koch spuckte dem Inquisitor vor die Füße, und seine Stimme, die eine gewisse Ähnlichkeit mit ihrer früheren Stärke erreicht hatte, dröhnte und vibrierte um uns. «Ich bin froh, dass ich habe endlich Gott meine Sünden gebeichtet, weil jetzt ich kann den Tod genießen! Aber nicht diese gute, freundliche Mönch, der nichts getan hat! Ich bin der Mörder, ich bin der Ketzer! Ich habe geleugnet die Vergangenheit in lange Jahre, und bald ich werde gereinigt *en el fuego* – in den Flammen des *Espíritu*. Aber Ihr? Wenn es gibt *justicia*, wenn es gibt Gerechtigkeit in diese elende Welt, dann Ihr mögt leiden Todesqualen, wie ich habe gelitten, weil ich habe Euch gekannt und bin ich Euch gefolgt in die Arme des Teufels! Ihr habt uns verraten, weil Ihr habt geliebt die Macht, und Ihr habt gelegen mit Bischof und mit Papst und alles verraten, was Ihr habt uns gelehrt! Ja, es ist wahr, ich habe gewollt das Ende von Rom, das Ende von Papst! Aber das ist nicht anders als das, was Ihr habt auch einmal geglaubt mit ganze Herz … und ja! Der Kaiser! Ich würde geben mein Leben für ihn, weil er hat die Kirche gehasst!»

«Er war der Antichrist! Wachen, ergreift diesen Mann!»

Die Wachen gingen nach vorn, um den Koch zu packen, aber er war stark, und mit der Kraft, die ihm der Zorn gab, stieß er sie beiseite, wie man eine lästige Fliege abwehrt.

«Nein! Ich weiß, warum Ihr seid gekommen ... Ihr seid gekommen für mich, nicht für diese arme Mönche ...!»

Der Inquisitor lächelte und wies seine Männer mit einer Handbewegung an abzuwarten.

«Meine ganze Leben lang lebe ich vor meine Vergangenheit versteckt wie ein Ratte, *como una rata*. Missbraucht von Friedrich, missbraucht von die Ghibellinen ...» Er seufzte tief. «Ein missbrauchte Mann wird heute nicht mehr missbraucht! Wenn ich habe Euch getroffen, Rainiero Sacconi, ich war sehr jung, und Ihr habt mich auch missbraucht, habt uns alle missbraucht, und habt uns ausgespuckt wie eine Orange, als Ihr seid geworden *convertido,* bekehrt, geändert, verwandelt in eine Hure, wo leckt den Saum von Bischofshemd, indem Ihr tötet alle von uns, die Ihr habt gekannt aus diese Tage ... *mi amor*, meine Geliebte, Teresa, *una mujer Perfecta,* Ihr habt sie gebrannt zu Tode! Aber zuerst Ihr habt ihre kleine Körper gefoltert, bis da war *nada*, nicht mehr Leben, dann ihr habt sie gebracht nackt vor die Menge, und sie haben auf sie gespuckt, sie gestoßen. Nach diese *humillación* ihre Körper wurde gebunden auf die Scheiterhaufen und brennt wie eine Fackel, und ihr schöne Haar, golden wie Kupfer, wurde schwarz und geschmolzen auf ihre kleine Kopf, als sie fiel, weil die Stricke brechen, und ihre kleine Lunge erstickt an Rauch, und ihr Herz explodiert in die Hitze. Und ich ...», er weinte wie ein Kind, «ich war in die Menge, wie ein Feigling, *cobarde!* Ich bin nicht gestorben mit alle, die ich habe gekannt vorher! *O que miseria!* Elende, elende Feigling der ich bin! Ich habe sie nicht gerettet! Sie war so tapfer dass wie sie sieht mich, sie hat gelächelt! Sie hat gelächelt, weil sie war glücklich *que había escapado* – der Feigling ist entkommen! Und Gott vergib mir, ich war auch froh!» Er bedeckte das Gesicht mit seinen großen deformierten Händen und weinte still.

«Sag mir, was ich wissen will.» Rainiero hatte denselben Gesichtsausdruck, den ich auch bei meinem Meister in der Bibliothek beobachtet zu haben glaubte, als er die geheimen Handschriften suchte – gierig.

«Ja, ja ... es war ich, mit Stefano, Manfredo, und Carino, der habe gewartet auf Pietro, bis er verlässt Como in diese Woche nach Ostern. Ich bin gefolgt ihm und dem Bruder Domenico nach Barlassina, bis wir kommen an ein einsame Stelle. Carino hat Pietro die Schädel eingeschlagen mit eine Schlag, aber ich habe gesehen, dass er atmet, und ich habe gestoßen ein Dolch in sein Herz. An diese Tag ich habe vergolten, dass sie hat müssen sterben! Ich habe meine Kummer gerächt! Wieder ich bin weggerannt ... Heute ich bin nicht mehr *cobarde!* Ich habe gemordet die alte Brüder bevor sie können verraten mein Geheimnis ... Der Klosterarzt hat gewusst *nada!*»

«Genug! Genug! Ruhe! Du Werkzeug des Bösen! Nichts, was er sagt, kann man glauben ... und doch haben wir aus seinem eigenen Mund ein Geständnis gehört, und obwohl der Klosterarzt nicht gestehen will, sind seine Verbrechen an der Leiche des Opfers sichtbar geworden. Man kann nur hoffen, dass er doch noch gesteht, bevor wir seinen Körper der Erde übergeben und seine Seele der Hölle. Schafft die Männer fort.» Er gab den Wachen Befehl, die beiden Männer hinauszuführen. Der Koch, der jetzt erschöpft und nach außen hin geschlagen wirkte, ging willig mit, obwohl sein Gesicht von innerem Triumph glühte.

Es herrschte Stille. Rainiero wartete befriedigt.

«Und somit wäre diese Befragung jetzt vorüber», sagte er schließlich, «wenn es nicht noch eine schreckliche Sache hinzuzufügen gäbe ...» Er schwieg einen Moment und hob den Kopf, um in die Gesichter all derer zu blicken, deren Angst für ihn deutlich zu erkennen sein musste. «Es ist die Aufgabe der Heiligen Inquisition, Ketzerei nicht nur dort zu entdecken, wo sie offensichtlich ist, sondern auch ihre Gönner und Erben ausfindig zu machen. Denn es ist ja bekannt, dass ketzerische Lasterhaftigkeit genau wie schlimmer Samen einen passenden Schoß braucht, ein höllisches Saatbeet, in dem er eingesät und genährt werden kann, bis er Gestalt annimmt. Wir wissen erstens, dass diejenigen, die sich mit Ketzern treffen oder mit ihnen zusammenleben, auch ihre Freunde sind, denn man kann nicht mit einem Ketzer leben oder sich mit ihm treffen und nichts von seiner abweichenden Meinung wissen. Die drei Brüder, die getötet worden sind, waren, wie wir heute erfahren haben, Katharer. Der Bruder, der fehlt, zeigte dieselbe beklagenswerte abtrünnige Haltung. Deshalb müssen wir davon ausgehen, dass die Ketzerei einen sicheren Hafen am Busen von Gottes Haus gefunden hat! In diesen ehrwürdigen Hallen!»

Kaltes Flüstern strich durch den Kapitelsaal und wurde mit einer Handbewegung zum Schweigen gebracht. Zufrieden fuhr er fort: «Des Weiteren werden wir durch verschiedene Anzeichen auf die Menschen aufmerksam gemacht, die die Ketzerei unterstützen, und zwar: diejenigen, die erklären, dass Ketzer zu Unrecht verurteilt worden seien», als er das sagte, warf er meinem Meister einen Blick zu, «diejenigen, die wegschauen und es der Ketzerei erlauben, aufzublühen und Fuß zu fassen. Diejenigen, die erstens die Knochen verbrannter Ketzer und zweitens Reliquien verehren, welche Ketzern gehört haben, oder Bücher, die von ihnen geschrieben wurden! Deshalb können wir zu keinem anderen Schluss kommen: Diese Abtei ist schuldig! Schuldig in allen Punkten!» Es entstand Bewegung, der Abt stand auf, und die Bogenschützen, die mit einer Panik rechneten, machten sich an den Türen bereit. «Denn ich weiß», fuhr der Inquisitor fort, «dass unter uns in den höllischen Eingeweiden dieses Klosters Bücher versteckt sind, die von der Kirche als häretisch eingestuft wurden und deren höllischer Inhalt darauf abzielt, das Christentum zu Fall zu bringen! Deshalb ist es die Entscheidung dieses Gerichts, dass diese Verbrechen nicht nur den beiden Männern, die eben abgeführt wurden, zur Last gelegt werden können, nein sollen, obwohl sie tatsächlich Teufel sein mögen; denn wie ein Vater für die Handlungen seiner Kinder verantwortlich ist, so ist auch ein Abt für die Handlungen seiner Mönche verantwortlich. In diesem Fall verantwortlich für das Verderben der

Seelen, die seiner Obhut anvertraut sind. Deshalb erkläre ich, so ungewöhnlich und schmerzlich es auch ist, diese Worte zu sprechen, dass der Abt zusammen mit den beiden anderen nach Paris gebracht werden soll, wo sie der säkularen Gerichtsbarkeit übergeben werden, um im Feuer gereinigt zu werden.»

Es entstand große Bewegung. Mönche erhoben sich, manche schrien «Nein!», andere bekreuzigten sich, wieder andere schüttelten wehklagend den Kopf, den sie in den Händen verbargen.

«Diese Abtei ist zu schließen», fuhr Rainiero fort. «Satan hat hier zu lange gelebt und ist zu nachsichtig behandelt worden, als dass man daraus noch einmal einen Ort der Gottverehrung machen könnte. Ihre Mönche werden insgesamt entlassen, sie mögen in anderen Einrichtungen Unterkunft finden, wenn jemand sie aufnimmt. Sie werden Buße tun, indem sie ein gelbes Kreuz auf dem Gewand tragen, damit alle wissen, dass sie von Häresie befleckt sind. Schließlich ist das gesamte Eigentum an die Kirche und die weltliche Macht zu übergeben.»

Jetzt herrschte betroffenes Schweigen, während der Abt von seinem Podium geholt und abgeführt wurde.

Man fand den Bischof kurz nach der Vesper auf dem Abtritt, in einem der Verschläge. Es war ein grässlicher Anblick.

Wegen seines Umfangs hockte er noch immer auf seinem Sitz, die riesigen Hinterbacken zwischen die beiden Seitenwände gequetscht, wodurch verhindert wurde, dass er in den darunter durchfließenden Kanal fiel. Sein Gesicht war angeschwollen, und über das Kinn lief ihm die wohlbekannte Flüssigkeit, die wir jetzt als den Honiggehalt des Weins erkannten. Sein aufdringliches Kreuz war verschwunden.

«Genau wie ich vermutet habe, der verschwundene Wein», sagte André zu mir. «Dieser unglückselige Dummkopf muss auf seinem Zimmer keinen mehr gehabt haben und ging deshalb in die Speisekammer, wo er die vergiftete Flasche fand.»

Er hob den Krug mit dem gebogenen Henkel auf und inspizierte dann die Schuhe des Mannes – keine Erde.

Der Inquisitor nutzte den Augenblick und befahl die sofortige Hinrichtung der drei Männer, die der anderen Verbrechen für schuldig befunden waren, mit der Begründung, dass der Teufel mit seinem Treiben nicht eher aufhören werde, als bis seine Werkzeuge durch das Feuer gereinigt seien. Sofort befahl er, auf dem Gelände drei Scheiterhaufen zu errichten, und sagte, der Gottesdienst zu Komplet werde wie üblich abgehalten, in dem Versuch, dem Wirken der Feinde Christi Einhalt zu gebieten, aber gleich danach werde das Kloster vom Übel gereinigt.

In der Verwirrung, die darauf folgte, schlichen wir uns davon, und ich folgte meinem Meister zur Kirche. Vor ihr trafen die Männer des Inquisitors bereits die Vorbereitungen für die schreckliche Veranstaltung. Mönche standen ziellos beieinander, denn es hatte wenig Sinn, zu irgendeiner Arbeit zurückzukehren, wenn die Zukunft des Klosters vernichtet war. Ich runzelte die Stirn und zog den Kopf tiefer in die Kapuze, als wir uns der Kirche näherten. «Wird man nicht bemerken, dass wir fort sind, Meister?»

«Vielleicht, aber wir dürfen jetzt keine Zeit mehr verlieren. Bald werden hier auf den drei Scheiterhaufen zwei Unschuldige verbrennen, und morgen wird das Ganze nichts als ein Gerippe sein, aus dessen Knochen die gierigen Hauptleute des Papstes alles herausgepickt haben werden. Wir müssen bald in die Katakomben hinunter!», sagte er.

«Also, wer ist denn nun verantwortlich für diese Verbrechen? Ihr habt gesagt, zwei Unschuldige müssten auf dem Scheiterhaufen sterben, das heißt ja, dass einer schuldig ist.»

«Eine kluge Schlussfolgerung», spottete er. «Vielleicht wirst du bald sehen, Christian, warum Aristoteles recht hatte, als er sagte, dass ein Geständnis unter Folter nicht glaubwürdig sei, weil unter ihrem Zwang ein Mensch genauso oft lügt, wie er die Wahrheit sagt. Ich fürchte, dass es hier eine ganze

Anzahl von Schuldigen gibt. In gewisser Weise sind wir vielleicht alle schuldig.»

«Wer ist es denn nun, Meister?», drängte ich. «Ich weiß, dass Ihr etwas wisst.»

«Einer davon, das steht fest, ist ein Mönch mit kleinen Füßen», antwortete er, als wir in die Kirche traten. «Heute früh, nach der Entdeckung von Daniels Leiche, als du deine Schlemmerei in der Speisekammer ausgeschlafen hast, bin ich noch einmal in sein Zimmer gegangen. Irgendetwas hatte mich irritiert, und ich merkte, dass es die Größe des Fußabdrucks auf dem Boden war. Bevor ich hinging, nahm ich mir also die Freiheit und besorgte mir eine Sandale Daniels von der Krankenstation. Ich brachte sie mit in seine Zelle und stellte fest, dass sie in der Größe nicht mit dem Abdruck übereinstimmte, dessen Spur man noch immer sah – denn geronnenes Blut kann man, wenn man es eilig hat, oft nicht so leicht entfernen. Der Abdruck stammte also nicht von unserem verstorbenen Bruder, sondern von jemand anderem, von jemand mit sehr kleinen Füßen. Weißt du noch, dass ich gesagt habe, derjenige, der mich gestern auf den Kopf geschlagen hat, habe auch kleine Füße gehabt?»

«Ja ... Das heißt, wir haben endlich den Beweis gefunden, den wir brauchten, um den Verfasser unserer Nachrichten mit dem Mörder in Verbindung zu bringen!»

«Ja, aber nur mit Daniels Mörder.»

«Wer das auch war, der muss dann doch auch Setubar ermordet haben?»

«Das werden wir herausfinden.»

«Ich dachte, wir gehen in die Kirche?»

«Später. Jeder, der uns weggehen sah, wird das natürlich denken, und genau das war auch meine Absicht. In Wirklichkeit gehen wir woanders hin ... in die Zelle des Klosterarztes.»

Sobald wir die Kirche durchquert hatten, stiegen wir die Nachttreppe hinauf zum Dormitorium. André führte mich zu einer Zelle, die genauso aussah wie alle anderen, und dort begann er zu suchen, in einem kleinen Schreibpult und unter dem Strohsack, griff auch in den Strohsack hinein und durchsuchte das Stroh sehr sorgfältig, bis er gleich darauf ausrief: «Aha!» Er hatte eine kurze Metallstange gefunden, die er in der Tasche in den Falten seines Gewandes barg.

«Was ist das, Meister?»

«Die Mordwaffe», antwortete er, und so war es sonnenklar, dass Asa der Mörder war.

Er sah mich zufrieden an. «Es ist so, wie ich vermutet habe. Jetzt kehren wir in die Kirche zurück und warten, bis der Gottesdienst anfängt. Wir dürfen dem Inquisitor keinen Grund geben anzunehmen, dass wir mehr wissen, als er glaubt, oder?»

«Wenn Asa der Mörder ist, Meister, warum hat er dann verlangt, dem Gottesurteil unterzogen zu werden?»

«Asa ist ein Mann der Wissenschaft, ich glaube, er wollte seine letzte Chance nutzen, er war ohnehin schon verurteilt und wusste das auch.»

«Aber Meister, wenn ich darüber nachdenke, Asa ist doch nicht klein.»

«Nein. Schau dir diese Nachricht an.» Mein Meister reichte sie mir. «Ich habe sie vorhin in meiner Zelle gefunden.»

Ich las sie und bemerkte, dass sie eindeutig in derselben Handschrift wie die früheren und in blauer Tinte geschrieben war.

«Arzt heile dich selbst – Basmallah.»

«Was bedeutet dieses Wort?»

«Es ist arabisch, die Eröffnungsformel im Koran, die sich so übersetzen lässt: Im Namen des barmherzigen und gnädigen Gottes.»

«Aber was soll das heißen?»

«Rein numerisch sagt es außerordentlich viel aus, Christian, denn es schließt in sich die sieben Planeten und die zwölf Tierkreiszeichen ein. Wir wissen, dass der, der vor den neunzehn Dienern der Hölle geschützt zu sein wünscht, das Basmallah sagen muss.»

Ich rang nach Luft und zitterte am ganzen Körper. «Oh! Er droht Euch den Tod an, Meister, er hat gewusst, dass Ihr das versteht.»

«Still jetzt, Christian, bald wird sich alles offenbaren.»

22.

CAPITULUM

*«Und ihm träumte; und siehe, eine Leiter stund auf Erden,
die rührte mit der Spitze an den Himmel.»*
Genesis XXVIII, 12

«Christian», sagte der Mann, «endlich bist du gekommen. Ich warte schon lange.»

«Wer bist du?», fragte ich, denn er sah merkwürdig aus, arabisch gekleidet, aber eigentlich doch überhaupt nicht arabisch.

«Mein Name ist nicht wichtig, nur die Worte ... Hör zu.» Er sah sich in dem Nichts um, das ihn umgab. «Höre auf den Schlüssel, denn mit ihm kann man die Ringe der Erkenntnis öffnen.»

«Die Ringe?»

Plötzlich hörte ich ihn, wie die Dauer der Ewigkeit oder einen Augenblick strömender Reinheit; Klanggipfel, üppige Klangsäulen, die wirbelnden Schwingungen des Raums, der erst *circumiectus*, dann *internus* ist. Oh was für erhabene Schalen des Lobgesangs! Singende, seufzende Neptunsnoten in äolischen und dorischen Tonleitern voller Harmonie. Wunder des Seins, oh Majestät! Oh diese verschmelzenden, verschwebenden, sich auflösenden Noten voll Freude, Angst, Schmerz, Tränen und Klagen! Tellurische und himmlische Vokalismen und Melismen, welche die Glieder geschmeidig machen, zur Bewegung verlocken, heulen, weinen, lachen! Und während mein Herz ganz benommen war von dieser so deutlichen Ausdrucksfähigkeit, deren Ursprung nicht erkennbar, aber von einem gemeinsamen Geist beseelt, mannigfaltig und offen war, hörte ich mich verwundert sagen:

«Was höre ich da?»

«Das Kreisen der Ringe der Weisheit ...»
«Aber das verstehe ich nicht.»
«Glaubst du denn, dass so große Körper durch ihre Bewegung keine Geräusche hervorrufen?» Er zeigte auf den tintenblauen Mantel, der von Lichtpunkten durchbrochen war. «Das tun doch sogar Körper auf der Erde. Du darfst nicht vergessen, dass die Sterne und Planeten mit einer ungeheueren Geschwindigkeit im Universum kreisen, und dementsprechend klingen sie auch.»
«Aber das habe ich noch nie zuvor gehört.»
«Du hast es schon immer gehört, und deshalb hörst du es nicht, denn den Klang nimmt man nur wahr, wenn Stille herrscht.»
«Die Pause!», sagte ich.
«Ja», antwortete er. «Die Psalmen spiegeln die Töne, deren Ringe rein sind, die Stimme verstärkt sie weiter und bringt die Schöpfung zustande. Eines Tages wird der Mensch den Menschen durch das Wort hervorbringen. Schon jetzt ist sein Atem von dem Versprechen des Morgen erfüllt.»
«Und der Schlüssel?»
«Er ist in den Worten verborgen ... lausche den Worten, und die Ringe werden erklingen.»
Da ...
«Wer die Bedeutung dieser Worte findet, wird den Tod nicht schmecken. Wer sucht, soll nicht aufhören zu suchen, bis er findet. Wenn er findet, wird er bestürzt sein. Wenn er bestürzt ist, wird er staunen und über das All herrschen. Das bedeutet, dass man nur durch Vorbereitung zur Initiation gelangen kann. Erkenne, was dir vor Augen steht, und was dir verborgen ist, wird dir enthüllt werden. Denn nichts ist verborgen, das nicht offenbar werden wird. Und nichts, ist begraben, das nicht auferstehen wird. Das bedeutet, nur durch Imagination und Inspiration kann der Eingeweihte seine geistigen Augen und Ohren öffnen. Dann wird alles offenbar werden. Wenn du die zwei zu einem machst, und wenn du das Innere wie das Äußere machst und das Äußere wie das Innere

und das Obere wie das Untere, und wenn du das Männliche und das Weibliche zu einem Einzigen machst, sodass das Männliche nicht mehr männlich und das Weibliche nicht mehr weiblich ist, wenn du Augen anstelle von einem Auge machst, eine Hand anstelle einer Hand, einen Fuß anstelle eines Fußes, eine Gestalt anstelle einer Gestalt, dann betrittst du die Sphäre des Vaters. Das heißt, dass du nur durch Intuition die Ringe erreichst. Mach es so, dass der Astralleib zu Manas wird, der Ätherleib zu Buddhi, der physische Leib zu Atma, dann hast du das Himmlische zur Erde herunter gebracht und das Irdische hinauf in den Himmel erhoben. Wenn du die Braut der Menschheit mit dem Bräutigam Gottes vermählst, dann wird der Geist kein Geschlecht haben, er wird nur Geist sein. Dann werden irdische Augen zu himmlischen Augen, und eine irdische Hand berührt das Geistige, ein Fuß wird dein Halt, ein Bild, eine Erinnerung an das, was du einmal warst; die Adern, das purpurne Herz, die warmen Blutströme, das Einatmen und Ausatmen, das Gerüst der Knochen, die verbindende Muskulatur, die Sehnen, die Nervenstränge, die samtige Hirnmasse, der Funke, der den Gedanken entzündet, die inneren Organe, die Leber, die Milz, die Gedärme aus perlweißem Satin. Dies alles ist Denken, Fühlen und Wollen. Wenn Denken, Fühlen und Wollen enthüllt sind, steht der Eingeweihte innerhalb der Gesetze, die alles lenken, erhoben wie ein Messgewand, welches das zur Vollkommenheit gebrachte Gefäß für den herabströmenden Geist Christi ist, und durch Sein Licht, das wie ein Feuer wirkt, das das Siegel zerreißt, betrittst du endlich das Reich, in dem der Unbewegte Beweger wohnt, der Urschöpfer, der ICH BIN, der Spender des Lebens. Wo die zwölf Mächte aus dem Universum in die sieben Leiber verschmelzen.»

Da wusste ich diese Dinge. Und ich staunte.

«Wer bist du?», fragte ich.

«Ich bin der, der zweifelte.»

«Thomas Didymus?», keuchte ich.

«Du hast die Botschaft gehört. Jetzt lausche den Ringen.»

23.

CAPITULUM

KURZ NACH DEM GOTTESDIENST ZU KOMPLET

«Christian!», vernahm ich noch einmal eine Stimme, aber diesmal war es nicht der heilige Thomas, es war mein Meister, und ich begriff, dass ich geträumt hatte.

«Meister, wo bin ich, welche Stunde …?» Ich setzte mich auf und rieb mir die Augen.

«Du hast den ganzen Gottesdienst über geschlafen, mein lieber Junge … Anselmo hat gefehlt.»

«Anselmo?», sagte ich benommen. «Oh! Dann muss er tot sein!»

Ich sah, dass die Brüder in einer Reihe durch das nördliche Querschiff hinausgingen, voran der Inquisitor und die beiden Prälaten.

«Wo gehen sie denn hin?», fragte ich verwirrt.

«Zu den Scheiterhaufen.»

Ich erbleichte. «Jetzt?»

Mein Meister seufzte. Er wirkte unendlich müde. «Die Gefangenen erwartet draußen ihr Schicksal.»

Er half mir auf, und gleich darauf reihten wir uns ganz hinten in die Schlange ein und folgten der feierlichen Prozession auf den verschneiten Friedhof hinaus, wo auf einem Haufen aus Reisigbündeln und Stroh drei Scheiterhaufen errichtet waren. Ich bemerkte, dass es, während wir die Heilige Messe gefeiert hatten, heftig geschneit haben musste, denn jetzt war der Matsch, den der Hagel verursacht hatte, von einem weichen, puderigen Weiß bedeckt, das der Wind (der mit jeder Minute heftiger wurde) wie lauter kleine Gespenster um uns herum aufwirbelte. Es war dunkel, aber der Bereich rings um die Scheiterhaufen wurde von Fackeln hell erleuchtet, denn heute Abend mussten alle zu Zeugen von Gottes Gerechtigkeit werden.

Wir warteten in angstvollem Schweigen. Ich machte mir Vorwürfe, weil ich mich immer noch zum Narren halten ließ von meiner Sympathie für Asa und meiner Abneigung gegenüber Anselmo, der jetzt zweifellos entweder in einer Blutlache lag oder vergiftet war. Ich erkannte, dass mein Meister tatsächlich recht gehabt hatte, als er mich anwies, bei gedanklichen Entscheidungen kein Gefühl zuzulassen.

Endlich wurden die Gefangenen dem Inquisitor vorgeführt, und mir wurde das Herz schwer, als ich zusah, wie Asa die Leiter zum Scheiterhaufen hinaufstieg. Obwohl ich jetzt wusste, dass er schuldig sein musste, hatte ich Mitgefühl mit ihm, wie ich ihn vor mir sah, das Gesicht so schmal und mager, die Augen entschlossen. Waren das die Augen eines Mörders?, fragte ich mich. Sie sahen nicht so aus. Und doch, wenn ich in diesen schrecklichen letzten Tagen irgendetwas gelernt hatte, dann das, dass der Teufel tatsächlich schlau war.

Der Wind heulte uns jetzt sogar noch lauter in den Ohren, und es fing an zu schneien, als der Abt an uns vorüberging, hoch erhobenen Kopfes. In seinen Augen jedoch sah ich, dass er bereits tot war. Ein Stück weiter vorn, als er gerade den Scheiterhaufen besteigen wollte, rannte ein treuer Mönch auf ihn zu, sank vor ihm auf die Knie und umarmte seine Vatergestalt verzweifelt, wobei er in seiner Muttersprache etwas wimmerte und weinte, das ich nicht verstand.

Der arme Koch musste von zwei stämmigen Wachen fast auf den Scheiterhaufen gehoben werden, während die Tränen auf seinem schmutzigen Gesicht saubere Rinnen hinterließen. Als er die Leiter hinaufstieg, verfehlte er immer wieder eine Sprosse und wäre einmal fast ganz hinunter zur Erde gefallen, aber da half ihm ein Bogenschütze, der zum Henker ernannt worden war – keine beneidenswerte Aufgabe. Später, wenn das Feuer die Körper verzehrt hätte, würde es seine Aufgabe sein, das herauszuholen, was von den Leichen noch übrig war, die Knochen zu zerbrechen und die inneren Organe auf ein neues Feuer aus Holzscheiten zu werfen. Ich schloss die Augen und betete ein *Ave*, dass dieser Alptraum bald vorbei sein möge, denn es konnte doch nur ein Traum sein!

Sobald sie alle fest an den Pfählen angebunden waren, zuerst an den Knöcheln, dann unterhalb der Knie, über den Knien, in der Leistengegend, der Mitte, und unter den Armen, wurde ihnen eine schwere Kette um den Hals gelegt. Dann wurde ihnen vom Inquisitor das Urteil verkündet, der mit seiner starken Stimme gegen eine Windböe anbrüllte, die sein Habit um ihn flattern ließ wie schwarze und weiße Flammen.

«Im Namen des Vaters und des Sohnes und des Heiligen Geistes. Amen. Wir, Bruder Rainiero Sacconi, vom Orden der Dominikanerbrüder, eingesetzt zur Untersuchung der Häresie im Königreich von Frankreich und Italien, in unserer Eigenschaft als Vertreter der apostolischen Macht; wir, Bruder André – Präzeptor von Douzens, ausgestattet mit einer besonderen Vollmacht des Königs von Frankreich; und wir, Ordensbruder Bertrand de Narbonne vom Orden der Predigerbrüder, Abgesandter aus der Priorei zu Pruillé; und Vater Bernard Fontaine vom Orden der Zisterzienser in Cîteaux, haben durch die göttliche Macht des Papstes befunden und vor uns bewiesen gesehen, dass Ihr ... *In nomine Domini amen* ...»

Mehr hörte ich nicht, mein Inneres wurde seltsam taub, und erst als der Henker die Angeklagten bis zur Körpermitte mit Reisigbündeln und Stroh bedeckte, kam ich wieder zur Besinnung, gerade rechtzeitig, um meinen Meister murmeln zu hören:

«Wir müssen gehen.»

Ich sah ihn an, während mir heiße Tränen über das kalte Gesicht liefen. «Aber wir müssen ihnen helfen!»

«Sie sind schon tot, Christian», sagte er schroff, und ich war voller Zorn. Jetzt bin ich klüger und weiß, dass mein Meister nichts tun konnte. Er wollte mir einfach nur den entsetzlichen Anblick ersparen, den niemand außer Gott jetzt noch abwenden konnte. Aber in jenem Moment damals hielt ich ihn, das muss ich zugeben, für einen Feigling, und mehr noch, für einen Feigling, dessen einzige Leidenschaft es war, seine Rätselaufgabe zu lösen.

Als wir uns in den Hintergrund der Menge zurückzogen, sah ich das junge Mädchen Trencavel und ihren Vater. Sie blickten uns nicht an, als wir vorübergingen. Ich fragte mich, ob der Junge wohl noch am Leben sei, und sagte ein Gebet für Eisik, während wir auf die Kirche zugingen und der Henker weitere Reisigbündel nahm, sie anzündete und auf die Scheiterhaufen warf.

Sobald wir drinnen waren, rannte André zur Orgel, zupfte nervös an seinem Bart und murmelte etwas vor sich hin.

«Was machen wir denn, Meister?»

«Wir versuchen wenigstens etwas aus all diesem Irrsinn hier zu retten», sagte er. «Was bedeuten diese seltsamen Ziffern, um der Liebe Gottes willen ... Wenn sie ein Hinweis darauf sind, wie man das Wasser im Kanal umlenkt, wie sind sie zu lesen? Bei Saladin ...! Also, wenn du eine verschlüsselte Botschaft hinterlassen müsstest, mit dem Titel *Cantus Pastoralis* ...»

Wir hörten die Schreie, schwach, mitleiderregend, dann herrschte Stille, und es roch nach verbanntem Haar. Ich sah meinen Meister an, und einen Augenblick hatte ich das Gefühl, dass ich ihn überhaupt nicht kenne. Er war ganz und gar von seiner Obsession erfüllt, trunken vor Neugier. Konnte er seine Mission vergessen haben? Konnte er vergessen haben, dass gerade Menschen verbrannt wurden, dass das Kloster verurteilt war und dass wir uns in Lebensgefahr befanden?

«Meister», ich war ganz außer Atem. «Wir haben bei unserer Aufgabe versagt! Wir haben dem König gegenüber versagt, wir haben darin versagt, den Jungen der Trencavel zu retten, wir haben unserem Orden gegenüber versagt und denen gegenüber, die entweder verschwunden sind oder jetzt auf dem Scheiterhaufen sterben, obwohl sie unschuldig sind! Es liegt alles in Trümmern, und doch steht Ihr hier und denkt nach, als ob ... als ob Ihr einen Schachzug überlegen würdet, als ob Ihr alle Zeit der Welt hättet und keine einzige Sorge! Ich glaube, Ihr seid auch nicht besser als der Inquisitor! So, jetzt ist es heraus! Beide seid Ihr stolz und starrsinnig und besessen, und langsam erkenne ich, dass Euch nur eine kaum sichtbare Linie trennt», stieß ich hervor. «Der eine hasst das Wissen ohne Gnade, ohne Menschlichkeit, und der andere liebt es ohne Mitgefühl, ohne menschliche Vernunft. Wissen ist Wissen, Meister, aber was passiert mit denen, die es erwerben, ohne ein Herz zu haben? Warum müsst Ihr jetzt versuchen, diesen gottverdammten Code zu entschlüsseln? Wir müssen Eisik suchen, wir müssen ... wir müssen den Code vergessen. Es geht nicht um Hirtenlieder, es geht auch nicht um Geheimgänge und die ‹Stillen› und Manuskripte und Evangelien! Wir sollten um Vergebung beten!» Die Tränen strömten mir ungehindert über das Gesicht, aber mein Meister bemerkte es nicht, stattdessen strahlte sein Gesicht auf wie eine Kerze.

«Was hast du gesagt?»

«Ich habe gesagt, was gehen uns Hirtenlieder an! Ich habe gesagt, wir sollten beten, anstatt zu versuchen, in diese Geheimgänge zu kommen. Ich will nicht mehr in die Gänge, ich will hier weg! Seit wir hier sind, mache ich nichts anderes, als seltsame Träume zu träumen, von Heiligen und Psalmen ...»

«Die Psalmen! Natürlich! *Aspectus illuminatus!* Des Hirten Lieder ... großartig! Großartig, mein Junge!» Er packte mich an den Schultern und schob mich zur Kanzel. «Schnell, geh zu dem großen Stundenbuch, und wenn ich die Zahlen vorlese, musst du den zugehörigen Psalm und Vers nachschauen. Komm, komm, wir haben nicht viel Zeit, der Hund ist in diesem Moment dabei, unsere Fährte aufzunehmen.»

Mein Meister schloss die Augen und versuchte, wie mir schien, die Aufregung zu meistern, die er in sich spürte. Als er ruhiger zu sein glaubte, las er die ersten Zahlen vor, nämlich: CL:IV, Psalm einhundertfünfzig, Vers vier. Ich las ihn vor, denn es war unmöglich, ihm nicht zu gehorchen. «Lobt ihn mit Pauken und Reigen, lobt ihn mit Saitenspiel und Pfeifen!»

Mein Meister nickte und rieb sich in Vorfreude die Hände. «Das sagt uns, dass wir auf dem richtigen Weg sind, es bezieht sich auf die Orgel.»

Er stellte sich vor das riesige Instrument und rief mir die nächsten Zahlen zu. CIII:XIX, Psalm einhundertdrei, Vers neunzehn. Er lautete: «Der Herr hat seinen Thron errichtet ...»

Mein Meister setzte sich auf den Stuhl vor den Manualen, als wäre es ihm befohlen worden.

CXLII:V, Psalm einhundertzweiundvierzig, Vers fünf: «Schau zur Rechten und sieh ...»

Er tat es.

CXLIII:VI, Psalm einhundertdreiundvierzig, Vers sechs: «Zu dir breite ich meine Hände aus ...»

«Aha! Das sagt uns, dass es eine musikalische Note ist, eine Taste», schloss André daraus. Ich war etwas skeptisch, sagte aber nichts.

Die nächsten Zahlen waren XC:XII, Psalm neunzig, Vers zwölf: «Lehre uns, unsere Tage zu zählen! Auf dass wir ein weises Herz gewinnen.»

«Es ist eine Anzahl von Noten, oder vielleicht eine bestimmte Note in einer Zahlenfolge.»

CXLIV:IX, Psalm einhundertvierundvierzig, Vers neun: «Ein neues Lied will ich, oh Gott, dir singen, auf der zehnsaitigen Harfe will ich dir spielen.»

Mein Meister verengte die Lider. «Die Nummer zehn.»

Aber erst das nächste – CVII:XXXIII, Psalm einhundertsieben, Vers dreiunddreißig – zeigte mir, wie wenig ich wusste, und bewies wieder einmal die gewaltige Klugheit und Scharfsinnigkeit meines Meisters. «Er macht Bäche trocken, und lässt Wasserquellen versiegen.»

Als ich das sagte, sah ich meinen Meister an, und ich muss wohl sehr große Augen gemacht haben, denn er lächelte und sagte ein wenig unbescheiden: «Warum so überrascht? Ich irre mich selten ... jetzt wissen wir, dass die Orgel das Schloss ist, und der Schlüssel dazu ist eine Zahl, oder vielmehr, eine Taste ... die Zahl zehn ist die einzige erwähnte Zahl. Deshalb dürfen wir annehmen, dass wir von der mittleren Taste aus zehn Noten nach rechts gehen müssen, wo, wie wir vor kurzem in der Bibliothek erfahren haben, das Ut liegt.»

«Wie dem auch sei, wodurch erfahren wir denn, ob wir recht hatten?»

«Wenn die Orgel ertönt, dann wissen wir, dass das Wasser umgeleitet worden ist. Jedenfalls ist das eine Möglichkeit innerhalb einer Million.»

«Aber woher wissen wir, dass es aus dem fraglichen Kanal umgeleitet worden ist?»

Er sah mich mit einem eisigen Blick an und flüsterte so harsch, dass es in der Leere der Kirche widerhallte: «Bring mich jetzt nicht mit logischem Denken durcheinander, Junge! Wir überqueren den Strom, sobald wir dort sind. Also, schauen wir mal ...» Er zählte zehn Noten vom Ut oder, wie es auch heißt, vom mittleren C nach rechts und drückte mit dem Zeigefinger auf die Taste des F oder Fa, aber nichts geschah. Er runzelte die Stirn und dachte einen Augenblick nach. «Daniel prägte uns ein: ‹Möge der Hymnus Euch mit dem neunfachen Nachhall des Wassers taufen›. Vielleicht, bei der Schlafmütze Gottes, ist es nicht die zehnte Note vom mittleren Ut aus, sondern die neunte, die, wenn man das Ut mitzählt, tatsächlich die zehnte ist!»

Ich war verwirrt und ärgerte mich über ihn, aber ein Teil von mir war auch stolz.

Doch gerade, als mein Meister auf die neunte Taste drücken wollte, oder vielmehr, wenn man das mittlere Ut einbezog, auf die zehnte, die das E oder Mi war, hörten wir jemanden hinter uns.

«Das habe ich mir doch gedacht, dass Ihr, wenn ich nur warte, alles für mich herausfinden werdet!», schrie der Inquisitor, den zwei seiner stärksten Männer begleiteten.

Mein Meister drehte sich ruhig zu ihm um. «Rainiero, so ein Glück. Ich wollte gerade das Requiem spielen.» Er legte die Hände auf die Tasten, als wolle er gleich die Note anschlagen.

«Halt!», schrie der Inquisitor.

«Warum? Was beunruhigt Euch? Vielleicht Euer Gewissen?»

«Ich habe jetzt keine Zeit für Unsinn ... Ihr wisst ganz genau, was ich suche. Der alte Katharer ist verschwunden, ohne mir die richtige Zahlenkombination zu sagen. Ich weiß, dass Euch der Zugang bekannt ist, deshalb werden wir gemeinsam in die Katakomben gehen, und Ihr, der Ihr die meiste Erfahrung habt, werdet der Führer sein.»

Mein Meister machte keine Bewegung und sagte kein Wort.

«Ihr müsst Euch darüber im Klaren sein, dass ich entschlossen bin, alles herauszufinden, auch wenn ich dazu auf peinliche Mittel zurückgreifen müsste, Präzeptor. Gerade in diesem Moment haben meine Wachen Euren Juden ergriffen. Sie warten nur auf meine Befehle. Soll ich Euch erzählen, mit welchen Mitteln die Inquisition die Wahrheit aus Teufeln herausholt? Ich bin sicher, Ihr seid damit vertraut, Euer Knappe aber vielleicht noch nicht so.» Er sah mich kalt an.

«Lasst den Jungen aus dem Spiel!», schrie André und stand auf, ganz rot vor Ärger, «und außerdem, lasst auch Eisik aus dem Spiel. Er hat überhaupt nichts damit zu tun!»

«Nicht? Nun, ich neige dazu, darin anderer Meinung zu sein als Ihr, Präzeptor. Wie ich Euch schon sagte, sind Juden Anstifter zum Irrglauben und bekannt dafür, sich in Geisterbeschwörung und anderen unaussprechlichen Praktiken zu versuchen. Es wäre für mich nur eine geringe Mühe, die anderen beiden Mitglieder der Legation davon zu überzeugen, dass er bei den Morden eine Rolle gespielt hat.»

Was sollte mein Meister tun?

«Ich suche bei Euch nichts als die Wahrheit, Präzeptor.»

«Rainiero, Ihr sucht nicht die Wahrheit. Ihr sucht Eure Vorstellung von dem, was die Wahrheit ist, und das sind zwei verschiedene Dinge.»

«Mein lieber Bruder», Rainiero schien erheitert, «es gibt nur eine Wahrheit!»

«Und Ihr glaubt, die könnt Ihr durch Folter herbeizwingen? Ihr seid ein Narr, und noch dazu ein ganz übler!»

Wie zur Antwort grollte draußen die Erde, und das klang, um mit dem Evangelisten Johannes zu sprechen, wie das Dröhnen von Wagen mit vielen Pferden, die in die Schlacht laufen, doch der Inquisitor lächelte. «Meiner Erfahrung nach, Präzeptor, ist jede Wahrheit schmerzlich, und deshalb lernen wir sie auch nur unter Schmerzen kennen. So wie ein Kind unter Schmerzen seiner Mutter auf die Welt kommt – ein Augenblick der Lust, bezahlt mit lebenslanger Sorge – und am Ende sein Leben wieder in Schmerzen beschließt. Versteht Ihr? Wenn Ihr an Schmerz denkt, seht Ihr darin nur das Verabscheuenswürdige, während ich nur das Heilige darin sehen kann.» Sein Lächeln wurde breiter, als würde er einem wahrhaft wunderbaren Gedankengang folgen. «Denn der Schmerz, Präzeptor, ist das Mittel zur Reinigung, dem sich nichts verweigern kann. Durch ihn wird der Geist frei, denn hat er erst einmal die größten Qualen erlitten, ist der Körper, dessen Sünde darin besteht, die Annehmlichkeit zu suchen, endlich besiegt. Der Schmerz ist das Tor zu Gott, das Tor zu göttlicher Seligkeit und himmlischer Freude.»

Diese Worte erinnerten mich an Bruder Setubar, und ich fragte mich, ob der Inquisitor die Ketzer wohl deshalb so heftig verfolgte, weil er sich von seiner eigenen häretischen Überzeugung nie befreien konnte, die, mochte er sie auch noch so tief verbergen, ständig wie Öl in Blasen an die Oberfläche stieg?

«Nein, Ihr seid im Irrtum», sagte mein Meister bitter, denn er hatte jetzt vollkommen seinen Gleichmut verloren, «was Ihr Seligkeit nennt, ist nur das Fehlen von Schmerz, das im Gegensatz steht zum vorausgegangenen schrecklichen Schmerz, das ist alles. So wie jemand, der noch nie ein wirkliches Weiß gesehen hat, Grau als Kontrast zu Schwarz empfinden mag. Das ist eine Täuschung, und so täuscht Ihr Euch auch selbst. Da Ihr noch nie Freude erlebt habt, nehmt Ihr natürlich an, dass Schmerz notwendig sei und sein Fehlen bereits die Seligkeit ... aber wie könnt Ihr auch nur einen Augenblick glauben, dass das, was Ihr aus dem Mund jener armen, misshandelten Seelen hört, die Wahrheit sei, und nicht nur ein Spiegelbild dessen, was sie in Euren Augen sehen?»

«So redet ein Ungläubiger. Denn das seid Ihr doch. Oh, ja, Ihr mögt ein Kreuz auf der Brust tragen und ein Gebet auf den Lippen führen, aber ich weiß, Ihr seid ein Mann, der im Schlaf ‹Allah› flüstert, ein Mann, dem weder Christen noch Ungläubige trauen. Alles, was Ihr in diesen Tagen gesagt und getan habt, weist auf Eure Abtrünnigkeit im Glauben hin. Bildet Euch nicht ein, Ihr würdet das Geheimnis von Folter und Sündenvergebung kennen, Präzeptor, das ist nur einigen wenigen vorbehalten.»

«Einigen wenigen, die unbedingt das hören wollen, was sie gesagt bekommen, nicht weil es wahr ist, sondern weil sie wollen, dass es wahr ist.» Er warf mir einen Blick zu (und seine Hand schwebte über der Taste). Darin las ich die Botschaft: «Wenn ich sie drücke, renn zu der Geheimtür.»

«Wisst Ihr, Präzeptor, welche Qualen ich seit jeher leide? Einerseits immer gefoltert von dem Gedanken, dass ich vielleicht einen Unschuldigen zum Tod verurteilt habe, gleichzeitig ständig in dem Bewusstsein, dass es immer Menschen geben wird, deren Täuschungskünste es ihnen erlauben, dem Gesetz zu entgehen, sodass sie ihr Zerstörungswerk an der Kirche fortsetzen können!» Plötzlich sah ich das Gesicht des

Inquisitors fast menschlich werden. Ich erkannte jetzt, dass er sich mit dem, was er tat, wahrhaftig im Recht glaubte, und das erfüllte mich mit noch mehr Unsicherheit. «Könnt Ihr wenigstens für einen Augenblick ein solches Dilemma begreifen? Wie kann man jemals wissen, ob man den Täuschungen des Teufels entgeht, den irrigen Anschauungen, zu denen er uns verlockt? In diesen schrecklichen Zeiten weiß man einfach nicht mehr, was Gut und Böse unterscheidet! Deshalb müssen wir Gott für uns wählen lassen. Es spricht nämlich Gott, und nicht, wie Ihr sagt, der Teufel aus dem Mund derer, die gefoltert werden, denn in diesen entsetzlichen Qualen, die auch Er für unsere Sünden erlitten hat, sehen sie Sein Licht erstrahlen und können gar nicht anders, als ihre Sünden zu gestehen! Versteht Ihr? Und damit möchte ich Euch ins Gedächtnis einprägen, dass nach einer Nacht in den Händen meiner Wachen Euer Jude darum betteln wird, mir alles sagen zu dürfen, aber ich werde nicht zu ihm gehen, drei Nächte lang nicht, in denen er zahllose Todesqualen durchleiden wird ...»

Plötzlich gab es ein ohrenbetäubendes Getöse, das die ganze Klosterkirche erschütterte. Das Buch fiel dadurch vom Lesepult und der Inquisitor zu Boden.

Wie soll ich die Augenblicke beschreiben, die nun folgten? Alles geschieht so schnell und doch so langsam.

Als wir das Getöse hörten, drückte mein Meister – mit unvergleichlicher Geistesgegenwart – die Taste der Orgel nieder, aber der Inquisitor warf sich auf ihn, und sie kämpften im Schatten der Orgelpfeifen miteinander, als eine Schneelawine das Kloster von oben traf, durch die Fensterrose brach und den ganzen Kirchenraum unter sich begrub. Schlagartig sah ich nichts als Weiß, eine undurchsichtige kalte Welt, die von einem betäubenden Licht erfüllt war. Das Weiß wurde grau, dann schwarz, und mir wurde alles gleichgültig ... der Kampf würde bald vorbei sein. Bilder glitten vor meinen Augen vorüber. Aus dem Nebel sah ich Asa auftauchen, der wie eine Gans gekleidet war und mit seinem Glasinstrument dem Abt zuwinkte, der in Gestalt eines Affen erschien und gar nicht zu ihm hinsah. Der Abt war damit beschäftigt, eine Phiole mit vergiftetem Urin dem Koch an die Lippen zu halten, der freudig davon trank und sagte, es schmecke wie der Nektar der Götter, während sich Setubar zurücklehnte und lachte, als sei das Ende gekommen und er könne endlich fröhlich sein. «Die Leichtigkeit einer Nuss ist ein Zeichen dafür, dass sie leer ist!», schrie er, worauf er sich einem Teufel auf den Rücken schwang, aber nicht ohne mir vorher ein paar Rosinen zu reichen, die so süß waren wie die Brüste der Gottesmutter, die die Geliebte meiner Träume war und in der einen Hand ein Rosenkreuz hielt, in der anderen Eisiks abgetrennten Kopf, aus dessen Mund die Worte kamen: «Daraus wird nichts Gutes hervorgehen!» Dann gab es Stimmen, und Donner und Blitz und ein Erdbeben, und ich war ein Engel inmitten des Himmels und sagte laut: ‹Wehe, wehe, wehe den Bewohnern der Erde, denn sie wurden hinabgerissen in den bodenlosen Abgrund, aus dem Rauch aufstieg wie aus einem großen Ofen›, und ein schrecklicher Schmerz durchdrang meine Brust. Aber dann merkte ich, dass es nicht der Teufel war, der mir seine großen weißen Zähne in die Lunge hieb und mir das Herz ausriss, sondern mein Meister, der mir, nachdem er mich aus diesem trockenen, pulverigen Meer herausgezogen hatte, kräftig auf den Rücken schlug. Die Größe der Orgel mit ihren Pfeifen und Manualen hatte ihn gerettet und den Inquisitor ebenso.

«Feste, feste, Junge!» schrie er, als ich jede Menge Schnee ausspuckte. «Stirb mir jetzt bloß nicht, bei Saladin!»

Er riss eine Lampe von der Wand hinter der Orgel, die wie durch ein Wunder immer noch brannte, und da er sah, dass der Inquisitor bewusstlos da lag und seine Wachen unter den Bergen von Schnee verschwunden waren, stieß oder vielmehr zog er mich durch das, was vom Chorumgang noch übrig war, zu der Kapelle im Querschiff. Ich sah die Heilige Jungfrau wie durch einen Schleier, denn sofort wurde ich hinter den Vorhang gezogen, wo wir beide stehen blieben und in das schreckliche Schweigen lauschten. Die Pause. Ich wusste instinktiv, dass sie nur ein Vorbote des nächsten Schlages war.

Ein weiteres Getöse erschütterte alles. «Schnell, die Geheimtür.» Mein Meister drückte auf die entsprechenden Symbole, die die Tür öffneten, und wieder tauchten wir hinab in die Eingeweide des Klosters.

Danach sah ich nur noch Bilder vorbeihuschen. Wir taumelten durch die Geheimgänge, in Vorkammern hinein und aus ihnen heraus, folgten dem schon einmal gegangenen Pfad, machten uns aber nicht die Mühe, irgendetwas in einer Türe stecken zu lassen, denn ein Zurück würde es nicht geben. Ich dachte mit Sorge an unseren lieben Freund Eisik, der vielleicht irgendwo verschüttet war, ich dachte an die Mönche und an die Trencavels und betete still für alle. Über uns war ein großes Durcheinander zu hören, und hier und da lag ein heruntergestürzter Stein auf dem Boden, was unseren Weg gefährlich machte, aber wir erreichten das vorletzte Vorzimmer ohne größere Zwischenfälle. Als wir «Philadelphia» betreten wollten und mit der Lampe hineinleuchteten, sahen wir einen Mönch in unnatürlicher Stellung dasitzen, den Kopf zur Seite geneigt, den Körper im Gewand versunken. Mein Meister hielt dem Mönch die Lampe vors Gesicht und zog die Kapuze weg, um festzustellen, wer der arme Unglückliche sein mochte. Es war Setubar.

Sein Gesicht zeigte die inzwischen bekannten Symptome der Vergiftung; dunkler Honig war überall verschmiert. Ich schloss daraus, dass er Selbstmord begangen haben musste.

Er war aber noch nicht tot, denn plötzlich gingen seine Augen auf, und ich hielt vor Überraschung den Atem an.

«So», hustete er, «habt Ihr den Weg gefunden, sehr gut ... jetzt müsst Ihr sie aufhalten ... geht ... Haltet sie auf, Templer!» Er schaffte es, sich ein wenig hochzurappeln, und packte meinen Meister mit seinen verkrüppelten Händen am Gewand, wobei ein paar Rosinen zu Boden fielen.

«Ihr habt Euch die Beine gebrochen», bemerkte André, der sich über den Mann gebeugt und den unnatürlichen Winkel festgestellt hatte, in dem seine Beine lagen.

Der alte Mann zuckte zusammen. «Der Teufel ist da! Haltet sie auf!»

«Sagt es mir, Setubar!», sprach mein Meister in befehlendem Ton, der den alten Mann verblüffte.

Es entstand ein Schweigen, in dem Setubar unter Qualen Atem holte, und dann, vielleicht in der Hoffnung, dass mein Meister vollenden werde, was er in seinem erbarmungswürdigen Zustand nicht mehr tun konnte, sagte er ihm alles.

«Neun …» Er schluckte. «Neun Ritter wurden in die geheimen Lehren des Apostels Johannes eingeweiht. In das Geheimnis der Kinder der Witwe … verliehen durch Ormus, den Schüler des heiligen Markus.»

«Ketzerei!», schrie ich erschrocken.

Der alte Mann lachte, wobei ihm das Gift aus dem Mund lief: «Ja, mein Schöner, Ketzerei! Dein Meister kennt das, so wie alle, die Ritter werden.»

Ich sah André ungläubig an, aber er sagte nichts.

«Unter dem Felsendom … fand Euer Orden …», er verstummte, um Atem zu schöpfen, «die echten Gesetzestafeln, die Moses geschrieben hat. Das Pentateuch, oder die ersten fünf Bücher des Alten Testaments, die man vergraben hatte, als Jerusalem viele Jahre zuvor erobert zu werden drohte. Niemand kennt die Schätze und auch die Greuel, die hier auf diesem Berg verborgen sind.»

Mein Meister schwieg und dachte nach, als würde nicht rings um uns die Erde beben und jeden Moment über uns einbrechen.

Der Mann kämpfte sichtlich, bei klarem Verstand zu bleiben, und griff schwach nach seinen Beinen.

«Was glaubt Ihr denn, warum Ihr beim Aufnahmeritus in Euren Orden dazu aufgefordert worden seid, das Kreuz anzuspucken und Jesus zu leugnen?», sagte der alte Mann. «Damit Ihr wusstet, was Ihr zu tun habt, wenn Ihr von Ungläubigen gefangen würdet? Pah! Ihr seid ein Narr ... Ihr seid alle Narren! Ihr spuckt auf das Kreuz, weil es böse ist. Es stellt den irdischen Tod dar, die Unvollkommenheit des Menschen! Und Ihr habt auch Jesus verleugnet, weil Jesus sterblich und daher voll Sünde war. Christus war Gott, nicht Jesus! Ihr und ich, wir sind gar nicht so verschieden, nicht wahr, Präzeptor? Ach, aber Ihr seid stolz, Euer stolzer Nacken beugt sich nicht so gern unter die Tatsache, dass Euer Orden ketzerisch ist, aber gerade dieser Stolz Eurer Gelehrsamkeit wird, wie ich hoffe, meinen Willen erfüllen ...» Er verstummte und atmete jetzt nur noch mühsam. «Sie werden ihn dazu benützen ... Tod und Werden ... Sünde!» Er wurde von einem schrecklichen Magenkrampf gepackt. «Tut es! Haltet sie auf ... tut es, nicht für mich, ich bin nur Dreck, tut es für Euch selbst ... Hörst du die Bienen, Junge?» Er starrte mich einen Augenblick an, und dann verdrehten sich seine Augen, die so voller Sünde und Hass und Bitterkeit waren.

André sprach ein kurzes Gebet über dem Toten, und ganz leise hörte ich ihn sagen: «Der arme irregeleitete Narr.»

«Meister ... stimmt das, was er gesagt hat? Habt Ihr ... habt Ihr ...?» Ich bekreuzigte mich, fast unter Tränen, und wusste nicht, was ich glauben sollte.

«Komm!», mein Meister packte mich hastig am Arm, «Wir haben nicht viel Zeit!» Ich merkte, dass er recht hatte, denn gerade mussten wir eine neue laute Erschütterung mitmachen, die mich umwarf, sodass ich dicht vor der Leiche landete.

«Meister –», fing ich wieder an, als wir uns den nächsten Gang entlang mühten und dabei den Gesteinsbrocken auswichen, die hier von der Decke gefallen waren. «Wie konntet Ihr nur? Christus verleugnen! Das Kreuz verleugnen!»

«Es ist keine Schande, etwas zu verleugnen, Christian, denn indem wir verleugnen, was wir vorher für wahr gehalten haben, lernen wir die Wahrheit klarer erkennen. Wir können dann Wissen von Meinung unterscheiden, aber was der alte Mann nicht wusste, ist, dass solche Versuchungen eine Prüfung durch die Teufel in unserer eigenen Seele sind.

Natürlich habe ich nicht auf das Kreuz gespuckt. Ich trage das rote Kreuz. Das lebendige Kreuz, nicht das tote.» Mehr sagte er nicht, sondern er zog mich am Arm und lenkte mich zum nächsten Gang hin.

Ich wünschte, er hätte mich in Ruhe gelassen. Seine Hand lag auf meinem Arm, die Hand, die mir so oft beruhigend über den Kopf gestrichelt oder mir auf die Schultern geklopft hatte. Diese starken, sinnlichen, heidnischen Hände, so braun und stark, kamen mir jetzt besudelt vor, von Sünde befleckt. Er hatte mich getäuscht. Er hatte sogar sich selbst getäuscht, denn er war gar nicht der Mann, für den ich ihn hielt, ebenso wenig wie der Mann, der er vorgab zu sein. Ich war wütend und kam mir vor wie ein Narr, weil ich an ihn geglaubt hatte, aber da sich jetzt über mir das Verhängnis drohend auftürmte, zwang ich mich, ihm zu folgen, und dachte an nichts anderes, als wie ich am Leben bleiben könnte.

Schließlich erreichten wir das letzte Vorzimmer, und als wir in den Raum traten und unsere Lampe ihr Licht in die Finsternis warf, erblickten wir niemand anders als Anselmo, der da im Dunkeln saß, mit einer unentzündeten Fackel in der Hand und einer weggeworfenen Lampe zu seinen Füßen.

Er warf uns einen fürchterlichen Blick zu, machte sich aber nicht die Mühe aufzustehen.

«Anselmo, guten Abend», sagte mein Meister fröhlich. «Ich habe mir schon gedacht, dass ich dich hier finde. Warum bist du denn nicht in das innere Heiligtum gegangen?», fragte er. «Wir haben die Taste gedrückt, es dürfte nun ja kein Wasser mehr im Kanal sein.»

«Ach, Präzeptor, der Mechanismus wird doch nicht ausgelöst, indem man die Taste niederdrückt, sondern indem man sie anhebt! Egal, die Lawine hat ihn ohnehin beschädigt, und da ich nicht schwimmen kann …» Er zuckte die Schultern. «Wie Ihr seht, habe ich kein Wachs mehr, aber ich wusste ja, dass Ihr kommt, und so habe ich gewartet. Ihr müsst an Setubar vorbei gekommen sein … ist er schon tot?»

«Sehr … dein Werk, wie ich annehme.»

«Ja. Wie gut Ihr raten könnt, Präzeptor.»

«Natürlich. Aber sag mir, wie konntest du so sicher sein, dass wir den Weg hierher wüssten und die Kombinationen?»

Er lächelte. «Ihr seid ein intelligenter Mann, Präzeptor. Von dem Tag an, an dem wir uns zum ersten Mal begegnet sind, wusste ich, dass Ihr mir ebenbürtig seid, ich wusste, dass Ihr nach einiger Zeit alles herausfinden würdet.»

«Aber alle diese Toten waren völlig unnütz, ebenso wie all diese Qual, die ihr zusammen hervorgebracht habt, du und Setubar – der eine aus Neugier, und der andere aus einem verschrobenen Glaubenseifer, denn jetzt wirst du nicht mehr sehen, was du so dringend zu sehen wünschtest, da du deinen Freund Asa auf dem Scheiterhaufen hast sterben lassen.»

«Ich hatte schon seit einiger Zeit den Argwohn, dass Asa gar nicht an den wunderbaren Schätzen der Katakomben interessiert war, ihn verlockte die Idee des unsterblichen Menschen ... als ob es so etwas jemals geben könnte, und so starb er für seine Wahnidee.»

«Und was ist mit dem armen Jérôme, dem Freund, den du angesteckt hast mit deiner Lust auf Neues, deiner Begierde nach dem Unbekannten?»

«Jérôme ist ein trauriges Kapitel, er hegte eine unnatürliche Neigung für mich, er kam aus eigenem Antrieb hier herunter, um die alten Manuskripte zu suchen ... der Esel! Ohne Zweifel hat er für seine Mühen einen Kuss erwartet ...» Anselmo lachte, und es hallte durch die vielen Gänge. «Mir hat es nichts ausgemacht, als ich herausfand, dass er tatsächlich geküsst worden war ... und zwar vom Tod. Aber sagt mir, habt Ihr wirklich alles herausgefunden? Es interessiert mich.»

«Mehr oder weniger», lächelte er stolz, und ich sprach ein Gebet für seine unsterbliche Seele.

Der Junge nickte, und mein Meister fuhr fort: «Als Erstes fand ich heraus, dass das Kloster von Templern gegründet sein musste, die der Großmeister Gérard de Ridefort hergeschickt hatte, nachdem Jerusalem gefallen war, habe ich richtig geraten?»

Anselmo nickte.

«Als sie hierher kamen, waren sie im Besitz der Gesetzestafeln und verschiedener geheimer Evangelien, denn das hat uns Setubar erklärt, aber wir wissen es auch deshalb, weil wir die angefangene Übersetzung in der Bibliothek gesehen haben.»

«Ihr seid also in der Bibliothek gewesen? Sehr schlau … Ahh … aber vielleicht wisst Ihr nicht, dass sie nach dem Fall Jerusalems hierher gebracht worden sind, da man geteilter Meinung war: es gab die einen, die den Orden rein halten, also die ‹Blutlinie› erhalten wollten, und die anderen, die ‹neues Blut› zulassen wollten. Darüber hinaus besaßen sie auch noch Gegenstände aus dem Tempel Salomons …»

«Das muss dir Ezechiel anvertraut haben», bestätigte mein Meister.

«Ja …»

«Und so ließ der Großmeister diese Gegenstände von den zwölf Templern hierher bringen … um sie zu verstecken! Beim Schwerte des Saladin!»

Der Junge lehnte sich zufrieden zurück. «Das hier ist ein Kloster von Templern, die als Zisterzienser verkleidet sind, mit der Genehmigung des heiligen Bernhard, und so versteht Ihr jetzt wohl auch, warum jeder Abt ein ausgezeichneter Übersetzer ist … und doch konnte keiner die kostbaren Stücke übersetzen, die Gesetzestafeln.»

«Aber einen gab es doch, der das konnte», sagte mein Meister, «nämlich ein ganz besonderes Kind, dessen Ankunft vorhergesagt worden war … nur dieser Knabe, der von den vier Katharer-Brüdern hierher gebracht worden war, konnte die alten Texte lesen. Bevor er das aber tun konnte, brauchte er Zeit, um reif zu werden, was aber noch wichtiger war, er musste sich einem speziellen Training unterziehen, einer Art von Initiation in die Geheimnisse des Ordens, um diese Aufgabe zu bewältigen, dieses vollkommene Werk!

Unglücklicherweise machte es der schreckliche Krieg gegen die Häresie, den Papst Gregor und dann auch Papst Innozenz führten, für die vier Katharer sehr schwierig, ihn sofort hierher zu bringen, deshalb blieben sie in Montségur und warteten auf einen günstigen Moment. Es kam noch erschwerend hinzu, dass sie bei der Belagerung mit eingeschlossen wurden; sie konnten aber durch die Hilfe von adeligen Katharern und anderen Gesinnungsgenossen glücklich entfliehen. Als sie hier ankamen, stellten sie fest, dass die zwölf ursprünglichen Gründer zu Eremiten geworden waren und dass jetzt andere da waren, die im Laufe der Zeit die Leitung des täglichen Klosterlebens übernommen hatten. Man könnte also sagen, dass diese vier, die das Kind so lange Zeit in Sicherheit bewahrt hatten, sich jetzt genötigt sahen, es den Zwölfen zu übergeben, habe ich recht? Und dann den Rest ihres Lebens zubringen sollten, ohne je zu erfahren, was aus ihm wurde. Diese vier trugen also das Ordensgewand der Zisterzienser, waren aber Katharer und hielten ihren Status als *Perfecti* die ganzen Jahre über ungebrochen aufrecht. Sie fügten sich gut in die Gemeinschaft ein und wurden mit der Zeit zu wichtigen Mitgliedern, bis sie allmählich neugierig wurden, was aus dem Jungen geworden sei, den sie liebten. Als sie hörten, dass seine Gesundheit gelitten habe und dass der Abt ihn häufiger als bisher zu der Geheimtür brachte, ahnten sie, dass tief im Innern des Klosters, wohin sich selbst der Abt noch nie gewagt hatte, etwas Bedeutsames vorgehen musste. Sie wollten den Knaben sehen, aber dieses Vorrecht wurde ihnen nicht gewährt. Bruder Setubar hatte den einen oder anderen Verdacht, und das wurde ihm zu einer Quelle großen Unbehagens. Irgendwie entdeckte er die Sache mit dem großen Werk, er lehnte es ab und fand einen Weg, die kirchlichen Behörden aufmerksam zu machen. Er schickte dem Bischof von Toulouse eine Botschaft, die von einem Linkshänder geschrieben war, und umriss darin die zahlreichen ketzerischen Tendenzen, die in diesem Kloster um sich griffen, spielte auch darauf an, dass sich hier ein Mörder befinde, der, wie er wusste, Rainiero Sacconi bestimmt interessieren würde. Das kam dem Bischof zupass, denn Rainiero war ein Landsmann und würde das Nötige tun, des Bischofs Interesse am Reichtum des Klosters zu befriedigen ...»

«Aber Bruder Setubar ist nicht linkshändig, Präzeptor», grinste Anselmo.

«Nein, aber du», antwortete mein Meister frohgemut. «Er ließ dich die Botschaft schreiben, nicht wahr? Weil seine Hände vom Alter verkrümmt waren, und auch, weil es Verdacht erregt hätte, wenn er eine Botschaft nach Toulouse gesandt hätte, während du immer sagen konntest, dass du irgendwelche Geschäfte bezüglich deiner Pflichten im Scriptorium zu erledigen hättest. Da nun Bruder Setubar wusste, dass du auf die Stellung als Hauptübersetzer aus warst, sagte er dir, er werde Ezechiel dazu überreden, dir diesen Posten zu geben, wenn du ihm hilfst, habe ich recht?»

«Bemerkenswert, aber woher habt Ihr gewusst, dass ich beidhändig bin?»

«Die Handschrift in deinen Übersetzungen war die eines Rechtshänders, und deshalb schloss ich dich zunächst als Verfasser der Nachricht aus, aber als ich dich Orgel spielen hörte, hast du die linke und die rechte Hand mit gleicher Kraft gespielt. Die meisten Rechtshänder spielen die linke Hand immer ein wenig schwächer, aber das war nicht der einzige Hinweis. An dem Vormittag, als wir dich in der Kirche kennengelernt haben, wo du mit Sacar zusammen warst, hast du das Kreuzzeichen gemacht und dabei fälschlich die linke Hand benutzt.»

«Ach tatsächlich? Wie unbedacht von mir, und was für ein Glück für Euch. Sprecht weiter ...»

Über uns bebte die Erde, aber mein Meister sprach weiter, als ob er unsterblich wäre. «Bruder Setubar muss gewusst haben, dass es für ihn und die anderen drei Brüder das Ende bedeuten würde, wenn er den Inquisitor hierher brächte. Er war überzeugt, dass sie entdeckt würden, und etwa eine Woche vor unserer Ankunft, als die Abtei Kunde vom

Herannahen der Legation erhielt, fing er an, die Rosinen und den Wein zu vergiften, mit Kräutern, die ihm Asa gab, eine starke Mischung aus zwei Substanzen, deren eine Arsen ist, die andere Atropa belladonna, daher auch das Gefühl zu fliegen.»

«Wenn dieser dreckige Koch diese Kräuter nicht selber genommen hätte, wärt Ihr nie darauf gekommen.»

«Vielleicht nicht.»

«Wenn Asa nur auf mich gehört hätte.»

«Er schöpfte Verdacht, wozu Setubar die Kräuter brauchte, nicht wahr? Er drohte, mit dem Abt zu sprechen, also habt ihr beide ihm einen Eid abgenommen zu schweigen und habt ihm alles erzählt.»

«Ja, nun, in diesem Fall war ich der Narr, ich habe Asa geliebt, er war so feminin, so ...» er lachte wild. «Seht Ihr, Präzeptor, wie wir alle in einem Meer von Sünde ertrinken? Ich hätte wissen müssen, dass Asa das nie verstehen würde, er war nicht so veranlagt.»

«Wie hast du ihn dann davon abgehalten, zum Abt zu gehen?»

«Ich habe gesagt, dass ich ihm, bevor er zu ihm gehen könnte, unsere Sünde der Fleischeslust beichten würde.»

«Also hattet ihr eine widernatürliche Beziehung?»

«Nein, aber der Abt hätte mir geglaubt, denn wer würde in der Beichte lügen?»

«Teuflisch!», rief mein Meister aus, und mir schien, als wäre in seiner Stimme ein winziger Hauch von Bewunderung zu hören.

«Aber ich habe ihm die Heilrezepte gegeben, die ich in der Bibliothek gefunden hatte, und das hat ihn einstweilen beschwichtigt.»

«Deshalb wollte er auch die Worte nicht verraten, aber was hat dann den jähen Tod von Bruder Samuel verursacht? Er hat die Geheimgänge betreten, bevor ihn die vergifteten Rosinen töten konnten ... Hier muss etwas anderes zu seinem Ende geführt haben. Auch Bruder Ezechiel hat sich kurz vor seinem Tod hierher gewagt, aber er ist nicht zu Tode gekommen wie Bruder Samuel. Ich kann mir nur vorstellen, dass er die Gegebenheiten in den Geheimgängen kannte, denn er war der Einzige, der Zugang zur Bibliothek hatte, daher wusste er, dass er etwas Bestimmtes meiden müsse, oder vielleicht brauchte er es auch gar nicht zu meiden, aus einem Grund, den ich noch nicht ganz klar vor Augen habe. Jedenfalls starb er an jenem ersten Abend an Gift. Aber Daniel hast du getötet!»

Anselmo lächelte breit: «Bravo!»

«In der Nacht, als er starb, bist du zu ihm gegangen und hast verlangt, dass er dir die Methode zur Orientierung in den Gängen erkläre. Daniel war der Einzige, der die geheimen Kombinationen kannte, ihm allein waren sie bei seiner Ankunft hier vor einigen Jahren mitgeteilt worden, und er weigerte sich, dir irgendetwas preiszugeben. Außerdem, glaube ich, drohte er dir, zum Abt zu gehen, oder vielleicht auch zu mir ... ich weiß nicht, was er genau gesagt hat, aber am Ende musstest du ihn töten, habe ich recht?»

«Mehr oder weniger.» Anselmo nickte.

«Bevor du ihn getötet hast, warst du in den Katakomben, du kanntest dich ein wenig darin aus, weil dich Bruder Ezechiel in die Bibliothek mitgenommen hatte.»

«Nein, Ezechiel wusste nichts von den Katakomben, er kannte nur den Zugang zur Bibliothek durch das Scriptorium. *Ihr* habt es mir gezeigt. Ich bin Euch letzte Nacht gefolgt, als Ihr durch die Geheimtür hinuntergegangen seid. Dadurch habe ich herausgefunden, wie man bis hierher gelangt.»

«Oh, dann habe ich mich also geirrt ... dann waren das deine Schritte, die wir auf dem Rückweg hörten, nachdem es diesen großen Lärm gegeben hatte. Durch das Echo klang es so, als würdest du auf uns zu kommen, dabei bist du vor uns geflohen, damit wir dich nicht sehen, habe ich recht?»

«Ja. Der Lärm kam von dem Mechanismus, der in den Katakomben ausgelöst worden war.»

André wurde nachdenklich. «Du hattest keinen Grund, Daniel zu ermorden. Er hätte dir nicht mehr sagen können als das, was du ohnehin schon wusstest.»

«Ich musste ihn töten, Präzeptor.» Anselmo stand auf. «Es war das einzig Logische, was ich tun konnte, und schließlich seid Ihr doch ein Logiker. Ich wusste, dass Ihr Setubar im Verdacht hattet, aber dann auch Asa, denn als Ihr den Weg durch die Kapelle der Krankenstation gefunden hattet, habt Ihr gedacht, dass er vielleicht durch die Katakomben hinaus geschlichen war und das Verbrechen begangen hatte, woraufhin er durch den geheimen Gang wieder zurückkehrte. Das war eine einfache Methode, Euch weiter auf der Spur dieser beiden zu halten. Am Ende habt Ihr aber doch erwartet, dass Daniel der Nächste sein würde. Wie konnte ich Euch da enttäuschen, Präzeptor?»

Mein Meister schwieg einen Augenblick. «Du hast zu viele Vermutungen. Aber anscheinend hältst du mich doch nicht für sehr schlau ...» und mein Meister holte die Eisenstange hervor, an der Blut und zu meinem Entsetzen auch Haar klebte, «da du anscheinend geglaubt hast, ich würde Asa auf einen so fadenscheinigen Beweis hin verdächtigen.»

«Er hätte ihn töten können. Es hätte nur einen Augenblick gedauert, die Stange im Strohsack auf seinem Zimmer zu verstecken und ungesehen zurückzukehren.»

«Aber warum sollte er sie in seinem eigenen Strohsack verstecken, wenn er sie einfach in den Katakomben hätte lassen können? Ich hätte es vielleicht glauben können, wenn ich ein bisschen weniger aufmerksam gewesen wäre. Etwas sagte mir, dass das alles nicht stimmte.»

«Aber wie habt Ihr erraten, dass ich es war?»

«Das war ganz einfach. Du hattest Erde an den Sandalen, als du heute Nacht aus den Geheimgängen gekommen bist, und als du dann Daniel getötet hast – ich nehme an, als wir in der Bibliothek waren –, mischte sich die Erde mit Daniels Blut und hinterließ einen hübschen Abdruck deiner Sandale auf dem Boden. Du bist ein ungewöhnlich kleiner Mönch, deshalb war es nicht schwierig, dich mit dem Verbrechen in Verbindung zu bringen und auch mit den Nachrichten, die ich erhielt, denn gestern, als ich dich in meiner Zelle überraschte und du mich so unangenehm auf den Schädel geschlagen hast, bemerkte ich, während ich fiel, nur deine Sandalen. Da wusste ich natürlich nicht, dass es deine waren, aber was mir im Gedächtnis blieb, war ihre ungewöhnliche Größe, das heißt, Kleinheit. Asa war im Gegensatz dazu groß und hatte daher große, ziemlich lange Füße. Das war jedoch nicht der einzige Hinweis, auf den ich meine Schlüsse aufbaute. Schau dir diese Eisenstange an. Der Mann, der sie benutzte, um Daniel zu töten, war linkshändig. Siehst du die Blutspuren? Die Finger, die die Stange umklammerten, zeigen nach links, und der Daumen nach rechts, was zeigt, dass sie in der linken Hand gehalten wurde und nicht in der rechten, denn in diesem Fall hätte es umgekehrt sein müssen. Du weißt selbst, dass es sonst keine linkshändigen Mönche in diesem Kloster gibt und nicht viele mit ungewöhnlich kleinen Füßen.»

«Sehr scharf kombiniert, aber was ist mit Setubar?»

«Das liegt ja wohl völlig auf der Hand ... Nachdem die anderen tot waren, gab es für ihn nichts mehr zu tun, aber bevor er Selbstmord begehen konnte ...»

«Vor der *Endura*, das heißt, vor seinem Selbstmord, kam er noch völlig außer sich zu mir ...»

«Natürlich war er außer sich, Ihr habt Daniel getötet ... nachdem er sich die Hände mit dem Blut der anderen befleckt hatte, brauchte er einen anderen *Perfectus*, der ihm das *Consolamentum* gab, er musste *neu getröstet* werden, und jetzt war niemand mehr da, der das tun konnte ...»

«Das hat mir am allerbesten gefallen», sagte Anselmo und seufzte vor Befriedigung. «Als er zu mir kam, sagte er, er wolle, dass die Manuskripte vernichtet würden, denn er befürchte, dass ihre Geheimnisse dazu benützt würden, das Leben zu verlängern. Darauf lief seiner Meinung nach das gnostische Thomas-Evangelium hinaus, denn dort lautet der erste Vers: ‹Wer die wahre Bedeutung dieser Sprüche findet, wird den Tod nicht schmecken›, und wie Ihr wisst, ist der physische Leib von Setubar höchst nützlich als Fraß für die Würmer.»

«Aber er kannte sich in den Geheimgängen nicht aus, und da hast du zu ihm gesagt, du würdest es ihm erklären, wenn er mit dir herunter käme. Dann hast du ihn ein paar Stufen hinunter gestoßen, wodurch er sich die Beine brach, und hast ihn einfach liegen lassen, damit er starb.»

«Er sagte zu mir, er wünschte, das Evangelium würde auf dem Scheiterhaufen verbrennen, und ebenso die Stillen und der Knabe, denn die Verlängerung des Lebens sei die größte Sünde wie er sagte. Er hätte am liebsten alles zerstört!»

«Und das war also der Grund, warum sich Asa gegen seinen Meister wandte – seine Begierde, als Mann der Medizin, die wunderbaren Heilmethoden zu entdecken, von denen du ihm einen Vorgeschmack gegeben hattest.»

«Er war ein Narr. Es gibt keine Wunderheilungen, nur die Evangelien und die Gesetzestafeln! Handschriften! Denkt nur, was sie der Welt geben könnten!»

«Ihr meint, was sie Euch geben könnten?»

«Es ist nicht falsch, Wissen zu begehren.»

«Außer wenn man tötet, um es zu erlangen.»

«Wir sind nicht so verschieden, Präzeptor. Warum sonst seid Ihr hier, als um selbst das zu sehen, was ich sehen wollte? Ihr versteht mich, denn Ihr seid nicht wie die anderen, Ihr seid zur Hälfte ein Ungläubiger, und niemand versteht sich so gut auf das Studieren wie die Ungläubigen, nicht einmal die Juden. Aber Ihr seid auch ein neugieriger Mensch, und es gibt zwei Arten von Neugierigen: Die einen rechtfertigen ihr sündiges Begehren, indem sie es edel nennen, die anderen akzeptieren die Wahrheit und verstehen es, mit dieser Schwäche zu leben.»

«Was mich hierher geführt hat, ist deiner Neugier nicht so unähnlich, da hast du recht, aber ich hätte nicht zum Vergnügen gemordet.»

«Und doch habt Ihr als Ritter jeden Tag Menschen getötet. War Eure Sache edler als meine? Ist es denn richtig, dass nur ein Dutzend Mönche die wahren Absichten Gottes erkennen dürfen? Wodurch die Menschheit gezwungen ist, weiterhin falsche Texte zu benutzen. Ihr wollt mir doch nicht im Ernst erzählen, dass Ihr nicht darauf brennt, die Wahrheit darüber zu erfahren. Ich weiß ja, Ihr, der Ihr Plato, Aristoteles, Cicero studiert habt – Ihr müsst mehr als jeder andere den Wert des geschriebenen Wortes in all seiner ehrfurchtgebietenden Macht erkennen, denn Ihr wisst, dass es die Welt verändern kann!»

«Würde sie zum Besseren verändert, Anselmo?»

«Ich habe Euch sagen hören, dass Ihr ein Wahrheitssucher seid. Wenn das so ist und Ihr uns nicht belogen habt, müsst Ihr zugeben, dass eine Wahrheit immer eine Wahrheit bleibt, auch wenn sie unbequem sein mag, auch wenn sie Widerspruch erregt. Christus ist nicht in die Welt gekommen, um Frieden zu bringen! Sein Kommen brachte nur Krieg! Und genau so ist es, wenn man eine bedeutende Wahrheit verkündet, viele glauben sie nicht, viele nur zu gerne! Versteht Ihr? Es gab schon immer die Anhänger von Petrus und im Gegensatz dazu die Anhänger von Johannes, und so wird es auch bleiben.»

«Eines würde mich noch interessieren, Anselmo. Wozu die Nachrichten? Um deinen Stolz zu befriedigen oder um mit uns zu spielen?»

«Ich glaube, es war beides, ehrlich gesagt, aber der eigentliche Grund war: Ich wusste, dass Ihr, wenn ich Eure Neugier erregt hatte, für mich den Weg in die Katakomben finden würdet. Seht Ihr, wie leicht ich Euch benutzen konnte?»

«Dann hast du diese Fehler im Griechischen eingebaut, damit ich Macabus verdächtigte?»

«Der ist nichts als ein Wurm ... ein Insekt!»

Es donnerte wieder, und die Gänge bebten bedrohlich.

«Und doch sind wir jetzt hier», sagte mein Meister.

«Ja, und Euer Wachs wird gleich zu Ende gehen, Präzeptor,

am besten zündet Ihr meine Fackel an …» Er trat näher, und ein seltsamer Ausdruck lag auf seinem Gesicht.

Ganz plötzlich warf mir mein Meister die Lampe zu, und ich fing sie gerade noch auf, bevor sie zu Boden fiel.

«Oh, Verteidiger des Heiligen Grabes! Jetzt ist alles klar!», schrie mein Meister erregt, «ich werde nicht zulassen, dass du uns alle mit deiner vergifteten Fackel tötest! Die Fackeln!» Er schlug sich heftig mit der Hand gegen die Stirn, und ich vermeinte den Schmerz fast selbst zu spüren. «Ich bin ein Kamel! Ein dummes Tier! Die Fackeln sind mit einem Gift getränkt, nicht wahr? Mit so etwas wie Schlange des Pharao, oder vielleicht sogar mit einem noch tödlicheren. Mit einem salzigen Pulver, das, wenn man es mit Hammelfett vermischt und anzündet, einen tödlichen Rauch entwickelt! So tödlich, dass man in einem engen Raum fast sofort stirbt. Deshalb ist Jérôme in einer Haltung gestorben, als würde er etwas festhalten, und darum fanden wir eine erloschene Lampe auf dem Boden. Ihm muss das Wachs ausgegangen sein – genau wie dir jetzt – und zwar fast genau zu dem Zeitpunkt, als er in die falsche Kammer trat. Und das ist jetzt das Interessante, bevor die Lampe ausging, schaffte er es noch, die Fackel anzuzünden, die in einer Halterung an der Wand hing. Das erklärt, warum er keine Zeit hatte, einen Weg aus der falschen Kammer zu suchen; er starb sofort … Die Stillen müssen ihm die Fackel aus den Händen genommen haben, damit niemand ihr Geheimnis herausfindet. Setubar aber wusste das, es war sein einziges Wissen um die Katakomben, und das Einzige, was er dir enthüllte. Das erklärt auch, warum Samuel sofort nach Betreten des ersten Vorraums starb. Auch er hat wohl eine Fackel angezündet, mit der Kerze, die er unterhalb der Statue der Heiligen Jungfrau wegnahm! Ezechiel starb nicht auf diese Weise, weil er ohnehin schlecht sah und den Weg ohne Fackel fand. Du hattest recht, Christian, als du sagtest, dass jeder Bruder nur eine Sache über die Geheimgänge weiß. Luft, Wasser, Erde, Feuer. Luft ist Wissen und die Bibliothek, Wasser ist die Orgel, Erde ist die Orientierung in den Gängen, und Feuer sind die vergifteten Fackeln. Der Koch hat die Stillen nicht nur mit Essen versorgt, sondern auch mit Gift aus Macabus' Magazin, zu dem er die meisten Abende den Schlüssel bei sich hatte, mit dem Gift, das sie benutzten, um die Fackeln zu tränken ... das ist jetzt natürlich alles völlig klar, die Aufgabe des Abtes war es, den Jungen abzusondern, während jeder der vier Brüder nur ein Geheimnis bewahrte! Aber alle fünf wurden daran gehindert, ihr Wissen zu vereinigen, und zwar durch ... einen spirituellen Bann ... ein *Interdictio!*», schloss mein Meister stolz.

Der Junge lächelte breit und klatschte Beifall. «Bravo, bravo!» Dann schoss er angriffslustig auf uns zu, und ich griff geistesgegenwärtig nach dem Apfel, den ich schon die ganze Zeit in der Tasche hatte, und warf ihn, so präzise ich konnte, sodass ich Anselmo am Kopf traf und er zurücktaumelte. In diesem Augenblick schien über uns die ganze Welt einzustürzen. Die Decke des Vorraums begann nachzugeben, und ein großes Stück davon, gefolgt von einer Menge Geröll, stürzte genau auf Anselmo.

Ein Brocken traf meinen Meister an der Stirn und hinterließ eine tiefe Schramme. «Durch die Tür!», rief er und schob mich durch die Öffnung, über der «Aqua» stand, und an den Rand der tobenden Wassermassen, die jetzt Trümmer mit sich führten.

«Wir können also entweder ertrinken oder lebendig begraben werden», sagte er ruhig. «Eine wunderbare Wahl ...»

«Ich kann schwimmen, Meister.»

«Was kannst du?» Er drehte sich erstaunt zu mir herum.

«Meine Mutter hat mich schwimmen gelehrt, ich kann Euch hinüber bringen.»

«Warum hast du mir das nicht schon letzte Nacht gesagt?»

«Ich wollte gerade, aber da hörten wir diesen schrecklichen Lärm ... und dann schien es ja auch ein wenig zwecklos, vor allem, da Ihr den Code so schnell herausgefunden hattet ...» Ich verstummte beschämt, da ich nicht sagen wollte, ich hätte

Angst gehabt, er würde, wenn er um diese meine Fähigkeit wüsste, auch davon Gebrauch machen wollen.

«Egal, wie kommen wir hinüber?»

«Ich werde ausprobieren, wie tief es ist», rief ich und gab ihm die Lampe in die Hand.

«Unbedingt, lass dich nicht davon abhalten.»

Ich setzte mich auf den Rand und ließ die Beine ins Wasser hängen, die sofort taub wurden. Der Kanal war von einer Seite zur anderen nahezu zwei Körperlängen breit, und als mein Meister mit der Lampe hineinleuchtete, sah ich nichts als Schwärze. Ich sagte rasch ein Gebet, sprang hinein und stellte fest, dass das Wasser nur bis zur Körpermitte reichte, aber eine starke Strömung hatte, die mich heftig abtrieb. Ich rief meinen Meister, der mir folgte, und bald waren wir auf der anderen Seite vor der Tür nach «Laodicea» und hinterließen Wasserpfützen auf dem Boden um uns, während wir vor Kälte heftig zitterten.

Gleich darauf traten wir durch die Tür, und ich betete still: *«Te ergo quaesumus, tuis famulis subveni: quos pretioso sanguine redemisti. Et ne nos inducas in tentationem, sed libera nos a malo. Amen.»*

24.

CAPITULUM

Augenblicke später kamen wir in eine Kapelle und gingen das lange Mittelschiff hinunter. Erst als wir näher kamen, bemerkten wir, dass dort, wo wir den Chor zwischen den beiden Armen des Querschiffs erwartet hätten, stattdessen eine elliptische Kammer lag, in die man durch vier Portale eintreten konnte.

Unsicher traten wir durch ein Portal, auf dem «Okzident» stand, verließen so das Mittelschiff und kamen in das, was wir für das *Sanctum sanctorum* des Allerheiligsten hielten.

Ein runder Tisch aus glattem schwarzem Stein nahm die Mitte des Raums ein. Auf ihm lag ein Knabe, umgeben von zwölf Männern in grauen Gewändern, vielleicht auch in weißen, das konnte man nicht unterscheiden, denn es war sehr dunkel. Die zwölf Männer standen im Kreis um ihn und bemerkten uns nicht, als wir näher kamen, denn sie hatten die Augen in tiefer Versenkung geschlossen.

Der Tisch trug vierzehn Säulen aus demselben schwarzen Stein, so angeordnet, dass sich je sieben gegenüberstanden. In ihre Kapitelle waren, wie ich gerade noch erkennen konnte, kunstvoll ineinander verschlungene Muster gemeißelt, vielleicht symbolische Botschaften, die die sieben Planetensphären darstellten: Sonne, Mond, Mars, Merkur, Venus, Jupiter, Saturn, wie wir sie auch schon an anderer Stelle in den Katakomben gesehen hatten. An den Wänden rings um den Tisch waren zweimal die sieben Siegel der Apokalypse so angebracht, dass sie zwischen den Planetensäulen erschienen.

Diese Siegel sah ich deutlicher, denn sie wurden von Fackeln beleuchtet, und ich fragte mich schon, ob der eigenartige Geruch, den ich rings um mich wahrnahm, nicht das seltsame giftige Gas sei, dachte dann aber, dass es wohl eher ein ungewöhnlich süßer Weihrauch sein musste, der auf einem Altar in der Nähe zu brennen schien.

Plötzlich leuchtete ein Licht im Kreis der Männer auf, Zungen, sich schlängelnde Wirbel kalter Flammen tanzten in ihrer Mitte, und in der Gestalt, die golden wurde, sah ich den Knaben verwandelt, in absolutem Glanz, gebadet in dem hellen, strahlenden Licht, das den Raum erleuchtete. Die Brüder schienen ihre ursprüngliche Gestalt zu verlieren und mit dem glänzenden Gold zu verschmelzen, das der Knabe war, während sie alle leise flüsternd die Lippen bewegten. Im Nähertreten sah ich, dass der Knabe ich war, oder ich er war, oder wir uns sehr ähnelten, und ich war überwältigt und fiel auf die Knie, während mir die Tränen über die Wangen liefen, ohne dass ich darauf achtete. Während ich so kniete und die Welt sich um mich drehte wie stürmisch wehender Äther, hörte ich eine Stimme.

«Die zwölf Weisheiten von den zwölf heiligen Toren der Tierkreiszeichen ... Vertreter der heiligen Hierarchien, die in ihrer absoluten und göttlichen Weisheit ihre Sphäre des wohltätige Einflusses über jeden Planeten haben und die Menschheit auf jenen göttlichen Augenblick vorbereiten, in dem die Offenbarung durch den Geist wie der Atem des Wissens wird ...», verkündete der bleiche Bruder mit ausgestreckten Armen, «... haben dich hierher bestellt! Der Augenblick ist da, in dem die zwölf Weisheiten zu sieben werden und die sieben Weisheiten zu einer, und die Welt durch Initiation wieder den Geist sehen wird! Vernimm die Stimme des Geistes, Christian, denn sie ruft deinen Namen ... du bist der Auserwählte, denn der, den Jesus liebte, der, welcher drei Tage lang tot lag, nur um anschließend durch die Gnade des ewigen Christus wieder zu leben, hat dich gerufen! Er ist Hiram Abiff, der Erbauer des Tempels, das Rosenkreuz!

Durch ihn und in dir wird der Stein der Weisen enthüllt! Der edle und kostbare Stein, *Mysterium Magnum* und *Lapis Philosophorum* ... in ihm liegt verborgen, was Gott und die Ewigkeit, der Himmel, die Sterne und die Elemente getan haben und zu tun fähig sind.»

Nun sprachen alle Brüder gleichzeitig:

«Ja, du lässt meine Leuchte erstrahlen; der Herr, mein Gott, macht meine Finsternis licht.»

Ich wurde plötzlich von einem seltsamen Feuer erfüllt, und mein Mund sprach wie von selbst Worte, die von *außerhalb* von mir zu kommen schienen.

«Ich weiß nichts, ich kann nichts tun, ich will nichts, ich finde kein Gefallen an mir, ich lobe mich nicht, ich genieße nichts, ich lerne nicht, ich suche nicht, ich begehre nichts im Himmel wie auf Erden; nichts als das lebendige Wort allein, das Fleisch geworden ist, Jesus Christus, Ihn als gekreuzigt!»

«*Deo omnipotente sit Laus, Honos et Gloria in Saeculorum Saecula, Amen*», sagte der Mann.

«Amen», riefen die anderen wie aus einem Mund.

Ich stand ergriffen von dem tosenden und stürmischen Licht und hatte plötzlich den übermächtigen Wunsch, wieder in der Wärme des Klosters zu sein, zurück bei Ordnung, Zahl und Maß. Der Boden schien mir unter den Füßen zu schwinden ... woran konnte ich mich festhalten? Es war, als wäre ich am Hals aufgehängt und würde ersticken, während die Welt nur eine Handbreit von mir entfernt war, ohne dass ich die Möglichkeit hatte, sie zu fassen. Worten hallten durch die Kapelle wie lebende Wesen. Sie umringten mich wie Kerzen, die ohne Docht brannten. Ich sah die Sonne durch den Kopf des Knaben untergehen wie einen brennenden Ball, und er wurde eins mit ihr. Er wurde zur Sonne, und sein Leib wurde zu den Planeten. Der Mikrokosmos wurde zum Makrokosmos, wie ich es schon in meinem Traum erlebt hatte, und eine Stimme, die keiner anderen glich, sprach:

> Strebe nach dem Feuer,
> Suche das Feuer,
> So wirst du das Feuer finden.

Es war, als wäre ich in einem geschmolzenen Meer, aber einem seltsam kalten, und ich war die Gezeiten und die Wellen, und alle Bewegung war meine Bewegung. Ich wurde Ebbe und Flut in dem gläsernen Ozean, während mich die Welt mit Astrallicht erfüllte. Die Stimme sprach wieder:

> Sein Feuer brennt im Wasser.
> Aus dem Feuer mach das Wasser.

Und eine Schwärze verschlang mich plötzlich, als würde ein Schleier über meine Sinne geworfen, eine beruhigende sanfte Dunkelheit, poetisch und schön, so wie die Nacht sich über den Tag legt, die Kühle des Wassers über eine Flamme. Dann gähnte der Abgrund, und ich fiel ...

25.

CAPITULUM

Der Tag ist in strahlendem Blau angebrochen, und ich sitze wieder auf meinem Stuhl und werde Zeuge der Geburt des Tagessterns, der Verbindung aller Ebenen; des Oben und des Unten, des *Intus et foris scriptus*. Und während ich die Feder in meine verkrümmte Hand nehme und mich bereit mache, diese letzten Worte niederzuschreiben, ist mir bewusst, dass ich nur ein *Corpus imperfectum* bin, der mit seinen beschränkten Fähigkeiten den unbegreiflichen, unerklärlichen Glanz Gottes kaum erkennen und noch viel weniger beschreiben kann.

Gestern Abend bin ich eingeschlafen. Den Kopf auf meine geliebte Handschrift gelegt, träumte ich, dass ich wieder im Kloster sei und unaufmerksam den Ausführungen meines Meisters zuhörte. In diesem Traum spürte ich noch den winzigsten Augenblick von Sonne auf der Haut und den Schnee auf den Lippen und den Wind im Gesicht. Ich streckte meine jugendlichen Arme aus und umarmte den ganzen Umkreis der Natur. Ich rief zu den alten und ehrwürdigen Bergen hinauf und hörte sie antworten. Ich war jung und dumm, verängstigt und von Staunen erfüllt. Da wurde ich geweckt und von einem freundlichen Menschen zu meinem Strohsack gebracht, ich glaube, von einem Ritter, und als ich nun schlaflos dalag, erfassten mich tiefste Trauer und eine schreckliche Einsamkeit. Denn ich war wieder im Exil meines Daseins, seit langem getrennt von meinem lieben Meister, die Welt außerhalb dieser steinernen Mauern zwar vor Augen, aber niemals in der Lage, sie zu berühren. Da bat ich Gott, meinen Geist hinwegzunehmen. Diesen Kelch von meinen fiebrigen Lippen zu nehmen, diese Weisheit, deren Inhalt meinen sterblichen Leib so lange vor dem Abgrund des Todes bewahrt hat! O weh! Er hat mich nicht erhört, und wie das in solchen Fällen immer ist, bin ich heute Morgen froh darüber, denn nun kann ich die gottgewollte Reise zum Ende beginnen.

Ich muss alle, die mir bis hierher gefolgt sind, warnen, dass auf den nächsten Seiten meine Worte vielleicht immer mehr wie die wirren Ergüsse eines alten und müden Mönchs klingen. Eines Mönchs, der zu lange im Exil gelebt hat, umgeben von zerbröckelnden Mauern und Belanglosigkeiten. Aber die Wahrheit hält mich dazu an, auch die wunderlichsten Dinge zu berichten, denn die Wahrheit ist unteilbar.

Wie oft habe ich mich seit jenem Tag gefragt: Liegt die Tugend allein in dem Glauben, dass das, was man kennt und sieht, wirklich und wahr ist? Suchen wir nach dem Göttlichen in oder hinter den Dingen, wie Aristoteles sagt? Oder findet man es, wie Plato lehrt, über den materiellen Dingen? Denn selbst wenn wir die Schönheit der Natur und der Dinge, die wir mit unseren Sinnen erfahren, kennen und lieben lernen, sind wir dadurch noch nicht befriedigt, sondern haben die Sehnsucht, uns unsichtbaren Dingen zuzuwenden, die unseren Glauben und unsere Ehrfurcht verlangen. Wie können Eltern ihr ungeborenes Kind lieben, noch ehe sie es in seiner Gestalt vor Augen haben? So wie ein Lamm, das seine Mutter aus einer ganzen Herde heraus kennt, die umgekehrt das Blöken ihres Sprösslings von allen anderen Schreien unterscheiden kann? Wie kann man die Inspiration messen, die dem Geist des Dichters Schöpferkraft einhaucht, oder die Melodie, die ein Komponist geistig im Ohr hat? Wie könnte man je diese unfassbaren Dinge leugnen, auch wenn sie sich jedem Versuch entziehen, sie dingfest zu machen? Wenn wir daran glauben, dass es die Liebe und alle die anderen edlen Gefühle gibt, ohne sie jemals wie einen Gegenstand in Händen gehalten zu haben, müssen wir dann nicht auch davon ausgehen, dass noch andere unsichtbare Dinge jenseits der menschlichen Sinne existieren? Jenseits der menschlichen Wahrnehmung? Dinge, die wir nicht durch die Worte der Väter und nicht durch die Naturwissenschaft kennen lernen, sondern allein durch den Glauben. Nur weil wir Menschen sind, können wir diese Dinge erkennen, können sie fühlen und wollen und denken, das ist die Quintessenz des Menschseins, das die Erfahrung sowohl des Sinnlichen als auch des Übersinnlichen möglich macht. Aufgrund seines Menschseins, so lehrt man uns, hat der Mensch Anspruch auf Erlösung. Doch um tatsächlich Erlösung zu erlangen, müssen wir gerade das eigentliche Menschsein überwinden! Ist das nicht vollkommen paradox?

Ich bete, dass ich stark genug bin, auf diesem meinem merkwürdigen und ehrfurchtgebietenden Pfad voranzuschreiten, nämlich dir, lieber unbekannter Leser, die große Fülle jenes kurzen Augenblicks zu schildern, da die ganze Welt still schweigt und die Geheimnisse der Alten ihren irregeleiteten, aber gläubigen Dienern vor Augen geführt werden – ein Augenblick reinster Freiheit. Wenn du nicht in der Lage bist, das ruhige heitere Licht zu sehen, das die Seele in Erkenntnis badet, so möchte ich dich davor warnen, weiter zu lesen, denn wir werden jetzt über erhabene und heilige Dinge reden.

Wo soll ich anfangen? Heiliger Michael, beschütze mich …

DER TEMPEL DER HÖHEREN WEISHEIT

« Wer überwindet,
dem will ich zu essen geben von dem verborgenen Manna,
und will ihm geben einen weißen Stein,
und auf dem Stein einen neuen Namen geschrieben,
welchen niemand kennet, denn der ihn empfängt. »
Offenbarung II, 17

26.

CAPITULUM

Aus der Dunkelheit heraus sah ich den Knaben wieder, nur stand er jetzt unnatürlich groß da, eine Hand in meine Richtung ausgestreckt. Sein Körper, der durchsichtig, fast gläsern wirkte, und seine Wangen glühten vor Liebe.

«Komm», sagte er, und obwohl ich mich nicht bewegte, schienen wir uns näher zu kommen und wurden auf seltsame Weise vereint, wie zwei Geister in einer Seele. Ich wurde er, und er wurde ich. Ich erschrak furchtbar und konnte mich kaum beherrschen, dass ich nicht aufschrie.

«Was ist das denn Seltsames?», fragte ich, aber niemand hörte mich. *Dominus illuminatio mea, et salus mea, quem timebo?* Ich erinnerte mich, diese Worte schon gehört zu haben ... Hatte vielleicht Bruder Daniel sie in seinem verwirrten Zustand im nördlichen Querschiff gesagt? Dass der Herr der Quell meines Lichts sei und mein Heil, also wen solle ich fürchten? In einer Schwärze, die keine Schatten hat, sondern nichts anderes als die Finsternis der Seele ist, bekam ich Angst ... Ich war jetzt ein Wesen, dessen Vergangenheit entfloh, und dessen Zukunft noch nicht geschrieben war.

Wie ich so dastand, inmitten des Nichts, nackt wie am Tag meiner Geburt, und meine Seele fortgetragen wurde aus der Welt, die ich bisher gekannt hatte, stieß ich auf den Hüter.

In meiner Betäubung traf es mich wie ein Schlag, dass hier das schrecklichste Gespenst, das in seiner Scheußlichkeit jeder Beschreibung spottete, dastand und mir den Weg versperrte und die erste Pforte bewachte, die nicht physisch, sondern geistig war. Als es sprach, schauderte mich, und ich wollte wegschauen, aber ich blieb stehen wie angewurzelt.

«Siehe! Du bist ich», sagte es mit Würde, «und ich bin das, was du gemacht hast! Ich bin der Engel des Todes, aber ich verkörpere ein höheres Leben, das kein Ende hat. Tritt über meine Schwelle, und du wirst erlöst sein. Tritt über meine Schwelle, und du wirst endlich sehen!»

Dann fiel der Schleier, *und auch ich war in Arkadien* und erlebte alles! Es war, als wäre mein Sein nur noch Auge und Ohr, denn was ich wahrnahm, erreichte mich durch majestätische Klänge, die in der ungeheuren Größe des Raumes widerhallten, durch Farben, deren Substanz pulsierte und Licht und Luft und Wasser und Feuer ausströmte. Durch Intuition, die dem Urquell der Inspiration entsprangen, sah ich ... und es waren Güte und Weisheit in jeder Kreatur, in jedem Wesen verkörpert. Mit völliger Klarheit und Transparenz betrachtete ich die Sonne, nicht nur als Widerschein, sondern als das eigentliche Licht, das aus meinem Selbst heraus leuchtete, das tatsächlich ein Nichts war oder vielleicht ein Etwas, das ich bisher noch nicht erkannte. Dieses Licht leuchtete in die Welt um mich, die aufgeschlagen dalag wie die Seiten eines großen Buches. «Hast du genügend Öl in deiner Lampe?» Konnte ich die Dunkelheit mit meinem eigenen Geisteslicht erleuchten?

Ich verspürte eine Seligkeit, die niemand ermessen kann, dessen Geist nicht die sterblichen Fesseln dieses Körperwesens hinter sich gelassen hat, und ich fürchtete den Tod nicht mehr, dessen Antlitz mir jetzt unbeschreiblich freudevoll und schön erschien. Ich hieß ihn vielmehr willkommen und erstarb vor zärtlichem Mitleid. Als ich nun endlich mein Wesen öffnete, so wie sich die Blütenblätter der Rose in den ersten hellen Sonnenstrahlen öffnen, sah ich in großer Ehrfurcht die Psalmen, die gekleidet waren wie ein lebendiger Gedanke und wunderbare Imaginationen ausspannen. Aus ihrem Erglühen heraus erschienen die Märtyrer als Nachfahren dieser heiligen Worte, die Gesichter emporgewandt zu dem

Einen, dessen übermenschliche Gestalt sich über das ganze Universum ausdehnte, dem Einen, den wir Christus nennen und der durch das ganze All in Klängen widerhallte wie die mächtigste Trompete, zu ihm, dem größten Märtyrer von allen!

Und der Klang redete und sprach.

«Ich und der Vater sind eins, glaubt mir, dass der Vater in mir ist und dass ich im Vater bin, und wer mich sieht, sieht den Vater, der mich gesandt hat und der mich liebt.»

Und ich wusste, es war das Wort, und das Wort ist Fleisch geworden, die Ewigkeit ist Zeit geworden, Gott ist Mensch geworden, eine Zeit, zwei Zeiten und eine halbe Zeit, nach dem Alten und dem Neuen Testament, dem Gesetz und dem Evangelium, der himmlischen und der irdischen Dreieinigkeit, allen Dingen im Himmel wie auf Erden. Mein Geist weinte vor Freude und Glück: die ganze Fülle ist in ihm, Christus, der Gottheit. Dann fühlte ich, dass ich aufgestellt war wie eine Lyra, ein Musikinstrument, und jede Note war ein Wunder an Harmonie und Zusammenklang: ein Ton im Ich, drei Töne im Astralleib, sieben Töne im ätherischen Leib, zwölf Töne im physischen. Die zwölf wurden zu sieben; ich hörte die sieben Klänge der Sterne durch die zwölf Klänge meines eigenen Wesens!

Ex Deo nascimur,
In Christo morimur,
Per Spiritum Sanctum reviviscimus

Aus Gott sind wir geboren,
In Christus sterben wir,
Durch den Heiligen Geist werden wir wiedergeboren.

Ein Kelch stieg von oben herab, der einen unendlich erhabenen und unbeschreiblichen Glanz ausstrahlte.

«Das ist der Heilige Gral, der selbst jetzt in den geistigen Welten da ist, als Geschenk an die Menschheit, auf dass der, der rein ist, trinken möge vom Blute Christi und essen von seinem Leib, sodass sie mit ihm eins werden im Geiste. Dies ist der Kelch, der von vielen gesucht, aber nur von wenigen gesehen wird. Der Kelch, der das Blut Christi aufgefangen hat. Der Kelch, den Josef von Arimathia nach Tintagel getragen hat. Der Kelch, aus dem Sir Galahad die Kommunion an Parzival und Lady Blanchefleur ausgeteilt hat. Der Kelch, der in seiner gegenwärtigen Gestalt nie wieder auf Erden zu sehen sein wird. Möge der, der auserwählt ist, vortreten und von dem Blute trinken, denn er trinkt die Weisheit Christi, und die Weisheit Christi ist die Weisheit Gottes und des Heiligen Geistes, die ewige Weisheit des Goldenen Steins. Denn der eine ist dreifach, geistig und himmlisch, unsichtbar in Ewigkeit wie die drei himmlischen Personen; sichtbar, verkörpert, ein Mensch und Gott, in drei Personen in der Zeit.»

In diesem Augenblick zog der Knabe seinen Geist von meinem weg, so wie ein Atemzug aus der Lunge entflieht. Sein Wesen ging nach vorn und kniete zu Füßen Christi, der ihm den Gral reichte, aus dem er trank.

Die Stimme sprach abermals:

«Lasset euren Tempel so sein, dass er ein Gefäß werden kann, reinigt den Körper, dass er den Geist Christi in sich aufnehmen kann, der das Blut der Liebe ist und im Gral wohnt. Macht, dass dies alle Menschen wissen und im Herzen und in der Seele und im Geiste fühlen. Seid wie Ritter des Goldenen Steines.»

Nachdem der Jüngling aus dem goldenen Kelch getrunken hatte, blickte er mich an und sprach diese Worte:

«Möge der Fischer-König vortreten, auf dass er die schwere und ernste Aufgabe erkenne, die vor ihm liegt, als Hüter des Gral, Bewahrer des Steins! Es hat viele Parzivals gegeben, so wie es viele Fischer-Könige gab ... Möge er, der auserwählt ist, die Hochzeit von Gott und Mensch sehen!»

Mir wurde der goldene Kelch gereicht, dessen Schönheit unbeschreiblich ist und dessen Tugend nicht ihresgleichen hat, aus dessen Schoß das lebendige Wasser quillt, die Myrrhe, die Höhe des Weihrauchs, das Bett, die Sänfte, die Krone, die Palme und der Apfelbaum, die Blume von Scharon, der Saphir, der Türkis, die Mauer, Turm und Wall. Aus ihm entspringt alle Freude, aller Kummer, alle Liebe, alle Reinheit, alle Tugend, vereint in einem einzigen, unsagbaren, unaussprechlichen, unnennbaren, unmöglichen Wort. Die Früchte des Gartens, die Honigwabe und die Milch des Tales. Die Vereinigung von Feuer und Wasser, des Guten, das dadurch heilig wird, dass es das Böse erkannt hat. Der Vergangenheit, der Gegenwart, der Zukunft, die darin weiter nichts als ein Augenblick sind, in einem einzigen Moment. Das Seufzen der Planeten, wenn sie ihre Geheimnisse den Sternen zuflüstern, deren eigene Weisheit niemals übertroffen werden kann. All das fühlte ich, als ich den Gral in Händen hielt, das Allerheiligste, aber ich trank nicht daraus. Ich war noch nicht gereinigt.

Ich fiel auf mein Angesicht, dankte Gott und pries Seinen heiligen Namen, aber ich wurde gebeten, mich zu erheben, von dem Knaben, der kein Knabe mehr war, sondern ein Mann, und doch kein Mann, sondern ein Engel, und doch kein Engel.

Er sagte: «Schau! O Bruder Ritter!»

... und ich sah mein Leben vor mir ausgebreitet, wie ein gewaltiges Schauspiel von Bildern. Vor meinen Augen erschien eine Welt von Visionen und strich in beträchtlicher Geschwindigkeit vorbei, sodass ich all meine unwürdigen Fähigkeiten zusammennehmen musste, damit mir nichts entging. Zuerst mein Meister, Eisik, das Kloster, und dann weiter und weiter zurück, mein Vater und meine Mutter, meine frühesten Erinnerungen, und dann kehrte ich zurück in den *Uterus sanctus*; den dunklen Schoß, ein Keim, ein Fleck, eine Wurzel, ein Same, die Knospe und die Quelle von allem ... *Ecce homo!* Ich wurde der Mond und alle Planeten, und die Sterne waren meine Gefährten. Ich war zugleich innerlich und äußerlich. Mannigfaltig und einmalig. Hatte ich das nicht schon einmal erlebt?

An diesem Punkt traf ich die zehn Weisheiten der zehn Sefirot, und die zwei Weisheiten des einen Geistes und des heiligen Sohnes. Sie traten in mein Gesichtsfeld, alle mit dem Auftreten von Fürsten und Königen, und jeder gab mir ein Siegel, außer den letzten beiden, deren Gaben die aller anderen in sich schlossen.

Rings um mich hallten Klänge wider, und ich war gefangen in dem, was als Erstes sich bewegt und die ganze Natur in allen natürlichen Dingen regiert. Es sagte:

«Die Kunst ist die Priesterin der Natur. *Ars naturae ministra.*»

«Die Natur ist die Tochter der Zeit. *Temporis natura filia.*»

Die zwölf Tierkreistore öffneten sich vor mir, und ich sah die Erde – Malchut –, den Fisch, durch dessen Tugend die ganze Menschheit versiegelt ist. Der Mond war Jessod, der Engel-Wassermann, der Führer, der der andere ist, innen und außen. Der Steinbock, dessen Feuer die Liebe der Venus enthüllte, heißt Hod, und ihm folgt Nezach, der Schütze, dessen lebendiger Geist im Licht des Merkurs wohnt. Der Skorpion sticht, aber der Adler schwebt, und sein Name ist Tifereth, denn er ist alle Gestalt, und alle Gestalt ist er, in der Sonne gestaltet er die Kleider der Natur. Mars ist die stürmische, wabernde, aufsteigende Bewegung, sein Name ist Gebura, und er bringt die Musik der Sphären hervor, die, in meinen Ohren, vom Wort sprachen. Die Jungfrau läutert das Prinzip, aus dem die Weisheit des Jupiters gewonnen wird, und ihr Name ist Chessed. Der Löwe ist das Abbild der gottgewollten Intelligenz, Bina ist sein Name. In Weisheit erhaben ist der Krebs, und sein Name ist Chochma. Reinste Liebe, ungeläutert, unbefleckt, wie Monddiamant und Sonnenrubin, ist Kether, der Zwilling, der jenseits der Planeten in dem silber-goldenen Mantel des kosmischen Raumes wohnt, wo der

Stier und der Sohn eins sind mit Gott und Gott eins ist in ihnen. Das ist die Krone.

Da wurde mir der Eintritt in die höheren Welten versperrt, durch den größeren Hüter, der das zweite Portal bewacht.

«Siehe!», sprach er, «ich stehe vor dem Portal der höheren Regionen! Folge dem weißen Pfad! Folge deinem Schicksal! Mit selbstloser Hingabe und Opferbereitschaft musst du nun die sieben Siegel brechen.»

Ich brach das erste Siegel, und das Wort, wie ein Schwert aus dem Mund höherer Wesen, wurde zu schöpferischem Feuer.

Da erfuhr ich, am Anfang sei gewesen der reine Wille, dessen Wärme vom Licht der Weisheit durchtränkt war, und in dieser Weisheit war Bewegung. Diese bewegte, mit Licht begabte Wärme war Saturn, und in diesem Saturn war die Archai der Mensch, und der Mensch wurde zum Samen von Atma.

Ich brach das zweite Siegel, und der Stier, der Adler, der Löwe, der Mensch und das Lamm wurden wie Luft in den Äther verströmt.

Da erfuhr ich, Saturn sei gestorben und habe einem anderen Wesen Platz gemacht, dessen Name Sonne ist. Diese Kugel aus bewegter, mit Licht durchtränkter Wärme wurde zu Form, und in dieser geformten, bewegten, aufsteigenden schwellenden Wärme wurde der Erzengel zum Menschen, und der Mensch wurde zum ersten Samen von Buddhi.

Ich brach das dritte Siegel, und die Trompeten ertönten im Astralmeer.

Und die Stimme sprach: Diese alte Sonne ist auch gestorben, und an ihrer Stelle erschien der Mond. Die Form wurde zu flüssiger, wässriger Substanz, in der Wärme und mit Licht begabtes Sein strömen. Hier wurde der Engel zum Menschen, und der Mensch wurde zum Samen von Manas.

Ich brach das vierte Siegel, und das blaue Blut vermischte sich mit dem roten, und der Mensch wurde mit der Sonne der Ichheit gekrönt.

Und ich erfuhr: Diejenigen, deren Licht zu hell brannte und damit das innerste Wesen der Erde verzehrte, sonderten sich ab und wurden zu einer eigenen Sonne. Aus diesem Grund härtete die Form aus, die Materie wurde fest und die Erde schrie auf vor Schmerz. Wie eine Frau in den Geburtswehen gebar sie aus ihren Lenden den Mond. Mit einer großen, heftigen Drehbewegung zersprengte er seine am stärksten verhärtete Erscheinung und opferte sich für die Menschheit. Da rief der Engel:

«Schicke die sieben Sendschreiben an die sieben Gemeinden Ephesus, Smyrna, Pergamon, Thyatira, Sardes, Philadelphia und Laodizea, und der Funke des Ich wurde in seine Lunge geblasen durch den Elohim Jahwe, und der Mensch wurde zu einem mit Körper, Seele und Geist begabten Wesen. Er entwickelte seinen Geist, seinen Verstand und sein Bewusstsein durch seine eigenen Taten, seine Aufgabe ist es, seinen Tempel in Bereitschaft zu wandeln für das Niederströmen des *Manas* in den Kelch, welcher ist der Gral, und der Gral ist seine verwandelte Form, gereinigt und geläutert. So wie der Stein des Weisen aus dem Feuer der Initiation gewonnen wird, so erreicht auch der Mensch die erste Stufe der Veredelung.»

Ich brach das fünfte Siegel, und die Sonne, die aus den Lenden der Frau geboren ist, besiegt den Mond und öffnet die Seele für *Manas*.

Die Erde wurde zu Jupiter, dessen Größe von innen heraus erstrahlte, durch das Licht einer inneren Sonne. Die Kultur erblühte vor meinen Augen wie die Blätter am Baum des Lebens. Die sieben Jungfrauen, die die sieben Göttinnen waren, gossen aus goldenen Phiolen ihre Kunst aus, und die eine war *Harmonia*, eine andere *Poetica*, dann kamen *Pictura*, *Eurhythmia*, *Architectura*, *Sculptura*, *Dramatica!* Und siehe! Die Geister riefen: «Der Mensch wird zum Engel durch die Reinigung des Tempels, er sieht den *ätherischen* Christus in der Astralwelt.»

Ich brach das sechste Siegel, und Michael hält in Händen den Schlüssel zur Überwindung des Bösen.

Und die Engel riefen: «Jupiter wird zu Venus werden», und genau so, wie ich es in meinem Traum gesehen hatte, sah ich Michael den Drachen fesseln, dessen Name Sorath ist, und nun ist das Böse überwunden und in den Abgrund gestürzt. «Venus vereinigt sich mit der Sonne, und der Mensch wird zum Erzengel durch die Entwicklung der Buddhi.»

Ich brach das siebte Siegel. Das Siegel des Heiligen Gral, die Verwandlung des Bösen.

Und siehe! Sie riefen: «Venus wird zu Vulkan werden, dem Neuen Jerusalem, und der Mensch wird sein wie die Archai durch die Entwicklung von Atma, der Mensch wird frei sein!» Und ich sah jene, die das Wort nicht achteten, in den großen Abgrund fallen, dessen Ausmaß niemand kennt, und sie wurden eins mit dem Drachen, und der Drache verschlang ihre beklagenswerten Leiber.

Die Himmel öffneten sich in der großen Weite des Universums, das vor mir ausgebreitet lag, in atemberaubendem Glanz und ehrfurchtgebietender Göttlichkeit, und die Stimme sprach in Donner und Blitz:

«Möge der Fischer-König den Stein an einen einsamen Ort bringen, denn seine Weisheit ist der Gral des Allerheiligsten. Viele Jahre werden vergehen, in denen der Stein begraben und verborgen sein wird. Nur derjenige, der kein Mann, sondern ein Engel ist, aber trotzdem kein Engel, sondern ein Mann, wird um seine Geheimnisse wissen. Er wird die Bruderschaft formen, deren Aufgabe es ist, dieses Wissen in das Feuer der Weisen zu werfen, wo es viele Jahre lang brennen wird, bis der Eine kommt, aus den nördlichen Landen. Siehe, dieser Geist *allein* kann die Siegel öffnen und von dem Blut trinken. Durch *ihn* ...» Mein geistiger Blick wurde auf Thomas gelenkt, jenen Dominikaner, den ich vor dem Kloster getroffen hatte, «werden die letzten drei Steine zu einer einzigen Weisheit werden, denn sie ist Eines, und durch zwei wird sie drei.» Die Stimme fuhr fort: «Das heißt, alle diese sind nur eines. Denn es ist wahr, gewiss und ohne Falsch, dass alles, was unten ist, wie das ist, was oben ist; und das, was oben ist,

ist wie das, was unten ist: um das eine wunderbare Werk zu vollenden. Da alle Dinge von dem einen einzigen Ding stammen durch den Willen und das Wort des Einzig-Einen, der es in seinem Geiste geschaffen hat, so verdanken alle Dinge ihr Dasein dieser Einheit gemäß der Ordnung der Natur. Dieses Ding ist der Vater aller vollkommenen Dinge auf der Welt! Versiegle deine Lippen, zügle deine stolzen Begierden, fürchte Gott den Herrn, denn er ist mächtig.»

Da wurde der Kelch zu drei Steinen, einem grünen, einem roten und einem goldenen, und blitzschnell erlebte ich alles, was ich gesehen hatte, noch einmal in umgekehrter Reihenfolge, bis ich merkte, dass ich wieder in der Kapelle war.

Ich sah, dass sich mein Meister an meiner Seite niedergeworfen hatte. Ich sah die zwölf Brüder, die Stillen, im Kreis um den Knaben stehen. Es war, als wäre die Zeit stehen geblieben und wir hätten die Kapelle erst vor ein paar Augenblicken betreten. Da setzte sich der Knabe auf, trat aus dem Kreis heraus und auf mich zu und sprach: «Siehst du jetzt?»

Ich konnte nicht sprechen, hatte aber auch nicht den Eindruck, dass eine Antwort von mir verlangt wurde, denn er fuhr fort: «Meine Aufgabe ist nun vollbracht, und ich gehe fort, an Orte, die du heute kennen gelernt hast. Ich habe eine Zusammenschau von allem dem mitgebracht, was du gesehen hast. Von heiligen Wahrheiten, die älter sind als die Zeit. Dies kennzeichnet den Weg zurück aus der Dunkelheit.»

«Dann ist dies also das letzte Werk? Die Vereinigung von Mensch und Gott?»

«Die Gesetzestafeln, aber nicht die von den Soferim übersetzten, nicht die masoretischen Texte, die nach der mündlichen Überlieferung aufgeschrieben wurden, nicht die griechische Übersetzung alter hebräischer Urkunden! All dies sind Auslegungen, Erinnerungen an die eine wahrhaftige Weisheit, die Moses selbst aufgeschrieben hat. Der Logos, das Wort, von Vernunft, Maß, Verbindung, Zahl. Die Tafeln der großen Gesetzen der Einheit, die das Universum regieren. Die kosmischen Formeln für Ursache und Wirkung, für Leben, Tod, Veränderung, Fließen, Tätigkeit, Trägheit, für die Phänomene der Schöpfung und Ent-Schöpfung. Aus diesem Grund können nur jene die Tafeln schauen, die in die Geheimnisse ihrer Lesart eingeweiht sind. Durch mich hast du gesehen, was die Götter durch die alten Orakel weitergegeben haben, obwohl es in seinem jetzigen Zustand in einer kryptischen Schrift aufgeschrieben ist, einem numerischen System, einer Ziffer, einer Hieroglyphe. Nur die, welche die Schlüssel halten, die Ringe der Erkenntnis, können die sieben Bücher lesen.»

«Ich dachte, es wären fünf Bücher, wie bei den ersten fünf Büchern des alten Testaments?», fragte ich, ohne genau zu wissen, was ich sagte.

«Es sind sieben, das Pentateuch und zwei weitere, das eine enthält die großen Symbole von Salomons Tempel, in dem anderen ist alles Wissen um die Geheimnisse des menschlichen Wesens enthalten ... die Geheimnisse des Gral.»

«Des Grals aus den Legenden?», fragte ich.

«Der Gral ist nur ein Symbol für den vollkommen gewordenen Körper, wie du gesehen hast, dessen Maße – wie die von Salomons Tempel – ein Abbild der Archetypen sind, die in den Sternen leben. Vielleicht hast du ja schon erkannt, dass ich die Inkarnation des Lazarus bin, der auch durch die Person von Johannes, dem Lieblingsjünger, von Hiram Abiff und vorher von Josua sprach. Ich bin nach drei Tagen von den Toten auferweckt worden, die Initiation ist vollendet, niemals wieder wird der Mensch erst sterben müssen, bevor er in die Welt des Geistes sehen kann. Wer die Schlüssel oder die Ringe der Erkenntnis hält, kann sehen, was im Samen enthalten ist, die Schöpferkraft im Wort selbst. Diese Dinge waren das geheime Wissen von einigen Auserwählten ... von Manes, Skythianos, Zarathustra, Buddha, dem ägyptischen Adepten Hermes Trismegistos, dem allerhöchsten Propheten Moses. Und doch, noch vor all diesen großen Männern waren diese Dinge schon den großen atlantischen Eingeweihten der Frühzeit bekannt, die dieses Wissen missbrauchten und dadurch die Sintflut verursachten ... Dies sind die Geheimnisse, um die Äther zu vereinen, die Geschlechter, die vier Energien im Menschen und in der Natur, das Geheimnis der Vermählung, die Vermählung in deiner Vision ... die Geheimnisse von Kether, Chochma, Bina, Chessed, Gebura, Tifereth, Nezach, Hod, Jessod, Malchut.» Er schwieg, ein wenig außer Atem. «Ich habe nicht mehr viel Zeit ...»

Plötzlich verstand ich, dass dies das Geheimnis des ewigen Lebens war, nicht des Körpers, sondern der Unsterblichkeit des Geistes. Dies war das Sterben und Werden, die Initiation vom Niedrigsten zum Höchsten.

«Der Mensch steht schon so lange unter dem Stab des Moses», fuhr er fort, «weil er nach äußeren Gesetzen lebt. Aber eines Tages wird er befreit sein, und er wird lernen, auf die innere Stimme zu hören und dem inneren Gesetz zu folgen. Die Menschheit muss reif dafür werden, dem inneren Gesetz zu folgen, das der Erbauer des neuen Tempels ist. Wenn sie das nicht tut, wird die Menschheit unter dem Stab des Moses verbleiben, und die Gesetze werden versiegelt und verborgen in der Bundeslade liegen. Der alte Bund muss enden. Ich sage dir, wie das geschehen kann, denn bald wird es Zeit sein für einen neuen Bund ... Er, der da kommen wird, wird wissen, wie man die neuen Gesetze zu lesen hat, und der alte Bund wird überwunden werden. Durch ihn wird der Mensch fähig sein, den inneren Plan auszusprechen, der nur die Reinigung seiner Glieder ist, bis er weder männlich noch weiblich ist. Bis er die Braut mit dem Bräutigam vermählt und sie eins werden. Die Schöpfung wird dann nicht länger von den Kräften der Geschlechter abhängen. Schon jetzt bereitet sich der Mensch darauf vor. Der Bildhauer, der Maler, der Musiker prägen Seele in den Stoff. Wenn der Mensch etwas aus Stoff erschafft, wird diese Schöpfung eines Tages zerfallen und vergehen, aber was aus der Seele eines Künstlers in den Stoff eingeflossen ist, ist unvergänglich, es ist beseelt und wird ewig bestehen. Alles, was du um dich siehst, die Harmonie des gestirnten Himmels, die Sonne, der Mond, die Erde in all ihrer Schönheit und Hässlichkeit, alles ist das Werk vergangener Wesenheiten, denn aller Stoff war Chaos, bevor er von einem schöpferischen Geist gestaltet wurde. Der Mensch wird die Bausteine der Welten erkennen, das Wesen der Atome. Der Mensch wird mit Atomen bauen, indem er die Kraft seines Denkens benützt.» Er hielt inne. «Die Kirche will das nicht, was da kommen muss, deshalb musst du dich verstecken. Nimm diese Dinge, weihe ihnen dein Leben, sodass du eines Tages wieder auf sie stoßen und den alten Vertrag lösen wirst. Die Tafeln sind erneuert, aber noch darf niemand sie sehen.»

Da stand er und verschmolz mit der Luft ringsum, eine blasse, traurige Erscheinung, aber ein großartig strahlender Stern im Geiste.

«Vergiss nicht», sagte er, «der Weg zur Schöpfung führt über die Stille. Du hattest tatsächlich recht, als du der Pause die Erneuerung zugeschrieben hast ... in eben diesem Schweigen wird die inspirierte Rede geboren. Wenn der Mensch seinen Mund auftut, um zu sprechen, dann wird er mit jedem Wort Partikel aussenden, mit jedem Atemzug Millionen von Atomen. Auf diese Weise lebt der Gedanke. Du denkst, du sprichst, und du veränderst die Luft um dich herum, etwas ist offenbart, du bist zu einem schöpferischen Wesen geworden, und doch ist dazu keine Vereinigung nötig ... Was da verwirklicht wird, geht niemals verloren, mag es gut oder böse sein. Jetzt verstehst du, warum die Gedanken des Menschen so gereinigt sein müssen wie das Gold der Weisen, bevor er in einen neuen Bund eintreten kann ... sei still und denk nach ... dann wirst du Welten erschaffen! Ich muss dich verlassen. Ruach wird hier unten in dir wohnen, wie ein Adler innen wohnt – und doch oben, im Wehen eines prophetischen Windes.»

In den nun folgenden Augenblicken war wiederum ein großes Getöse zu hören, und die Kapelle begann einzustürzen. Ich sah die Gestalt des Knaben zum Tisch zurückkehren, und in diesem Moment bröckelten die Wände, und Steine fielen von oben herab. In dem Tumult, der mir wie Harmagedon vorkam, half ich irgendwie meinem Meister auf, und zusammen schafften wir es mit knapper Not, aus der Kapelle zu entkommen, ehe das ganze Dach über dem Tisch, den Brüdern und dem Knaben einstürzte. Im Mittelschiff rannten wir durch Staub und Geröll zum Eingang, und ich fuhrwerkte herum, um ihn aufzubekommen, denn in meiner Aufregung war ich unbeholfen und ungeschickt.

«Beeil dich, gleich kommt alles herunter!», schrie mein Meister dicht neben meinem Ohr, aber in dem großen Lärm verstand ich ihn fast nicht. Plötzlich gab es eine heftige Erschütterung, einen gewaltigen Einsturz, ein Schmettern. Das war wirklich das Ende der Welt! Da spaltete plötzlich ein unterirdisches Donnern die Tür auf, zersplitterte sie, als wäre sie aus Zunder. Einen Augenblick blieb ich auf der Seitenmauer des Kanals stehen, weil ich nicht bereit wart, in seinen kalten Tiefen zu sterben.

«Spring rein!», schrie mein Meister, «der müsste uns nach draußen bringen!»

«Aber Meister, Ihr könnt nicht schwimmen!» Ich sah mich um, entdeckte ein großes Stück von der Tür und reichte es ihm. «Hier, haltet Euch daran fest!»

«Guter Junge! Schade, gerade wenn es für uns ans Sterben geht, fängst du an, deinen Kopf zu gebrauchen.» Er lächelte: «Los!»

Einen Augenblick später spürte ich, wie mich die Wassermassen mitrissen, die in ein unendliches Dunkel schossen. Es war so kalt, dass ich in Armen und Beinen kein Gefühl mehr hatte. Die Strudel stiegen immer höher und drohten uns zu verschlingen, denn sie schienen von Sekunde zu Sekunde schneller zu werden, und ich nahm an, dass wir ein ziemlich steiles Gefälle hinunterrasten. Vor uns waren Felsbrocken in den Kanal gestürzt, und die mussten wir nach Möglichkeit vermeiden, indem wir uns einmal hierhin, einmal dorthin drehten. Mehrer Male hätte ich fast meinen Talisman verloren, aber ich umklammerte ihn fest, weil ich an seinen Schutz glaubte. Mein Meister stieß wohl mit seinem schlimmen Bein immer wieder irgendwo an, denn ich hörte ihn mehrmals brüllen:«Verdammter Comte d'Artois!», und ich dankte Gott für diese Lebenszeichen von ihm. Um uns verengten sich die Wände mit furchtbarer Gewalt, und jetzt tauchte irgendwo vor uns ein Licht im Dunkeln auf. Dann umgab es uns endlich, und ich schloss die Augen, weil ich dachte, dass das bestimmt das große Licht des Himmels sein müsse. Es war jedoch das Tageslicht, dessen relativ gedämpfte Helligkeit mir tausendmal heller als die Sonne vorkam. Der Berg schleuderte uns aus seinem Innern in einen felsigen Bachlauf.

Wir tauchten tief in ihn ein. Ich kam Sekunden später wieder an die Oberfläche, sah aber meinen Meister nicht, also tauchte ich noch einmal in die betäubende Kälte hinab, die mir in den Augen stach, und hielt nach ihm Ausschau. Da, zwischen Felsen und Pflanzen und allem Möglichen, was sonst noch im wässerigen Element lebt, war seine Gestalt, leicht zu erkennen an ihrem weißen Mantel. Ich packte ihn an seinem Gewand und zog, aber er war schwer. Ich folgerte daraus, dass er sich den Kopf angeschlagen haben musste, und zog wieder, aber irgendetwas hinderte mich. Ich schwamm nach vorn, ohne aufzuschauen – damit ich ihn nicht etwa mit offenem Mund und tot starrenden Augen erblickte – und bemerkte, dass sich sein Gürtel unter einem widerspenstigen Felsen verfangen hatte. Ich löste ihn und konnte meinen Meister jetzt nach oben ziehen, zerrte ihn dann ans nahe Ufer, drehte ihn auf den Bauch und schlug ihn kräftig auf den Rücken. Er hustete heftig und kam langsam wieder zu sich. Benommen und schwach ließ ich mich zur Seite fallen.

Ich erwachte, weil ich heftig geschüttelt wurde, aber diesmal war es nicht der Berg, sondern ich selbst bebte vor Kälte so stark. Ich blickte auf und sah, dass das Kloster sehr weit oben lag. Wir mussten im dunklen Wasser eine lange Strecke zurückgelegt haben. Ich horchte, denn mir schien, dass ich in nicht allzu weiter Entfernung Stimmen hörte, und da sah ich die ersten Überlebenden der Lawine den Weg herunterkommen, den wir vor ein paar Tagen hinaufgezogen waren. Mir wurden die Augen feucht, als ich vorneweg Eisik laufen sah, der jetzt auf mich zu eilte.

«Gepriesen sei der Gott unserer Väter!», schrie er. «Du hast überlebt.»

Plötzlich wurden mir Decken um die Schultern gelegt, und eine wunderschöne Stimme sagte: «Wir müssen fort. Es bleibt keine Zeit. Sogar in diesem Augenblick sucht Euch der Inquisitor. Rasch, wir haben ein paar Pferde.»

«Aber mein Meister!», sagte ich, sah mich benommen um und bemerkte, dass ihm gerade der Vater des Mädchens auf die Beine half.

«Euer Sohn, mein Herr, er kann nicht fortgebracht werden», sagte André.

«Er und so viele andere sind tot, Herr Präzeptor, die ganze Abtei liegt jetzt unter einem Berg von Schnee», sagte der Mann voller Trauer. «Wir sind gekommen, um Euch wegzubringen.»

«Uns wegzubringen?», fragte ich.

«Du, mein Junge, musst ins Exil», sagte er zu mir, «sie werden hinter dem her sein, was du weißt. Und Ihr, Herr Präzeptor», fuhr er fort, «für Euch hat der Großmeister unter falschem Namen einen Platz in einer anderen Komturei gefunden, da es in Eurem eigenen Orden Männer gibt, die sich mit der Krone Frankreichs verbündet haben; deshalb müssen wir schlau sein. Kommt, wir haben nicht viel Zeit.»

Ich sah zum Kloster hinauf. «Asa und die anderen?»

«Leichen, alles Leichen», sagte der ältere Mann.

«Wo werde ich hingehen? Meister, lasst mich nicht allein», flüsterte ich und sank erschöpft zu Boden.

27.

CAPITULUM

TRANK DES VERGESSENS

Wir reisten in die kleine Stadt Prats de Mollo, in früheren Zeiten ein Landsitz der Könige von Aragon. Hier wurden wir freundlich empfangen und mit heißer Suppe bewirtet, und der fremde Herr erwarb weitere Pferde und Vorräte für unsere lange und beschwerliche Reise.

Als wir dann in der blassen Vormittagssonne ein wenig auftauten, nachdem wir Laienkleidung angezogen hatten, konnten mein Meister und ich einen kurzen Augenblick für uns allein sein.

Eisik hatte kurz zuvor unter Tränen Abschied von André genommen und war weggegangen, um zu beten.

Gerade war mein Meister dabei, ein paar Kräuter zu kauen. Seine Augen und die Falte auf seiner Stirn spiegelten den Kummer, den auch mein Herz verspürte, denn nun galt es, Abschied zu nehmen.

Ich saß unbeweglich da und wollte die Worte nicht aussprechen, die, wie ich wusste, ja doch gesagt werden mussten. Da ich jetzt nicht an Setubars Worte in den Geheimgängen denken mochte, sah ich stattdessen hinaus in die Berge jenseits der Stadtmauern, hinter denen Spanien liegen musste. Alles war milchigweiß und grau, schweigsam, still und friedlich, der Fluss auf der einen Seite und die endlose Kette der Berge auf der anderen. Alles sprach zu mir von der Dualität des Daseins, ein Zeichen unserer Zerbrechlichkeit angesichts der göttlichen Ordnung. Ich sah den Schweinehirten und Schafhirten zu, die ihre Tiere durch die großen Tore hinaus führten, und atmete die kühle, feuchte Luft tief ein. Waren wir nicht genau wie diese armen Kreaturen, die, wenn sie nicht geleitet werden, niemals geradeaus weitergehen, sondern hierhin und dorthin abschweifen, immer dem Geheimnis des Paradoxons ausgeliefert, den Widersprüchen, die den Kosmos regieren? Wurden wir von dem großen Hirten liebevoll gehütet und vor Gefahren beschützt, um jenes letzte Ziel zu erreichen, auf das hin unser ganzes Leben ausgerichtet ist? Sich dem unvermeidlichen Tod zu unterwerfen? Ich hatte den Tod gekostet, und er war nicht bitter, genauso wenig wie das Leben, das in seinem Glanz von jenem anderen sprach, und doch in mancher Weise ganz anders. Ich sah zu meinem Meister hin. Vielleicht hatte mein Gesicht ein wenig an Klugheit gewonnen, und ein wenig an Unschuld verloren, denn er lächelte und zog mich an sich, wobei er mir sehr liebevoll auf den Rücken klopfte.

Er blicke in die Richtung des Klosters, in die majestätische Natur hinaus, die doch nur ein Spiegel für das Antlitz unseres Herrn war. «Ein ungerechter König fragte einst einen Heiligen, was wohl vortrefflicher sei als das Gebet. Der Heilige antwortete, für den König sei das, bis Mittag zu schlafen, weil er in dieser Zeit die Menschheit nicht plagen könne.» Er sah mich an. «Was haben wir getan, Christian? Es ist alles verloren», seufzte er.

Ich schwieg lange Zeit und überdachte vieles noch einmal, und dann sprach ich zum ersten und letzten Mal zu ihm über diese Dinge.

«Nein, Meister», sagte ich, «ich glaube nicht, dass alles verloren ist. Ihr sagt das nur, weil es Euch um Dinge des Verstandes leid ist, die, wie Ihr fürchtet, zerstört wurden. Aber Ihr dürft nicht vergessen, was Ihr mich immer gelehrt habt: dass in diesem Universum nichts verschwindet. Es wird nur umgestaltet, so wie die Alchemisten Dampf aus Wasser und Wasser aus Dampf machen ...»

«Das ist ein gutes Argument, Christian, aber wie wenig Trost gibt es mir doch! Ich bin hin- und hergerissen zwischen der Trauer darüber, dass die Handschriften jetzt verloren sind, und der Erleichterung, dass sie nicht überdauert haben, um in einer Festung von Bibliothek zu enden, als Eigentum von einigen wenigen, die es dazu treibt, jede einzelne Seite zu streicheln, als wäre sie der Schenkel einer Frau. Vielleicht ist der Krieg doch weniger kompliziert? Ich sehne mich nach einem Akt des Willens, um dieses ganze Denken jemand anderem zu überlassen.»

«Aber Meister, die Bücher sind doch nur äußere Zeichen, aus denen eine innere Wahrheit leuchtet. Ihr erinnert Euch doch an Platos Höhlengleichnis? Wenn man nur den äußeren Zeichen folgt, ist man wie der Gefangene, der nur an die Schatten glaubt, die er von einem unsichtbaren Feuer geworfen sieht.»

«Das stimmt, du hast gut bei mir gelernt.» Er lächelte, und es lag eine seltsame Müdigkeit in seinen Augen. «Aber weißt du, Christian, ein Mann der Wissenschaft kann nie mehr zu sehen hoffen als Phantome und kann nur beten, dass sie ihn schließlich zu der Wirklichkeit führen, die hinter ihnen verborgen liegt. Ich fürchte, ich habe mein Leben dafür eingesetzt (und deins riskiert), das Feuer zu unterhalten, damit ich die Schatten sehe, es ist also im Grunde vergeudet. Vielleicht hatte Setubar recht? Der Mensch sollte nicht nach etwas dürsten, das er niemals erreichen und sogar nur schwer ausdrücken kann. Es ist der Fluch meines Volkes, dass wir dürsten ... der Inquisitor hatte recht, nichts kann bei einem Menschen die Farbe des Blutes ändern.»

«Und Ihr habt Christus im Blut, er ist in Eurem Denken, Fühlen und Wollen. Das habe ich gesehen! Ich weiß jetzt, was Ihr mir habt sagen wollen. Christus ist nicht gestorben. Ihr hattet recht, Meister, er lebt in unserem Herzen, in unserem Blut. Das schwarze Kreuz bedeutet nichts. Wisst Ihr noch, wie Ihr mir einmal gesagt habt, den Antichrist müsse man in den Augen der Menschen suchen? Auch da hattet Ihr recht, denn ich habe ihn im Inquisitor gesehen, und ich habe ihn auch in Setubar gesehen. Und das sind die Merkmale des

Antichrist: Hässlichkeit und Dummheit. Beides habe ich in diesen beiden Männern gesehen, denn sie waren blind, ihre Sicht war verzerrt, und deshalb konnten sie eine Welt, die zu uns von Schönheit, von Göttlichkeit spricht, gar nicht sehen. Den Tropfen Göttlichkeit, der, wenn auch verborgen, in unserer Seele wohnt, können wir den nicht nur dadurch erkennen, dass wir lernen, mit gläubigen Augen das Buch der Natur zu lesen, Meister? Ist das nicht am Ende überhaupt der Glaube: das Licht zu suchen, das uns weiterführt, das Licht Christi, das uns das bringt, wozu sich Vernunft und Wissen allein niemals aufschwingen können? Das ist die Wahrheit! Dessen bin ich sicher, und Ihr seid ein Wahrheitssuchender!»

Er lächelte ein wenig. «Ich bin ein Suchender, das stimmt, aber ich bin auch ein Sklave meines Suchens. Ich weiß jetzt, dass man sich von diesem krankhaften Verlangen nach Wahrheit nur dann befreit, wenn man bereit ist, die Existenz der Wahrheit selbst anzuzweifeln, denn man findet sie nur, wenn man sie aufgegeben hat! Erst dann ist man wahrhaft frei! Das habe ich ja auch immer gelehrt! Ich habe es nur einfach nicht geschafft, meine eigene Lehre anzunehmen, verstehst du? Das zeigt außerdem, wie starrsinnig ich war. Mein Herz war aufgezehrt. Vielleicht bin ich tatsächlich nicht besser als Anselmo, nicht weiser als Setubar.»

«Aber Meister, das Verlangen nach Wissen ist doch etwas Gutes.»

«Das hängt ab von dem Mitgefühl dessen, der es besitzt, Christian, je nachdem kann es ein Segen oder eine Gefahr sein. Ich möchte, dass du dir eines merkst: Die Weisheit wandelt für sich allein, aber die Gelehrtheit, die Gelehrtheit kann ohne weiteres Hand in Hand mit der größten Dummheit gehen.»

«In jedem Fall aber ist sie der Anfang, nicht wahr? Wie Ihr mir immer gesagt habt, ist das Wissen der Same eines Glaubens, der erst folgen muss. Weil Ihr klug und gut wart, schritten wir in gutem Glauben voran (denn ich hätte bestimmt aufgegeben) und haben dann so viele wunderbare Dinge erlebt!»

«Ja, und jetzt hängt alles von dir ab.»

«Von mir?», sagte ich ungläubig. «Aber Ihr ...»

«Ich muss gestehen, dass ich nichts gesehen habe», er senkte den Blick.

«Nichts? Dann habt Ihr also nicht ...?»

«Nein. Ich hatte die Augen geschlossen, und in einem einzigen Moment gingen Stunden vorüber. Allerdings hörte ich eine Stimme. Sie sagte mir, dass du der Auserwählte seiest, und noch vieles andere, manches davon auf die Zukunft bezogen, die ich jetzt bis zum Ende meines Lebens ertragen muss. Aber du, mein junger Gehilfe, du bist der Hüter, nicht ich.»

«Ich verstehe.» Mich bedrückte diese Verantwortung, aber auch die Trauer um meinen Meister.

«Eisik hatte recht, Christian», fuhr er fort, «verlange nie nach dem Wissen um seiner selbst willen. Mit einer solchen Hingabe danach zu verlangen, das ist gefährlich, vielleicht sogar gefährlicher, als unwissend zu bleiben, verstehst du? Erst jetzt beginne ich zu zweifeln, und das ist gut so, denn wie uns schon Augustinus sagt, weiß der Mensch erst, wenn er zweifelt, dass er wirklich lebt. Jetzt musst du gehen, Eisik und die anderen warten schon auf dich. Chevalier Trencavel sagt, es sei sicherer, wenn wir uns trennen, und ich möchte das nicht in Frage stellen. Vielleicht werde ich ja eines Tages, wenn ich mein Verlangen nach Antworten überwunden habe, doch noch verstehen, wie er so vieles vorhersehen konnte: dass du der Hüter dieses Wissens werden würdest, dass seine Tochter das Kloster würde betreten dürfen ... diese Rätselfragen werden in meinem Herzen verschlossen bleiben und weiterleben. Aber im Augenblick, mein lieber Junge, müssen wir Gottes Willen befolgen.»

Wir umarmten uns ein letztes Mal. Ich hielt den kleinen Edelstein, der mir die ganzen Tage Kraft gegeben hatte, das Tigerauge, in der Hand. Das schenkte ich ihm, indem ich es ihm in die Hand legte. Er sah es liebevoll an und lächelte ein wenig, und dann drehte er sich um und ging fort. Ich sollte ihn nie wieder sehen.

28.

CAPITULUM
TRANK DER ERINNERUNG

Später, als ich in meinem gegenwärtigen Exil ankam, und zwar auf Gilgamesch (denn Eisik hatte ihn aus der Lawine gerettet, und mein Meister in seiner Selbstlosigkeit hatte ihn mir als Abschiedsgeschenk vermacht), hörte ich, dass der Inquisitor, Rainiero Sacconi, dem Tod entgangen und nach Paris gereist war, wo er allerdings König Ludwig von Frankreich nicht dazu bringen konnte, seine Männer auszuschicken, um die Gegend nach ketzerischen Templern zu durchkämmen. Sein Ruf hatte jedoch durch die Verhaftung von einem der Verschwörer bei Pietros Mord überaus zugenommen, und er sollte bald zur Stellung des Großinquisitors der Lombardei aufsteigen. Viele Jahre später trat er wegen des Klosters und seiner Geheimnisse noch an Philipp den Schönen heran, aber dem König erwuchs großer Widerstand durch Papst Bonifaz VIII., der seine eigenen Pläne verfolgte, sich der Schätze des Klosters zu bemächtigen, an die so schwer heranzukommen war. Daraus entstand eine schreckliche Spaltung in Bezug auf die Zuständigkeit, die dazu führte, dass der König versuchte, Bonifaz zu entführen und zu ermorden. Es gelang ihm nicht ... aber es gibt viele Möglichkeiten, ein oder zwei Päpste aus dem Weg zu schaffen!

Nach einigen Jahren, wie viele es waren, kann ich nicht sagen, erhielt ich Nachricht, dass mein Meister wieder in einer Komturei in der Nähe von Paris eingesetzt worden sei, und es war für mich herzquickend, zu erfahren, dass er, unter anderem Namen, wieder lehrte, da ihm die Erlaubnis erteilt worden war, mehrmals im Jahr dorthin zu reisen, um Vorlesungen an der Universität zu halten. Vielleicht hatte er ja inzwischen die Zweifel überwunden? Sogar jetzt muss ich noch ein wenig lächeln, wenn mir durch meine Erinnerungen warm ums Herz wird. An der Universität hat er vielleicht sogar Thomas von Aquin kennen gelernt, der, wie ich glaube, ungefähr zur selben Zeit einen Lehrstuhl innehatte. Ein Mann, der, wie ich höre, ziemlich viel Aufregung unter den Gebildeten hervorgerufen haben muss mit seinem Versuch, Aristoteles zu christianisieren. Seltsam ... mir kommt es vor, als würde ich mich an einen Traum erinnern ...

Und so wurde Akkon schließlich erobert, und immer mehr von unseren Brüdern fliehen hierher, obwohl ich sie nie sehe, denn das Fenster meiner Zelle geht hinaus auf das Mittelländische Meer, und ich sehe nichts als sein einförmiges Blau. Hier weiß niemand, wer ich bin, nur der Großmeister und mein einziger Gefährte, der gute alte Eisik, der sich dafür entschieden hatte, bei mir zu bleiben, inzwischen aber über hundert ist und deshalb zu alt, um mich noch zu besuchen. Die anderen denken, ich sei ein Aussätziger, und deshalb werden sie nicht gerade von Neugier verzehrt.

Und doch hat man mich nicht vergessen. Klemens IV. schrieb 1265 an den Großmeister und erinnerte ihn daran, dass der Orden in keiner Weise den Angriffen der Prälaten oder der Macht der Prinzen standhalten könnte, wenn die Kirche auch nur für kurze Zeit ihre schützend über ihn gebreitete Hand wegzöge. Der Nachsatz in diesem persönlichen Brief lautete: «Liefert ihn uns in die Hände, und die Kirche bleibt Eure Verbündete ...»

Deshalb kann ich jetzt nichts anderes mehr tun, lieber Leser, als dir in aller Demut dieses kleine Buch zu hinterlassen, dessen Seiten überleben werden, auch wenn mein armer sündiger Leib von Würmern zerfressen wird. Ich hoffe, du hast es gründlich gelesen, jede Seite mit Wärme umgeblättert und erkannt, dass du der Zeuge meines Gewissens warst und der Ausleger meiner Betrachtungen. Manche sehen hierin vielleicht nur Aufzeichnungen eines jungen Mönchs, dessen Leben sich an einigen schrecklichen, wenn auch von Wundern erfüllten Tagen in einem jetzt zerstörten und unauffindbaren Kloster völlig verändert hat. Andere erkennen aber möglicherweise, dass zwischen diesen Seiten die großen Geheimnisse der Ewigkeit, der Zeit und der Schöpfung verborgen liegen. Ich habe, wenn auch langsam und unter Gefahren, den Weg zu dem Eckstein aufgezeichnet, jetzt musst du den Weg zurück aus der Dunkelheit allein finden. Denn wenn dieses kleine Buch das Auge dazu anregt, die Welt anders zu sehen, wenn es dem Ohr die Kraft gibt, das unaussprechliche Schweigen des Wortes zu hören, dann hat es seinen Schöpfer tatsächlich reich belohnt.

Jetzt ist nicht mehr viel zu sagen. Schließlich bin ich schon einmal so weit gewesen, der Tod ist mir nicht fremd, und wenn du dieses Seiten zuklappst, magst du geruhen, im Namen unseres Herrn ein Gebet für mich zu sprechen; denn schließlich haben die zwölf gesprochen, die sieben sind im Tempel des Gral erklungen. Mehr darf ich dir nicht sagen. Und alles Übrige? Das bleibt besser verborgen, *Sacramentum regis abscondere bonum est.*

EPILOG

Jean de Joinvilles Diener reiste im Schutze der Dunkelheit ab. Als allein Reisender erregte er keinen Verdacht, und am Freitag, den 13. Oktober 1307, betrat er in den frühen Morgenstunden spanischen Boden, während die Truppen Philipps des Schönen in alle Komtureien der Tempelherren in Frankreich einfielen. Es war auch der Tag, an dem Christian de Saint Arman in die Arme der Jungfrau flog ... der Sophia ...
Und sie war tatsächlich wunderschön.

GLOSSAR

APOKRYPHEN   Dieser Ausdruck (von griech. «verborgen») umschreibt eine Anzahl wichtiger religiöser Schriften des Altertums, die von vielen nicht als zugehörig zum ursprünglichen biblischen Kanon anerkannt waren. Sie finden sich in der Septuaginta, der frühen griechischen Übersetzung der hebräischen Bibel. Die Juden lehnten die Septuaginta ab, und der heilige Hieronymus, der die Bibel ins Lateinische übersetzte, entschloss sich ebenfalls dazu, die Schriften auszugrenzen, die es nur auf Griechisch gab, ließ sie deshalb in seiner Übersetzung beiseite und nannte sie Apokryphen. Später gab es Meinungsverschiedenheiten über die Apokryphen, da viele diese Bücher für wichtig und echt hielten, während eine Minderheit sie von gnostischen Ideen beeinflusst sah. Meine Figuren zeigen, dass sie die Apokryphen kennen, wie es damals unter Gebildeten allgemein üblich war. Gleichzeitig zögern sie aber auch immer, aus ihnen zu zitieren, vor allem in einer Umgebung, die der Häresie verdächtigt wird.

APOSTASIE   (Griech. «Abfall»), öffentliche Abkehr vom Glauben.

ARAMÄISCH   Eine semitische Sprache, die mit dem Hebräischen verwandt ist, aber gewisse Unterschiede aufweist. Schon im ersten Jahrhundert war das Aramäische auch in Palästina weit verbreitet, und man weiß, dass es Übersetzungen des Alten Testaments oder Auslegungen der hebräischen Bibel auf Aramäisch gab. Teile der Bücher Esra, Jeremia und Daniel waren auf Aramäisch verfasst. Auch sind in Qumran aramäische Texte gefunden worden, zu denen Teile des Henoch-Buchs und eine alttestamentarische Übersetzung des Hiob gehören. Wie man weiß, hat das Aramäische das Hebräische als Volkssprache ersetzt und war deshalb auch die Sprache Jesu. So konnte ich zwei Postulate aufstellen: erstens, dass zu jener Zeit eine vollständige Bibelübersetzung in dieser Sprache neben der hebräischen existierte, und zweitens, dass eine Übersetzung des Alten Testaments aus dem Aramäischen ins Lateinische für einen gebildeten Mönch, der von sich reden machen wollte, durchaus ein erstrebenswertes Unterfangen sein mochte.

ARCHAI (Griech. «Anfang, Ursache, Herrschaft»), die «Fürstentümer» unter den Engelhierarchien in den Paulusbriefen.

BAHRRECHT Als ursprünglich heidnische Tradition wurde das «Gottesurteil» manchmal von christlichen Richtern übernommen, um das göttliche Urteil zu bestätigen. Die hier beschriebene Art des Gottesurteils beruht auf der Prämisse, dass die Leiche des Ermordeten bei der Berührung durch den Mörder zu bluten beginnt oder sonst ein Zeichen gibt.

BENEDIKTINER Ordo Sancti Benedicti (abgek. OSB), Mönchsorden nach der Regel des Heiligen Benedikt von Nursia (um 480 – um 550). Die Benediktiner waren bekannt für ihre Bildung, ihre Handschriften und ihre Bibliotheken, und mit der Zeit sammelten einzelne Klöster großen Reichtum an und spielten eine wichtige Rolle im nichtkirchlichen Leben. Spätere strengere Orden kritisierten den Orden wegen seiner Dekadenz, die sich im Gebrauch von Skulpturenschmuck, Gold und farbenfrohen Verzierungen äußerte. Dessen ungeachtet wurden Benediktiner häufiger als die Mönche anderer Orden in hohe Ränge der kirchlichen Hierarchie berufen. Sie trugen dunkle Kutten und waren als die «Schwarzen Mönche» bekannt.

CHORUMGANG   Umgang um den Chor, der hinter dem Altar vorbeiführt. In unserem Fall verbindet er das nördliche Querschiff mit seiner Kapelle in einem Bogen mit dem südlichen Querschiff.

CONSOLAMENTUM   Sakrament der Tröstung bei den ▸ KATHARERN, das einem *Credente* (Gläubigen) gespendet wurde. Es bedeutete das Herabkommen des Heiligen Geistes und machte den Gläubigen zum *Perfectus* – einem vollkommenen Menschen, der von da an ein sehr strenges Leben führen musste. *Credentes*, die das Leben eines *Perfectus* nicht führen konnten, entschieden sich dafür, das *Consolamentum* zum ersten Mal auf dem Sterbebett zu empfangen. In dieser Hinsicht ähnelt es der katholischen «Letzten Ölung».

DOMINIKANER   Ordo Fratrum Praedicatorum (OP), ein Predigerorden, der 1215 von Dominikus Guzman (ca. 1170–1221) nach der Regel des heiligen Augustinus gegründet wurde. Der heilige Dominikus war berühmt für seinen leidenschaftlichen Kampf gegen die Häresie der Katharer, und eine große Zahl von Inquisitoren kam aus eben diesem Orden. Die Dominikaner wurden oft *Domini canes* (die Hunde des Herrn) genannt. Bekannt als die «Schwarzen Brüder», trugen sie einen schwarzen Ordensmantel über weißem Skapulier.

FRANZISKANER   Die Minderen Brüder oder Minoriten gehören zu den drei Orden, die Franz von Assisi (1181/82–1226) nach 1209 gestiftet hat. Sie glaubten an das Ideal der äußersten Armut und waren dafür bekannt, dass sie für die Armen predigten. Später holte die Inquisition aus ihren Reihen viele ihrer Inquisitoren. Die Splittergruppen, die sich «Spiritualen» und «Fratizellen» nannten, wurden von der Kirche verfolgt. Sie trugen graubraune Kutten aus grober Wolle.

FRIEDRICH II.   (1194–1250), Kaiser des Heiligen Römischen Reiches von 1220 bis 1250. Sohn Heinrichs VI. und Enkel Friedrichs I., genannt Barbarossa. Friedrich war in einen Machtkampf mit dem Papsttum verstrickt und wurde mehrmals exkommuniziert.

GHIBELLINEN   Politische Partei in Italien, die gegen die Macht des Papstes kämpfte und aus Anhängern des Kaiserreichs bestand (ihre Gegner waren die Guelfen, die das Kaisertum bekämpften). Sie alliierten sich manchmal mit häretischen Gruppierungen und unterstützten Friedrich II. in seinen Kämpfen gegen den Papst.

GILGAMESCH   Sumerischer Held und König.

GNOSTISCH   (Nach griech. *Gnosis*, «Erkenntnis»). Gnostischer Glaube beruhte auf dem Dualismus zwischen Gut und Böse. Dies beeinflusste den Manichäismus und die Lehren der Katharer.

HEILIGE INQUISITION   Lat. *inquisitio*, «Untersuchung», das kirchliche Glaubensgericht der römisch-katholischen Kirche, das für die Verfolgung der Häresie verantwortlich war. Papst Innozenz IV. erlaubte 1252 die Anwendung der Folter, doch durfte ein Inquisitor kein Blut fließen lassen; der Grundsatz war, die größten Schmerzen herbeizuführen, ohne dass der Raum hinterher gesäubert werden musste. Der Tod durch Verbrennen war eine häufige Strafe, die gewöhnlich durch die weltliche Macht vollzogen wurde. Zu den Strafen in weniger schweren Fällen zählten Wallfahrten und auf die Kleidung aufgenähte Kreuze.

HEILIGER HIERONYMUS   (Ca. 340 – 420 n. Chr.), einer der großen Kirchenväter der Katholischen Kirche, vor allem bekannt für seine Übersetzung der griechischen Bibel ins Lateinische.

HOSPITALITER   Mitglieder von Orden, deren Haupttätigkeit die Krankenpflege und soziale Arbeit ist.

INQUISITOR   Kirchlicher Amtsträger, der für die Durchführung der Inquisition verantwortlich war. Gewöhnlich kamen die Inquisitoren entweder aus dem Dominikaner- oder dem Franziskanerorden. Im Normalfall gab es bei jeder Inquisition deren zwei.

JEAN DE JOINVILLE   (1224/25–1317), ein Freund König Ludwigs IX., den er auf dem Kreuzzug nach Ägypten (1248–1254) begleitete. Von dessen Enkel Philipp dem Schönen wurde er im Alter beauftragt, eine Biographie über Ludwig IX. zu schreiben, *Die Geschichte des Heiligen Ludwig*.

KABBALA   (Hebr. «Überlieferung»), esoterische jüdische Lehren, die sich mit den tiefen Geheimnissen Gottes befassen. Sie bestehen aus den verborgenen Gedanken Israels zu den Lehrsätzen der jüdischen Religion, die in vielen Fällen auch die Lehrsätze der Christenheit sind.

KANONISCHE STUNDEN   Im Mittelalter wurde die Zeit gemessen, indem man sie nach kirchlicher Vorgabe einteilte in Matutin, Laudes, Prima, Tertia, Sexta, Nona, Vesper und Komplet. Gemäß der Jahreszeit, in der der Roman spielt, und der Zeit des Sonnenauf- und untergangs entspricht die Matutin oder Nachtwache den Stunden zwischen Mitternacht und 2 Uhr morgens, Laudes war um 3 Uhr früh, Prima um 6 Uhr früh, Tertia um 9 Uhr, Sexta zu Mittag, Nona um 3 Uhr nachmittags, die Vesper vor dem Abendessen und Komplet vor dem Zubettgehen.

KAPITELSAAL   In einem Kloster ist das der Saal, in dem sich die Mönche treffen, um die Kapitel ihrer Ordensregel zu lesen, Fehltritte und deren Bestrafung zu erörtern oder die täglichen Anliegen des Klosters zu besprechen.

KATHARER (Griech. «die Reinen»), Anhänger einer häretischen Sekte, die manchmal auch Albigenser genannt wurden, nach der Stadt Albi im Languedoc, in der ihre Verfolgung begann. Die Sekte leitete ihre Grundsätze aus dem manichäischen Glauben ab. Die Manichäer waren die Nachfolger des Persers Mani und glaubten an die Dualität des Daseins, das heißt, an Gut und Böse, Licht und Dunkelheit. Alle materiellen Dinge galten als grundsätzlich schlecht und von einem bösen Gott geschaffen. Alles Fleischliche und Reale musste letzten Endes verleugnet und überwunden werden, zugunsten des Geistes, in dem allein die wahre Göttlichkeit herrschte. Wer so ein Leben in strengster Einfachheit erreichte, wurde als «Perfectus» («Parfait») oder als «Reiner» bezeichnet. Die anderen konnten noch vor dem Tod rein werden, indem sie das ▸ CONSOLAMENTUM nahmen. In den Katharern manifestierten sich Elemente des gnostischen Dualismus, der in Alexandria blühte. Die ▸ GNOSIS wurde vom Einzelnen direkt erreicht, ohne Vermittlung durch eine Priesterschaft. Es ist also nicht verwunderlich, dass die Kirche diese Art der «Häresie» heftig bekämpfte. Papst Innozenz III. befahl 1208 die Verfolgung der Katharer, die als Albigenser-Kreuzzug bekannt wurde. Christliche Ritter kamen von überallher ins Languedoc und wurden angewiesen, Männer, Frauen und Kinder unterschiedslos zu töten – Gott werde im Himmel die Seinen erkennen. Die Häuser vieler Templer wurden zur einzigen Zufluchtsstätte für Katharer-Familien. Die Belagerung von Montségur, der Festung der Katharer, führte zu dem berüchtigten «Massaker von Montségur».

KOPTEN Die christlichen Nachkommen der alten Ägypter, die den Stuhl des Patriarchen in Alexandria beibehielten. Die koptische Kirche soll vom Evangelisten Markus gegründet worden sein, einem Schüler des Apostels Paulus. Die koptische Sprache hat sich aus dem alten Ägyptisch, so wie es das Volk sprach, entwickelt, wird aber mit Hilfe des griechischen

Alphabets geschrieben, dem sieben Vokale aus der volkstümlichen Sprache hinzugefügt wurden, um Laute wiederzugeben, die im Griechischen nicht bekannt sind. Die fast ausschließlich religiöse koptische Literatur enthält Übersetzungen aus dem Griechischen der originalen Schriften der griechischen Kirchenväter und Gründer des Mönchstums der Ostkirche. Man weiß, dass die Kopten in den ersten Jahrhunderten nach Christus Texte übersetzt haben, die die Kirche verurteilte. Es wurden Texte gefunden, die ein Licht auf frühe Formen des Gnostizismus und des Manichäismus warfen. Dazu gehören die *Pistis Sophia*, der *Bruce Codex* ebenso wie apokryphe und apokalyptische Texte. Das Thomas-Evangelium, das Geheime Markus-Evangelium und andere geheime Evangelien wurden womöglich weitab vom prüfenden Blick der Kirche in dieser Sprache bewahrt, tief unter der Erde in koptischen Klöstern versteckt.

LAIENBRÜDER   Mitglieder eines Klosters, die nur die Profess – die Gelübde – ablegen, aber keine Weihe empfangen; vor allem für praktische Arbeit eingesetzt.

LUDWIG IX.   (1214–1270), König von Frankreich 1226–1270, später heiliggesprochen.

MAIMONIDES   (Rabbi Mose ben Maimon, 1135–1204), jüdischer Philosoph und Arzt, Meister der rabbinischen Literatur.

MASORETISCH   (Nach *masora*, hebr. «Überlieferung»), bezieht sich auf die textkritischen Bemerkungen zu den hebräischen Büchern der Bibel.

MONSTRANZ   Gefäß, das die Hostie enthält (das geweihte, während der Eucharistiefeier in den Leib Christi verwandelte Brot), die bei der Messe im Sakrament der Kommunion ausgeteilt wird.

MONTSÉGUR   Festung der Katharer auf dem gleichnamigen Berg am Nordhang der östlichen Pyrenäen.

OUTREMER   (Franz. «jenseits des Meeres»), Bezeichnung für die Kreuzfahrerstaaten in den eroberten Gebieten des Heiligen Landes.

PALIMPSEST   (Nach griech. *palim* «wieder» und *psestos* «abgekratzt»), ein Pergament oder Papyrus, auf dem die ursprüngliche Schrift entfernt und durch eine neue ersetzt worden ist. Eine Gepflogenheit, die auf Materialknappheit beruhte.

PERFECTUS   Siehe Katharer.

PRÄZEPTOR   Bei den ▸ TEMPELRITTERN wurde ein Ordenshaus von einem Präzeptor oder Lehrer geleitet. Die größeren Häuser hießen Komtureien.

PSALTER   Das Buch, aus dem die Psalmen während der Messfeier vorgelesen werden.

SALADIN   (Salah ad-din Yusuf Ibn Aijub, 1137/38–1193), Sultan von Ägypten und Syrien, der 1187 Jerusalem von den Kreuzfahrern zurückeroberte.

SARAZENEN   Loser Begriff, der verschiedene Völker des Orients umfasst, z. B. Ajjubiden, Fatimiden, Mameluken; später alle Muslime, besonders die Gegner der Kreuzfahrer.

SEFIROT   (Hebr. «Zahlen»). Die zehn Sefirot (Prinzipien oder Kräfte, Ordnung des Seins) bilden gemäß der ▸ KABBALA als Kräfte oder Emanationen Gottes eine Aufeinanderfolge von Ebenen (Zweigen), die wie ein Baum geformt ist: der Baum des Lebens.

SIEBEN KIRCHEN   Das Buch der Offenbarung des Evangelisten Johannes war an die sieben Kirchengemeinden der römischen Provinz Kleinasien gerichtet. Aus ihnen bestand die ganze Kirche. Die Gemeinde in Ephesus (das Zentrum der Kirche des Ostens) wurde von Paulus gegründet; die anderen Orte heißen Smyrna, Pergamon (dieses Kirchenzentrum besaß ein Heiligtum des Zeus und einen von Augustus errichteten Tempel, daher erwähnt Ezechiel im Roman, dass der Boden der Kirche so kalt wie die Krypten unter dem Augustustempel seien, womit er auf die Verehrung der Kaiser anspielt), Thyatira, Sardes, Philadelphia und Laodicea.

SOCIUS   (Lat. «Gehilfe, Verbündeter»), hier die «inoffizielle» Bezeichnung des jüngeren und unbedeutenderen der beiden Inquisitoren.

SOFERIM   (Hebr. «Schreiber»), Schriftgelehrter, Abschreiber der Thora, der 5 Bücher Moses.

TEMPLER, auch TEMPELHERREN oder TEMPELRITTER   Eigentlich die «Armen Ritter Christi und des Tempels von Salomon», auch als «Miliz Christi» bekannt, waren 1118 als Orden gegründet worden, um die Pilger auf ihrem Weg ins Heilige Land zu beschützen. Die Mönche dieses Ordens folgten der strengen Regel, die der heilige Bernhard von Clairvaux aufgestellt hatte, nämlich Armut, Keuschheit und Gehorsam, zu der die militärische Aufgabe hinzukam. Als erster kriegerischer Orden entwickelten sich die Templer zu einer gut organisierten militärischen Macht. Während der Zeit der Kreuzzüge bildeten sie die Vorhut eines jeden Angriffs und die Nachhut jedes Rückzugs. Mit der Zeit wurden sie zu «Bankiers», die die Rechtsansprüche und Gelder des reichen Adels zur Verwahrung erhielten und all denen Geld verliehen, die sich den Kreuzzügen anschließen wollten und Pferde und Waffen brauchten. Der Orden wurde reich und besaß schon im 13. Jahrhundert zahlreiche Komtureien und kleinere Ordenshäuser, nicht nur im Heiligen Land, sondern auch in ganz Europa. Sie waren nur dem Papst unterstellt und zahlten keine Steuern, und so überrascht es nicht, dass andere Mönchsorden sie beneideten, aber auch Könige und Adelige, die ihnen Geld schuldeten. Sie trugen einen weißen Mantel mit einem achtspitzigen roten Kreuz darauf.

THOMAS VON AQUIN (1224/25–1274), Dominikanermönch, scholastischer Philosoph und Theologe, der die Werke des Aristoteles auslegte und sie dazu benutzte, die christliche Theologie zu erklären.

TRENCAVEL Grafenfamilie von Béziers-Carcassonne, die sich auf die Seite der Katharer im Languedoc stellte.

WALDENSER Mitglieder einer Reformbewegung, die im 12. Jhdt. von Pierre Valdès aus Lyon ausging. Sie lehnten Reichtum ab, kritisierten die Kirche für ihren Überfluss und ihre Dekadenz und vertraten die Meinung, dass korrupte Bischöfe und Priester die Sakramente nicht spenden dürften. Sie wurden von der Kirche verurteilt und verfolgt.

ZISTERZIENSER [Sacer] Ordo Cisterciensis ([S]OCist), Mönchsorden, Ende 11. Jhdt. in Cîteaux durch den Abt Robert von Molesme (um 1027–1111) gegründet. Doch erst der heilige Bernhard von Clairvaux (1090–1153) machte den Orden weithin bekannt und besaß offensichtlich in den Augen seiner Zeitgenossen eine herausragende Bedeutung. Die Zisterzienser befolgten eine strengere Variante der Benediktinerregel und mieden jegliches Übermaß. Ihre Kirchen waren einfach geschmückt und ihre Ordensgewänder grauweiß. Man kannte sie als die «weißen Mönche».

Inhalt

Die Abtei	7
Die kanonischen Stunden	8
Prolog	9
Die Handschrift	11
1. Capitulum	23
2. Capitulum. Vor der Vesper	38
3. Capitulum	67
4. Capitulum. Completorium (Komplet)	80
Ignis. Die erste Prüfung	109
5. Capitulum	111
6. Capitulum. Nach Laudes	117
7. Capitulum. Etwas nach Tertia	147
8. Capitulum. Messe	173
9. Capitulum. Vor Nona	186
Aqua. Die zweite Prüfung	219
10. Capitulum	221
11. Capitulum	225
12. Capitulum. Eine Weile vor der Matutin	228
13. Capitulum. Vor Laudes	233
14. Capitulum. Zwischen Tertia und Sexta	249
15. Capitulum	276
16. Capitulum	286
Aer. Die dritte Prüfung	291
17. Capitulum	293
18. Capitulum	315
Terra. Die vierte Prüfung	365
19. Capitulum	367
20. Capitulum. Vor Sexta	395

21. Capitulum. Nach Nona	433
22. Capitulum	458
23. Capitulum. Kurz nach dem Gottesdienst zu Komplet	461
24. Capitulum	490
25. Capitulum	494
Der Tempel der höheren Weisheit	497
26. Capitulum	499
27. Capitulum. Trank des Vergessens	515
28. Capitulum. Trank der Erinnerung	521
Epilog	525
Glossar	527